Leo N. Tolstoi

Göttliches und Menschliches

Erzählungen aus dem Nachlass

Tolstoi-Friedensbibliothek
Reihe C | Band 15

Herausgegeben von Peter Bürger,
Editionsmitarbeit: Ingrid von Heiseler

Leo N. Tolstoi

Göttliches und Menschliches

Erzählungen aus dem Nachlass

Übertragen von
Ludwig und Dora Berndl

Tolstoi Friedensbibliothek

TFb_C015

Der Aufbau der TFb-Reihe C
wird mit insgesamt 1.000 Euro gefördert von
der ‚Stiftung Kraft der Gewaltfreiheit'

Die TFb-Buchausgaben
folgen dem Editionsprojekt
www.tolstoi-friedensbibliothek.de

Leo N. Tolstoi

GÖTTLICHES UND MENSCHLICHES

Erzählungen aus dem Nachlass
Übertragen von Ludwig und Dora Berndl

Tolstoi-Friedensbibliothek: Band-Signatur TFb_C015

Herausgeber, Redaktion & Gestaltung: Peter Bürger
www.tolstoi-friedensbibliothek.de
Editionsmitarbeit: Ingrid von Heiseler
Umschlagmotiv: Tolstoi-Bildnis von Leonid Osipovič
Pasternak (1862-1945) | commons.wikimedia.org

Herstellung & Verlag: BoD – Books on Demand, Norderstedt
ISBN: 978-3-7597-4991-8

Inhalt

Leo N. Tolstoi im Jahre 1909

Aufnahme: W. G. Tschertkow, 1854-1936
(commons.wikimedia.org)

Einleitung

(1928)[1]

Die in diesem Bande gesammelten Erzählungen und dramatischen Gespräche stammen aus Tolstojs dichterischem Nachlaß, zu dem auch die in Band V der Gesammelten Novellen enthaltenen größeren Werke *„Hadschi-Murad"*, *„Der gefälschte Kupon"*, *„Vater Sergius"*, *„Der Teufel"* [Tolstoi-Friedensbibliothek TFb_C014] und die in dem Bande Dramen und Lustspiele enthaltenen Theaterstücke *„Und das Licht scheinet in der Finsternis"* und *„Der lebende Leichnam"* gehören. In der „Ersten vollständigen Ausgabe der Werke L. N. Tolstojs", die der russische Staatsverlag anläßlich der hundertsten Wiederkehr des Geburtstages des Dichters vorbereitet, werden noch eine ganze Reihe anderer bisher unveröffentlicht gebliebener Erzählungen und Romanfragmente sowie ein abgeschlossenes fünfaktiges Lustspiel „Die angesteckte Familie" veröffentlicht werden. Zu den Nachlaßschriften gehören auch Tolstojs Tagebücher, von denen in Rußland bisher erst zwei, in Deutschland drei Bände erschienen sind[2], während noch fünf bis sechs Bände der Veröffentlichung harren.[3]

---

[1] Textquelle der hier vorgelegten Neuedition ǀ Leo N. TOLSTOI: *Göttliches und Menschliches. Gesammelte Novellen / Sechster Band.* Übertragen von Ludwig und Dora Berndl. Erstes bis drittes Tausend. Jena: Eugen Diederichs 1928. [VI & 504 Seiten].

[2] Leo Tolstoj, *Tagebuch der Jugend*, erster Band, 1847–1852, von Wladimir Tschertkow autorisierte, vollständige Ausgabe, verlegt bei Georg Müller, München, 1919; Leo N. Tolstoj, *Tagebuch*, erster und zweiter Band, 1895-1899,1900-1903, autorisierte, vollständige Ausgabe von Ludwig Berndl, verlegt bei Eugen Diederichs, Jena 1923.

[3] Bedauerlicher Weise wurden einzelne dieser in Rußland noch nicht publizierten Nachlaßschriften Tolstojs in Deutschland und Frankreich von Unbefugten schon vor Erscheinen der russischen Original-Ausgaben veröffentlicht, beziehungsweise zur Veröffentlichung vorbereitet. In Paris wurde von Herrn S. P. Melgunow unbefugter Weise das Theaterstück *„Die angesteckte Familie"* u. a. veröffentlicht. Von Tolstojs Tagebüchern aus den Jahren 1853–1864 wurde eine unberechtigte deutsche Übersetzung hergestellt, die angeblich von einem Herrn Wassilij Kudrjawzew herrührt, aus der Herr Dr. Wladimir Astrow in der „Neuen Rundschau", Berlin, einen Vorabdruck erscheinen ließ. Im Hinblick auf diese vorzeitigen und unerlaubten Veröffentlichungen und Übersetzungen hat W. G. Tschert-

Dieses gewaltige Nachlaßwerk des russischen Dichters und Denkers hat eine seltsame Geschichte. Tolstoj verzichtete bei Lebzeiten auf die Veröffentlichung dieser Werke, und gab sie seinem Freunde W. G. Tschertkow zur Aufbewahrung, damit dieser sie nach seinem (Tolstojs) Tode sichte und herausgebe. Aus dem Ertrag der Erstausgaben sollte nach dem Willen Tolstojs das zu Jaßnaja Poljana gehörige Ackerland angekauft und dieses selbst den Bauern zur Nutznießung übergeben werden. Diesem Zwecke diente denn auch die Erstveröffentlichung des 1912 erschienenen dichterischen Nachlasses. Durch den Krieg und die Revolution wurde die weitere Edition der Nachlaßwerke unterbrochen. Tolstojs Schriften, sowohl die veröffentlichten als auch die unveröffentlichten, wurden, wie alle Werke der großen russischen Schriftsteller, russisches Nationalei-

---

kow in Gemeinschaft mit Tolstojs Tochter Alexandra Tolstoj in den „Jswestija" vom 17. Juli d. J. eine Erklärung veröffentlicht, die dem Unterzeichneten von W. G. Tschertkow zur Veröffentlichung in Deutschland übergeben wurde; sie lautet: „Angesichts des großen Interesses, das die anläßlich der Jahrhundertfeier des Geburtstages Leo Tolstojs veranstaltete vollständige Ausgabe seiner Werke findet, halte ich es für notwendig zu allgemeiner Kenntnis zu bringen, daß mir von ihm, gemäß seinem Willen, wie er ihn in seinen testamentarischen Verfügungen ausgedrückt hat, die Veranstaltung der ‚Ersten vollständigen Ausgabe der Werke L. N. Tolstojs' anvertraut wurde. Hierbei wurde mir persönlich von L. N. Tolstoj die Verantwortung hinsichtlich der Redaktion und Veröffentlichung dieser vollständigen Ausgabe übertragen. Seiner Tochter Alexandra Tolstoj wurde von ihm durch ein formelles Testament das juristische Eigentum an seinen sämtlichen Werken zu dem Zweck übergeben, damit niemand dieselben als sein persönliches Eigentum verwende und kein einziges zum ersten Mal gedrucktes Werk ohne mein Vorwissen und ohne meine endgültige redaktionelle Bearbeitung erscheine. In Übereinstimmung mit dieser Bedingung hat der Staatsverlag der Russischen Sozialistischen Föderativen Sowjet-Republiken in gegenwärtiger Zeit eine Jubiläumsausgabe der ‚Ersten vollständigen Ausgabe der Werke L. N. Tolstojs' unternommen, die nach Materialien hergestellt wird, welche unter meiner allgemeinen Redaktion, unter Mitwirkung der ‚Gesellschaft zum Studium und zur Verbreitung der Werke L. N. Tolstojs', deren Vorsitzende Alexandra Tolstoj ist, zum Druck vorbereitet werden. Zur Vermeidung jeglicher Mißverständnisse halte ich es für notwendig, zu erklären, daß niemand, weder in der Union der Sozialistischen Sowjetrepubliken, noch im Ausland, die Erlaubnis zur Publikation irgend eines unveröffentlichten Werkes von L. N. Tolstoj besitzt und daß zur Veröffentlichung irgend welcher noch nicht erschienener Schriften L. N. Tolstojs meine Genehmigung erforderlich ist. Moskau, 30. Juni 1928. – W. G. Tschertkow. Mit dem Inhalt der vorstehenden Erklärung ist einverstanden: Alexandra Tolstoj."

gentum. Das Gut Jaßnaja Poljana wurde nationalisiert. Gegenwärtig verwaltet Alexandra Tolstoj im Auftrage der Sowjetregierung das in ein Museum umgewandelte Herrenhaus in Jaßnaja.

„Göttliches und Menschliches" haben wir diesen Band genannt nach der ersten hier veröffentlichten Erzählung, die ein Paradigma der Erzähler-Kunst und -Technik des Alten ist. Nicht alle hier vereinigten Erzählungen sind vollkommen abgeschlossen; auch stammen nicht alle aus der letzten Schaffensperiode des Dichters. Zu den Arbeiten, die einer früheren Epoche angehören, aus der die großen Werke „Macht der Finsternis", „Tod des Iwan Iljitsch", „Auferstehung" u. a. herrühren, sind die prachtvollen Stücke *„Idyll"* und *„Tichon und Malanjka"* zu rechnen. Die *„Notizen eines Wahnsinnigen"* schrieb Tolstoj im Jahre 1882. Zu den älteren Arbeiten gehört ferner die *Bienenfabel* „Zwei Versionen", die 1889 entstanden ist. Die drei Fragmente *„Aufzeichnungen einer Mutter"*, *„Zwei Weggefährten"* und *„Über das Gericht"* stammen aus dem Jahre 1891. Das glänzende Phantasiestück *„Der junge Zar"*, das Tolstoj kurz nach dem Regierungsantritt Nikolaus II. mit deutlicher Beziehung auf ihn schrieb – ein großmütiger Traum des Dichters – und das schon ein Jahr darauf verfaßte Fragment *„Sinnlose Hirngespinste"*, in dem sich die grenzenlose Enttäuschung des Dichters angesichts der wahren Natur des „jungen Zaren" ausspricht, sind Arbeiten aus dem Jahre 1894 und 1895. Alle andern hier gesammelten Arbeiten stammen aus dem letzten Jahrzehnt 1900 bis 1910: „Göttliches und Menschliches", *„Aufzeichnungen des Starez Fjodor Kusmitsch"* und *„Kornej Wassiljew"* aus dem Jahre 1905; *„Vater Wassilij"*, *„Wofür?"* und *„Was ich im Traume sah"* aus dem Jahre 1906; *„Wer sind die Mörder?"*, *„Kinderweisheit"*, *„Der Mönchspriester Isidor"* und *„Der Fremde und der Bauer"* aus dem Jahre 1909; *„Chodinka"* und *„Es gibt in der ganzen Welt keine Schuldigen"* aus seinem letzten Lebensjahr: 1910.

Den Dialog *„Der Fremde und der Bauer"* (im Russischen *„Der Durchreisende und der Bauer"*) haben wir an den Schluß dieser Sammlung gestellt, weil sich in diesem Gespräch Tolstojs ganze Weltanschauung in wundervoller Klarheit und vollendeter dichterischer Schönheit wie in einem Zauberspiegel reflektiert. Der greise Durchreisende ist Tolstoj selbst. Er faßte alles, was er der Menschheit noch einmal sagen wollte, in diesem Dialog wie in einem Vermächtnis zusammen.

Trotzdem die Erzählungen aus Tolstojs Nachlaß häufig nicht nur unvollendet geblieben sind, sondern auch sprachlich zuweilen der letzten Vollendung entbehren, sind sie, wie sie sind, wahre Perlen großer Kunst, und sogar die flüchtigsten Skizzen verraten noch die Schöpferhand des Genies. Es sind Torsi, die, wie die unvollendeten Bildwerke eines Michelangelo, die Bewunderung der Nachwelt erregen.

Einer von den ganz Großen war dieser russische Graf, der Grafentum und Reichtum von sich abtat. Der auch nie nach dem Dichterlorbeer griff, den ihm die Mitwelt reichte. Der nichts sein wollte, als ein Mensch – Bruder Mensch unter Menschenbrüdern. Ein Aufrichtiger. Einer, dessen Sendung es war, auszusprechen, was ist. So wurde er einer der großen Wortführer der Unterdrückten, denen sein ganzes Herz gehörte, und ein Verkünder des Ideals der Gleichheit und Brüderlichkeit.

Am 9. September 1928 jährt sich zum hundertsten Mal der Tag, am dem Leo Tolstoj geboren wurde. Eine Welt wird diesen Tag feiern, wie eine Welt trauerte, als Tolstoj am 7. November des Jahres 1910 in dem kleinen Stationsort Astapowa an der Rjäsan-Uraler Eisenbahnlinie starb. Man wird den großen Schriftsteller feiern. Möge man ihn aber nicht nur feiern, sondern seine lebendige Stimme hören, die aus jeder Zeile seiner Werke spricht.

Sein Erbe enthält etwas, das unvergänglich ist. Nicht nur sein künstlerisches Werk, in dem sich die Epoche, der er angehörte, mit dem, was groß und schön in ihr war und mit all ihren Schrecknissen widerspiegelt, sondern auch seine Kritik des Staates, der Kirche und des Privateigentums wirkt in die Zeit und Zukunft hinein.

Berlin, Juli 1928   Ludwig Berndl

Göttliches und Menschliches

1. |

Es war in den siebziger Jahren, als in Rußland der Kampf zwischen den Revolutionären und der Regierung seinen Höhepunkt erreicht hatte.

Der Generalgouverneur der Südprovinzen, ein robuster Deutscher mit herabhängendem Schnauzbart, kaltem Blick und ausdruckslosem Gesicht, im Waffenrock und mit dem weißen Kreuz um den Hals, saß abends in seinem Arbeitszimmer an seinem Tisch, auf dem vier mit grünen Schirmen bedeckte Kerzen brannten, schaute die Schriftstücke durch, die ihm der Kanzleivorsteher zurückgelassen hatte, und unterfertigte sie. „Generaladjutant Soundso" schrieb er hin, machte einen langen Schnörkel dazu und legte das erledigte Schriftstück beiseite.

Unter den Akten befand sich auch ein Urteil, das über den Kandidaten der Universität Odessa Anatolij Swetlogub verhängt war wegen dessen Teilnahme an einer Verschwörung, die den Zweck hatte, die gegenwärtige Regierung zu stürzen; das Urteil lautete: Tod durch den Strang. Der General machte ein besonders finsteres Gesicht und unterzeichnete auch dieses Aktenstück. Mit seinen weißen, von Alter und Seife gerunzelten, gepflegten Fingern strich er die Bogen an den Rändern glatt und legte sie beiseite. Das folgende Stück bezog sich auf die Kosten eines Provianttransports. Er las das Schriftstück aufmerksam durch, wobei er überlegte, ob die angegebenen Summen stimmten oder nicht, und plötzlich erinnerte er sich an das Gespräch, das er mit seinem Adlatus in der Sache Swetlogub gehabt hatte. Der General hatte die Ansicht geäußert, daß das Dynamit, das bei Swetlogub gefunden worden war, noch nicht seine verbrecherische Absicht beweise. Sein Adlatus aber hatte darauf hingewiesen, daß, abgesehen von dem Dynamit, noch eine Menge Indizien vorhanden seien, die bewiesen, daß Swetlogub der Haupträdelsführer sei. Als er sich nun dessen erinnerte, wurde der General nachdenklich, und unter seinem auf der Brust wattierten Uniformrock mit den Aufschlägen, die so hart und steif waren wie Karton, begann sein Herz nervös zu schlagen, und er begann so schwer zu atmen, daß das große weiße Kreuz, der Gegenstand seiner Freude und seines Stolzes, auf seiner Brust sich hob und senkte. ‚Man kann den Diensthabenden zurückrufen und das Urteil, wenn nicht abändern, so verschieben.‘

‚Zurückrufen? Nicht zurückrufen?‘

Das Herz schlug noch unregelmäßiger. Er klingelte. Mit raschem, unhörbarem Schritt trat der Kurier herein.

„Ist Iwan Matwjejewitsch schon fort?"

„Nein, Eure Exzellenz, er geruhte, in die Kanzlei hinüberzugehen."

Das Herz des Generals arbeitete unregelmäßig: bald stand es still, bald begann es heftig zu klopfen. Er erinnerte sich der Warnung des Arztes, der gerade heute sein Herz untersucht hatte.

„Die Hauptsache ist," hatte der Arzt gesagt, „daß Sie, sobald Sie fühlen, daß Sie ein Herz haben, sofort Ihre Beschäftigung einstellen und sich zerstreuen. Das Schlimmste für Sie sind Aufregungen. Sie dürfen es daher unter keinen Umständen so weit kommen lassen."

„Befehlen Sie, daß ich ihn zurückrufe?"

„Nein, es ist nicht nötig," sagte der General. ‚Jaja‘, sagte er zu sich selbst, ‚die Unentschlossenheit regte ihn noch mehr auf. Es ist unterschrieben, basta! Wie man sich bettet, so schläft man‘, sagte er sich auf Deutsch seinen Leibspruch vor. ‚Das geht mich überhaupt nichts mehr an. Ich bin der Vollstrecker des Allerhöchsten Willens und darf solchen Erwägungen kein Gehör schenken‘, fügte er stirnrunzelnd hinzu, indem er sich bemühte, eine Härte zu zeigen, deren sein Herz nicht fähig war.

Und jetzt erinnerte er sich auch an die letzte Begegnung mit dem Kaiser; wie der Kaiser, der ein strenges Gesicht machte und seinen glasigen Blick auf ihn richtete, sagte: „Ich zähle auf dich. Wie du dich im Kriege nicht geschont hast, so wirst du dich auch im Kampf mit den Roten nicht unterkriegen lassen, du wirst dich weder betrügen, noch ins Bockshorn jagen lassen. Lebe wohl!" Der Kaiser hatte ihn umarmt und ihm die Schulter zum Kusse dargereicht. Daran erinnerte sich der General, und auch daran, wie er seinem Kaiser geantwortet hatte: „Mein einziger Wunsch ist, das Leben im Dienst meines Kaisers und Vaterlandes hinzugeben."

Indem er sich so der untertänigen Rührung erinnerte, die er im Bewußtsein, seinem Kaiser selbstlos ergeben zu sein, empfunden hatte, verscheuchte er den Gedanken, der ihn für einen Augenblick in Aufregung versetzt hatte; er unterschrieb die übrigen Papiere und klingelte abermals.

„Ist der Tee serviert?" fragte er.

„Soeben wird er serviert. Eure Exzellenz."

„Es ist gut, du kannst gehen."

Der General seufzte tief auf und ging, indem er die Stelle rieb, wo sich das Herz befindet, mit schweren Schritten in den großen, leeren Saal, und von hier über den frisch gebohnerten Parkettboden, in das Gastzimmer, von wo sich Stimmen vernehmen ließen.

Die Frau des Generals hatte heute Gäste. Es waren hier der Gouverneur mit seiner Gattin, eine alte Fürstin, die eine große Patriotin war, und ein Gardeoffizier, der Bräutigam der letzten unverheirateten Tochter des Generals.

Die Frau des Generals, eine dürre Person mit einem kalten Gesichtsausdruck und dünnen Lippen, saß an einem kleinen Tisch, auf dem ein Teeservice und eine silberne Teekanne mit einem Spirituskocher stand, und erzählte in falsch-traurigem Ton der Gouverneursgattin, einer korpulenten Dame, die sich jünger machte als sie war, wie sie sich wegen der Gesundheit ihres Mannes so große Sorgen mache.

„Tag um Tag neue Enthüllungen von Verschwörungen und anderen entsetzlichen Dingen, und all das lastet auf Basil, er soll alles entscheiden."

„Ach, sprechen Sie nicht davon!" sagte die Fürstin, *„je deviens féroce quand je pense à cette maudite engeance."*

„Jaja, das ist schrecklich! Glauben Sie mir, er arbeitet zwölf Stunden im Tag, und das bei seinem schwachen Herzen! Ich fürchte direkt…"

Sie sprach den Satz nicht zu Ende, da sie ihren Gatten erblickte.

„Ja, Sie müssen ihn unbedingt hören. Barbini ist ein wundervoller Tenor," sagte sie mit Bezug auf einen Sänger, der erst jüngst angekommen war, und dabei lächelte sie der Gouverneurin so natürlich zu, als ob sie nur davon gesprochen hätte.

Die Tochter des Generals, ein liebliches, vollbusiges Mädchen, saß mit ihrem Bräutigam in einem entfernten Winkel des Gastzimmers hinter einem chinesischen Schirmchen. Sie stand auf und ging zusammen mit ihrem Bräutigam zu ihrem Vater.

„Wie kommt es denn, daß wir uns heute noch gar nicht gesehen haben?" fragte der General, indem er seine Tochter küßte und ihrem Bräutigam die Hand gab.

Nachdem er seine Gäste begrüßt hatte, setzte sich der General zu ihnen an den Tisch und begann mit dem Gouverneur ein Gespräch über die letzten Neuigkeiten.

„Nein, nein – nichts von den Geschäften! Das ist hier verboten!" unterbrach die Frau des Generals die Rede des Gouverneurs. „Ah, da kommt er, wie gerufen – Kopjow; er wird gewiß etwas Heiteres zu erzählen wissen."

„Guten Tag, Kopjow!"

Und Kopjow, ein bekannter Spaßmacher und Witzbold, erzählte tatsächlich die allerneueste Anekdote, die alle zum Lachen brachte.

2. |

„Aber nein, das kann nicht, kann nicht, kann nicht sein! Lassen Sie mich!" schrie die Mutter Swetlogubs mit schriller Stimme, indem sie sich aus den Händen des Gymnasiallehrers, eines Kameraden ihres Sohnes, und des Arztes losriß, die sie zu halten versuchten.

Die Mutter Swetlogubs war eine noch jugendlich-anmutige Frau mit ergrauendem Lockenhaar und „Sternchen" in den Augenwinkeln. Nachdem der Lehrer, Swetlogubs Kamerad, erfahren hatte, daß das Todesurteil unterzeichnet war, wollte er sie behutsam auf das Schreckliche vorbereiten; er hatte aber kaum über ihren Sohn zu sprechen angefangen, als sie aus dem Ton seiner Stimme und der Verstörtheit seines Blickes erriet, daß sich eben das ereignet hatte, was sie so sehr befürchtete.

Das trug sich in einem kleinen Zimmer des besten Hotels der Stadt zu.

„Aber was haltet ihr mich fest, laßt mich doch los," schrie sie, sich von dem Arzt, einem alten Freund ihrer Familie, losreißend, der sie mit der einen Hand an dem mageren Ellbogen festhielt und mit der andern ein Fläschchen mit Tropfen auf den ovalen Tisch vor dem Diwan stellte. Sie war froh, daß man sie festhielt, denn sie fühlte, daß sie etwas tun müsse; was sie tun sollte, wußte sie nur dunkel, und sie bangte davor.

„Beruhigen Sie sich. Nehmen Sie diese Baldriantropfen," sagte der Arzt und reichte ihr in einem Gläschen eine trübe Flüssigkeit.

Sie wurde plötzlich still und fiel in sich zusammen: sie ließ ihren Kopf auf ihre eingesunkene Brust fallen, schloß die Augen und sank auf den Diwan hin.

Und sie erinnerte sich, wie ihr Sohn vor drei Monaten mit geheimnisvollem und traurigem Gesichte von ihr Abschied genommen. Dann erinnerte sie sich seiner, wie er als achtjähriger Knabe war, in einem Samtjäckchen, mit nackten Beinchen und mit langem, in Ringellocken sich kräuselndem blondem Haar.

„Und ihn, ihn, diesen selben Knaben ... mit ihm wird man das tun!"

Sie sprang auf, stieß den Tisch zurück und riß sich aus den Händen des Arztes los. Als sie zur Tür kam, fiel sie in einen Lehnstuhl.

„Und Sie sagen, es gebe einen Gott! Was ist das für ein Gott, wenn er solche Dinge geschehen läßt! Hol ihn der Teufel – diesen Gott!" schrie sie, indem sie abwechselnd schluchzte und in ein hysterisches Gelächter ausbrach. „Ihn wird man aufhängen—aufhängen, ihn, der alles für die andern hingegeben hat, der seine Karriere, sein Vermögen geopfert, sein ganzes Leben dem Volke hingegeben hat," sagte sie. Früher hatte sie ihrem Sohne wegen derselben Handlungen, die sie ihm jetzt als Verdienst anrechnete, Vorwürfe gemacht. „Und ihn, ihn ... mit ihm tut man dies. Und da sagen Sie noch, es gebe einen Gott!" schrie sie.

„Aber ich sage ja gar nichts, ich bitte Sie nur, diese Tropfen zu nehmen."

„Ich will nichts. Ha-ha-ha-ha!" lachte sie gellend, und schluchzte zugleich, sich an ihrer eigenen Verzweiflung berauschend.

Als es Nacht wurde, war sie so entkräftet, daß sie weder sprechen, noch weinen konnte; sie konnte nur mehr mit starrem, irrem Blick vor sich hin schauen. Der Arzt gab ihr eine Morphiumspritze, und sie schlief ein.

Sie schlief ohne Träume, aber das Erwachen war schrecklich. Schrecklicher als alles war, daß die Menschen alle so grausam waren, nicht bloß diese schrecklichen Generale mit den glattrasierten Wangen und die Gendarmen, nein – alle, alle: das Zimmermädchen, die gekommen war, um das Zimmer aufzuräumen und die so ruhig dreinschaute, und die Nachbarn in den andern Zimmern, die sich

heiter begrüßten und über etwas lachten, wie wenn nichts passiert
wäre.

3. |

Swetlogub saß den zweiten Monat in Einzelhaft. Er hatte in dieser
Zeit innerlich viel durchgemacht.

Von Kindheit an hatte Swetlogub unbewußt das Ungerechte seiner exklusiven Lage als reicher Mann gefühlt, obwohl er sich bemüht hatte, dieses Bewußtsein in sich zu ersticken. Oft, wenn ihm
die Not des Volkes vor Augen trat und manchesmal sogar schon,
wenn er selbst sich aus irgendeinem Grund wohl und glücklich
fühlte, überkam ihn plötzlich ein Gefühl der Scham vor jenen Leuten
– den Bauern, den Greisen, den Frauen und Kindern, die geboren
wurden, aufwuchsen und starben, ohne auch nur ein einziges Mal
die Freuden genossen zu haben, die er genoß – und die er nicht einmal schätzte. Diese Ärmsten kamen aus ihrer schweren Arbeitsfron,
aus ihrem Elend auch später nicht heraus, als er nach Absolvierung
der Universität für die Bauern eine Schule und einen Konsumladen
und für unglückliche Greise und Greisinnen ein Asyl errichtete.
Doch sonderbar! indem er sich mit diesen Dingen beschäftigte,
schämte er sich vor dem Volke noch mehr als früher, da er mit seinen Kameraden gezecht oder sich ein kostspieliges Reitpferd ange-
schafft hatte. Er fühlte, daß das alles nicht das Rechte war; ja, es war
nicht nur nicht das Rechte, sondern es haftete etwas Böses, etwas
moralisch Unsauberes daran.

Als er wieder einmal so recht unbefriedigt von seiner Tätigkeit
auf dem Dorfe war, fuhr er nach Kijew, wo er einem Kameraden begegnete, mit dem er von der Universität her eng befreundet war.
Dieser Kamerad ward drei Jahre später in einem Graben der Kijewer
Festung erschossen.

Dieser Kamerad nun, ein heißblütiger, enthusiastischer, hochbe-
gabter Mensch, beredete Swetlogub, an einem Zirkel teilzunehmen,
der es sich zum Ziel setzte, das Volk aufzuklären, das Bewußtsein
seiner Rechte in ihm wachzurufen und Aktionsgruppen zu organi-
sieren, deren Aufgabe es sein sollte, das Volk aus der Macht der
Gutsbesitzer und der Regierung zu befreien. Die Gespräche mit diesem Menschen und seinen Freunden brachten gleichsam zur Reife,

16

was in Swetlogub schon von jeher geschlummert hatte. Jetzt wußte er, was er zu tun hatte. Ohne die Verbindung mit seinen neuen Kameraden abzubrechen, fuhr er in sein Dorf zurück und entfaltete dort eine ganz neue Tätigkeit. Er wurde selbst Schullehrer, richtete Unterrichtskurse für Erwachsene ein, las ihnen Bücher und Broschüren vor und klärte die Bauern über ihre Lage auf; daneben gab er illegale Bücher und Broschüren für das Volk heraus und gab für die Einrichtung gleicher Zirkel in anderen Dörfern die Mittel her, ohne das Vermögen seiner Mutter anzutasten.

Gleich im Anfang seiner neuen Tätigkeit stieß Swetlogub auf zwei unerwartete Hindernisse. Das erste bestand darin, daß sich die Mehrzahl der Leute aus dem Volk gegenüber den Bestrebungen Swetlogubs nicht nur gleichgültig verhielten, sondern daß sie fast mit Verachtung auf ihn schauten. (Verstanden wurde er nur von Ausnahmemenschen oder auch von Leuten mit oft nicht ganz einwandfreier Moral.) Das zweite Hindernis kam von seiten der Regierung. Die Schule wurde verboten, bei ihm und ihm nahestehenden Personen wurden Haussuchungen vorgenommen und Bücher und Schriftstücke wurden beschlagnahmt.

Dem ersten Hindernis – der Gleichgültigkeit des Volkes – schenkte Swetlogub nur wenig Aufmerksamkeit, da ihn das zweite, die sinnlosen und beleidigenden Unterdrückungsmaßnahmen der Regierung, zu sehr empörte. Dasselbe erfuhren seine Kameraden in ihrer Tätigkeit auch in den anderen Orten, und das Gefühl der Auflehnung gegen die Regierung wuchs derart, daß die Mehrzahl der Teilnehmer dieses Zirkels beschloß, gegen die Regierung mit Gewalt vorzugehen.

Das Haupt dieses Zirkels war ein gewisser Meschenezkij, ein Mensch von ungeheurer Energie, wie alle meinten, von einer unwiderstehlichen Logik, und dabei ein Mensch, der der Sache der Revolution vollkommen ergeben war.

Swetlogub unterlag dem Einfluß dieses Menschen, und mit derselben Energie, mit der er früher im Volke gearbeitet hatte, widmete er sich setzt der terroristischen Tätigkeit.

Diese Tätigkeit war gefährlich, aber gerade diese Gefährlichkeit zog Swetlogub an.

Er sagte sich: Sieg oder Märtyrertum, und wenn Märtyrertum, so ist auch das ein Sieg – Sieg in der Zukunft. Und das Feuer, das in ihm brannte, erlosch nicht im Laufe all der sieben Jahre seiner revolutionären Tätigkeit, im Gegenteil, es wurde mehr und mehr entfacht, genährt von der Liebe und Achtung jener Leute, unter denen er arbeitete.

Dem Umstande, daß er fast sein ganzes Vermögen – das Vermögen, das er von seinem Vater geerbt hatte – für diese Sache geopfert hatte, schrieb er keinerlei Bedeutung bei, und ebenso schrieb er der Mühsal und Not, die er während seiner Tätigkeit ertragen mußte, keinerlei Wichtigkeit zu. Nur eines betrübte ihn, und das war der Kummer, den er durch seine Tätigkeit seiner Mutter zufügte und jenem Mädchen, ihrer Pflegetochter, die bei seiner Mutter lebte und ihn liebte.

Ein Kamerad – ein Terrorist –, mit dem Swetlogub in der letzten Zeit wenig sympathisiert hatte und der von der Polizei verfolgt wurde, bat ihn, Dynamit bei sich zu verbergen. Swetlogub erklärte sich, gerade weil er diesen Kameraden nicht gerne hatte, ohne Schwanken dazu bereit, am folgenden Morgen wurde im Hause Swetlogubs eine Haussuchung gemacht und das Dynamit gefunden. Auf alle Fragen, auf welche Weise und woher er das Dynamit erhalten habe, verweigerte Swetlogub die Antwort.

Nun hatte jenes Märtyrertum, das er erwartet hatte, für ihn begonnen. In der letzten Zeit, als so viele seiner Freunde hingerichtet, eingekerkert, verbannt worden waren, als so viele Frauen Leid zu tragen gehabt, hatte Swetlogub das Märtyrertum fast herbeigewünscht. In den ersten Minuten, nachdem man ihn verhaftet und später als man ihn verhörte, hatte er ein besonderes Hochgefühl, fast Freude, empfunden.

Er verspürte dieses Gefühl, als man ihn entkleidete, durchsuchte, er verspürte es auch, als man ihn in den Kerker führte und die eiserne Tür hinter ihm zufiel. Aber als ein Tag, ein zweiter, ein dritter, als eine Woche, eine zweite, eine dritte verging, die er in der schmutzigen, feuchten, von Insekten wimmelnden Zelle in Einsamkeit und unfreiwilligem Müßiggang verbrachte, schwanden seine moralischen Kräfte zusammen mit seinen physischen dahin, er härmte sich ab und wünschte, wie er sich sagte, irgendein Ende dieser qualvollen Lage. Sein Gram wurde noch dadurch vermehrt, daß er an seinen Kräften zu zweifeln begann. Im zweiten Monat ertappte er sich auf dem Gedanken, die volle Wahrheit zu sagen, um nur loszukommen. Er erschrak ob seiner Schwäche, fand aber die früheren Kräfte nicht mehr in sich und haßte, verabscheute sich und sehnte sich noch mehr nach einem Leben in der Freiheit.

Das Allerschlimmste war, daß es ihm in seiner Haft um die Kräfte und Freuden der Jugend, die er so leicht aufgeopfert hatte, leid tat; sie erschienen ihm jetzt in so verführerischem Licht, daß er anfing, all das, was er früher für gut gehalten, zu bereuen, ja daß er manchmal seine ganze Tätigkeit verurteilte. Es kamen ihm Gedanken, wie glücklich, wie gut alles sein könnte, wie herrlich er in der Freiheit auf dem Lande oder im Auslande, unter Freunden, die er liebte und die ihn liebten, leben könnte. Er hätte *s i e* oder ein anderes Mädchen heiraten und ein einfaches, frohes Leben im hellen Sonnenlichte führen können.

4. |

An einem der qualvoll-eintönigen Tage im zweiten Monat seiner Haft übergab der Gefängnis-Inspektor bei seinem gewöhnlichen Rundgang Swetlogub ein kleines Büchlein mit einem goldenen Kreuz auf dem braunen Umschlag, wobei er ihm sagte, daß die Frau des Gouverneurs das Gefängnis besucht und eine Anzahl Evangelien zurückgelassen habe, die den Gefangenen übergeben werden sollten. Swetlogub dankte und legte mit einem leichten Lächeln das Büchlein auf den an die Wand angeschraubten Tisch.

Nachdem der Inspektor gegangen war, verständigte sich Swetlogub durch Klopfen mit seinem Nachbarn, daß der Inspektor dagewesen sei und nichts Neues mitzuteilen gehabt und nur ein Evangelium dagelassen habe. Und sein Nachbar antwortete, man habe auch ihm eines dagelassen.

Nach dem Mittagessen öffnete Swetlogub das Büchlein, dessen Blätter infolge der Feuchtigkeit, die im Gefängnis herrschte, zusammenklebten, und begann darin zu lesen. Swetlogub hatte das Evangelium noch nie gelesen. Alles, was er davon wußte, war das, was im Gymnasium mit dem Religionslehrer durchgenommen worden war und was die Popen und Diakone in singendem Tonfall in der Kirche vorzutragen pflegten.

„Das *1. Kapitel.* Christi Geschlechtsregister, Empfängnis, Name und Geburt. 1. Dies ist das Buch von der Geburt Jesu Christi, der da ist ein Sohn Davids, des Sohnes Abrahams. 2. Abraham zeugete Isaak. Isaak zeugete Jakob. Jakob zeugete Juda und seine Brüder," las er. „Serubabel zeugete Abiud," las er weiter. Es war das, was er zu finden erwartet hatte: wirres, unnützes, sinnloses Zeug. Wäre er nicht im Gefängnis gewesen – nie wäre es ihm gelungen, die Seite zu Ende zu lesen; hier aber setzte er die Lektüre, nur um zu lesen, weiter fort. „Wie der Gogolsche Petruscha," dachte er von sich. Er las das erste Kapitel, wo berichtet wird, daß eine Jungfrau schwanger werden und einen Sohn gebären werde, der Immanual heißen solle, „das ist verdolmetschet: Gott mit uns." „Und worin besteht die Prophezeiung?" dachte er und setzte die Lektüre fort. Er las das zweite Kapitel über den wandelnden Stern, das dritte über Johannes, der sich von Heuschrecken nährte, und das vierte, wo der Satan den Herrn Jesus Christus einlud, einen salto mortale vom Dach hinunter auszuführen. Das alles erschien ihm so uninteressant, daß er trotz der Langweiligkeit des Gefängnislebens das Buch schon zuschlagen wollte, um seine gewöhnliche Abendbeschäftigung – das Abfangen der Flöhe – zu beginnen, als er sich erinnerte, daß er beim Examen der fünften Klasse des Gymnasiums eine der Seligpreisungen vergessen hatte und der rotwangige, lockenhaarige Priester plötzlich sehr zornig wurde und ihm ein „Ungenügend" gab. Er konnte sich nicht entsinnen, was das für eine Seligpreisung gewesen war und las die Seligpreisungen durch. „Selig sind, die um Gerechtigkeit willen verfolgt werden; denn das Himmelreich ist ihr," las er. ‚Das könnte man' dachte er, ‚auch auf uns beziehen.' „Selig seid ihr, wenn euch die Menschen schmähen und verfolgen. Seid fröhlich und getrost. Denn also haben sie verfolget die Propheten, die vor euch gewesen sind. Ihr seid das Salz der Erde. Wo nun das Salz dumm wird, womit soll man's salzen? Es ist zu nichts hinfort nütze, denn daß man es hinausschütte und lasse es die Leute zertreten."

‚Das paßt auf uns schon ganz und gar,' dachte er und setzte seine Lektüre fort. Nachdem er das ganze fünfte Kapitel durchgelesen hatte, wurde er nachdenklich. „Ihr sollt nicht zürnen, nicht ehebrechen, widerstehet nicht dem Übel, liebet eure Feinde."

‚Ja, wenn alle so leben würden' dachte er, ‚wäre keine Revolution nötig.' Er las weiter und drang mehr und mehr in den Sinn jener Stellen ein, die vollkommen verständlich waren. Und je weiter er las, desto mehr überzeugte er sich, daß in diesem Buche etwas ganz

Wichtiges gesagt wurde. Etwas sowohl Wichtiges, als auch Einfaches, Rührendes, etwas, wovon er früher nie gehört hatte, das ihm aber irgendwie bekannt vorkam.

„Zu allen aber sagte er: wer Mir folgen will, verleugne sich selbst. Nimm dein Kreuz und folge mir nach. Denn wer seine Seele retten will, der wird sie verlieren, wer aber seine Seele verliert um meinetwillen, der wird sie bewahren. Was nützte es dem Menschen, wenn er die ganze Welt gewönne und dabei Schaden nähme an seiner Seele?"

„Ja, ja, das ist dasselbe!" schrie er plötzlich mit Tränen in den Augen. „Dasselbe wollte auch ich tun. Ich wollte dasselbe: mich mit der ganzen Seele hingeben, nicht bewahren, sondern hingeben. Darin besteht die Freude, darin das Leben. Manches hab' ich wohl auch der Leute wegen getan, des menschlichen Ruhmes wegen," dachte er, „zwar nicht des Ruhmes bei den Massen, wohl aber wegen der guten Meinung jener, die ich achtete und liebte: Natascha, Dmitrij Schelomow; aber auch da waren Zweifel in mir, war ich unruhig. Frei und leicht war mir nur dann ums Herz, wenn ich lediglich das tat, was das Gewissen von mir forderte: als ich mich selbst opfern, alles hingeben wollte…"

Von dieser Zeit an verbrachte Swetlogub die meiste Zeit mit dem Lesen dieses Buches und mit dem Nachdenken über das in diesem Buch Gesagte. Diese Lektüre rief nicht nur eine seelenvolle Stimmung in ihm hervor, die ihn über die Misere seiner Lage emportrug, sondern sie erregte auch eine so mächtige Gedankenarbeit in ihm, wie er sie vordem nicht gekannt hatte. Er dachte darüber nach, warum nicht alle Menschen so leben wollten, wie es in diesem Buche gesagt ist. Es ist doch so schön, nicht in egoistischer Absonderung zu leben, sondern im innigen Verein mit allen. Wenn man so leben würde, gäbe es keinen Kummer, keine Not mehr, es gäbe nur noch Glück und Freude. ‚Ja, wenn nur dieser Zustand einmal ein Ende hätte, wenn ich nur wieder frei wäre,' dachte er manchmal. ‚Einmal werden sie mich doch freilassen müssen, oder ich werde nach Sibirien verschickt. Es ist gleich, man kann überall so leben. Und ich werde so leben. Man kann und muß so leben. Nicht so leben ist Wahnsinn.

5. |

An einem solchen Tage, wo er sich in einem so freudig erregten Zustande befand, kam der Inspektor zu einer ungewöhnlichen Stunde zu ihm in die Zelle und fragte ihn, ob er sich wohlbefinde und ob er nicht irgendwelche Wünsche habe. Swetlogub wunderte sich und verstand nicht, was dieses veränderte Verhalten des Inspektors zu bedeuten habe, und bat um Zigaretten, wobei er auf eine Absage gefaßt war. Aber der Inspektor sagte, er werde sofort welche schicken, und tatsächlich brachte ihm der Aufseher ein Paket Zigaretten und Streichhölzer.

„Wahrscheinlich hat sich jemand für mich verwendet," dachte Swetlogub; er zündete sich eine Zigarette an und begann in seiner Zelle auf und ab zu gehen, wobei er überlegte, was diese Veränderung zu bedeuten habe.

Am andern Tag führte man ihn vor die Gerichtsschranken. Im Gerichtssaal, wo er schon einige Male gewesen war, wurde er aber diesmal nicht verhört. Einer der Richter, der ein Schriftstück in der Hand hielt, erhob sich von seinem Sessel, und während sich auch die andern erhoben, begann er mit lauter, unnatürlicher, ausdrucksloser Stimme zu lesen. Swetlogub hörte zu und betrachtete die Gesichter der Richter. Sie alle blickten ihn nicht an und hörten mit bedeutungsvollen, traurigen Mienen zu.

In dem Schriftstück hieß es, Anatolis Swetlogub werde wegen seiner Teilnahme an revolutionären Umtrieben, die in der nächsten oder entferntesten Zukunft den Sturz der gegenwärtigen Regierung zum Ziele hätten, zum Verlust aller bürgerlichen Rechte und zum Tode durch den Strang verurteilt.

Swetlogub hörte und verstand die Bedeutung der Worte, die der Offizier sprach. Er bemerkte die Absurdität der Worte „in der nächsten oder entferntesten Zukunft" und der Klausel von dem „Verlust aller bürgerlichen Rechte" eines zum Tode Verurteilten, aber er begriff absolut nicht die Bedeutung, die diese Urteilsverkündung für ihn selbst hatte. Erst lange nachdem man ihm gesagt hatte, daß er gehen könne und als er sich mit dem Gendarmen schon auf der Straße befand, dämmerte ihm auf, was ihm verkündet worden war.

„Hier ist etwas nicht in Ordnung. Da stimmt etwas nicht. Da ist etwas Absurdes. Das kann nicht sein ...", sagte er sich, als er im Wagen saß, der ihn in das Gefängnis zurückbrachte.

Er verspürte in sich eine solche Lebensfülle, daß es ihm unmöglich war, sein Ichbewußtsein mit der Vorstellung vom Tode und der Abwesenheit dieses „Ichs" zu verbinden.

Im Gefängnis angelangt, setzte sich Swetlogub auf seine Pritsche, schloß die Augen und versuchte, sich vorzustellen, was ihn erwartete, aber es gelang ihm absolut nicht. Er konnte sich absolut nicht vorstellen, daß es ihn nicht mehr geben solle, und er konnte sich auch nicht vorstellen, daß es Menschen gebe, die seinen Tod wünschen könnten.

„Mich jungen, guten, glücklichen, von so vielen Menschen wohlgelittenen Menschen," dachte er und erinnerte sich der Liebe, die seine Mutter, Natascha, seine Freunde für ihn empfanden, „mich will man töten, aufhängen? Wer hat das verfügt, weswegen sollte es denn geschehen? Und dann: was wird sein, wenn ich nicht mehr bin? Nein, es ist unmöglich," sagte er sich.

Der Inspektor trat in die Zelle, Swetlogub hörte es nicht.

„Wer sind Sie? Was wollen Sie hier?" sagte Swetlogub, ohne den Inspektor zu erkennen.

„Ach, Sie sind es! Wann soll es denn sein?" fragte er.

„Ich habe keine Ahnung," sagte der Inspektor, und nachdem er ein paar Sekunden schweigend dagestanden, sagte er plötzlich mit einer einschmeichelnden, zärtlichen Stimme: „Unser Väterchen dahier, der Pope, wünschte so sehr. Sie zu sehen und Ihnen das Allerheiligste … Dürfte er wohl vorbeikommen?"

„Ich brauche nichts, nichts! Nichts brauche ich! Gehen Sie fort!" schrie Swetlogub.

„Wollen Sie nicht noch jemand schreiben? Das ist erlaubt," sagte der Inspektor.

„Ja, ja, schicken Sie Schreibzeug, ich werde schreiben."

Der Inspektor verließ die Zelle.

„Also morgen früh," dachte Swetlogub. „Sie machen es immer so. Morgen früh werde ich nicht mehr sein. Nein, das kann nicht sein, es ist ein Traum."

Aber nun kam der Aufseher herein, der wirkliche, ihm bekannte Aufseher, und brachte zwei Federn, ein Tintenfaß, ein Päckchen Briefpapier und ein Päckchen bläulicher Kuverts. Vor den Tisch stellte er ein Tabouret. Alles das war völlige Wirklichkeit, kein Traum.

„Man muß nur nicht dran denken, nicht dran denken. Jaja! Ich will meiner Mutter schreiben," dachte er. Swetlogub, nahm auf dem Tabouret Platz und begann sofort zu schreiben.

„Liebe, teure…" schrieb er und begann zu weinen. „Verzeihe mir, verzeihe, daß ich Dir all diesen Kummer angetan. Ob ich nun geirrt oder nicht – ich konnte nicht anders. Nur um eines bitte ich Dich: Verzeihe!" – ‚Aber ich habe das ja schon einmal geschrieben', dachte er. ‚Aber es ist gleich, jetzt ist keine Zeit mehr, das umzu-schreiben'. „Traure nicht um mich," schrieb er weiter. „Ein wenig früher, ein wenig später … ist es denn nicht gleich? Ich fürchte mich nicht und bereue nicht, was ich getan habe. Ich konnte nicht anders. Nur verzeihe Du mir. Und zürne niemand, weder jenen, mit denen ich gearbeitet habe, noch denen, die mich hinrichten werden. Die einen wie die andern konnten nicht anders: verzeihe ihnen, denn sie wissen nicht, was sie tun. Von mir selbst wage ich diese Worte nicht zu wiederholen, aber sie sind in meinem Herzen, erheben und beru-higen mich. Verzeihe! Ich küsse Deine lieben, runzeligen, alten Hände!" Zwei Tränen, eine nach der andern, tropften auf das Papier und zerflossen darauf. „Ich weine aber nicht vor Kummer oder Angst, sondern vor Rührung im Angesicht des feierlichsten Augen-blickes meines Lebens, und weil ich Dich liebe. Meinen Freunden mache keine Vorwürfe, sondern liebe sie. Insbesondere Prochorow, und zwar gerade deswegen, weil er die Ursache meines Todes war. Es erfüllt einen mit Freude, den zu lieben, der – nicht, daß er schuld wäre – Anlaß gegeben, daß man ihm Vorwürfe machen und ihn has-sen könnte. Einen solchen Menschen liebzugewinnen – den Feind – ist ein wundervolles Glück. Natascha sage, daß ihre Liebe mein Trost und meine Freude war. Es war mir nicht immer klar, aber in der Tiefe meiner Seele war ich mir dessen bewußt. Das Leben war mir leichter, da ich wußte, daß sie lebte und mich liebte. Nun denn, jetzt hab ich alles gesagt. Leb wohl!"

Er faltete den Brief zusammen, verschloß ihn und setzte sich auf das Bett, indem er die Hände auf seine Knie legte und seine Tränen hinunterschluckte.

Er glaubte immer noch nicht, daß er sterben müsse. Ein paar Mal versuchte er wieder, aus seinem vermeintlichen Traum zu erwa-chen, und versuchte es vergebens. Dieser Gedanke brachte ihn auf einen andern: ob nicht das ganze Leben auf dieser Erde ein Traum

sei, und der Tod ein Erwachen aus diesem Traum? Und wenn dem
so sei, ob nicht das Wissen um das Leben in dieser Welt nur ein Erwachen aus dem Traum eines früheren Lebens sei, an dessen Einzelheiten wir uns nicht mehr erinnern? So daß also das Leben in dieser
Welt kein Anfang, sondern eine neue Form des Lebens sei. ‚Sterbend
gehe ich in eine neue Form über.' Dieser Gedanke gefiel ihm; aber
als er sich auf ihn stützen wollte, fühlte er, daß sowohl dieser Gedanke wie auch jeder andere Gedanke die Todesfurcht nicht bannen
konnte. Endlich wurde er des Denkens und Grübelns müde, sein
Gehirn arbeitete nicht mehr; er schloß die Augen und saß lange so,
ohne zu denken.

Er las den Brief nochmals durch, und als er am Schlusse desselben den Namen Prochorow las, erinnerte er sich plötzlich, daß der
Brief gelesen werden könne, gewiß gelesen werde, und daß das Prochorow vernichten würde.

„Mein Gott, was habe ich getan!" schrie er plötzlich auf; er zerriß
den Brief in lange Streifen, die er sorgfältig über der Lampe verbrannte.

Ganz verzweifelt setzte er sich nochmals zum Schreiben nieder;
jetzt aber fühlte er sich ruhig werden, es kam wie Freude über ihn.

Er nahm einen andern Bogen Papier und fing an zu schreiben.
Die Gedanken strömten ihm nur so zu.

„Liebe, teure Mutter!" schrieb er, und wieder waren seine Augen
von Tränen umflort, und er mußte sie mit dem Ärmel seines Arres-
tantenkittels abwischen, um zu sehen, was er schrieb. „Wie habe ich
mich doch selbst nicht gekannt, nicht die Kraft meiner Liebe zu Dir
und der Dankbarkeit, die immer in meinem Herzen lebten! Jetzt
weiß und fühle ich es, und wenn ich an unsere Zerwürfnisse denke,
an die unguten Worte, die ich Dir gesagt habe, so ist es mir schmerzlich und fast unbegreiflich. Verzeihe mir und erinnere Dich nur an
das Gute, wenn solches in mir war.

„Den Tod fürchte ich nicht. Die Wahrheit zu sagen: ich verstehe
ihn nicht und glaube nicht an ihn. Denn wenn es einen Tod gibt, ein
Zunichtewerden – ist es dann nicht gleichviel, ob man 30 Jahre oder
Minuten früher oder später stirbt? Wenn es aber keinen Tod gibt, so
ist es erst recht gleichgültig, ob man früher oder später stirbt."

‚Aber was philosophiere ich da', dachte er, ‚ich muß wiederholen, was ich im ersten Brief geschrieben habe, und etwas Liebevolles

am Schluß. Ja.' – „Meinen Freunden," schrieb er weiter, „mache keine Vorwürfe, sondern liebe sie und insbesondere den, der, ohne es zu wollen, Ursache meines Todes war. Natascha küsse von mir und sage ihr, daß ich sie immer geliebt habe."

,Ach ja! Was erwartet mich?' ging es ihm wieder durch den Sinn. ,Das Nichts? Nein, nicht das Nichts. Aber was denn?'

Und es wurde ihm plötzlich vollkommen klar, daß es für einen Menschen, solange er im Leben steht, auf diese Fragen keine Antwort gibt und daß es auch keine geben kann.

,Wozu frage ich mich denn danach? Warum, ja warum? Man darf sich nicht fragen, man muß leben. So wie ich jetzt gelebt habe, als ich diesen Brief schrieb. Wir sind doch alle schon längst verurteilt, schon von jeher, und leben. Wir leben recht und voll Freuden, wenn … wir lieben. Ja, wenn wir lieben. Als ich diesen Brief schrieb, empfand ich Liebe, und daher fühlte ich mich so glücklich. So muß man leben. Und man kann auch so leben, kann es überall und immer, sowohl in der Freiheit als auch im Gefängnis, sowohl heute als morgen und so bis zum Ende.'

Es drängte ihn, sogleich mit jemand ein liebevolles Wort zu sprechen. Er klopfte an die Tür, und als der Wächter zu ihm hineinblickte, fragte er ihn, wie spät es sei und ob bald die Ablösung komme; aber der Wächter antwortete ihm nicht. Hierauf bat er ihn, den Inspektor zu rufen. Der Inspektor kam und fragte, was er wünsche.

„Ich habe da einen Brief an meine Mutter geschrieben, übergeben Sie ihn, bitte," sagte er, und Tränen traten ihm bei der Erinnerung an seine Mutter in die Augen.

Der Inspektor nahm den Brief entgegen, versprach, ihn der Adressatin auszufolgen, und wollte gehen, aber Swetlogub hielt ihn zurück.

„Hören Sie, Sie sind doch ein guter Mensch. Warum dienen Sie hier?" fragte er freundlich, indem er seinen Arm berührte.

Der Inspektor lächelte unnatürlich, mitleiderregend; er schlug die Augen nieder und sagte:

„Man muß doch leben."

„Geben Sie diese Stelle auf. Man kann sich doch immer irgendwie durchschlagen. Sie sind ein so guter Mensch. Vielleicht könnte sogar ich …"

Der Inspektor brach in ein Schluchzen aus, wandte sich rasch um und ging, die Tür hinter sich zuschlagend, hinaus.

Die Erregung des Inspektors rührte ihn noch mehr, und er begann, Tränen der Freude zurückhaltend, von einer Wand zur andern zu gehen, ohne daß er jetzt auch nur die geringste Angst empfand, völlig einem Gefühl der innigsten Rührung hingegeben, die ihn über alles Irdische erhob.

Dieselbe Frage, auf welche eine Antwort zu finden er sich vergeblich bemüht hatte, die Frage nämlich, was seiner nach seinem Tode harre, schien ihm jetzt restlos gelöst, und zwar nicht durch eine Antwort, die die Vernunft geben kann, sondern durch das Bewußtsein des wahren Lebens, das in ihm war.

Und er erinnerte sich der Worte des Evangeliums: „Wahrlich, wahrlich, ich sage euch, wenn ein Weizenkorn, das in die Erde gefallen, nicht stirbt, so bleibt es allein, wenn es aber erstorben ist, bringt es viele Frucht." – ‚Ja, wahrlich, wahrlich,‘ dachte er.

‚Wenn ich jetzt nur einschlafen könnte, damit ich später nicht schwach bin.‘ Er legte sich auf die Pritsche, schloß die Augen und schlief auch bald ein.

Er erwachte um sechs Uhr morgens, noch ganz unter dem Eindruck eines lichten, fröhlichen Traumes. Ihm hatte geträumt, daß er mit einem kleinen, blondhaarigen Mädchen in Bäumen herumkletterte, deren Zweige von allen Seiten tief hinabhingen und mit reifen, schwarzen Weichseln bedeckt waren, und er sammelte sie in einem großen, kupfernen Becken. Die Weichseln gelangten aber nicht in das Becken und fielen auf die Erde, und irgendwelche sonderbaren Tiere – in der Art von Katzen – fangen die Weichseln, werfen sie in die Luft und fangen sie wieder auf. Das Mägdlein sah das und brach in ein schallendes Lachen aus; es war so ansteckend, daß auch Swetlogub in seinem Traum in grundloser Fröhlichkeit hell auflachte. Plötzlich entglitt das kupferne Becken den Händen des Mägdleins. Swetlogub will es fassen, hat aber keine Zeit mehr dazu, und das Becken fällt mit metallischem Klirren von Ast zu Ast zur Erde. Er erwacht mit einem Lächeln auf den Lippen und hört noch das metallische Klirren der fallenden Schüssel. Dieses Klirren ist das Geräusch der eisernen Riegel im Korridor, die geöffnet werden. Man hört Schritte im Korridor und das Klirren von Gewehren. Da erinnerte er sich plötzlich an alles. ‚Ach, wenn man nur wieder einschlafen könnte!' denkt Swetlogub. Aber an ein Einschlafen ist nicht mehr zu denken. Die Schritte näherten sich seiner Tür. Er hört, wie man mit dem Schlüssel nach dem Schlüsselloch tastet und wie die Tür, die sich öffnet, knarrt.

Herein treten: ein Offizier, der Inspektor und ein Soldat.

„Jetzt geht es in den Tod … Man muß den Kopf hoch tragen…" denkt Swetlogub, und er fühlt, wie die seelenvolle, feierliche Stimmung, in der er gestern war, zurückkehrt.

6. |

In dem gleichen Gefängnis, in dem Swetlogub sich in Haft befand, saß ein Greis, ein Raskolnik, ein Popenloser, der an seinen Führern zu zweifeln begonnen hatte und den wahren Glauben suchte.

Er verwarf nicht nur die Nikonianische Kirche, sondern auch alle Regierungen von der Zeit Peters an, den er „Antichrist" nannte – der russische Kaiserstaat war „das Tabakreich" –, er sprach kühn aus, was er dachte, entlarvte die Popen und die Beamten, weswegen er angeklagt und ins Gefängnis gesetzt und von einem Gefängnis ins andere überführt wurde. Daß er nicht frei, sondern im Gefängnis war, daß die Aufseher sich über ihn lustig machten, daß man ihm Fesseln anlegte, daß ihn auch seine Mitgefangenen verhöhnten, daß sie alle mitsamt der Regierung Gott leugneten, einander beschimpften und auf jede Art und Weise das Ebenbild Gottes in sich entweihten: alles das interessierte ihn nicht, all das hatte er überall in der Welt gesehen, als er noch frei gewesen war. Er wußte, daß all das nur deshalb so war, weil die Menschen den Glauben verloren hatten, alle hatten sich wie blinde Hündchen von der Mutter nach allen Seiten wegbegeben und verlaufen. Dabei wußte er jedoch, daß es einen wahren Glauben gab. Er wußte dies, weil er diesen wahren Glauben in seinem eigenen Herzen fühlte. Und diesen Glauben suchte er überall. Am ehesten hoffte er ihn in der Offenbarung Johannis zu finden.

„Wer böse ist, der sei fernerhin böse, und wer unrein ist, der sei fernerhin unrein; aber wer fromm ist, der sei fernerhin fromm, und wer heilig ist, der sei fernerhin heilig. Siehe, ich komme bald und mein Lohn mit mir, zu geben einem jeglichen, wie seine Werke sein werden." Und er las beständig in diesem geheimnisvollen Buche und erwartete von Minute zu Minute den „Kommenden", der nicht nur jeden nach seinen Werken zahlen, sondern auch die ganze Wahrheit offenbaren wird.

Am Morgen der Hinrichtung Swetlogubs hörte er Trommelwirbel, und als er zum Fenster hinauskletterte, sah er durch das Gitter, wie der Karren vorfuhr, wie aus dem Gefängnis ein Jüngling mit hellen Augen und lockigem Haar heraustrat und lächelnd den Karren bestieg. In der mäßig großen weißen Hand hielt der Jüngling ein Buch. Der Jüngling drückte das Buch ans Herz – der Raskolnik erkannte es als das Evangelium – und nickte lächelnd zu den Fenstern der Gefangenen hinauf und tauschte Blicke mit ihnen. Die Pferde setzten sich in Bewegung, und der Karren mit dem darin sitzenden Jüngling mit dem hellen Engelsgesicht fuhr, von Wachleuten umringt, über die Steine holpernd zum Tor hinaus.

Der Raskolnik kletterte vom Fenster herunter, setzte sich auf die Pritsche und begann nachzudenken. ‚Dieser da ist in der Wahrheit', dachte er. ‚Und eben deswegen werden die Diener des Antichrist ihn mit einem Strick erdrosseln, damit er die Wahrheit niemand offenbare.'

7. |

Es war ein trüber Herbstmorgen. Die Sonne war nicht zu sehen. Vom Meer her wehte ein feuchter, warmer Wind.

Die frische Luft, der Anblick der Häuser, der Stadt, der Pferde, der Menschen, die ihn anstarrten – all dies lenkte Swetlogub ab. Er saß auf der Bank mit dem Rücken zum Kutscher und beobachtete unwillkürlich die Gesichter der ihn eskortierenden Soldaten und der Leute, die ihm begegneten.

Es war noch sehr früh am Morgen, die Straßen, durch die man ihn fuhr, waren fast leer und man begegnete nur Arbeitern. Maurer in kalkbespritzten Schürzen, die mit eiligen Schritten aus der entgegengesetzten Richtung herkamen, blieben stehen, machten Kehrt und gingen eine Zeitlang in einer Front mit dem Karren mit. Einer von ihnen sagte etwas und machte ein Zeichen mit der Hand, worauf alle umkehrten und ihrem Arbeitsplatz zustrebten. Fuhrleute, die auf Lastfuhrwerken lange klirrende Eisenstangen transportierten, führten ihre schweren Pferde beiseite, um dem Karren Platz zu machen, blieben stehen und betrachteten ihn mit nachdenklicher Neugier. Einer von ihnen nahm den Hut herunter und bekreuzigte sich. Eine Köchin in weißer Schürze und Haube, mit einem Korb in der Hand, kam aus einem Tor heraus; als sie aber den Karren erblickte, kehrte sie rasch in den Hofraum zurück und kam von dort mit einer anderen Frau atemlos gelaufen; mit weit aufgerissenen Augen schauten die beiden ihm nach, solange sie den Karren sehen konnten. Ein Mann in schadhaftem Rock, mit unrasierten Wangen und graumeliertem Haar sprach, wie es schien mißbilligend, energisch gestikulierend, auf einen Hausmann ein, indem er auf Swetlogub hindeutete. Zwei Knaben hatten in schnellem Lauf den Karren eingeholt und trabten nun mit nach rückwärts gewendetem Kopf neben dem Wagen einher. Der eine, der ältere, bewegte flink seine Beine, der andere, kleinere, ohne Mütze, hielt sich an dem älteren fest, schaute erschrocken auf den Karren und kam nur mit Mühe, auf seinen kurzen Beinchen stolpernd, nach. Als Swetlogub dem Blick des Knaben begegnete, nickte er ihm zu. Diese Geste des schrecklichen Menschen, der auf einem Karren irgendwohin gefahren wurde, brachte den Knaben so in Verwirrung, daß er Augen und Mund weit aufsperrte und weinen wollte. Swetlogub warf ihm eine Kußhand zu und lächelte ihm freundlich zu. Da antwortete ihm auch der Knabe plötzlich und unerwartet mit einem lieben, guten Lächeln.

Während der ganzen Zeit seiner Überführung konnte das Bewußtsein dessen, was ihm bevorstand, die ruhige, feierliche Stimmung Swetlogubs nicht trüben.

Erst als der Karren zum Galgen heranfuhr und als man ihn vom Karren herunterholte und als er den Pfosten mit dem Querbalken erblickte und daran das Seil, das vom Winde leicht hin- und herbewegt wurde, erst da verspürte er etwas wie einen physischen Stoß, der sein Herz traf. Es wurde ihm plötzlich übel. Aber das währte nicht lange. Rings um das Gerüst erblickte er schwarze Reihen von Soldaten mit Gewehren. Vor den Soldaten schritten Offiziere auf und ab. Als man ihn vom Karren herunterholte, erschallte plötzlich das Getöse eines Trommelwirbels, das ihn erzittern ließ. Hinter den Doppelreihen der Soldaten erblickte Swetlogub Equipagen mit Herren und Damen, die gekommen waren, um das Schauspiel der

Hinrichtung eines Menschen zu genießen. Als Swetlogub dies alles sah, wollte ihn im ersten Moment ein Staunen überkommen, aber dann erinnerte er sich, wie er selbst vor seiner Verhaftung war, und es wurde ihm weh ums Herz, daß diese Leute alle nicht wußten, was er nun weiß … ,Indes auch sie werden es erfahren. Ich werde sterben, aber die Wahrheit wird nicht sterben. Sie werden sie erfahren. Wie könnten doch alle – ich freilich nicht mehr – glücklich sein, und sie werden es sein.‘

Man führte ihn auf das Gerüst hinauf, ein Offizier folgte ihm. Die Trommeln schwiegen, und der Offizier verlas mit unnatürlicher Stimme, die inmitten dieses Feldes und nach dem Gepauke der Trommeln gar dünn klang, nochmals jenes dumme Todesurteil, das man schon im Gerichtssaal verlesen hatte: vom Verlust der bürgerlichen Rechte eines zum Tode Verurteilten und den Satz von der nächsten und entferntesten Zukunft. ,Wozu machen sie das?‘ dachte Swetlogub. ,Wie leid tut es mir, daß sie nicht wissen und daß ich ihnen nun wohl nichts mehr sagen kann; aber sie werden es erfahren. Alle werden es erfahren.‘

Zu Swetlogub trat ein hagerer Priester mit langem schütteren Haar, in einem lilafarbenen Priestergewand und mit einem goldenen Kreuz auf der Brust; ein großes silbernes Kreuz hielt er in der schwachen, weißen, dürren stark geäderten Hand, die aus dem schwarzsamtenen Ärmelaufschlag heraussah.

„Ba‘mhärziger Goood …“ fing der Priester an, nahm das Kreuz aus seiner linken in die rechte Hand und wollte es Swetlogub reichen.

Swetlogub schauerte zusammen und trat zurück. Beinahe hätte er dem Priester, der an der Sache, die an ihm vollbracht ward, teilnahm und dabei von der Barmherzigkeit Gottes sprach, ein hartes Wort gesagt; aber eingedenk der Worte des Evangeliums: ,sie wissen nicht, was sie tun‘ machte er eine Anstrengung und sagte mit Zagen: „Verzeihen Sie, ich brauche das nicht. Bitte, verzeihen Sie mir. Aber wirklich, ich brauche das nicht! Ich danke Ihnen!“

Er streckte dem Priester die Hand entgegen. Der Priester nahm das Kreuz aus der rechten in die linke Hand, und ging, indem er Swetlogubs Hand drückte, ohne ihm ins Gesicht zu schauen, vom Gerüst hinunter. Ein Trommelwirbel setzte ein und übertönte alles andere. Unmittelbar nach dem Priester trat mit raschen Schritten, daß die Bretter des Gerüsts schwankten, ein Mann mittleren Alters mit schräg abfallenden Schultern und muskulösen Armen an Swetlogub heran. Dieser Mann warf auf Swetlogub einen raschen Blick, trat ganz dicht an ihn heran, wobei er ihn mit einem unangenehmen Geruch von Schnaps und Schweiß umgab, packte ihn mit den klammernden Fingern an den Armen oberhalb der Hand, und während er sie so zusammenpreßte, daß Swetlogub es schmerzlich empfand, bog er sie ihm nach hinten auf den Rücken und band sie fest zusammen. Nachdem die Hände zusammengebunden waren, hielt der Henker etwa eine Minute inne, als ob er sich etwas überlegen müsse; er sah bald Swetlogub, bald einen Gegenstand an, den er mitgebracht und auf dem Gerüst niedergelegt hatte, bald sah er nach dem am Querbalken hängenden Strick. Nachdem er überlegt hatte, was nun zu machen sei, ging er zum Strick, machte an ihm herum und schob dann Swetlogub nach vorn, näher an den Strick und an den Rand des Gerüsts heran.

Wie Swetlogub bei der Verkündung des Todesurteils nicht die volle Bedeutung von alldem verstanden hatte, so gelang es ihm auch jetzt nicht, die Bedeutung der bevorstehenden Minute voll und ganz zu erfassen, und so schaute er mit Verwunderung dem Henker zu, der sein schreckliches Geschäft eilig, gewandt und mit Umsicht ausführte. Das Gesicht des Henkers war ein Alltagsgesicht; sein Ausdruck war keineswegs böse, sondern konzentriert, wie bei Leuten, die sich bemühen, eine notwendige und komplizierte Sache so sorgfältig wie möglich durchzuführen.

„Rücke noch ein bißchen hierher ... rücken Sie hierher," sagte der Henker mit heiserer Stimme, indem er ihn näher zum Galgen hinstieß. Swetlogub rückte näher hin.

„Herr, hilf, sei mir gnädig!" sagte er.

Swetlogub hatte nie an Gott geglaubt und oft über Menschen gelacht, die an Gott glaubten; er glaubte auch jetzt nicht an Gott, er glaubte nicht, weil er sein Wesen nicht nur mit Worten nicht ausdrücken, sondern auch mit seinen Gedanken nicht erfassen konnte. Aber das, was er jetzt unter dem verstand, an das er sich wandte, war von allem, was er kannte, das Allerrealste. Und er wußte auch, daß eine solche Hinwendung notwendig und wichtig war. Er wußte es deshalb, weil diese Hinwendung ihn allsogleich stark und ruhig machte.

Er schob sich näher zum Galgen hin, und indem er unwillkürlich einen Blick über die Doppelreihen der Soldaten und die bunten Reihen der Zuschauer warf, dachte er wieder: „Wozu tun sie das?" Und es wurde ihm leid um sie und um sich und Tränen traten ihm in die Augen.

„Fühlst du denn kein Mitleid mit mir?" fragte er und fing den Blick der kecken, grauen Augen des Scharfrichters auf.

Der Henker hielt einen Augenblick inne. Sein Gesicht zeigte plötzlich einen bösen Ausdruck.

„Daß dich …! Schau, er redet noch!" murmelte er und bückte sich zu Boden, wo sein Wams und ein Sack aus Leinen lagen; dann umfaßte er mit einer gewandten Bewegung seiner beiden Arme Swetlogub von hinten, warf ihm den Leinwandsack über den Kopf und zog ihn eiligst bis zur Mitte des Rückens und der Brust ringsum herunter.

„In deine Hände befehle ich meinen Geist," erinnerte sich Swetlogub der Worte des Evangeliums.

Sein Geist sträubte sich nicht gegen den Tod, aber der junge, kräftige Körper wollte vom Tode nichts wissen, wollte sich nicht ergeben, wollte noch kämpfen.

Er wollte schreien, sich losreißen, aber im selben Augenblick verspürte er einen Stoß, den Verlust des Stützpunktes, den tierischen Schrecken des Atemverlierens, ein Brausen im Kopf und ein Verschwinden von allem.

Der Körper Swetlogubs hing am Strick und schaukelte hin und her. Zweimal hoben und senkten sich noch die Schultern.

Nachdem der Henker etwa zwei Minuten mit düster zusammengezogenen Augenbrauen gewartet hatte, legte er die Hände auf den Leichnam und zog ihn mit einer kräftigen Bewegung nach unten. Alle Bewegungen des Leichnams hatten aufgehört und die im Sack hängende Puppe mit dem unnatürlich weit vorgestreckten Kopf und den in Arrestantensocken steckenden ausgestreckten Beinen schaukelte leise hin und her.

Der Henker verließ das Gerüst und erklärte im Abgehen, daß man jetzt die Leiche aus der Schlinge befreien und beerdigen könne.

Nach einer Stunde wurde der Leichnam vom Galgen heruntergenommen und auf dem ungeweihten Friedhof beerdigt.

Der Henker hatte sein Werk getan, die Aufgabe erfüllt, die er auf sich genommen. Aber die Erfüllung derselben war ihm dennoch nicht leicht geworden. Die Worte Swetlogubs: „Hast du denn gar kein Mitleid mit mir?" gingen ihm nicht aus dem Sinn. Er war ein Mörder, ein zu Zwangsarbeit Verurteilter, und der Beruf des Scharfrichters gab ihm eine verhältnismäßige Freiheit und manche Annehmlichkeiten des Lebens; doch von diesem Tag an weigerte er sich, die Pflichten eines Scharfrichters zu erfüllen und in derselben Woche noch vertrank er das ganze Geld, das er für die Hinrichtung erhalten hatte, dazu auch seine verhältnismäßig feinen Kleider. Es endete damit, daß er in den Karzer gesetzt und von dort in ein Spital überführt wurde.

8. |

Einer der Führer der revolutionären terroristischen Partei, Jgnatij Meschenezkij, derselbe, der Swetlogub in die terroristische Tätigkeit eingeführt hatte, wurde aus dem Gouvernement, wo er verhaftet worden war, nach St. Petersburg überführt. Im selben Gefängnis saß auch der alte Raskolnik, der Zeuge gewesen war, wie man Swetlogub nach dem Richtplatz geführt hatte. Man transferierte ihn jetzt nach Sibirien. Er grübelte noch immer in derselben Weise darüber nach, wie und wo er den wahren Glauben erfahren könne, worin der wahre Glaube bestehe, und manchmal erinnerte er sich an jenen strahlenden Jüngling, der, als er in den Tod ging, freudig lächelte.

Als er erfuhr, daß im selben Gefängnis, wo er sich befand, ein Genosse dieses Jünglings, also einer, der den gleichen Glauben wie dieser hatte, in Haft gehalten wurde, war er darob hocherfreut und bat den Wächter, ihn zu dem Freunde Swetlogubs zu führen.

Menschenezkij hatte es trotz der Strenge des Gefängnisregimes verstanden, den Verkehr mit seinen Gesinnungsgenossen aufrecht zu erhalten, und er erwartete von Tag zu Tag Nachrichten, wie weit die Unterminierung eines Eisenbahndammes – ein Projekt seiner Partei zur Indieluftsprengung des Zarenzuges – schon gediehen sei. Er erinnerte sich jetzt, daß einige Details bei dieser Aktion nicht genügend bedacht seien, und sann über Mittel und Wege nach, wie er die neuen Direktiven seinen Gesinnungsgenossen übermitteln könne. Als der Wächter in seine Zelle trat und ihm vorsichtig, leise, sagte, es sei ein Gefangener da, der ihn sprechen wolle, freute er sich, da er hoffte, daß diese Begegnung ihm eine Möglichkeit geben werde, mit seiner Partei in Verbindung zu treten.

„Wer ist es denn?"

„Nur ein Bauer."

„Was will er von mir?"

„Er will vom wahren Glauben sprechen."

Menschenezkij lächelte.

„Na, meinetwegen, bringen Sie ihn her," sagte er. ‚Die Raskolniki hassen ja auch die Regierung. Vielleicht kann man ihn irgendwie brauchen', dachte er.

Der Wächter entfernte sich; nach einigen Minuten öffnete er wieder die Tür und ließ einen mageren, kleinen Greis mit dichtem Haar und einem schütteren, ergrauenden Ziegenbärtchen herein; der Alte hatte liebe, müde, blaue Augen.

„Was wünschen Sie?" fragte Meschenezkij.

Der Greis erhob zu ihm seine Augen, schlug sie aber sofort wieder nieder und streckte seine kleine, energische, magere Hand aus.

„Was wollen Sie?" wiederholte Meschenezkij.

„Hab ein Wort mit dir zu reden."

„Was ist das für ein Wort?"

„Über den Glauben."

„Über was für einen Glauben?"

„Man sagt, du seiest eines Glaubens mit jenem Jüngling, den die Diener des Antichrist in Odessa mit einem Strick erdrosselt haben."

„Welchen Jüngling meinst du?"

„Den, den man in diesem Herbst in Odessa erdrosselt hat."

„Wahrscheinlich meinst du Swetlogub?"

„Denselben mein ich. War er dein Freund?"

Der Greis richtete bei jeder Frage seine gutmütigen Augen auf das Gesicht Meschenezkijs, schlug sie aber jedesmal sofort wieder nieder.

„Ja, er stand mir nah."

„Und ihr waret eines Glaubens, ihr beiden?"

„Vermutlich auch eines Glaubens," sagte Meschenezkij lächelnd.

„In dieser Sache will ich eben ein Wort an dich richten."

„Na, schön, und was ist Ihr Begehr?"

„Ich möchte wissen, worin euer Glaube besteht."

„Unser Glaube ... Nun, setze dich," sagte Meschenezkij achsel-

zuckend. „Unser Glaube besteht in Folgendem. Wir glauben, daß es
Leute gibt, die die Macht an sich gerissen haben und das Volk pei-
nigen und betrügen; und wir glauben, daß man, ohne sich zu schonen, gegen diese Leute kämpfen muß, um das Volk zu befreien, das
sie exploitieren," sagte Meschenezkij gewohnheitsmäßig, „ausbeu-
ten," verbesserte er sich. „Diese Leute nun muß man ausrotten. Sie
töten uns, man muß daher auch sie töten, bis sie zur Vernunft kommen."

Der alte Raskolnik seufzte, ohne die Augen vom Boden zu erheben.

„Unser Glaube besteht darin, daß man, ohne sich zu schonen, die
despotische Regierung beseitigen und eine freie, selbstgewählte einsetzen muß."

Der Greis seufzte schwer, stand auf, brachte die Schöße seines
Gefängniskittels in Ordnung, ließ sich auf die Knie nieder und legte
sich Meschenezkij zu Füßen, mit der Stirn die schmutzigen Bretter
der Diele berührend.

„Wozu diese Verneigung?"

„Täusche mich nicht, eröffne mir, worin euer Glaube besteht,"
sagte der Alte, ohne vom Boden aufzustehen und ohne den Kopf zu
erheben.

„Ich hab es gesagt, worin unser Glaube besteht. Aber stehen Sie
auf, sonst sage ich gar nichts mehr."

Der Greis stand auf.

„Bestand darin auch der Glaube jenes Jünglings?" fragte er, als
er vor Meschenezkij wieder aufrecht stand, sah ihm mit seinen güti-
gen Augen von Zeit zu Zeit ins Gesicht, schlug sie aber sofort wieder
nieder.

„Ja, eben darin bestand er, deswegen hat man ihn auch aufge-
hängt. Und mich bringt man jetzt um dieses selben Glaubens willen
in die Peter-Paul-Festung."

Der Greis verneigte sich tief und verließ schweigend die Zelle.

‚Nein, nicht darin kann der Glaube jenes Jünglings bestanden haben,' dachte er. ‚Jener Jüngling kannte den wahren Glauben, dieser
aber hat entweder nur geprahlt, daß er mit ihm eines Glaubens sei,
oder er sagt mir nicht alles … Was ist zu tun? Ich werde mich weiter
bemühen, um den wahren Glauben zu erfahren. Hier oder in Sibirien – überall ist Gott, überall sind Menschen. Du gehst in die Irre,

gut, so frage nach dem rechten Weg,‘ dachte der Alte, nahm wieder das Neue Testament zur Hand, das sich von selbst bei der Offenbarung Johannis öffnete; er setzte seine Brille auf, suchte sich einen Platz am Fenster und begann zu lesen.

9. |

Sieben Jahre waren vergangen. Meschenezkij hatte seine Strafe in der Peter-Paul-Festung abgesessen und wurde jetzt nach Sibirien in die Katorga verschickt.

Er hatte viel gelitten in diesen sieben Jahren, aber seine Denkweise hatte sich nicht geändert und seine Energie war ungebrochen. Bei den Verhören vor seiner Einlieferung in die Peter-Paul-Festung hatte er die Untersuchungsrichter durch seine Festigkeit und sein verächtliches Verhalten gegenüber jenen Leuten, in deren Gewalt er sich befand, in Erstaunen gesetzt. In der Tiefe seines Herzens litt er freilich darunter, daß er gefangen war und seine Sache nicht zu Ende bringen konnte, aber er zeigte es nicht; sobald er mit Menschen in Berührung kam, ward seine Energie durch die Erbitterung, die er empfand, angestachelt. Auf die Fragen, die man an ihn stellte, schwieg er gewöhnlich und sprach nur dann, wenn sich eine Gelegenheit bot, den Richtern, die ihn verhörten, irgendeine Bosheit zu sagen.

Als man ihm die übliche Phrase sagte: „Sie können durch ein offenes Geständnis Ihre Lage verbessern,“ lächelte er verächtlich und sagte nach einer Pause:

„Wenn Sie glauben, daß Sie mich durch Vorteile, die Sie mir gewähren, oder durch Angst, die Sie mir einjagen möchten, veranlassen können, meine Kameraden zu verraten, so beurteilen Sie mich nach sich selbst. Verstehen Sie denn nicht, daß ich, indem ich vollführte, wessen Sie mich beschuldigen, mich von vornherein auf das Schlimmste gefaßt gemacht haben werde? Sie können mich durch nichts verblüffen, durch nichts erschrecken. Sie können mit mir machen, was Sie wollen, aber sprechen werde ich nicht.“

Und es war ihm angenehm zu sehen, wie seine Richter sich ratlos anblickten.

Als man ihn in der Peter-Paul-Festung in eine kleine, feuchte Zelle brachte, deren hochgelegenes Fenster mit matten Scheiben vermacht war, begriff er, daß ihm dieser Aufenthaltsort nicht für Monate, sondern für Jahre zugewiesen worden sei, und es überkam ihn ein Schrecken. Schrecklich war diese mit vollem Bedacht eingerichtete Totenstille und das Bewußtsein, daß er hier nicht allein sei, sondern daß hier, hinter diesen dicken Mauern, ebensolche Gefangene sitzen, die zu zehn und zwanzig Jahren verurteilt sind, die sich töten, sich aufhängen, von Sinnen kommen, langsam an Schwindsucht dahinsterben. ‚Hier sind Frauen und Männer, vielleicht Freunde … Jahre werden vergehen, und auch du wirst von Sinnen kommen, wirst dich aufknüpfen oder wirst sterben, und niemand wird dein Schicksal erfahren,‘ dachte er.

Und in seinem Herzen erwachte ein Groll gegen alle Menschen, zumal gegen die, die die Ursache seiner Einkerkerung waren. Dieser Groll forderte die Anwesenheit von Gegenständen seines Zornes, er forderte Bewegung, Lärm. Doch hier herrscht Totenstille, unterbrochen nur durch die schlurfenden Schritte schweigender Menschen, die auf keine Frage Antwort geben, durch die Geräusche von Türen, die auf- und zugeschlossen werden, das Essen zu den bestimmten Stunden, den Besuch schweigender Menschen und durch das Licht, das mit der aufgehenden Sonne durch matte Scheiben bricht. Und immer dasselbe Düster und die gleiche Stille, dieselben schlurfenden Schritte, dieselben eintönigen Geräusche. So heute, so morgen … Und der Groll, der keinen Ausweg fand, zerfraß ihm das Herz.

Er versuchte zu klopfen, doch man antwortete ihm nicht; das Klopfen rief nur wieder dieselben schlurfenden Schritte und die monotone Stimme des Menschen hervor, der mit Karzer drohte.

Ausruhen und Erleichterung finden konnte er nur im Schlafe. Aber dafür war das Erwachen entsetzlich. Im Traum sah er sich immer frei und meist mit Dingen beschäftigt, die er sonst mit seiner revolutionären Tätigkeit für unvereinbar gehalten: bald spielte er auf irgendeiner merkwürdigen Geige, bald machte er hübschen Fräulein den Hof, bald oblag er dem Rudersport, bald ging er auf die Jagd, und bald wurde er gar auf Grund einer wissenschaftlichen Entdeckung, die er gemacht hatte, auf einer ausländischen Universität zum Doktor promoviert und hielt eine Dankrede beim Galadiner. Diese Träume waren so lebhaft und die Wirklichkeit war so langweilig und monoton, daß diese Traumvorstellungen sich wenig von der Wirklichkeit unterschieden.

Traurig war bei diesen Träumen nur, daß er meistens in dem Moment erwachte, wo das, was er soeben anstrebte, in Erfüllung gehen und das, was er wünschte, ihm gegeben werden sollte. Plötzlich ein Stoß ins Herz: die ganze heitere Umgebung ist verschwunden, und geblieben ist der wühlende Schmerz unerfüllter Wünsche, geblieben die infolge der Feuchtigkeit mit Flecken bedeckte graue Mauer, an der ein Lämpchen brennt, geblieben die harte Pritsche, auf der er liegt, und der schiefgelagerte Strohsack.

Der Schlaf war die beste Zeit. Aber je länger die Haft dauerte, desto weniger konnte er schlafen. Er erwartete den Schlaf wie das größte Glück und wünschte ihn herbei, aber je mehr er ihn herbeiwünschte, desto munterer wurde er. Er brauchte sich nur die Frage vorzulegen: „werde ich einschlafen?" und mit seinem Schlaf war es für lange Zeit vorbei.

Das Herumlaufen und -springen im engen Käfig nützte ebenfalls nichts. Aus der vermehrten Bewegung entstand nur vermehrte Schwäche und eine noch ärgere Erregung der Nerven; er fühlte einen Schmerz im Scheitel, und wenn er die Augen zumachte, sah er sogleich auf dem grauen Hintergrund der Wand mit den Feuchtigkeitsflecken zottige, klotzige, großmäulige, schiefmäulige Fratzen hervortreten, eine schrecklicher als die andere. Die Fratzen schnitten scheußliche Grimassen. Es dauerte nicht lange, so erschienen die Fratzen auch, wenn er die Augen offen hatte, und nicht nur Fratzen, sondern ganze Figuren, und sie begannen zu sprechen und herumzutanzen. Es wurde ihm bang dabei, er sprang auf, schlug mit dem Kopf gegen die Mauer und schrie. Das Guckloch in der Türe öffnete sich.

„Schreien ist verboten!" sagte die ruhige, monotone Stimme.

„Rufen Sie den Aufseher!" schrie Meschenezkij.

Er bekam keine Antwort, das Guckloch schloß sich wieder.

In solchen Augenblicken überkam Meschenezkij eine solche Verzweiflung, daß er den Tod herbeiwünschte.

Als er wieder einmal in diesem Zustand war, beschloß er, sich das Leben zu nehmen. In der Zelle war eine Ofenklappe, an der man einen Strick befestigen konnte. Wenn man auf die Pritsche stieg, konnte man sich aufhängen. Aber es war kein Strick da. Er machte sich daran, das Leintuch in lauter schmale Streifen zu zerreißen, aber es zeigte sich, daß diese Streifen nicht genügten, um ein Seil daraus

zu machen. Dann beschloß er, sich zu Tode zu hungern und aß zwei
Tage nichts, aber am dritten Tag überfiel ihn große Schwäche und
die Halluzinationen wiederholten sich mit ungewöhnlicher Heftigkeit. Als man ihm das Essen brachte, lag er mit offenen Augen ohnmächtig auf dem Boden.

Der Arzt kam, legte ihn auf die Pritsche, gab ihm Rum zu trinken
und flößte ihm Morphium ein, und Meschenezkij schlief ein.

Als er am andern Morgen erwachte, stand der Arzt neben ihm
und schüttelte den Kopf. Da packte ihn plötzlich wieder die Wut,
die er von früher her an sich kannte und die er schon lange nicht
mehr verspürt hatte.

„Wie? Schämen Sie sich denn nicht?" sagte er zu dem Doktor,
während dieser mit gesenktem Kopf seinen Puls zählte. „Wie kann
man hier dienen! Wozu kurieren Sie mich? Nur zur weiteren Qual.
Das ist doch geradeso, als ob Sie einer Auspeitschung beiwohnen
und zu deren Fortsetzung Ihre Genehmigung geben würden."

„Wollen Sie sich, bitte, auf den Rücken legen," sagte der Arzt,
der, wie es schien, nicht aus der Fassung zu bringen war; er sah seinen Patienten nicht an und zog ein Hörrohr aus seiner Seitentasche.

„Man heilt die Wunden aus, damit man dem Delinquenten die
restlichen 5000 Stockhiebe verabreichen kann. Zum Teufel mit
Ihnen! Gehen Sie zum Teufel!" schrie er plötzlich und schnellte die
Beine von der Pritsche herab. „Macht, daß ihr fortkommt! Ich werde
auch ohne euch krepieren."

„Benehmen Sie sich anständig, junger Mann! Auf Grobheiten
wissen wir zu antworten!"

„Zum Teufel! Zum Teufel!"

Und Meschenezkij wurde so wild, daß sich der Doktor beeilte
fortzukommen.

10. |

Hatten ihm nun die Arzneien geholfen, oder hatte er die Krisis über-
standen, oder hatte ihn gar der Wutausbruch dem Arzt gegenüber
geheilt: gleichviel, er riß sich von dieser Zeit an zusammen und fing
ein ganz neues Leben an.

,Ewig können sie und werden sie mich hier nicht festhalten,'
dachte er. ,Schließlich werde ich doch freikommen. Ohne Zweifel

wird das Regime sich eines Tages ändern (unsere Leute arbeiten doch unausgesetzt darauf hin), und darum muß man am Leben bleiben, sich schonen, damit man bei Kräften und gesund ist, wenn man das Gefängnis verläßt, denn nur dann wird man imstande sein, die Arbeit fortzusetzen.'

Lange überlegte er, bei welcher Lebensweise er diesen Zweck am besten erreichen könne, und er dachte sich schließlich Folgendes aus: er legte sich um 9 Uhr schlafen und zwang sich, bis 5 Uhr morgens liegen zu bleiben, ganz gleich, ob er schlafen konnte oder nicht. Um 5 Uhr stand er auf, kleidete sich an, wusch sich, machte seine Turnübungen und ging dann, wie er sagte, seinen Geschäften nach. Er machte in seiner Phantasie zunächst den Weg über den Newskij-Prospekt nach der Nadjeschdinskaja-uliza, wobei er sich bemühte, sich alles das vorzustellen, was ihm auf diesem Weg begegnen konnte: Aushängeschilder, Häuser, Polizisten, Equipagen und Fußgänger. Auf der Nadjeschdinskaja-uliza begab er sich ins Haus eines seiner Bekannten, der mit ihm arbeitete, und dort besprachen sie mit den andern Kameraden, die gekommen waren, die zunächst vorzunehmenden Aktionen. Es gab Debatten, Streit. Meschenezkij vertrat seinen eigenen Standpunkt, dann den seiner Mitredner. Manchmal ging es so laut zu, daß der wachthabende Soldat ihm durch das Guckloch Bemerkungen machte, aber Meschenezkij beachtete das nicht und setzte in seiner Einbildung seine Petersburger Beschäftigungen fort. Nachdem er etwa zwei Stunden bei seinem Freunde gewesen war, kehrte er nach Hause zurück und aß zu Mittag, zuerst in der Einbildung, dann in Wirklichkeit, indem er das Essen verzehrte, das man ihm brachte, und er aß immer mäßig. Nachher saß er in der Einbildung zu Hause und beschäftigte sich bald mit Geschichte, bald mit Mathematik, manchmal, Sonntags, auch mit Literatur. Seine Geschichtsstudien betrieb er in der Weise, daß er, nachdem er eine Epoche und ein Volk gewählt hatte, in Gedanken alle Geschehnisse in chronologischer Reihenfolge durchnahm. Seine Mathematikstudien bestanden darin, daß er im Kopf allerlei Berechnungen anstellte und geometrische Aufgaben löste. (Diese Beschäftigung war ihm die liebste.) An den Sonntagen ließ er sich Puschkin, Gogol, Shakespeare durch den Kopf gehen und dichtete selbst.

Vor dem Schlafengehen machte er in der Einbildung noch eine kleine Exkursion, führte mit Genossen, Männern und Frauen, scherzhafte, heitere, zuweilen auch ernste Gespräche, oft solche, die wirklich einmal stattgefunden hatten, oft auch solche, die er sich nur ausdachte. Und das ging bis zum späten Abend so fort. Bevor er sich schlafen legte, machte er in Wirklichkeit zur Übung noch 2000 Schritte in seinem Käfig; dann legte er sich auf seine Pritsche und schlief meist auch bald ein.

Dieses Programm führte er jeden Tag durch. Von Zeit zu Zeit machte er eine Agitationsreise nach dem Süden, wiegelte das Volk auf, wurde Führer einer Aufstandsbewegung und verjagte zusammen mit dem Volk die Gutsbesitzer, worauf deren Grund und Boden unter die Bauern aufgeteilt wurde. Alles das stellte er sich aber nicht als vollzogene Tatsache, sondern in seinem allmählichen Werdegang, und zwar mit allen Einzelheiten vor. In seiner Einbildung triumphierte die Partei der Revolution immer und überall, die Regierung hingegen zog stets den kürzeren und war schließlich gezwungen, die Konstituante einzuberufen. Die Zarenfamilie und mit ihr alle Volksbedrücker verschwanden, die Republik wurde ausgerufen, und er, Meschenezkij, ward zum Präsidenten gewählt. Manchmal erreichte er sein Ziel zu schnell; dann fing er die Sache von vorne an und kam auf andere Weise zum gleichen Resultat.

So verbrachte er ein Jahr, zwei, drei Jahre; mitunter wich er von dieser strengen Lebensregel ab, doch kehrte er meistens bald wieder zu ihr zurück. Da er seine Phantasietätigkeit vollständig beherrschte, konnte er sich von unwillkürlichen Halluzinationen völlig befreien. Nur von Zeit zu Zeit stellten sich Anfälle von Schlaflosigkeit und damit Visionen und Spukgestalten ein, und dann sah er nach der Ofenklappe und überlegte, wie er dort einen Strick befestigen, eine Schlinge machen und sich erhängen werde. Aber diese Anfälle dauerten nicht lange. Er wurde ihrer Herr.

So verbrachte er fast sieben Jahre. Als die Zeit der Festungshaft vorüber war und die Verschickung nach Sibirien bevorstand, war er völlig gesund, frisch und im vollen Besitz seiner geistigen und moralischen Kräfte.

11. |

Man transferierte ihn als einen besonders gefährlichen Verbrecher allein, ohne ihm zu erlauben, daß er mit andern in Verbindung trat.

Und erst im Etappengefängnis zu Krasnojarsk gelang es ihm, mit anderen politischen Verbrechern, die ebenfalls zu Zwangsarbeit verurteilt waren, in Verbindung zu treten. Es waren ihrer sechs Leute, zwei Frauen und vier Männer, ganz junge Menschen, die einer neuen politischen Richtung angehörten, von der Meschenezkij nichts gehört hatte. Das waren die Revolutionäre der neuen Generation, seine Erben, und daher interessierten sie ihn ganz besonders. Meschenezkij hatte erwartet, in ihnen Leute anzutreffen, die in seinen Fußstapfen gehen und darum für alles, was von ihren Vorgängern geleistet worden, Hochachtung empfinden würden, namentlich für das, was er, Meschenezkij, geleistet hatte. Er nahm sich vor, ihnen freundlich und mit Nachsicht zu begegnen. Allein zu seiner peinlichsten Überraschung schien diese Jugend durchaus nicht gesonnen, in ihm einen Vorläufer und Lehrer zu ehren; im Gegenteil, er sah, daß ihn diese jungen Leute mit einer gewissen Geringschätzung behandelten und über seine veralteten Anschauungen mit einem Achselzucken hinweggingen. Nach ihrer Meinung, die die Meinung der neuen Richtung der revolutionären Partei war, war all das, was Meschenezkij und seine Freunde gemacht hatten, all die Versuche, die Bauern zum Aufstand zu bewegen, und namentlich der Terror, die politischen Morde an dem Gouverneur Kropotkin, an Mesenzow und selbst an Alexander II. nichts als eine Reihe von Fehlern. Alles das habe nur die Reaktion gestärkt, die zur Regierungszeit Alexanders III. völlig triumphierte und die Gesellschaft weit zurückwarf – fast bis zur Leibeigenschaft. Der Weg zur Befreiung des Volkes war nach der Meinung der neuen Richtung ein ganz anderer.

Zwei volle Tage und fast zwei Nächte dauerte der hitzig geführte Disput zwischen Meschenezkij und seinen neuen Bekannten. Namentlich einer von ihnen, ihr Führer, den sie nur mit seinem Vornamen Roman anredeten, peinigte ihn bis aufs Blut durch die Hartnäckigkeit, mit der er seine Überzeugungen als die allein richtigen verfocht, indem er zugleich die gesamte Tätigkeit Meschenezkijs und seiner Freunde in seiner geringschätzigen und sogar höhnischen Art verurteilte.

Nach der Ansicht Romans war das Volk ein unwissender Haufe, richtiges Vieh, und mit einem solchen Volk, das auf einer derartig niedrigen Stufe der Entwicklung stand, konnte man nichts anfangen. Der Versuch, die russische Landbevölkerung kulturell zu heben, komme ihm vor, wie wenn einer einen Steinblock oder ein Stück Eis in Brand stecken wollte. Man muß ein Volk erziehen, man muß es zur Solidarität anlernen, und dies vermag nur eine große Industrie zu vollbringen, auf deren Boden eine das ganze Volk umfassende Organisation entstehen wird. Den Grund und Boden braucht das Volk durchaus nicht, im Gegenteil: der Grund und Boden macht das Volk konservativ und versklavt es ganz. Das gilt nicht nur für Rußland, sondern auch für Europa. Er zitierte aus dem Gedächtnis eine Menge Autoritäten und führte statistische Ziffern an. Man muß das Volk vom Boden losreißen. Je früher das geschieht, desto besser ist es. Je mehr Bauern gezwungen sind, in den Fabriken Beschäftigung zu suchen, und je mehr aller Grund und Boden in den Besitz der Kapitalisten übergeht, und je ärger das Volk von den Kapitalisten unterjocht wird: desto besser ist es. Den Despotismus und vornehmlich den Kapitalismus beseitigt man lediglich durch die Solidarität der Volksmassen; diese Solidarität kann lediglich durch Verbände, Korporationen der Arbeiter erzielt werden, das heißt erst dann, wenn die Volksmassen aufhören werden, Grund und Boden zu besitzen, mit einem Wort: wenn sie alle Proletarier geworden sein werden.

Meschenezkij stritt und ereiferte sich immer mehr. Arn meisten irritierte ihn eine von den Frauen, eine ziemlich hübsche Brünette mit dichtem Haar und ungewöhnlich glänzenden Augen, die am Fenster saß und sich nicht direkt an dem Gespräch zu beteiligen schien, – sie warf nur hin und wieder ein Wort in die Debatte, zur Bekräftigung der Argumente Romans, oder sie kräuselte die Lippen zu einem spöttischen Lächeln, wenn Meschenezkij sprach.

„Ist es denn möglich, ein ganzes Volk von Ackerbauern in Fabrikarbeiter zu verwandeln?" fragte Meschenetzkij.

„Warum denn nicht?" erwiderte Roman. „Das ist doch nur ein ganz allgemeines ökonomisches Gesetz."

„Woher wissen wir denn, daß dieses Gesetz ein ganz allgemeines ist?" fragte Meschenezkij.

„Lesen Sie Kautsky!" warf die Brünette höhnisch lächelnd ein.

„Und wenn ich selbst zugeben wollte (ich gebe es nicht zu), daß es möglich sein könnte, das ganze Volk in Proletarier zu verwandeln – woher nehmen Sie die Gewißheit, daß es sich ganz genau in die Form einfügen wird, die ihr ihm vorgeschrieben habt?"

„Weil das eben wissenschaftlich bedingt ist," erklärte die Brünette wieder, indem sie sich vom Fenster herwandte.

Als aber die Rede auf die Taktik kam, die man anwenden müsse, um zu einem Ziele zu gelangen, wurde die Uneinigkeit unter ihnen noch größer. Roman und seine Freunde beharrten dabei, daß man Arbeiterbataillone schaffen, den Zuzug der Bauern in die Fabriken fördern und den Sozialismus unter den Arbeitern propagieren müsse. Offener Kampf mit der Regierung sei unnötig, man müsse sie im Gegenteil für seine Zwecke ausnützen. Meschenezkij hingegen meinte, man müsse die Regierung offen bekämpfen und durch Terror einschüchtern, denn die Regierung sei nicht nur stärker, sondern auch listiger als sie. „Nicht ihr werdet die Regierung betrügen, sondern sie wird euch betrügen. Wir haben sowohl im Volk propagiert als auch die Regierung bekämpft."

„Und was habt ihr ausgerichtet?" fragte die Brünette spitz.

„Ich meinerseits glaube, daß ein direkter Kampf gegen die Regierung eine überflüssige Kraftvergeudung ist," sagte Roman.

„Der 1. März – eine überflüssige Kraftvergeudung!" rief Meschenezkij. „Wir haben uns, unser Leben geopfert, ihr aber hockt in euren Stuben, genießet das Leben und predigt nur."

„Nun, allzusehr genießen wir das Leben doch nicht," sagte Roman, indem er sich an seine Genossen wandte, und brach in ein lautes, selbstbewußtes, triumphierendes Gelächter aus.

Die Brünette schüttelte den Kopf und lächelte verächtlich.

„Nein, nicht allzusehr genießen wir das Leben," sagt Roman. „Und wenn wir jetzt hier sitzen, so verdanken wie das der Reaktion, und die Reaktion ist eben das Werk des 1. März."

Meschenezkij schwieg. Die Wut zerriß ihn fast. Er ging auf den Korridor hinaus.

12. |

Um sich zu beruhigen, ging Meschenezkij auf dem Korridor auf und ab. Die Türen waren bis zum Abendappell offen. Ein großer, blonder Arrestant mit einem Gesicht, dessen Gutmütigkeit nicht beeinträchtigt wurde durch seinen halbgeschorenen Kopf, kam auf Meschenezkij zu.

„Ein Arrestant aus unserer Zelle hat Euer Wohlgeboren erblickt,
– ‚rufe ihn,‘ sagte er, ‚zu mir‘.“

„Was ist das für ein Arrestant?“

„‚Das Tabakreich‘, das ist sein Spitzname, ‘s ist ein altes Männchen, gehört zu den Raskolniken: ‚rufe mir,‘ sagt er, ‚diesen Mann her‘ – er meinte Euer Wohlgeboren.“

„Wo ist er?“

„Hier in unserer Zelle. ‚Rufe mir,‘ sagt er, ‚diesen Herrn da.‘“

Meschenezkij betrat zusammen mit dem Arrestanten eine kleine Zelle, wo die Gefangenen auf ihren Pritschen saßen oder lagen. Nur mit dem grauen Arrestantenkittel bekleidet, lag auf der nackten Pritsche derselbe Greis, derselbe Raskolnik, der vor sieben Jahren zu Meschenezkij gekommen war, um sich nach Swetlogub zu erkundigen. Das blasse Gesicht des Greises war eingefallen und mit Runzeln bedeckt, sein Haar war noch immer so dicht wie damals, das schüttere Bärtchen war völlig grau geworden und ragte nach oben. Güte und Klugheit strahlten aus seinen blauen Augen. Er lag auf dem Rücken und litt augenscheinlich unter hohem Fieber. Eine krankhafte Röte zeigte sich auf seinen Backenknochen.

Meschenezkij trat an ihn heran.

„Was wünschen Sie?“ fragte er.

Der Greis erhob sich mit Mühe auf seinen Ellbogen und reichte ihm die zitternde, trockene, kleine Hand. Als er sich anschickte zu reden, atmete er so schwer, daß es aussah, als ob er sich im Bette schaukle, und mühsam nach Atem ringend, begann er zu sprechen.

„Du hast es mir damals nicht eröffnet … Gott mit dir … ich aber verkündige es allen.“

„Was verkündigen Sie?“

„Vom Lamm … Vom Lamm verkündige ich … Jener Jüngling war im Zeichen des Lammes. Und es steht geschrieben: Das Lamm wird siegen, es wird alle überwinden … Und die mit ihm sind, sind die Auserwählten und Getreuen.“

„Ich verstehe nichts,“ sagte Meschenezkij.

„Versuch es im geistigen Sinn zu begreifen. Die Zaren empfangen die Macht durch das Tier. Das Lamm wird alle überwinden.“

„Von welchen Zaren sprechen Sie?“ fragte Meschenezkij.

„Der Zaren sind sieben: fünf sind gefallen, und einer ist geblieben, der andere ist noch nicht erschienen, das heißt er ist noch nicht gekommen. Und wenn er kommt, macht er's nicht lange, das heißt, bald ist sein Ende da ... Verstehst du?"

Meschenezkij schüttelte den Kopf, er meinte, der Alte phantasiere und seine Worte seien sinnlos. So dachten auch die Arrestanten, seine Zellengenossen. Der Arrestant mit dem rasierten Kopf, der Meschenezkij hereingerufen hatte, kam auf ihn zu, stieß ihn leicht mit dem Ellbogen an, um seine Aufmerksamkeit auf sich zu lenken, zwinkerte mit den Augen und sagte:

„Immer schwatzt er so, immer, unser ‚Tabakreich'" sagte er, „aber was er schwatzt, weiß er selber nicht."

Dieser Meinung waren alle, die den Greis ansahen, sowohl Meschenezkij als auch die Zellengenossen des Alten. Er selbst, der Alte, wußte aber recht gut, was er sagte. Auch hatte alles, was er sagte, für ihn selbst einen völlig klaren und tiefen Sinn. Der Sinn seiner Reden war der, daß das Böse in der Welt nicht mehr lange herrschend sein werde, und daß das „Lamm" mit seiner Güte und Sanftmut über das Böse obsiegen und jede Träne trocknen werde, und daß es dann weder Krankheit, noch Tod geben werde. Er fühlte, daß dies sich in der Welt vollzog, denn es vollzog sich ja in seiner durch die Nahe des Todes erleuchteten Seele.

„Komme bald! Amen. Komme, Herr Jesu!" sagte er mit einem leisen, bedeutungsvollen und, wie es Meschenezkij schien, wahnsinnigen Lächeln.

13. |

„Das ist nun der Repräsentant des Volkes," dachte Meschenezkij, als er den Greis verließ. „Und das ist noch einer von den besten. Was für eine Finsternis! Sie – er meinte Roman und seine Freunde, sagen ja, mit einem Volk, wie diesem da, wie es jetzt ist, kann man nichts anfangen."

Meschenezkij hatte eine Zeitlang unter dem Volke revolutionäre Propaganda gemacht und die ganze *„inertie"* – wie er sich ausdrückte – des russischen Bauern kennen gelernt; er hatte mit Soldaten, aktiven und beurlaubten, zu tun gehabt und kannte ihren stumpfen Glauben an den Eid, an die Notwendigkeit der Subordination und wußte, wie unmöglich es war, durch Vernunftgründe auf sie einzuwirken. Er wußte das alles, aber er zog daraus nicht den

Schluß, der einzig und allein daraus zu folgern war. Das Gespräch mit den neuen Revolutionären hatte ihn verstimmt und aufgebracht.

„Sie sagen, daß alles, was wir getan haben, was Chalturin, Kibaltschitsch und die Perowskaja getan haben, unnütz und sogar schädlich war, daß gerade dadurch die Reaktion Alexanders III. hervorgerufen wurde und daß sie die Schuld trügen, wenn das Volk heute überzeugt sei, daß die ganze revolutionäre Tätigkeit von der Gutsbesitzerklasse ausging, die den Zaren deshalb getötet hätten, weil er die Leibeigenschaft aufgehoben, ihnen die Leibeigenen weggenommen habe. Was für ein Unsinn! Was für eine Ignoranz! Was für eine Frechheit, so zu denken!" dachte er, während er fortfuhr, im Korridor auf und ab zu gehen.

Alle Zellen mit Ausnahme derjenigen, in der sich die neuen Revolutionäre befanden, waren geschlossen. Näherkommend vernahm Meschenezjki das Lachen der ihm verhaßten Brünette und die knarrende, entschiedene Stimme Romans. Sie hatten, wie es schien, von ihm gesprochen. Meschenezkij blieb stehen und lauschte. Roman sagte:

„Ohne Kenntnis der ökonomischen Gesetze, wie sie sind, gaben sie sich keine Rechenschaft darüber, was sie taten, und den größten Teil der Schuld ..."

Meschenezkij konnte und mochte nicht hören, auf wen nach der Meinung jener der größte Teil der Schuld fiel, und er brauchte es auch nicht zu wissen. Aus dem Tonfall der Stimme dieses Menschen erriet er schon, welche Verachtung diese Leute ihm entgegenbrachten – ihm, dem Helden der Revolution, der zwölf Jahre seines Lebens für dieses Ziel vergeudet hatte.

Und im Herzen Meschenezkijs erhob sich ein solcher Zorn, wie er ihn noch nie verspürt hatte, ein Zorn gegen alle und alles, gegen diese ganze sinnlose Welt, in der die Menschen ein tierisches Dasein führten, wie dieser Greis da mit seinem „Lamm" und ebensolche halbtierische Henker und Gefängniswärter und solche unverschämte, aufgeblasene, totgeborne Doktrinäre wie diese da.

Der dejourierende Wachtmeister kam und brachte die politischen Frauen in die Frauenabteilung. Meschenezkij begab sich in den entlegensten Winkel des Korridors, um ihnen nicht zu begegnen. Nachdem der Wachtmeister zurückgekehrt war, schloß er die Tür zur Zelle der neuen Revolutionäre und forderte Meschenezkij auf, in seine Zelle zu gehen. Meschenezkij gehorchte mechanisch, bat aber, seine Tür nicht zu verschließen.

In seiner Zelle angelangt, legte er sich auf die Pritsche und drehte das Gesicht zur Wand.

„Sollte es sich wirklich so verhalten, daß all die Energie, all die Willenskraft, all die Genialität – in geistiger Hinsicht glaubte er höher als jeder andere zu stehen – für nichts und wieder nichts vertan ist? Er entsann sich eines Briefes, den er unlängst, als er schon auf dem Wege nach Sibirien war, von der Mutter Swetlogubs erhalten hatte. In diesem Briefe machte sie ihm, wie es schon die Art der Frauen ist, alberne Vorwürfe, daß er ihren Sohn zugrunde gerichtet habe, weil er ihn auf die revolutionäre, terroristische Bahn gebracht. Als er den Brief damals las, konnte er nur verächtlich lächeln, denn was verstand so eine dumme Frau von den Zielen, die ihm und Swetlogub vorschwebten? Jetzt aber, als er sich dieses Briefes entsann und sich den lieben, vertrauensvollen, leidenschaftlichen Swetlogub vorstellte, fing er an tief nachzudenken, zuerst über ihn, dann über sich selbst. Sollte sein ganzes Leben ein Irrtum gewesen sein? Er schloß die Augen und wollte einschlafen, aber plötzlich verspürte er, daß jener Zustand zurückgekehrt war, den er im ersten Monat seiner Festungshaft durchgemacht hatte. Wieder fühlte er Schmerzen in der Scheitelgegend, wieder zeigten sich allerlei Fratzen, großmäulige, zottige, schreckliche auf der mit Sternchen bedeckten Wand der Zelle, und wieder erschienen Gestalten, die er auch mit offenen Augen sah. Nur die eine Erscheinung war neu, daß sich irgendein Krimineller in grauen Hosen und mit rasiertem Kopf schaukelnd über ihm bewegte, und einer Ideenassoziation folgend, fing er an die Ofenklappe zu suchen, an der man einen Strick befestigen konnte.

Eine furchtbare Wut, die einen Ausweg suchte, kochte in ihm. Nirgends litt es ihn mehr, er konnte nirgends einen Platz finden, er konnte sich nicht beruhigen, und er konnte seine Gedanken nicht verscheuchen.

„Wie fange ich's an?" fragte er sich. „Soll ich mir die Schlagader öffnen? Ich werde es kaum zustande bringen. Mich erhängen? Ja, gewiß, das ist das einfachste."

Es fiel ihm ein, daß draußen auf dem Korridor ein Bund Holz lag, das mit einem Strick zusammengebunden war. „Ich stelle mich auf das Holz oder auf das Tabouret. Im Korridor geht der Wächter hin und her. Aber er wird einschlafen oder hinausgehen. Diesen Moment muß man abpassen, dann den Strick hereinholen und an der Ofenklappe befestigen."

Meschenezkij stand in seiner Zelle und horchte auf die Schritte des Wächters draußen im Korridor. Von Zeit zu Zeit, wenn die Schritte des Wächters sich entfernten, schaute er durch die Türspalte hinaus. Der Wächter wollte sich noch immer nicht entfernen und auch nicht einschlafen. Meschenezkij horchte gierig auf das Geräusch seiner Schritte und wartete.

Zur selben Zeit vollzog sich in der Zelle, die den kranken Greis beherbergte, inmitten der Dunkelheit, die durch eine rauchende Lampe kaum erhellt war, inmitten all der Schläfer, deren Atmen, Brummen, Ächzen, Schnarchen, Husten zu einem eintönigen Nachtgeräusch zusammenfloß, das erhabenste Mysterium, das diese Welt kennt. Der alte Raskolnik lag im Sterben, und seinem geistigen Blick enthüllte sich all das, was er im Laufe seines ganzen Lebens so leidenschaftlich gesucht und gewollt hatte. Im Schimmer überirdischen Lichts erblickte er das Lamm in der Gestalt jenes schönen Jünglings, eine große Menge Menschen aus allen Völkern stand vor ihm in weißen Gewändern, allenthalben herrschte Freude, und es gab kein Übel mehr auf Erden. Alles das ereignete sich, der Greis wußte dies in seiner Seele und in der ganzen Welt, und er fühlte eine große Freude und Beruhigung.

Für die andern aber, die in der Zelle waren, stellte sich dasselbe Ereignis ganz anders dar. Der Greis röchelte im Sterben, sein Nachbar erwachte und weckte die andern. Als das Röcheln aufhörte und der Greis still geworden war und zu erkalten begann, pochten die Zellengenossen an die Tür.

Der Wächter öffnete und kam zu den Gefangenen hinein. Etwa zehn Minuten später trugen zwei Arrestanten den Leichnam hinaus und trugen ihn hinunter in die Leichenkammer. Der Wächter ging hinter ihnen her und schloß die Tür hinter sich zu. Der Korridor blieb leer.

„Schließe nur zu," dachte Meschenezkij, der von seiner Tür aus alles beobachtet hatte, was vorgegangen war. „Mich hinderst du nicht, aus all dem Graus mich fortzustehlen."

Meschenezky empfand nun nicht mehr jene Angst, die ihn bis

dahin gequält hatte; er war jetzt nur von dem einen Wunsch besessen, daß nichts ihn hindern möge, seinen Vorsatz auszuführen.

Mit zitterndem Herzen ging er zu dem Holzbündelchen hin, band den Strick auf, zog ihn unter dem Holz hervor und trug ihn, sich nach der Tür umsehend, in seine Zelle. In seiner Zelle angelangt, stieg er auf das Tabouret und warf den Strick über die Ofenklappe. Nachdem er die beiden Enden des Strickes zusammengebunden hatte, machte er einen Knoten und richtete aus dem doppelten Strick eine Schlinge her. Die Schlinge war zu tief. Er band den Strick nochmals auf, machte wieder eine Schlinge, nahm Maß an seinem Hals, lauschte voll Unruhe und sah nach der Tür; dann stieg er wieder auf das Tabouret, steckte seinen Kopf in die Schlinge, schob sie sich zurecht, stieß das Tabouret beiseite und blieb hängen …

Erst am andern Morgen erblickte ihn der Wächter. Der Tote stand auf seinen in den Knien eingeknickten Beinen neben dem seitwärts liegenden Tabouret. Man nahm ihn aus der Schlinge heraus. Der Aufseher kam gelaufen, der, als er erfuhr, daß Roman Arzt sei, diesen rufen ließ, damit er an dem Erhängten Wiederbelebungsversuche anstelle.

Alle Wiederbelebungsversuche blieben erfolglos, Meschenezkis erwachte nicht mehr zum Leben.

Man trug den Körper Meschenezkys in die Leichenkammer hinunter und legte ihn auf eine Pritsche neben den Körper des alten Raskolnik.

Zar Nikolaus II. (1868-1918), Herrscher ab 1894

Gemälde von Earnest Lipgart, 1847-1932
(commons.wikimedia.org)

Der junge Zar

Der junge Zar hatte vor kurzem die Regierung angetreten. Fünf Wochen hatte er ohne Unterlaß gearbeitet, was Zaren arbeiten: hatte Berichte gehört, Schriftstücke unterzeichnet, Gesandte und Würdenträger empfangen und Paraden abgenommen. Jetzt war er müde. Wie ein im Sonnenbrand verschmachtender Wanderer sich nach einem Trunk Wasser sehnt und rasten möchte, so sehnte sich der junge Zar nach einem Ruhetag, und wenn es auch nur ein einziger gewesen wäre, an dem es keine Empfänge, keine Reden und keine Truppenbesichtigungen gab; ja er wäre schon mit ein paar Stunden zufrieden gewesen, die er für sich, in Freiheit, als ein gewöhnlicher Sterblicher, mit seiner jungen, liebenswürdigen, klugen Frau, mit der er erst seit Monatsfrist verheiratet war, hätte verbringen können.

So kam Heiligabend heran. Diesen Tag hatte sich der junge Zar zum Ausruhen erwählt. Am Tage vorher hatte er noch bis spät in die Nacht hinein über Schriftstücken gesessen, die der Minister ihm zurückgelassen hatte. Am Morgen hatte er einem öffentlichen Gottesdienste beigewohnt und an einem militärischen Fest teilgenommen. Bis Mittag hatte er die zur Audienz erschienenen Personen empfangen, hierauf noch die Berichte von vier Ministern entgegengenommen und viele wichtige Dinge erledigt. Er hatte die vom Finanzminister empfohlene Abänderung der Zollsätze auf ausländische Waren genehmigt; hierdurch mußte sich ein Einkommenszuwachs von vielen Millionen ergeben. Er hatte den Branntweinverkauf in einigen Teilen des Reiches zum Monopol der Krone gemacht, sodann eine Verordnung über das Recht des Branntweinverschleißes in großen Marktflecken genehmigt, was alles zur Erhöhung des Haupteinkommens des Staates beitragen mußte. Schließlich hatte er auch eine neue Goldanleihe, die für eine Konversion erforderlich geworden war, genehmigt. Mit dem Justizminister hatte er die verwickelte Rechtssache in dem Erbschaftsstreit der Barone Schaden-Schnieder erledigt und die Grundsätze in der Anwendung des Paragraphen 1936 des Strafgesetzes bezüglich der Bestrafung der Landstreicher festgelegt. Er hatte ferner das Zirkular über die Eintreibung der rückständigen Steuern, das der Minister des Innern vorlegte, genehmigt und den Ukas[4] über die Maßnahmen zur Beseitigung des Sektiererwesens unterschrieben. Es wurde auch Vorsorge getroffen, daß in jenen Gouvernements, wo diese Verfügungen bereits in Kraft waren, militärischer Schutz ihre Durchführung gewährleistete. Mit dem Kriegsminister hatte er die Ernennung eines neuen Korpskommandanten beschlossen, die Einberufung der Rekruten und die Bestrafung der Deserteure angeordnet. Erst gegen Mittag war er frei geworden. Aber diese Freiheit war noch keine vollständige, da einige Würdenträger bei der Tafel zugegen waren, mit denen er nicht von dem sprechen konnte, was ihn interessiert hätte, sondern bloß von dem, was diplomatisch geboten war.

Endlich war das langweilige Mittagessen zu Ende und die Herrschaften gingen auseinander. Die junge Zarin begab sich in ihre Gemächer, um die Robe, die sie zur Tafel getragen hatte, abzulegen und dann zum Zaren zu kommen.

Als der junge Zar an dem stramm dastehenden Lakaien vorbei in sein Zimmer getreten war, den schweren Uniformrock abgeworfen und eine Joppe angezogen hatte, empfand er ein Gefühl der Erleichterung, daneben aber auch eine Art Rührung, die das Bewußtsein von seiner nunmehr erlangten Freiheit und seinem glücklichen jungen Leben und seiner jungen Liebe in ihm wachrief. Er sprang mit beiden Füßen zugleich auf die Ottomane[5], streckte sich aus, stützte den Kopf in die Hand und betrachtete nachdenklich den mattglänzenden Schirm der Lampe. Und plötzlich überkam ihn ein Gefühl, das er seit seiner Kindheit nicht mehr empfunden hatte – das angenehme Gefühl des Einschlummerns und einer unbezwinglichen Schläfrigkeit. „Gleich wird meine Frau kommen, ich werde einschlafen und ich darf nicht einschlafen," dachte er. Und er ließ den Arm sinken, legte seine Hand unter die Wange, bettete den Kopf in die warme Hand, rückte sich zurecht und fühlte sich wohl. So wohl und zufrieden fühlte er sich, daß er nichts wünschte als ungestört zu bleiben. Und da geschah mit ihm, was mit uns allen jeden Tag zu geschehen pflegt: er schlief ein, ohne zu wissen wie und wann; willenlos ging sein Bewußtsein aus dem einen Zustand in den

---

[4] [Erlass – Anordnung mit Gesetzeskraft]
[5] [sofa-ähnliche Sitzbank]

andern über: er wünschte nicht, daß dieser bleibe, und bedauerte nicht, daß jener nicht mehr war. Er fiel in einen tiefen, tiefen Schlaf.

Ob er lange geschlafen hatte, wußte er nicht, aber plötzlich fühlte er, daß sich eine Hand auf seine Schulter legte, die ihn leise rüttelte, so daß er erwachte. „Sie, die Liebe," dachte er. „Wie unschön von mir, daß ich eingeschlafen bin."

Doch sie war es nicht. Vor seinen offenen, im Lichte blinzelnden Augen stand nicht sie, die Liebe, Schöne, die er zu sehen erwartet hatte, sondern Er. Wer dieser Er war, wußte er nicht; doch setzte ihn der Anblick dieser nie gesehenen Person nicht im geringsten in Erstaunen. Ihm war, als kenne er ihn schon lange, kenne ihn nicht nur, sondern liebe ihn auch, und es war ihm zugleich gewiß, daß er ihm ebenso vertrauen könne wie sich selbst. Er hatte die geliebte Frau erwartet, und nun war ein Mensch erschienen, den er nie gesehen hatte; aber der junge Zar erschrak darüber nicht, betrübte sich auch nicht, sondern nahm das auf wie etwas, das ganz natürlich war und so sein mußte.

„Komm," sagte der Mann unhörbar.

„Ich komme," sagte der junge Zar. Er wußte nicht, wohin es gehe, er wußte nur, daß er gehorchen müsse, daß es unmöglich war, dem Verlangen des Ankömmlings zu widerstehen.

„Wie werden wir gehen?" fragte der junge Zar.

„So, siehst du?"

Und der Ankömmling legte seine Hand auf die Stirn des Zaren, und der Zar verspürte, wie ihm allsogleich das Bewußtsein schwand.

Ob er lange Zeit oder nur kurze Zeit in diesem Zustande war, konnte der Zar nicht entscheiden, aber als er wieder zu sich kam, befand er sich auf weitem Feld, auf einer breiten Grenze. Auf der einen Seite, links, zogen sich Kartoffelfelder hin, wo schwarze Blätter und Stauden, die erfroren waren, in Haufen aufgeschichtet lagen. Zwischen diesen Feldern dehnten sich streifenweise Wintersaaten aus. In der Ferne war ein Dorf mit Ziegeldächern zu sehen. Rechts wechselten Wintersaaten mit Stoppelfeldern ab. Die Gegend lag öde da. Nur ganz weit vorn auf der Grenze war eine schwarze Gestalt mit einem Karabiner auf der Schulter zu sehen, und zu Füßen dieser Gestalt ein Hündchen. Dort, wo sich der junge Zar befand, saß knapp neben ihm, fast zu seinen Füßen, ein junger russischer Soldat, der eine grün eingefaßte Mütze aufhatte. Auch diesem hing ein Karabiner über der Schulter, und er war eben damit beschäftigt, ein in der Mitte zusammengebogenes Blatt Zigarettenpapier mit Tabak zu füllen. Der Soldat sah offenbar weder den Zaren noch seinen Begleiter und hörte sie auch nicht. Denn als der Zar seinen Begleiter fragte: „Wo sind wir?" und der Gefährte antwortete: „Auf der preußischen Grenze", blickte sich jener gar nicht nach ihnen um.

Aber plötzlich ertönte weit in der Ferne ein Schuß. Der Soldat sprang auf, und als er zwei Menschen erblickte, die in gebückter Haltung quer über die Felder liefen, versorgte er rasch den Tabak in seiner Tasche und lief den Fliehenden nach. „Stehenbleiben – oder ich schieße!" schrie der Soldat. Einer der Fliehenden wandte sich im Laufen um und schrie etwas zurück, wohl ein Schimpf- oder ein Spottwort. „Na warte nur, du Halunke!" schrie der Soldat, blieb stehen, setzte ein Bein vor, legte an, vollführt eine rasche Bewegung am Distanzschieber, legte nochmals an, zielte und drückte ab. Jedoch kein Knall ertönte. „Rauchloses Pulver, wahrscheinlich," dachte der Zar, sah nach den Fliehenden und bemerkte, wie der eine von ihnen anfing sich abzuzappeln, wie er sich im Laufen immer weiter Vornüber neigte, dann auf allen Vieren weiterkroch und schließlich auf der Stelle liegen blieb. Sein Kamerad, der vorgelaufen war, kehrte um, lief auf den Gefallenen zu, nestelte an ihm herum und lief weiter.

„Was ist das?" fragte der Zar.

„Das ist die Grenzwache, die dafür sorgt, daß die Zollgesetze nicht verletzt werden. Dieser Mensch mußte sterben, damit die Staatseinnahmen keine Einbuße erleiden."

„Ist er tot?"

Der Gefährte berührte wieder die Stirn des Zaren, er verlor das Bewußtsein, und als er wieder zu sich kam, befand er sich in einem kleinen Zimmer – dies war der Wachtposten – wo die Leiche eines Mannes am Boden lag. Dieser Mann hatte einen dünnen, halb ergrauten Bart, eine gekrümmte Nase und stark hervorstehende Augen, die nun von den Lidern bedeckt waren. Seine Arme waren nach rechts und links auseinandergeworfen, seine Füße waren nackt und die Sohlen mit den dicken, schmutzigen, großen Zehen ragten in einem rechten Winkel nach oben. In der Seite hatte er eine Wunde, die zerrissene Jacke und das blaue Hemd waren mit geronnenem schwarzem Blut bedeckt, das hie und da rötlich schimmerte. Eine Frauensperson lehnte an der Wand, um den Kopf hatte sie ein Tuch geschlungen, das ihr Gesicht fast verdeckte. Sie starrte unbeweglich auf die krumme Nase, auf die in die Höhe ragenden Fußsohlen und auf die hervorquellenden Augäpfel des Toten; sie keuchte heftig und schluckte gewaltsam die Tränen hinunter; dann erstarrte sie wieder. Ein Mädchen von dreizehn Jahren, ein sehr schönes Mädchen, stand mit offenem Mündchen und mit großen Augen neben der Mutter. Ein Bübchen von acht Jahren, das sich mit den Händen an den Rock der Mutter klammerte, schaute unverwandt auf den toten Vater.

Nebenan tat sich die Tür auf und ein Beamter, ein Offizier, ein Arzt und ein Schreiber traten ins Zimmer. Hinter ihnen kam ein Soldat, derselbe, der den Mann getötet hatte. Er trat kühn und aufrecht hinter seinem Vorgesetzten herein, aber sobald er den Leichnam erblickte, wurde er plötzlich bleich, seine Wangen zuckten, er ließ den Kopf sinken und erstarrte. Aber als ihn der Beamte fragte, ob dies derselbe Mensch sei, der über die Grenze gelaufen und auf den er geschossen, mußte er sprechen. Seine Zähne schlugen hörbar aufeinander, sein Kinn bewegte sich in Zuckungen auf und ab. „Zu Befehl!" sagte er und konnte es doch nicht so herausbringen, wie er es sagen wollte: „Zu Befehl, Euer Wohlgeboren."

Die Beamten warfen einander Blicke zu und fingen zu schreiben an.

„Sieh hier die wohltätigen Folgen derselben Verordnung."

In einem geschmacklos-eleganten Zimmer saßen zwei Menschen beim Wein: ein alter, grauer Mann der eine, ein junger Jude der andere. Der Junge hielt ein Päckchen Geld in seiner Rechten und feilschte. Er kaufte geschmuggelte Waren.

„Sie haben es doch wohlfeil erstanden," sagte er lächelnd.

„Ja, aber das Risiko …"

„Ja, schrecklich," sagte der junge Zar, „aber was ist da zu machen? Es ist doch notwendig."

Sein Gefährte antwortete nichts, sagte nur „komm" und legte wieder seine Hand auf die Stirn des Zaren.

Als er zu sich kam, war er in irgendeinem Hause, in einem kleinen Zimmer, das eine Lampe mit Schirm erhellte. Am Tisch saß ein Frauenzimmer und nähte; ein Knabe von etwa acht Jahren kauerte auf dem Stuhl, lehnte sich über den Tisch und zeichnete; ein Student las laut vor sich hin. Jetzt traten der Vater und die Tochter geräuschvoll ins Zimmer.

„Du hast den Ukas über den Branntweinverschleiß unterzeichnet," sagte der Gefährte.

„Nun, wie stehts?" fragte die Frau.

„Wird kaum am Leben bleiben."

„Aber was ist denn mit ihm?"

„Man hat ihn mit Alkohol vergiftet."

„Es ist nicht möglich!" schrie der Sohn. „Diesen Wanja Moroschkin? Aber er ist doch erst neun Jahre alt!"

„Was hast du verordnet?" fragte die Frau ihren Mann.

„Ich habe verordnet, was möglich war: habe ihm ein Brechmittel gegeben, Senfpflaster aufgelegt. Es sind alle Zeichen des Säuferwahnsinns vorhanden."

„Auch im Hause sind alle betrunken; die eine Anißja hält sich noch etwas auf den Beinen; sie ist auch betrunken, aber nicht total," sagte die Tochter.

„Und was tut dein Abstinenzverein dagegen?" sagte der Student zu seiner Schwester.

„Was kann man denn dagegen tun, wenn man das Volk von allen Seiten zum Trinken ermuntert? Papa wollte die Schenke schließen; es zeigte sich, daß man das nach dem Gesetze nicht darf. Aber das ist noch das wenigste! Als ich den Wassilij Jermilin zu überzeugen versuchte, daß es schändlich ist, eine Schenke zu halten und das Volk betrunken zu machen, da antwortete er mir – und war offenbar recht stolz darauf, daß er mich so schön abführen konnte: ‚Wenn es so ist, wie Sie sagen, warum erteilt man denn das Patent mit dem kaiserlichen Adler? Wenn das wirklich schlecht wäre, gäb's darüber keinen kaiserlichen Ukas'."

„Es ist entsetzlich! Das ganze Dorf ist seit drei Tagen betrunken. Das sind nun die Feiertage! Es ist schrecklich, daran auch nur zu denken! Es ist bewiesen, daß der Branntwein Gift ist; es ist bewiesen, daß 99 Prozent aller Verbrechen im Rausch begangen werden; es ist bewiesen, daß sich in Ländern, wo das Saufen aufgehört hat, die Sittlichkeit und der Wohlstand sofort gehoben haben, daß man moralisch gegen die Trunksucht wirken kann. Aber bei uns hat die Macht, die den größten Einfluß hat – der Staat, der Zar, das Beamtentum –

es darauf abgesehen, die Trunksucht zu erhalten, die Haupteinnahmen des Staates rühren aus dieser Quelle, alle diese Leute trinken selbst. Sie trinken, bringen Toaste auf die Gesundheit und aufs Wohl aus: Ich trinke auf die Gesundheit des Regiments! usw. Die Geistlichen, die Bischöfe, alle trinken."

Wieder berührte der Gefährte die Stirn des jungen Zaren, wieder versank der Zar in Bewußtlosigkeit, und als er zu sich kam, sah er sich in einer Bauernhütte. Ein 40-jähriger Bauer mit rotem Gesicht, blutunterlaufenen Augen und verdrehten Pupillen schlug mit seinen Händen wie rasend ins Gesicht eines Greises. Der Greis verdeckte sein Gesicht mit einer Hand, mit der andern Hand aber hielt er den jüngeren Bauern am Barte fest und ließ ihn nicht los.

„Deinen eigenen Vater schlägst du?"

„Mir ist alles eins. Und wenn ich nach Sibirien komme! Ich schlage dich tot!"

Die Weiber heulten. Betrunkene Polizisten drangen gewaltsam in die Hütte ein und brachten Vater und Sohn auseinander. Dem einen, dem Sohn, war der Bart ausgerissen, dem andern, dem Vater, ein Arm gebrochen. Im Flur gab sich ein betrunkenes Weibsbild einem betrunkenen alten Bauern hin.

„Das sind Tiere," sagte der junge Zar.

„Nein, das sind Kinder."

Wieder Berührung, und wieder erwachte der junge Zar an einem anderen Ort. Dieser Ort war die Kanzlei des Friedensrichters. Der Friedensrichter, ein fetter, glatzköpfiger Mensch mit einem herabhängenden Doppelkinn, auf der Brust die Kette, das Zeichen seiner Würde, erhob sich soeben von seinem Stuhl und verlas mit lauter Stimme ein Urteil. Eine Schar Bauern stand hinter dem Gitter. Ein Frauenzimmer in zerlumpten Kleidern wollte nicht aufstehen. Der Soldat versetzte ihr einen derben Stoß. „Eingeschlafen, was? Steh auf!"

Das Frauenzimmer stand auf.

„Im Namen seiner Majestät des Kaisers ..." fing der Friedensrichter an. Die Angelegenheit war die, daß dieses Frauenzimmer ein halbes Bund Haferstroh von der Tenne eines Gutsbesitzers entwendet hatte. Der Friedensrichter verurteilte sie zu zwei Monaten Gefängnis. Der Gutsbesitzer, dem der Hafer gestohlen worden war, saß gleichfalls hier. Als der Richter eine Pause verkündete, ging der Gutsbesitzer auf den Richter zu und drückte ihm die Hand. Der Richter sprach mit ihm. Die folgende Verhandlung drehte sich um einen Samowar. Nachher kam ein Holzfrevel zur Verhandlung.

Im Schwurgericht wurde ein Prozeß gegen Bauern verhandelt, die ihren Stanowoj weggejagt hatten.

Wieder Bewußtlosigkeit und Erwachen in einem Dorf. Hungrige, frierende Kinder der Schenkwirtin; ein Liebhaber im Hause des Holzdiebs; die schwere Arbeit der Frau des Bauern, der den Stanowoj davongejagt hat.

Wieder ein neues Bild: in Sibirien peitscht man einen Vaganten im Gefängnis. Das ist eine direkte Folge der Verordnung des Justizministers.

Wieder Bewußtlosigkeit und ein neues Bild: ein jüdischer Uhrmacher wird samt seiner Familie ausgewiesen, weil er arm ist. Die Jüdchen heulen. Isaak kann es nicht verbeißen, daß man die andern ungeschoren läßt. Der Polizeimeister nimmt Bestechungsgelder, auch der Gouverneur nimmt sie, wenn auch nur in verhüllter Form.

Hier treibt man Steuern ein. Im Dorf wird eine Kuh versteigert.

Und hier das zum Amtsbezirk gehörige Gericht, wo das Gesetz zur Anwendung kommt – Ruten.

„Ilja Wassiljewitsch, ist denn keine Schonung möglich?"

„Nein."

Beginnt zu weinen.

„Christus hat gelitten und zu leiden geboten."

Die Schtundisten[6] (religiöse Sekte) werden vertrieben.

Lutheraner werden nicht getraut, nicht beerdigt.

Hier werden für die Durchreise des Kaisers Vorbereitungen getroffen: in Schmutz, Kälte, ohne Nahrung sitzen die Leute da und fluchen. Hier die Zustände in den Erziehungsheimen, die die Kaiserin Maria gegründet hat: die Sittenlosigkeit, die in diesen Häusern herrscht. Und hier ein Denkmal des Raubes, den die Kirche verübt. Und hier der verstärkte Militärschutz: Leibesvisitation eines Frauenzimmers. Hier die Verbannung, das Etappengefängnis. Und hier

---

[6] [Vgl. zu dieser christlichen Gemeinschaft: Sergei ZHUK, Die Stundisten in der Ukraine (Tolstoi-Rezeption). In: M. George / J. Herlth / Chr. Münch / U. Schmid (Hg.): Tolstoj als theologischer Denker und Kirchenkritiker [2014]. Zweite Auflage. Göttingen: Vandenhoeck & Ruprecht 2015, S. 705-718.]

ein Galgen, errichtet für die Mörder eines Gutsverwalters.

Und hier die Folgen des Militärbefehls. Rekrutenaushebung. Man nimmt die letzten Ernährer und läßt den Millionären ihre Söhne, „weil sie ihre Eltern ernähren müssen". Studenten, Musiker läßt man frei, begabte Leute, Dichter, nimmt man.

Und hier die Soldatenfrauen mit ihrer Ausschweifung; und hier die Soldaten mit ihrer Ausschweifung als Verbreiter der Syphilis.

Und hier flüchtet einer, und hier wird er abgeurteilt. Er wird gerichtet, weil er einen Offizier geschlagen hat, der sich an der Mutter dieses Soldaten verging. Man richtet ihn hin. Hier wieder verurteilt man zwei Offiziere, weil sie sich nicht schlagen wollten. Ein Deserteur wird in das Strafbataillon überführt und dort zu Tode geprügelt. Dieser hier wird ganz grundlos geprügelt: man streut dann Salz in seine Wunden, und er stirbt. Und hier werden Soldatengelder veruntreut. Man trinkt, führt ein liederliches Leben, spielt Karten und ist auf den Militärdienst stolz.

Und hier das allgemeine Kriterium des „Wohlstandes unseres Volkes": verelendete Kinder, degenerierte Volksstämme, das Zusammenhausen der Menschen mit den Tieren, ununterbrochene abstumpfende Arbeit, Unterwürfigkeit und Hoffnungslosigkeit.

Und hier sind sie alle – die Minister, die Gouverneure: Eigennutz, Ehrsucht, Prahlsucht, Streben nach Einfluß und Macht.

„Aber wo sind denn die Menschen?"

„Sie sind hier! Hier sind sie – die Verbannten, die Einsamen, die Frierenden, die Verbitterten. Hier im Kerker, wo man Frauen prügelt." –

Einzelzelle, eine Gefangene in der Schlüsselburg, die wahnsinnig wird. Hier ein anderes Frauenzimmer, ein Mädchen in der Menstruationsperiode, von Soldaten vergewaltigt.

„Es sind ihrer viele, Zehntausende der besten Menschen dieses Landes. Die einen sind so zugrunde gegangen, die andern durch eine falsche, mörderische Erziehung vernichtet, die darauf hinauslief, aus ihnen Menschen zu machen, wie wir sie brauchen. Aber solche wurden sie nicht, und als solche, die sie hätten werden können, hat man sie zugrunde gerichtet. Es ist, wie wenn wir aus Roggenkeimen Buchweizen ziehen wollten: man würde die Felder zerstören und bekäme doch keinen Buchweizen. Und so wird die Hoffnung einer Welt vernichtet, die ganze junge, heranwachsende Generation.

Aber wehe, wer eines von diesen Kleinen ärgert! Wehe ihm! Und in deinem Namen, nach deinem Willen, werden Millionen von ihnen verderbt. Man treibt sie alle ins Verderben, über die du die Macht hast."

„Aber was soll ich denn nur tun!" schrie voll Verzweiflung der Zar auf. „Ich will doch niemand quälen, prügeln, töten; ich will allen Menschen nur Gutes. Wenn ich das Glück für mich wünsche, so wünsche ich es nicht weniger auch für alle Menschen. Und bin ich denn wirklich für all das verantwortlich, was da in meinem Namen geschieht? Was soll ich nur machen? Wie soll ich mich retten, wie diese Verantwortung von mir abtun? Es ist doch nicht möglich, daß ich für all dies verantwortlich sein kann. Wüßte ich mich nur für den hundertsten Teil von all dem verantwortlich, ich würde mich sofort erschießen, denn dies ertrüge ich nicht. Wie kann ich das Böse verhindern? Es ist verknüpft mit dem Wesen des Staates, dessen Spitze ich bin. Was soll ich tun? Soll ich mich töten? Oder mich davonschleichen? Aber dann würde ich ja meine Pflicht nicht erfüllen. Gott, mein Gott, steh mir bei!"

Er brach in Tränen aus und erwachte mit nassen Augen.

„Wie gut, daß es nur ein Traum war!" dachte er; aber als er anfing, das, was er im Traum gesehen, mit der Wirklichkeit zu vergleichen, sah er, daß die Frage, die sein Traum aufgeworfen hatte, auch in der Wirklichkeit als eine ebenso ernste und ungelöste Frage bestehen blieb. Zum erstenmal empfand der junge Zar die ganze Verantwortung, die auf ihm lastete und erschrak davor.

Er dachte nicht mehr an die junge Zarin und an die Freude des bevorstehenden Abends, sondern versenkte sich immer tiefer in die unlösbare Frage: Was tun?

Von Unruhe ergriffen stand er auf und ging in das anstoßende Zimmer hinüber.

Dort stand inmitten des Zimmers der alte Hofmann, der Mitarbeiter und Freund seines verstorbenen Vaters, und sprach mit der jungen Zarin, die eben im Begriff war, sich zu ihrem Gatten zu begeben. Der junge Zar ging zu ihnen hin und erzählte, indem er sich vorzugsweise an den alten Hofmann wandte, seinen Traum und die Zweifel, die der Traum in ihm geweckt hatte.

„Sehr schön," sagte der alte Hofmann, „das beweist eben nur die unvergleichliche Größe Ihrer Seele. Entschuldigen Sie – ich will ganz offen sprechen: Sie sind einfach zu gut, um Zar zu sein, und Sie übertreiben die Verantwortung, die auf Ihnen ruht. Erstens ist alles gar nicht so, wie Sie es sich vorstellen. Das Volk ist nicht arm, sondern lebt in Wohlstand; wer arm ist, ist selber schuld daran. Bestraft werden nur die Schuldigen, und wenn, nun ja, wenn wirklich einmal ein unvermeidlicher Mißgriff vorkommt, so ist das wie ein Blitzschlag; es ist ein Zufall oder der Wille Gottes. Die einzige Verantwortung, die auf Ihnen liegt, ist die: mannhaft Ihre Pflicht zu erfüllen und die Macht, die Ihnen gegeben ist, zu behaupten. Sie wünschen Ihren Untertanen nur Gutes – Gott sieht das, und was die unvermeidlichen Mißgriffe anbelangt, so gibt es dagegen die Gebete. Gott aber wird Sie führen und Ihnen verzeihen. Aber im Grunde hat er Ihnen nichts zu verzeihen, denn Menschen von so unschätzbarem Wert wie Sie und Ihr Vater haben noch nicht gelebt und werden auch künftig nicht in der Welt sein. Und deswegen bitten wie Sie nur um das Eine: Leben Sie, erwidern Sie unsere unbedingte Ergebenheit und Liebe mit Ihrer Gnade, und dann werden alle, mit Ausnahme der Halunken, die kein Glück verdienen, glücklich sein."

„Und wie denkst du darüber?" fragte der junge Zar seine Frau.

„Ich denke nicht so," erwiderte die junge, kluge Frau, die in einem freien Lande erzogen war. „Ich freue mich deines Traumes und ich denke wie du, daß die Verantwortung, die auf dir liegt, schrecklich ist. Das hat mich oft gequält. Und ich glaube, daß es ein sehr einfaches Mittel gibt, wie du zwar nicht die ganze, aber doch die über deine Kraft gehende Verantwortung los werden kannst. Du mußt den größten Teil der Macht, die allein zu tragen über deine Kräfte geht, dem Volke selbst, seinen Vertretern, übertragen und dir selbst nur diejenige Gewalt vorbehalten, die zur Lenkung der allgemeinen Angelegenheiten nötig ist."

Kaum hatte die Zarin diese Worte gesagt, als der alte Hofmann sich auch schon anschickte, ihr mit großem Eifer seine entgegengesetzte Meinung auseinanderzusetzen, und es begann ein höflich, aber hitzig geführter Streit.

Der junge Zar hörte ihnen anfangs zu, aber dann hörte er nicht mehr auf das, was sie sprachen, sondern lauschte aufmerksam in sich hinein, wo jetzt die Stimme seines Gefährten aus dem Traume deutlich also zu sprechen begann:

„Du – sprach die Stimme – bist nicht nur ein Zar, du bist viel

mehr als ein Zar, du bist ein Mensch, das heißt ein Wesen, das heute
in diese Welt gekommen ist und sie vielleicht schon morgen verlassen muß. Außer deinen Zarenpflichten, von denen sie jetzt sprechen,
hast du noch andere, unmittelbare, unerläßliche Menschenpflichten,
Pflichten nicht eines Zaren gegen seine Untertanen (das sind zufällige Pflichten), sondern ewige Pflichten, die Pflichten des Menschen
gegen Gott, gegen die eigene Seele, die nur erfüllt werden können,
wenn deine Seele an ihrer Erlösung arbeitet, nur wenn sie Gott dient
und sein Reich in dieser Welt aufzurichten trachtet. Du kannst dich
nicht nach dem richten, was war und was sein wird, sondern nur
nach dem, was du sollst."

Und er erwachte. Seine Frau hatte ihn geweckt. Und welchen
von diesen drei Wegen der junge Zar beschritten hat, wird nach
fünfzig Jahren erzählt werden.

Chodynka

„Ich verstehe diesen Starrsinn nicht. Wozu willst du auf den Schlaf verzichten und dich unters Volk mischen, wo du doch morgen mit Tante Wjera in aller Seelenruhe direkt nach dem Pavillon fahren kannst? Dort siehst du alles. Ich habe dir doch gesagt, daß Behr mir versprochen hat, dich direkt hinzubringen. Als Hoffräulein hast du das Recht dazu."

So sprach der in der ganzen vornehmen Gesellschaft unter dem Namen „Pigeon" bekannte Fürst Pawel Golizyn zu seiner dreiundzwanzigjährigen Tochter Alexandra, die den Kosenamen „Rina" führte.

Dieses Gespräch fand am Abend des 17. Mai 1896 in Moskau statt, am Vorabend des Volksfestes, das ein Teil der Krönungsfeierlichkeiten war. Die Sache war die, daß Rina, ein schönes, kräftiges Mädchen, mit dem charakteristischen Profil der Golizyns, der wie bei einem Raubvogel gekrümmten Hakennase, über die Zeit, wo sie sich für die Bälle der vornehmen Welt begeistert hatte, schon hinaus war, und daß sie jetzt eine Fortschrittlerin und Volksfreundin war oder sich wenigstens dafür hielt. Sie war die einzige Tochter und der Liebling ihres Vaters und tat, was sie wollte. Jetzt hatte sie den närrischen Einfall gehabt, wie ihr Vater sagte, das Volksfest mit ihrem Vetter zu besuchen, und zwar nicht um die Mittagszeit mit der Hofgesellschaft, sondern schon am frühen Morgen, zusammen mit dem Hausdiener und dem Gehilfen des Kutschers.

„Aber Papa, ich möchte doch das Volk nicht bloß angucken, sondern mit dem Volk zusammen sein. Ich will sehen, ob der junge Zar im Volke Sympathien hat. Darf ich denn nicht auch einmal …"

„Schon gut, mache, was du willst. Ich kenne deinen Eigensinn."

„Sei mir nicht bös, lieber Papa, Ich verspreche dir, daß ich vernünftig sein werde; und überdies ist ja Alek mein Begleiter."

Wie sonderbar und bizarr ihrem Vater dieser Einfall auch vorkommen mußte – er konnte ihr die Bitte doch nicht abschlagen.

„Gewiß darfst du," antwortete er auf ihre Frage, ob sie den Wagen nehmen dürfe. „Du fährst bis zur Chodynka und schickst ihn dann zurück."

„Schön; abgemacht.“

Sie trat auf ihn zu, er machte nach alter Sitte das Zeichen des Kreuzes über sie, sie küßte seine große, weiße Hand, und dann trennten sie sich.

An demselben Abend fand auch in der Wohnung, die eine gewisse Maria Jakowlewna an Arbeiter der Zigarettenfabrik vermietet hatte, ein Gespräch über das bevorstehende Volksfest statt. Zu Jemeljan Jagodnyj waren einige Kameraden gekommen, die nun verabredeten, wann sie morgen aufbrechen sollten.

„Was hat's für einen Sinn, jetzt noch schlafen zu gehen,“ sagte Jascha, ein munterer Bursche, der seine Schlafstelle in einem Verschlag hatte. „Bevor du dich einmal umgedreht hast, ist der Morgen da.“

„Ach, warum sollte man sich nicht ein wenig hinlegen,“ sagte Jemeljan. „Sobald der Morgen graut, gehen wir los. So haben wir es auch mit den andern Burschen abgemacht.“

„Na, schlafen wir also, wenns sein muß. Aber das sag ich dir, Semjonytsch, du mußt mich wecken, wenn es Zeit ist!“

Semjonytsch Jemeljan versprach es. Er nahm aus der Tischlade Seidengarn, zog die Lampe zu sich heran und beschäftigte sich damit, an seinen Sommerpaletot einen abgerissenen Knopf anzunähen. Nachdem er damit fertig war, legte er sich den besseren Anzug zurecht, putzte seine Stiefel, betete das Vaterunser und das Gebet zur Mutter Gottes, Gebete, deren Sinn ihm dunkel war und für den er sich auch nie interessiert hatte, zog Stiefel und Unterhosen aus und legte sich auf die dünne, verknüllte Matratze des knarrenden Bettes.

„Wer weiß,“ dachte er, „Glücksfälle kommen vor, und vielleicht gewinne ich das große Los.“ Es waren Gerüchte im Umlauf, daß außer den Geschenken auch Lotteriebillette ausgeteilt würden. „Ach was, zehntausend Rubel! Ich wäre mit fünftausend zufrieden. Was würd ich damit nicht alles anfangen! Die alten Eltern ließe ich kommen, die Frau ebenfalls. Was ist das für ein Leben, wenn der eine hier, der andere dort ist. Ich würde mir eine wirkliche Uhr kaufen. Mir und ihr würde ich einen Pelz machen lassen. Denn sonst müht und rackert man sich ab und kommt doch auf keinen grünen Zweig.“

Und nun träumte ihm, daß er mit seiner Frau im Alexandergarten spazierengehe und daß derselbe Polizist, der ihn im vorigen Sommer bloß deswegen, weil er in angeheitertem Zustand Schimpfreden geführt, verhaftet hatte, dieser selbe Polizist, jetzt kein Polizist mehr, sondern ein General, ihm freundlich zulächelte und ihn einlud, das Wirtshaus zu betreten und sich die Orgel anzuhören. Die Orgel spielt und spielt, und es ist geradeso, wie wenn eine Uhr schlüge. Semjonytsch erwacht und hört die Uhr zischen und schlagen, er hört die Wirtin Maria Jakowlewna hinter ihrer Tür husten, und im Fenster ist es nicht mehr so dunkel wie gestern.

„Daß ich mich nur nicht verschlafe!"

Jemeljan steht auf, geht mit bloßen Füßen hinter den Verschlag, weckt Jascha, kleidet sich an, fettet sich die Haare ein, kämmt sich und mustert sich in dem zerbrochenen Spiegelchen.

„Es geht! Man kann sich sehen lassen! Deswegen sind ja auch die Mädels so hinter einem her. Ich lasse mich aber auf nichts ein …"

Er geht zur Wirtin hinüber. Wie gestern verabredet, nimmt er in einem Säckchen eine Piroge, zwei Eier, Schinken und eine halbe Flasche Branntwein mit. Und kaum beginnt das Morgenrot zu leuchten, da macht er sich mit Jascha auf den Weg nach dem Petrowskij-Park. Sie sind nicht allein auf der Straße: sowohl vor ihnen, als auch hinter ihnen gehen Leute, von überallher strömen sie hier zusammen, Männer, Frauen, Kinder, und alle sind lustig und fein herausgeputzt, und alle bewegen sich in einer und derselben Richtung vorwärts.

Nun sind sie auf dem Chodynka-Felde angelangt. Hier wimmelt es schon von Menschen. Hie und da sieht man Rauch aufsteigen. Der Morgen war frisch gewesen, und die Leute hatten Reisig und Holzstücke herbeigeholt und die Holzhaufen in Brand gesetzt. Jemeljan hatte seine Kameraden getroffen; auch sie machten ein Feuer, setzten sich nieder, holten den Imbiß und den Branntwein hervor.

Nun war auch die Sonne aufgegangen, hellstrahlend im reinen Blau des Himmels, und allen wurde es fröhlich ums Herz. Man sang und schwatzte, man scherzte und lachte, man freute sich über alles und erwartete Freude. Jemeljan zechte mit den Kameraden, zündete sich eine Zigarette an, und es wurde noch lustiger.

Alle waren herausgeputzt, aber unter den sonntäglich gekleideten Arbeitern und ihren Frauen sah man auch wohlhabende Leute, Kaufherren mit ihren Frauen und Kindern, die sich unter das Volk

gemischt hatten. So sah man hier auch Rina Golizyna, die vor Freude
strahlte, daß es ihr gelungen war, ihren Willen durchzusetzen und
mit dem Volk zusammen, unterm Volk, die Thronbesteigung des
vom Volke vergötterten Zaren zu feiern; und sie ging mit ihrem Vetter Alek zwischen den brennenden Holzstößen hin und her.

„Prost, liebes Fräulein," rief ihr ein junger Fabrikarbeiter zu, indem er ein Gläschen Branntwein an seine Lippen führte. „Nimm mit
unserer Bewirtung vorlieb."

„Ich danke."

„Wohl bekomm's!" soufflierte ihr Alek, der mit seiner Kenntnis
der Sitten und Gebräuche des Volkes groß tat.

Und sie gingen weiter.

Gewohnt, immer die ersten Plätze einzunehmen, durchquerten
sie das ganze Feld, auf dem es von Menschen wimmelte. Menschen
gab es soviel, daß trotz des klaren Wetters über dem Feld eine
Dunstwolke stand, die vom Atem der Menge herrührte. Sie drangen
bis zum Pavillon vor; aber die dort postierten Wachleute ließen sie
nicht durch.

„Wenn nicht, so nicht. Gut, gehen wir wieder zurück," sagte
Rina. Und sie kehrten in die Menge zurück.

„Du lügst!" sagte Jemeljan, der im Kreise seiner Kameraden vor
dem auf einem Blatt Papier ausgebreiteten Frühstück saß und einem
ihm bekannten Fabrikarbeiter zuhörte, der zu ihnen getreten war
und erzählte, daß man mit der Verteilung der Geschenke schon begonnen habe. „Du lügst!"

„Wenn ich dir aber sage! Es ist nicht nach der Vorschrift, aber
man verteilt. Ich habe es selbst gesehen. Eine trug ein Bündel und
ein Glas."

„Es ist ja immer so! Das sind mir die Rechten! Was liegt denen
daran! Sie geben's, wem sie wollen."

„Aber was soll denn das bedeuten? Darf denn das sein? Es ist ja
gegen Recht und Billigkeit!"

„Du siehst ja: man tut es eben!"

„Gehen wir, Kinder! Was sollen wir da noch länger warten?"

Alle erhoben sich. Jemeljan versorgte sein Fläschchen mit dem
restlichen Branntwein in seiner Tasche und ging mit seinen Kameraden weiter nach vorn.

.Sie waren noch keine zwanzig Schritte gegangen, als das Gedränge so arg wurde, daß sie nicht weiter konnten.

„Was drängst du dich so vor?"

„Und du? warum quetscht du dich denn da herein?"

„Bist du allein da?"

„Genug, genug!"

„Jesus Maria! die Leute drücken mich tot!" hörte man eine weibliche Stimme. Von der andern Seite her ließ sich Kindergeschrei vernehmen.

„Daß dich des Teufels Großmutter … !"

„Was gibt's? Soll außer dir niemand was bekommen?"

„Zum Kuckuck! Man wird noch das letzte Stück wegtragen und ich gehe leer aus. Zum Kuckuck noch einmal!"

So schrie Jemeljan und bahnte sich, mit seinen breiten, kräftigen Schultern und den Ellbogen kräftig arbeitend, durch die Menge einen Weg. Er wußte selbst nicht recht, wozu er das tat; er drängte eben nach vorn, weil alle es taten und weil er meinte, daß es jetzt nur darauf ankomme, nach vorn zu gelangen. Hinter ihm und ebenso zu beiden Seiten standen die Leute wie eine Mauer und ließen ihn nicht nach vorn. Und alles schrie, stöhnte und ächzte.

Jemeljan schwieg, biß die Zähne zusammen, runzelte die Augenbrauen, wich aber und wankte nicht und schob sich, Püffe austeilend, langsam nach vorn.

Plötzlich geriet alles in stürzende Bewegung, die Leute stürmten nach vorn und nach rechts. Jemeljan schaute hin und erblickte einen Gegenstand, dann einen zweiten und einen dritten in der Luft; die Gegenstände fielen in die Menge. Er begriff nicht, was da vorging, aber neben ihm schrie plötzlich eine Stimme:

„Die verruchten Teufel! Jetzt werfen sie es gar unter die Leute!"

Und dort, wo die Pakete mit den Geschenken hingefallen waren, hörte man Schreie, Gelächter, Weinen und Stöhnen. Jemand versetzte Jemeljan einen harten Stoß in die Rippen. Das machte ihn noch mißmutiger und böser. Er hatte kaum Zeit gehabt, seinen Schmerz zu verwinden, als ihm jemand auf den Fuß trat. Sein Paletot, sein neuer Paletot, blieb an etwas hängen und bekam einen klaffenden Riß. Sein Blut geriet ins Wallen, und er begann aus allen Kräften nach vorn zu drängen, indem er die vor ihm Stehenden vor sich wegstieß.

Aber da geschah mit einem Male etwas, was er gar nicht begreifen konnte. Gerade vorhin hatte er nichts als die Rücken der Leute vor sich gesehen, und jetzt hatte er plötzlich einen weiten Raum vor sich. Er erblickte die Zelte, jene Zelte, wo die Geschenke ausgeteilt werden sollten. Er freute sich, aber seine Freude war nur von kurzer Dauer, denn er begriff sofort, daß er nur deswegen vor sich das freie Feld sah, weil nun alle an dem Graben angelangt waren, der gezogen worden war, um die Zelte vor dem Andrang der Menge zu schützen, in den sie nun, die einen kopfüber, die andern mit den Beinen voran, hineinstürzten, und schon stürzte er selbst in den Graben hinunter und fiel auf Menschenleiber. Er fiel auf die unten Liegenden, und die hinter ihm stürzten ihm nach. Da überkam ihn zum erstenmal die Angst. Er fiel nieder. Eine Frau in einem Schaltuch fiel auf ihn. Er schüttelte sie ab und wollte zurück, aber die hinter ihm drängten nach vorn, und er hatte keine Kraft mehr. Er suchte vorn durchzukommen, aber seine Füße traten auf etwas Weiches – auf Menschen. Man umklammerte seine Beine und schrie. Er sah nichts mehr, hörte nichts mehr und riß sich, über Menschenleiber hinwegschreitend, nach vorne durch.

„Brüderchen, die Uhr! Nehmt sie, es ist eine goldene! Brüderchen, helft mir heraus!" schrie ein Mann neben ihm.

„Es geht jetzt nicht um eine Uhr," dachte Jemeljan und kletterte mit Mühe und Not auf der andern Seite des Grabens empor.

Nur zwei Gefühle lebten jetzt in seiner Seele: die Angst um sein eigenes Leben und Zorn über die halbverrückt gewordenen Menschen, die ihn zerquetschten. Indes lockte ihn doch noch das Ziel, das er sich von allem Anfang an gesteckt hatte: zu den Zelten wollte er gelangen und ein Säckchen mit Geschenken und das Lotteriebillett erbeuten.

Die Zelte waren schon in Sicht. Man sah schon die bei den Zelten beschäftigten Handwerker, man hörte die Schreie derer, denen es gelungen war, bis zu den Zelten vorzudringen, man hörte auch das Krachen der Barrieren, an denen sich die Menge staute.

Jemeljan nahm seine ganze Kraft zusammen, um hinzugelangen, und er hatte nur noch zwanzig Schritte zu machen, als er plötzlich unter seinen Füßen, oder vielmehr zwischen seinen Füßen das Schreien und Weinen eines Kindes vernahm. Jemeljan schaute nach unten. Da lag zu seinen Füßen ein Knäblein, ohne Mütze, in einem zerrissenen Hemdchen; der Knabe lag auf dem Rücken, schrie unaufhörlich und klammerte sich an die Beine Jemeljans. Im Herzen Jemeljans regte sich etwas; die Angst um sein eigenes Leben verschwand, und auch seine Wut über die Menschen legte sich. Das Knäblein tat ihm leid. Er bückte sich und nahm ihn um die Mitte, aber die hinter ihm drängten so gegen ihn, daß er beinahe hingefallen wäre. Er ließ den Knaben fallen, nahm ihn wieder auf und hob ihn auf seine Achsel empor. Die Leute ließen mit dem Drängen ein wenig nach und Jemeljan trug den Knaben weg.

„Gib ihn her!" schrie ein dicht neben Jemeljan einhergehender Kutscher, ergriff den Knaben und hob ihn über die Menge empor.

„Lauf über die Köpfe der Leute hinweg!"

Jemeljan wandte sich um und sah, wie der Knabe, bald in der Menge untertauchend, bald sich über dieselbe erhebend, über die Schultern und Köpfe der Menschen weiter und weiter ging.

Jemeljan setzte seinen Weg fort; die Geschenke und die Zelte interessierten ihn jetzt nicht mehr. Er dachte an den Knaben, dachte darüber nach, wo Jascha hingeraten sein möge, dachte an die zertretenen Menschen, die er beim Überschreiten des Grabens gesehen hatte.

Als er die Zelte erreichte, erhielt er ein Säckchen und ein Glas; jetzt aber hatte er an den Sachen keine Freude mehr. Nur darüber freute er sich im ersten Augenblicks daß er endlich aus dem Gedränge heraus war. Diese Freude verging aber gleich wieder bei dem Anblick, der sich ihm jetzt bot. Eine Frau in einem gestreiften, zerrissenen Kleid, mit zerzaustem, dunkelblondem Haar lag auf der Erde. An den Füßen trug sie Schuhe mit Knöpfchen. Sie lag auf dem Rücken, und ihre Füße mit den Schuhen ragten nach oben. Ein Arm lag auf dem Grase, der andere mit den zusammengekrampften Fingern lag unterhalb der Brust. Das Gesicht war nicht bleich, sondern bläulichweiß, wie es nur bei Toten ist. Diese Frau war die erste, die zu Tode getreten worden war; man hatte ihre Leiche über die Einfriedung geworfen, hierher, vor den Pavillon des Zaren.

Als Jemeljan die Leiche erblickte, standen zwei Polizisten vor ihr und beugten sich über sie; ein Polizeioffizier befahl ihnen etwas. Im selben Augenblick kamen Kosaken daher, der Polizeioffizier erteilte auch ihnen einen Befehl, und sogleich sprengten sie auf Jemeljan und die andern Menschen, die hier versammelt waren, los und trieben sie in die Menge zurück. Jemeljan geriet wieder in das Gedränge, und es war jetzt noch ärger als früher. Wieder ertönte das Schreien und Stöhnen der Frauen und der Kinder, wieder trampelten, ohne es zu wollen, die einen Menschen die andern nieder. Jemeljan empfand jetzt weder Angst um sein Leben, noch Wut und Groll gegen jene, die ihn zerquetschten – er hatte jetzt nur den einen Wunsch, dem Trubel zu entrinnen, sich klarzumachen, was in seinem Innern vorging, schnell eine Zigarette anzurauchen und einen Schluck Branntwein zu trinken. Um jeden Preis wollte er jetzt rauchen und trinken. Es glückte ihm, sich aus der Umklammerung der Menge zu befreien. Nachdem er einen freien Platz erreicht hatte, zündete er sich eine Zigarette an und trank einen Schluck aus seiner Flasche.

Anders war es Alek und Rina ergangen. Ohne für sich etwas zu erwarten, waren sie, ab und zu mit den Frauen und Kindern plaudernd, zwischen den Volksgruppen hin und her gegangen, als mit einem Male die ganze Menge auf das Gerücht hin, daß die Geschenke unrechtmäßig verteilt würden, sich nach den Zelten stürzte.

Rina war im Nu von Alek abgedrängt worden, und schon trug die Menge sie mit sich fort. Schrecken bemächtigte sich ihrer. Sie bemühte sich, zu schweigen, konnte es aber nicht aushalten und schrie laut auf, um Schonung bittend. An Schonung war hier aber nicht zu denken, man drängte sich nur immer mehr und mehr an sie heran. Man riß ihr das Kleid vom Leibe, der Hut flog ihr davon. Sie konnte es nicht mit Bestimmtheit behaupten, es schien ihr jedoch, daß man ihr die Uhr samt der Kette vom Halse riß. Sie war ein kräftiges Mädchen und hätte sich noch halten können, aber es packte sie ein solcher Schrecken, daß ihr der Atem stockte. Mit zerfetzten Kleidern, am ganzen Körper wie gerädert, hielt sie sich noch halbwegs aufrecht; als aber die Kosaken anstürmten, um die Menge zu zerstreuen, verlor Rina vollends den Kopf; eine Schwäche kam über sie, ihr wurde übel. Sie fiel hin, und von diesem Moment an erinnerte sie sich an nichts mehr.

Als sie zu sich kam, lag sie auf dem Rücken im Gras. Ein wildfremder Mensch, der wie ein Handwerker aussah, mit einem Bärtchen, in einem zerfetzten Paletot, hockte vor ihr und spritzte ihr Wasser ins Gesicht. Als sie die Augen öffnete, bekreuzigte sich dieser Mann und spie das Wasser aus seinem Munde aus. Das war Jemeljan.

„Wo bin ich? Wer sind Sie?“

„Sie sind auf der Chodynka. Wer ich bin? Nun, ein Mensch. Mich hat man auch ein bißchen zerquetscht. Aber unsereiner hält mehr aus,“ sagte Jemeljan.

„Und was ist das?“ Rina wies auf das Kupfergeld, das in ihrem Schoße lag.

„Das bedeutet, daß das Volk gedacht hat, daß du gestorben bist; es ist für die Beerdigung. Aber ich habe dich gut angesehen und mir gleich gedacht: die lebt; und da habe ich dich mit kaltem Wasser begossen.“

Rina sah an ihrem Körper hinunter und bemerkte, daß ihre Kleider zerrissen waren. Ihre Brust war zum Teil entblößt. Sie schämte sich. Der Mann verstand dies und deckte sie zu.

„Laß gut sein, Fräulein, du wirst am Leben bleiben.“

Es sammelten sich noch einige Leute, auch ein Polizist trat auf sie zu. Rina erhob sich und setzte sich auf. Sie sagte, wessen Tochter sie sei und wo sie wohne. Und Jemeljan ging, um eine Droschke zu holen.

Immer mehr Leute kamen herbeigelaufen. Als Jemeljan mit der Droschke kam, stand Rina auf; man wollte ihr beim Einsteigen behilflich sein, aber sie stieg allein in den Wagen. Sie schämte sich nur wegen ihrer zerfetzten Kleidung.

„Nu, und wo ist denn das Brüderchen?“ fragte eine der Frauen Rina.

„Ich weiß es nicht! Ich weiß es nicht!“ sagte Rina voll Verzweiflung. (Zu Hause angelangt, erfuhr Rina, daß Alek, als das Gedränge begann, Zeit gehabt hatte, sich aus der Menge herauszuarbeiten; er war unverletzt nach Hause zurückgekehrt.)

„Dieser da hat mich gerettet,“ sagte Rina. „Wäre er nicht gewesen, dann weiß ich nicht, was mit mir geschehen wäre. Wie heißen Sie?“ wandte sie sich an Jemeljan.

„Wie ich heiße? O, der Name tut ja nichts zur Sache.“

„Sie ist doch eine Fürstin!“ flüsterte ihm eine der Frauen zu. „Und rei-ei-eich !!“

„Fahren Sie mit mir zu meinem Vater. Er wird Ihnen danken!“

Da regte sich in der Seele Jemeljans ein Gefühl, das er nicht einmal gegen einen Haupttreffer von zweimal Hunderttausend ausgetauscht hätte.

„Wozu denn! Nein, Fräulein, fahren Sie nur zu. Was ist da viel zu danken."

„Nicht doch! Ich werde nicht eher ruhig sein."

„Leb wohl, Fräulein. Mit Gott. Nur meinen Paletot laß mir hier."

Er zeigte lächelnd seine weißen Zähne. Und dieses Lächeln war so freudig, daß Rina in den schwersten Minuten ihres Lebens in der Erinnerung an dieses Lächeln einen Trost fand.

Nachgelassene Aufzeichnungen
des Starez Fjodor Kusmitsch

Gestorben am 20. Januar 1864, in Sibirien, in der Nähe der Stadt Tomsk, auf dem Landgut des Kaufmanns Chromow.

SCHON bei Lebzeiten des Starez Fjodor Kusmitsch, der 1836 in Sibirien auftauchte und dort siebenundzwanzig Jahre an verschiedenen Orten gelebt hat, liefen allerlei seltsame Gerüchte um: dieser Mann verberge seinen wahren Namen und sei niemand anders als Alexander I. Nach seinem Tode aber traten diese Gerüchte in noch bestimmteren Formen auf und verbreiteten sich mehr und mehr. Daß dieser Mann wirklich Alexander I. gewesen, wurde nicht nur im Volk, sondern auch in den höheren Kreisen, ja, zur Zeit der Regierung Alexanders III., selbst in der kaiserlichen Familie geglaubt. Der Gelehrte Schilder, der die Geschichte der Epoche Alexanders I. schrieb, glaubte es auch.

Anlaß zu diesen Gerüchten boten mehrere Umstände: erstens, daß Alexander ganz plötzlich starb, ohne an einer ernstlichen Krankheit gelitten zu haben; zweitens daß er fern von allen in einem ziemlich abgelegenen Orte, in Taganrog, starb; drittens daß diejenigen, die ihn aufgebahrt sahen, sagten, sein Aussehen sei so verändert, daß er nicht zu erkennen gewesen war und daß man ihn deshalb zugedeckt und niemand gezeigt habe; viertens daß Alexander zu wiederholten Malen, namentlich in der letzten Zeit, gesagt und geschrieben hatte, er wünsche nur eins: sich aus seiner Lage zu befreien und sich aus dem Weltgetriebe zurückzuziehen; fünftens – ein wenig bekannter Umstand – daß in dem Protokoll über den körperlichen Befund des Leichnams Alexanders gesagt war, sein Rücken und sein Gesäß seien rot-blau unterlaufen gewesen, Spuren einer Züchtigung, die an dem Körper des Zaren nicht hätten sein können.

Die Gründe, warum man gerade Kusmitsch für den sich verborgen haltenden Kaiser Alexander hielt, waren die folgenden: erstens war der Starez, nach den Aussagen aller Leute, die den Kaiser persönlich kannten (wie seine Leibkammerdiener) oder Porträts von ihm gesehen hatten, diesem im Wuchs, Körperbau und Aussehen verblüffend ähnlich; auch das Alter stimmte und als besonderes Charakteristikum die gebeugte Haltung; zweitens verriet sich Kusmitsch, der sich für einen Landstreicher ausgab und sich angeblich seiner Herkunft nicht erinnerte, durch seine Kenntnis fremder Sprachen, durch seine Manieren und seine vornehme Freundlichkeit als ein Mann, der einstmals der höchsten Gesellschaft angehört haben mußte; drittens verriet er sich, der niemandem je seinen Stand und Namen entdeckte, auch dadurch, daß ihm zuweilen Äußerungen entschlüpften, die ihn als einen Menschen kennzeichneten, der einst höher als alle anderen gestanden haben mußte; viertens vernichtete er vor seinem Tode verschiedene Dokumente, von denen nur ein Blättchen übrigblieb, das chiffrierte Aufzeichnungen und die Initialen A. und P. (Alexander Pawlowitsch) aufwies; fünftens mußte es auffallen, daß er trotz seiner Frömmigkeit nie zur Beichte ging; als ihn aber einst der Bischof besuchte und ihm zuredete, seiner Christenpflicht zu genügen und zu beichten, sagte der Starez: „Wenn ich bei der Beichte die Wahrheit über mich verhehlen würde, würde sich der Himmel wundern; wenn ich aber sagen würde, wer ich bin, würde sich die Welt wundern.“

All diese Vermutungen wichen indes der Gewißheit und alle Zweifel schwanden, als seine nachgelassenen Aufzeichnungen gefunden wurden. Es sind dies die folgenden Aufzeichnungen; sie fangen mit diesen Worten an:

Gott lohne es meinem unschätzbaren Freunde Iwan Grigorjewitsch[7], der mir diesen wundervollen Zufluchtsort verschafft hat. Ich bin seiner Güte und der Gnade Gottes nicht wert. Hier bin ich ruhig. Wenig Menschen kommen hierher, und ich bin mit meinen verbrecherischen Erinnerungen und mit Gott allein. Ich will mich bemühen, die Einsamkeit zu nutzen, um mein Leben ausführlich zu beschreiben. Dies mag für die Menschen von Nutzen sein.

Geboren in einem Milieu der entsetzlichsten Versuchungen, habe ich darin volle siebenundvierzig Jahre verlebt und den Versu-

---

[7] Iwan Grigorjewitsch Latyschew, ein Bauer aus dem Dorfe Krassnoretschinsk, mit dem Fjodor Kusmitsch im Jahre 1839 bekannt wurde und Freundschaft schloß, baute für Kusmitsch, nachdem dieser eine Zeitlang von Ort zu Ort gepilgert war, abseits von der großen Heeresstraße, auf einem Hügel, neben einer Schlucht, im Wald eine Klause. In dieser Klause begann Kusmitsch mit der Niederschrift seiner Erinnerungen. *Der Verfasser.*

chungen nicht nur nicht widerstanden, sondern mich ihnen schrankenlos überlassen; ich erlag den Verführungen und verführte andere, sündigte selbst und zwang andere, zu sündigen. Gott aber zog seine Hand dennoch von mir nicht ab, und die ganze Abscheulichkeit meines Lebens, die ich vor mir selbst zu rechtfertigen und andern als Schuld anzurechnen suchte, ward mir endlich in ihrer Furchtbarkeit offenbar. Und Gott half mir, daß ich mich befreite – nicht vom Bösen, denn immer noch ist Böses in mir, wenn ich mich auch bemühe, mich kämpfend davon zu befreien – er half mir, mich wenigstens von der Teilnahme am Bösen zu befreien. Was für seelische Kämpfe ich durchgemacht habe und was sich in meinem Herzen ereignete, als ich die ganze Ruchlosigkeit meines Lebens und die Notwendigkeit der Erlösung erkannt hatte – nicht eines bloßen Glaubens an die Erlösung, sondern einer tatsächlichen Erlösung von meinen Sünden durch meine Leiden –: dies will ich an anderm Orte erzählen. Hier will ich nur beschreiben, wie es mir gelang, mich meiner Stellung zu entledigen, indem ich statt meiner den Leichnam eines Soldaten unterschob, den ich zu Tode gequält hatte, und dann möchte ich an die Beschreibung meines Lebens gehen.

Meine Flucht vollzog sich folgendermaßen:

In Taganrog lebte ich dasselbe wahnwitzige Leben, das ich all die letzten vierundzwanzig Jahre geführt hatte. Ich, der ärgste Verbrecher, ich, der Vatermörder, ich, der Mörder von Hunderttausenden, die in den Kriegen fielen, deren Ursache ich war, ich, der abscheuliche Wüstling und Bösewicht, glaubte fest, was man mir Schmeichelhaftes sagte, ich hielt mich für den Erretter Europas, für einen Wohltäter der ganzen Menschheit, für das allervollkommenste Wesen, *pour un heureux hasard*, wie ich zu Mme. Staël sagte. Für all das hielt ich mich, aber Gott hat mich dennoch nicht ganz verlassen und die nie schlummernde Stimme des Gewissens sprach leise in mir. Nichts war mir recht, alle waren schlecht. Ich allein war gut, und niemand verstand dies. Ich wandte mich an Gott, betete zum Gott der Katholiken, betete mit Parrat zum protestantischen Gott und mit Krüdener zum Gott der Illuminaten; doch auch an Gott wandte ich mich nur vor den Menschen, damit sie mich bewunderten. Ich haßte und verachtete alle Menschen, dabei waren mir aber diese selben verachteten Menschen unentbehrlich und ihre Meinung, um derentwillen ich lebte und nach der ich mein Tun und Handeln einrichtete, war mir wichtig. Allein zu leben war schrecklich, mit ihr, meiner Frau, zu leben noch schrecklicher. Man nahm an, wir verlebten unsere Flitterwochen, aber in Wirklichkeit war es die Hölle, nichts als Verstellung und Qual, aber alles natürlich in den besten Formen der Wohlanständigkeit.

Einmal war mir besonders häßlich zumute. Ich hatte von Araktschejew einen Brief über die Ermordung seiner Geliebten erhalten. Er schilderte mir seinen Kummer, seine Verzweiflung. Und merkwürdig: seine ständige Schmeichelei, und nicht nur Schmeichelei, sondern die wirkliche, hündische Ergebenheit, die er mir schon bei Lebzeiten meines Vaters entgegengebracht, als wir beide, ohne Vorwissen meiner Großmutter, diesem den Treueid leisteten – diese seine hündische Ergebenheit bewirkte, daß ich, wenn ich je in der letzten Zeit einen Menschen liebte, gerade ihn liebte, wenn es erlaubt ist, das Wort „lieben" im Zusammenhang mit einem solchen Ungeheuer zu gebrauchen. Ich fühlte mich wohl auch deswegen ihm verbunden, weil er an der Ermordung meines Vaters keinen Anteil gehabt, wie so viele andere, die ich gerade deswegen haßte, weil sie an meinem Verbrechen teilgenommen hatten; er aber war im Gegenteil meinem Vater und mir aufrichtig ergeben gewesen; doch davon später.

Ich hatte schlecht geschlafen. Die Ermordung der schönen, aber bösartigen Nastaßja – sie bezauberte alle durch ihre sinnliche Schönheit – hatte seltsamerweise meine Sinnlichkeit erregt, und ich hatte die ganze Nacht keinen Schlaf gefunden. Daß im Zimmer nebenan meine schwindsüchtige, mir widerwärtige Frau lag, ärgerte und quälte mich noch mehr. Dann marterte mich auch die Erinnerung an Marie (Naryschkina), die mich um eines windigen Diplomaten willen verlassen hatte. Es war, wie es scheint, sowohl mir als auch meinem Vater vom Schicksal bestimmt, auf die Gagarins eifersüchtig zu sein. Doch ich lasse mich wieder von meinen Erinnerungen hinreißen. Ich hatte also die ganze Nacht nicht geschlafen. Es fing an hell zu werden. Ich hob den Vorhang, zog meinen weißen Schlafrock an und rief den Kammerdiener. Alle schliefen noch. Ich zog meinen Rock an, hing einen Zivilmantel um, setzte eine Mütze auf und ging an dem Wächter vorbei auf die Straße.

Die Sonne erhob sich soeben über dem Meeresspiegel; es war ein kühler Herbsttag. In der herbfrischen Luft wurde mir sofort besser.

Die düsteren Gedanken waren verflogen, und ich ging hinab ans Meer, dessen Fläche stellenweise in der Sonne glitzerte. Ehe ich noch zur Straßenecke kam, wo das grüne Haus stand, hörte ich vom Platze her Trommelwirbel und Pfeifengetön. Ich lauschte und begriff, daß hier eine Exekution stattfinde, man ließ einen Mann Spießruten laufen. Ich, der ich diese Strafe so viele Male zugelassen, hatte dieses Schauspiel dennoch nie gesehen. Und seltsam! – es muß dies doch wohl Teufelswerk gewesen sein – der Gedanke an die getötete, sinnlich-schöne Nastaßja und die Vorstellung des von Spießruten zerfleischten Körpers des Soldaten floß bei mir in ein sinnlich erregendes Gefühl zusammen. Ich erinnerte mich der zu Spießruten verurteilten Semjonower Soldaten und der Militärkolonisten, von denen Hunderte zu Tode gepeitscht wurden. Und da kam mir plötzlich der Gedanke, mir dieses Schauspiel anzusehen. Da ich in Zivil war, konnte ich das tun.

Je mehr ich mich dem Platze näherte, desto deutlicher war der Trommelwirbel und das schrille Pfeifen zu hören. Mit meinen kurzsichtigen Augen konnte ich ohne Lorgnette nicht alles unterscheiden, aber ich sah die Reihen der Soldaten und zwischen ihnen den weißen Rücken einer sich vorwärts bewegenden großen Gestalt. Als ich dann inmitten der Menge stand, die sich hinter den Reihen der Soldaten staute und dem Schauspiel zusah, nahm ich die Lorgnette heraus und konnte nun genau unterscheiden, was sich da begab. Ein hochgewachsener Mann, dessen nackte Arme an ein Bajonett angebunden waren, ging mit gebeugtem, weißem, sich hie und da bereits blutig färbendem und striemenbedecktem Rücken durch die Gasse der mit Stöcken bewaffneten Soldaten. Dieser Mensch war ich, war mein Doppelgänger. Derselbe hohe Wuchs, dieselbe gebeugte Haltung, derselbe kahle Kopf, derselbe Backenbart ohne Schnurrbart, dieselben Backenknochen, derselbe Mund und dieselben blauen Augen; aber dieser Mund lächelte nicht, sondern er öffnete und verzerrte sich im Aufschrei bei jedem Hieb, und die Augen blickten nicht sanft und liebenswürdig drein, sondern quollen in schrecklichem Ausdruck aus den Höhlen, öffneten und schlossen sich im Schmerz.

Als ich mir das Gesicht dieses Mannes genauer ansah, erkannte ich ihn. Es war dies der Soldat Strumenskij, linker Flügelmann, Unteroffizier, von der dritten Kompagnie des Semjonower Regiments, seinerzeit allen durch seine Ähnlichkeit mit mir bekannt; man nannte ihn im Scherz Alexander II.

Ich wußte, daß er zusammen mit den anderen Meuterern des Regiments in die Garnison versetzt worden war und begriff, daß er hier, in der Garnison, wahrscheinlich etwas angestellt hatte, wahrscheinlich geflohen und wieder eingefangen worden war und nun bestraft wurde. So war es auch, wie ich später erfuhr.

Ich stand da wie angezaubert und sah zu, wie dieser Unglückliche dahinging, und wie man ihn schlug, und ich fühlte, wie sich in meinem Herzen etwas regte. Aber auf einmal bemerkte ich, daß die neben mir Stehenden mich anstarrten; einige traten auf die Seite, andere drängten sich an mich heran. Wahrscheinlich hatte man mich erkannt. Als ich das sah, drehte ich mich rasch um und ging nach Hause. Die Trommelwirbel und das Pfeifengetön dauerte noch weiter an, die Züchtigung nahm also ihren Fortgang. Die vorherrschende Empfindung in mir war, daß ich das, was da an meinem Doppelgänger geschah, eigentlich doch billigen sollte. Und wenn ich es schon nicht billigen konnte, so mußte ich es mindestens für notwendig halten. Aber ich fühlte, daß ich das nicht konnte. Konnte ich aber nicht zugeben, daß solche Dinge zu Recht bestehen, so mußte ich zugeben, daß mein ganzes Leben, alles, was ich je getan, schlecht sei und daß ich einen Entschluß ausführen müsse, den ich schon längst erwogen hatte – den Entschluß, alles im Stich zu lassen, wegzugehen, zu verschwinden.

Dieses Gefühl erfaßte mich ganz. Ich kämpfte dagegen an, aber bald erkannte ich, daß es sein müsse, daß es eine traurige Notwendigkeit sei, daß ich eigentlich an die Stelle dieses Unglücklichen gehörte. Aber sonderbarerweise tat er mir nicht leid; statt zu befehlen, daß man mit der Züchtigung aufhören solle, hatte ich nur Angst, daß man mich erkennen würde, und ich ging nach Hause.

Bald hörte man auch die Trommel nicht mehr. Zu Hause angelangt, glaubte ich eine Zeitlang, mich von jenem Gefühl befreit zu haben, trank meinen Tee, nahm die Berichte von Wolkonskij entgegen. Dann folgte das übliche Dejeuner, die gewohnte Begegnung mit meiner Frau, zu der ich keine andern als unwahre Beziehungen hatte, hernach kam Dibitsch zum Vortrag und bestätigte das Vorhandensein einer geheimen Gesellschaft. Ich werde später, wenn ich meine Lebensgeschichte niederschreibe, so Gott will, auf diese

Dinge noch ausführlicher zurückkommen. Jetzt will ich nur sagen, daß ich auch diese Nachrichten äußerlich ruhig aufnahm. Aber dies dauerte nur bis zur Beendigung des Mittagessens. Nach dem Essen begab ich mich in mein Kabinett, legte mich auf den Diwan und schlief sofort ein.

Ich hatte kaum fünf Minuten geschlafen, als ein Stoß, den ich in meinem ganzen Körper verspürte, mich aufweckte, und ich vernahm wieder den Trommelwirbel und das Pfeifengetön, das Sausen der Stockhiebe und die Schreie Strumenskijs, und ich erblickte ihn – oder mich – ich wußte selber nicht, ob er oder ob ich es war; ich sah ein Leidensgesicht, sah sein hilfloses Zusammenzucken, sah die düsteren Gesichter der Soldaten und Offiziere. Die Umnachtung meiner Sinne dauerte nicht lange; ich sprang auf, knöpfte den Rock zu, setzte den Hut auf, nahm den Degen und ging hinaus, nachdem ich gesagt hatte, daß ich spazieren gehen wollte.

Ich wußte, wo das Militärhospital lag und begab mich direkt dahin. Wie immer, wenn ich irgendwo erschien, geriet alles in Bewegung. Atemlos kam der Oberstabsarzt mit dem Diensthabenden gelaufen. Ich sagte, ich wolle einen Gang durch die Krankenzimmer machen. Im zweiten Zimmer erblickte ich den kahlen Kopf Strumenskijs. Er lag mit dem Gesicht nach unten, den Kopf auf die Arme gestützt und stöhnte kläglich. „Er wurde wegen Fluchtversuchs bestraft," berichtete man mir.

Ich sagte „Ah!" und machte meine gewöhnliche Geste, durch die ich anzeigte, daß ich den Fall zur Kenntnis nahm und die Strafe billigte. Dann ging ich weiter.

Am nächsten Tag ließ ich fragen, wie es mit Strumenskij stehe. Man berichtete mir, er habe die Sterbesakramente erhalten und liege im Sterben.

Das war gerade am Namenstag meines Bruders Michail. Es gab eine Parade und einen Gottesdienst. Ich sagte, daß ich mich nach der Krimreise nicht wohl fühle und ging nicht zum Hochamt. Dibitsch kam abermals zu mir und berichtete wieder von der Verschwörung in der zweiten Armee; er erinnerte mich an das, was mir Witte noch vor der Krimreise darüber gesagt hatte, und an den Rapport des Unteroffiziers Sherwoods.

Erst hier, während ich den Bericht Dibitschs hörte, der den Absichten der Verschwörer eine so immense Bedeutung beilegte, fühlte ich plötzlich die ganze Bedeutung und die ganze Wucht der Umwälzung, die sich in mir vollzogen hatte. Sie tun sich zusammen, um eine Verschwörung anzuzetteln, mit dem Zweck, die Regierung zu stürzen und die Konstitution einzuführen; das ist ja dasselbe, was ich schon vor zwanzig Jahren hatte tun wollen. Ich schuf und zerstörte einige konstitutionelle Regierungen in Europa, und was war damit erreicht, wem war damit geholfen? Und vor allen Dingen: wer bin ich denn, daß ich mich mit solchen Dingen befasse? War es denn nicht so, daß das ganze äußere Leben, all diese sozialen Einrichtungen, jede Teilnahme an denselben – hatte ich denn nicht selbst daran teilgenommen und das Leben der Völker Europas umgestaltet? – höchst unwichtig und überflüssig war und mich nichts anging? Ich begriff mit einemmal, daß dies alles ja nicht meine Sache war, daß ich mich nur mit einem zu beschäftigen habe: mit mir selbst, mit meiner eigenen Seele. All meine früheren Wünsche der Thronentsagung – die damals affektiert und von dem Wunsch eingegeben waren, die Menschen in Erstaunen zu setzen, zu betrüben, oder ihnen meine Seelengröße zu beweisen – kehrten jetzt zurück, aber sie kehrten nun mit verstärkter Kraft, getragen von einem aufrichtigen Willen, zurück; was ich tun wollte, wollte ich jetzt nicht mehr um der Leute willen tun, sondern um meiner selbst willen, um meiner Seele willen. Es war, als ob ich diese ganze, im weltlichen Sinn glänzende Laufbahn nur deshalb zurückgelegt hätte, um zu jenem Jugendtraum zurückzukehren, den die Reue erzeugt hatte: von allem wegzugehen, auf alles zu verzichten, jedoch ohne Eitelkeit, ohne einen Gedanken an menschlichen Ruhm, und nur für mich selbst und für Gott zu leben. Damals waren es unklare Wünsche; jetzt war es die Unmöglichkeit, das alte Leben fortzusetzen.

Wie aber sollte dies durchgeführt werden? Nicht so, daß ich die Menschen, um ihren Beifall buhlend, in Erstaunen setze, sondern so, daß niemand davon weiß und daß ich Leiden auf mich nehme. Und dieser Gedanke erfreute und entzückte mich so, daß ich sogleich über die Mittel, ihn zu verwirklichen, nachzudenken begann und all meinen Witz, all meinen Scharfsinn anstrengte, um ihn zu verwirklichen.

Die Ausführung meines Vorhabens erwies sich leichter, als ich gedacht hatte. Meine Absicht war die, mich krank, sterbenskrank zu stellen und, nachdem ich den Arzt beredet und durch Bestechung geneigt gemacht, den sterbenden Strumenskij an meine Stelle zu legen, selber auf und davon zu gehen, zu fliehen und meinen Namen zu verbergen.

Schier wie absichtlich fügte sich alles aufs beste zum Gelingen meines Planes. Am neunten befiel mich ein Fieber. Ich war etwa eine Woche krank. Während dieser Zeit fühlte ich mich mehr und mehr in meiner Absicht bestärkt und erwog alles. Am sechzehnten stand ich auf und fühlte mich gesund.

An diesem Tage rasierte ich mich wie gewöhnlich selbst; in Gedanken versunken, schnitt ich mich versehentlich am Kinn; ich verlor ziemlich viel Blut, mir wurde übel und ich fiel hin. Man kam gelaufen und hob mich auf. Ich begriff sofort, daß dieser Zufall mir nützen könne, meinen Plan zur Durchführung zu bringen. Obzwar ich mich jetzt wieder ganz wohl fühlte, stellte ich mich, als ob ich sehr schwach wäre, legte mich zu Bett und befahl, Vimiers Assistenten zu mir zu rufen. Vimier selbst wäre auf meinen Betrug nicht eingegangen; diesen jungen Menschen aber hoffte ich bestechen zu können. Ich eröffnete ihm meine Absicht, sagte ihm, wie ich mir die Ausführung des Planes dächte, und machte ihm ein Angebot von Achtzigtausend, wenn er alles so machen würde, wie ich es von ihm verlangte. Mein Plan war der folgende: Strumenskij lag, wie ich erfuhr, an diesem Tag in den letzten Zügen, und es war vorauszusehen, daß er voraussichtlich noch vor Anbruch der Nacht sterben werde. Ich legte mich zu Bett, heuchelte äußerste Gereiztheit gegen alle und ließ niemand außer dem bestochenen Arzt zu mir. In dieser Nacht sollte der Arzt den Leichnam Strumenskijs in einer Wanne bringen und ihn an meine Stelle legen; dann sollte er verkünden, daß ich plötzlich gestorben sei.

Erstaunlicherweise wurde alles genau so ausgeführt, wie wir es vorgesehen hatten. Und am 17. Oktober war ich frei.

Die Leiche Strumenskijs wurde in einem verschlossenen Sarge beigesetzt. Mein Bruder Nikolai bestieg den Thron und verbannte alle Verschwörer nach Sibirien, wo ich später einige von ihnen gesehen habe. Ich hatte seitdem manche Leiden zu erdulden, die freilich im Vergleich zu den Verbrechen, die ich begangen habe, unwesentlich sind, habe aber auch manche unverdiente große Freuden erlebt, von denen ich an anderm Ort erzählen werde. Jetzt aber, als zweiundsiebzigjähriger Greis, da ich schon bis zum Gürtel im Grabe stehe, habe ich erkannt, wie eitel und töricht das Leben war, das ich früher geführt hatte, und wie bedeutsam das Leben ist, das ich jetzt als habloser Wanderer führe. Über den Rest meines Lebens will ich jetzt berichten.

12. Dezember 1849
Sibirische Taiga, nahe bei Kraßnoretschinsk

Heute ist mein Geburtstag, ich bin zweiundsiebzig Jahre alt. Vor zweiundsiebzig Jahren wurde ich in Petersburg, im Winterpalais, in den Gemächern meiner Mutter, der Kaiserin, der damaligen Großfürstin Marja Fjodorowna, geboren.

Geschlafen habe ich ziemlich gut. Nach dem gestrigen Unwohlsein ist mir heute leichter. Die Hauptsache ist, daß der geistige Dämmerzustand, in dem ich mich befunden hatte, nun aufgehört hat und daß mir die Möglichkeit, mich mit ganzer Seele der Gemeinschaft mit Gott hinzugeben, von neuem gegeben ist. Gestern nachts in der Dunkelheit habe ich gebetet. Habe meine Stellung in der Welt klar erkannt: mein Ich, mein ganzes Leben, ist etwas, dessen der, der mich gesandt hat, not hat. Ich aber kann das, wessen er not hat, tun oder nicht tun. Indem ich tue, wessen er not hat, wirke ich mein eignes und zugleich der Welt höchstes Gut. Tue ich es nicht, so gehe ich verlustig meines höchsten Guts. Es geht nicht das höchste Gut verlustig: nur jenes höchste Gut, das mein hätte sein können, geht verlustig; die Welt hingegen beraube ich nicht des höchsten Gutes, dessen sie teilhaftig ist. All das, was ich hätte tun sollen, werden andre tun, und Sein Wille wird erfüllt werden. Darin besteht die Freiheit meines Willens. Wenn er aber weiß, was künftig sein wird, und wenn alles von ihm vorausbestimmt ist, so kann es doch keine Freiheit geben? Ich weiß es nicht. Hier endet der Gedanke, und hier beginnt das Gebet, das einfache, kindliche, uralte Gebet: „Vater, nicht mein Wille, sondern Dein Wille geschehe. Hilf mir. Komme und wohne in uns." Einfach: „Herr, vergib und sei gnädig. Ich kann es mit Worten nicht ausdrücken, aber Du kennst mein Herz, Du bist ja selbst in ihm."

Und ich schlummerte ein. Im Laufe der Nacht erwachte ich, wie das nun schon so bei alten Leuten zu sein pflegt, vier- oder fünfmal, und ich hatte einen Traum. Mir träumte, ich badete und schwamm im Meere, und ich wunderte mich, wie mich das Wasser so leicht trug und hob, daß ich gar nicht untersank; und das Wasser war grünlich, schön; Leute, die am Ufer stehen, stören mich; es sind auch Frauen darunter, und ich bin nackt und kann nicht hinausgehen. Der Sinn dieses Traumes ist der, daß die Rüstigkeit meines Körpers mich noch am Leben hält; aber der Ausgang ist nahe.

Vor Tagesanbruch stand ich auf; ich schlug Feuer, doch wollte der Schwefelfaden lange nicht Feuer fangen; ich zog meinen Rock aus Elentierfellen an und ging auf die Straße. Durch die schneebedeckten Lärchen und Kiefern brach das hell-orangefarbene Frührot. Ich trug das gestern gespaltene Holz hinein, heizte ein und spaltete noch mehr davon. Es wurde hell. Ich aß aufgeweichten Zwieback, der Ofen war ausgebrannt, ich schloß das Ofenrohr und setzte mich zum Schreiben nieder.

Ich wurde am 12. Dezember 1777, also vor zweiundsiebzig Jahren, in Petersburg, im Winterpalast, geboren. Der Name Alexander war mir auf Wunsch meiner Großmutter gegeben worden, er sollte, wie sie sagte, bedeuten, daß ich ein ebenso großer Mann wie Alexander von Mazedonien und ein ebenso großer Heiliger wie Alexander Newskij werden solle. Nach einer Woche wurde ich in der großen Kirche des Winterpalastes getauft. Auf einem Kissen von Goldbrokat trug mich die Herzogin von Kurland zum Taufbecken, während die höchsten Würdenträger des Reiches die Decke trugen, die mich einhüllte. Taufpatin war die Kaiserin, der Kaiser von Österreich und der König von Preußen fungierten als Zeugen. Das Zimmer, das man für mich hergerichtet hatte, war ganz nach den Angaben meiner Großmutter eingerichtet. Ich selbst erinnere mich an all das nicht mehr, weiß es aber aus den Erzählungen anderer. Mitten in diesem großen Zimmer mit den drei hohen Fenstern war zwischen vier Säulen ein von der hohen Decke bis zum Boden reichender Baldachin aus seidenen Vorhängen gespannt. Unter dem Baldachin stand ein eisernes Bettchen mit einer kleinen Ledermatratze, kleinen Kissen und einer leichten englischen Decke. Rings um den Baldachin war eine zwei Ellen hohe Balustrade errichtet, damit

die Besucher nicht zu nahe an mich herantreten konnten. In diesem
Zimmer waren keine Möbel, nur das Bett der Amme stand hinter
dem Baldachin. Alle Einzelheiten meiner körperlichen Erziehung
waren von meiner Großmutter bedacht worden. Es war verboten,
mich zu schaukeln. Gewickelt wurde ich auf besondere Art. Man
durfte mir keine Strümpfe anziehen. Gebadet hat man mich zuerst
in warmem, dann in kaltem Wasser. Meine Kleider waren von besonderer Art, ohne Nähte und Knoten. Als ich anfing, herumzukrie-
chen, legte man mich auf einen Teppich und überließ mich mir
selbst. Die erste Zeit, erzählte man mir, setzte sich meine Großmutter zu mir auf den Teppich und spielte mit mir. Ich erinnere mich
dessen gar nicht, erinnere mich auch nicht an die Amme.

Meine Amme war die Frau eines jungen Gärtners, Awdotja Pet-
rowna, aus Zarskoje Selo. Ich entsinne mich ihrer nicht. Ich erblickte
sie zum erstenmal, als ich achtzehn Jahre alt war; sie ging im Garten
von Zarskoje Selo auf mich zu und nannte ihren Namen. Das war in
der schönen Zeit meiner ersten Freundschaft mit Tschartorijschskij,
als ich von aufrichtigem Abscheu erfüllt war gegen das, was an den
beiden Höfen, dem meines unseligen Vaters und dem der mir damals auch schon verhaßt gewordenen Großmutter, vor sich ging. Ich
war damals noch ein Mensch, und keineswegs ein böser Mensch,
denn ich strebte zum Guten. Ich ging mit Adam durch den Park, als
plötzlich aus einer Seitenallee eine gut gekleidete Frau mit einem
ungewöhnlich gutmütigen, angenehmen, lächelnden und aufgereg-
ten Gesicht herauskam und auf mich zutrat. Sie näherte sich rasch,
kniete vor mir nieder, ergriff meine Hand und fing an sie zu küssen.

„Väterchen, Eure Hoheit! … Endlich hat Gott es so gefügt!"

„Wer sind Sie?"

„Ihre Amme, Awdotja, Dunjascha, elf Monate habe ich Sie genährt. Gott hat es so gefügt, daß ich Sie einmal wiedersehe."

Mit Mühe brachte ich sie dazu aufzustehen, und ich versprach
ihr, sie zu besuchen. Trauliches Interieur ihres sauberen Häuschens;
ihre liebliche Tochter, eine wirkliche russische Schönheit, meine
Milchschwester, Braut des Hofstallmeisters; ihr Vater, der Gärtner,
lächelte wie sein Weib, und ein ganzer Haufen Kinder war da, die
auch so sonnig lächelten, es ging von ihnen allen gleichsam ein Licht
aus, das mir in meiner Dunkelheit leuchtete. –

„Das ist wirkliches Leben, wirkliches Glück," dachte ich. „Es ist alles so einfach, so klar, es gibt keine Intrigen, keinen Neid, keinen Streit."

Also diese liebe Dunjascha hatte mich genährt. Meine erste Wärterin war eine Deutsche, Sophija Iwanowna Benkendorff, und meine Njanja war eine Engländerin namens Haseler. Sophija Iwanowna Benkendorff war eine korpulente Dame mit weißem Teint und gerader Nase; ihr Benehmen war geradezu majestätisch, wenn sie im Kinderzimmer ihre Anordnungen gab, vor der um einen Kopf kleineren Großmutter hingegen war sie die Würdelosigkeit selbst mit ihren tiefen Verbeugungen und Knixen. Mir gegenüber legte sie eine besonders sklavische Ergebenheit an den Tag, dabei war sie aber sehr streng. Bald schien sie eine Königin zu sein in ihren weiten Röcken, mit ihrem majestätischen Gesicht und der langen geraden Nase, und gleich darauf gab sie sich als naives Mädchen.

Praskowja Iwanowna Haseler, die Engländerin, hatte ein langes Gesicht, rötliches Haar und war immer ernst. Wenn sie dann aber einmal lächelte, erstrahlte ihr ganzes Gesicht und man mußte unwillkürlich mitlächeln. Ich fand Gefallen an ihrer Pünktlichkeit, Stetigkeit, Reinlichkeit und ihrer mit Festigkeit gepaarten Sanftmut. Mir schien immer, sie müsse etwas wissen, was sonst niemand wußte: weder meine Mutter, noch mein Vater, ja nicht einmal meine Großmutter.

Meine Mutter lebt in meiner Erinnerung als eine seltsame, schwermütige, übernatürliche, wunderbare Vision. Schön, geputzt, strahlend in Brillanten, Seide, Spitzen und mit entblößten, vollen, weißen Armen trat sie in mein Zimmer und liebkoste mich mit einem seltsamen, nicht mir geltendem Gesichtsausdruck, nahm mich auf ihre starken, schöngeformten Arme, hob mich zu ihrem noch schöneren Gesicht empor, warf ihr volles, duftendes Haar zurück, küßte mich und weinte, und einmal ließ sie mich sogar fallen und sank in Ohnmacht.

Und seltsam! Hatte es mir meine Großmutter eingeflößt, oder war das Verhalten meiner Mutter mir gegenüber so, oder durchdrang ich mit meinem Kinder-Instinkt jene Hofintrigen, deren Zentrum ich war, kurz: ich hatte für meine Mutter kein einfaches, ungeteiltes Gefühl der Liebe und überhaupt keine Liebe. Es war etwas Gezwungenes in der Art, wie sie mit mir verkehrte. Sie schien durch mich etwas ausdrücken zu wollen und darüber vergaß sie, was ich

gut fühlte, mich selbst ganz und gar. So war es auch. Meine Großmutter hatte mich meinen Eltern weggenommen und mich vollkommen mit Beschlag belegt in der Absicht, mir den Thron zu übergeben
und ihn ihrem Sohn, meinem unseligen Vater, den sie haßte, zu entziehen. Davon wußte ich selbstverständlich lange nichts. Aber von
den ersten Tagen an, da ich mir meiner bewußt wurde, wurde ich,
ohne die Ursachen zu kennen, auch dessen inne, daß ich der Gegenstand irgendeiner Feindschaft, irgendeiner Rivalität, der Spielball ir-
gendwelcher Pläne und Absichten sei, und ich fühlte die Kälte und
Gleichgültigkeit, die man mir, meiner kindlichen Seele, entgegenbrachte, die keiner Krone, sondern einer einfachen Liebe bedürftig
war. Und eben die war nicht vorhanden. Es war dies eine Mutter,
die in meiner Gegenwart beständig traurig war. Einmal, als sie mit
Sophija Iwanowna auf Deutsch über etwas gesprochen hatte, brach
sie in Tränen aus und eilte mit größter Hast aus dem Zimmer, als sie
die Schritte meiner Großmutter vernahm. Ich hatte einen Vater, der
manchmal in unser Zimmer kam und zu dem man mich und meinen
Bruder führte; aber dieser Vater, mein unseliger Vater, drückte bei
meinem Anblick noch entschiedener als meine Mutter seine Unzufriedenheit und seinen verhaltenen Zorn aus.

Ich erinnere mich, wie man einst mich und meinen Bruder Konstantin zu den Eltern hinüberbrachte. Es war dies vor der Abreise
meines Vaters ins Ausland, im Jahre 1781. Er schob mich mit der
Hand von sich weg, sprang mit funkelnden Augen vom Sessel auf
und stieß keuchend einige Worte hervor, die sich auf mich und
meine Großmutter bezogen. Ich verstand nicht, was er sagte, ich erinnere mich nur an die folgenden Worte:

„Après 1762 tout est possible."

Ich erschrak und fing an zu weinen. Meine Mutter nahm mich
auf die Arme, küßte mich und trug mich zu ihm. Er segnete mich
hastig und lief, mit den hohen Absätzen seiner Schuhe klappernd,
aus dem Zimmer. Erst viel später begriff ich die Bedeutung dieses
Wutausbruches. Er und meine Mutter begaben sich unter dem Namen eines Comte und einer Comtesse du Nord auf die Reise. Meine
Großmutter wünschte es so. Und er befürchtete, daß er in seiner Abwesenheit seiner Rechte auf den Thron verlustig erklärt und ich zum
Thronfolger bestimmt werden könnte …

Mein Gott! mein Gott! Er maß Dingen höchsten Wert bei, die ihn körperlich und seelisch vernichten sollten; und ich, Unseliger, folgte ihm darin nach.

Es klopft jemand mit den Gebetworten „Im Namen des Vaters und des Sohnes" an meine Pforte. Ich sagte „Amen". Ich räumte meine Schreibsachen weg und gehe aufmachen. Wenn es Gottes Wille ist, setze ich morgen das Angefangene fort.

13. Dezember |

Wenig geschlafen, häßliche Träume. Irgendein Frauenzimmer, unangenehm, schwach, drückt sich an mich, und ich verabscheue nicht sie, nicht die Sünde, sondern fürchte nur, daß meine Frau es sieht und mir wieder Vorwürfe machen wird. Zweiundsiebzig Jahre – und bin noch immer nicht davon erlöst. In wachem Zustand kann man sich selbst betrügen, der Traum hingegen zeigt die Stufe an, die man wirklich erreicht hat. Mir träumte ferner – und auch das ist eine Bestätigung dessen, daß ich noch auf einer sehr niedrigen Stufe der Sittlichkeit stehe – daß mir jemand in Moos verpackte Näschereien hierher mitgebracht hätte – Bonbons von einer ganz besonderen Sorte – und wir nahmen sie aus dem Moos heraus und verteilten sie. Indes blieb nach der Verteilung von dem Konfekt noch etwas übrig und ich wollte es für mich behalten; aber nun war da auch ein Knabe, mir schwebte vor: der Sohn des türkischen Sultans, ein dunkeläugiger, unangenehmer Gesell; er langt nach dem Konfekt, nimmt die Bonbons in die Hand, ich stoße ihn zurück, sage mir inzwischen aber, es passe sich für ein Kind wohl besser als für mich, Näschereien zu essen, gebe sie ihm aber trotzdem nicht, fühle, daß ein feindseliges Gefühl gegen ihn in mir erwacht und weiß zugleich, daß das schlecht ist.

Merkwürdigerweise passierte mir dieselbe Sache heute auch im wachen Zustand. Marja Martemjanowna war da. Der gestrige Besucher war ein Bote gewesen, den sie mit der Frage zu mir gesandt hatte, ob sie kommen dürfe. Ich sagte ja. Mir sind diese Besuche beschwerlich, aber ich weiß, daß ein abschlägiger Bescheid sie betrübt hätte. Und da ist sie nun heute gekommen. Schon von weitem hörte ich das Knirschen der Schlittenkufen im Schnee. Dann trat sie, eingemummt in Pelze und Tücher, in meine Hütte und brachte in Bastsäckchen ihre Geschenke mit; zugleich brachte sie so eine Kälte mit herein, daß ich den Schlafrock anziehen mußte. Sie brachte Pfannkuchen, Fastenöl und Äpfel. Sie kam wegen ihrer Tochter: ein reicher Witwer wirbt um sie. Es entsteht nun die Frage: soll sie ihn nehmen oder nicht? Sehr peinlich ist es mir, daß sich die Leute solche Begriffe von mir und meinem Scharfsinn machen. Jedes Wort, das ich zur Abwehr solcher Anzapfungen sage, legen sie geschwind als – Demut aus. Ich sagte, was ich immer sage: daß die Keuschheit besser sei als die Ehe, daß es aber, nach den Worten des Paulus, besser sei zu heiraten als sich in Sinnenlust zu verzehren. Sie kam in Begleitung ihres Schwiegersohnes Nikanor Iwanowitsch; es ist dies derselbe, der mich seinerzeit eingeladen hatte, bei ihm zu wohnen und der mich dann mit seinen Visiten förmlich verfolgte.

Dieser Nikanor Iwanowitsch stellt meine Menschenliebe auf eine harte Probe. Es ist mir unmöglich, die Antipathie, die er mir einflößt, zu überwinden. O Herr, lasse mich meine eigenen Sünden gewahr werden und bewahre mich davor, daß ich meinen Bruder verurteile. Ich sehe alle seine Sünden, errate sie mit dem Scharfsinn der Bosheit, sehe alle seine Schwächen und kann meine Antipathie gegen ihn, gegen meinen Bruder, gegen den Träger desselben göttlichen Prinzips, das auch in mir ist, nicht überwinden.

Was bedeuten solche Gefühle? Ich habe sie im Verlauf meines langen Lebens oft empfunden. Meine stärksten Antipathien waren: Ludwig XVIII. mit seinem Bauch, seiner gebogenen Nase, seinen widerwärtig weißen Händen, mit seiner Arroganz und Borniertheit – aber da fange ich schon an zu schimpfen – und dann eben dieser Nikanor Iwanowitsch, der mich gestern volle zwei Stunden gemartert hat. Alles an ihm, angefangen von dem Ton seiner Stimme bis zu den Haaren und Nägeln, flößt mir einen unüberwindlichen Abscheu ein, und ich habe, um Marja Martemjanowna meine Verdrießlichkeit zu erklären, gelogen, indem ich ihr sagte, ich fühlte mich nicht ganz wohl. Als sie fort waren, kniete ich nieder zum Gebet, und nach dem Gebet fühlte ich mich ruhiger. Ich danke dir, o Herr, daß das eine, was not tut, in meine Macht gegeben ist. Ich stellte mir auch vor, daß Nikanor Iwanowitsch ja auch einmal ein Kind gewesen ist und daß er einst sterben wird; an dasselbe dachte ich auch in bezug auf Ludwig XVIII., von dem ich wußte, daß er schon gestorben ist, und ich bedauerte jetzt, daß Nikanor Iwanowitsch nicht mehr da sei, ich hätte ihm sonst mein wohlwollendes Gefühl ausdrücken können.

Marja Martemjanowna brachte mir Kerzen, und ich kann nun abends schreiben. Ich ging auf den Hof hinaus. Links verblaßten die hellen Sterne in einem wundervollen Nordlicht. Wie schön, wie schön!

Ich fahre nun in meiner Erzählung fort.

Vater und Mutter waren ins Ausland gefahren und ich und mein Bruder Konstantin, der zwei Jahre jünger war als ich, kamen für die ganze Zeit der Abwesenheit meiner Eltern in die Obhut der Großmutter. Den Namen Konstantin hatte man meinem Bruder gegeben, um dadurch anzudeuten, daß er dereinst als Imperator in Konstantinopel herrschen solle.

Kinder haben jedermann lieb, und am meisten diejenigen, die sie wiederlieben und lieb mit ihnen sind. Die Großmutter liebte und liebkoste mich, und ich liebte sie wieder, ungeachtet des abscheulichen Geruchs, der von ihr ausging, den sie mit allem Parfüm nicht vertreiben konnte und den ich ganz besonders verspürte, wenn sie mich auf den Schoß nahm. Unangenehm waren mir auch ihre Hände, diese sauberen, gelblichen, gerunzelten, schlüpfrig-glatten, glänzenden Hände mit den einwärts gebogenen Fingern und den von der Nagelhaut unnatürlich weit entblößten Fingernägeln. Ihre Augen waren trübe, müde, fast tot, und dies machte, zusammen mit dem lächelnden, zahnlosen Munde einen bedrückenden, aber nicht gerade abstoßenden Eindruck. Ich führte diesen Ausdruck ihrer Augen – an den ich mich jetzt nur mit Ekel und Abscheu erinnere – auf die Sorgen zurück, die sie, wie man mir sagte, um ihre Völker ausstand, und ich bedauerte sie wegen dieses müden Ausdrucks. Potjomkin sah ich etwa zweimal. Dieser lahme, schielende, massive, schwarze, schweißige, schmutzige Mensch war entsetzlich. Er war mir besonders dadurch so furchtbar, daß er der einzige war, der vor meiner Großmutter keine Angst hatte; mit seiner knarrenden Stimme sprach er auch in ihrer Gegenwart laut und frech und nannte mich zwar Hoheit, schüttelte mich aber, wenn er mich liebkoste, derb hin und her.

Unter denen, die ich in dieser ersten Zeit meiner Kindheit bei ihr sah, war auch Lanskoj. Er war immer um sie, alle richteten sich nach ihm und alle machten ihm den Hof. Vor allem war es die Kaiserin selbst, die sich unaufhörlich nach ihm umsah. Seine Locken, seine in Sämischleder steckenden prallen Schenkel und Waden, sein glückliches, heiteres, sorgloses Lachen, seine Brillanten, die überall an ihm funkelten – das alles gefiel mir ausnehmend.

Diese Zeit war eine sehr fröhliche Zeit. Man brachte uns nach Zarskoje Selo. Wir machten Kahnfahrten, spielten im Garten, gingen oder ritten spazieren. Konstantin, dick, mit rötlichem Haar, *un petit Bacchus*, wie ihn die Großmutter nannte, erheiterte alle durch seine drolligen Einfalle und kecken Streiche. Er ahmte alle Leute nach, sowohl Sophija Iwanowna als auch die Großmutter.

Ein wichtiges Ereignis, das in diese Zeit fiel, war der Tod von Sophija Iwanowna Benkendorff. Dies ereignete sich in Zarskoje Selo, in Anwesenheit der Großmutter. Sophija Iwanowna brachte uns nach dem Mittagessen in unsere Zimmer und sagte noch eben etwas mit lächelndem Munde, als ihr Gesicht plötzlich ernst wurde; sie wankte, lehnte sich an die Tür, glitt an ihr zu Boden und fiel schwer hin. Leute kamen gelaufen, man trug sie fort. Am nächsten Tag erfuhren wir, daß sie gestorben war. Ich weinte viel und war unglücklich und konnte mich lange nicht fassen. Man dachte, meine Tränen galten der verstorbenen Sophija Iwanowna, aber sie galten nicht ihr: ich weinte, weil die Menschen sterben müssen, weil es überhaupt einen Tod gab. Ich konnte dies nicht fassen, konnte nicht glauben, daß eben dies unser Menschenlos sei. Ich erinnere mich, daß damals in der Seele des fünfjährigen Kindes, das ich war, die Fragen: Was ist der Tod? Was ist das Leben, das mit dem Tode endet? in ihrer ganzen Bedeutsamkeit auftauchten –, diese wichtigen Fragen, die sich allen Menschen aufdrängen, auf die Weise eine Antwort suchen und finden, während die Toren sich bemühen, sie beiseite zu schieben und zu vergessen. Ich tat, wie es einem Kinde eigen ist, besonders in der Welt, in der ich aufwuchs: ich wies diesen Gedanken von mir, vergaß auch den Tod, lebte, wie wenn es keinen Tod gäbe und erlebte so, daß er für mich eine furchtbare Gestalt annahm.

Ein zweites wichtiges Ereignis, das mit dem Tode unserer Erzieherin Sophija Iwanowna im Zusammenhang stand, war die Ernennung eines männlichen Erziehers; die Wahl fiel auf Nikolaj Iwanowitsch Saltykow; das war aber nicht jener Saltykow, der aller Wahrscheinlichkeit nach unser Großvater war, sondern ein anderer, der am Hof meines Vaters irgendeinen Dienst versehen hatte, ein kleines Männchen mit sehr großem Kopf, dummem Gesicht; er schnitt ständig eine Grimasse, die mein kleiner Bruder Kostja vorzüglich nachahmen konnte. Dieser Übergang in männliche Obhut brachte mir den Schmerz der Trennung von der lieben Praskowja Iwanowna, unserer früheren Njanja.

Menschen, die nicht das Unglück gehabt haben, in eine Herrscherfamilie geboren zu sein, können sich keine Vorstellung davon machen, wie verkehrt die Ansichten über Menschen und unsere Beziehungen zu ihnen waren, die uns eingeflößt wurden. Statt des Kindern so natürlichen Gefühles der Abhängigkeit von den Erwachsenen, statt der Dankbarkeit für alle Wohltaten, die man genießt, flößte man uns die Überzeugung ein, daß wir Wesen von ganz besonderer Art seien, die einen natürlichen Anspruch auf alle nur erdenklichen Annehmlichkeiten des Lebens besaßen und nur ein Wort zu sagen, nur zu lächeln brauchten, um die Menschen für diese Annehmlichkeiten zu bezahlen, zu belohnen und glücklich zu machen. Es ist wahr, daß man von uns ein höfliches Benehmen im Verkehr mit den Menschen verlangte; aber kindliches Feingefühl sagte mir, daß dies nicht umwillen der Menschen geschah, mit denen wir höflich sein sollten, sondern um unsertwillen, damit unsere eigene Größe womöglich noch stärker sichtbar werde.

Ein festlicher Tag. Wir zwei Brüder sitzen mit Saltykow in einem sehr großen, hohen Wagen und fahren über den Newskij-Prospekt. Wir nehmen die vorderen Sitze ein. Zwei gepuderte Lakaien in roten Livreen stehen hinten. Es ist ein heller Frühlingstag. Ich trage meinen Uniformrock aufgeknöpft, habe eine weiße Weste an, der Andreasorden auf hellblauem Band ist gut zu sehen. Kostja ist ebenso gekleidet. Auf dem Kopf tragen wir federngeschmückte Hüte, die wir nur berühren, als ob wir sie abnehmen und grüßen wollten. Überall bleiben die Leute stehen und verneigen sich, einige laufen uns nach. *„On vous salue,"* wiederholte Nikolas Iwanowitsch. *„A droite.“*

Wir fahren an der Hauptwache vorbei, die Schildwache tritt ins Gewehr. Das sehe ich immer gern. Von Kindheit auf habe ich eine Vorliebe für das Soldatenwesen, für militärische Übungen. Man prägte uns ein – namentlich unsere Großmutter, die selbst am wenigsten daran glaubte, hatte uns viel davon gesprochen – daß alle Menschen gleich seien und daß wir dessen immer eingedenk sein müßten. Aber ich wußte, daß diejenigen, die das sagten, daran selbst nicht glaubten.

Ich entsinne mich, wie mich Sascha Golizyn einst beim Spielen anstieß und mir wehe tat.

„Wie kannst du es wagen! …“

„Ich habe es nicht absichtlich getan. Was ist denn dabei?“

Ich spürte, wie mir alles Blut zum Herzen stieg. Ich verklagte Golizyn bei Nikolaj Iwanowitsch und schämte mich keineswegs, als jener mich um Verzeihung bitten mußte.

Genug für heute. Die Kerze ist herabgebrannt. Und ich muß noch Kienholz spalten, und das Beil ist stumpf, und zum Schärfen desselben habe ich nichts, und ich kann es auch nicht.

16. Dezember |

Drei Tage habe ich nicht eingeschrieben, ich war krank. Ich las im Evangelium, vermochte aber nicht jenes Gefühl der Einswerdung mit Gott in mir zu erwecken, das ich früher verspürt hatte. Ich habe in früheren Zeiten oft darüber nachgedacht, daß man nie aufhören kann, irgend etwas zu wünschen. Stets hatte mich irgendein Wunsch beseelt, und so ist es noch heute. Früher einmal wünschte ich, Napoleon zu besiegen; ich wünschte Europa den Frieden zu geben, ich wünschte, mich von meiner Krone lossagen zu können. Und alle Wünsche gingen entweder in Erfüllung und verloren, sobald sie in Erfüllung gingen, für mich jeden Reiz; oder sie erwiesen sich als unerfüllbar, und dann hörte ich auf, diese Wünsche zu hegen. Dieweil sich nun die früheren Wünsche erfüllten oder als unerfüllbar herausstellten, wurden ständig neue geboren, und so ging es früher, und so geht es bis ans Ende. Jetzt wünschte ich, der Winter käme; er ist da. Ich wünschte, einsam zu leben; auch dieser Wunsch ist beinahe erfüllt. Jetzt habe ich den Wunsch, mein Leben zu beschreiben und dies auf die beste Art zu tun, damit die Menschen davon einen Nutzen hätten. Und ob sich dies nun erfüllt oder nicht erfüllt: es werden neue Wünsche geboren. Das ganze Leben besteht nur darin.

Und da kam mir in den Sinn: wenn das ganze Leben in dem unaufhörlichen Auftauchen von Wünschen besteht, die Freude, die das Leben bietet, aber in der Erfüllung dieser Wünsche: ob es da nicht einen Wunsch geben könnte, der dem Menschen, jedem Menschen, natürlich wäre und der sich ständig verwirklichen oder vielmehr sich ständig der Verwirklichung nähern würde. Und mir wurde klar, daß dies für jenen Menschen zuträfe, der Sehnsucht nach dem Tode empfände. Sein ganzes Leben wäre eine Annäherung an die Erfüllung dieses Wunsches, und es wäre dies ein Wunsch, der einmal ganz sicher Erfüllung finden müßte.

Zuerst schien mir dieser Gedanke sehr seltsam. Als ich mich aber in denselben hineindachte, sah ich, daß er durchaus richtig ist, daß nur ein solcher Wunsch, der auf die Annäherung an den Tod gerichtet ist, vernünftig genannt werden kann. Wohlverstanden: nicht auf den Tod, den Tod als solchen, sondern auf jene Bewegung des Lebens, die zum Tode führt. Diese Bewegung ist ein Freiwerden des geistigen Prinzips, das in jedem Menschen lebt, von den Leidenschaften und der Verblendung des Fleisches. Ich fühle dies jetzt, wo ich mich zum größten Teil von all dem, was das Wesen der Seele, ihre Identität mit Gott, Gott selbst, vor mir verbarg, befreie. Zu diesem Schlusse kam ich unbewußt. Setze ich dies nun als das Gute – das darf ich nicht nur, sondern muß es sogar –, betrachte ich das Freiwerden von allen Leidenschaften, die Annäherung an Gott, als das höchste Gut, so ist alles, was mich dem Tode näher rückt: das Alter, die Krankheiten, die Erfüllung meines einzigen und hauptsächlichen Wunsches. So ist es auch, und so fühle ich es, wenn ich gesund bin. Aber wenn ich, wie gestern und vor einigen Tagen, Magenschmerzen habe, kann ich dieses Gefühl in mir nicht wachrufen, und wenn ich mich auch dem Tode nicht widersetze, so kann ich doch nicht wünschen, mich ihm zu nähern.

Ach ja, so ein Zustand ist ein Zustand geistiger Schlafsucht. Man muß ruhig warten, bis er vorbei ist.

Ich setze nun das Gestrige fort. Was ich aus meiner Kindheit erzähle, erzähle ich mehr oder weniger nach den Erzählungen, die ich von andern gehört habe, und oft vermischt sich, was andere mir erzählten, mit dem, was ich selber erlebte, so daß ich manchmal nicht weiß, was ich erlebt und was ich von den Leuten gehört habe.

Mein Leben, mein ganzes Leben von meiner Geburt bis zu meinem gegenwärtigen Greisenalter, kommt mir wie eine Gegend vor, die von einem dichten Nebelschleier bedeckt ist, ich möchte sagen, wie das Schlachtfeld bei Dresden, wo alles verborgen, nichts zu sehen war, bis sich plötzlich, bald hier, bald dort, Inselchen bildeten, *des éclaircies*, auf denen man Leute und Gegenstände sah, die keine Verbindung untereinander zu haben schienen, da sie allseitig von einem undurchdringlichen Nebel umgeben waren. Solcherart sind meine Kindheitserinnerungen. Diese *éclaircies* meiner Kindheit tauchen anfangs nur sehr selten aus dem unendlichen Meer von Nebel und Rauch auf, später zeigen sie sich häufiger; aber sogar auch jetzt gibt es noch Zeitabschnitte, die in der Erinnerung keine Spur zurücklassen. Aus meiner Kindheit habe ich nur wenig Erinnerungen, und je weiter ich zurückgehe desto spärlicher werden sie.

Ich habe von den *éclaircies* der ersten Zeit gesprochen: der Tod der Benkendorff, der Abschied von den Eltern, Kostja, der die Erwachsenen nachahmt; es tauchen aber noch weitere Erinnerungen aus jener Zeit in mir auf, wenn ich an die Vergangenheit denke. So zum Beispiel kann ich mich durchaus nicht erinnern, wann Kostja in meinem Leben auftauchte und von wann an wir nebeneinander lebten; inzwischen erinnere ich mich sehr lebhaft daran, wie wir einst, als ich nicht mehr als sieben Jahre alt war, während Kostja damals erst fünf Jahre zählte, nach der Abendmesse am Tage vor Weihnachten schlafen gingen und, den Umstand, daß alle das Zimmer verlassen hatten, ausnützend, uns in ein Bettchen zusammenlegten. Kostja kroch im bloßen Hemdchen zu mir ins Bett und fing ein sehr lustiges Spiel an, das darin bestand, daß wir einander mit den Händen klatschende Schläge auf unsere nackten Körper versetzten; wir lachten, bis uns der Leib schmerzte und waren sehr glücklich. Aber da kam plötzlich Nikolaj Iwanowitsch in seinem mit Orden behängten, gestickten Frack und mit seinem ungeheuren gepuderten Kopf zu uns herein; er machte große Augen und stürzte sich auf uns; mit einem Entsetzen, das ich mir durchaus nicht erklären konnte, jagte er uns auseinander und er kündigte uns an, daß er uns strenge bestrafen und bei der Großmutter verklagen werde.

Ein anderes Ereignis, dessen ich mich noch erinnere, gehört einer etwas späteren Zeit an; es ist dies ein Zusammenstoß zwischen Alexej Grigorjewitsch Orlow und Potjomkin, der fast vor unseren Augen in Gegenwart meiner Großmutter stattfand. Das geschah kurz vor der Abreise meiner Großmutter nach der Krim und unserer ersten Reise nach Moskau. Wie gewöhnlich führt Nikolaj Iwanowitsch uns zur Großmutter hinüber. Das große Zimmer mit dem stuckverzierten und bemalten Plafond ist voller Leute. Die Großmutter ist schon frisiert. Sie hat die Haare über der Stirn nach oben gekämmt und trägt auf ihrem Scheitel eine kunstvolle Frisur. Sie sitzt in ihrem weißen Frisiermantel vor dem goldenen Toilettenspiegel. Ihre Zofen stehen um sie herum und sind mit ihrem Kopfputz beschäftigt. Sie betrachtet uns lächelnd, während sie ihr Gespräch mit einem hochgewachsenen, breitschulterigen General fortsetzt. Der General trägt den Andreasorden am Band, er hat eine schrecklich breite Narbe vom Mund bis zum Ohr. Das ist Orlow, *„le Balafré"*. Hier sah ich ihn zum erstenmal. Neben der Großmutter stehen ihre Windspiele. Mein Lieblingshund Mimi springt vom Schoß meiner Großmutter herunter, springt mich an und leckt mir das Gesicht. Wir nähern uns der Großmama und küssen ihr die Hand, die so weich und weiß ist. Die Hand dreht sich um und die einwärts gebogenen Finger ergreifen mich am Kinn und streicheln mich. Trotz dem Parfüm spüre ich den unangenehmen Geruch, der von meiner Großmutter ausgeht. Sie blickt unverwandt den *„Balafré"* an und setzt ihr Gespräch mit ihm fort.

„Was für ein Tausendsassa!" sagt sie auf Russisch mit ihrer deutschen Aussprache. „Sie haben ihn wohl noch gar nicht gesehen, Graf?"

„Beide sind Mordskerle," sagt der Graf und küßt mir und Kostja die Hand.

„Schon gut, schon gut," sagt sie zu ihrer Zofe Marja Stepanowna, die ihr eben die Haube auf den Kopf setzt. Diese Marja Stepanowna war eine gutmütige Person mit einem weiß und rot geschminkten Gesicht, die mich immer liebkoste.

„Où est ma tabatière?"

Lanskoj nähert sich ihr und reicht ihr die geöffnete Tabaksdose. Die Großmutter nimmt eine Prise und schaut sich lächelnd nach ihrer Hofnärrin Matrona Danilowa um, die auf sie zutritt …

Wofür?

Im Jahre 1830, im Frühling, kam auf Pan Jaczewskis Stammgut Rózanka der einzige Sohn seines verstorbenen Freundes, der junge Josef Migurski, zu Besuch. Jaczewski war ein fünfundsechzigjähriger Greis mit breiter Stirn, breiten Schultern, breiter Brust und einem langen weißen Schnurrbart in dem ziegelroten Gesicht. Er war ein Patriot aus den Zeiten der zweiten Teilung Polens. Als Jüngling hatte er zusammen mit Migurskis Vater unter den Fahnen Kosciuszkos gekämpft, und er haßte die „apokalyptische Hure" (wie er sie nannte) Katharina II. sowie ihren Liebhaber, den Verräter Ponjatowskij, mit der ganzen Kraft seines Herzens. An die Wiederherstellung des polnischen Vaterlandes glaubte er ebenso fest, wie daß auf die Nacht ein neuer Morgen folgen müsse. Im Jahre 1812 hatte er eines der Regimenter Napoleons befehligt, den er anbetete. Der Sturz Napoleons betrübte ihn, doch verzweifelte er keineswegs und hoffte nach wie vor auf die Wiederherstellung eines, wenn auch verstümmelten polnischen Reiches. Die Eröffnung des Sejms in Warschau durch Alexander I. belebte seine Hoffnungen, jedoch die Heilige Allianz, die in ganz Europa herrschende Reaktion und die widersinnige Willkürherrschaft Konstantins schoben die Verwirklichung seines glühenden Wunsches in weite Ferne. Im Jahre 1825 hatte sich Jaczewski auf dem Lande niedergelassen und seitdem lebte er ununterbrochen auf seinem Gut Rózanka. Er beschäftigte sich mit Landwirtschaft, widmete sich der Jagd und brachte einen guten Teil seiner Zeit mit dem Lesen von Büchern und Zeitschriften zu, wodurch er sich über die politischen Ereignisse in seinem Vaterland auf dem laufenden hielt. Er war in zweiter Ehe mit einer armen, schönen Adeligen verheiratet, und diese Ehe war unglücklich. Er liebte und achtete seine zweite Frau nicht, fühlte sich durch ihre Gegenwart belästigt, behandelte sie schlecht, grob; es war, als ob er sie für den Fehler, den er mit dieser zweiten Ehe gemacht hatte, büßen lassen wollte. Kinder hatte er von seiner zweiten Frau keine. Von seiner ersten Frau aber hatte er zwei Töchter: Wanda, die ältere, eine imposante Schönheit, die den Wert ihrer Schönheit genau kannte und sich auf dem Land langweilte, und Albina, die jüngere, der Liebling ihres Vaters, ein lebhaftes, hageres Mädchen mit blondem lockigem Haar und mit großen, wie bei ihrem Vater weit auseinanderstehenden großen, glänzenden, grauen Augen.

Albina war fünfzehn Jahre alt, als Josef Migurski kam. Migurski war auch früher, als er noch Student war, zu den Jaczewskis nach Wilna gekommen, wo sie den Winter zu verbringen pflegten, und hatte Wanda den Hof gemacht. Jetzt kam er zum erstenmal als vollkommen erwachsener, freier Mann zu ihnen auf das Landgut. Die Ankunft des jungen Migurski war allen Bewohnern von Rózanka angenehm. Dem Alten war Józio Migurski deshalb angenehm, weil dieser ihn an dessen Vater, seinen Freund, und an jene Zeit erinnerte, da sie beide jung gewesen waren; und auch deshalb, weil er mit Begeisterung, die Brust von den rosigsten Hoffnungen geschwellt, von der revolutionären Gärung erzählte, die nicht nur in Polen, sondern auch im Auslande herrschte, von wo er soeben kam.

Der Pani Jaczewska war er deshalb angenehm, weil sich der alte Jaczewski in Anwesenheit von Gästen einige Zurückhaltung auferlegte und sie nicht fortwährend wegen jeder Kleinigkeit schalt, wie er das sonst zu tun pflegte. Wanda fand Migurski angenehm, weil sie überzeugt war, daß er nur ihretwegen gekommen sei und ihr einen Antrag machen werde. Sie hatte vor, seinen Antrag anzunehmen, beabsichtigte aber, wie sie zu sich selbst sagte, *lui tenir la dragée haute*. Albina freute sich bloß deshalb, weil alle sich freuten. Nicht nur Wanda allein war überzeugt, daß Migurski gekommen sei, um ihr einen Antrag zu machen. So dachten alle im Hause, angefangen vom alten Jaczewski bis herab zur Kinderfrau Ludwika, wiewohl niemand davon sprach.

Und so war es auch. Migurski war mit dieser Absicht gekommen. Nachdem er aber eine Woche in Rózanka zugebracht hatte, reiste er, ohne einen Antrag gemacht zu haben, ab; anscheinend hatte ihn irgend etwas verwirrt und verstimmt. Diese plötzliche Abreise setzte alle in Erstaunen, und niemand außer Albina ahnte die Ursache. Nur Albina wußte, daß die Ursache dieser seltsamen Abreise sie war.

Während der ganzen Dauer seines Aufenthaltes in Rózanka

hatte sie bemerkt, daß Migurski nur in ihrer Gesellschaft ungewöhnlich angeregt und fröhlich war. Er ging mit ihr um wie mit einem Kinde, scherzte mit ihr, neckte sie; ihr weibliches Feingefühl sagte ihr aber, daß in seinem Verhalten ihr gegenüber nicht das Verhältnis eines Erwachsenen zu einem Kinde, sondern das eines Mannes zu einer Frau zum Ausdruck kam. Sie sah es in dem verliebten Blick und in dem zärtlichen Lächeln, mit dem er ihr begegnete, wenn sie ins Zimmer trat, und mit dem er sie begleitete, wenn sie hinausging. Sie gab sich keine volle Rechenschaft darüber, was das bedeute, doch machte ihr sein Verhalten ihr gegenüber Vergnügen und sie bemühte sich unwillkürlich, zu tun, was ihm gefiel. Ihm aber gefiel alles, was sie tat. Und darum schwang in allem, was sie tat, eine gewisse Erregung mit. Es gefiel ihm, wie sie mit dem prachtvollen Windspiel um die Wette lief, wie der Hund an ihr emporsprang und ihr erhitztes, strahlendes Gesicht lecken wollte; es gefiel ihm, wie sie beim geringsten Anlaß in ein ansteckendes, glockenhelles Gelächter ausbrach; es gefiel ihm, wie ihre Augen schelmisch lächelten, während sie der langweiligen Predigt des Geistlichen mit scheinbar ernster Miene zuhörte; es gefiel ihm, wie sie mit unübertrefflicher Treue und höchst drollig bald die alte Kinderfrau, bald einen Trunkenbold aus der Nachbarschaft, bald auch ihn, Migurski selbst, nachahmte, wobei sie völlig unvermittelt von der Darstellung der einen Person zu der einer andern übergehen konnte. Vor allem aber gefiel ihm ihre ekstatische Lebenslust. Es war, als ob sie eben jetzt erst den ganzen Reiz des Lebens entdeckt hatte und sich beeilte, ihn zu genießen. Ihm gefiel diese besondere Lebenslust, und diese Lebenslust ward in ihr erregt und verstärkt gerade dadurch, daß sie wußte, wie sehr diese Lebenslust ihn entzückte. Darum wußte nur Albina allein, weshalb Migurski, der doch gekommen war, um ihrer Schwester Wanda einen Heiratsantrag zu machen, abgereist war, ohne ihn zu machen. Zwar hätte sie sich nicht entschlossen, dies jemand zu sagen, wagte nicht einmal, sich dies selber laut zu sagen; sie wußte aber in der Tiefe ihres Herzens ganz genau, daß er gekommen war, um ihre Schwester Wanda näher kennen und lieben zu lernen, daß er aber sie, Albina, liebgewonnen hatte. Albina wunderte sich darüber sehr, da sie sich im Vergleich zu ihrer klugen, gebildeten, schönen Schwester Wanda für unansehnlich hielt. Daß es aber so war, konnte sie nicht leugnen und konnte auch nicht umhin,

sich darüber zu freuen. Denn auch sie hatte ja Migurski von Herzen
liebgewonnen, so, wie man nur das erstemal und nur einmal im Leben liebt.

2. |

Ende dieses Sommers brachten die Zeitungen die Kunde von dem
Ausbruch der Revolution in Paris. Gleich darauf trafen Nachrichten
ein, daß es auch in Warschau zu Unruhen gekommen sei. Jaczewski
erwartete mit Furcht und Hoffnung mit jeder Post Nachrichten über
die Ermordung Konstantins und den Ausbruch der Revolution.
Endlich traf im November in Rózanka die Nachricht von dem An-
griff auf das Belvedere und der Flucht Konstantin Pawlowitschs ein,
und später die Nachricht, daß der Sejm die Dynastie Romanow des
polnischen Thrones für verlustig erklärt hatte, daß Chlopicki zum
Diktator ausgerufen worden und das polnische Volk wieder frei sei.
Der Aufstand hatte sich noch nicht bis nach Rózanka fortgepflanzt,
doch verfolgten alle auf dem Gute seinen Fortgang, erwarteten den
Aufstand auch in ihrer Gegend und bereiteten sich darauf vor. Der
alte Jaczewski korrespondierte mit einem der Führer der Erhebung,
einem alten Bekannten von früher her, und empfing geheimnisvolle
Besuche, jüdische Emissäre, die nicht in wirtschaftlichen, sondern in
revolutionären Angelegenheiten kamen, und bereitete sich darauf
vor, sich, wenn die Zeit gekommen sein würde, der Bewegung an-
zuschließen. Pani Jaczewska sorgte sich noch mehr als sonst um das
materielle Wohlbefinden ihres Mannes und erregte dadurch noch
mehr als sonst seinen Unwillen. Wanda sandte ihre Brillanten einer
Freundin nach Warschau mit dem Auftrag, den Erlös dem Revolu-
tionskomitee zur Verfügung zu stellen. Albina hatte nur Interesse
für das, was Migurski tat. Von ihrem Vater hatte sie erfahren, daß er
in das Detachement Dwernickis eingetreten war, und so bemühte
sie sich denn, alles in Erfahrung zu bringen, was dieses Detachement
betraf. Migurski schrieb zweimal. Das erstemal berichtete er, daß er
in die Armee eingetreten sei; das zweitemal, Mitte Februar, schrieb
er einen begeisterten Brief über den Sieg der Polen bei Stoczek, wo
man sechs russische Geschütze erobert und Gefangene gemacht
hatte.

„Zwycięstwo Polakow i klęska Moskali! Wiwat!"[8] schloß der Brief. Albina war begeistert. Sie studierte die Karte, rechnete aus, wo und wann die „Moskali" endgültig besiegt sein mußten und erblaßte und zitterte, wenn der Vater die durch die Post empfangenen Pakete langsam aufmachte. Einmal traf ihre Stiefmutter sie in ihrem Zimmer vor dem Spiegel an, angetan mit Hosen und auf dem Haupt die polnische „Konfederatka", die vierkantige Nationalmütze. Albina bereitete sich vor, in Männerkleidung aus dem Hause zu flüchten und zum Heere zu stoßen. Die Stiefmutter sagte es dem Vater. Der Vater rief seine Tochter zu sich und erteilte ihr, indem er vor ihr verbarg, wie sehr er von ihrem Tun begeistert, ja entzückt war, einen strengen Verweis und forderte sie auf, sich den dummen Gedanken von einer Teilnahme am Kriege aus dem Kopf zu schlagen. „Die Frau hat eine andere Aufgabe: sie hat diejenigen, die sich für das Vaterland opfern, zu lieben und zu trösten," sagte er zu ihr. Jetzt bedürfe er ihrer noch, sie sei seine Freude und sein Trost, und später werde eine Zeit kommen, wo ihr Gatte ihrer bedürfen werde. Er wußte, wie er sie packen konnte. Er deutete ihr an, daß er sich einsam und verlassen fühle. Sie schmiegte sich an ihn, indem sie ihre Tränen verbarg, die dennoch den Ärmel seines Schlafrockes näßten, und versprach ihm, nichts ohne seine Einwilligung zu unternehmen.

3. |

Nur Menschen, die erduldet haben, was die Polen nach der Teilung Polens erdulden mußten, die einen Teil unter das Joch der verhaßten Deutschen und einen andern Teil unter das der noch verhaßteren Moskowiter beugte, können den Enthusiasmus verstehen, der in den Herzen der Polen in den Jahren 1830 und 1831 aufflammte, als nach den früheren verunglückten Befreiungsversuchen sich jetzt ihre Hoffnung auf endgültige Befreiung zu verwirklichen schien. Aber diese Hoffnung dauerte nicht lange. Die Kräfte waren zu ungleich, und die Revolution wurde abermals unterdrückt. Wieder wurden Zehntausende blind gehorsamer Russen in polnisches Land geschickt, die unter der Führung bald Diebitschs, bald Paskewitschs

---

[8] „Sieg der Polen und Niederlage der Moskowiter! Vivat!"

102

und des Oberbefehlhabers Nikolaus I. die Erde mit ihrem eigenen und dem Blute ihrer polnischen Brüder tränkten, und, ohne zu wissen, weshalb sie das taten, Polen unterdrückten und das Land wieder in die Gewalt schwacher und nichtiger Menschen gaben, die weder die Freiheit noch die Unterdrückung der Polen wünschten, sondern nur eines: die Befriedigung ihrer Habsucht und ihrer kindischen Eitelkeit.

Warschau wurde genommen, einzelne Truppenabteilungen wurden völlig aufgerieben. Hunderte, Tausende Menschen wurden erschossen, mit Stöcken totgeschlagen, verbannt. Unter den Verbannten war auch der junge Migurski. Sein Gut wurde beschlagnahmt, und er selbst wurde in ein Infanterie-Bataillon gesteckt, das in Uralsk seinen Standort hatte.

Die Jaczewskis verbrachten den Winter des Jahres 1832 mit Rücksicht auf die Gesundheit des Alten, der nach dem Jahr 1831 herzkrank geworden war, in Wilna. Hier erreichte sie ein Brief von Migurski aus der Festung. Er schrieb, wie schwer auch sei, was er ertragen habe und was ihm künftig noch bevorstehen möge, so freue er sich dennoch, daß es ihm vergönnt gewesen, für das Vaterland zu leiden, und daß er an der heiligen Sache, für die er einen Teil seines Lebens hingegeben habe, nicht verzweifle und bereit sei, auch den Rest für dasselbe Ziel zu opfern, auch daß er, wenn sich morgen die Möglichkeit böte, genau so wie das erstemal handeln würde. Bei dieser Stelle fing der Alte, der den Brief laut vorlas, zu weinen an, und es dauerte geraume Zeit, bis er sich beruhigt hatte. Im übrigen Teil des Briefes, den Wanda laut vorlas. schrieb Migurski, was auch immer seine Absichten und Träume gewesen seien, die ihn bei seinem letzten Besuche, der ewig in seiner Erinnerung leben werde, beseelt hätten, so könne und wolle er doch jetzt nicht davon sprechen.

Wanda und Albina legten den Sinn dieser Worte, jede auf ihre Weise, verschieden aus, doch hüteten sie sich, ihre Auffassung den andern zu verkünden. Am Schluß des Briefes sandte Migurski allen seine Grüße und wandte sich unter anderm in demselben neckenden Ton, den er während seines Besuches Albina gegenüber angeschlagen hatte, in dem Briefe auch an sie, indem er sie fragte, ob sie noch ebenso rasch laufen und sogar einen Windhund überholen könne, und wie es jetzt bei ihr mit der Kunst, die Leute nachzuahmen, stehe. Er wünschte dem Greise Gesundheit, der Mutter Erfolg in den häuslichen Angelegenheiten, Wanda einen ihrer würdigen Gatten und Albina immer neue Lebensfreude.

Der Gesundheitszustand des alten Jaczewski verschlimmerte sich mehr und mehr, und im Jahre 1833 übersiedelte die ganze Familie ins Ausland. Wanda begegnete in Baden einem reichen polnischen Emigranten und heiratete ihn. Die Krankheit des Greises verschlimmerte sich rasch, und Anfang des Jahres 1833 starb er im Ausland in Albinas Armen. Seiner Frau hatte er nicht gestattet, ihn zu pflegen, und bis zu seinem letzten Augenblick konnte er ihr den Fehler nicht verzeihen, den er dadurch gemacht hatte, daß er sie heiratete. Pani Jaczewski kehrte mit Albina auf ihr Landgut zurück. Das Hauptinteresse in Albinas Leben bildete Migurski. In ihren Augen war er der größte Held und Märtyrer, und sie beschloß, ihm zu dienen und diesem Dienst ihr Leben zu weihen. Noch vor ihrer Reise ins Ausland hatte sie mit ihm zu korrespondieren begonnen, zuerst im Auftrag ihres Vaters, hernach von sich aus. Als sie nach dem Tode ihres Vaters nach Rußland zurückgekehrt war, setzte sie den Briefwechsel mit ihm fort, und als sie achtzehn Jahre alt war, erklärte sie ihrer Stiefmutter, sie habe den Beschluß gefaßt, nach Uralsk zu reisen, da sie die Absicht habe, Migurski zu heiraten. Die Stiefmutter begann Migurski Vorwürfe zu machen, daß er aus Eigennutz seine prekäre Lage durch die Heirat mit einem vermögenden Mädchen verbessern wolle und sie zwinge, sein trauriges Los zu teilen. Albina wurde zornig und erklärte ihrer Stiefmutter, nur sie allein sei imstande, einem Manne, der sein Alles für sein Volk geopfert habe, so niedrige Gedanken zuzuschreiben, daß Migurski im Gegenteil die Hilfe, die sie ihm angeboten, abgelehnt habe und daß sie unwiderruflich beschlossen habe, zu ihm hinzufahren und seine Frau zu werden, wenn er ihr nur dieses Glück schenken wolle. Albina war großjährig und sie besaß Vermögen – dreihunderttausend polnische Gulden, die ein verstorbener Onkel seinen beiden Nichten hinterlassen hatte –, so daß nichts sie hindern konnte, ihren Beschluß auszuführen.

Im November des Jahres 1833 nahm Albina von den Hausgenossen Abschied, die sie mit Tränen in den Augen noch eine kurze Strecke auf ihrer Reise in die weiten, unbekannten Gefilde der barbarischen Moskowiter begleiteten, setzte sich mit der alten, treuen Kinderfrau Ludwika, die sie mitnahm, in die für die weite Reise neu hergerichtete väterliche Kutsche und trat die weite Reise an.

4. |

Migurski wohnte nicht in der Kaserne, sondern in einer Privatwohnung. Nikolaus I. forderte, daß die degradierten Polen nicht nur die ganze Schwere des harten Soldatenlebens ertragen, sondern auch all die Mißhandlungen erdulden sollten, denen zu jenen Zeiten der gemeine Soldat ausgesetzt war. Indes hatten die meisten jener einfachen Leute, die die Anordnungen Nikolaus I. durchzuführen hatten, volles Verständnis für die schwere Lage der Degradierten und führten diese Anordnungen trotz der Gefahr, die mit der Nichtachtung des kaiserlichen Willens verbunden war, einfach nicht durch. Der Kommandeur des Bataillons, in das Migurski strafversetzt worden war, war ein Mann, der kaum lesen und schreiben konnte. Er hatte sich vom gemeinen Soldaten hinaufgedient. Dieser Kommandeur nun hatte volles Verständnis für die Lage des einstmals reich gewesenen, gebildeten jungen Mannes, der alles verloren hatte; er hatte Mitleid mit ihm, er schätzte ihn auch und verschaffte ihm alle möglichen Erleichterungen. Und Migurski konnte nicht umhin, dem Obristlieutenant mit dem weißen Backenbart und dem etwas gedunsenen Soldatengesicht dankbar zu sein. Um ihm seine Erkenntlichkeit zu erweisen, hatte er sich bereit erklärt, seine Söhne, die sich zum Eintritt in das Militärkorps vorbereiteten, in Mathematik und Französisch zu unterrichten.

Das Leben, das Migurski nun schon den siebenten Monat in dem Neste Uralsk führte, war nicht nur eintönig, nicht nur traurig und langweilig, sondern direkt schwer. An Bekannten hatte er, abgesehen von dem Kommandanten, von dem er sich tunlichst fernhielt, nur einen: es war dies ein polnischer Verbannter mit wenig Bildung, ein hinterlistiger, unangenehmer Mensch, der sich hier mit Fischhandel befaßte. Am schwersten fiel es ihm, sich an die Not zu gewöhnen. Nach der Einziehung seines Vermögens besaß er keinerlei Mittel mehr, und er schlug sich durch den Verkauf einiger Wertsachen, die ihm noch geblieben waren, mühselig durch.

Die einzige große Freude seines Lebens in der Verbannung bildete der Briefwechsel mit Albina, von der er seit seinem Besuch in

Rózanka in seinem Herzen eine poetisch und liebe Erinnerung zurückbehalten hatte, die hier in der Verbannung nur noch schöner und reizvoller wurde. In einem ihrer ersten Briefe hatte sie ihn unter anderm gefragt, was die Worte seines schon vor langer Zeit geschriebenen Briefes bedeuten sollten: „Was auch immer seine Absichten und Träume gewesen seien ..." Er antwortete ihr, daß er ihr nun ja gestehen könne, daß seine Träume darin bestanden hätten, sie seine Gattin nennen zu dürfen. Sie antwortete ihm, daß sie ihn liebe. Er antwortete ihr, daß es besser gewesen wäre, wenn sie ihm dies nicht geschrieben hätte, da es schrecklich sei, daran zu denken, was möglich hätte sein können und was jetzt ganz unmöglich sei. Sie antwortete ihm, daß es nicht nur möglich sei, sondern unbedingt zur Wirklichkeit werden müsse. Er antwortete ihr, daß er ihr Opfer nicht annehmen könne, in seiner gegenwärtigen Lage sei dies unmöglich. Bald darauf erhielt er einen Wertbrief über zweitausend polnische Gulden. Nach dem Poststempel auf dem Kuvert und nach der Handschrift erkannte er, daß dieses Geld von Albina kam, und er erinnerte sich, daß er ihr in einem seiner ersten Briefe in scherzhaftem Ton das Vergnügen beschrieben hatte, das ihm die Notwendigkeit mache, alles, was er brauche, selbst verdienen zu müssen – das Geld für Tee, Tabak und sogar für Bücher. Er steckte das Geld in ein anderes Kuvert und sandte es ihr mit einem Briefe zurück, in welchem er sie beschwor, die heiligen Bande, die zwischen ihnen bestünden, nicht durch Geld zu zerstören. Er leide an nichts Mangel und sei in dem Gedanken, daß er eine solche Freundin wie sie, habe, vollkommen glücklich. Damit brach der Briefwechsel ab.

Eines Tages – es war im November –, als Migurski im Hause des Obristlieutenants weilte und dem Knaben Unterricht erteilte, hörte er plötzlich das Klingklang des Postschlittens, der sich dem Hause näherte, und das Knirschen der Kufen auf dem hartgefrorenen Schnee. Die Kinder eilten hinaus, um zu erfahren, wer gekommen sei. Migurski blieb im Zimmer, schaute nach der Tür und erwartete die Rückkehr der Kinder. Aber in der Tür erschien der Obristlieutenant selbst.

„Soeben sind zwei Damen angekommen, Pan, die nach Ihnen fragen," sagte er. „Sie sind wahrscheinlich aus Ihrer Gegend, sie sehen wie Polinnen aus."

Wenn man Migurski gefragt hätte, ob er an die Möglichkeit glaube, daß Albina zu ihm gekommen sei, dann hätte er gesagt, daß dies undenkbar sei; in der Tiefe seiner Seele aber erwartete er, daß es so kommen würde. Alles Blut strömte ihm zum Herzen, und er lief atemlos in das Vorzimmer hinaus. Im Vorzimmer stand eine dicke, pockennarbige Frau, die das Tuch, in das sie eingemummt war, vom Kopf herunternahm. Eine zweite Frau war eben im Begriff, das Wohnzimmer des Obristlieutenants zu betreten, als sie hinter sich Schritte hörte und sich umwandte. Unter der Kapuze strahlten Albinas von Lebenslust glänzende, weit auseinanderstehende Augen mit den reifbedeckten Wimpern hervor. Migurski war starr vor Erstaunen und wußte nicht, wie er ihr begegnen, wie er sie begrüßen sollte. „Józio!" rief sie aus, indem sie ihn so nannte, wie ihr Vater ihn genannt hatte und wie sie selbst ihn in ihres Herzens Kämmerchen zu nennen pflegte; sie schlang die Arme um seinen Hals, schmiegte ihr vom Frost gerötetes Gesicht an das seine und lachte und weinte zugleich.

Als die gutherzige Frau des Obristlieutenants erfahren hatte, wer Albina war und zu welchem Zweck sie gekommen sei, nahm sie sich ihrer an und brachte sie bis zur Hochzeit in ihrem Hause unter.

5. |

Der gutmütige Obristlieutenant wirkte bei den höheren Kommandostellen für seinen Schützling die Erlaubnis zur Eheschließung aus. Aus Orenburg ließ man einen Geistlichen kommen, der das Paar traute. Die Gattin des Bataillonskommandanten fungierte als Brautmutter, einer der Schüler trug das Heiligenbild, und Brzozowski, der polnische Verbannte, war Trauzeuge.

Albina liebte, wie seltsam es auch scheinen mag, ihren Mann leidenschaftlich, kannte ihn aber gar nicht. Sie lernte ihn erst jetzt kennen. Es versteht sich von selbst, daß sie an dem lebendigen Menschen aus Fleisch und Bein mancherlei Alltägliches und Unpoetisches entdeckte, das dem Bild, das sie sich in ihrer Phantasie von ihm gemacht hatte, nicht entsprach. Dafür aber, und gerade deshalb, weil er ein Mensch aus Fleisch und Bein war, fand sie in ihm aber auch manches Einfach-Gute, das in der abstrakten Idealfigur nicht vorhanden gewesen war. Sie hatte von Bekannten und Freunden von seiner Tapferkeit im Kriege gehört und wußte, wie standhaft er den Verlust seines Vermögens und seiner Freiheit ertragen hatte, und sie hatte sich ihn als Helden vorgestellt, der stets ein erhabenes, heldenhaftes Leben führte. In Wirklichkeit erwies er sich aber bei all seiner physischen Kraft und Tapferkeit als ein sanftes, friedfertiges Lamm, als ein ganz schlichter Mensch, der einen gutmütigen Spaß liebte und um dessen sinnlichen Mund, den ein blonder Schnurr- und Backenbart umrahmte, noch dasselbe kindliche Lächeln lag, das ihr schon in Rózanka so anziehend erschienen war, mit seiner immer dampfenden Pfeife, die ihr namentlich in der Zeit ihrer Schwangerschaft ein Greuel war.

Migurski lernte Albina ja auch jetzt erst kennen und in Albina zum erstenmal – das Weib. Die Frauen, die er vor ihr gekannt hatte, konnten ihm vom Weibe keinen Begriff geben. Das nun, was er in dem Wesen Albinas als das Allgemein-Weibliche kennen lernte, befremdete ihn und hätte ihm zur Enttäuschung am Weibe überhaupt werden können, wenn er nicht für Albina, das heißt für Albina als einer bestimmten Individualität, besonders zärtliche und dankbare Gefühle verspürt hätte. Seine Haltung Albina gegenüber, sofern sie ein Weib und nichts als ein Weib war, war eine liebenswürdige, etwas ironische Herablassung. Für Albina, als für diese einzigartige Frau, hingegen empfand er nicht nur die zärtlichste Liebe, sondern er war, im Bewußtsein seiner unendlichen Schuld für ihr Opfer, das ihm zu einem unverdienten Glück verhalf, von ihrem Wesen förmlich begeistert.

Die Eheleute waren in ihrer Liebe zueinander recht glücklich. Indem jedes von ihnen seine ganze Kraft der Liebe auf den andern richtete, hatten sie zuweilen das Gefühl von zwei Menschen, die sich verirrt hatten und denen der Tod durch Erfrieren drohen würde, wenn sie sich nicht so eng aneinander schmiegten, um sich zu wärmen. An dem frohen Leben der Migurskis hatte ihren Anteil auch die ihrer Herrin sklavisch, bis zur Selbstaufopferung ergebene, gutmütige, brummige, komische, in alle Mannsleute verliebte Kinderfrau Ludwika. Kinder vermehrten das Glück der beiden jungen Menschen. Nach einem Jahr kam ein Knabe zur Welt. Anderthalb Jahre später ein Mädchen. Der Knabe war der Mutter wie aus dem Gesicht geschnitten; er hatte dieselben Augen, dasselbe mutwillige Wesen und dieselbe Grazie wie seine Mutter. Das Mädchen war ein gesundes, hübsches Tierchen.

Als Unglück empfanden die beiden jungen Menschen ihr Fernsein von der Heimat und das Drückende ihrer unangenehmen, erniedrigenden Lage. Unter der Erniedrigung litt Albina am meisten. Er, ihr Józio, dieser Held, dieser ideale Mensch, mußte vor jedem Offizier Front machen, er mußte Gewehrgriffe klopfen, Wache stehen und gehorchen, ohne zu murren.

Dann kamen auch schlimme Nachrichten aus Polen. Fast alle nahen Verwandten und Freunde waren entweder verbannt, oder sie waren, unter Einbuße ihres Vermögens, ins Ausland geflohen. Eine Aussicht auf Befreiung aus dieser Lage bot sich den Migurskis nicht. Alle Versuche, eine Begnadigung oder wenigstens eine Besserung ihrer Lage durch die Beförderung Migurskis zum Offizier zu erlangen, verfehlten ihr Ziel. Nikolaus I. inspizierte das Heer, hielt Paraden ab, veranstaltete große Manöver, ging auf Maskenbälle, spann Intrigen an, jagte ohne Grund durch ganz Rußland, von Tschugujew bis Noworossijsk, tauchte bald in Petersburg, bald in Moskau auf, setzte überall das Volk in Schrecken, hetzte Pferde zu Tode, und wenn sich einmal jemand erkühnte, ihm Bericht zu erstatten und um eine Erleichterung des Loses der verbannten Dekabristen oder der Polen zu bitten, die um derselben Liebe willen, die er stets im Munde führte, der Liebe zum Vaterlande nämlich, soviel zu erdulden hatten, dann streckte er die Brust heraus, heftete seinen bleiernen Blick auf irgendeinen Gegenstand und sagte: „Es ist noch zu früh, sollen nur noch weiterdienen," geradeso, wie wenn er genau den Zeitpunkt wüßte, wann es für „sie" nicht mehr zu früh, wann es für „sie" Zeit ist, frei zu sein. Und seine ganze Umgebung, all die Generäle und Kammerherren samt ihren Gemahlinnen, die von seiner Huld abhingen, zeigten sich von dem ungewöhnlichen Scharfsinn und der Weisheit dieses „großen Monarchen" erschüttert.

Aber im allgemeinen war im Leben der beiden mehr Glück als Unglück.

So vergingen fünf Jahre. Aber mit einem Male brach ein unerwartetes, furchtbares Unglück über sie herein. Ihr Töchterchen erkrankte zuerst, und zwei Tage später erkrankte auch der Knabe. Drei Tage lag er ohne ärztliche Hilfe (ein Arzt war nicht zu erreichen) in Fieberglut, am vierten Tage starb er. Zwei Tage später starb auch das Mädchen.

Albina stürzte sich nur deshalb nicht in den Fluß Ural, weil sie sich nicht ohne Schrecken die Lage ihres Mannes vorstellen konnte, wenn er die Nachricht von ihrem Selbstmord erhalten hätte. Aber das Leben ward ihr zur Qual. Sie, die immer eine tätige, fürsorgliche Hausfrau gewesen war, saß nun ganze Stunden müßig da, überließ das ganze Hauswesen Ludwika, starrte schweigend auf einen Punkt, oder sprang plötzlich auf und lief in ihr Kämmerchen, um dort still zu weinen. Alle Trostreden ihres Mannes und Ludwikas wehrte sie nur mit einem Kopfschütteln ab und bat sie, wegzugehen und sie allein zu lassen.

Im Sommer ging sie zum Grabe ihrer Kinder und saß dort gramerfüllten Herzens, indem sie sich in Erinnerungen an das verlor, was war und was hätte sein können. Besonders quälte sie der Gedanke, daß die Kinder am Leben geblieben wären, wenn sie in einer Stadt gelebt hätten, wo ärztliche Hilfe erreichbar gewesen wäre.

„Wofür? Wofür?" dachte sie. „Józio und ich, wir verlangen ja von niemand etwas, außer daß er so leben könne, wie er geboren wurde, wie seine Ahnen und Vorahnen lebten, und ich verlange ja nur, daß ich mit ihm zusammen sein, ihn lieben, meine Kinderchen lieben und großziehen könne. Und plötzlich peinigt man ihn, verbannt ihn, und mir nimmt man das, was mir das Teuerste auf Erden ist. Warum? Wofür?" richtete sie immer wieder an Gott und die Menschen ihre Frage. Und fand keine Antwort. Und ohne diese Antwort war das Leben sinnlos, verdorrte ihr Herz. Das armselige Leben in der Verbannung, das sie früher durch ihren feinen weiblichen Schönheitssinn erträglich zu machen gewußt hatte, wurde jetzt nicht nur ihr, sondern auch Migurski völlig unerträglich; er sorgte sich um ihretwillen, und wußte nicht, wie er ihr helfen sollte.

6. |

In dieser für das Ehepaar Migurski schwersten Zeit kam der Pole Rosolowski nach Uralsk, der in den grandiosen Aufstands- und Fluchtplan verwickelt war, den der nach Sibirien verbannte Geistliche Sirocinski ausgeheckt hatte.

Schon am ersten Abend, als er bei den Eheleuten saß und mit ihnen Tee trank, erzählte er in seiner langsamen Art mit seiner ruhigen Baßstimme von der Angelegenheit, deretwegen er so furchtbar hatte leiden müssen. Sirocinski hatte in ganz Sibirien eine geheime

Gesellschaft organisiert, deren Aufgabe es sein sollte, mit Hilfe der in die Kosaken- und Infanterie-Regimenter eingeteilten Polen alle Soldaten und Strafgefangenen aufzuwiegeln, die Angesiedelten zum Aufruhr zu bewegen, sich in Omsk des Artillerieparks zu bemächtigen und alle zu befreien.

„Aber wäre denn dies auch möglich gewesen?" fragte Migurski.

„Absolut; es war ja schon alles bereit," sagte Rosolowski und runzelte finster die Stirn. Langsam und ruhig erzählte er dann den ganzen Befreiungsplan und zählte die Maßregeln auf, die man getroffen hatte, um die Sache zum Erfolg zu führen oder, im Fall des Mißlingens, die Verschwörer zu retten. Der Erfolg wäre nicht ausgeblieben, wenn nicht zwei Verbrecher den Plan verraten hätten. Sirocinski war nach den Erzählungen Rosolowskis ein genialer Mensch von außerordentlicher Seelenstärke. Er starb als Held und Märtyrer. Und Rosolowski begann mit seinem gleichmäßigen ruhigen Baß von der Hinrichtung zu erzählen, bei der er, zusammen mit allen, die wegen dieser Sache vor Gericht standen, auf Befehl der Behörden anwesend sein mußte.

„Zwei Bataillone Soldaten waren in zwei Reihen aufgestellt, so daß sie eine lange Gasse bildeten. Jeder Soldat hatte eine lange, biegsame Gerte in einer von Sr. Majestät selbst genau bestimmten Dicke in der Hand (die Gerten durften nur so dick sein, daß drei in einen Gewehrlauf hineinpaßten). Als Ersten führte man den Doktor Szakalski durch die Gasse. Zwei Soldaten führten ihn, und die andern, die ihn mit den Gerten schlugen, schlugen ihn über den entblößten Rücken, sobald er mit ihnen in einer Reihe war.

Ich sah das nur dann, wenn er zu der Stelle kam, wo ich stand. Zuerst hörte ich nur den Trommelwirbel; als dann aber das Pfeifen der Gerten und der Schall der Schläge, die auf den Körper herabregneten, vernehmbar wurden, wußte ich, daß er sich nähere. Ich sah, wie die Soldaten ihn an Gewehren, an die er angebunden war, dahin führten, wie er beständig zusammenzuckte und den Kopf bald nach rechts, bald nach links herumwarf. Als man ihn das erstemal vorbeiführte, hörte ich einen russischen Arzt sagen: ‚Kinder, schlagt nicht stark, habt Mitleid!' Aber sie schlugen zu, und als er zum zweitenmal vorbeigeführt wurde, da ging er schon nicht mehr selbst, da mußte man ihn schon schleppen. Der Anblick seines Rückens war entsetzlich. Ich drückte die Augen zu. Er brach zusammen, und man führte ihn weg. Dann kam der Zweite, dann der Dritte und der Vierte an die Reihe. Man zwang uns, stehen zu bleiben und zuzusehen. Das dauerte sechs Stunden – vom frühen Morgen bis zwei Uhr mittags. Als Letzten führte man Sirocinski selbst durch die Gasse. Ich hatte ihn lange nicht gesehen und hätte ihn nie erkannt, so gealtert sah er aus. Sein rasiertes, grünlich-blasses Gesicht war mit Falten bedeckt. Sein entblößter Körper war mager, gelb; an dem eingezogenen Leib traten die Rippen hervor. Wie alle andern ging auch er, bei jedem Schlag erzitternd und den Kopf hin- und herwerfend, durch die Gasse, aber er stöhnte nicht und betete laut: ,*Miserere mei Deus secundam magnam misericordiam tuam!*'

„Ich hörte es selbst," sagte Rosolowski rasch mit heiserer Stimme. Er schloß den Mund und schnaufte durch die Nase.

Ludwika, die beim Fenster saß, schluchzte laut auf und bedeckte die Augen mit einem Taschentuch.

„Daß Sie das noch so genau ausmalen mögen! Tiere sind eben Tiere, und nichts als Tiere!" schrie Migurski mit lauter Stimme, schleuderte die Pfeife weit weg, sprang vom Stuhl auf und ging mit raschen Schritten in das dunkle Schlafzimmer. Albina blieb, starr in einen Winkel blickend, wie versteinert sitzen.

7. |

Als Migurski am nächsten Tag von den Feldübungen nach Hause kam, setzte ihn das Aussehen seiner Frau in freudiges Erstaunen; wie in den schönen früheren Zeiten kam sie ihm beschwingt, mit strahlendem Gesicht entgegen und führte ihn ins Schlafzimmer.

„Nun, Józio, hör' mich an!"

„Ich höre. Was gibt es?"

„Ich habe die ganze Nacht darüber nachgedacht, was Rosolowski uns erzählt hat. Und ich bin mit mir ins Reine gekommen. Ich kann so, wie bisher, nicht weiterleben. Ich kann nicht! Ich will lieber sterben, als hier weiterleben."

„Was sollen wir denn tun?"

„Fliehen."

„Fliehen? Wie denn?"

„Ich habe alles überlegt. Höre mich an!"

Und sie setzte ihm den Plan auseinander, den sie sich heute

Nacht ausgedacht hatte. Der Plan bestand in Folgendem: Er, Migurski, solle abends das Haus verlassen und am Ufer des Uralflusses seinen Mantel niederlegen, zugleich mit einem Brief, in dem er mitteile, daß er sich das Leben genommen habe. Man werde annehmen, daß er sich ertränkt habe. Man werde Nachforschungen anstellen und dann die Meldung bei den vorgesetzten Behörden erstatten. Sie werde ihn so zu verstecken wissen, daß niemand ihn finden könne. Man werde so etwa einen Monat aushalten müssen. Wenn sich alles beruhigt haben werde, würden sie fliehen.

Ihr Einfall erschien Migurski im ersten Moment als unausführbar. Als sie aber in ihrer leidenschaftlichen, zuversichtlichen Art immer weiter in ihn drang, fing er gegen Abend an, ihr beizustimmen. Er war zudem geneigt, auch aus dem Grunde einzuwilligen, weil im Fall eines Mißlingens der Flucht die Strafe – dieselbe Strafe, von der Rosolowski berichtet hatte – nur ihn treffen konnte, während ein Erfolg Albina die Freiheit geben würde. Er sah ein, daß ihr das Leben hier, nach dem Tode der Kinder, zu schwer falle.

Rosolowski und Ludwika wurden in den Plan eingeweiht, und nach langen Beratungen, Veränderungen und Verbesserungen stand der Fluchtplan endlich in allen Einzelheiten fest. Zuerst war beabsichtigt gewesen, daß Migurski, nachdem sein Tod amtlich festgestellt sei, allein und zu Fuß fliehen solle. Albina wollte dann allein in einer Kalesche abreisen und sich mit ihm an einem verabredeten Orte treffen. So war der erste Plan beschaffen. Nachdem ihnen aber Rosolowski all die mißglückten Fluchtversuche der letzten fünf Jahre geschildert hatte (während dieser ganzen Zeit war es nur einem einzigen Verbannten geglückt, zu entkommen), entwarf Albina einen andern Plan, nämlich den, daß Józio, in der Equipage versteckt, mit ihr und Ludwika bis Saratow mitfahren solle. In Saratow solle er die Kleider wechseln, am Ufer der Wolga stromabwärts gehen, sich an einem verabredeten Ort in das Boot setzen, das sie in Saratow mieten würde, sodann mit ihr zusammen die Wolga bis Astrachan hinabfahren und über das Kaspische Meer nach Persien zu entkommen suchen. Dieser Plan wurde von allen und namentlich von dem Hauptorganisator Rosolowski gebilligt; aber nun stellte sich die Schwierigkeit heraus, in der Equipage einen Verschlag herzurichten, der der Aufmerksamkeit der Behörden entgehen und doch einem Menschen Platz bieten konnte. Als Albina aber einmal vom Grabe ihrer Kinder zurückkam und zu Rosolowski sagte, wie schmerzlich es ihr sei, die irdischen Überreste ihrer Kinder in dem fremden Lande zurücklassen zu müssen, sagte er, nachdem er eine Weile nachgedacht hatte:

„Bitten Sie die Behörde um die Erlaubnis, die Särge ihrer Kinder mitnehmen zu dürfen. Man wird es Ihnen erlauben."

„Das will ich nicht. Ich kann es nicht," sagte Albina.

„Reichen Sie immerhin ein. Das ist alles. Wir werden die Särge nicht mitnehmen, dafür aber einen großen Kasten machen lassen, in den wir Józio hineinlegen."

Zuerst lehnte Albina diesen Vorschlag ab, da ihr eine solche Täuschung im Zusammenhang mit der Erinnerung an ihre Kinder peinlich war; als aber Migurski diesem Plane heiter zustimmte, willigte sie ein.

Dementsprechend wurde der endgültige Fluchtplan ausgearbeitet. Migurski sollte es so einrichten, daß seine Vorgesetzten glauben mußten, daß er sich ertränkt habe. Wenn dann sein Tod amtlich festgestellt sei, sollte Albina ein Gesuch einreichen und um die Erlaubnis bitten, in ihre Heimat zurückkehren und die irdischen Überreste ihrer Kinder mitnehmen zu dürfen. Sobald sie die Bewilligung hierzu erhalten hätte, würde man so tun, als ob man die Gräber öffne und die Särge herausnehme. Man würde die Särge aber an Ort und Stelle lassen und in der dafür eingerichteten Kiste Migurski im Wagen unterbringen. Die Kiste würde man in einem langen Tarantaß unterbringen, und so würden sie bis Saratow fahren. In Saratow würden sie sich in ein Boot setzen. Im Boot würde Józio aus der Kiste heraussteigen, sie würden dann bis zum Kaspischen Meer hinabfahren und von dort nach Persien oder nach der Türkei zu entkommen suchen und frei sein.

8. |

Vor allem kauften die Migurski unter dem Vorwand, Ludwika wolle in ihre Heimat zurückkehren, einen Tarantaß. Sodann wurde in dem Tarantaß eine Kiste untergebracht, in der ein Mensch, ohne zu ersticken, wenn auch zusammengekauert, liegen und aus der man rasch und unbemerkt aus- und einsteigen konnte. Alle drei,

Albina, Rosolowski und Migurski, mühten sich um die entsprechende Konstruktion der Kiste und richteten alles zweckentsprechend ein. Besonders wichtig war hierbei die Hilfe Rosolowskis, der ein guter Schreiner war. Die Kiste war so eingerichtet, daß sie dicht hinter dem Kutschkasten an den Längsstangen des Wagens befestigt werden konnte. Die eine Wand der Kiste lag an den Kutschkasten an und konnte von innen geöffnet werden, so daß der darin liegende Mensch wenigstens teilweise auch auf dem Boden des Wagens liegen konnte. Außerdem waren in die Kiste Luftlöcher gebohrt. Oben und seitlich war sie mit einer Matte bedeckt und mit Stricken umwunden. Ein- und aussteigen konnte man durch den Tarantaß, in dem ein Sitz angebracht war.

Als der Tarantaß und die Kiste fertig waren, begab sich Albina, noch vor dem Verschwinden ihres Mannes, zum Oberst, um die Behörden vorzubereiten, und erzählte ihm, ihr Gatte wäre von melancholischen Anwandlungen befallen, er hatte auch bereits einen Selbstmordversuch gemacht, sie fürchte daher für sein Leben und bitte, ihm einen kurzen Urlaub zu gewähren. Ihre schauspielerische Begabung kam ihr dabei gut zu statten. Die von ihr zum Ausdruck gebrachte Besorgnis und Angst um ihren Mann waren so natürlich, daß der Oberst gerührt ward und ihr versprach, zu tun, was er könne. Hierauf verfaßte Migurski den Brief, den man am Ufer des Urals im Ärmelaufschlag seines Mantels finden sollte, und am verabredeten Tage begab er sich abends zum Flusse, wartete, bis die Dunkelheit anbrach, legte am Ufer die Kleider sowie auch den Mantel mit dem Briefe nieder und kehrte heimlich nach Hause zurück. Auf dem Dachboden, den man versperrt hielt, war für ihn ein Platz vorbereitet. Noch in der Nacht schickte Albina die Ludwika zum Oberst, um die Anzeige zu erstatten, daß ihr Mann vor zwanzig Stunden das Haus verlassen hätte und nicht mehr zurückgekehrt wäre. Am Morgen brachte man ihr den Brief ihres Mannes, und sie trug ihn, mit Gebärden der größten Verzweiflung und Tränen in den Augen, zu dem Oberst.

Eine Woche später reichte Albina ein Gesuch ein, worin sie um Erlaubnis bat, in ihre Heimat zurückkehren zu dürfen. Der Kummer, den Albina zum Ausdruck brachte, erschütterte alle, die sie sahen. Das Mitleid mit der unglücklichen Mutter und Gattin war allgemein. Als ihr die Heimreise erlaubt wurde, reichte sie ein zweites

Gesuch ein, in dem sie um Erlaubnis bat, die Leichen ihrer Kinder ausgraben und mit sich nehmen zu dürfen.

Die Behörden wunderten sich über eine solche Sentimentalität, bewilligten aber auch dieses Gesuch.

Am nächsten Tag, nachdem dies bewilligt war, führe Rosolowski, Albina und Ludwika in einer gemietete Telega mit der Kiste, in welche die Särge der Kinder gelegt werden sollten, hinaus auf den Friedhof zum Grab der Kinder. Albina kniete am Grabe der Kinder nieder betete, stand aber bald auf, wischte die Tränen ab und sagte zu Rosolowski gewendet:

„Machen Sie das Erforderliche, ich kann es nicht," und sie ging beiseite. Rosolowski und Ludwika schoben den Grabstein weg und gruben mit einem Spaten die oberste Schicht des Grabes auf, so daß das Grab aussah, wie wenn es aufgegraben worden wäre. Als alles getan war, riefen sie Albina herbei und kehrten mit der mit Erde gefüllten Kiste nach Hause zurück.

Der Termin der Abreise rückte heran. Rosolowski freute sich über den Erfolg des fast zu Ende geführten Unternehmens. Ludwika bereitete für die Reise Gebäck und kleine Pirogen vor und sagte, indem sie die ihr geläufige Floskel: *Jak mamę kocham* („So wahr ich meine Mutter liebe") hinzufügte, daß ihr das Herz vor Angst und Freude zerspringe. Migurski freute sich über seine Befreiung vom Dachboden, wo er sich länger als einen Monat verborgen gehalten hatte; noch mehr aber freute er sich, Albina wieder angeregt und voll Lebenslust zu sehen,

Um drei Uhr früh kam der Kosak, der sie begleiten sollte, und brachte einen Kutscher mit drei Pferden mit. Albina und Ludwika mit dem Hündchen nahmen im Tarantaß auf dem gepolsterten, mit einem Teppich bedeckten Sitz ihre Plätze ein. Der Kosak und der Kutscher setzten sich vorne auf den Bock. Migurski, der Bauernkleider angezogen hatte, lag in der Kiste, die auf dem Tarantaß befestigt war.

Sie fuhren aus der Stadt hinaus, und das treffliche Dreigespann zog den Tarantaß über den steinhart gestampften, glatten Weg, der sich durch die schier unendliche, ungepflügte, mit vorjährigem silbrigen Pfriemengras bewachsene Steppe dahinzog.

9. |

Das Herz stockte in Albinas Brust vor Hoffnung und Entzücken. Um ihre Gefühle mitzuteilen, nickte sie, leise lächelnd, dann und wann Ludwika zu, indem sie mit den Augen bald auf den breiten Rücken des Kosaken, bald auf den Boden des Tarantaß hindeutete. Ludwika blickte mit bedeutsamer Miene starr vor sich hin und ihre Lippen kräuselten sich zu einem kaum bemerkbaren Lächeln. Der Tag war heiter. Endlos dehnte sich die öde Steppe, das silbern glänzende Pfriemengras schimmerte in den schrägen Strahlen der Morgensonne. Bald auf der einen, bald auf der anderen Seite der harten Fahrstraße, auf der, wie auf Asphalt, die unbeschlagenen, flinken Beine der Baschkirenpferde mit hellem Klang dahineilten, sah man die von Zieselmäusen aufgeworfenen Erdhügel; dahinter saß ein Tierchen als Wächter, das bei nahender Gefahr einen durchdringenden Pfiff ertönen ließ und sofort im Loch verschwand. Reisende begegneten ihnen selten: es fuhr nur etwa ein mit Weizen beladener Wagen vorbei, den Kosaken begleiteten, oder es kam ein Baschkire geritten, dem dann der Kosak gewandt ein paar tatarische Worte zurief. Auf allen Stationen gab es frische, satte Pferde, und die halben Rubel, die Albina als Trinkgeld gab, taten das ihre, um die Kutscher zu veranlassen, daß sie, wie sie sich ausdrückten, „wie kaiserliche Kuriere", das heißt im Galopp, dahinjagten.

Schon auf der ersten Station, während der frühere Kutscher seine Pferde wegführte und der neue die seinigen noch nicht gebracht hatte, und der Kosak sich in den Hof begab, fragte Albina, indem sie sich hinunterbeugte, ihren Mann, wie er sich befinde und ob er etwas brauche.

„Ausgezeichnet. Ich liege ganz bequem, brauche nichts und kann es noch zweimal vierundzwanzig Stunden so aushalten."

Gegen Abend kamen sie in das große Dorf Dergatschi. Damit ihr Mann ein wenig seine Glieder strecken und sich erfrischen könne, ließ Albina nicht bei der Post, sondern bei einer Herberge halten, gab dem Kosaken Geld und schickte ihn, Milch und Eier zu kaufen. Der Tarantaß stand unter einem Schuppen, draußen war es dunkel, und Albina, die Ludwika als Wachposten gegen den Kosaken aufgestellt hatte, ließ ihren Mann heraus und gab ihm zu essen. Bevor der Kosak zurückkehrte, kroch Migurski wieder in sein Versteck. Man schickte wieder um Pferde und fuhr weiter. Albina fühlte, wie sich ihr Lebensmut mehr und mehr hob und vermochte ihr Entzücken und ihre Lustigkeit kaum zu verbergen. Plaudern konnte sie nur mit Ludwika, dem Kosaken und dem Hündchen Tresorka, und so spaßte sie denn mit diesen. Ludwika, die trotz ihrer geringen Schönheit bei jeder Begegnung mit einem Manne diesem verliebte Absichten auf sie zutraute, verdächtigte jetzt im selben Sinne auch den robusten, gutmütigen Uralkosaken mit den ungewöhnlich klaren und treuherzigen blauen Augen, der sie begleitete und sich beiden Frauen durch seine einfache und gutmütige Gewandtheit auf eine angenehme Weise nützlich machte. Außer über Tresorka, dem sie drohte und den sie hinderte, unterm Sitz herumzuschnüffeln, amüsierte sie sich jetzt über Ludwika und ihre komische Koketterie dem Kosaken gegenüber, der von den Absichten, die ihm zugeschrieben wurden, nichts ahnte und gutmütig zu allem lächelte, was man ihm sagte. Albina, die durch die Gefahr, den nahen Erfolg der Sache und durch die Steppenluft erregt war, verspürte ein lange nicht mehr empfundenes Gefühl kindlichen Entzückens und ausgelassener Lustigkeit. Migurski hörte ihr lustiges Geplauder und hatte Freude an ihrer Freude trotz seines physischen Unbehagens in der qualvollen Enge seiner Liegestätte (Hitze und Durst quälten ihn besonders). Er vergaß sich selbst.

Am Abend des zweiten Tages tauchten in der nebeligen Ferne dunkle Umrisse auf. Das war Saratow und die Wolga. Der Kosak sah mit seinen scharfen Steppenaugen sowohl die Wolga als auch die Schiffsmasten und zeigte sie Ludwika. Ludwika erklärte, sie sähe die Wolga ebenfalls. Albina konnte jedoch nichts unterscheiden und sagte in der Absicht, von ihrem Manne gehört zu werden, recht laut:

„Saratow! Die Wolga!"

Indem sie tat, als ob sie mit Tresorka plauderte, erzählte Albina ihrem Manne alles, was sie sah.

10. |

Albina fuhr nicht bis Saratow, sondern ließ am linken Ufer der Wolga in der Vorstadt Pokrowskaja, die der Stadt gegenüberliegt, halten. Sie hoffte, daß es ihr hier im Laufe der Nacht gelingen werde, mit ihrem Manne zu sprechen und ihn vielleicht sogar schon herauslassen zu können. Doch der Kosak wich während der ganzen kurzen Frühlingsnacht nicht von dem Tarantaß und saß neben demselben auf einer im Schuppen stehenden Telega. Ludwika saß auf Albinas Geheiß im Tarantaß, und da sie vollkommen überzeugt war, daß der Kosak nur ihretwegen vom Tarantaß nicht wegging, blinzelte sie ihm verstohlen zu, lachte und bedeckte ihr pockennarbiges Gesicht mit ihrem Taschentuch. Albina sah aber in all dem nichts, was sie hätte erheitern können, und sie wurde mehr und mehr beunruhigt, weil sie nicht begreifen konnte, weshalb sich der Kosak nicht von der Stelle rührte.

Einige Male ging Albina in der kurzen Nacht, in der sich die Abenddämmerung mit dem Morgengrauen berührte, aus ihrem Zimmer in der Herberge über einen übelriechenden Gang zur hinteren Treppe. Der Kosak schlief noch immer nicht und saß in der neben dem Tarantaß stehenden leeren Telega und ließ die Beine herunterbaumeln. Erst vor Tagesanbruch, als die Hähne schon munter waren und einander von Hof zu Hof zukrähten, fand Albina Zeit, hinunterzugehen und mit ihrem Manne zu sprechen. Der Kosak hatte sich in der Telega ausgestreckt und schnarchte. Sie näherte sich vorsichtig dem Tarantaß und pochte an die Kiste.

„Józio!"

Keine Antwort.

„Józio, Józio!" sagte sie in ihrem Schrecken ganz laut.

„Was willst du? Was denn?" fragte Migurski mit verschlafener Stimme in seiner Kiste.

„Warum antwortest du nicht?"

„Ich habe geschlafen," sagte er, und am Ton seiner Stimme erkannte sie, daß er lächelte. „Nun, muß ich jetzt heraus?" fragte er.

„Es geht nicht, der Kosak ist da." Bei diesen Worten blickte sie den in der Telega schlafenden Kosaken an.

‚Ob es mir nur so schien, oder ob er wirklich nicht schlief?' fragte sich Albina. ‚Vielleicht schien es mir nur so" dachte sie und wandte sich wieder der Kiste zu.

„Gedulde dich noch ein wenig," sagte sie. „Willst du etwas essen?"

„Das nicht; aber rauchen möchte ich."

Albina sah wieder nach dem Kosaken hin. Er schlief.

‚Ja, es hat mir nur so geschienen," dachte sie.

„Ich fahre jetzt zum Gouverneur."

„Nun, möge es gelingen!"

Albina holte aus dem Koffer ein Kleid hervor und ging in ihr Zimmer zurück, um sich anzukleiden.

Mit ihrem besten Witwenkleid angetan, fuhr sie am nächsten Morgen über die Wolga hinüber. Am Kai nahm sie eine Droschke und fuhr zum Gouverneur. Der Gouverneur empfing sie. Die hübsche, lächelnde Witwe, die elegante Polin, die so ausgezeichnet französisch sprach, machte auf den alternden Gouverneur, der sich jünger gab, als er war, einen vorzüglichen Eindruck. Er genehmigte alles und bat sie, morgen noch einmal bei ihm vorbeizukommen, da er ihr eine Ordre an den Polizeimeister von Zarizyn mitgeben wollte. Erfreut über den Erfolg ihres Besuches und über die Wirkung, die ihr anziehendes Wesen ausübte, glücklich und voller Hoffnung kehrte Albina in einer Landdroschke über die abschüssige, ungepflasterte Straße zum Landungsplatz zurück. Die Sonne war eben über dem Walde emporgestiegen und ihre schrägen Strahlen glitten spielend über die sich kräuselnde Oberfläche des mächtigen Stromes. An den Anhängen, rechts und links, sah man die mit duftigen Blüten bedeckten Apfelbäume, die aus der Ferne weißen Wolken glichen. Am Ufer ein Wald von Masten, schimmernde Segel spiegelten sich in dem vom Wind leicht bewegten Gewässer. Bei der Landungsstelle fragte Albina den Kutscher gesprächsweise, ob man hier wohl eine Barke bis Astrachan mieten könne, und sofort boten ihr Dutzende von lärmenden, lustigen Bootsleuten ihre Dienste und Boote an. Sie wurde mit einem von den Bootsleuten, der ihr besser als die anderen gefiel, handelseinig und ging mit ihm, um seinen Flachkahn zu besichtigen, der sich in der Menge der anderen Boote am Landungsplatz befand. Das Boot hatte einen kleinen Mast mit einem Segel, so daß man es bei gutem Wind auch als Segelboot benutzen konnte. Für den Fall der Windstille waren Ruder da und als Ruderer zwei gesunde, lustige Burlaken, die sich im Boote sonnten. Der fröhliche, gutmütige Bootsmann riet Albina, den Tarantaß nicht zurückzulassen, sondern ihn, nachdem man die Räder heruntergenommen, in das Boot zu stellen. „Er wird noch gerade hineinpassen, und Sie werden darin ruhiger sitzen. Gibt Gott nur gutes Wetter, so können wir in fünf Tagen in Astrachan sein."

Albina einigte sich mit dem Bootsmann über den Preis und bestellte ihn nach Loginows Gasthof in der Vorstadt Pokrowskaja, damit er den Tarantaß besichtigen und eine Anzahlung in Empfang nehmen könne. Alles ging besser, als sie gehofft hatte. In der glücklichsten Stimmung fuhr sie über die Wolga hinüber, rechnete mit dem Kutscher ab und begab sich nach der Herberge.

11. |

Der Kosak Danilo Lifanow stammte aus Strelezkij-Umjot an der allgemeinen Wasserscheide im Ural. Er war vierunddreißig Jahre alt und hatte nun nur mehr einen Monat zu dienen, dann war seine Dienstzeit aus. Er hatte zu Hause einen neunzigjährigen Großvater, der sich noch an Pugatschow, den Anführer des großen Bauernaufstandes, erinnerte, zwei Brüder, die Schwiegertochter des ältesten Bruders, der wegen seiner Zugehörigkeit zu den Altgläubigen nach Sibirien verbannt worden war, seine Frau, zwei Töchter und zwei Söhne. Sein Vater war im Kriege gegen die Franzosen getötet worden. Er war der Älteste in der Familie. Der Viehstand betrug sechzehn Pferde und zwei Ochsen; an Ackerland besaßen sie fünfzehn Sotniks. Er, Danilo, hatte in Orenburg und in Kasan gedient und beendete jetzt seine Dienstzeit. Er hielt am alten Glauben fest, rauchte nicht, trank nicht, aß nicht aus einem Gefäß mit einem weltlich Gesinnten und hielt seinen Eid. In all seinem Tun war er langsam, zuverlässig, akkurat; alles, was ihm seine Vorgesetzten auftrugen, führte er gewissenhaft durch und ließ seine Pflichten, wie er sie verstand, keinen Augenblick außer acht. Jetzt hatte er den Auftrag bekommen, zwei Polinnen mit Särgen nach Saratow zu begleiten, so daß ihnen auf der Reise nichts Übles widerfuhr, daß sie ruhig fahren konnten und keine Streiche machten. Und dann sollte er sie in Saratow in aller Ordnung der Obrigkeit übergebend So hatte er sie denn bis Saratow gebracht, zusammen mit den Särgen und dem Hündchen. Die Frauenzimmer waren sittsam und freundlich gewesen, und obgleich sie Polinnen waren, hatten sie doch nichts Böses angestellt. Hier aber, in der Vorstadt Pokrowskaja, hatte er einmal, als er bei dem Tarantaß vorbeiging, bemerkt, daß das Hündchen in den Tarantaß hineinsprang und dort zu winseln und mit dem Schweif zu wedeln begann. Und hinterm Tarantaß hatte er irgendeine Stimme gehört. Die eine von den Polinnen, die Alte, war sichtlich erschrocken, als sie das Hündchen im Tarantaß erblickte; sie packte das Hündchen und trug es weg.

‚Hier ist etwas nicht in Ordnung,‘ dachte der Kosak und legte sich auf die Lauer. Als die junge Polin nachts zum Tarantaß herantrat, stellte er sich schlafend und hörte deutlich eine Männerstimme aus der Kiste. Am andern Morgen ging er zur Polizei und machte die Anzeige, daß die Polinnen, die ihm anvertraut worden waren, etwas im Schilde führten und daß sie nicht Leichen, sondern irgendeinen lebendigen Menschen in der Kiste transportierten.

Als Albina in ihrer überschwenglich-fröhlichen Stimmung, überzeugt, daß alles gut gegangen sei und sie in einigen Tagen frei sein würden, sich der Herberge näherte, erblickte sie zu ihrer Verwunderung vor dem Tor ein elegantes Zweigespann mit einem lose angekoppelten Nebenpferd nebst zwei Kosaken.

Sie war so voll Hoffnung und Energie, daß ihr gar nicht in den Sinn kam, daß dieses Gespann und dieses neugierige Volk zu ihr irgendeine Beziehung haben könne. Sie ging in den Hof hinein und warf einen Blick auf den Schuppen, wo der Tarantaß stand. Und nun sah sie, daß die Menge sich gerade in der Nähe des Tarantaß am meisten drängte, und in diesem Augenblick hörte sie auch das verzweifelte Gebell des Hündchens Tresorka. Das Schrecklichste, was geschehen konnte, war geschehen. Vor dem Tarantaß stand in blitzblanker Uniform, an der die Knöpfe und Achselstücke in der Sonne glitzerten, mit Lackstiefeln an den Füßen, ein stattlicher Mann mit schwarzem Backenbart und sprach etwas mit lauter, gebieterischer Stimme. Vor ihm stand, zwischen zwei Soldaten, in Bauernkleidern, die wirren Haare voll Heu, ihr Józio, mit verdutztem Gesicht und hob und senkte seine mächtigen Schultern, als ob er nicht begreifen könne, was um ihn herum vorging. Das Hündchen Tresorka, das nicht wußte, daß es die Ursache des ganzen Unglücks war, sträubte das Haar und bellte wütend den Polizeimeister an. Als Migurski Albina erblickte, ging ein Zittern durch seinen Körper, und er wollte auf sie zugehen, aber die Soldaten hielten ihn fest.

„Es macht nichts, Albina, es macht nichts,“ sagte Migurski mit seinem sanften Lächeln.

„Ah, da ist ja die Gnädige selbst!“ sagte der Polizeimeister. „Bitte, treten Sie näher. Sind das die Särge Ihrer Kinder, ha?“ sagte er, indem er mit den Augen zwinkernd nach Migurski hinschielte.

Albina gab keine Antwort, faßte sich nur an die Brust, öffnete den Mund und sah schreckerfüllt ihren Gatten an.

Wie das in den letzten Minuten vor dem Tode und überhaupt in allen entscheidenden Augenblicken des Lebens zu geschehen pflegt, zogen ihr eine Menge Gedanken und Gefühle durch das Gemüt, und zugleich damit begriff sie doch nicht die ganze Tragweite des Geschehenen und glaubte noch nicht an ihr Unglück. Ihr erstes Gefühl war das ihr bekannte des gekränkten Stolzes beim Anblick ihres Helden, den diese wilden, rohen Menschen, die ihn jetzt in ihrer Macht hatten, erniedrigen wollten. „Wie dürfen sie es wagen, ihn, den besten aller Menschen, anzufassen?" Ein anderes Gefühl, das sich zugleich mit dem ersten einstellte, war das Bewußtsein, daß sich ein großes Unglück vorbereite. Dieses Bewußtsein aber rief in ihr die Erinnerung an ihr größtes Unglück wach, an den Tod ihrer Kinder. Und sogleich stand die Frage vor ihr: Wofür das alles! Warum mußte sie die Kinder verlieren? Die Frage aber, warum sie ihre Kinder hatte verlieren müssen, rief die Frage hervor: warum quält man den Geliebten, warum richtet man ihn zu Grunde, ihn, den besten Menschen, ihren Gatten? Und im selben Moment fiel ihr ein, was für eine schmachvolle Strafe ihn erwarte und daß sie allein an allem schuld sei.

„In welchem Verhältnis steht er zu Ihnen. Ist er Ihr Gatte?" wiederholte der Polizeimeister.

„Wofür! Wofür!" schrie Albina auf, brach in ein hysterisches Lachen aus und sank auf die Kiste nieder, die man vom Tarantaß heruntergenommen und auf die Erde gestellt hatte. Ludwika, die vor heftigem Weinen am ganzen Körper zitterte, eilte mit ihrem von Tränen überströmten Gesicht zu ihr hin.

„Panienka, liebe Panienka! *Jak Boga kocham*, nichts wird ihm geschehen, rein gar nichts!" sagte sie, indem sie sie sinnlos mit den Händen streichelte.

Migurski wurden Handschellen angelegt, und man führte ihn aus dem Hofe hinaus. Als Albina dies sah, lief sie ihm nach.

„Verzeihe, verzeihe mir!" sagte sie. „Ich bin an allem schuld."

„Wer daran schuld ist, das wird die Untersuchung lehren. Auch Sie werden zur Verantwortung gezogen werden," sagte der Polizeimeister und schob sie mit der Hand beiseite.

Migurski wurde zur Überfahrt hingeführt, und Albina folgte

ihm, ohne zu wissen, wozu sie dies tat und ohne auf Ludwika zu hören, die auf sie einredete.

Der Kosak Danilo stand während dieser ganzen Szene bei den Rädern des Tarantaß und sah finster bald den Polizeimeister, bald Albina an, oder er starrte zu Boden.

Als man Migurski weggeführt hatte, blieb nur das Hündchen Tresorka zurück; schweifwedelnd lief es auf ihn zu, sprang spielerisch um ihn herum, da es sich während der Reise an ihn gewöhnt hatte. Der Kosak bog sich plötzlich vom Tarantaß weg, riß sich die Mütze vom Kopf, warf sie heftig zu Boden, gab Tresorka einen Fußtritt und ging in eine Schenke. In der Schenke verlangte er Schnaps und trank einen ganzen Tag und eine ganze Nacht und vertrank alles, was er bei sich und auf dem Leibe hatte, und erst als er im Straßengraben erwachte, hörte er auf, der Frage, die ihn quälte, nachzugrübeln, ob er auch recht getan, daß er den Behörden über den Mann der Polin in der Kiste Bericht erstattet hatte.

*

Migurski kam vor Gericht und man verurteilte ihn zu Spießrutenlaufen durch tausend Mann. Seine Verwandten und Wanda, die in Petersburg Verbindungen hatten, wirkten für ihn eine Strafmilderung aus, und er wurde auf Lebenszeit nach Sibirien verbannt. Albina fuhr mit ihm.

Nikolaus I. aber freute sich, daß er die Hydra der Revolution nicht nur in Polen, sondern in ganz Europa zertreten hatte, und war stolz darauf, das Vermächtnis der russischen Autokratie bewahrt und Polen zum Wohle des russischen Volkes wieder unter die Macht Rußlands gebracht zu haben. Und die Leute mit den Ordenssternen, die Leute in den goldgestickten Uniformen, priesen ihn dafür derart, daß er aufrichtig glaubte, ein großer Mann zu sein und daß sein Leben ein großes Glück für die ganze Menschheit sei, namentlich aber für die russischen Leute, auf deren Demoralisation und Verdummung in Wirklichkeit unbewußt alle seine Kräfte gerichtet waren.

Es gibt in der ganzen Welt
keine Schuldigen

1. |

Porchunow Iwan Fjodorowitsch, der Adelsmarschall eines großen, reichen Kreises in einem der großrussischen Gouvernements, war gestern, spät abends noch, aus dem Dorf in die Kreisstadt gekommen, und nachdem er sich in seiner Stadtwohnung ausgeschlafen hatte, kam er um elf Uhr morgens in das Amtslokal. Geschäfte gab es, wie sich zeigte, eine Unmenge: die Semstwoversammlung, die Sache mit dem Vormundschaftsamt, Militäramtliches, ferner das Sanitäts- und Gefängniskomitee und der Schulrat.

Porchunow war ein Abkömmling des alten Geschlechts der Porchunows, das von alters her das große Dorf Nikolskoje-Porchunowo besaß. Seine Erziehung hatte er im Pagenkorps erhalten, war dann aber nicht in den Militärdienst eingetreten, sondern hatte die Universität besucht und Philologie studiert. Hernach hatte er eine Zeitlang beim Generalgouverneur in Kiew Dienst getan, hatte dort aus Liebe ein Mädchen geheiratet, das im Rang unter ihm stand und arm war, die Baronin Klodt, hatte dann seinen Abschied genommen und war in die Provinz zurückgekehrt, wo man ihn gleich bei den ersten Wahlen zum Adelsmarschall wählte, ein Posten, den er nun schon zum drittenmal für drei Jahre bekleidete.

Porchunow war ein ebenso kluger als gebildeter Mensch; er hatte viel gelesen, verfügte über ein gutes Gedächtnis und besaß die Gabe, seine Gedanken kurz und klar auszudrücken. Sein Hauptvorzug, der ihm von fast allen Seiten Sympathien gewann, war seine Bescheidenheit. Seine eigene Meinung von seinen äußeren Vorzügen: Bildung, Ehrenhaftigkeit, Güte, Aufrichtigkeit – war eben deshalb gering, weil er sich ständig bemühte, seine Bildung noch mehr zu vertiefen und womöglich noch ehrenhafter, besser, aufrichtiger zu werden. Dergestalt war der sichtbare „Nenner" seiner Meinung von sich bei Iwan Fjodorowitsch sehr klein, und so erschien er den Leuten, mit denen er im täglichen Verkehr stand, als der, der er war, der nicht anders sein konnte, als er war, nämlich als der immer angenehme, gute, rechtschaffene, aufrichtige Iwan Fjodorowitsch. Das Leben, das Iwan Fjodorowitsch führte, war nach den Begriffen jener Kreise ein durchaus moralisches – er war seiner Frau nicht untreu, er zechte nicht (die Periode seiner Trinkgelage in der Zeit seines Kiewer Aufenthaltes bis zur Verheiratung war bald vorbei gewesen), und von den Bauern auf seinem Gute und von seinen Arbeitern überhaupt forderte er nur das, was zur Aufrechterhaltung der Wirtschaft nötig war. In politischer Hinsicht war er ein aufgeklärter Konservativer. Er hielt dafür, es sei besser, durch eigenes Mittun einen Schuß aufklärenden und liberalen Einflusses in die existierende Ordnung hineinzubringen, als zu wünschen, was es nicht gibt, alle und alles herunterzureißen und an den Staatsgeschäften selbst nicht teilzunehmen. Er wäre auch in die Duma gewählt worden, wenn nicht ein anderer Kandidat, ein guter Redner, der den Wählern besser gefiel, aufgetaucht wäre, der dann an Stelle Iwan Fjodorowitschö gewählt wurde.

In der für jeden Menschen wichtigen Frage – in der religiösen – war Iwan Fjodorowitsch aufgeklärt-konservativ. Er gestattete sich nicht einmal den Schatten eines Zweifels, wenn er auch hinsichtlich der Dogmen der orthodoxen Kirche Forschungen, insbesondere historische, vom Standpunkt der Wissenschaft als zulässig erklärte; er war selbst sehr belesen auf diesem Gebiet. Nur in bezug auf die Dogmen selbst war er vorsichtig. Allen Erörterungen, die diesen Gegenstand betrafen, ging er geflissentlich aus dem Wege. Im Leben aber erfüllte er alle kirchlichen Vorschriften pünktlich und standhaft, nicht nur hinsichtlich der Sakramente, sondern auch des Kreuzeszeichens und der täglichen Morgen- und Abendgebete, die ihn seine Mutter gelehrt hatte. Er hütete überhaupt mit besonderer Sorgfalt dieses Fundament, auf dem das menschliche Leben nun einmal ruht, wählte für sich selbst aber einen anderen Standort; es war, als ob er in jenes eben doch kein rechtes Vertrauen setzen könne.

Im Leben, in Unterhaltungen, in Gesprächen war er ein höchst angenehmer Mensch; er wußte stets zur rechten Zeit ein Zitat, eine Anekdote anzubringen. Er war überhaupt ein scharfsinniger Kopf und verstand es, mit größter Ruhe und ernstestem Gesicht einen Witz oder sonst etwas Komisches zu erzählen. Er liebte die Jagd und alle Arten Spiele: Schach, Karten, und er spielte gut.

2. |

Gerade während Porchunow mit dem Sekretär zu tun hatte, erschien der Präsident der Semstwoverwaltung, ein extremer Reaktionär, mit dem Porchunow aber trotz der Verschiedenheit ihrer Ansichten im besten Einvernehmen lebte.

Gleich darauf erschien der Arzt, der ganz entgegengesetzten Ansichten huldigte: er war Demokrat, fast Revolutionär. Zu ihm stand Porchunow in noch besseren Beziehungen, und gutmütig frozzelnd fragte er ihn, wann denn nun endlich die Sozialistische Republik ausgerufen werde, worauf der Arzt ebenfalls mit einem Scherz antwortete.

„Nun, Iwan Iwanowitsch," wandte er sich an den Semstwo-Präsidenten, „was macht das Spiel? Fallen Sie nur nicht herein, wie damals, erinnern Sie sich noch? Aber Scherz beiseite, es ist Zeit, daß wir anfangen. Es ist eine Menge zu erledigen!"

„Ja, es ist Zeit."

„Nur eine Bitte habe ich noch an Sie, meine werten Mitarbeiter: ich werde sie Ihnen gleich vortragen, und dann treten wir in die Geschäfte ein."

Auf die Frage des Arztes, worin die Bitte bestehe, erzählte Porchunow, der Lehrer seiner Kinder, ein Student, gehe weg und er brauche einen neuen Lehrer.

„Ich weiß," sagte er, indem er sich an den Präsidenten wandte, „Sie haben Leute, die auf diesem Gebiete bewandert sind – und auch Sie kennen solche Leute," sagte er zu dem Arzt. „Also können Sie mir nicht jemand empfehlen?"

„Meine Bekannten sind doch zu … wie soll ich sagen … zu progressiv für Sie!"

„Ach, wo! Bin ich doch sogar mit Neustrojew ausgekommen, und der war doch rot genug."

„Nun, und was ist denn mit diesem Neustrojew?"

„Er geht weg. Sie sagen, Ihre Bekannten seien für mein Haus zu rot. Nun ist doch aber Neustrojew rot genug, und ich bin dennoch mit ihm gut ausgekommen. Ich habe ihn sogar aufrichtig liebgewonnen. Ein lieber Junge! – Nun ja, im Kopf ist selbstverständlich, wie das schon so in den gegenwärtigen Zeitläuften ist, ein großer Kuddelmuddel, was aber das Gemüt betrifft, so ist er ein guter Junge, und ich habe mich mit ihm sehr angefreundet."

„Warum geht er denn weg?"

„Er sagt mir nicht die Wahrheit. Die Notwendigkeit der Lüge gehört ja ins Programm der Revolutionäre. Aber in diesem Fall ist es nicht das. Es kam da irgendein Freund zu ihm gefahren, der bei Solowjow im Dorf abgestiegen war; mit diesem Freunde sah er sich oft. Wahrscheinlich reklamiert ihn die Partei, oder die Fraktion, oder die Gruppe (Iwan Fjodorowitsch hob das doppelte „p" in dem Worte besonders hervor) oder wie sie das nennen, und er verkündete uns einfach, daß er nun nicht mehr bleiben könne. Er war ein guter, gewissenhafter Lehrer und – ich wiederhole es – ein vortrefflicher Junge, obgleich er einer von euch Revolutionären ist und zu einer ,Gruppe' gehört," fügte Porchunow lächelnd hinzu, indem er den Doktor auf das Knie klopfte.

Der Doktor konnte dem freundlichen Lächeln Porchunows sowenig wie die andern widerstehen und lächelte selber auch. ,Ein Junker, ein Aristokrat, ein Reaktionär bis in die Knochen, aber man muß ihn gern haben,' dachte der Arzt.

„Warum nehmen Sie nicht den Solowjow?" fragte der Semstwo-Präsident.

Solowjow war Lehrer in der Dorfschule auf dem Gute Iwan Fjodorowitschs, ein sehr gebildeter Mensch, der das geistliche Seminar absolviert und studiert hatte.

„Den Solowjow!" sagte Iwan Fjodorowitsch lächelnd.

„Ich für mein Teil würde ihn schon nehmen, aber Alexandra Nikolajewna (Porchunows Gattin) weist jeden Gedanken, ihn zu engagieren, weit von sich."

„Warum denn? Weil er ins Gläschen guckt? Das kommt doch bei ihm höchst selten vor."

„Daß er ins Gläschen guckt, würde nichts machen. Er verletzt aber weit höhere Gesetze," sagte Porchunow, indem er das ruhige, ernste Gesicht aufsetzte, mit dem er seine Späße zu machen liebte. „Für Alexandra Nikolajewna ist er einfach unmöglich, denn er ißt– es ist schrecklich, es zu sagen – mit dem Messer."

Die Anwesenden lachten.

„Ich weiß Ihnen einen Seminaristen, der um eine Stelle bittet, aber er wird Ihnen nicht gefallen – der ist schon zu konservativ!"

„Das heiße ich Pech haben: mein Kandidat ist zu liberal, und der, den Ihnen Iwan Iwanowitsch vorschlägt, zu rückschrittlich. Übrigens weiß ich Ihnen einen Jüngling und werde ihm schreiben.“

„Bravo, tun Sie das; auf die Weise ist wenigstens ein Anfang gemacht. So, und nun gehen wir an die Arbeit. Stepan Stepanowitsch,“ wandte er sich an den Sekretär, „ist alles vorbereitet?“

„Es ist alles vorbereitet.“

Die Rekrutenaushebung begann. Einer nach dem andern gingen die jungen Burschen in den Saal hinein; es waren Ledige darunter, aber die meisten waren verheiratet. Man legte ihnen die üblichen Fragen vor, protokollierte alles, und da noch soviel zu tun war, machte man alles so rasch wie möglich ab, indem man die einen abfertigte und die andern hereinrief. Es waren Leute darunter, die ihre Betrübnis nicht verbargen und auf die Fragen schwerfällig antworteten, als ob sie sie nicht verstünden; sie waren so deprimiert! Andere wieder schienen recht zufrieden und lustig zu sein. Auch solche gab’s, die sich krank stellten, und es waren auch wirklich Kranke darunter. Einer war unter ihnen, der sich zur Verwunderung der Anwesenheit die Erlaubnis erbat, eine „Erklärung“ abgeben zu dürfen, wie er sich ausdrückte.

„Was für eine Erklärung? Was ist dein Begehr?“

Der Mann, der da bat, eine ‚Erklärung‘ abgeben zu dürfen, war ein Mann mit blondem, lockigem Haar, mit kleinem Bärtchen, mit länglicher Nase und gerunzelter Stirn, auf der, während er sprach, über den Augenbrauen fortwährend die Muskeln zuckten.

„Eine Erklärung darüber, daß ich nicht Soldat werden will, daß ich,“ verbesserte er sich, „im Heer nicht dienen kann.“

Nachdem er das gesagt hatte, begannen nicht nur die Stirnmuskel und die linke Augenbraue, sondern auch die Wangen zu zucken, und er wurde blaß.

„Was ist denn mit dir, bist du krank?“ fragte Porchunow. „Doktor, sehen Sie nach, bitte.“

„Ich bin gesund, meine Überzeugung verbietet mir aber, einen Eid zu leisten und Waffen zu tragen.“

„Was heißt das: deine Überzeugung?“

„Ganz einfach, daß ich an einen Gott glaube, an Christus, und daß ich kein Mörder sein will.“

Iwan Fjodorowitsch sah sich nach seinen Amtskollegen um, schwieg eine Weile, und sein Gesicht wurde ernst.

„Sooo!“ sagte er. „Ich kann Ihnen“ – er sagte jetzt schon Sie zu ihm, nicht mehr du – „nicht beweisen, ob Sie dienen dürfen oder nicht, ich bin dazu auch nicht verpflichtet. Meine Aufgabe ist es, Sie den Assentierten zuzuzählen. Mit Ihren Überzeugungen machen Sie dann Ihre Vorgesetzten bekannt. – Der Folgende!"

Die Assentierung zog sich bis zwei Uhr hin. Nachdem sie gefrühstückt hatten, setzten sie ihre Arbeiten fort: zuerst kam die Vollsitzung der Semstwohauptleute, hernach die Sitzung der Gefängniskommission, und so ging es weiter bis fünf Uhr.

Den Abend verbrachte Iwan Fjodorowitsch in seiner Wohnung; zuerst unterzeichnete er verschiedene Schriftstücke, und hernach machte er mit dem Präsidenten, dem Doktor und dem Assentierungskommissär ein Spielchen. Der Zug ging am frühen Morgen ab; er stand früh auf, ohne geschlafen zu haben, setzte sich in den Zug und stieg in seiner Station aus, wo ihn sein prächtiges, schellengeschmücktes, dunkelbraunes Dreigespann – die Pferde waren aus seinem eigenen Gestüt, echtes Halbblut – und der alte Kutscher Fedot, ein alter Diener seines Hauses, erwarteten. Gegen neun Uhr früh fuhr er, am Park vorüber, bei seinem großen, zweistöckigen Hause in Porchunowo-Nikolskoje vor.

3. |

Jegor Kusmins Familie bestand aus seinem Vater, der alt und dem Trunk ergeben war, einem jüngeren Bruder, einer alten Mutter und seiner jungen Frau, mit der man ihn verheiratet hatte, als er erst achtzehn Jahre alt gewesen war. Arbeiten mußte er viel, aber die Arbeit tat ihm nicht weh und wie alle Menschen liebte er, wenn auch unbewußt, die Feldarbeit. Er war ein zu geistiger Selbsttätigkeit fähiger Mensch. In der Schule war er ein guter Schüler gewesen, und er hatte, namentlich im Winter, jede freie Stunde benutzt, um zu lesen. Sein Lehrer hatte ihn gern und lieh ihm Bücher aller Art, allgemein bildende, wissenschaftliche, vor allem Bücher über Naturwissenschaften und Astronomie, und als er siebzehn Jahre alt geworden, vollzog sich in seiner Seele eine Umwälzung, die all seine Beziehungen zu seiner Umwelt veränderte. Es offenbarte sich ihm plötzlich ein völlig neuer Glaube, der all das zerstörte, was er früher geglaubt hatte, und die Welt des gesunden Menschenverstandes tat sich vor ihm auf. Ihn setzte nicht in Erstaunen, was viele Leute aus dem Volk in Erstaunen setzt, wenn sich ihnen das Gebiet der Wissenschaft eröffnet: die Wunder des Weltalls, die Entfernungen, die Menge der Sterne, die Exaktheit der Forschungen, die scharfsinnigen Hypothesen; dafür schätzte er aber gesundes Urteil um so höher ein, das für jegliches Erkennen die notwendige Voraussetzung ist. Mit Verwunderung wurde er dessen inne, daß es nicht nötig ist, zu glauben, was die Alten sagen, was der Pope sagt oder was geschrieben ist in irgendwelchen Büchern, sondern daß es nur nötig ist, zu glauben, was einem die eigene Vernunft sagt. Das war die Entdeckung, die seine ganze Weltanschauung und damit auch sein ganzes Leben veränderte.

Bald darauf brachten junge Leute aus seinem Dorf, die in Moskau in einer Fabrik arbeiteten und zu den Feiertagen heimkamen, revolutionäre Bücher und freie Reden mit ins Dorf. Es waren das die Bücher „Die Tat des Soldaten", „Zar Hunger", „Das Märchen von den vier Brüdern" und „Die Spinnen und die Fliegen". Diese Bücher wirkten jetzt sehr stark auf ihn. Sie klärten ihn theoretisch über die Bedeutung dessen auf, was er nicht nur mit eigenen Augen im Leben sah, sondern am eigenen Leibe spürte. Er und sein Vater besaßen zusammen zwei Parzellen und eine halbe, im ganzen zweieinhalb Desjatinen. Das Brot langte nicht einmal in den Jahren, wo es eine Mittelernte gab, vom Heu gar nicht zu reden. Nicht genug damit, gab es im Sommer für die Kühe keinen Weideplatz und daher auch keine Milch für die Kinder. Die brachliegenden Felder waren bis zur Scholle abgenagt, und wenn die regenlose Zeit kam, brüllte das Vieh, dem das Futter mangelte, vor Hunger, beim Kaufmann aber und ebenso bei der Gnädigen, seiner Nachbarin, gab es Garten und Wälder und Wiesen in Hülle und Fülle. Sie dingen Leute zur Heumahd: gehe hin und mähe für sie, du bekommst 50 Kopeken Taglohn. Für sie mähst du, sie verkaufen das Futter, und dein Vieh brüllt ohne Futter, und deine Kinder bleiben ohne Milch. All dies war ja freilich auch früher so gewesen, aber er hatte es nicht so gemerkt. Eine Welt von abergläubischen Vorstellungen hatte dies vor seinen Augen verborgen. Jetzt aber sah er nicht nur, wie die Dinge lagen, sondern er empfand es mit seinem ganzen Wesen. Jetzt verhüllte nichts mehr die ganze Grausamkeit, den ganzen Wahnwitz einer solchen Ordnung vor seinen Augen. Er nahm jetzt nichts mehr auf Treu und Glauben hin und fing an, die Dinge selbst nachzuprüfen. Seinem prüfenden Blick erschloß sich die furchtbare Ungerechtigkeit und die noch schlimmere Widersinnigkeit einer solchen Ordnung der Dinge. Dasselbe erblickte er auch im religiösen Leben seiner Umgebung. Dies aber erschien ihm als unwesentlich, und er lebte weiter wie die andern: er ging zur Kirche, nahm das Abendmahl, hielt die Fasten ein, bekreuzigte sich, wenn er sich zum Tisch setzte und beim Weggehen, und betete des Morgens und des Abends.

4. |

Über den Winter fuhr Jegor nach Moskau; die Kameraden hatten versprochen, ihn dort in einer Fabrik unterzubringen. Er kam hin und erhielt die Stelle. Der Monatslohn betrug zwanzig Rubel, und man versprach ihm eine Zulage. Hier in Moskau, unter den Fabrikarbeitern, sah Jegor genau so, wie er auf dem Lande die furchtbare Lage des Bauern gesehen hatte, die noch schlimmere Lage des Fabrikarbeiters. Die Leute – Frauen, Schwächliche, Kranke, Kinder – arbeiteten zwölf Stunden im Tag, sich dabei völlig zugrunde richtend, um irgendwelchen Firlefanz für die Reichen zu produzieren: Konfekte, Parfüms, Bronzen und ähnlichen Kram; und diese Reichen sammelten das Geld, das durch eine derartige Verwüstung menschlichen Lebens errafft wurde, seelenruhig in ihre vom Überfluß berstenden Truhen.

Generation folgte auf Generation, und niemand sah, niemand wollte das Unrecht und den Wahnwitz einer solchen Ordnung sehen. In Moskau steigerte sich noch sein Haß gegen die Leute, die eine solche Ordnung geschaffen hatten, und mehr als je hoffte er, daß diese Ordnung beseitigt werden könne. Aber er lebte kaum einen Monat in Moskau, als er auch schon in einer Arbeiterversammlung verhaftet wurde. Man stellte ihn vor Gericht und verurteilte ihn zu drei Monaten Gefängnis.

Im Gefängnis kam er in der gemeinsamen Zelle mit Leuten zusammen, die wie er Sozialrevolutionäre waren; als er sie näher kennen lernte, stieß ihn ihre Eitelkeit, ihre Ehrsucht und Anmaßung ab. Mit noch größerem Ernst und mit noch größerer Strenge prüfte er sich selbst. Und da traf es sich, daß man zu ihnen in die gemeinsame Zelle einen Bauern setzte, der angeklagt war, das „Heiligtum", das heißt die Heiligenbilder, verunehrt zu haben, und im Verkehr mit diesem sanftmütigen, stets ruhigen, stets gegen alle gleich liebevollen Menschen ging ihm eine noch einfachere vernünftige Lebensansicht auf. Dieser Mensch – seine Zellengenossen, die ihn alle achteten, nannten ihn Miteschka – klärte ihn darüber auf, daß die Übel, die Sünden dieser Welt nicht daher rührten, daß böse Menschen die andern beleidigen und kränken, dadurch, daß sie ihnen den Grund und Boden und die Produktionsmittel weggenommen hätten, sondern diese Übel rührten daher, daß die Menschen selber nicht nach Gottes Geboten lebten. „Lebe nach dem Worte Gottes, dann kann dir niemand auch nur das geringste anhaben." Aller wahre Glaube sei im Evangelium enthalten. Die Popen hätten alles ins Gegenteil verdreht. Man müsse lediglich nach dem Evangelium leben und den Popen dürfe man keinen Glauben schenken. Nach dem Evangelium leben heiße aber: nicht dem Fürsten dieser Welt dienen, sondern Gott …

Mehr und mehr ging Jegor das Verständnis für diese Dinge auf, und als er aus dem Gefängnis entlassen wurde, sagte er sich von seinen früheren Genossen los und begann in einem ganz anderen Geiste zu leben. Den Posten, den er früher innegehabt hatte, bekam er nun nicht mehr, und so kehrte Jegor zu seinem Vater und zu seiner Frau zurück und arbeitete wie früher. Und alles wäre gut gewesen, aber nun war es ihm nicht mehr möglich, den kirchlichen Gebräuchen nachzuleben wie ehedem: er hörte auf in die Kirche zu gehen, hielt die Fasten nicht mehr ein, bekreuzigte sich sogar nicht mehr. Und wenn Vater und Mutter ihm Vorwürfe machten, bemühte er sich, ihnen die Sache zu erklären, aber sie verstanden ihn nicht. Sein Vater, als er einmal betrunken war, prügelte ihn sogar durch. Er hielt an sich, bat aber um die Erlaubnis, wieder nach Moskau gehen zu dürfen und fuhr hin. In Moskau fand er lange keine Stelle und konnte daher auch kein Geld nach Hause schicken; der Vater zürnte und schrieb ihm den folgenden Brief:

„In den ersten zeilen meines briefes an meinen teuren sohn jegor iwanowitsch sende ich dir von eurer mutter awdotja iwanowna den elterlichen segen, der unzerstörbar das ganze leben fürhalten soll, und ich schicke dir meinen ehrerbietigen gruß und wünsche gesundheit und stetes Wohlergehen unserem teuren brüderchen jegor iwanowitsch von euren schwesterchen warwara, anna und alexandra iwanowna, und wir senden einen ehrerbietigen gruß und wünschen gesundheit und stetes wohlergehen meinem teuren gatten jegor iwanowitsch von eurer gattin warwara michajlowna samt unserem töchterchen katharina jegorjewna, und ich sende dir meinen ehefraulichen ehrerbietigen gruß und wünsche dir gesundheit und stetes wohlergehen, mein lieber sohn jegor iwanowitsch, und nach erhalt meines briefes nimm deine frau sofort von hier weg und räume das Haus, damit sie nicht mehr hier ist, denn ich kann mit ihr nicht zusammen leben und sie hat mich bei ihren verwandten verklagt, daß ich dich heiße kein Geld zu schicken und daß ich die geräte für die frühjahrsbestellung, die wir gekauft haben, wegnehme, und sie hat uns schwesterchen im ganzen dorf ausgerichtet und dem allgemeinen gelächter preisgegeben, und ich weiß von gar nichts, ich habe ihr kein wort gesagt, nicht vom geld, nicht von den geräten, und wenn du sie nicht von hier wegnimmst, so werde ich sie kraft eigenen gerichts aus dem Hause jagen, auf daß sie in unserem Hause nicht mehr ist und die Wohnung von ihr gesäubert ist, und der urjadnik hat eine bekanntmachung gebracht, du sollest zur Musterung kommen."

Als Jegor diesen Brief erhalten hatte, kehrte er in sein Dorf zurück; schweigend ließ er die Schimpfreden seines Vaters und die Klagen seiner Frau über sich ergehen; und dann machte er sich zu Fuß auf, um nach der Stadt zur Musterung zu gehen.

5. |

Zur selben späten Abendstunde, als Iwan Fjodorowitsch Porchunow mit dem Doktor bei einem Spielchen saß und sein Vergnügen, daß es ihm gelungen war, seinem Partner eine ungünstige Karte zuzuschieben, kaum verbergen konnte: zur selben Stunde unterhielt sich seine Frau Alexandra Nikolajewna Porchunow in dem großen Salon seines altertümlichen Hauses mit demselben Neustrojew, von dem Iwan Fjodorowitsch in der Stadt mit seinen Dienstkollegen gesprochen hatte, demselben, der bei ihnen zehn Monate als Hauslehrer gelebt hatte und der nun im Begriffe stand, ihr Haus zu verlassen.

Alexandra Nikolajewna war, ungeachtet ihrer fünfundvierzig Jahre und der sechs Kinder, die sie geboren hatte, noch immer schön

– im Abend- oder Herbstglanz jener Schönheit, die starken Frauen vor dem Erlöschen ihres weiblichen Lebens eigen zu sein pflegt. Sie hatte große, graue Augen, eine gerade Nase, dichtes, welliges Haar, einen sinnlichen Mund mit zwei Reihen blendend weißer, eigener und fremder Zähne, eine weiße, zarte Gesichtsfarbe und ebensolche schöne, wohlgepflegte, mit zwei Ringen geschmückte Hände. Nicht schön war an ihr nur die überflüssige Fleischesfülle und die übermäßig entwickelte Brust. Sie trug ein einfaches, aber modernes seidenes Kleid mit einem feinen, weißen Kragen. Sie saß auf dem Diwan und sprach hitzig und aufgeregt, indem sie dem jungen Mann, der ihr gegenüber saß, aufmerksam und gespannt in die Augen schaute.

Er war nicht groß, mager, besaß eine gute Figur, aber unentwickelte Muskeln, und sein Gesicht mit den schmalgeschnittenen Augen hatte einen gutmütigen, intelligenten Ausdruck. Er hatte dichtes, kurzgeschorenes Haar, pechschwarze Augenbrauen, einen ebensolchen Schnurrbart und ein kleines Bärtchen. Ein unwillkürlich in die Augen fallender Zug seines Gesichts war das vorspringende Kinn, das in der Mitte ein Grübchen aufwies.

„Was ich Ihnen sage, sage ich nicht um meinetwillen, wie sehr es mir auch leid tut, Sie zu verlieren … ich sage es der Kinder wegen,“ sagte sie und wurde rot. „Aber ich nehme Anteil an Ihnen, habe Sie gern, und deswegen rate ich Ihnen sehr, nicht fortzugehen … Willigen Sie ein, mir zuliebe,“ sagte sie mit dem Ausdruck einer Frau, die ihre Macht kennt.

Sein Gesicht war sonst immer ernst und streng, und daher war das Lächeln auf diesem strengen Gesicht, namentlich im Kontrast zu der Schwärze seines Haares und zu seinem sonnverbrannten Gesicht, aus dem die blinkenden weißen Zähne hervorstachen, sehr schön, anziehend und ansteckend. Dieses Lächeln lag auch jetzt auf seinen Lippen, und es war ihm unmöglich, dieses Lächeln zu unterdrücken: zu groß war das Vergnügen, das ihm ihre Worte bereiteten, hinter denen er mehr als bloße Teilnahme vermuten durfte, ja, in denen etwas wie eine sinnliche Herausforderung lag, die er fürchtete, da er wußte, daß er nicht imstande sein würde, zu widerstehen. Er hätte nie und nimmer geglaubt, daß diese stolze Frau, diese Aristokratin, die Herrin dieses großen Hauses, die Mutter von Kindern, ihm, dem Feind der Aristokraten und der Bourgois ein solches

Gefühl entgegenbringen könnte. Er wollte es nicht glauben, fühlte aber, daß es so war.

„Ich kann nicht bleiben, Alexandra Nikolajewna, ich kann und kann nicht, wie sehr ich Ihre freundschaftliche Gesinnung auch zu schätzen weiß."

„Freundschaftlich oder nicht; vielleicht ist es mehr und etwas ganz anderes … Aber es ist gleich. Die Hauptsache ist, daß Sie nicht abreisen."

Er lächelte wieder.

„Nun denn, so will ich Ihnen die Wahrheit sagen, die ganze Wahrheit, und ich sehe dabei von der Verschiedenheit unserer sozialen Lage gänzlich ab. Wenn ich Sie selbst liebte, wie ein Mann eine Frau liebt, so würde ich mich dieser Liebe dennoch nicht überlassen – der Unterschied zwischen meiner und Ihrer Weltanschauung ist zu groß."

„Warum denken Sie denn, daß ich nicht von ganzem Herzen mit Ihnen übereinstimme? Ich kann nicht umhin, mich mit Ihnen eins zu fühlen." Sie schwieg ein Weilchen, dann sagte sie: „Vergangenes läßt sich nicht ungeschehen machen, aber auch das Gefühl pocht auf sein Recht. Hören Sie, noch einmal bitte ich Sie: fahren Sie nicht weg! Sie werden nicht wegfahren, nein? Nicht! …"

Und sie streckte ihm ihre Hand hin. Er ergriff diese Hand.

„Alexandra Nikolajewna, ich habe Sie schon immer verstanden und – geliebt" (er brachte das Wort nur mit Mühe heraus), „ja geliebt."

Er wußte selbst nicht, was er sprach. Er log; aber jetzt schien ihm alles erlaubt, wenn er nur das Ziel erreichte, das so plötzlich und so verführerisch vor ihm aufgetaucht war.

„Ist es auch wahr?"

„Ja, gewiß, aus allen Kräften meines Gemütes, wie der Proletarier, wie ich einer bin, liebt, der aus der Tiefe zu den Höhen strebt."

„Sprechen Sie doch nicht so …"

Sie waren allein, und da geschah, was weder er noch sie vorausgesehen hatte und was in einer Stunde ihr achtzehnjähriges, glückliches, reines Eheleben vernichtete und für ihn stets eine qualvolle Erinnerung blieb.

Es war zwei Uhr nachts; sie schlief noch immer nicht und dachte mit Schrecken und Wonne an das Geschehene, und das Bewußtsein des Schrecklichen ihrer Lage steigerte noch die Wonne, die für sie in der Erinnerung an seine Liebe lag.

6. |

Michael Neustrojew war der Sohn eines Veterinärs, der an den Folgen der Trunksucht gestorben war. Seine Mutter, eine ungebildete Frau, lebte und wohnte bei seinem Bruder Stepan, einem Magister des Staatsrechts, der an der Universität dozierte.

Er selbst war zusammen mit andern Genossen wegen revolutionärer Tätigkeit relegiert worden.

Wie es in der Zeit, in der er lebte, nicht anders sein konnte, geriet Neustrojew, namentlich später, nach seiner Relegierung, als ein begabter, moralisch feinfühliger, entschiedener Mensch in den Kreis der Revolutionäre. Dieser Kreis betrachtete es als seine Aufgabe, die bestehende Regierung durch verschiedene Mittel zu beseitigen; als eines dieser Mittel galt auch der politische Mord, durch den die schädlichsten Personen entfernt werden sollten.

Neustrojew war noch nicht lange Mitglied dieses Zirkels gewesen, als ein *agent provocateur*, ein Spitzel, sämtliche Teilnehmer verriet. Einige wurden von der Polizei gefaßt, die andern, die führenden Personen hingegen entzogen sich der Verhaftung durch die Flucht. Neustrojew wurde nicht einmal vor Gericht zitiert. Da er seine Freiheit bewahrt hatte, beschloß er, eine Zeitlang auf dem Lande unter dem Volke zu leben, und ging auf den Vorschlag seines Freundes Solowjow, zeitweilig die Stelle eines Hauslehrers bei Porchunows zu übernehmen, ein. Hier hatte er zehn Monate verlebt; aber nun war vor drei Tagen ein Parteigenosse von ihm zu Solowjow gekommen, bei dem er sich mit ihm traf, und dieser hatte ihm vom Exekutivkomitee eine Aufforderung überbracht, er solle nach Moskau kommen, wo man seiner in einer wichtigen Angelegenheit bedürfe. Die Sache bestand darin, daß man sich der Gelder des Rentamtes bemächtigen mußte, was zur Bestreitung der Parteiausgaben notwendig war. Dazu brauchte man tatkräftige Leute, und man forderte Neustrojew auf, sich zu beteiligen. Das war nun der Anlaß, daß er seine Stellung aufgab, und das unerwartete Erlebnis dieses Abends bestimmte ihn noch mehr, die Abreise zu beschleunigen. Der Zug ging erst am andern Tag frühmorgens. Und er beschloß, zu seinem Freund, dem Dorflehrer Solowjow zu gehen, bei ihm zu übernachten, von dort aus auf das Gut um seine Sachen zu schicken und abzureisen, ohne dorthin zurückzukehren.

So geschah es auch. Solowjow wohnte in der Schule selbst, in einem Hinterzimmer derselben, das nur ein Fenster hatte. Neustrojew begegnete nur dem Wächter, sonst niemandem im Dorf. Die Nacht war dunkel und der Wächter rief ihm streng zu, wer er sei.

„Ich bin es – Neustrojew."

„Wer?"

„Nun, ich bin es doch – vom Herrenhaus!"

„Ja, wohin willst du denn noch in dieser finstern Nacht?"

„Na, doch zu Pjotr Fjodorowitsch. Er wird doch wohl zu Hause sein?"

„Ja, wo soll er denn sein, wenn nicht zu Hause? Er wird wohl schon schlafen gegangen sein!"

Neustrojew ging zum Fenster und fing an zu klopfen. Lange blieb alles still. Dann hörte man plötzlich eine muntere, fröhliche Stimme:

„Wen führt denn der liebe Gott noch zu so später Stunde zu mir? Sprich, sonst bekommst du eine Douche!"

Und man hörte, wie jemand barfuß über die knarrenden Dielenbretter zum Fenster kam.

„Ah, Mischa! Was treibst du dich in der Nacht herum? Geh nur, geh zur Tür, ich werde dir aufmachen."

Solowjow ließ Neustrojew ein, zündete ein Lämpchen an, setzte sich auf sein zerknülltes, wie ein Kahn eingebogenes Bett und begann, indem er einen Fuß an dem andern rieb, Neustrojew auszufragen, weshalb er gekommen sei und was er wolle. Außer dem Bett stand in der ‚schönen Ecke' noch ein Tisch; hier hingen zahlreiche Heiligenbilder und ein Öllämpchen, und beim Tisch standen zwei Stühle; in einer andern Ecke lagen Bücher, und in der dritten stand ein Koffer mit Wäsche. Neustrojew setzte sich an den Tisch und erzählte Solowjow, daß er von allen Abschied genommen und wegen der Sache, von der Solowjow ja wisse, abreise. Solowjow hörte zu, indem er den Kopf zur Seite neigte und mit den Augen schielte.

Solowjow war ein wenig älter als Neustrojew und ein Mensch von ganz anderem Schlage. Er war größer, hielt sich ein wenig gebeugt und machte, wenn er sprach, mit seinen langen Armen recht oft seine breiten Gesten. Das Gesicht Solowjows war auch ganz anderer Art als das Neustrojews. Am meisten fielen in dem Gesichte Solowjows seine großen, fast runden, azurblauen, gutmütigen Augen unter der stark vorspringenden, breiten Stirn auf. Er hatte viel Haar, das sich auf dem Kopf und im Barte ringelte, die Nase war eher breit, und breit war auch der Mund. Wenn er lächelte, was häufig geschah, zeigten sich in seinem Munde schadhafte Zähne.

„Nun, warum denn nicht," sagte Solowjow, nachdem Neustrojew seine Erzählung beendet hatte. „Gut, die Sachen lasse ich holen. Nur weißt du …" begann Solowjow, indem er mit der rechten Hand eine breite Geste machte und zugleich mit seiner Linken die Decke festhielt, die hinunterrutschen wollte.

„Ich weiß, ich weiß, kenne deine Theorien, aber auf diesem Weg geht's mir zu langsam."

„Eins nach dem andern…"

„Und mit Gottes Hilfe schön langsam voran, was? Jaja, wir kennen das schon."

„Und siehst du: gerade das kennst du nicht, du kennst es nicht, weil du keinen Gott kennst, weil du nicht weißt, was Gott ist."

Und Solowjow begann den Gottesbegriff, wie er in ihm lebte, darzulegen, und tat dies, als ob es nicht zwei Uhr nachts wäre, als ob man ihn nicht aus dem ersten Schlaf geweckt hätte und als ob er nicht zu einem Menschen spräche, mit dem er schon dutzendmal über denselben Gegenstand gesprochen und von dem er selbst gesagt hatte, daß er für „religiöse Flüssigkeit" undurchdringlich sei. Neustrojew hörte zu und lächelte. Und Solowjow redete und redete. Er wußte, daß man Neustrojew zur Ausführung einer revolutionären Unternehmung berufen hatte, und er weigerte sich nicht, zwischen ihm und seinen Gesinnungsgenossen den Vermittler zu machen; aber er hielt es für seine Pflicht, alles zu tun, was in seinen Kräften stand, um ihn von der Sache abzubringen.

Neustrojew hörte ihm zu und lächelte hin und wieder. Und als Solowjow für eine Minute schwieg, sagte er:

„Du hast gut reden, wo du auf eine Belohnung von diesem da" – er zeigte auf die Heiligenbilder – „hoffen darfst; aber unsereiner muß tun, was er kann, solange er lebt, und muß es tun, ohne an sich zu denken."

Solowjow drehte sich unterdessen eine Zigarette.

„Du sagst," begann Solojow eifrig von neuem, „meine Belohnung sei dort" – dabei deutete er nach der Zimmerdecke –, „aber
das stimmt nicht, Bruder! Meine Belohnung ist *hier*" – er schlug sich
mit der Faust in die Brust –, „*hier* ist sie, und was ich tue, tue ich
nicht für andere, die der Teufel holen möge, sondern für – Gott und
für mich, für jenes ‚Ich', das eins ist mit Gott."

Und er zündete sich die Zigarette an und begann gierig den
Rauch einzuziehen.

„Na, diese Metaphysik geht über meinen Horizont, ich gehe lieber schlafen."

„Ja, geh schlafen."

7. |

Neustrojew schickte frühmorgens, wie beschlossen, den Wächter
nach seinen Sachen und mietete, nachdem er sie erhalten, eine Telega, auf der er zur Station fuhr. Solowjow schlief und hörte nicht,
wie er fortging.

Als er erwachte, kniete er, wie auch sonst immer, vor den Heiligenbildern nieder und verrichtete alle ihm seit seiner Kindheit ge-
läufigen Gebete, das „Vaterunser", den „Glauben", er schloß seine
verstorbenen Eltern in seine Gebete ein, betete noch „Mutter Gottes"
und als letztes „Himmelskönig", das er besonders gern hatte:
„Komm und wohne in uns, reinige uns von allem Bösem und errette,
Trostspender, unsere Seelen." Er sprach dieses Gebet heute mit besonderer Andacht, da er sich dabei seines Gespräches mit Neustrojew erinnerte.

Seine Seele war heiter gestimmt. Schlafen wollte er nicht mehr.
Es war Sonntag, Schule war heute keine, und er beschloß, die Briefe
selbst nach der Post zu bringen. Die Post war zwei Werst entfernt.
Er wusch sich und überlegte dabei, wie lange wohl das schon ziemlich abgenützte Stück Seife, das er zu den Feiertagen in Gebrauch
genommen, noch vorhalten könne. „Wenn es bis Ostern langt, ist
alles gut," dachte er, ohne sich genau darüber Rechenschaft zu geben, was denn dann alles gut sein solle. Dann zog er seine großen
Stiefel an, dann sein Röckchen, das schon sehr dringend nach Aus-
besserung verlangte, da er mit seiner rechten Hand stets in ein Loch,
statt in den Ärmel traf. „Ich muß die Witwe Afanaßjewna bitten, mir

das zu machen," dachte er, und im selben Moment erinnerte er sich auch an Natalia, die Tochter der Afanaßjewna, und ob der Gedanken, die ihm im Zusammenhang mit dieser Natalia kamen, schüttelte er über sich selber den Kopf.

Der wundervolle weiße Schnee, der alles bedeckte und die frische, kalte Luft stimmten seine Seele noch freudiger. Auf der Station gab er einen Brief auf und erhielt einen andern, der für ihn sehr unerfreulich war. Der Brief war von seinem jüngeren Bruder, einem unglücklichen zwanzigjährigen jungen Mann, der das Seminar (Solowjow war der Sohn eines Diakons) nicht beendigt hatte, der dann bei einem Kaufmann eine Anstellung als Ladendiener gefunden, dort aber eines Diebstahls überführt worden war; er war dann bei einem Stanowoj als Schreiber eingetreten, hatte sich aber auch dort etwas zuschulden kommen lassen. Der Bruder schilderte ihm seine traurige Lage, schrieb, daß er manchesmal zwei Tage nichts zu essen bekomme, und bat um Geld.

Pjotr Fjodorowitsch besaß sehr wenig Geld, er bekam vierzig Rubel im Monat, gab davon den Armen und gab auch viel Geld für Bücher aus, so daß er jetzt im ganzen nur mehr sieben Rubel sechzig Kopeken hatte. Er zählte sie gleich an Ort und Stelle nach, und er mußte der Afanaßjewna noch das Kostgeld zahlen. Nichts zu machen, dachte er, beschloß, einen Dreirubelschein zu schicken, ‚und mit der Afanaßjewna werde ich schon irgendwie fertig werden‘. Es war nur traurig, daß Waßja – so hieß sein Bruder – zugrunde ging und daß man ihm nicht helfen konnte. ‚Ihm nichts zu schicken, das geht nicht, und schickt man ihm etwas, so gewöhnt er sich dran; man muß es ihm also abschlagen, nicht so sehr um meinetwillen als um seinetwillen; aber abschlagen kann man es ihm auch nicht.‘ So ging er mit diesem ungelösten Problem im Kopf seines Weges, räsonierend und laut mit sich selbst sprechend. Der weiße Schnee machte ihm nun auch nicht mehr die Freude wie früher. Auf dem Wege holte ihn ein Bäuerlein aus Nikolskoje (das war ein Dorf, wo Solowjow unterrichtete), auf einem Schlitten ein, und nachdem sie sich begrüßt hatten, schlug er ihm vor, mitzufahren. Solowjow setzte sich in den Schlitten, und sie kamen in ein Gespräch.

Nicht ohne Absicht hatte das Bäuerlein dem Lehrer vorgeschlagen, ihn mitzunehmen. Der Bauer kam vom Landeshauptmann, bei dem er in einer gerichtlichen Angelegenheit zu tun gehabt hatte.

Dieser Landeshauptmann hatte seine Schwester, eine Witwe, eine alte Frau, die im Nachbardorfe wohnte, zu drei Monaten Gefängnis verurteilt. Der Hergang war folgender gewesen: sie hatte die Gutsherrschaft gebeten, die Zahlung des Pachtzinses zu stunden; die Herrschaft hatte dies abgelehnt. Darauf war der Dorfschulze zur Witwe gekommen und hatte den Pachtzins von ihr verlangt. Die Schwester sagte: „Ich wäre froh, wenn ich bezahlen könnte, aber ich habe nichts; habt noch Geduld; sobald ich mich ein wenig aufgerappelt habe, will ich schon bezahlen, was ich schuldig bin." Der Schulze wollte davon nichts hören. „Bezahle gleich."

„Ich sage dir ja, ich hab es nicht."

„Du hast es nicht, gut, so nehm ich dir die Kuh weg."

„Die Kuh geb ich nicht her, ich hab ja Kinder, und ohne Kuh können wir nicht existieren."

„So befehl ich dir: führe die Kuh heraus!"

„Ich selber," sagte sie, „werd sie dir nicht herausführen. Wenn das in eurer Macht ist," sagte sie, „so führt sie weg, ich aber bring sie nicht her."

Das sind die Worte, um deretwillen der Landeshauptmann sie vorgeladen und zu einer Gefängnisstrafe verurteilt hatte. Wo soll sie nun die Kinder lassen? So fuhr ich denn hin, um für die Schwester zu bitten. ‚Es geht nicht,' sagt er. ‚Man hat so beschlossen, also Schluß.' Pjotr Fjodorowitsch, Väterchen, könnten Sie da nicht etwas für uns tun? Verwenden Sie sich für uns, wenn …"

Solowjow hörte den Bauer bis zu Ende an, und er wurde noch trauriger.

„Man muß versuchen," sagte er, „ob es mit einem Gesuche beim Friedensrichter geht. Ich werde dir eines aufsetzen." „Väterchen, du bist uns wie ein leiblicher Vater!"

Solowjow stieg im Dorf aus dem Schlitten und ging nach Hause. Der Nachtwächter machte ihm den Samowar bereit. Kaum hatte er sich mit Fedot zum Tee gesetzt und sich eine Zigarette angezündet, als aus der Nachbarschaft eine Frau hereinkam. Sie blutete aus Mund und Nase. Ihr Mann hatte sie so zugerichtet, weil sie ihm ihr Leinen nicht zum Vertrinken hatte geben wollen.

„Rede du ihm ins Gewissen, um Christi willen. Vielleicht hört er auf dich. Mir hat er sogar verboten, wieder nach Hause zu kommen."

Pjotr Fjodorowitsch ging hin, hinter ihm die Frau, der Bauer steht in der Tür, und Pjotr Fjodorowitsch begann mit ihm zu reden.

„Es ist nicht recht, wie du handelst, Parmen. Darf man denn das?"

Parmen ließ ihn nicht ausreden.

„Kümmere dich um deine Sachen, lehr du die Kinder, und ich belehre in dem, was ich besser weiß, die, die es nötig haben."

„Du solltest Gott fürchten!"

„Den Herrgott fürchte ich schon, dich aber fürchte ich nicht. Geh deines Weges, geh und sauf dich, wie vor einigen Tagen, wieder toll und voll, und schau auf dich selber und belehre du andere Leute nicht. Damit basta. Genug geredet. Geh ins Haus hinein, oder!" schrie der Bauer seine Frau an und beide begaben sich in die Isba und schlugen die Tür hinter sich zu.

Pjotr Fjodorowitsch stand eine Zeitlang da und schüttelte den Kopf. Er ging dann nicht nach Hause, sondern zur Arina, die Schnaps feilhielt, verlangte eine halbe Flasche, begann zu trinken und zu rauchen, und als er genug getrunken und geraucht hatte, begab er sich, schon total betrunken, zur Afanaßjewna.

Die Afanaßjewna schüttelte den Kopf, als sie ihn erblickte.

„Heh, zweifelst du, ob ich betrunken bin? Zwei-fle nichts Ich bin betrun-ken, betrunken, weil ich schwach bin, und schwach bin ich, weil ich Gott nicht in mir habe. So ist es. Und wo ist Na-ta-lie?"

„Natalie ist ausgegangen."

„Ach, Afanaßjewna, schön ist deine Tochter, ich lieb sie, und wollte sie nur das wahre Leben begreifen, so würd ich um sie anhalten. Würdest du sie mir geben?"

„Na, genug, schwatz nicht leeres Zeug. Lege dich aufs Ohr und schlaf ein wenig bis Mittag."

„Das kann ich tun."

Pjotr Fjodorowitsch legte sich auf die Pritsche, und noch lange redete er der Afanaßjewna etwas vom gerechten Leben vor, aber als sie die Isba verließ, schlummerte er ein und schlief bis Mittag.

8. |

Pjotr Fjodorowitsch war der Sohn eines Diakons aus dem großen Dorfe Iljinskoje im Gouvernement Kostroma. Sein Vater hatte ihn in

die geistliche Schule geschickt. Aus dieser Schule ging er als Erster
hervor und bezog das Priesterseminar. Auch das Seminar absol-
vierte er mit Auszeichnung. Wie alle Absolventen des Seminars
mußte auch er sich entscheiden, ob er Mönch werden wolle, mit der
Aussicht, die höchsten kirchlichen Würden zu erlangen, oder ob er
sich dem Priestertum zuwenden wolle, das an die Pflicht der Heirat
gebunden ist. Solowjow wählte, als er das Seminar verließ, das ers-
tere. Bei dieser Wahl leitete ihn in keiner Weise Ehrgeiz, sondern im
Gegenteil der Wunsch, um des Seelenheiles willen ganz in Gott zu
leben. Aber noch vor seiner Einkleidung änderten sich mit einemmal seine Ansichten ganz und gar. Dieser Umschwung wurde
hauptsächlich dadurch herbeigeführt, daß nicht nur seine Kameraden, sondern auch seine Vorgesetzten ihm prophezeiten, daß er die
höchsten Staffeln der Hierarchie erreichen werde. Den größten Eindruck hatte in dieser Hinsicht eine Ermahnung des Bischofs auf ihn
gemacht; dieser hatte von einem theologischen Disput gehört, den
Solowjow mit einem Lehrer über die Bedeutung der ökumenischen
Kirche gehabt hatte, und in diesem Dispute hatte der Erzbischof Solowjow recht gegeben. Der Bischof ließ daraufhin Solowjow zu sich
rufen und sagte zu ihm:

„Ich weiß von dir und habe von dir nur Lobenswertes gehört,
aber obschon in deinem Disput mit Vater Makarij die Wahrheit auf
deiner Seite ist, solltest du deinem Temperament nicht die Zügel
schießen lassen, sondern zurückhaltender sein, um den Älteren
nicht zu beleidigen. Sei dessen immer eingedenk, daß die kirchliche
Rangerhöhung, die du erstrebst und die du aller Wahrscheinlichkeit
nach auch erreichen wirst, Vorsicht und weise Zurückhaltung nötig
macht. Jetzt geh!"

Als Solowjow diese Worte vernahm, ging ihm plötzlich ein Licht
auf, daß in seinem Herzen neben dem Wunsche, Gott zu dienen und
um der Seele willen zu leben, noch ein anderes niedrigeres Gefühl
lebte: der Wunsch nach äußeren Ehren und menschlichem Ruhm.
Sobald er dies begriffen hatte, wurde er sich selbst plötzlich so zuwider, daß er beschloß, die Laufbahn eines Mönches aufzugeben.
Gab er aber die Laufbahn eines Mönches auf, so war die unvermeidliche Bedingung, wenn er die Priesterlaufbahn betreten wollte – die
Heirat. Sein Vater, der damals noch lebte, hatte ihm auch schon eine
Braut ausgesucht und eine Kirchgemeinde für ihn gefunden. Indes

war ihm der Gedanke, bloß darum zu heiraten, um Priester werden zu können, so unangenehm, daß er sich zu diesem Schritt nicht entschließen konnte und, zur größten Betrübnis seiner Eltern, auch auf das Priesteramt verzichtete.

Es blieb nur eines übrig: er mußte Volksschullehrer werden. Und Solowjow trat die Stelle eines Volksschullehrers in dem Dorfe Nikolskoje-Porchunowo an. Diese Stelle, die ihm ein wohlgesinnter Lehrer verschafft hatte – Solowjow erfreute sich der Zuneigung fast aller, die ihn kannten – war recht vorteilhaft, da er außer seinem Gehalt als Lehrer noch gutbezahlte Stunden bei den Kindern des Kreisadelsmarschalls Porchunow hatte. Solowjow war in das Haus Porchunows gezogen und wohnte dort, da er den Kindern Unterricht erteilte; aber sehr bald mißfiel er Alexandra Nikolajewna, weil er schmutzig war und mit dem Messer aß, vor allem aber deshalb, weil er sich zweimal mit den Bauern einen Rausch angetrunken hatte. Alexandra Iwanowna hatte ihm bei Gelegenheit gesagt, daß er, wenn er in einem anständigen Hause wohne, sich nicht erlauben dürfe … Sie hatte noch nicht Zeit gehabt, den Satz zu beenden, als er auch schon ausrief:

„Ich danke Ihnen vielmals, Alexandra Nikolajewna, daß Sie mit mir so viel Nachsicht gehabt und mich so lange in Ihrem Hause geduldet haben. Entschuldigen Sie, aber ich werde Ihnen von nun an keine Schande mehr antun, beileibe nicht, ich werde Ihnen nicht mehr lange zur Last fallen."

Nachdem er dann noch ein paar Wochen dort gewohnt hatte, so lange nämlich, bis der neue Lehrer – Neustrojew – angekommen war, übersiedelte er in die Dorfschule, zum größten Bedauern der Kinder, besonders der zwei kleinen, der achtjährigen Tanja und seines zehnjährigen Namensvetters Petja.

Nun lebte er schon mehr als ein Jahr im Dorf und kam mit den Porchunows nicht zusammen. Er erwiderte indessen die Freundschaft, die Neustrojew ihm entgegenbrachte, mit ebensolcher Freundschaft.

Neustrojew wußte nicht recht, wo er Solowjow politisch hintun sollte. Ein Konservativer oder Monarchist war er nicht, im Gegenteil; aber Revolutionär war er auch nicht. Seinen Überzeugungen nach war er ein Narodnik und stimmte in allen wesentlichen Punkten mit den Sozialisten überein. Und zugleich war er auch wieder ein sonderbarer Heiliger, beobachtete die Fasten, besuchte die Kirche, nahm das Abendmahl, ehrte das Evangelium und zitierte es oft; er wußte es sogar auswendig. Im Dorf achtete man ihn nicht sonderlich: einmal seines sonderbaren Wesens wegen und dann weil er trank. Seine Kostgeberin war die Afanaßjewna, und zwischen ihm und deren Tochter, der kerngesunden, pausbäckigen, lustigen Nataschka, hatten sich mit der Zeit absonderliche Beziehungen herausgebildet: er liebte es, mit ihr zusammen zu sein, mit ihr zu sprechen – sie selbst sprach wenig und lachte um so mehr –, und er sprach mit ihr vom rechten Leben, erzählte ihr von den Heiligen und vornehmlich von Christus. Er unterrichtete sie auch im Lesen und Schreiben. Das Lesen und Schreiben wollte ihr nicht recht in den Kopf, aber sie gab sich, ihm zuliebe, redliche Mühe, und sie bemühte sich auch, ihm zuzuhören, wenn er erzählte, wobei sie eine Miene annahm, als ob das, was er erzählte, sie sehr interessiere und als ob sie es verstehe.

Als er an jenem Sonntag gesagt hatte, daß er sie heiraten wolle, hatte er in der Trunkenheit nur ausgeplaudert, was ihm schon lange im Kopf herumging. „Ein gesundes, einfaches Frauenzimmer; sie wird eine gute Hausfrau und Mutter sein. Vielleicht kann ich mir einmal ein Stück Land und ein Haus erwerben. Und was die Hauptsache ist: als Lediger kann man nicht ohne Sünde durchs Leben gehen. Und etwas Schlimmeres als diese Sünde gibt es nicht," dachte er.

So dachte er auch an diesem Sonntag, als er bei der Afanaßjewna zusammen mit Natalia zu Mittag aß und sich freundschaftlich mit ihr unterhielt.

9. |

Iwan Fjodorowitsch Porchunow war am andern Tag spät vormittag nach Hause gekommen. Alexandra Nikolajewna war erst vor Tagesanbruch eingeschlafen; seine Tochter, die man Lina nannte, und die englische Gouvernante mit den drei kleinen Kindern, zwei unter der Obhut der Kinderfrau, empfingen ihn im Vorzimmer.

Er küßte die Kinder, strich seiner Tochter Lina, einem sehr hübschen, sechzehnjährigen Mädchen mit offenem, heiterem, frischem

Gesicht liebkosend über das sich im Nacken kräuselnde Haar und fragte lächelnd:

„Nun, was macht Mama?"

„Sie ist, wie es scheint, spät schlafen gegangen. Sonst war sie gesund."

„Und Neustrojew? Ist er nicht bei uns geblieben?"

„Nein, Pjotr Wassiljewitsch" (es war dies der alte Diener des Hauses) „sagte, er sei für immer fortgegangen und habe seine Sachen holen lassen."

„Schade, er war ein guter Lehrer und dabei auch ein guter Mensch, obgleich er Revolutionär war. Ich hatte immer noch gehofft, er werde bleiben. – Na, und du, Strick?" sagte er zu seinem Söhnchen Petja, „bist du noch immer so ein Raufbold?"

Damit ging er in sein Zimmer. Die Heimkehr in die gewohnten materiellen und geistigen Bedingungen war ihm nicht nur ein Labsal, sondern es bedeutete für ihn etwas in der Art, wie wenn er eine zu enge Uniform ausziehen und dafür seinen Morgenrock und die Pantoffel anziehen würde; er mußte nun nicht mehr mit geschärften Sinnen aufmerken, diesen oder jenen Weg wählen, sondern er konnte die Zügel locker lassen und gemächlich im gewohnten Trott dahinkutschieren. Alles war in schönster Ordnung: er hatte prächtige Kinder, eins hübscher als das andere; mit den Bauern und dem Gesinde stand er sich gut; er hatte hier seine Mahlzeiten zur gewohnten Stunde; er hatte seine Ruhe, seinen Diwan, seinen Schreibtisch, seine interessante Lektüre und vor allem: seine liebe, gute Frau mit dem goldenen Herzen, die sie war, trotz ihrer Exaltiertheit und trotz ihrem Leichtsinn, der zu ihren Jahren gar nicht mehr paßte; aber sie war eben doch seine geliebte, liebende Frau und Freundin, ja noch mehr als eine Freundin, nämlich sein *alter ego*, welches in sein eigenes einförmiges *ego* mehr Leben und Abwechslung brachte.

Er war in seinem Arbeitszimmer eingenickt, seine Frau weckte ihn.

„Ach, verzeih, ich wußte nicht, daß du schläfst."

„Es ist kein Unglück geschehen, ich danke dir, daß du gekommen bist. Die Kinder habe ich schon gesehen. Nun, und wie geht es dir?"

„Mir – mir geht es gut."

Sie küßten sich. Er bemerkte an ihr eine gewisse Aufregung; aber das kam bei ihr öfter vor, und daher tat er auch diesmal, wie er immer tat, wenn er merkte, daß sie aufgeregt war: er machte eine Miene, als merke er das gar nicht und erzählte ihr von seiner Reise.

„Nun, und was gibt es denn zu Hause Neues? Unser Neustrojew ist abgereist?"

„Ich glaube, er ist abgereist. Er …"

„Du hast ihn also nicht aufhalten können?"

„Was hätte ich machen sollen?" sagte sie. Und im stillen sagte sie sich: ‚Mein Gott, was bin ich für ein Scheusal.'

‚Wie häßlich von mir', dachte Iwan Fjodorowitsch bei sich, ‚daß ich auch nur einen Augenblick hatte denken können, daß sie sich von ihm habe bezaubern lassen. Ja, wir sind schlechte Kerle, wir, die wir in unserer Jugend zügellos gelebt haben. Aber was soll man machen?'

„Ich werde an Mischa schreiben, er wird schon einen Studenten für uns finden."

„Ja, man wird das müssen. Es läutet zum Frühstück, ich gehe. Kommst du nach?"

„Ich will nur noch die Post durchschauen, dann komme ich. Du kannst dir nicht vorstellen, wie schön es ist, so nach Hause zu kommen, zu dir, zu den Kindern, zum eigenen Diwan."

‚Werde ich die Kraft haben, weiter zu leben in dieser Lüge, in dieser … Gemeinheit. Sagen kann man das nicht. Warum seine Ruhe vernichten? Und schweigen kann man auch nicht', dachte sie, als sie hinausging. Aber in diesem Moment erinnerte sie sich an sein verzücktes, verliebtes Gesicht, sie fühlte, das Glück dieser Liebe war so groß, daß man um diesen Preis auch Leiden auf sich nehmen müsse: Wenn er nur nicht in sein Unglück rennt! Wenn er nur am Leben bliebe! Es handelte sich gewiß um ein ganz gefährliches Unternehmen, und er führt es durch. Darauf steht Gefängnis, ja der Tod! Ach, ich kann gar nicht daran denken!'

Ihre Scham, ihre Reue war so heftig, daß sie sie nicht ertragen hätte, wenn sie nicht an die Unüberwindlichkeit dieser Liebe geglaubt hätte, und so übertrieb sie ihr Gefühl unwillkürlich. Das allein erlöste sie von den Qualen der Scham und Reue.

Sie sah in ihm nicht nur in ihrer Phantasie einen Menschen, wie sie seinesgleichen nie gesehen, wie es einen besseren kaum geben konnte, nein: sie war fest überzeugt, daß er alle möglichen Tugenden in sich vereinige. Sie hielt ihn für vollkommen, weil sie ihn liebte. Nicht nur waren an ihm keine Unvollkommenheiten zu entdecken, sondern er war in ihren Augen bloß aus jenen guten Eigenschaften zusammengesetzt, die er wirklich besaß. Und er besaß wirklich Geist, Gefühl, künstlerische Intuition, Güte, Aufrichtigkeit und vor allem Aufopferungsfähigkeit, dieselbe Aufopferungsfähigkeit, die ihn wohl auch zugrunde richten würde.

Sie kam zum Frühstück, und ihre Qualen der Reue, der Liebe zu ihm und der Angst um ihn wurden für eine Weile von den Alltagssorgen verdrängt.

Aber das ist ja gerade das Schreckliche im Leben, daß zwar körperliche Verletzungen und Krankheiten nicht vergessen werden und uns zwingen zu leiden und zu kämpfen, moralische, geistige Wunden aber bei Leuten, die kein geistiges Leben haben, rasch vernarben; das Leben mit seinen kleinlichen Interessen geht über diese Dinge hinweg, der Schutt des Alltags bedeckt sie bald. So war es auch bei Alexandra Nikolajewna.

Drei Monate waren vergangen. Das Leben ging seinen gewohnten Gang. Die Kinder bekamen den Keuchhusten, was viel Unruhe ins Haus brachte. Zu ihrem Gatten dauerten die guten Beziehungen fort, zu den Kindern ebenfalls. Der neue Lehrer, der ihnen vom Präsidenten des Semstwo empfohlen worden war, erwies sich als ein ruhiger Mensch. Die Familie eines Schwagers war auf Besuch gekommen. Alexandra Nikolajewna mußte einige Male in die Stadt fahren, wo sie mit befreundeten Menschen zusammenkam. Von ihm war nichts zu hören. Sie verfolgte mit Aufmerksamkeit alles, was in der Welt der Revolutionäre vorging. Es gab Expropriationen, es gab terroristische Akte. Aber von ihm war nichts zu hören. Das wichtigste, unsichtbare und für sie schrecklichste Ereignis war indes, daß sie jetzt die Gewißheit hatte, daß sie sich vorbereitete, die Mutter seines Kindes zu werden.

10. |

In einem armen Viertel der großen Universitätsstadt lebte im Hause der Witwe Perepjolkina schon seit zwei Jahren Matwjej Semjonowitsch Nikolajejew, in seinem bürgerlichen Beruf Semstwo-Statistiker, als revolutionärer Politiker Mitglied des Exekutivkomitees der

Narodowolzy und Haupt eines Zirkels für die Verbreitung sozialistischer Ideen unter den Arbeitern. Er war zweiunddreißig Jahre alt. Und schon seit acht Jahren, seitdem er im vierten Semester die Universität verlassen hatte, ohne seine Studien abzuschließen, war er der Sache der Revolution ergeben und nahm unter den Revolutionären eine geachtete Stellung ein…

Es gibt in der ganzen Welt
keine Schuldigen

(Zweite Version)

1. |

Wie seltsam, wie merkwürdig ist doch mein Schicksal! Es gibt wohl kaum einen Gedemütigten, kaum einen durch die Brutalität und den Übermut der Reichen Beleidigten, kaum einen Armen, der all die Ungerechtigkeit, all die Grausamkeit, den ganzen Schrecken der Vergewaltigung und Verhöhnung der Armen durch die Reichen, der die Erniedrigung, die gedrückte, unglückliche Lage der großen Mehrheit der Menschen, des wirklich arbeitenden, Leben wirkenden, arbeitenden Volkes auch nur zum hundertsten Teil so deutlich fühlen würde, wie ich es jetzt fühle. Ich habe es schon längst gefühlt, und dieses Gefühl hat sich mit den Jahren mehr und mehr in mir verstärkt und hat in dieser letzten Zeit den höchsten Grad erreicht. Als eine wahre Qual fühle ich jetzt all das, und trotzdem lebe ich in diesem verderbten, verbrecherischen Milieu der Reichen weiter, vermag mich demselben nicht zu entziehen, habe nicht die Kraft dazu, und ich kann mein Leben nicht so umgestalten, daß die Befriedigung der körperlichen Bedürfnisse: das Essen und Schlafen, Sichkleiden, Sichbewegen nicht von Schuldbewußtsein, nicht von einem Gefühl der Scham ob meiner Lage begleitet wäre.

Es gab wohl eine Zeit, wo ich mich bemühte, diese meine Lage, die unvereinbar ist mit den Forderungen des Gewissens, zu verändern, aber die komplizierten Bedingungen der Vergangenheit, die Familie und ihre Ansprüche hielten mich in Fesseln, oder besser gesagt, ich konnte mich aus diesen Fesseln nicht befreien, ich hatte nicht die Kraft dazu. Jetzt aber, da ich schon über die Achtzig bin und meine körperlichen Kräfte immer geringer werden, versuche ich nicht einmal mehr, mich zu befreien, und sonderbar! in demselben Maße, wie meine körperlichen Kräfte schwächer und immer schwächer werden, erkenne ich klarer und immer klarer das Verbrecherische meiner Lage, leide ich mehr und mehr durch diese meine Lage.

Und nun kommt mir der Gedanke, daß meine Lage nicht zufällig so ist, wie sie ist, daß diese Lage von mir fordert, daß ich aufrichtig ausdrücke, was ich empfinde, und daß ich durch solches Tun vielleicht all dem entgegenwirken könne, was mich so quält, und daß dann allen jenen, die das nicht sehen, was ich so deutlich sehe, oder wenigstens einigen von ihnen, die Augen aufgehen und daß hierdurch vielleicht teilweise die Lage der ungeheuren Mehrheit des arbeitenden Volkes erleichtert würde, jenes Volkes, das in der Frohn seiner Bedrücker, die selbst betrogene Betrüger sind, sowohl körperlich als geistig leidet. Und in der Tat, die Lage, in der ich mich befinde, ist beinahe die beste und vorteilhafteste, um die ganze Verlogenheit und das Verbrecherische der Beziehungen, die sich unter den Menschen herausgebildet haben, zu erkennen und die ganze Wahrheit zu sagen, die weder durch den Wunsch einer Selbstrechtfertigung, noch durch den Neid der Armen und Unterdrückten gegen die Reichen und Unterdrücker getrübt ist. In einer solchen Lage befinde ich mich eben: ich wünsche mich nicht nur nicht zu rechtfertigen, sondern muß eine Anstrengung machen, um bei der Entlarvung des Verbrechertums der herrschenden Klassen, unter denen ich lebe, mit denen zu verkehren ich mich schäme und von denen ich mich doch nicht losreißen kann, nicht in Übertreibungen zu verfallen. Ebenso kann ich nicht in den Fehler des unterdrückten und versklavten Volkes und seiner Verteidiger, der Demokraten, verfallen, die weder die Fehler und Mängel dieses Volkes sehen, noch die mildernden Umstände berücksichtigen wollen, die in den komplizierten Bedingungen der Vergangenheit liegen und die die Mehrzahl der Leute aus den herrschenden Klassen unzurechnungsfähig machen. Fern von dem Wunsche, mich zu rechtfertigen, ohne Furcht vor dem befreiten Volk, frei von dem Neid und der Verbitterung des Volkes gegen seine Unterdrücker, befinde ich mich in den besten Bedingungen, um die Wahrheit zu sehen und aussprechen zu können. Vielleicht bin ich vom Schicksal um deswillen in diese Lage versetzt worden. Ich werde mich bemühen, sie auszunützen so gut ich kann. Zum mindesten wird dies, wenn auch nur teilweise, meine Lage erleichtern.

2. |

In dem luxuriös eingerichteten Landhaus eines Gutsbesitzers, der
mehr als 1000 Desjatinen Ackerlandes besaß, war ein Vetter seiner
Frau, der in seinen Kreisen wohlangesehene Alexander Iwanowitsch Iwolgin, ein Junggeselle, der in einer Moskauer Bank mit einem Gehalt von 8000 Rubeln angestellt war, zu Gast.

Am Abend, nachdem er, müde vom Kartenspiel, in sein Schlafzimmer gekommen war, legte er auf das mit einer Serviette bedeckte
Nachttischchen seine goldene Uhr, das silberne Zigarettenetui, die
Brieftasche, das große wildlederne Portemonnaie, ein Taschenbürst-
chen und einen kleinen Kamm, zog den Rock, die Weste, das gestärkte Hemd, die Ober- und Unterhosen, die seidenen Socken, die
Stiefel englischer Provenienz aus und trug das alles, nachdem er das
Nachthemd und den Schlafrock angezogen hatte, vor die Tür hinaus; dann legte er sich in das saubere, erst heute frisch bezogene Fe-
derbett mit den zwei Matratzen, den drei Kissen und der mit einem
Leintuch überzogenen Decke. Die Uhr zeigte auf zwölf. Alexander
Iwanowitsch zündete sich eine Zigarette an, lag etwa fünf Minuten
auf dem Rücken da und ließ die Eindrücke des Tages in seiner Erinnerung Revue passieren; dann löschte er die Kerze aus und schlief,
nachdem er sich noch lange hin- und hergewälzt hatte, gegen ein
Uhr ein. Er erwachte am andern Morgen um acht Uhr, zog die Pantoffel und den Schlafrock an und klingelte. Der alte Lakai Stepan,
der schon dreißig Jahre im Hause diente, Vater einer Familie, Großvater von sechs Enkeln, kam eiligst auf seinen eingeknickten Beinen
hereingehumpelt und brachte dem Herrn die spiegelblank geputz-
ten Stiefel, den ausgeklopften und sauber gebürsteten Anzug und
ein zusammengefaltetes, gestärktes Hemd herein. Der Gast dankte,
fragte nach dem Wetter – die Stores waren noch zusammengezogen,
damit die Sonne den Schläfer nicht störe, wenn es ihm auch belieben
sollte, bis elf Uhr zu schlafen, wie das einige Bewohner des herrschaftlichen Hauses zu tun pflegten. Alexander Iwanowitsch schaute auf die Uhr. Es war noch nicht spät. Und er begann sich zu reini-
gen, zu waschen und anzukleiden. Das Wasser stand schon bereit,
auch die vom gestrigen Gebrauch verunreinigten Toilettegegen-
stände, Seife, Bürsten – für die Zähne, für die Nägel, für die Haare,
für den Bart, dann Messerchen und Feilen für die Nägel – alles lag
jetzt wieder in schönster Ordnung zum Gebrauch bereit. Nachdem

er sich das Gesicht und die Hände gewaschen, die Nägel geputzt, die Nagelhaut von den Nägeln mit dem Handtuch zurückgestreift hatte, wusch er sich in aller Gemächlichkeit mit einem Schwamm seinen weißen, fetten Körper ab, reinigte sich die Füße und begann sich zu kämmen. Zuerst bürstete er seinen krausen, an den Seiten ergrauenden Bart mit einer englischen Doppelbürste, hernach lockerte er ihn mit einem undichten Schildpattkamm gut auf, und dann erst ging er daran, das sich lichtende Haupthaar durchzukämmen. Er benützte einen dichten Kamm, warf die unrein gewordene Watte fort und ersetzte sie durch neue. Zog frische Unterwäsche an, Socken, Schuhe, Hosen mit glänzenden Hosenträgern, die Weste, dann setzte er sich, ohne den Rock anzuziehen, um ein wenig auszuruhen, in den Lehnsessel, steckte sich eine Zigarette an und dachte nach, wohin er auf seinem heutigen Spaziergang seine Schritte lenken solle. Man kann in den Park gehen, man kann aber auch in die „Höschen" gehen (so nannte man lächerlicherweise den nahen Wald). ‚Wahrscheinlich werde ich in die Höschen gehen, und dann habe ich noch einen Brief an Semjon Nikolajewitsch zu schreiben. Aber das später!'

Er stand resolut auf, griff nach der Uhr – es war schon in fünf Minuten neun Uhr – steckte sie in die Westentasche, versorgte das Portemonnaie mit dem Geld – dem Rest von den hundertachtzig Rubeln für kleine Ausgaben, die er mitgenommen, als er für zwei Wochen zu seinem Freund auf das Land übersiedelt war – in seiner Hosentasche. Das silberne Zigarettenetui nebst einem Taschen-Feuerzeug und zwei Taschentüchern steckte er in die Rocktasche und verließ das Zimmer, indem er, wie wenn sich das von selbst verstände, die ganze Unordnung und den ganzen Unrat, den er produziert hatte, Stepan hinterließ, dem fünfzigjährigen Lakai, der von Alexander Iwanowitsch ein hübsches „Honorar" erwartete, wie er sich ausdrückte, und der an diese Sache so gewöhnt war, daß er bei der Ausführung derselben nicht den geringsten Ekel empfand.

Nachdem sich Alexander Iwanowitsch noch im Spiegel beschaut und sein Äußeres zufriedenstellend gefunden hatte, begab er sich in das Speisezimmer. Dank den Bemühungen eines zweiten Lakaien, der Wirtschafterin und des Büfettdieners, der schon vor Morgengrauen Zeit gehabt hatte, heimlich in sein Dorf nach Hause zu laufen, um seinem Jungen die Sense in Ordnung zu bringen, funkelte und kochte schon auf dem mit einem blitzblanken Damasttischtuch gedeckten Tisch der silberne oder vielmehr silbern aussehende Samowar, daneben stand Kaffee, heiße Milch und Sahne, Butter und verschiedene Weißbrote und Bäckereien. Am Tische saßen nur der Student, der Hauslehrer des zweitältesten Sohnes, und dieser Knabe selbst, und die Dame, die dem Hausherrn, der eine Kapazität auf dem Gebiet der ländlichen Selbstverwaltung und ein bedeutender Landwirt war, als Abschreiberin seiner Aufsätze diente. Der Hausherr selbst hatte sich schon um acht Uhr in Wirtschaftsangelegenheiten fortbegeben.

Beim Kaffee sprach Alexander Iwanowitsch mit dem Hauslehrer und der Abschreiberin über das Wetter, über die gestrige Kartenpartie und über Fjodorit, der seinem Vater gestern ohne jeden Anlaß Grobheiten gesagt hatte.

Fjodorit war ein erwachsener und mißratener Sohn des Hausherrn. Er hieß Fjodor, aber da hatte ihn einmal jemand im Scherz oder in beleidigender Absicht Fjodorit genannt, und da man das drollig fand, nannte man ihn auch später so, als seine Handlungen schon gar nicht mehr drollig waren. So auch diesmal. Er hatte an der Universität studiert, seine Studien aber schon im zweiten Semester aufgegeben; er ging dann zur Chevaliergarde, verließ aber auch den Militärdienst bald, und lebte nun auf dem Lande, ohne etwas zu arbeiten, rümpfte über alles die Nase und war mit allem unzufrieden.

Dieser Fjodorit schlief noch, ebenso auch die übrigen Hausgenossen, nämlich: die Hausherrin selbst, Anna Michajlowna, eine Schwester des Hausherrn, Witwe des früheren Gouverneurs, und ein Landschaftsmaler, der im Hause lebte.

Alexander Iwanowitsch nahm im Vorzimmer den Panamahut (der zwanzig Rubel gekostet hatte) und seinen mit einem geschnitzten Elfenbeingriff geschmückten Stock (fünfzig Rubel) und verließ das Haus. Er durchschritt die mit Blumen geschmückte Terrasse im Erdgeschoß; inmitten derselben war ein kleeartiges Blumenbeet mit regelmäßigen Streifen aus weißen, roten und blauen Blumen; an den Seiten waren, ebenfalls aus Blumen, die Initialen der Hausherrin nachgebildet. An diesen Blumen vorbei gelangte er in eine hundertjährige Lindenallee. Bauern und Bauernmädchen reinigten diese Allee mit Schaufeln und Besen. Der Gärtner nahm irgendwelche Vermessungen vor, und ein kleiner Junge fuhr etwas auf einem

Wagen. An diesen Leuten vorbei ging Alexander Iwanowitsch in den Park mit den uralten Bäumen, der ein Areal von nicht weniger als fünfzig Desjatinen einnahm und den kleine, wohl instand gehaltene Fußwege durchkreuzten. Eine Zigarette rauchend, wandelte Alexander Iwanowitsch seinen Lieblingspfad entlang an dem Lusthäuschen vorbei und kam auf das freie Feld hinaus. War es schon im Park nett gewesen, so war es im freien Feld noch hübscher. Rechts waren wirklich schön als rot-weiße Tupfen kartoffelsammelnde Weiber zu sehen, links eine Wiese, ein Stoppelfeld und eine weidende Schafherde, und weiter vorn, mehr nach rechts, sah man die dunkelgrünen Eichen der „Höschen". Wie leicht und erquicklich atmete sich die Luft! Alexander Iwanowitsch freute sich seines Lebens schon an und für sich, jetzt aber, hier, bei seiner Schwester, wo es sich so angenehm von den Mühen in der Bank ausruhen ließ, erst recht.

,Glückliche Leute das, die auf dem Lande leben können!' dachte er. ,Freilich, Nikolaj Petrowitsch hat ja auch hier auf dem Lande mit seinen agronomischen Projekten und der Semstwo-Sache nicht gerade das ruhigste Leben; aber wer zwingt ihn dazu!' Und Alexander Iwanowitsch schüttelte den Kopf, steckte sich eine neue Zigarette an und schritt auf seinen kräftigen Beinen in den festen, soliden Schuhen englischer Provenienz wacker aus und dachte darüber nach, wie er es in den Wintermonaten in seiner Bank eigentlich so schwer habe. ,Von zehn bis zwei, manchmal sogar bis fünf Uhr Dienst, und das Tag für Tag. Das ist keine Kleinigkeit. Und dann die Sitzungen und die Privataudienzen, die Bittsteller! Und die Stadtverordnetenversammlung! Ja, hier, hier, ist es ganz anders. Ach, wie ich zufrieden bin! Na, nehmen wir an, sie langweilt sich hier. Aber es ist ja nicht für lange'. Und er lächelte.

Nachdem er in den „Höschen" eine Weile herumspaziert war, ging er direkt heim; er nahm seinen Weg über ein Brachfeld, das soeben gepflügt wurde. Auf dem Brachfeld trieb sich das Vieh der Bauern herum: Kühe, Kälber, Schafe, Schweine. Der direkte Weg zum Park führte durch die Herde hindurch. Die Schafe erschraken vor ihm und nahmen eins nach dem andern Reißaus, die Schweine desgleichen; die zwei mageren Kühlein hefteten ihre Augen auf ihn. Der kleine Hirt, ein Knabe, schrie auf die Schafe ein und knallte mit seiner Peitsche. ,Was für eine Rückständigkeit im Vergleich zu

Europa', dachte er, sich seiner häufigen Auslandreisen erinnernd.
‚In ganz Europa wird man keine einzige Kuh, wie diese da, finden.'
Alexander Iwanowitsch wandelte die Lust an zu fragen, wohin jener
Weg führe, der von dem seinen im rechten Winkel abzweigte. Er rief
den Knaben heran.

„Wem gehört diese Herde?"

Der Knabe schaute ihn mit einem Staunen, das dem Schrecken
verwandt war, den Hut, den in der Mitte auseinandergekämmten
Bart und besonders die goldenen Brillen des Fremden an und
konnte nicht gleich antworten. Als Alexander Iwanowitsch seine
Frage wiederholte, kam der Knabe zu sich und sagte:

„Uns."

„Uns! Jetzt weiß ich so viel wie zuvor," sagte Alexander Iwanowitsch mit einem Lächeln.

Der Knabe hatte Bastschuhe und Fußlappen an den Füßen; das
grobe, schmutzige Hemd, das er anhatte, war an der Achsel zerrissen; auf dem Kopf hatte er eine Mütze ohne Schirm.

„Also wem gehören die Tiere?"

„Den Unsern, den Leuten von Pirogowo."

„Und wie alt bist denn du?"

„Ich weiß es nicht."

„Kannst du lesen und schreiben?"

„Nein, ich kann es nicht."

„Ja, habt ihr denn keine Schule im Dors?"

„Doch; ich bin auch in die Schule gegangen."

„Na, und hast du nichts gelernt?"

„Nein."

„Und wohin führt denn dieser Weg?"

Der Knabe sagte es ihm, und Alexander Iwanowitsch ging nach
Hause, indem er sich ausmalte, wie er Nikolas Petrowitsch damit
necken würde, daß es trotz all seiner Bemühungen, Kultur ins Dorf
zu bringen, um die Volksbildung noch immer so schlecht stehe.

Als er sich dem Hause näherte, sah er auf die Uhr und bemerkte,
daß es schon Zwölf war, und jetzt erinnerte er sich, daß Nikolaj Petrowitsch in die Stadt fuhr und daß er ihm einen Brief nach Moskau
hatte mitgeben wollen, und nun war der Brief noch nicht geschrieben. Es handelte sich aber um eine wichtige Sache: sein Freund und
Kollege sollte nämlich ein Madonnenbild für ihn erstehen, das bei

einer Versteigerung verkauft wurde. Vor dem Hause angelangt, erblickte er ein Gespann von vier großen, satten, gut gepflegten, rassigen Pferden, die vor eine in der Sonne glänzende schwarzlackierte Kalesche gespannt waren und von Zeit zu Zeit mit den Schellen klingelten; auf dem Bock saß der Kutscher in blauem Kaftan mit silbernem Gürtel.

Vor der Eingangstür stand ein Bauer, barfuß, in einem zerrissenen Kaftan und ohne Mütze. Er verneigte sich. Alexander Iwanowitsch fragte, was er wünsche.

„Zu Nikolaj Petrowitsch will ich."

„In welcher Angelegenheit?"

„Meiner Notlage wegen, das Pferdchen ist umgestanden."

Alexander Iwanowitsch begann ihn auszufragen. Der Bauer setzte ihm seine Lage auseinander, sagte, er habe fünf Kinder und ein Pferdchen besessen und begann zu weinen.

„Und was ist dein Begehr?"

„Um ein Almosen komm ich bitten."

Und er fiel auf die Knie, blieb knien und erhob sich nicht, obgleich ihm Alexander Iwanowitsch zuredete, aufzustehen.

„Wie heißt du?"

„Mitrij Sudarikow," antwortete der Bauer, ohne sich von den Knien zu erheben.

Alexander Iwanowitsch nahm drei Rubel heraus und gab sie dem Bauer. Der Bauer dankte ihm, indem er sich bis zum Boden verneigte. Alexander Iwanowitsch begab sich ins Haus hinein. Im Vorzimmer stand der Hausherr Nikolaj Petrowitsch.

„Und der Brief?" fragte der Hausherr, der ihm im Vorzimmer entgegenkam. „Ich fahre sogleich weg."

„Bitte recht sehr um Verzeihung! Nur ein Augenblickchen, wenn es möglich ist. Ich schreibe sofort die paar Zeilen. Es ist mir gänzlich entfallen. Es ist so schön bei euch, daß man alles andere vergißt. Berückend …"

„Möglich ist es schon, aber nur bitte rasch. Die Pferde stehen sowieso schon eine Viertelstunde. Und die Fliegen setzen ihnen arg zu. Kann man noch ein wenig warten, Arsentij?" wandte er sich an den Kutscher.

„Gewiß kann man noch ein bißchen warten," sagte der Kutscher, und bei sich dachte er: ‚wozu heißen sie einen die Pferde einspannen, wenn sie nicht fahren! Da haben wir uns alle so gesputet, und jetzt kann man die Fliegen füttern.'

„Einen Moment, nur ein Momentchen!"

Alexander Iwanowitsch war schon nach seinem Zimmer geeilt, kehrte aber nochmals zurück und erkundigte sich bei Nikolaj Petrowitsch nach dem Bauern, der um eine Unterstützung gebeten hatte.

„Hast du ihn gesehen?"

„Oh, das ist ein Trunkenbold, aber er ist allerdings auch sehr zu bedauern. Jetzt nur rasch, bitte!"

Alexander Iwanowitsch ging auf sein Zimmer, langte nach der Schreibunterlage nebst den Schreibutensilien und schrieb einen Brief; schnitt dann einen Scheck aus seinem Scheckbüchlein, fertigte ihn in der Höhe von einhundertachtzig Rubel aus, legte ihn in ein Kuwert und übergab den Brief Nikolaj Petrowitsch.

„Nun, also auf Wiedersehen!"

Bis zum Dejeuner beschäftigte sich Alexander Iwanowitsch mit den Zeitungen. Er las nur die *„Rußkija Wjedomosti"*, die *„Rjetsch"* und hin und wieder auch das *„Rußkoje Slowo"*, und nur das *„Nowoje Wremja"*, das Blatt, das der Hausherr abonniert hatte, nahm er grundsätzlich nie in die Hand.

Er las ruhig und in gewohnter Weise zuerst die politischen Nachrichten: was der Zar, die Präsidenten, die Minister verfügt hatten, ging dann zu den Parlamentsbeschlüssen über, kam zu der Rubrik „Theater, Kunst und Wissenschaft", überflog die Tagesneuigkeiten, wo über Selbstmorde und Cholerafälle berichtet wurde, und las zuletzt die Gedichte. Die Glocke ertönte und rief zum Dejeuner. Dank den Bemühungen von mehr als zehn Personen – Wäscherinnen, Gärtner, Ofenheizer, Köche, Hausdiener, Wirtschafterinnen, Scheuermägden – war der Tisch mit acht silbernen Gedecken, Karaffen mit Wasser, mit Kwas, mit Wein und Mineralwasser, mit glänzendem Kristall, mit Tischtüchern und Servietten gedeckt, und zwei Lakaien, die den Imbiß, kalte und warme Speisen, darreichten und wegräumten, liefen ununterbrochen hin und her.

Die Hausfrau redete unaufhörlich von all dem, was sie gemacht, was sie gedacht, was sie gesagt hatte, und all das, was sie getan, was sie gedacht und gesagt hatte, bereitete, wie sie offenbar dachte, allen, die nicht ganz dumm waren, das allergrößte Vergnügen. Alexander Iwanowitsch fühlte und wußte, daß alles, was sie sagte, dumm war, aber zeigen konnte er das natürlich nicht, und so beteiligte er sich denn rege an der Unterhaltung. Fjodorit schwieg düster, der Hauslehrer sprach von Zeit zu Zeit ein Wort mit der Witwe. Manchmal trat ein Schweigen ein. Das war dann eine Gelegenheit für Fjodorit, in den Vordergrund zu rücken, und es war peinlich und langweilig, ihm zuzuhören. Dann verlangte die Hausfrau irgendeine noch nicht dargereichte Speise, und die Lakaien eilten aus dem Speisezimmer in die Küche, zur Wirtschafterin, und wieder zurück. Niemand mochte essen, keiner mochte reden, und dennoch aßen und sprachen alle, obgleich es über ihre Kraft ging. So verging die ganze Zeit während des Dejeuners.

3. |

Der Bauer, der sein Pferd eingebüßt hatte und zu dem Gutsherrn um eine Unterstützung gekommen war, hieß Mitrij Sudarikow. Am Tage bevor er zu dem Gutsherrn gekommen war, hatte er sich den ganzen Tag mit dem krepierten Wallach abgemüht. Zu allererst war er zu Ssanin, dem Schinder, nach Andrejewka gegangen. Der Schinder Ssanin war nicht zu Hause. Bis er kam und sie sich wegen des Preises für das Fell geeinigt hatten, war es schon Mittag. Dann bat er sich von einem Nachbarn ein Pferd aus, um den Wallach nach dem Schindanger zu schaffen – es war nämlich verboten, ihn an Ort und Stelle zu verscharren. Andrejan konnte ihm das Pferd nicht leihen, da er es selbst für die Kartoffelernte benötigte, und mit Müh und Not bewog er Stepan, ihm das seine zu leihen. Stepan hatte Mitleid mit ihm und half ihm, den Wallach auf dem Wagen zu verladen. Mitrij riß die Hufeisen von den Vorderfüßen des Kadavers ab und gab sie seinem Weib. Von dem einen Hufeisen war nur mehr die Hälfte vorhanden, das andere war noch ganz. Er war eben mit dem Ausschaufeln der Grube fertig geworden – die Schaufel war stumpf – als Ssanin kam. Dieser zog dem Wallach das Fell ab, dann warfen sie den Kadaver in die Grube und schütteten sie zu. Mitrij war ganz erschöpft; um seinen Kummer zu betäuben, kehrte er bei der Matrjona ein und trank mit Ssanin zusammen eine halbe Flasche. Zu Hause zankte er sich mit seinem Weib und legte sich im Flur schlafen. Er schlief, ohne sich auszukleiden, in den Hosen, nur mit dem zerrissenen Kaftan zugedeckt. Sein Weib war mit den Kindern in der

Hütte. Es waren ihrer vier; das kleinste, das sie noch an der Brust hatte, war fünf Wochen alt.

Mitrij erwachte, wie gewohnt, beim Morgengrauen und stöhnte laut auf, als er sich an die Ereignisse von gestern erinnerte, wie der Wallach um sich schlug, wie er aufsprang und wieder zurückfiel, und daß er nun kein Pferd mehr hatte und nur die vier Rubel achtzig Kopeken für das Fell geblieben waren. Er stand auf, zog die Hosen hinauf, ging zuerst in den Hof und dann in die Hütte hinein. Die ganze Hütte war schief, schmutzig, schwarz, der Ofen war schon angeheizt. Die Frau schob mit der einen Hand Stroh in den Ofen, mit der andern hielt sie das Kind fest, das an ihrer aus dem schmutzigen Hemd heraushängenden Brust saugte.

Mitrij bekreuzigte sich dreimal nach der Ecke hin und sprach sinnlose Worte vor sich hin: „Dreieinigkeit", „Mutter Gottes", „Ich glaube" und „Vater unser".

„Warum ist kein Wasser da?"

„Das Mädel holt welches. Ich denke, sie hat's schon gebracht. Sage, wirst du nach Ugrjumaja zum Barin gehen?"

„Ja, ich muß."

Er begann zu husten, da die Stube voll Rauch war, nahm einen Lappen und ging in den Hausflur. Das Mädchen hatte soeben Wasser gebracht, Mitrij schöpfte aus dem Eimer Wasser, nahm einen Mundvoll und wusch sich die Hände, nahm wieder einen Mundvoll und wusch sich das Gesicht; hernach wischte er sich mit dem Lappen das Gesicht ab, fuhr sich mit den Fingern durch das Haar und den krausen Bart, strich die Haare glatt und ging zur Tür hinaus. Auf der Straße begegnete ihm ein etwa zehnjähriges Mädchen, das nur mit einem schmutzigen Hemdchen bekleidet war.

„Wünsch guten Morgen, Onkel Mitrij. Du sollst dreschen kommen."

„Es ist recht, ich werde kommen," sagte Mitrij. Er hatte verstanden, daß die Kaluschkins ihn rufen ließen, damit er ihnen beim Dreschen helfe, nachdem sie in der vorhergehenden Woche bei ihm mit der gemieteten Pferdedreschmaschine gearbeitet hatten.

„Es ist gut, ich komme. Gegen Mittag werde ich hinkommen. Ich muß jetzt nach Ugrjumaja hinübergehen."

Hierauf ging Mitrij in die Hütte hinein, nahm Fußlappen und die Bastschuhe, zog sie an und ging zum Barin.

Nachdem er drei Rubel von Alexander Iwanowitsch und ebensoviel von Nikolaj Petrowitsch erhalten hatte, kehrte er nach Hause zurück, übergab das Geld seinem Weibe, nahm Schaufel und Rechen und ging zu den Kaluschkins.

Die Dreschmaschine bei den Kaluschkins summte schon längst, nur zeitweise aussetzend, wenn ein Strohhalm steckenblieb. Die mageren Pferde trotteten, sich in die Stränge legend, um den Antreiber im Kreise herum. Der Antreiber feuerte sie von Zeit zu Zeit durch seinen Zuruf an: „Vorwärts, ihr Täubchen!" Einige Weiber banden die Garben auf, andere harkten das Stroh und die Ähren zusammen, wieder andere rafften unter Beihilfe der Bauern große Bunde Stroh zusammen und reichten sie den Bauern auf den Garbenhaufen hinauf. Es wurde intensiv gearbeitet. In dem Gemüsegarten, an dem Mitrij vorbeiging, grub ein Mädchen, das barfuß war und nur ein Hemdchen anhatte, die Kartoffeln mit den Händen aus der Erde und sammelte sie in einem Korbe.

„Wo ist der Großvater?" fragte Mitrij.

„Großvater ist auf der Dreschtenne."

Mitrij ging dorthin und trat auch sofort die Arbeit an. Der achtzigjährige Greis wußte bereits von dem Unglück, das Mitrij betroffen hatte. Er begrüßte ihn und wies ihm den Ort neben dem Schober an, wo er stehen und das Stroh hinaufreichen solle.

Mitrij legte ab, rollte seinen zerrissenen Kaftan zusammen, legte ihn unter den geflochtenen Zaun und ging sofort mit Eifer an die Arbeit. Er nahm das Stroh auf die Gabel und hob es auf den Schober hinauf.

Die Arbeit ging ohne Unterbrechung bis Mittag vonstatten. Die Hähne hatten schon etwa dreimal gekräht, aber man hatte diese Zeichen im Drang der Arbeit überhört. Plötzlich ertönte von dem etwa drei Werst entfernten Gutshof das Pfeifen der Dampfdreschmaschine herüber. Und gleich drauf trat auch der Wirt, der achtzigjährige, hochgewachsene Greis Massej an die Dreschtenne heran.

„Na, es ist genug," sagte er zu dem Antreiber, „kommt zum Essen."

Nun ging die Arbeit noch lebhafter vonstatten. Im Nu hatte man das ausgedroschene Stroh auf den Schober hinaufgeworfen und das Korn mit der Spreu auf dem Dreschboden von den Ähren gereinigt, und nun begab man sich in die Hütte.

In der rauchgeschwärzten Hütte war schon alles hergerichtet: rings um den Tisch standen Bänke, so daß sich alle miteinander – es waren ohne den Hausherrn neun Mann – hinsetzen und, nachdem sie vor den Heiligenbildern ihre Andacht verrichtet hatten, die Mahlzeit einnehmen konnten. Es gab Suppe mit Brot, gekochte Kartoffel mit Kwas.

Während sie aßen, kam ein einarmiger Bettler in die Hütte hinein; er trug einen Sack auf dem Rücken und half sich auf einer großen Krücke fort.

„Friede diesem Hause! Brot und Salz. Gebt mir etwas, um Christi willen."

„Gott wird dir geben," sagte die Wirtin, die ältliche Schwiegertochter des Alten. „Wir haben selber nichts."

Der Alte stand in der Tür zur Kammer.

„Schneid ihm ein Stück Brot ab, Marfa; das gehört sich nicht!"

„Will einmal nachsehen, ob es langt."

„Das ist nicht recht, Marfa. Gott heißt uns, alles mit den andern zu teilen. Schneid ihm das Brot ab."

Marfa gehorchte. Der Bettler entfernte sich. Die Drescher standen auf, beteten, dankten den Hauswirten und gingen hinaus, um auszuruhen.

Mitrij legte sich nicht nieder, sondern lief schnell noch zum Krämer hinüber, um Tabak zu kaufen. All zu gern wollte er ein wenig rauchen. Als er sich mit dem Bauern aus Djomino ausgeplaudert, die Viehpreise erfahren hatte – es blieb ihm nichts anderes übrig als die Kuh zu verkaufen – und wieder zurück war, begaben sich die Leute wieder an die Arbeit. Und so ging die Arbeit bis zum Abend fort.

Und nun leben inmitten dieser eingeschüchterten, betrogenen, ausgeplünderten Menschen, die man auch weiterhin ausplündert, demoralisiert und durch ungenügende Nahrung und übermäßige Arbeit langsam umbringt, andere Menschen, die durch ihr müßiggängerisches Schmarotzerleben direkt und unmittelbar die übermäßige, erniedrigende Arbeit jener Sklaven ausnützen, gar nicht zu reden von der erniedrigenden Arbeit jener Millionen von Fabriksklaven, deren Erzeugnisse, Samoware, Silbergeschirr, Equipagen, Maschinen, auch nur wieder sie benützen.

Diese Menschen leben ruhig in einer solchen Gesellschaftsordnung und halten sich dabei gar noch für gute Christen oder glauben sittlich so hoch zu stehen, daß sie weder ein Christentum, noch sonst eine Religion benötigen. Sie leben inmitten dieser Greuel bis an ihr Lebensende, sehen sie oder sehen sie auch nicht, und es sind oft gute Menschen darunter: Greise, Greisinnen, junge Männer und Frauen, Mütter und Kinder – unglückliche, mißleitete Kinder, die zu moralischer Blindheit erzogen werden.

Da ist ein Greis, Besitzer von tausend Desjatinen, ein Junggeselle, der sein ganzes Leben in Müßiggang, Völlerei und Ausschweifung verbracht hat und der sich bei der Lektüre seiner Zeitung *„Nowoje Wremja"* über den Unverstand der Regierung wundert, die den Juden den Besuch der Universität gestattet. Da ist sein Gast, ein früherer Gouverneur, der sein volles Dienstgehalt auch im Ruhestand weiterbezieht, Senator, der mit Genugtuung die Berichte vom Juristenkongreß liest, aus denen hervorgeht, daß die Juristen die Notwendigkeit der Todesstrafe bestätigt haben. Da ist ihr Gegner – Nikolaj Petrowitsch – der nur die *„Rußkija Wjedomosti"* liest und sich über die Blindheit der Regierung wundert, die den „Bund der echtrussischen Leute" zuläßt. Da ist wieder eine liebe, gute Mutter, die ihrem kleinen Mädchen die Geschichte von dem Hunde „Fuchs" vorliest, der mit den Kaninchen Mitleid gehabt hat. Und dieses liebe Mädchen, das beim Spazierengehen barfüßige, hungrige Kinder sieht, die grünes Fallobst benagen, gewöhnt sich daran, in diesen Kindern nicht etwa ihresgleichen, sondern etwas in der Art einer landschaftlichen Szenerie zu sehen.

Warum ist es so?

Kornej Wassiljew

Kornej Wassiljew war vierundfünfzig Jahre alt, als er zum letztenmal in sein Dorf kam. In seinem dichten, krausen Haar war noch kein graues Fädchen, und nur in dem schwarzen Bart schimmerten an den Kinnbacken einige Silberfaden durch. Sein Gesicht war glatt, rötlich, der Nacken breit und kräftig, und an seinem kräftigen Körper hatte sich von dem üppigen Stadtleben eine Fettschicht angesetzt.

Vor zwanzig Jahren hatte er seinen Militärdienst geleistet, und als er seinen Abschied bekam, verfügte er über etwas Geld. Zuerst hatte er es mit einem Kramladen versucht. Den Laden gab er später wieder auf und verlegte sich auf den Viehhandel. Er fuhr regelmäßig nach Tscherkassy, um „Ware", das heißt Vieh, zu holen, das er dann nach Moskau trieb.

In dem Dorfe Gai, in seinem aus Backsteinen erbauten, mit Eisenblech gedeckten Hause lebte seine Mutter und seine Frau mit den zwei Kindern – einem Mädchen und einem Knaben –, ferner ein verwaister Neffe, ein taubstummer fünfzehnjähriger Junge, und ein Knecht. Kornej war zum zweitenmal verheiratet. Seine erste Frau war eine schwächliche, kränkliche Person gewesen, die kinderlos gestorben war. Als Witwer, nicht mehr jung an Jahren, hatte er dann zum zweitenmal geheiratet, diesmal ein gesundes, schönes Mädchen, die Tochter einer Witwe aus einem benachbarten Dorf. Die Kinder stammten von der zweiten Frau.

Kornej hatte die letzte „Ware" in Moskau so vorteilhaft verkauft, daß er jetzt ungefähr dreitausend Rubel beisammen hatte. Ein Landsmann hatte ihm zugetragen, daß unweit von seinem Dorf bei einem verarmten Gutsbesitzer vorteilhaft ein Wald zu kaufen sei, und er beschloß, sich nun auch mit dem Waldgeschäft zu befassen. Er verstand sich auf die Sache, da er vor seiner Militärzeit bei einem Holzhändler, als Gehilfe des Verwalters, bedienstet gewesen war.

Auf der Station, von der man nach Gai abbiegt, traf Kornej einen Landsmann, den einäugigen Kusjma aus Gai. Kusjma kam aus Gai mit seinen zwei elenden, struppigen Pferdchen zu jedem Zug gefahren, um Passagiere zu bekommen. Kusjma war arm, und darum liebte er die reichen Leute nicht, und am allerwenigsten Kornej, den er Kornjuschka nannte.

Kornej, angetan mit einem kurzen Halbpelz, über dem er noch einen langen Schafpelz trug, trat mit einem Köfferchen in der Hand auf die Vortreppe der Station hinaus. Er blieb stehen, streckte den Bauch vor, blies die Luft aus seinen geblähten Backen und schaute sich um. Es war noch früh am Morgen. Das Wetter war trüb, windstill, und es herrschte ein leichter Frost.

„Na, haben sich keine Passagiere gefunden, Onkel Kusjma?" sagte er. „So fahre halt mich, was meinst du?"

„Warum denn nicht? Gib ein Nüdelchen, dann fahre ich dich."

„Sagen wir siebzig Kopeken; ist auch genug."

„Einen Schmerbauch hast du dir angegessen, und mir, einem armen Mann, willst du dreißig Kopeken abzwacken?"

„Na, schon gut, fahren wir," sagte Kornej. Er legte seinen Handkoffer und ein Bündelchen in den kleinen Schlitten und machte sich's auf dem rückwärtigen Sitz recht bequem.

Kusjma blieb auf dem Bock sitzen.

„Schon recht, fahr zu."

Der Schlitten setzte sich in Bewegung und kam aus den Gruben und Löchern bei der Station auf den ebenen Fahrweg hinaus.

„Nun, wie geht's bei euch? Nicht bei euch selbst, ich meine im Dorf?" fragte Kornej.

„Es ist wenig Gutes zu vermelden."

„Wieso denn? Die Alte lebt doch noch?"

„Die Alte lebt noch. Sie war erst neulich in der Kirche. Die Alte lebt. Auch deine junge Hausfrau lebt noch. Was sollte ihr fehlen? Einen jungen Knecht hat sie sich genommen."

Und Kusjma lachte dabei so sonderbar, wie es Kornej schien.

„Was für einen Knecht? Und was macht Pjotr?"

„Pjotr ist krank geworden. Den Jewstignej Bjelyj aus Kamenka hat sie aufgenommen," sagte Kusjma. „Er ist aus ihrem Dorf."

„So steht die Sache!" sagte Kornej.

Schon damals, als Kornej um die Marfa warb, hatten die Weiber im Volk von diesem Jewstignej geschwatzt.

„Ja, so ist es, Kornej Wassiljew," sagte Kusjma." Heutzutage nehmen sich die Weiber viel heraus."

„Was ist da zu reden!" sagte Kornej. „Dein Wallach ist recht grau geworden," fügte er hinzu, um dem Gespräch eine andere Wendung zu geben.

„Bin ja auch nicht mehr der Jüngste. Es geht ihm wie seinem Herrn."

Er strich seinem zottigen, krummbeinigen Wallach mit der Peitsche sacht über den Rücken.

Auf halbem Weg war eine Herberge. Kornej ließ halten und trat ins Haus. Kusjma führte das Pferd an eine leere Krippe heran und machte sich am Riemenwerk zu schaffen. Er sah sich nach Kornej nicht um, hoffte aber sehr, daß dieser ihn auf einen Trunk einladen werde.

„Mach keine Geschichten, Onkel Kusjma, und komm herein," sagte Kornej, auf die Vortreppe heraustretend. „Wirst wohl ein Gläschen nicht verschmähen."

„Meinetwegen," antwortete Kusjma, der sich das Aussehen gab, als ob er es mit dem Trunk nicht so eilig habe.

Kornej bestellte eine Flasche und bot Kusjma ein Gläschen an. Kusjma, der seit frühem Morgen nichts gegessen hatte, bekam sofort einen Dampf. Der Dampf löste ihm die Zunge. Er rückte näher an Kornej heran und begann ihm im Flüsterton zu erzählen, was man im Dorfe raunte. Und man raunte, daß Marfa, Kornejs Frau, ihren früheren Liebhaber als Knecht zu sich ins Haus genommen habe und jetzt mit ihm lebe.

„Was scher ich mich drum, aber du tust mir leid," sagte der betrunkene Kusjma. „Schön ist's auf keinen Fall, und das Volk lacht schon darüber. Sie scheut, wie's scheint, die Sünde nicht. ‚Gib acht, gib acht!' hab ich zu ihr gesagt. ‚Es dauert nur eine kurze Weile, da kommt er selbst nach Hause!' Jaja, Bruder, es ist schon so."

Kornej hörte schweigend an, was Kusjma redete, und seine dichten Brauen senkten sich immer tiefer über seine funkelnden schwarzen Augen.

„Willst du noch die Pferde tränken?" sagte er, als die Flasche ausgetrunken war. „Wenn nicht, so wollen wir fahren."

Er zahlte und begab sich auf die Straße hinaus.

Es dämmerte schon, als er nach Hause kam. Als Erster begegnete ihm derselbe Jewstignej Bjelyj, an den er auf dem ganzen Wege fortwährend hatte denken müssen. Kornej begrüßte ihn. Dieser magere Bursche mit den weißen Augenbrauen und Wimpern sollte ihr Liebhaber sein? Kornej schüttelte nur den Kopf. ‚Da hat der alte Hund wieder etwas zusammengelogen‘, dachte er, sich an die Worte Kusjmas erinnernd. ‚Aber wer weiß! Nun, ich werd es schon erfahren!‘

Kusjma stand bei seinen Pferden und schielte mit einem Auge nach Jewstignej hin.

„Ist die Stube geheizt?“

„Versteht sich. Matwejewna ist dort,“ antwortete Jewstignej.

Kornej stieg die Vortreppe hinan. Als Marfa seine Stimme hörte, trat sie in den Flur hinaus, und als sie ihren Mann erblickte, errötete sie und begrüßte ihn eilig und besonders freundlich.

„Wir, ich und die Mutter, haben schon aufgehört, auf dich zu warten,“ sagte sie und ging hinter Kornej in die Stube hinein.

„Nun, und wie habt ihr die ganze Zeit ohne mich gelebt?“

„Immer im gleichen,“ sagte sie. Sie nahm ihr zweijähriges Töchterchen, das sie am Rock zupfte und um Milch bat, auf den Arm und ging mit resoluten Schritten in den Flur hinaus.

Kornejs Mutter, die ebensolche schwarze Augen hatte wie Kornej, schlurfte in ihren Filzschuhen in die Stube.

„Schön, daß du uns besuchen kommst,“ sagte sie, mit dem Kopfe wackelnd.

Kornej erzählte seiner Mutter, in welcher Angelegenheit er gekommen sei. Kusjma fiel ihm ein, und er ging hinaus, um ihn abzulohnen. Er hatte kaum die Tür geöffnet, als er Marfa und Jewstignej erblickte. Sie standen nahe beieinander und sie sagte etwas zu ihm. Als Jewstignej Kornej erblickte, huschte er in den Hof, Marfa aber trat zum Samowar und stellte das dumpf summende Rohr auf ihm gerade.

Kornej ging schweigend hinter ihrem gekrümmten Rücken vorbei, holte sein Bündel und rief Kusjma in die große Stube zum Tee. Vor dem Teetrinken verteilte Kornej die Geschenke, die er für seine Hausgenossen aus Moskau mitgebracht hatte. Die Mutter bekam ein wollenes Tuch, Fedjka ein Bilderbüchlein, der taubstumme Neffe ein Wams und seine Frau bekam Zitz auf ein Kleid.

Beim Tee saß Kornej mit finsterem Gesicht und schwieg. Nur dann und wann lächelte er unwillkürlich, wenn er den Taubstummen ansah, der alle durch seine Freudenbezeugungen erheiterte. Er konnte sich gar nicht genug über seine Weste freuen. Er legte sie zusammen, breitete sie wieder aus, zog sie an und küßte seine Hand, indem er Kornej anblickte und lächelte.

Nach dem Tee und Abendessen ging Kornej sofort in die Stube, wo er mit Marfa und dem kleinen Töchterchen schlief. Marfa blieb in der großen Stube und räumte das Geschirr ab. Kornej saß, den Kopf in die Hand gestützt, allein am Tisch und wartete. Der Zorn auf seine Frau regte sich in ihm stärker und stärker. Er nahm die Rechenmaschine von der Wand, zog ein Notizbüchlein aus der Tasche und begann zu rechnen, um auf andere Gedanken zu kommen. Er rechnete und schaute dabei nach der Tür und horchte auf die Stimmen in der Gaststube.

Einige Male schon hatte er gehört, wie die Stubentür sich öffnete und jemand in den Flur hinausging. Aber das war immer noch nicht sie. Endlich vernahm er ihre Schritte, jemand zog an der Tür, sie schnellte auf, und Marfa, rosig im Gesicht, schön, mit einem roten Kopftuch, das Mägdlein auf dem Arm, trat in die Stube.

„Bist wohl von der Reise ermüdet?" fragte sie lächelnd und tat, als ob sie sein düsteres Gesicht nicht bemerkte.

Kornej sah sie an, erwiderte kein Wort und fing wieder zu rechnen an, obgleich es nichts mehr zu rechnen gab.

„Es ist spät geworden," sagte sie, ließ das Mädchen von ihrem Arm herunter und ging hinter den Verschlag.

Er hörte, wie sie das Bett zurechtmachte und das Töchterchen schlafen legte.

‚Die Leute lachen schon,' erinnerte er sich an die Worte Kusjmas, ‚Na, warte nur!' dachte er, mühsam Atem schöpfend; schwerfällig stand er auf, steckte den benagten Bleistiftstumpf in die Westentasche, hing die Rechenmaschine an die Wand und trat zur Tür des Verschlages. Sie stand, das Gesicht dem Heiligenbilde zugewendet und betete. Er blieb stehen, wartete. Sie bekreuzigte sich lange, verneigte sich und sprach flüsternd ihre Gebete. Ihm dünkte, daß sie schon längst ihre sämtlichen Gebete verrichtet haben müsse und sie nun absichtlich ein paarmal wiederhole. Aber nun verneigte sie sich noch einmal bis zur Erde, richtete sich auf, murmelte noch irgendwelche Gebetsworte vor sich hin und wandte ihm das Gesicht zu.

„Agaschka schläft schon," sagte sie, zeigte auf das Mädchen und setzte sich lächelnd auf das knarrende Bett.

„Ist Jewstignej schon lange da?“ fragte Kornej und betrat das
Kämmerchen.

Sie warf mit einer lässigen Bewegung den dicken Zopf über die
Schulter auf die Brust und begann ihn mit flinken Fingern aufzu-
flechten. Sie sah ihm voll ins Gesicht und ihre Augen lachten.

„Jewstignej? Wer kann sich das merken – zwei oder drei Wochen
vielleicht.“

„Lebst du mit ihm?“ fragte Kornej.

Sie ließ den Zopf aus der Hand fallen, fing aber ihr hartes, dichtes
Haar sofort wieder auf und flocht weiter.

„Was die Leute nicht alles aussinnen! Ich mit Jewstignej!“ sagte
sie, wobei sie den Namen Jewstignej besonders hell und klingend
aussprach. „Das sind Hirngespinste! Wer hat es dir gesagt?“

„Sprich: ist es wahr oder nicht?“ fragte Kornej und ballte seine
starken Tatzen in den Taschen zu Fäusten.

„Leeres Geschwätz, sonst nichts! Soll ich dir die Stiefel ausziehen?“

„Ich frage dich noch einmal!“ sagte er.

„Soll mich wohl von Jewstignejs Schönheit haben bezaubern lassen?“ sagte sie. „Wer hat dir nur diesen Bären aufgebunden?“

„Was hast du mit ihm im Flur zu tuscheln gehabt?“

„Was? Ich habe ihm gesagt, er solle das Faß mit einem neuen
Reifen befestigen. Was willst du denn eigentlich von mir?“

„Ich befehle dir: rede die Wahrheit! Ich bringe dich um, du un-
flätiges Weib!“

Er ergriff sie am Zopf, sie entriß ihn seinen Händen, ihr Gesicht
verzerrte sich vor Schmerz.

„Nur dazu bist du da – um zu prügeln! Was habe ich von dir je
Gutes gesehen? Bei einem solchen Leben könnte man wirklich Gott
weiß was tun!“

„Was tun?“ fragte er und drang auf sie ein.

„Warum hast du mir den halben Zopf ausgerissen? Da! Eine
ganze Handvoll! Was fällst du so über mich her? Und damit du es
weißt: ja, es ist wahr, daß …“

Sie sprach nicht zu Ende. Er packte sie beim Arm, zerrte sie vom
Bett herunter und fing an sie zu schlagen. Seine Hiebe trafen ihren
Kopf, ihre Brust, ihre Rippen. Je mehr er sie schlug, desto stärker
entbrannte sein Zorn. Sie schrie, wehrte sich, wollte ihm entwischen,

er aber ließ sie nicht los. Das Mädchen erwachte und stürzte zur Mutter.

„Mütterchen!" heulte sie.

Kornej packte das Mädchen am Arm, riß es von der Mutter weg und warf es, wie wenn es ein Kätzchen wäre, in einen Winkel. Das Kind stieß einen Schrei aus, und einige Sekunden hörte man nichts mehr von ihr.

„Mörder! Du hast das Kind umgebracht!" schrie Marfa und wollte zu ihrer Tochter hineilen.

Doch er packte sie abermals und versetzte ihr einen solchen Schlag vor die Brust, daß sie auf den Rücken fiel und nun auch zu schreien aufhörte. Nur das Mädchen schrie jetzt verzweifelt, ohne Atem zu holen.

Die greise Mutter kam, ohne Kopftuch, mit zerzaustem, grauem Haar und zitterndem Kopf, schwankend in die Kammer und ging, ohne Kornej und Marfa anzusehen, auf ihre Enkelin zu, deren Gesicht von Tränen überströmt war, und nahm sie auf den Arm.

Kornej stand schweratmend da und blickte sich wie schlaftrunken um, ohne zu verstehen, wo er sich befand und was mit ihm geschehen war.

Marfa hob den Kopf und wischte sich stöhnend das blutbedeckte Gesicht mit ihrem Hemde ab.

„Abscheulicher Bösewicht!" sagte sie. „Ja, ich lebe mit Jewstignej, habe auch früher mit ihm gelebt. So, jetzt schlage mich tot. Agaschka ist auch nicht deine Tochter: er ist ihr Vater, daß du es nur weißt!" sagte sie rasch und bedeckte das Gesicht mit dem Ellbogen, da sie einen Schlag erwartete.

Er schien jedoch nichts zu verstehen, schnaufte nur und blickte um sich.

„Schau, was du mit dem Kind gemacht hast: den Arm hast du ihr ausgedreht," sagte die Alte und zeigte auf den verrenkten, herabhängenden Arm des Mädchens, das unaufhörlich schrie. Kornej wandte sich um und ging schweigend auf den Flur und die Vortreppe hinaus.

Draußen herrschte noch immer das trübe, frostige Wetter. Kleine Reifflocken fielen ihm auf die glühenden Wangen und auf die Stirn. Er setzte sich auf den Treppenvorsprung und aß Schnee, den er mit der Hand vom Geländer streifte. Durch die Tür hörte er, wie Marfa stöhnte und wie das kleine Mädchen kläglich weinte. Dann öffnete sich die Tür nach dem Flurgang und er hörte, wie seine Mutter mit dem Kinde in die große Stube hinüberging. Er stand auf und ging hinein. Auf dem Tisch brannte mit herabgeschraubtem Docht und kleiner Flamme die Lampe. Hinterm Verschlag vernahm er Marfas lautes Stöhnen, das noch zunahm, als er die Stube betrat. Er zog sich schweigend an, nahm hinter der Bank das Reiseköfferchen hervor, versorgte darin seine Sachen und umband es mit einer Schnur.

„Warum hast du mich so zugerichtet? Warum? Was habe ich dir getan?" ertönte Marfas klägliche Stimme. Kornej antwortete nicht, nahm den Reisekoffer und trug ihn zur Tür. „Zuchthäusler! Mörder! Warte nur! Denkst du, für dich gebe es kein Gericht?" sagte sie zornig und jetzt mit einer ganz anderen Stimme.

Kornej stieß, ohne zu antworten, die Tür auf und schlug sie hinter sich so heftig zu, daß die Wände zitterten.

Er betrat die große Stube, weckte den Taubstummen und befahl ihm, die Pferde einzuspannen. Der Taubstumme, nur halb wach, sah seinen Onkel verwundert an und kratzte sich mit beiden Händen am Kopfe. Als er endlich begriffen hatte, was man von ihm verlangte, sprang er auf, zog die Filzstiefel und den zerrissenen Halbpelz an, nahm die Laterne und ging in den Hof hinaus.

Es war schon ganz hell, als Kornej mit dem Taubstummen in einem kleinen, breiten und niedrigen Schlitten zum Tor hinausfuhr; er fuhr jetzt auf derselben Straße zurück, auf der er am Vorabend mit Kusjma hergekommen war.

Er traf auf der Station fünf Minuten vor Abgang des Zuges ein. Der Taubstumme sah, wie er ein Billett löste, das Köfferchen nahm und in den Wagen einstieg, wie er ihm mit dem Kopf zunickte und wie der Zug davonrollte.

Marfa hatte Schrammen im Gesicht, zwei Rippen waren ihr gebrochen, und der Kopf war voller Wunden. Aber die junge, kräftige Frau erholte sich in sechs Monaten so vollkommen, daß von den Schlägen keine Spuren mehr zu sehen waren. Die Kleine aber blieb ein halber Krüppel ihr Leben lang. Zwei Knochen ihres Armes waren gebrochen, und der Arm blieb lahm.

Von Kornej aber fehlte seit seinem Verschwinden jede Spur; niemand wußte, ob er noch lebte oder schon gestorben war.

2. |

Siebzehn Jahre waren vergangen. Die Sonne stand schon tief, um vier Uhr wurde es dunkel. Die Herde des Dorfes Andrejewka kehrte zurück. Der Hirt hatte seine Zeit abgedient und war noch am letzten Tag des Fleischessens vor den Fasten weggegangen, so daß die Weiber und Kinder vom Dorf das Vieh selbst eintreiben mußten.

Die Herde war soeben von dem Haferstoppelfeld auf die schmutzige, mit den Fußspuren der Zweihufer bedeckte, schwarze, von Radspuren durchwühlte große Landstraße hinausgekommen und bewegte sich jetzt, unaufhörlich muhend und blökend, auf das Dorf zu. Auf der Straße, vor der Herde, schritt ein hochgewachsener Greis einher. Er trug einen vom Regen dunkel gewordenen, geflickten Bauernrock und auf dem Haupte eine hohe Mütze, hatte einen grauen Bart und graue, zerzauste Haare; nur die Augenbrauen waren schwarz geblieben. Seine Füße in den zerrissenen groben Bauernschuhen blieben in dem Moraste stecken und er kam nur mühsam von der Stelle. Bei jedem zweiten Schritt stützte er sich auf seinen Wanderstab. Als die Herde ihn eingeholt hatte, blieb er, auf seinen Stab gestützt, stehen. Die junge Frau, die mit dem Eintreiben der Herde beschäftigt war, hatte eine Art Sack über den Kopf gestülpt und trug den Rock hoch aufgeschürzt; die Füße steckten in Männerstiefeln. Sie lief rasch von der einen Seite auf die andere Seite der Straße, um die zurückbleibenden Schafe und Schweine anzutreiben. Als sie den Alten einholte, blieb sie stehen und schaute ihn an.

„Guten Tag, Großväterchen!" sagte sie mit ihrer hellen, klingenden, zarten, jungen Stimme.

„Guten Tag, du Liebe!" sagte der Greis.

„Wohl ein Nachtlager, nicht wahr?"

„Es scheint so, werde um eines bitten müssen, bin müde," sagte der Alte mit heiserer Stimme.

„Großvater, gehe nicht zum Dorfschulzen," sagte die junge Frau mit freundlicher Stimme. „Geh nur direkt zu uns, die dritte Hütte am Dorfrand. Dem wandernden Volk gibt die Schwiegermutter immer Unterstand."

„Die dritte Hütte? Also zu den Sinowjews?" sagte der Alte, eigentümlich die Augenbrauen bewegend.

„Wieso weißt du denn das?"

„Ich war früher einmal hier."

„Was gaffst du so, Fedjuschka? Siehst du nicht, daß das Lahme ganz hinten geblieben ist?" schrie die junge Frau und wies auf ein der Herde nachhumpelndes dreibeiniges Schaf. Sie schwang die lange Gerte mit ihrer rechten Hand, während sie mit einer sonderbaren Bewegung der linken lahmen Hand die Sackleinwand von unten her zusammenraffte. Sie lief zu dem lahmen, schwarzen Schafe zurück.

Der Greis war Kornej, und die junge Frau war dieselbe Agaschka, der er vor siebzehn Jahren den Arm gebrochen hatte. Sie hatte nach Andrejewka, vier Werst von Gai, in eine reiche Familie geheiratet.

Aus dem starken, reichen, stolzen Kornej Wassiljew war das geworden, was er jetzt war: ein alter Bettler, der nichts sein eigen nannte außer der abgetragenen Kleidung, die er am Leibe hatte, dem Militärpaß und zwei Hemden, die er in einem Sack bei sich trug. Diese Verwandlung hatte sich so unmerklich vollzogen, daß er nicht sagen konnte, wann sie begonnen hatte und wie sie geschehen war. Er wußte nur das eine und war fest davon überzeugt, daß die Schuld an seinem Unglück nur sein Weib trug, die Ehebrecherin. Es berührte ihn seltsam und schmerzlich, wenn er sich erinnerte, was er früher einmal gewesen war. Und wenn er sich daran erinnerte, gedachte er voll Haß jener Frau, die er für die Ursache all des Bösen hielt, das ihm in den vergangenen siebzehn Jahren widerfahren war.

In jener Nacht, als er seine Frau so übel zugerichtet hatte, war er zu dem Gutsbesitzer gefahren, der einen Wald verkaufen wollte. Es gelang ihm aber nicht, den Wald zu kaufen. Er war schon verkauft. Kornej kehrte nach Moskau zurück und fing dort an zu trinken. Er hatte sich auch früher hin und wieder einen Rausch angetrunken, jetzt aber soff er zwei Wochen lang ohne aufzuhören. Als er endlich zur Besinnung kam, reiste er nach dem Süden, um Vieh zu kaufen. Er machte einen schlechten Kauf und erlitt einen Verlust. Er fuhr zum zweitenmal hinunter, aber auch beim zweiten Kauf war ihm das Glück nicht günstig. Und nach einem Jahr waren ihm von den dreitausend Rubeln nur mehr fünfundzwanzig geblieben, und er mußte sich einen Posten annehmen. Er hatte auch früher getrunken, jetzt aber wurde ihm das Trinken zur Gewohnheit.

Zuerst war er ein Jahr lang Geschäftsführer bei einem Viehhändler; als er sich aber unterwegs einmal dem Suff ergab, jagte ihn der

Viehhändler fort. Bekannte verschafften ihm eine Stelle als Branntweinverkäufer, aber auch hier war seines Bleibens nicht lange. Seine Rechnungen stimmten nicht und man kündigte ihm. Nach Hause zu fahren schämte er sich; auch ergriff ihn bei dem Gedanken an seine Frau jedesmal Zorn. „Werden auch ohne mich durchkommen, und wer weiß – vielleicht ist auch der Knabe nicht mein Sohn," dachte er.

Es ging immer mehr und mehr bergab mit ihm. Ohne Schnaps konnte er nicht mehr leben. Er trachtete jetzt schon nicht mehr nach einem Posten als Geschäftsführer, sondern verdang sich als Viehtreiber. Später bekam er auch solchen Knechtdienst nicht mehr.

Je schlechter es ihm ging, desto größer schien ihm ihre Schuld und desto größer wurde seine Wut gegen sie.

Das letztemal hatte sich Kornej als Viehtreiber bei einem unbekannten Wirt verdingt. Das Vieh wurde krank. Kornej war nicht schuld, aber der Wirt wurde böse und entließ ihn mitsamt dem Geschäftsführer. Er fand nun nirgends mehr eine Stelle, und Kornej beschloß, auf die Wanderschaft zu gehen. Er ließ sich gute Stiefel anfertigen, einen währschaften Rucksack, nahm Tee, Zucker und 8 Rubel bares Geld mit sich und ging nach Kijew. In Kijew gefiel es ihm nicht und er wanderte in den Kaukasus hinunter, nach dem „Neuen Athos". Bevor er noch nach dem „Neuen Athos" gelangte, wurde er fieberkrank. Als er vom Krankenlager aufstand, waren seine Kräfte verzehrt. An Geld hatte er nur mehr einen Rubel siebzig Kopeken. Bekannte hatte er dort nicht, und er beschloß, nach Hause zu seinem Sohn zu gehen. „Vielleicht ist sie, die Ehebrecherin, schon gestorben," dachte er. „Lebt sie aber noch, so will ich ihr wenigstens vor meinem Tode noch sagen, was sie, das elende Weib, an mir verbrochen hat," dachte er und machte sich auf den Weg nach Hause.

Das Fieber schüttelte ihn jeden zweiten Tag. Er kam mehr und mehr von Kräften, so daß er höchstens zehn bis fünfzehn Werst am Tage zurücklegen konnte. Er hatte noch zweihundert Werst zu gehen, als ihm das Geld ausging, und so wanderte er denn, die Barmherzigkeit der Leute anrufend, von Ort zu Ort weiter und übernachtete dort, wo der Dorfschulzengehilfe ihm ein Nachtlager anwies. ‚Du kannst zufrieden sein, wie weit du mich gebracht hast', dachte er in bezug auf seine Frau und ballte nach alter Gewohnheit seine alten schwachen Hände zu Fäusten. Aber es war niemand da, den er schlagen konnte, und in seinen Fäusten war auch nicht mehr die alte Kraft.

Zwei Wochen brauchte er, bis er diese zweihundert Werst zurückgelegt hatte, und siech und matt schleppte er sich bis zu dem Ort, vier Werst von seinem Hause, wo er, ohne sie zu erkennen und von ihr erkannt zu werden, jene Agaschka traf, die sich für seine Tochter hielt, es aber nicht war, und der er den Arm ausgerenkt hatte.

3. |

Er tat, wie ihn Agafja geheißen hatte. Beim Gehöft Sinowjews angelangt, erbat er sich ein Nachtlager. Man willigte ein.

Als er die Stube betrat, bekreuzigte er sich vor den Heiligenbildern, wie er es immer zu tun pflegte, und begrüßte die Wirtsleute.

„Bist wohl recht durchfroren, Großvater? Mache, daß du zum Ofen kommst," sagte die runzelige, launige Greisin, die Hauswirtin, die am Tisch schaltete und waltete.

Agafjas Mann, ein jugendlich aussehender Bauer, saß auf der Bank und richtete die Lampe her.

„Du bist ja ganz durchnäßt, Großvater!" sagte er. „Nichts zu machen. Sieh zu, daß du trocken wirst."

Kornej legte ab, zog die Stiefel aus, hing die Fußlappen dem Ofen gegenüber zum Trocknen auf und kletterte auf den Ofen.

Agafja betrat die Stube mit einem Kruge in der Hand. Sie hatte mittlerweile schon das Vieh eingetrieben und besorgt.

„Ist nicht ein alter Wandersmann bei uns eingekehrt? fragte sie. „Ich habe ihm gesagt, er solle zu uns gehen."

„Da ist er ja," sagte der Hauswirt und zeigte nach dem Ofen, auf dem Kornej saß und seine behaarten, knochigen Beine rieb.

Zum Tee wurde auch Kornej gebeten. Er kroch vom Ofen herunter und setzte sich ans Ende der Bank. Man reichte ihm eine Tasse Tee und ein Stück Zucker.

Das Gespräch drehte sich um das Wetter und die Ernte. Mit dem Korn hat man seine liebe Not. Bei den Gutsbesitzern haben die Körner vor Nässe auf den Feldern in den Mandeln zu keimen angefangen. Wie man dran gehen will, das Getreide einzufahren, fängt es wieder zu regnen an. Die Bauern haben das ihrige eingebracht. Aber

176

bei den Gutsherren verfault es. Und Mäuse sind in den Garben – entsetzliche Mengen.

Kornej erzählte, er habe unterwegs ein ganzes Feld gesehen, auf dem die Mandeln noch standen.

Die junge Frau goß ihm die fünfte Tasse von dem dünnen, kaum gelblich gefärbten Tee ein und reichte sie ihm.

„Doch, doch!" sagte sie, als er abwehrte. „Trinke ihn zur Gesundheit, Großväterchen!"

„Was ist mit deinem Arm? Ist er gelähmt?" fragte er sie, nahm ihr behutsam die Tasse ab und bewegte die Augenbrauen.

„Das ist ihr in ihrer Kindheit geschehen, ihr Vater hat unsere Agaschka töten wollen," sagte die gesprächige, alte Schwiegermutter.

„Ja, warum denn?" fragte Kornej. Und wie er so das Gesicht der jungen Frau ansah, kam ihm plötzlich Jewstignej Bjelyj ins Gedächtnis, der ebensolche blaue Augen gehabt hatte, und seine Hand, die die Tasse hielt, begann so zu zittern, daß er die Hälfte davon verschüttete, ehe er sie vor sich auf den Tisch stellen konnte.

„Ja, so ein Mensch lebte einst hier in Gai, ihr Vater, und er hieß Kornej Wassiljew. War ein reicher Mann. Er überwarf sich mit seinem Weibe, schlug sie. Und ihr hat er diesen Schaden zugefügt."

Kornej schwieg und blickte hinter seinen sich unaufhörlich bewegenden, schwarzen Augenbrauen hervor, bald den Hauswirt, bald Agaschka an.

„Was war denn die Ursache?" fragte er, und biß von seinem Zucker ein kleines Stückchen ab.

„Weiß der Himmel! Was redet man nicht alles uns Weibern nach. Und die eine muß es dann büßen," sagte die Alte. „Des Knechtes wegen gab es Verdruß. Es war das ein braver Junge aus unserm Dorf. Und er ist auch in ihrem Hause gestorben."

„So? Gestorben?" fragte er wieder und hustete.

„Schon längst ist er gestorben. Bei ihnen haben wir uns auch unsere junge Frau geholt. Ja, die waren die Ersten im Dorf, solange der Wirt noch lebte."

„Und was ist aus ihm geworden?" fragte Kornej.

„Auch gestorben, wahrscheinlich. Seit jenem Vorfall ist er verschollen. Das ist nun etwa fünfzehn Jahre her."

„Nein, es ist schon länger. Mein Mütterchen hat mir erzählt, daß sie mich damals kurz vorher von der Brust entwöhnt hatte."

„Und trägst du es ihm nicht nach, daß er dir den Arm…" fing Kornej an, beendete aber den Satz nicht und begann zu schluchzen.

„War es denn ein Fremder? Es war doch mein Vater. Nun, noch ein Täßchen, daß du dich erwärmst. Soll ich dir einschenken?"

Kornej antwortete nicht und weinte.

„Was hast du denn?"

„Nichts, nur so! Vergelt's Gott."

Und Kornej stützte sich mit zitternder Hand am Pfosten und an der Pritsche und kroch mit seinen langen, mageren Beinen auf den Ofen.

„Sieh da!" sagte die Alte zu ihrem Sohne und deutete, mit den Augen zwinkernd, nach dem Alten hin.

4. |

Am andern Tag stand Kornej früher auf als alle andern. Er kletterte vom Ofen herunter, rieb die ausgetrockneten Fußlappen weich, zog mit Mühe die zusammengeschrumpften Stiefel an und nahm seinen Sack auf den Rücken.

„Wohin, Großvater? Nimm noch den Morgenimbiß mit uns ein," sagte die Alte.

„Vergelt's Gott, ich gehe jetzt."

„So nimm wenigstens die Piroge von gestern mit auf den Weg. Ich stecke sie dir da in den Sack."

Kornej dankte und verabschiedete sich.

„Wenn du wieder einmal vorbeikommst, so kehre bei uns ein, wenn wir noch am Leben sind …"

Dichter Herbstnebel hüllte draußen alles ein. Aber Kornej kannte den Weg sehr gut, kannte jedes Tal und jeden Hügel und jeden Busch und alle Weiden rechts und links dem Weg entlang, wenn auch in den siebzehn Jahren manche gefällt worden waren, aus den alten junge erwachsen und aus den jungen alte geworden waren.

Das Dorf Gai hatte sein Aussehen kaum verändert; nur waren am Rande neue Häuser erbaut worden, die früher nicht dagewesen waren.

Und aus den Holzhäusern waren Ziegelbauten geworden. Sein eigenes Steinhaus war auch noch dasselbe, nur alt war es geworden.

Das Dach war lange nicht mehr gestrichen worden. An den Ecken waren Ziegel herausgefallen. Und die Vortreppe war schief.

In dem Augenblick, als er sich seinem früheren Hause näherte, kam aus dem knarrenden Tor eine Stute mit einem Füllen, ein alter, grauer Wallach und ein Dreijähriger heraus. Der alte Graue sah ganz so aus wie jene Stute, die Kornej ein Jahr vor seinem Weggehen vom Jahrmarkt heimgebracht hatte.

‚Das ist wahrscheinlich derselbe, den sie damals im Bauch gehabt hat. Derselbe hängende Hinterteil, dieselbe breite Brust, dieselben stark behaarten Beine,‘ dachte er.

Ein schwarzäugiger Knabe in neuen Bastschuhen trieb die Pferde zur Tränke. ‚Wahrscheinlich ein Enkel, Fedjkas Sohn. Er ist ihm ähnlich, er hat dieselben schwarzen Augen,‘ dachte Kornej.

Der Knabe sah den unbekannten Alten groß an und lief dem Füllen, das im Straßenkot seine Kapriolen machte, nach. Hinter dem Knaben sprang ein schwarzer Hund einher, der dem früheren Woltschok ähnlich sah.

‚Wäre es möglich – Woltschok?‘ dachte er. Und erinnerte sich, daß jener jetzt zwanzig Jahre alt sein müßte.

Er näherte sich der Vortreppe und ging mit Mühe die Stufen hinauf, auf denen er damals gesessen und Schnee geschluckt hatte. Er öffnete die Tür, die in den Flurraum führte.

„Was kommst du herein, ohne zu fragen?" tönte ihm aus der Stube die Stimme einer Frau entgegen. Er erkannte diese Stimme. Und schon erschien eine hagere, sehnige, runzelige Greisin in der Tür. Kornej hatte jene junge, schöne Marfa zu sehen erwartet, die ihm so schweres Leid angetan hatte. Er haßte sie und wollte sie mit Vorwürfen überschütten; aber da stand nun plötzlich diese Greisin vor ihm! „Wenn du um ein Almosen kommst, so bleibe draußen vor dem Fenster," sagte sie mit ihrer durchdringenden, krächzenden Stimme.

„Ich komme nicht um ein Almosen," sagte Kornej.

„Was willst du denn? Was gibt's?"

Sie hielt plötzlich inne. Er sah ihr an, daß sie ihn erkannt hatte.

„Allerlei Gesindel treibt sich da herum. Gehe, geh mit Gott!"

Kornej lehnte sich mit dem Rücken gegen die Wand, stützte sich auf seinen Stab und schaute sie unverwandt an; zu seiner Verwunderung verspürte er in seiner Seele nicht mehr jenen Groll gegen sie, den er so viele Jahre in sich gehegt hatte; es war vielmehr eine Art Rührung und Schwäche, die ihn befiel.

„Marfa, wir stehen am Grabesrand."

„Geh nur, geh mit Gott!" sagte sie rasch und zornig.

„Hast du mir sonst nichts zu sagen?"

„Nichts," sagte sie. „Geh mit Gott, geh, geh! Gar zu viele von eurer Sorte, Satansbrut und unnütze Brotesser, treiben sich hier herum!"

Sie kehrte mit raschen Schritten in die Stube zurück und schlug die Tür hinter sich zu.

„Warum denn schelten!" ertönte eine Männerstimme, und in der Tür erschien, mit einer Axt am Gürtel, ein schwärzlicher Bauer; er sah ganz so aus, wie Kornej vor vierzig Jahren ausgesehen hatte, nur war er kleiner und magerer; aber er hatte dieselben schwarzen, glänzenden Augen.

Das war derselbe Fedjka, dem er vor siebzehn Jahren das Bilderbüchlein geschenkt hatte. Er machte seiner Mutter Vorwürfe, daß sie mit einem Armen kein Mitleid habe. Zugleich mit ihm kam, ebenfalls mit einer Axt am Gürtel, der taubstumme Neffe heraus. Er war jetzt ein erwachsener, runzliger, sehniger Mann mit einem schütteren Bärtchen, langem Hals und festem, durchdringendem Blick. Die beiden Bauern hatten soeben gefrühstückt und waren im Begriff, in den Wald zu gehen, um Holz zu fällen.

„Sofort, Großväterchen," sagte Fjodor. Er wies auf den Alten, dann auf die Stube und zeigte, wie man Brot abschneidet.

Fjodor trat auf die Straße hinaus, und der Taubstumme kehrte in die Stube zurück. Kornej stand immer noch mit gesenktem Kopf an der Wand und stützte sich auf seinen Stab. Er verspürte eine große Schwäche und hielt mit Mühe die Tränen zurück. Der Taubstumme kam mit einer großen, angenehm duftenden Scheibe frischen schwarzen Brotes aus der Stube zurück und reichte sie Kornej. Als Kornej, der sich bekreuzigte, das Brot entgegennahm, wandte sich der Taubstumme gegen die Stubentür, strich sich mit seinen beiden Händen über das Gesicht und machte die Gebärde des Ausspuckens. Er drückte auf diese Weise der Tante seine Mißbilligung aus. Plötzlich stand er wie erstarrt mit offenem Munde da und sah Kornej unverwandt an, wie wenn er ihn erkennen würde. Kornej vermochte seine Tränen nicht länger zurückzuhalten. Er trocknete die Augen, die Nase und den grauen Bart mit einem Zipfel seines Kaftans, wandte sich von dem Taubstummen ab und ging auf die Vortreppe hinaus. Sein Herz war jetzt von einem ganz besonderen, seelenvollen, feierlichen Gefühle voll, einem Gefühl der Demut, der Erniedrigung vor den Leuten, vor ihr, vor seinem Sohn, vor allen Menschen, und dieses Gefühl bewegte ihn freudig und schmerzlich zugleich.

Marfa schaute aus dem Fenster und atmete erst ruhig, als sie sah, daß der Alte hinter der Hausecke verschwunden war.

Als Marfa sich überzeugt hatte, daß der Alte fortgegangen war, setzte sie sich an den Webstuhl und begann zu weben. Sie bewegte etwa zehnmal den Weberkamm, aber die Hände gehorchten nicht. Sie hielt inne und fing an nachzudenken und sich zu vergegenwärtigen, in welchem Zustand sie Kornej soeben gesehen hatte. Sie wußte, daß er es gewesen war, derselbe, der sie beinahe totgeschlagen hatte, der sie aber auch geliebt hatte, und es wurde ihr bang, ob sie wohl richtig gehandelt habe. Nein, sie hatte nicht so gehandelt, wie sie hätte handeln sollen. Aber wie hätte sie mit ihm umgehen sollen? Hatte er doch nicht einmal gesagt, daß er Kornej war und nun nach Hause zurückgekehrt sei.

Sie griff wieder zum Weberschiffchen und setzte ihre Webarbeit fort bis zum Abend.

5. |

Kornej schleppte sich mühsam wieder nach Andrejewka zurück und langte dort gegen Abend an. Er bat wieder bei den Sinowjews um ein Nachtlager. Man nahm ihn auf.

„Nun, Großvater, bist du nicht weitergegangen?"

„Ich bin nicht weitergegangen, bin müde geworden. Ich werde wahrscheinlich zurückgehen. Laßt mich hier übernachten."

„Wirst den Schlafboden beim Liegen nicht abnützen. Komm nur herein und trockne dich."

Die ganze Nacht wurde Kornej vom Fieber geschüttelt. Erst am Morgen schlief er ein, und als er erwachte, waren alle Hausgenossen ihren Obliegenheiten nachgegangen und nur Agafja allein war zu Hause.

Er lag auf dem Schlafboden, auf dem trockenen Kaftan, den die Alte ihm untergebreitet hatte.

Agafja nahm aus dem Ofen das Brot heraus.

„Du Liebe," rief er sie mit schwacher Stimme, „komm zu mir."

„Sofort, Großvater," antwortete sie, mit dem Herausnehmen der Brote beschäftigt. „Willst du trinken? Einen Schluck Kwas?"

Er antwortete nicht. Nachdem sie den letzten Laib Brot aus dem Ofen herausgeholt hatte, trat sie mit einem Krüglein Kwas zu ihm hinzu. Er wandte sich nach ihr nicht um und trank auch nicht, sondern blieb so liegen, wie er lag, mit dem Gesicht noch oben, und sprach auch so mit ihr, ohne sich umzuwenden.

„Gascha," sagte er mit leiser Stimme, „meine Zeit ist um. Ich sterbe. Also verzeihe mir um Christi willen."

„Gott wird dir verzeihen. Mir hast du ja nichts Böses getan."

Er schwieg.

„Und dann noch dies: gehe, du Liebe, zur Mutter und sage ihr … der Wandersmann, der … der gestern dort war … sage…"

Er begann zu schluchzen.

„Warst du denn bei den Unsrigen?"

„Ich war dort. Sage also, der Wandersmann von gestern … der Wandersmann…" Wieder hielt er inne, um sich auszuweinen, und nachdem er sich gefaßt hatte, sprach er den Satz zu Ende: „… ist zu ihr gekommen, um Abschied zu nehmen." Er fing an seine Taschen zu durchsuchen.

„Ich werde es sagen, Großvater. Was suchst du?" fragte Agafja.

Der Alte antwortete nicht. Er nahm, ohne zu antworten, mit seinen mageren, behaarten Händen ein Papier aus seinem Brustlatz und reichte es ihr.

„Und dies da übergebe dem, der danach fragen wird. Es ist mein Militärpaß. Gott sei Dank, nun habe ich alle meine Sünden abgebüßt!" Sein Gesicht nahm einen feierlichen Ausdruck an. Die Augenbrauen hoben sich, die Augen richteten sich nach oben, und er ward ganz still.

„Eine Kerze," sagte er, ohne die Lippen zu bewegen.

Agafja begriff, um was es sich handelte. Sie nahm von den Heiligenbildern eine heruntergebrannte Kerze, zündete sie an und reichte sie ihm. Er ergriff sie mit den Daumen.

Agafja entfernte sich, um seinen Militärpaß in der Truhe zu verwahren, und als sie zu ihm zurückkehrte, entfiel ihm die Kerze und seine offengebliebenen Augen sahen nun nichts mehr, seine Brust atmete nicht mehr. Agafja bekreuzigte sich, löschte die Kerze aus, nahm ein reines Handtuch und bedeckte ihm damit das Gesicht...

In dieser ganzen Nacht konnte Marfa keinen Schlaf finden, sie dachte an Kornej. Am andern Morgen zog sie sich an, bedeckte ihren Kopf mit einem Tuch und ging aus, um zu erfahren, wo der Alte, der gestern bei ihr gewesen war, geblieben sei. Sehr bald erfuhr sie, daß der Greis nach Andrejewka gegangen sei. Marfa nahm einen Stecken vom Haag und begab sich nach Andrejewka. Je weiter sie ging, desto banger wurde ihr zumut. ‚Ich werde mich mit ihm aussöhnen, ihn mit mir nach Hause nehmen und die Sünde wieder gutmachen. Möge er wenigstens zu Hause bei seinem Sohne sterben,‘ dachte sie.

Als Marfa sich dem Hause ihrer Tochter näherte, erblickte sie vor der Hütte viele Leute. Die einen standen im Flur, die andern unterm Fenster. Allen war es schon bekannt, daß der ehemals reiche Kornej Wassiljew, der vor vierzig Jahren in der Gegend weit und breit bekannt gewesen, jetzt als armer Wandersmann im Hause seiner Tochter gestorben war. In der Stube standen ebenfalls viele Menschen. Die Weiber flüsterten miteinander, seufzten und ächzten.

Als Marfa die Stube betrat, wich das Volk auseinander und ließ sie durch. Und sie erblickte unter den Heiligenbildern den sauber gewaschenen, angekleideten, mit reinen Linnen bedeckten Leichnam, über dem der des Lesens kundige Filipp Kononytsch, den Diakon nachahmend, in singendem Tone die slawischen Worte des Psalters ablas.

Jetzt war es zu spät, um zu verzeihen oder um Verzeihung zu bitten. Und aus Kornejs strengem, schönem Greisenantlitz war nicht zu ersehen, ob er verzieh oder immer noch zürnte.

Ein Idyll

Aus dem Landleben

Spiele nicht mit dem Feuer

1. |

Pjotr Jewstratjewitsch ist jetzt ein gemachter Mann – er ist Verwalter. Es ist doch keine Kleinigkeit, Vorgesetzter über zwei Häuser zu sein – oder? Wie ein gnädiger Herr teilt er seine Befehle aus. Der eine Sohn ist Kaufmann, der andere Beamter; seiner Tochter, sagt man, gibt er Fünftausend mit, und er selber läßt es sich gutgehen wie ein richtiger Herr, und alljährlich schickt er Geld auf die Bank nach Moskau.

Dabei ist er doch einer von den Unsern, er stammt aus einer Bauernfamilie, ist Ewstrat Tregubows Sohn. Eigentlich ist er's ja nicht, Ewstrats Sohn ist er nur nach dem Kirchenbuch, in Wirklichkeit hat sich die Sache ganz anders zugetragen. Wie der Volksmund spricht: „Welcher Stier die Kuh auch besprungen, das Kälblein ist doch unser."

Verzwickte Geschichte, wie die Sünde geschah. Nicht wenig hat sich das Volk damals gewundert. Damals lebte das Volk noch viel einfacher, und solche Sachen muteten wie Wunder an.

Großmutter Malanjka, die Mutter von Pjotr Jewstratjewitsch, lebt noch heute, sie wohnt bei ihrem Bruder Romascha. Zu ihrem Sohn, der sie oft und oft gerufen, geht sie nicht. „Ich bin als Bäuerin geboren," sagt sie, „und will auch als Bäuerin sterben. Man sündigt so auch weniger. Soweit die Kräfte noch reichen, will ich meinem Bruder helfen, will seine Enkel wiegen und kleine Hausarbeit verrichten. Petruscha ist gar vornehm geworden, und die vornehmen Leute sündigen mehr."

Das ist ihr Leben. Der Sohn schickt ihr hin und wieder ein Geschenk, und sie schickt ihm in einem Brief ihren Segen. Ihre größte Freude besteht darin, an Sonn- und Feiertagen säuberlich gekleidet, im weißen Kopftüchlein, gestützt auf ihre Krücke, zur Frühmesse zu gehen und sich nachmittags von einem, der des Lesens und Schreibens kundig ist, etwas vorlesen zu lassen. Auf einem Blatt Papier ist der „Traum der heiligen Mutter Gottes“ abgeschrieben, eine vorbeiwallende Pilgerin hat ihn ihr seinerzeit gewidmet, aber am liebsten ist es ihr, wenn man ihr aus dem Psalter vorliest. Almosenheischenden schlägt sie nie etwas ab, verweigert dem Wandersmann nie ein Obdach und erweist einem Verstorbenen die letzte Ehre, ohne sich erst rufen zu lassen. Babuschka Malanjka wird darum jetzt auch im ganzen Dorf von Groß und Klein geachtet, nicht um ihres Sohnes willen, sondern um ihrer Tugend willen.

Was Jugend ist! Babuschka Malanjka würde sich heute wohl selber nicht mehr erkennen, wie sie vor vierzig Jahren war. „Babuschka“ hat man sie damals nicht genannt, sondern Malanjka Dunalcha, weil sie die beste Reigentänzerin und Vorsängerin im Dorfe war. Schlimmes konnte ihr damals niemand nachsagen, bis sich dieser Fall ereignete. Sie war nur ein munteres Weiblein mit einem guten Mundwerk. Sie war nicht aus unserm Dorf, sondern aus Majowka, Jewstrats Vater freite sie für den Sohn, sei es, daß er sie von früher her kannte oder daß es im Dorfe selbst keine heiratsfähigen Mädchen gab, – kurz, sie war eine Fremde. Der Alte war noch ein rüstiger Mann, erwarb für den Sohn ein anderes Stück Land und lebte rechtschaffen. Pferde hatte er etwa acht mit den Füllen, Kühe hatte er zwei, Bienen waren auch da (noch jetzt haben sie welche von derselben Art), der Frondienst war nicht übermäßig schwer, Plackereien gab es nicht, die Schwiegermutter war eine gute Hauswirtin, arbeitete für drei; eine Schwester von ihr, deren Mann seine Militärzeit abdiente, half im Hause mit, so daß die junge Frau es nicht allzuschwer hatte.

Sie wurde nach altem Brauch mit fünfzehn Jahren verheiratet. Sie war noch ganz ein Kind. Wenn sie in der ersten Zeit mit der Soldatenfrau Wasser holen ging, schwankte sie mit dem Zuber wie ein Weidengertlein hin und her. Ihren Mann hatte sie nicht ein bißchen lieb, sie hatte Angst vor ihm. Wenn er sich ihr näherte, fing sie sogleich zu weinen an und kniff und biß ihn sogar. Dergestalt waren in der ersten Zeit seine Schultern und Arme mit blauen Flecken übersät. Zwei Jahre mochte sie ihn so nicht leiden. Aber da sie ein so hübsches, friedsames Weib und aus gutem Hause war, so zwang man sie nicht zu schweren Arbeiten, und nach etlichen Jahren war sie schon ganz anders: groß, stark, rotwangig, und sie fürchtete sich auch nicht mehr vor ihrem Mann; sondern gewöhnte sich an ihn und war schließlich so an ihn gewöhnt, daß sie weinte, als sein Vater ihn auf Arbeit nach der Stadt schickte.

Einst kam der Spaßmacher Pjotr in ihre Stube und sagte:

„Ei, seht doch, wie sie dem sommersprossigen Satan nachweint und vor Sehnsucht nach ihm zerschmilzt!"

Und er wollte mit ihr ein wenig schöntun. Aber da kam er an die Unrechte.

„Sommersprossig oder nicht, er ist hundertmal schöner als du. Einen Nasenstüber kannst du haben," sagte sie und stieß ihm ihren Finger vor die Nase.

Wo sie ging und stand, machten sich die Männer an sie heran und schäkerten mit ihr; sogar vor den Alten hatte sie keine Ruhe. Sie neckte alle, ihrem Manne aber blieb sie treu, obgleich er sehr oft von Hause fort war.

Bei der Arbeit war sie die flinkste von allen; beim Heuen und beim Mähen legte sie sich fest ins Zeug, so daß sie den andern immer voraus war. Wenn dann die andern vor Müdigkeit umsanken, war sie noch immer zum Singen und Tanzen aufgelegt und führte zu Hause den Reigen an.

„Noch immer kein Kindchen?" pflegte die Alte zu sagen. „Es wäre doch eigentlich an der Zeit! Und für mich wäre es eine solche Freude, ein Enkelchen auf den Knien zu wiegen!"

„Wäre ich denn nicht selber froh?" antwortete sie dann. „Es ist ja fast eine Schande vor den Leuten. Erst unlängst sah ich die Frauen mit ihren Säuglingen aus der Kirche kommen, vom Taufgang wohl. Aber bei denen leben wohl auch die Männer zu Hause."

Sobald sie sich an ihren Mann erinnert, beginnt sie zu heulen und zu klagen. Gewiß, das Schlimmste ist es nicht, wenn ein Weib ein oder zwei Jahre so hinlebt, aber wenn es eine Hübsche ist, und sie bekommt kein Kind, fangen die Leute an zu lachen.

Darum wurde Malanjka recht bang, als der Schwiegervater ihren Mann wegschickte. Der Alte war ein geschickter Wagenmacher und hatte eine große Kundschaft. Sobald Jewstratka die Sache los hatte, schickte ihn sein Vater zum Verdienen auf die Stör.

Und in dem Sommer, da die Sünde geschah, hatte ihn sein Vater weit fortgeschickt, an die 100 Werst war es bis dorthin, und er sollte bis Mariä Schutz und Fürbitte wegbleiben. Er selbst nahm sich einen Arbeiter. Für den Sohn bekam er hundertzwanzig Rubel, und dem

Arbeiter zahlte er nur zweiunddreißig Rubel alles in allem nebst einem Paar Fausthandschuhen. Begreiflicherweise rentierte sich das für den Alten.

Sie langweilte sich ohne ihn. Junges Blut! Jetzt war für sie die Zeit, und sie lebte üppig, aß auch Fleisch, und der und jener drängte sich an sie heran, und ihr Mann ließ sich fast ein halbes Jahr nicht blicken.

Am Abend kommt sie nach Hause, ißt ihr Abendbrot, nimmt das Bettgewand und geht zu der Soldatenfrau hinüber in den Verschlag.

„Ich fürchte mich, Nastasjuschka, so allein," sagt sie und bittet sie, sich zur Wand legen zu dürfen.

„Denn mir ist immer," sagt sie, „als ob mich jetzt und jetzt einer an den Beinen packen würde."

2. |

Peter und Paul, der Festtag, war vorüber, die Weiber hatten ihre Kopftücher, Sarafane und teuren Hemden wieder in die Truhen zurückgelegt und spülten jetzt wieder am Teiche die Wäsche. Die Gäste hatten sich zerstreut, der Wirt saß ganz allein in der Schenke, die Bauern waren, nachdem sie noch ein Schnäpschen gegen den Katzenjammer getrunken hatten, wieder völlig nüchtern geworden. Wer eine Sense hatte, der dengelte sie noch am Abend oder am frühen Morgen. Den Wetzstein am Gürtel, strömten die Bauern auf die Felder zur Heuernte hinaus, wie Bienen, die sich vom Bienenstock lösen und auf die blumigen Wiesen hinausfliegen. Überall in den Schluchten, auf den Feldwegen blinkten die Sensen im hellen Strahl der Sonne. Es war ein prächtiges Wetter. Drei Tage vor dem Fest war der Mond als scharfgeschnittene Sichel am Himmel erschienen, der Mond hatte „sich gewaschen", die schönen Tage brechen an. Heumahd – lustige Zeit! Es ist auch jetzt noch eine lustige Zeit, aber in früheren Zeiten war es noch lustiger. Die Weiber putzen sich aufs schönste heraus, singend ziehen sie auf das Feld hinaus, singend kehren sie nach Hause zurück. Manchmal – die Nächte sind schon kurz – nehmen sie Schnaps mit und durchschwärmen die ganze Nacht.

Nach dem Tichonstage holt der Starost die Bauern zur Fronarbeit. Starost war damals Micheïtsch. Er war noch jung, auch lebte sein Weib noch, aber er war ein Schürzenjäger. Ein feiner Mann, groß, mit einem Bäuchlein, Stiefel an den Füßen, Hut auf dem Kopf, spielt er den Stutzer. Er kommt in die Hütte hinein. Malanjka war allein zu Hause, nicht angekleidet, barfuß, tändelte beim Ofen herum. Der Alte machte sich auf dem Hof mit den Knechten fertig zum Ackern, die Alte hatte das Vieh aufs Feld hinausgetrieben und die Soldatenfrau war mit der Wäsche beim Teich. Micheïtsch wurde zudringlich.

„Ich werde dich nicht auf Arbeit schicken."

„Tut mir denn die Arbeit weh? Ich habe die Fronarbeit gern," sagt sie. „Wenn man unter den Leuten ist, hat man immer mehr Freud. Im Hause ist man immer allein, und arbeiten muß man da auch, dafür sorgt schon der Alte."

„Ich kaufe dir ein schönes Kopftuch," sagt er.

„Der Meinige wird mir eines mitbringen."

„Ich will deinem Mann eine Pacht auswirken, ich sag's dem Verwalter, ich tue alles, was du willst."

„Nein, wir wollen keine Pacht, dabei wird man noch ärmer."

„Na, genug, Malanjka, hör auf dich zu sträuben. Wie lange willst du mich noch quälen!"

Er sah sich in der Stube um, ob niemand zusah und ging auf sie los.

„Du, Micheïtsch! Daß du mich nicht anrührst!"

Sie packte die Ofenzange und schlug zu. Und sie lachte lustig.

„Ist denn jetzt die Zeit dazu? Da kommt gerade der Hauswirt. Darf denn das sein?"

„Also wann? Nach Feierabend?"

„Ja, natürlich nach Feierabend, wenn die Leute weg sind. Wir schleichen uns dann ins Gebüsch und verstecken uns dort, damit uns deine Frau nicht sieht."

Und sie lacht, daß es durch die ganze Stube schallt.

„Marfa, die Starostin, könnte es am Ende übelnehmen."

Er weiß nun faktisch nicht, ob sie im Ernst spricht oder ob sie ihr Spiel mit ihm treibt.

Der Alte kam in die Stube, um sich seine Schuhe anzuziehen, und sie redete im gleichen Sinn weiter, nicht einmal vor ihrem Schwiegervater genierte sie sich. Nichts zu machen! So tat er denn, als sei er bloß gekommen, um die Arbeit anzusagen, die Weiber sollten das Heu zusammenrechen, die Männer es einfahren. Das Stöcklein schwingend, verließ er die Stube. Er schickte alle ohne Ausnahme zur Arbeit, auch solche, die nicht dazu verpflichtet waren, und selbst die, die ihn mit Schnaps regalierten, ließ er nicht ungeschoren. Nur Malanjka braucht nicht zu gehen oder er ließ sie leichtere Arbeiten verrichten. Sie war ihm deswegen aber doch nicht zu Willen und lachte ihn nur aus. „Ich komme bestimmt," sagt sie. Ebenso treibt sie's auch mit den andern. Gelegenheiten hätte es in diesem Sommer viele gegeben. Sie sagte selbst: „Einen Sommer wie diesen habe ich nie erlebt." Stark, gesund, wie sie war, kannte sie keine Müdigkeit, ihr Tag ist eitel Lust und Freude. Sie putzt sich fein heraus und geht zur Heumahd, wenn die Sonne schon überm Wald steht, zur Zeit des ersten Frühstücks; sie kommt mit der Soldatenfrau und singt ihr Liedchen.

So geht sie einmal durch den Hain – gemäht wurde auf der Wiese zu Kalinowo. Die Sonne steht schon hoch, der Tag ist schön, im Wald ist es noch kühl, von den Blättern tropft der Tau. Die Vögel singen, und sie singt mit ihnen um die Wette. Im roten Kopftuch und im gestickten Hemd geht sie, barfuß, dahin, trägt die Bauernschuhe am Bindfaden, ihre weißen Füße schimmern und ihre Schultern sind in schwingender Bewegung. Sie kam auf das Feld hinaus, wo die Bauern das herrschaftliche Feld beackern.

Viele Bauern waren da beschäftigt, an die zwanzig Hakenpflüge bearbeiteten zehn Desjatinen. Grischka Bolchin, ein Spaßvogel, erblickte sie kaum, als er auch schon die Zügel hinlegte und sich Malanjka näherte, um ein wenig mit ihr zu kosen. Auch die andern ließen die Arbeit stehen und kamen herbei, und sie scherzte mit allen. So hätten sie es bis zum Frühstück getrieben, wenn nicht der Verwalter auf seinem Pferd dahergekommen wäre.

„Was treibt ihr da, ihr Hundesöhne," schrie er und gebrauchte noch eine Menge solcher Ausdrücke, „ich werde euch geben, mitten in der Arbeitszeit einen Reigen zu tanzen!"

Im Trab ritt er auf die Bauern los, im Ackerboden versanken die Hufe seines Pferdes, denn er war ein dicker Mann.

„Sieh da, die Teufelsdirn! Erst zur Frühstückszeit kommt sie zur Heuernte. Na wartet nur! Ich werde euch … !"

Als er aber Malanjka erkannte, verging ihm der Zorn und er lachte.

„Du wirst mir," sagt er, „alles einbringen, was die Bauern durch dich versäumt haben."

„Gib her einen Hakenpflug," sagt sie, „einen Bauern werd ich wohl noch ersetzen können."

„Na, genug, genug. Geh jetzt. Da kommen noch ein paar Weiber. Es ist Zeit, das Heu zusammenzurechen. Nu, Weiber, vorwärts!"

Er war wie verwandelt.

Als sie auf die Wiese kam, stellten sich alle in einer Reihe auf, Malanjka aber, die an der Spitze stand, begann so hitzig zu arbeiten, daß dem Verwalter das Herz im Leibe lachte, die Weiber aber schimpften, daß Malanjka, das Teufelsmädel, sie so abhetze. Kommt aber die Mittagszeit heran oder ist es Zeit, nach Hause zu gehen, da schickt man eben doch Malanjka zum Verwalter; die andern brummen, sie aber geht stracks zum Vorgesetzten, erklärt, es sei höchste Zeit, Feierabend zu machen, die Weiber seien in Schweiß gebadet, oder sie bringt sonst einen Jux vor, und die Sache geht wie geschmiert.

Einst spielte sie auch dem Verwalter einen Schabernack. Ein Heuschober wurde aufgerichtet, das Wetter war unsicher, und die Arbeit mußte bis zum Abend beendigt sein. Man schaffte auch über die Mittagszeit, das Gesinde vom Gutshof arbeitete mit, der Verwalter wich nicht von der Stelle und ließ sich sogar das Mittagessen von zu Hause holen. Da unter den Birken saß er mitten unter dem Weibervolk, und kaum war er mit dem Essen fertig, als er sagte:

„Sag einmal, Gevatterin Malanjka" – sie hatten zusammen bei einer Taufe Gevatter gestanden – „willst du denn nicht auch ein Schläfchen machen?"

„Ich? Nein; wozu schlafen?"

„So kraue mir ein bißchen den Kopf, Malanjuschka!"

Er legte sich zu ihr hin, sie lachte. Die Weiber schliefen bald, und auch Malanjka wurde schläfrig.

Sie schaute und schaute ihn an – rot, schweißbedeckt liegt er da – und sie schlummerte ein.

Kehr um die Hand, erhebt er sich, die Augen treten ihm rot aus den Höhlen, er ist wie von Sinnen.

„Du hast mich verhext, Teufelsweib," sagt er.

Robust, stark wie er war, nahm er sie in beide Arme und schleppte sie in den Hain.

„Was tust du, Andrej Jljitsch," sagt sie, „ist jetzt die Zeit dazu? Die Leute sind erwacht. Die Schande! Komme lieber später. Lasse die Leute früher nach Hause gehen, ich will dableiben."

Es gelang ihr, ihn zu überreden. Als er aber die Leute nach Hause schickte, war sie als die Erste fort. Ein Bürschlein erzählte später, Andrej Iljitsch sei an diesem Abend noch lange bei den Schobern herumgegangen.

Das machte ihr den meisten Spaß: allen ein Versprechen zu geben und sie dann zum Narren zu halten.

So war es auch, als der Gutsherr zu Petrifasten auf das Land kam. Ein Kammerdiener kam mit ihm und das war ein ungemein durchtriebener Bursche. Er pflegte sich damit zu brüsten, daß er seinem Herrn Geld entwendete und ihn betrog. Das wäre noch das wenigste gewesen, aber den Weibern spielte er auf die niederträchtigste Art mit. Die Bauern hatten schon beschlossen, ihn gut durchzuprügeln, und sie hätten es auch ausgeführt, aber Gott sei Dank ist er dann bald abgereist. Auch er stammte von Bauern ab. Malanjka gefiel ihm, er lief ihr nach, bot einen Blauen (fünf Rubel), dann einen Roten (zehn Rubel).

„Nichts will ich, gar nichts," sagte sie.

Da verfiel er auf eine List. Er zahlte dem Starosten einen Schnaps und verständigte sich mit ihm. Es war noch im Frühling, man war damals mit dem Dreschen beschäftigt. Man fing damit an, wenn es noch ganz dunkel war.

„Ich," sagte er, „krieche auf den Getreideschober hinauf, und du schickst sie allein, damit sie die Garben zusammenlege. So wird sie mir nicht entgehen."

„Abgemacht."

Kaum war sie auf dem Schober oben, als er sich auf sie warf.

„Warte," sagt sie, „hier ist es unbequem."

Nahm die Garben, legte sie an den Rand, machte eine Grube und stieß ihn hinein. Sie selbst machte sich davon, nahm die Leiter fort und machte sich an einem andern Schober zu schaffen. Als es Tag wurde, sagte sie's den andern. War das ein Gelächter! Die Weiber liefen zusammen, zogen ihm die Hosen ab, stopften sie mit Stroh aus und so zogen sie sie ihm wieder an. Das alles aber dämpfte seine Glut nicht, und er bat den Starosten, sie zum Säubern der Wege in den Garten zu schicken. Hier stieß der Gutsherr auf sie. Früher hatte man von ihm nichts Schlimmes gehört. Das Weib muß doch wohl sehr hübsch gewesen sein!

„Ich schaue," erzählte sie, „auf einmal sehe ich den Barin: häßlich wie die Nacht, klapperdürr, alles an ihm ist so wunderlich. Er geht vorbei, ich mache meine Arbeit, kratze das Unkraut aus, will mich gerade ein bißchen ausruhen: da geht er mir wieder über den Weg. Die Wege sind dort mit Gebüsch dicht besetzt und von Laubbäumen überdacht. Nu, denke ich, hat wohl hier zu tun, daß er da herumspaziert. Ich werfe einen Blick auf ihn: er verschlingt mich mit den Augen. Und so bis zum Mittag: gibt keine Ruhe, geht ständig hin und her, guckt. Eine förmliche Marter war's, entsetzlich! Bei der Heumahd ist mir wohler. Aber herangemacht hat er sich nicht."

Der Barin schaut ihr eben zu, dafür ist er ja ein Barin, daß er nichts arbeitet, und sie meint, er schaut ihr einfach zu, wie sie arbeitet, und sie arbeitet daher so eifrig, daß sie allein den ganzen Weg gesäubert hat.

Aber da kommt nun wieder dieser Kammerdiener zu ihr.

„Du, du hast dem Barin sehr gefallen," sagt er, „er hat befohlen, du sollst heute abend zur ‚Ranscherie' kommen."

‚Schon gut,' denkt sie, ‚ich kenne schon deine Schliche, ich komme schon, kannst lange warten.'

„Denke daran!"

„Ich komme schon! Wenn ich es sage!"

Am Abend nahm sie ihr Kratzeisen und ging nach Hause. Aber dann fällt ihr ein, es könne vielleicht doch wahr sein, daß der Barin sie habe rufen lassen. So lud sie denn die Soldatenfrau ein mitzugehen, und lief zur Orangerie. Sie schaut – er geht dort herum. Die Soldatenfrau konnte sehr gut die Stimme verstellen und schrie nach Bauernart:

„Heh, wer ist dort?"

Der Barin lief, was er laufen konnte. Und die Weiber lachten wie toll, kamen nach Hause und kugelten sich vor Lachen. Allen Leuten erzählten sie das Vorgefallene.

Am andern Tag schickte man sie wieder in den Garten. Da kam nun gar schon der Koch und sagt soundso, du traust gewiß dem Kammerdiener nicht, und darum hat er mich geschickt. Er läßt dir sagen, daß er dich wirklich haben will und er befiehlt dir, unbedingt zu kommen."

„Gern", sagt sie, „warum denn nicht? Aber ich dachte eben, der Kammerdiener stecke wieder dahinter, und da hab ich ein bißchen Spaß gemacht und ihn erschreckt. Jetzt aber komme ich unbedingt."

Als sie ihre Arbeit beendigt hatte, ging sie direkt ins Herrenhaus und stieg die Mägdetreppe hinauf.

„Halt, wohin?"

„Der Barin hat befohlen, daß ich kommen soll."

Die gnädige Frau kam selbst herbei.

„Wem gehörst du?" sagt sie. „Wie hübsch du bist!" sagt sie. „Wozu hat dich der Barin gerufen?"

„Ich weiß es nicht."

Sie ließ den Barin rufen. Mit einem roten Kopf kam er heraus.

„Komme ein andermal mit dem Vater," sagt er, „ich habe jetzt keine Zeit."

Eines Tages kam er auf sie zu und redete ihr etwas vor, wovon sie kein Wort verstand. Er wollte sie bei der Hand nehmen, da fing sie an zu rennen und lief ihm davon.

So wußte sie sich zu helfen. Bald mit List und Betrug, bald mit Gewalt.

Einst wurden bei ihnen Soldaten einquartiert. Mußten natürlich alle zusammenrücken und schliefen fast nebeneinander. Ein Junker, ein Herrschaftssöhnchen, machte am Abend den Schwiegervater betrunken. Als das Licht ausgelöscht wurde, kroch er zu ihr ins Bett. Da gab sie ihm einen derartigen Klaps, daß sie ihm beinahe ein Auge ausgeschlagen hätte. Sogar verklagen wollte er sie.

Ein andermal war ein Offizier bei ihnen einquartiert. Auch da gab sie ihm ein Versprechen, schob ihm aber dann die Soldatenfrau unter.

3. |

So spielte sie jedermann einen Possen. Nicht genug an dem, ging sie so weit, einem Manne, der zur Abwechslung einmal nicht zudringlich wurde, nachzulaufen, wenn sie ihn dann aber so recht in Hitze gebracht hatte, ließ sie ihn stehen und lachte ihn aus.

„Du wirst noch einmal übel anlaufen, Wildkatze!" pflegte man ihr zu sagen.

„Was wollt ihr denn?" sagte sie dann. „Kann ich dafür, daß mich alle so liebhaben? Soll ich weinen oder was? Warum soll man denn nicht ein bißchen Spaß machen dürfen? ..."

Es lebte in diesem Sommer ein Arbeiter bei ihnen, Andrej hieß er, und aus Teljatenki war er, Sohn der Matrjuschka Karawaicha. Jetzt ist er ein großer Herr geworden, damals aber gab's im ganzen Umkreis keinen ärmeren Hof als den ihrigen. Dieser Armut wegen hatten sie den Jungen auf einen Dienstplatz gegeben, und sie selbst schlugen sich irgendwie durch.

Andrjuscha war zu jener Zeit noch völlig ein Knabe, er war etwa sechzehn- bis siebzehnjährig. Lang, mager, hoch aufgeschossen, war er eine richtige Bohnenstange. Man konnte ihn hinschupsen wohin man ihn haben wollte, denn Kraft hatte er gar keine. Und wie war sein Arbeiten, du lieber Gott! Die Puste ging ihm dabei aus. Dabei war er ein fleißiger und ruhiger Bursche. Seinen Wirt fürchtete er mehr als den Bezirksvogt. Und jeden älteren Bauern behandelte er mit großem Respekt. Auch wenn ihn bisweilen ein Fremder an Feiertagen um Branntwein schickte, so lief er gleich und war die Aufmerksamkeit selbst.

Daß er mit den Weibern oder Mädels – und was waren das für Mädels bei uns! – Allotria getrieben hätte: das kam bei ihm nicht vor. Wie ein Mägdelein pflegte er rot zu werden, wenn ein Frauenzimmer mit ihm scherzte, und etwas Lustiges antworten – das konnte er nun schon gar nicht. Er hatte ein recht nettes Gesichtchen, helle Augen, dunkelblondes Haar, war mit einem Wort, ein hübscher Junge, aber doch nur ein Arbeiter, ein Knabe. Sein Wämslein war geflickt, sein Hemd zerschlissen, voller Löcher, den Hut hatte er von einem Postknecht im Austausch gegen den seinen bekommen. Er ging barfuß oder zog Bastschuhe an, die er sich auch selbst geflochten hatte. Das war sein ganzes Schuhwerk.

Und denken Sie sich: auch diesem armen Kerl ließ sie keine Ruhe, auch ihm verdrehte sie den Kopf. Er erzählte es später selbst.

„Als ich in dieses Haus kam," erzählte er, „hatte ich anfangs die größte Angst. Doch der Wirt war freundlich, er zeigte mir alles, gab an, was ich zu arbeiten hatte, nahm mich zuweilen mit auf die Fron, zwang mich aber niemals zu schweren Arbeiten, denen ich nicht gewachsen war, er hatte Nachsicht mit mir und teilte sein eigenes Brot mit mir. Die Alte gab mir dann und wann einen Tropfen Milch. So gewöhnte ich mich an das Haus. Nur vor der jungen Frau hatte ich nach wie vor die gleiche Angst. Weiß der Himmel, was sie von mir wollte. Spannte ich ein oder ging ich in die Dreschtenne, um Stroh fürs Vieh – gleich sprang sie herbei, riß mir alles aus den Händen und schrie:

‚Bis er sich nur einmal umdreht, dieser Tolpatsch aus Teljatenki, hab ich zehnmal angeschirrt!‘

Sie nimmt die Sache selbst in die Hand, und das geht alles so geschwind! Alles, was sie macht, geht rasch. Sie lacht und geht weg. Oder wir setzen uns zum Mittag oder zum Abendessen. Ich habe immer so eine unbestimmte Angst, wage kaum, die Augen aufzuheben; schau ich sie aber an, so schielt sie zu mir herüber und oft blinzelt sie mir zu und lacht. Ein andermal geht sie an mir vorbei und zwickt mich; macht dabei das unschuldigste Gesicht. Auch das ist ein Späßchen von ihr: sie geht mit der Soldatenfrau auf den Speicher schlafen.

‚Andrjuscha, he! Andrjuscha!‘

So höre ich sie rufen. Ich gehe hin.

‚Wer hat dich denn gerufen?‘ sagen sie und lachen.

Einmal hatte ich mich in den Schlitten gelegt, der im Hofe stand, und war eingeschlafen. Als ich erwachte, lachten sich die Weiber krank, als sie mich sahen.

‚Du hast dich verschlafen,‘ sagen sie, ‚geh nur zum Wirt, er sucht dich schon.‘

Ich gehe zu ihm.

‚Ja, wie siehst du denn aus?‘ sagt er. ‚Man hat dir das Gesicht schwarz angestrichen. Wasche dich nur gleich, sonst werden die Pferde vor dir scheu. Wie ein richtiger Höllenbraten siehst du aus. Da, betrachte dich einmal im Spiegel. Ganz rußig bist du im Gesicht.‘

Einst fuhren wir nach Kotschak ins Heu. Der Wirt befahl ihm, mit den Weibern hinauszufahren. Man recht das Heu zusammen und errichtet einen Schober. Malanjka legt sich ins Zeug. Pudweise faßt sie das Heu auf ihren Rechen und wirft es auf den Schober. Es ist heiß, kaum auszuhalten, alle sind in Schweiß geraten. Andrjuscha, der die letzte Heugabel hinaufwarf, kroch auf den Schober und stampfte das Heu fest.

„Sag einmal, warum spielst du nie mit den Weibern?“

„Wozu spielen, man muß arbeiten.“

„Du weißt wahrscheinlich auch nicht, wie man spielt?“

„Nein, ich weiß es nicht."

„Willst du, daß ich es dir lerne?"

Er schweigt. Da packt sie ihn, wirft ihn ins Heu, knetet ihn, die Soldatenfrau wirft Heu über sie und legt sich oben drauf.

„Der Haufe ist noch zu klein!" schreit sie.

Andrjuscha krabbelte sich unter ihr heraus, faßte Malanjka beim Kopf und begann sie zu küssen; ja, er hat's gewagt ! Da wurde sie aber böse!

„So ein Lumpenkerl, so ein Hundsfott! Wagt es, mich mit seinen schmierigen Lefzen zu küssen. Pfui Teufel!"

Sie sprang auf und überschüttete ihn mit Schimpfworten, daß ihm Hören und Sehen verging. Ganz konfus wurde der arme Junge. Als er nach Hause kam, verstand er nicht, was der Wirt von ihm wollte. Der Wirt mochte ihn sonst recht gut leiden, da Andrjuscha ein so ruhiger, fleißiger Junge war, wie man ihn selten sieht.

„Was fehlt wohl unserm Andrjuscha? Wird er sterben?" „Der sterben?" sagte Malanjka. „Er tollt doch so viel mit den Weibern! Das wäre noch schöner, wenn nun auch schon so gesunde, kräftige Kerle sterben sollten. Und noch dazu mitten in der Arbeitszeit! Da könnt ich ja auch sterben."

Mit diesen und ähnlichen Worten hechelte sie den Jungen durch. Es wurde ihm ganz übel dabei. Fast wäre er davongelaufen. Diesmal hatte sie ihn total behext. Er lechzte nur so nach ihrem Anblick, und dabei hatte er vor ihr mehr Angst als vor einem Vorgesetzten. Er lebte in fortwährender Angst, schlief die Nächte nicht, schlief auch bei Tage nicht, und immer war er ihr auf den Fersen.

Einst kamen die Bauern und Weiber bei der Heuernte an dem Flüßchen Woronka zusammen, die Männer mähten die Wiese, die Weiber wendeten auf der Wiese zu Kalinow das Heu. Um die Mittagszeit gingen die Weiber baden, die Männer auch, die Männer auf der einen, die Weiber auf der andern Seite des Flüßchens. Tischka, der mit den sechs Fingern, der, obgleich er verheiratet war, mit den Weibern gern einen Spaß machte, schwamm zu ihnen hinüber und begann Malanjka unterzutauchen.

„Ich werde mein Kopftuch naßmachen," schreit sie, „hör auf, Teufel! Willst du mich ertränken?"

Plötzlich tauchte Andrjuschka auf. Er kam auf Tischka zu und rief:

„Was tauchst du sie denn unter?"

Es fehlte nicht viel, und sie hätten gerauft.

Sobald er merkt, daß Malanjka baden gegangen ist, versteckt er sich im Schilf und guckt. Einmal erwischten ihn die Weiber dabei. Sie stiegen aus dem Wasser, packten ihn und warfen ihn, wie er war, im Hemd, ins Wasser. Der Junge hatte völlig den Kopf verloren, aber seine Nahrung war nicht sehr üppig, Tee bekam er auch keinen zu trinken, zu tun hatte er den ganzen lieben Tag mehr als genug, dann mußte er, wenn der Abend kam, noch auf die nächtliche Pferdehut mit dem Alten, und so hatte er keine Zeit, an dummes Zeug zu denken. Besonders seit der Heuernte, wo sie ihn so gehudelt hatte, sprach er gar nicht mehr mit ihr. ‚Was sie auch machen sollte, ich werde nichts sagen, mir nichts anmerken lassen.' Gut.

Das Wetter war in diesem Jahr um die Zeit der Ernte herrlich. Nicht Heu, sondern der reinste Tee war es, den man in die Scheunen brachte. Heute wurde gemäht, und morgen konnte man schon wenden. Das Herrschaftliche wurde zuerst eingeführt, hernach gingen die Bauern an ihr eigenes Heu. Schöne Wiesenstücke hatten damals die Bauern, an die sechs Fuhren kamen auf jeden Mann, und dann blieb ihnen noch das entferntere Wiesenland im Wald, das auch etwa zwei Fuhren pro Mann ergab. Es waren dann noch die Wiesen zu mähen, die der Herbergswirt von der Herrschaft auf halbpart gepachtet hatte, auch waren noch die Kronsfelder einzufahren und schließlich blieben noch die Kronswiesen. Auch die hatte er gepachtet.

Das Herrschaftsgut war groß und es gab viele, die keinen Frondienst zu verrichten hatten. Diese Arbeit übernahmen dann diejenigen, die überflüssige Arbeiter hatten. Der alte Jewstrat hatte einen Arbeiter, die Soldatenfrau ging mit der Alten zur Arbeit für die Herrschaft, Andrjuscha und Malanjka aber schickte der Alte auf Arbeit zum Herbergswirt.

Die Wiese des Herbergswirtes lag etwa neun Werst vom Dorfe ab. Schon am Vorabend waren die Bauern hingegangen und hatten einen Teil der Wiese abgemäht. Am andern Tag kamen die Weiber. Es sammelten sich an die zwanzig Sensen. Die Wagen wurden eingespannt, man nahm Brot, Kwas, Gurken, Grütze mit und alle miteinander fuhren für eine ganze Woche weg. Auf dem Weg wurden Lieder gesungen und unaufhörlich ertönte Gelächter. Etwa zehn

Weiber und Bauern saßen auf einem Wagen. Andrjuscha hatte den scheckigen Wallach vom Hauswirt eingespannt, es war das beste Pferd im Dorfe (sie haben diese Zucht heute noch). Die Sensen, auch die der andern, brachte er im Wagen unter, die Weiber verstauten dort ihre Rechen und Kessel. Andrjuscha setzte sich zu den Weibern. Wie ein Fürst mit seiner Fürstin fuhr er neben Malanjka dahin. Die Leute lachten sogar. Sie fuhren auf die große Landstraße hinaus. Ein Wagen suchte den andern zu überholen, und Malanjka sagte zu ihm:

„Fahr zu!"

„Der Hauswirt leidet's nicht."

„Ei, was du für ein Heiliger bist. Fahr nur zu, schneller!"

„Ich muß es verantworten, nicht du."

„Na, vorwärts, vorwärts!"

Damit riß sie ihm die Zügel aus den Händen.

„Meinetwegen! Mach, was du willst!"

Er kletterte vom Wagen herunter und ging zu Fuß weiter. Mit bitterbösem Gesicht. Als die Bauern an Ort und Stelle angekommen waren, wählten sie aus ihrer Mitte einen Starosten. Er wies den Platz an, flink wurden die Pferde ausgespannt und angekoppelt. Man holte die Kisten vom Wagen herunter, machte einen Zaun um den Lagerplatz, hieb Äste von den Bäumen ab und stellte Zelte auf. Dann wurde noch Heu ausgespreitet und das Lager war fertig.

Als Andrjuscha ankam, war seine erste Frage:

„Wo ist der Wallach?"

„Woher soll ich das wissen? Bin ich der Knecht? Deine Sache ist's, dich um das Pferd zu kümmern."

„Rede einer mit Weibern!" sagte er mit einer Geste und ging zu den Bauern, um nach dem Pferd zu fragen.

Malanjka fühlte sich beleidigt und sagte nichts. ‚Warte nur,' dachte sie, ‚ich will es dir schon noch eintränken'. Die Arbeit begann. Die Weiber rechten das Heu und sangen dazu ihre Lieder, die Männer schichteten das Heu in großen Haufen auf. Der Herbergswirt kam und scherzte mit den Leuten.

„Bitte, liebe Leute, macht nur rasch, das Wetter wird sich nicht halten," sagte er.

„Spende einen halben Eimer Branntwein."

„Gut," sagt er.

Es war eine Freude zuzusehen, wie die Arbeit vonstatten ging.

Zu Mittag wurde eine halbe Stunde gerastet, dann ging's wieder an. Im Frondienst hätten sie das nicht in drei Tagen geschafft. Lustig, einträchtig. Nur Andrjuscha war heute in noch schlimmerer Gemütsverfassung als sonst.

‚Ich werde den Dienst kündigen‘, denkt er, ‚werde zu meinem Mütterchen gehen, ihr alles erzählen, unterwegs verdinge ich mich halt.‘

Und dabei wendete er kein Auge von Malanjka ab. Dort geht sie am Wiesenabhang hin, mit Fuß und Rechen wirft sie das Heu zusammen, und dabei singt sie ihre Lieder oder lacht, daß es im ganzen Walde widerhallt. Nach ihm schaut sie sich nicht ein einziges Mal um. Noch trauriger wird ihm ums Herz. ‚Nein, das kann nicht so weitergehen‘, denkt er, ‚ich muß es sein lassen; ich bin nicht der Mensch dazu‘.

Als es dunkelte, versammelten sich die Leute bei den Wagen, nahmen das Abendbrot ein und tranken Schnaps. Malanjka sprach mit Andrjuscha kein Wort. Einige von den Alten legten sich zur Ruhe. Die Weiber tranken auch ein Gläschen und wurden so munter, daß sie, anstatt schlafen zu gehen, einen Reigen tanzten. Der alte Einkehrwirt war mitten unter ihnen; man schickte sogar nochmals um Schnaps. Andrjuscha war es traurig zumute, noch mehr als früher. Sind alles habliches Volk und verschwägert untereinander, er hingegen ist hier ein Fremder; Schnaps trinkt er nicht, mag sich gar nicht erst daran gewöhnen. Er nahm seinen Rock, schnitt sich ein Stück Brot ab und begab sich seitwärts zu einem Heuschober, der bei einer Birke errichtet war. Das Heu war noch nicht fertig, man hatte es nur des Taues wegen zusammengerecht und wollte es morgen wieder auseinanderwerfen, wenn das Wetter gut war. Das Heu war noch feucht, grün, und es duftete stark.

Er warf den oberen Teil herunter. Darunter war feuchtes, großhalmiges Waldheu. Er breitete seinen Rock darüber, legte sich nieder und es war ihm schwer, schwer ums Herz. Dort vom Wald her hört man die Weiber schreien und singen, die Burschen jagen ihnen nach. Malanjkas Stimme ist zu hören, Rauch weht herüber, der Himmel ist rein, die Sternchen blinken. Er legt sich auf den Rücken, und wie müde er auch ist, betrachtet er die Sterne. Auch im Walde ist's nun still geworden, er aber kann noch immer nicht einschlafen. Aus

Langerweile begann er ein Liedchen zu singen. Aber was war das? Der Schober bewegte sich.

„Wer ist da?"

Er schaut – es sind Weiber.

„Wer ist da, was willst du?"

Er hat sie erkannt: die Soldatenfrau war es, die mit einem Burschen ins Gebüsch ging, die andere war – Malanjka. Sie kam zu ihm, ohne etwas zu sagen und setzte sich auf den Schober.

„Ich bin's. Warum hast du aufgehört zu singen. Singe weiter, Andrjuscha."

Andrjuscha ist schüchtern geworden. Singen möchte er wohl, aber er bringt keinen einzigen Ton hervor.

„Was hast du, so singe doch!" Sie zupfte ihn am Ärmel. „Ich höre dieses Lied so gern. Und die Bauern dort hängen mir schon beim Hals heraus. Ich bin von ihnen weggelaufen. So singe doch!"

„Ach … laß mich in Ruhe."

„Du bist wohl nicht fröhlich gestimmt?"

Er schweigt.

„Was kann dich betrüben? Bei mir ist es etwas anderes. Ich habe einen und habe auch keinen Mann. Aber du? Geht es dir denn schlecht? Bist satt, liegst trocken, was willst du noch mehr?"

„Was liegt dir an deinem Mann! Hast auch so genug, die dir nachlaufen."

„Und glaube mir: nicht einer ist mir lieb, Andrjuscha! Alles ist mir zuwider, langweilig ist mir alles, nicht zum Aushalten ist's. Und kein einziger ist mir lieb und wert außer meinem Mann. Warum aber spielst du nicht mit den Weibern?"

„Ich bin doch ein Fremder hier, ihr habt an euren eigenen Burschen genug."

„Bist du mir böse?"

„Nein, warum denn auch?"

„Man merkt es wohl: unglücklich bist du, niemand hat dich lieb, wahrhaftig! Bist du mir des Wallachs wegen bös?"

„Nein, Malanjuschka, ich will dir die Wahrheit sagen … Laß mich in Frieden … Was bin ich dir? … Ich bin ja nur ein Arbeiter … Bin recht dumm … Kann mich nicht beherrschen … Früher hab ich dich nie angesehen… Als wenn es keine andern Weiber im Dorf gäbe … Wahrhaftig, laß mich laufen … Und wenn ich mich sehne,

so deswegen, weil ich schon lange nicht mehr daheim bei den Meinigen war …“

„Dann wirst du wohl bald heiraten?“

„Weiß Gott!“

„Ich würde dich heiraten.“

Andrjuscha schwieg ein Weilchen. Im Gebüsch rauschte es und
jemand pfiff. Andrjuscha lachte.

„Sieh mal, Nastaßja hat einen Beschützer gefunden.“

„Ich würde dich heiraten.“ Malanjka stand auf und setzte sich
auf seine Knie; dann nahm sie seinen Kopf in ihre beiden Hände und
küßte ihn auf den Mund.

„Niemand hab ich lieb, niemand.“

Es raschelte im Gebüsch, sie sprang auf und lief zur Soldatenfrau.

„Was tust du mit mir, was hast du aus mir gemacht?“ sagte
Andrjuscha und griff nach ihrer Hand. Aber sie riß sich los.

„Laß es sein, du siehst ja, Leute kommen, man würde uns sehen.“

Andrjuscha schlief die ganze Nacht nicht. Sie aber kam mit der
Soldatenfrau zu den Wagen, legte sich zwischen den andern Weibern nieder, schlief ein und hörte und sah nichts mehr.

Andrjuscha saß lange auf dem Heuschober, lauschte in die Nacht
hinaus, trieb sich bei den Wagen umher, aber Malanjka stand nicht
auf: sie hörte nur, wie der Hund bei der Station bellte, wie die Hähne
zu krähen begannen, wie die Vögel erwachten, wie die Bauern zu-
rückkamen, die bei der nächtlichen Hürde gewesen waren: es war
am frühen Morgen, kalter Tau bedeckte den Boden und das Heu.

Andrjuscha wußte nicht, wann er eingeschlafen war. Bei Sonnen-
aufgang weckte man ihn. Malanjka war zu ihm wie sonst und tat als
ob nichts gewesen wäre.

4. |

Als der Tau von der Sonne aufgesogen war und das Volk das Frühstück verzehrt hatte, ging die Arbeit von neuem los. Der lustigste
Teil der Arbeit rückte heran: das Anfahren des Heus und das Auf-
richten der großen Heuschober. Einige fuhren in den Wald, um
Zweige zu holen, die als Unterlage für die Schober dienen sollten,

andere spannten die Wagen an, wieder andere teilten das Heu ab und lockerten es, damit es noch weiter trockne.

Der Tag fing schön an, aber die Alten urteilten, daß das Wetter sich nicht halten werde. Tau war nur wenig gefallen, beim Herbergswirt war der Schnupftabak in der Tabaksdose aus Birkenrinde am Deckel hängen geblieben, die Schwalben flogen ausnehmend niedrig dahin, in der Luft hing viel Nebeldunst und die Fernen wiesen bläuliche Tinten auf. Es war sehr schwül, müde und matt waren alle.

Bis Mittag hatte man schon einen ganz ordentlichen Schober aufgerichtet. Man mußte das Heu von den Wagen aus hinaufreichen und schickte nach längeren Heugabeln, da die mitgebrachten zu kurz waren. Drei Leute standen oben, zwei reichten das Heu hinauf, einer glättete die Seiten. Zuerst machte man das Heu des Herbergwirtes fertig. Er selbst hatte fleißig mitgeholfen, – sein Bauch ist dick, Schweiß dringt ihm aus allen Poren. Auch die Weiber müssen Heu herbeifahren. Malanjka und die Soldatenfrau kommen mit einer Fuhre. Hoch oben sitzen sie im Heu. Die Bauern zerren und schütteln das Heu, damit sie herunterpurzeln; da muß man sehr geschickt sein und rechtzeitig abspringen, sonst fliegen sie mitsamt dem Heu herunter. Einmal hatte sie nicht mehr Zeit gehabt, herabzuspringen und sie kollerte hinunter, war das ein Gelächter! Andrjuscha war mit mir zusammen Auflader. Wir hatten zwar die bessere Seite, im Schatten, aber der arme Junge arbeitete sich über Gebühr ab. Vor den andern bemüht man sich eben, nicht zurückzubleiben, und so nimmt er zuviel auf die Heugabel, besonders wenn die Weiber herschauen, beugt sich hintenüber, hebt es mit Anstrengung hinauf. Er macht ein paar Schritte, die Beine knicken ein, das Heubündel schwebt über seinem Haupte, trockene Grashalme fallen ihm auf das schweißbedeckte Gesicht und bleiben darauf haften. Der Ehrgeiz regt sich: bei wem geht's rascher? – bei uns! Lärm, Lachen, die Arbeit geht flott vorwärts, das Heu duftet, man ist wie berauscht. Dabei treibt der Herbergswirt die Leute noch an. Wozu? Tut doch jeder aus eigenem Antrieb, was er kann. Gegen Mittag ist ein Heuschober fertig, die Kappe ist aufgesetzt, der Arbeiter, der oben sitzt, läßt sich an einem Strick herunter. Andrjuscha spürt vor Müdigkeit kaum seine Arme. Jetzt ein kurzes Schläfchen, dann geht man an den zweiten Heuschober heran. Zuerst geht es rasch: die Heubündel werden auf die als Unterlage dienenden grünen Zweige geworfen, flink arbeiten die Weiber, der Heuschober wächst empor. Aber o weh! da ziehen dunkle Wolken am Himmel herauf!

„Brüder, jetzt legt los, einen ganzen Eimer spendiere ich!" Da brodelt und kocht die Arbeit. Die Wolken kommen immer näher, es erhebt sich ein Wind. Der Herbergswirt selbst kriecht auf den Heuberg hinauf, man wirft ihm die Bündel zu. Sein Bart flattert im Wind. Er kann mit dem Zusammenlegen nicht so schnell fertig werden. Wie schnell er auch mit dem Rechen hantiert – gleich ist er verschüttet; er arbeitet sich hervor, und wieder ist er unter den Heubündeln begraben.

„Noch mehr, noch mehr!"

„Fang das! Hierher, ihr Weiber! Noch steiler anwerfen! Fester niedertreten! Mach es oben glatt! Ist noch viel übrig?"

„Noch zwei Haufen im Gebüsch."

Die Weiber sollen das Heu holen, wissen aber nicht, wo es ist. Mein Andrjuscha, sehe ich, ist vollkommen ausgepumpt, er zittert wie Espenlaub.

„Geh du, du weißt, wo es ist!"

Der Wind weht heftiger und heftiger, die Wolken kommen näher, Bart und Hemd des Herbergswirtes flattern im Wind, Andrjuscha wischt sich den Schweiß von der Stirne und besteigt den Wagen.

„Ein Weib muß mitfahren!" schreit er.

Die Soldatenfrau ist anderswo beschäftigt, so besteigt Malanjka den Wagen und ergreift die Zügel. Vorwärts! Der Wagen rollt dahin. Malanjkas Beine und Brüste erzittern. Andrjuscha wird wie ein Mehlsack hin und hergeschüttelt. Bald sind sie im Gebüsch angelangt. Andrjuscha steigt vom Wagen herunter, um das Heu hinaufzugeben; Malanjka bleibt auf dem Wagen, um es hinaufzunehmen. Sie schaut lächelnd, ohne ein Wort zu sagen, auf ihn hinunter. Ein Bündel legt sie neben das andere, schön der Reihe nach, und blickt ihn an. Er will ein Bündel hinaufgeben, da knicken ihm die Beine ein, er sinkt auf das Heu nieder, er hat keine Kraft mehr, hat sich überarbeitet, er kann nicht mehr.

„Was ist mit dir? Willst du dich jetzt zum Schlafen hinlegen?"

„Umbringen will ich mich, du Seelenverderberin, dich und mich bringe ich um."

Das Weib lacht ... Doch sieh, er wird weiß wie Linnen. Sie springt zu ihm hin.

„Was ist dir denn, Andrej, bist du nicht recht bei Trost oder hat dich jemand behext?"

Er faßte ihre Hände.

„Quäle mich nicht länger, Malanjuschka, ich habe keine Kraft mehr. Entweder schicke mich fort, verbanne mich aus deiner Nähe, sage, daß ich mich töten soll, oder habe ein wenig Mitleid mit mir. Ich weiß, daß ich nicht deinesgleichen bin, und es schickt sich nicht, daß ich dir nachgehe, du hast einen guten Mann. Aber ich bin meiner selbst nicht mehr mächtig. Ich sterbe – ich liebe dich, du mein helles Licht!"

Er hielt sie an den Händen fest und weinte bitterlich.

„Schau, schau: zum Heuaufladen hat er keine Kraft, an mir aber hängt er wie eine Klette! Laß mich los. Fein ausgedacht hat er sich das! Laß mich jetzt los, ich sag es dem Wirt!"

„Aber du hast doch selbst ... Warum hast du mich gestern geküßt?"

„Gestern hat es mir so gepaßt, heute muß man arbeiten. Nun, so steh doch endlich auf und laß mich los. Die heutige Nacht soll unser sein."

„Ist's auch wahr, Malanjuschka?"

„Werde ich dich denn anlügen? Und jetzt fängt es auch noch zu regnen an. Auf, auf!"

Da war nichts zu machen. Er kam zu sich, belud, so gut es gehen wollte, den Wagen, warf den Strick über, und sie fuhren zurück. Er ging neben dem Wagen her.

„Wirst du dein Versprechen halten?"

„Natürlich."

Und sie lacht.

Kaum hatten sie das Heu abgeladen, als es zu regnen begann. Die Leute suchten Schutz hinter den Wagen. Das Heu des Herbergswirtes war eingebracht, das eigene war liegen geblieben. Was soll man tun? Die Leute machten sich auf den Heimweg.

Die schlaue Malanjka hatte es im voraus gewußt, daß es so kommen würde, und während Andrej mit dem Wagen zurückblieb, ging sie mit der Soldatenfrau nach Hause. Sie waren noch nicht weit, als Nikoforow, mit dem die Soldatenfrau lebte, ihnen nachkam. Die

Soldatenfrau blieb zurück, Malanjka ging allein nach Hause.

Der Regen hatte aufgehört. Die Sonne guckte wieder hervor. Der Weg führte durch einen Wald. Malanjka hatte die Schuhe ausgezogen, den Rock über den Kopf genommen, und nun marschierte sie drauflos. Die wohlgeformten Beine schimmern weiß, das Gesicht ist rosig – ei! sie mag sich kleiden, wie sie will, – sie ist und bleibt doch die schöne Malanjka!

Doch hier sollte sie für ihren Mutwillen und für alles, was sie Andrjuscha angetan, büßen!

Der Herbergswirt hatte das Heu gegen eine Anzahlung bereits an einen Großkaufmann verkauft und hatte ihn eingeladen, das Heu zu besichtigen. Malanjka geht so für sich hin, und woran sie denkt, weiß Gott allein. Die Soldatenfrau und Nikoforow und Andrjuscha gehen ihr durch den Sinn. Sie war ihm jetzt weggelaufen, aber nichtsdestoweniger tat er ihr sehr leid. Sinnend schritt sie weiter. Auf einmal sieht sie einen Reiter näher kommen. Er hat einen Kaftan an, wie ihn die Kaufleute tragen, auf dem Kopf hat er eine Kappe mit Schirm, aus dem Kaftan lugt ein rotgemustertes Baumwollhemd hervor, die Beine stecken in Schaftstiefeln, das Pferd ist ein rassiges, feuriges Tier, und der Mann, der auf dem Pferde sitzt, ist ein Kerl, ein ganzer Kerl: wohlgenährt, wangenrot, mit schwarzen Augenbrauen, die Haare schwarz, lockig, mit sprossendem Schnurr- und Kinnbart. Er reitet gemächlich dahin, raucht sein kupferbeschlagenes Pfeifchen und schwingt ein Riemenpeitschchen. Ein schöner Mensch, man kann es nicht anders sagen. Malanjka hatte ihn nie vorher gesehen, wir aber kannten ihn recht gut, den Großkaufmann Matwjej Romanowitsch. Er war noch sehr jung, dabei aber ein Schelm, wie kein zweiter im ganzen Gouvernement zu finden war. Jung an Jahren, war er schon solch ein Schelm. Bei aller Jugend war er der durchtriebenste Schelm im ganzen Gouvernement! Was er besonders heraus hatte. In der Kunst, Mädchen zu betören und pestkrankes Vieh loszuschlagen, war er ebenso bewandert wie als Roßtäuscher und Grundspekulant, obgleich er erst etliche zwanzig Jahre alt war. Sein Vater war eine ebensolche Bestie gewesen.

„Guten Tag, mein schönes Kind! Woher, wohin des Weges?"

Dabei verstellt er ihr mit seinem Gaul den Weg.

„Auf dem Heimweg sind wir. Warum versperrst du mir den Weg? Ich kann ja auch hinten rum gehen."

Er wendete das Pferd und ritt ihr nach. Das Weib schaut ihn an, ‚ein Adler', denkt sie, ‚das ist kein Andrjuscha.'

„Wie heißt du denn, junge Frau?"

„Wozu brauchst du das zu wissen?"

„Ich möchte wissen, wem eine so hübsche junge Frau gehört."

„Wem ich auch gehöre, jedenfalls nicht dir. Da ist nichts zu lachen."

„Für ein junges Frauchen, wie du es bist, würde ich jedes Opfer bringen. Wie heißt du?"

„Malanjka. Was noch?"

Er hatte ihr wieder den Weg versperrt und stieg nun vom Pferd herunter.

„Nimm dich in acht!"

Sie drohte ihm mit dem Rechen.

„Wie heißt du mit deinem Vaternamen?"

„Rodiwonowna."

Er ging nun neben ihr her.

„Ach, Malanjka Rodiwonowna, möchtest du nicht ein wenig ausrasten? Warte doch ein bißchen, ach, Malanjka Rodiwonowna, sehr, sehr gefällst du mir!"

Malanjka fühlte zwar, daß ihr ein Unheil drohte, aber seine Worte schmeichelten ihr und taten ihr wohl, und zugleich wurde ihr bange und sie beschleunigte ihren Schritt.

„Zieh deines Weges und laß mich gehen. Die Bauern kommen schon. Das da ist dein Weg, ich gehe in dieser Richtung."

„Malanjka Rodiwonowna, mir fällt es gar nicht schwer, ein Stück mit dir zu gehen," sagte er, nahm aus seiner Rocktasche ein rotes Kopftuch und reichte es ihr.

„Ich brauche nichts von dir, laß mich in Ruh!"

„Liebe, schöne Maschenjka," sagte er, „alles was du willst, nur hab mich ein bißchen lieb. Ich hab dich kaum erblickt, da war's um mich geschehen. Du Hübsche, du Liebe, komm, hab mich ein bißchen lieb!"

Und Gott weiß, wie ihr geschah; sie, die mit den andern so keck scherzte, schlug jetzt die Augen nieder und sagte kein Wort. Er faßte sie bei der Hand.

„Marja Rodiwonowna, du Allerschönste, ich habe dich liebgewonnen, ich kann ohne dich nicht mehr leben. Zehn Monate war ich nicht zu Hause." Weiß wie Linnen wurde er im Gesicht, seine Augen funkelten. „Mir schwinden die Kräfte." Er faltete die Hände. „Im Namen Gottes bitt ich dich." Seine Stimme zittert. „Verweil ein Stündchen, biegen wir vom Wege ab. Marja Rodiwonowna, erfülle meinen Wunsch. Ich bin ein Fremder, die Schande nehm ich mit mir fort."

Sie wurde wankend und sagte nur:

„Du bist ein Fremder, ich kenne dich ja nicht."

Da nahm er sie in seine Arme – er war ein kräftiger Bauer – und trug sie fort, die Liebe, Gute.

– –

Er erfuhr von ihr alles, was er wissen wollte: wo der Hof war, wo sie schlief. Aus dem Brustlatz zog er sein Geldbörschen hervor und schenkte ihr einen Silberrubel. Das Weib begann zu schluchzen:

„Habe Mitleid mit mir, bring mich nicht in Schande!"

„Da hast du," sagte er, „ein Andenken an mich, und morgen, wenn es dunkel wird, werde ich auf dem Hinterhofe pfeifen."

Er begleitete sie bis zum Waldesrand, setzte sich auf sein Pferd und verschwand.

5. |

Sie kam nach Hause. Der Alte und die Alte ahnen gar nichts. Sehen aber – das Weib ist anders geworden. Keiner Sache nimmt sie sich mehr an, immer läuft sie irgendwo herum. Andrjuscha ist noch trauriger als sonst. Einmal kam er mit ihr in der Dreschtenne zusammen und sagte ein paar Worte zu ihr. Da kam er aber schön an: wie einen Bösewicht schalt sie ihn aus, geriet in helle Wut und begann sogar zu weinen.

„Wage nur, mir noch ein Wort zu sagen! Wie er sich heranmacht, der Satan! Nicht einmal einen Scherz darf man sich erlauben." Und sie weinte aus Herzensgrund. „Von dir rührt all mein Unglück her."

Er verstand gar nichts, noch trübseliger wurde ihm zumut, aber sich von ihr zu trennen, dazu fehlte ihm die Kraft. Sein Vater wollte ihm eine andere Stelle verschaffen, man bot ihm dort mehr Lohn;

aber nein, Andrjuscha wollte nicht, „ich will hier umsonst dienen,“ sagte er, „zu fremden Leuten gehe ich nicht.“

Seit der Heumahd hatte sich auch das Wetter geändert: unaufhörlich goß der Regen vom Himmel herab. Der Anteil der Bauern, den man nicht mehr einbringen konnte, verdarb auf der Wiese infolge der Nässe, nur ein kleiner Teil davon konnte noch hereingebracht und in der Getreidedarre getrocknet werden. Es regnete von früh bis spät, überall Schmutz und Schlamm. An ein Ackern war gar nicht zu denken, der Hakenpflug wird einem aus den Händen gerissen, alles Land ist von den Regenfluten durchweicht.

Eines Tages begibt sich Andrej nach der Getreidedarre, Fronarbeit zu verrichten; alle Augenblicke glitscht er in den Pfützen aus; und da sieht er – eine Frau in einem Kopftuch geht barfuß durch den Schlamm, hat eine Gerte in der Hand – es ist Malanjka, die ihre Kühe heimtreibt. Den ganzen Tag hatte es wie aus Eimern gegossen, die Hirten können das Vieh auf dem Feld nicht festhalten. Er sieht, der Großhändler kommt und geht auf sie zu. „Heute“, sagt er. Malanjka neigt den Kopf. ‚Also der ist es!‘ denkt Andrej.

Andrej kam nach Hause, legte sich nicht schlafen, horchte. Er hört, jemand pfeift hinter der Tenne. Malanjka springt hinaus, läuft weg. Andrej geht zur Getreidedarre, er sieht dort einen Fremden stehen.

„Wer bist du?“

„Ein Arbeiter. Sage nichts. Da hast du einen Zwanziger, du weißt, was du zu tun hast.“

Andrej war nicht der einzige, der es erfuhr. Im Dorf fiel es auf, daß der Großhändler so oft kam. Es hieß, er käme zu der Soldatenfrau. Geredet wird gar viel und Genaueres wußte man nicht.

Einmal kommt Jewstrat spät nachts nach Hause. Hatte auch er von den Gerüchten gehört oder war er zufällig gekommen, gleichviel, er war nun da. Er fragt nach seinem Weibe. „Sie ist,“ sagt man ihm, „in die Dreschtenne gegangen.“ Er geht zur Tenne. Stimmen … Seinen ganzen Körper überläuft ein Beben. Schaut in den Schuppen – Stiefel stehen da.

„He, wer ist da?“ und schon haut er mit dem Knüttel drein. Der Großhändler erwischt das Tor und läuft davon.

Malanjka springt im bloßen Hemd heraus und will davon.

„Was sind das für Stiefel?“

„Ich bin schuldig."

„Gut, geh in die Stube."

Die Stiefel trug er ins Haus. Legte sich allein zu Bett. Am Morgen nahm er einen Riemen, flocht ihn zusammen, Andrej sieht es. Er rief sein Weib in den Verschlag und begann sie zu schelten und zu schlagen, und je mehr er sie schlug, desto zorniger wurde er. „Mit Männern treibst du dich umher? Treibe dich nicht mehr umher! Treibe dich nicht umher!" Und er packt sie an den Haaren und wirft sie zu Boden und schlug sie braun und blau. Und sie denkt: ‚Was einmal im Bauche drinnen sitzt, schlägst du nicht mehr heraus.'

Die Mutter beginnt für sie zu bitten. Aber er schreit:

„Wer will mich belehren, wie ich mit meinem Weibe umgehen soll!"

Da schämt sich die Mutter und bittet um Verzeihung.

Er spannte das Pferd ein und fuhr mit Andrej hinaus, um zu pflügen. Er begann ihn auszufragen.

„Ich weiß von gar nichts."

Jewstrat kommt heim, spannt aus, sein Weib bereitet das Abendbrot. Sie geht nicht – sie fliegt. Sie ist sauber gewaschen und hat sich ein bißchen nett gemacht, nur die blauen Flecken sind noch zu sehen. Sie wagt es nicht, ihn anzuschauen. Man ißt zu Abend. Die Alten ziehen sich in ihren Verschlag zurück. Jewstrat legt sich auf den Pritschenrand und sagt nichts.

„Lösche den Kienspan aus."

Sie löscht den Span. ‚Was wird sie tun?' denkt er. Er hört, wie sie sich entkleidet. Gut. Er sieht, sie geht am Fenster vorbei.

Jetzt ist er sechs Monate nicht zu Hause gewesen und hat sie geschlagen. Er fühlt, daß er sie noch immer so lieb hat. Sie ging schweigend im Zimmer hin und her. Dann lüpfte sie den Kaftan, mit dem er zugedeckt war und sprang im bloßen Hemd wie ein Zicklein zu ihm ins Bett und umarmte ihn so, daß sie ihn beinahe erwürgt hätte.

„Wirst du es nicht mehr tun?"

„Schweig still davon."

Den Viehhändler vergaß sie so vollständig, daß sie sogar nicht ein einziges Mal mehr an ihn dachte. Jewstrat aber verkaufte die Stiefel für fünf Rubel und lachte oft:

„Hab ihn nur nicht erwischt, hätt ihm auch den Kaftan ausgezogen!"

Andrjuscha aber lebte dort nur mehr bis Maria Schutz und Fürbitte und kehrte dann nach Hause zurück. Lange konnte er das Vorgefallene nicht vergessen. Aber dann bekam er von seinem Vater seinen Landanteil und man verheiratete ihn.

Nach neun Monaten gebar Malanjka einen Sohn, der dem Viehhändler zum Lachen ähnlich war. Dieser älteste Sohn war ihr auch immer der liebste von allen. Es ist dies eben der Petruscha, von dem wir vorhin geredet haben.

Tichon und Malanjka

Erzählung aus dem Landleben

Im Dorfe war es feiertägig leer, alles Volk war in der Kirche, nur die kleinen Kinder, die alten Frauen und etliche Bauern, die zu faul waren, um in die Vormittagsmesse zu gehen, blieben zu Hause. Die Weiber machten sich am Herd zu schaffen, die Kinder krabbelten an den Türschwellen, die Bauern stocherten in den Höfen herum. Die Dorfstraße war menschenleer. Es war heute das Fest Peter und Paul. Vom Ende der Straße her ertönte jetzt das Postglöcklein und ein von drei Pferden gezogener Postwagen tauchte auf.

Einer der Bauern, die zu Hause geblieben waren, Anissim Schidkow, ließ, als er das Glöcklein hörte, den Wagenkasten, mit dem er sich gerade zu schaffen gemacht, fallen und trat aus dem Tor, das sich knarrend öffnete, auf die Straße hinaus, um nachzusehen, wer da gefahren käme. Den Seitenpferden waren bunte Bänder in die Mähnen geflochten, das gesprenkelte Deichselpferd, das er gleich erkannte, war mit dem Kopf im Krummholz hochgezogen. Es kam jetzt, kaum den Kopf bewegend, die Anhöhe herauf und nahm, als der Kutscher sich in seinem Wagenkasten auf einem Knie erhob und mit der Zunge schnalzte, rasch eine andere, schaukelnde Gangart an.

Die Pferde sahen gut gepflegt aus und schwitzten nicht, obgleich die Sonne sehr stark vom wolkenlosen Himmel herunterbrannte. Der Kutscher, ein sehr hübscher Bursche, trug einen neuen Kaftan und hatte einen neuen Hut auf dem Kopfe.

„Jermilin Tichon!" brummte Anissim vor sich hin, als er den Kutscher erkannt hatte, und trat in seinen neuen Bastschuhen bis in die Mitte der Straße hinaus.

Als Tichon an Anissim vorbeifuhr, lüftete er leicht den Hut und an dem Ausdruck seines Gesichtes war zu erkennen, daß er restlos glücklich war, auch daß er selbstverständlich wußte, daß alle ihn um dieses Dreiergespann beneiden mußten, das er selbst zusammengestellt und auf diesen Punkt gebracht hatte. Er war nur bemüht, niemand durch das Zurschautragen seiner Zufriedenheit zu verletzen.

Auf die Pferde schrie er nicht ein und setzte den Hut, nachdem er gegrüßt hatte, nicht etwa schief auf, sondern gerade, die Zügel des Beipferdes zog er nicht an, sondern berührte sie nur, und als er unweit von Anissims Hof abbog, begann er das Dreigespann zurückzuhalten, indem er die Pferde, die sich ohnedies sehr bescheiden im Schritt dem bekannten Tor näherten, mit einer überflüssigen Behutsamkeit zu einer noch langsameren Gangart nötigte. Anissim, dessen Geschäfte in diesem Sommer nicht sehr gut gingen, trat nicht ohne Neid, dabei aber mit viel Respekt, an Tichon heran, um ein wenig mit ihm zu plaudern.

Die alte Mutter, die allein zu Hause geblieben war, kam auf die Vortreppe hinaus.

„Ich hör ein Glöcklein klingen," sagte sie fröhlich, „und denke mir: sind das Fuhrwerke? Dann walkte ich meine Pirogen und hörte gar nichts. Aber plötzlich hör ich das Glöcklein wieder und diesmal schon ganz nahe."

„Grüß Gott, liebes Mütterchen!" sagte der Sohn, indem er mit seinen schweren Stiefeln vom Wagen heruntersprang.

„Grüß dich Gott, Tischenjka! Bist du wohlauf und gesund?"

Und sie fuhr fort zu reden und redete wie immer in einem Tone, als ob sie von etwas Traurigem und Längstvergangenem spräche.

„Ich denke mir, ei, wenn jetzt unser Tichon nach Hause kommt – der Alte ist nicht da, die Frau ist fort, alle sind sie in die Messe gegangen …"

Tichon hörte ihr nicht mehr zu, sondern nahm aus dem Kasten ein Bündelchen, ging in die Hütte hinein, verneigte sich vor den Heiligenbildern und öffnete, nachdem er den Hausflur durchschritten hatte, das Tor.

Die Fausthandschuhe und die Peitsche steckte er in seinen Gürtel, machte das Tor so weit als möglich auf, damit die Pferde ungehindert durchkonnten, führte die Seitenpferde am Zügel in den Hof hinein, löste die Schleifen der Zugstränge, warf sie den Pferden über, machte die Leitseile los, nahm den Pferden die Kumte ab, führte sie heraus, sorgte, daß sie sich nirgends anstießen, und sobald er mit dem einen Pferd fertig war, machte er sich, ohne auch nur eine Sekunde zu verlieren, an das andere. Nirgends blieb er hängen, nichts fiel ihm aus den Händen, alles gelang ihm und ging wie am Schnürchen.

Wenn er auch nichts mehr in Händen hatte, blieben seine Finger noch immer auseinandergespreizt, als ob sie etwas anderes packen und in Ordnung bringen wollten.

Während des Ausspannens hörte er nicht auf, mit Anissim, der sich genähert hatte, zu plaudern. Anissim stand in seinen Bastschuhen mit träge auseinandergespreizten Beinen da und kratzte sich mit dem Gurt, den er über dem weißen, sauberen Hemde trug, langsam den Bauch. Er lüftete wieder ein wenig die Mütze und setzte sie wieder auf. Tichon rückte ebenfalls ein wenig an seinem Hut.

„Aha, hast wohl Sehnsucht nach deinem jungen Frauchen gehabt?" sagte Anissim mit einem kurzen Auflachen, aber eigentlich wollte er ihn etwas ganz anderes fragen.

„Nicht der Rede wert," antwortete Tichon.

„Wie geht es den Unsrigen, was treiben sie? Die Mitroschins zum Beispiel?" fragte Anissim in ernstem Ton und kratzte sich am Kopfe.

„Je nachdem. Dem einen geht's gut, dem andern schlecht. So ist es auch auf der Station. Je nachdem, wie man sich eben aufführt, Onkel Anissim," sagte Tichon überlegen, indem er nicht ohne Stolz an sich selbst dachte.

„Den Kastanienbraunen hast du wohl umgetauscht?" sagte Anissim. Er kam jetzt auf das Thema, das ihn eigentlich interessierte. „Den Hellbraunen hast du wohl auch gekauft, nicht wahr?"

„Ach was, der Kastanienbraune! Hätte nur das Väterchen nicht immer gebelfert. Man hätte ihn längst weggeben sollen. Es war höchste Zeit!"

Und Tichon erzählte nun mit vielem Vergnügen, wie es beim Umtausch zugegangen war, wieviel er dem andern abgezwickt und wieviel der andere daraufgezahlt hatte. Anissim machte, halb im Scherz, halb im Ernst, den Vorschlag, ein Schnäpschen zu trinken, aber Tichon winkte leise, doch entschieden ab.

Im Laufe des Gespräches vollführte er alle vorbeschriebenen Arbeiten. Als die Pferde ausgespannt waren, führte er sie unter das Schutzdach.

Nachdem Anissim alles, was er wissen wollte, erfahren hatte, kratzte er sich noch ein Weilchen und ging dann fort.

Nun entnahm Tichon dem Wagenkasten ein paar Handvoll Heu und schüttete es den Pferden auf. Dann setzte er den Hut noch tiefer in die Stirn und betrat, indem er die Finger noch weiter auseinanderspreizte, die Hütte. Indes war hier für ihn nichts zu tun, und so blieben seine Finger gespreizt, gleichsam im Zustand der Arbeitsbereitschaft. Er nahm den Hut ab, schüttelte ihn ein wenig auf, damit er die richtige Form bekam, und hing ihn an einen Nagel. Dann zog er seinen Rock aus, wischte den Platz ab, wo er liegen sollte, legte ihn säuberlich hin und nahm in dem roten Baumwollhemd, das seine Mutter an ihm noch gar nicht gesehen hatte, auf der Bank Platz. Die Hosen, die er anhatte, waren von seiner Mutter angefertigt worden und auch ganz neu, die Stiefel waren richtige Fuhrmannsstiefel, mit Nägeln beschlagen. Er hatte sie draußen im Hof mit Heu abgewischt und mit Birkenteer gut eingeschmiert. Es gab nichts zu tun; er glättete die Falten an seinen Hemdärmeln, die sich unter dem Rock zusammengeschoben hatten und beschäftigte sich jetzt damit, die Geschenke auszupacken, die er mitgebracht hatte. Für seine Frau hatte er einen großgeblümten Baumwollstoff, für seine Mutter ein weißes Kopftuch mit einem bunten Säumchen mitgebracht; ein Bund Kringel hatte er den übrigen Hausgenossen zugedacht.

„Recht schönen Dank, Tischenjka, aber es war nicht nötig, mir etwas mitzubringen," sagte die Alte, indem sie das Kopftüchlein auf dem Tisch ausbreitete und mit dem Nagel darüber hinfuhr. „Gar niemand ist zu Hause. Der Alte kehrte auf dem Heimweg von der Frühmesse ein, um ein Schnäpschen zu trinken, und ich schaute, daß ich nach Hause kam. Die jungen Weiber wollten zur Vormittagsmesse gehen, halfen mir noch, die Töpfe aufzustellen und gingen fort. Da bin ich nun ganz allein zu Hause."

Sie legte das Kopftuch in ihre Truhe und ging wieder an ihre Arbeit beim Ofen. Während sie dort herumhantierte, plauderte sie immer weiter.

„Alles ist Gott sei Dank wohlauf," sagte sie, „nur mein Alter hat immer Schmerzen in den Beinen. Sowie ein Regen kommt, ächzt er viel. Zur Fronarbeit geht an seiner Statt meist Grischutka." (Grischutka war Tichons jüngerer, noch unverheirateter Bruder.) „Gottlob sehen die Vorgesetzten ihm etwas nach. Micheïtsch ist noch immer Starost. Man kann sich über ihn nicht beklagen, er sieht eben darauf, daß überall gute Ordnung herrscht. Nur sagt er: ‚schickt mir nicht Grischutka zum Mähen aufs Feld, das hält er nicht aus, er ist noch zu jung dazu.' Dieser Tage mähte man das Gras im herrschaftlichen Garten, und da schickte der Alte Grischutka hin. Er selbst machte ihm die Sense zurecht und bat den Schwager Gerassim, ihm die Sense zu dengeln, denn er selbst ist ganz zerschlagen, der Arme. ‚Ich, Mütterchen‘, sagt er, ‚werd es nicht aushalten. Arm und Beine fallen mir vor Müdigkeit ab.‘ Wie könnt es auch anders sein? Der Körper ist noch weich, klein, jung. Und so weiß der Alte eben noch nicht, wie er es machen soll, ob du über die Heuernte bei uns bleibst oder ob wir einen Knecht dingen sollen.“

„Na, und was machen die Herrschaften?“ fragte Tichon, der augenscheinlich keine Lust hatte, so wichtige Dinge mit einem Weib, sei es auch seine Mutter, zu besprechen.

„Dieser Tage ging das Gerücht, daß alle da sein werden, aber nun ist es wieder still geworden. Der junge Herr lebt hier, aber man hört von ihm nichts. Andrej Iljitsch verwaltet alles. Die Bauern sagen, es läßt sich mit ihm auskommen, nur hat es wegen des Mähens etwas gegeben. Der Alte weiß darüber mehr, er war bei der Versammlung. Der Dünger ist schon hinausgefahren, Gott sei Dank, mit dem Ackern sind wir auch fast fertig, nur ein Achtel oder zwei sind übrig geblieben. Der Alte weiß Bescheid. Mit der Fronarbeit ist es auch recht gut gegangen. Den Bauern hat man Zeit gelassen, nur die Weiber hatten alle Hände voll zu tun. Alle mußten dran. Mit dem Jäten hat man ihnen arg zugesetzt. Die Runkelrübe (oder wie das Zeug heißt) wird immer gejätet. Zu Hause plage ich mich halt allein ab. Dein Weib und die Soldatenfrau müssen jeden geschlagenen Tag hinaus, Frondienst machen. Ich backe Brot, melke die Kühe, lege die Leinwand zum Bleichen aus. So lang einen die Beine tragen, geht’s ja noch. Dein Weib ist jung, arbeitet bis zum Umfallen den ganzen lieben Tag, aber kommt sie nach Hause, so singt sie sich ein Liedchen, denn sie ist eine große Liedersängerin geworden. Und wie könnt es auch anders sein, so jung und fröhlich wie sie ist! Und die Leute haben sie gern, in jeder Arbeit ist sie geschickt, und Schlechtes kann ihr niemand nachsagen. Mit der Soldatenfrau, nun ja, mit der überwirft sie sich von Zeit zu Zeit, das ist nun schon einmal so. Na, die wird sich freuen, die Liebe, Gute. Wir haben dich gar nicht erwartet. Hab gestern eine Piroge gemacht und gedacht: wer wird meine Piroge essen? Wenn ich gewußt hätte, daß du kommst, hätt ich ein Hühnchen für mein teures Söhnchen geschlachtet. Die Gluckhenne hat, Gott sei Dank, die Küchlein ausgebrütet, drei haben wir verkauft…“

Das alles sagte die Alte und erzählte ihrem Sohne noch viel mehr – von der Leinwand, die sie wob, von der Dreschtenne, von der Viehherde, von den Nachbarn, von den Soldaten, die vorbeigekommen waren, und sie hörte dabei nicht auf, ihre Arbeit am Herd, auf dem Tisch und in der Vorratskammer zu verrichten.

Tichon aber saß auf der Bank, fragte dies und das, erzählte selber was, griff nach dem Kamm, der an dem ihm bekannten Orte lag, kämmte sein lockiges, dichtes Haar und das kleine rötliche Bärtchen, schaute sich vergnügten Sinnes in der Stube um, betrachtete den Rock der Wirtin, der auf der Schlafstelle lag, die Katze, die sich zu Ehren des Feiertags das Fell putzte, die Spindel, die zerbrochen in einer Ecke lag, die Henne, die in seiner Abwesenheit gebrütet hatte und nun mit den Küchlein in die Stube kam, die Peitsche, die er benützte, wenn er die Pferde auf die Nachtweide trieb, und die Grischka unachtsam in eine Ecke geworfen hatte. Nicht nur seine gespreizten Finger – auch seine aufmerksamen Augen, die alles beguckten, schienen um Arbeit zu bitten, es war ihm unbehaglich, dazusitzen, ohne etwas zu tun. Gern würde er die Sense zur Hand nehmen und sie dengeln, gern das Brett an der Schlafstelle, das schief saß, gerade machen, aber während des Gottesdienstes darf man ja nicht arbeiten! Nachdem er sich mit der Alten ausgeplaudert hatte, holte er die schadhaft gewordene Peitsche aus dem Winkel hervor, griff nach einer Strähne Flachs, ging auf die Vortreppe hinaus, befestigte den Flachs an einem Nagel am Türpfosten und begann mit seinen starken Händen, die förmlich zum Hantieren mit Pudgewichten geschaffen schienen, den Flachs zu einer Schnur zu flechten; dabei blickte er fortwährend nach der Richtung, aus der die Kirchgänger kommen mußten. Doch zeigte sich noch niemand, nur die Dorfbuben liefen in ihren frischgewaschenen Hemdchen vor den Türschwellen umher. Ein Bübchen von etwa fünf Jahren, das noch ein schmutziges Hemdchen anhatte, kam herbeigelaufen und heftete seine Blicke auf Tichon. Das war der Sohn der Soldatenfrau, Tichons Neffe.

„Sjomka, eh Sjomka, wessen Sohn bist du?" sagte Tichon und mußte über sich selbst lächeln, daß er mit so einem Bübchen sprach.

„Dem Soldaten seiner," sagte der Knabe.

„Wo ist denn deine Mutter?"

„In der Tirche! Und auch Droßväterchen ist in der Tirche!" sagte der Knabe, stolz auf seine Meisterschaft im Sprechen.

„Kennst du mich denn nicht?" Er zog aus der Tasche einen Kringel und reichte ihn dem Kinde.

„Da tommen die Leute aus der Tirche," sagte der Knabe in singendem Ton und zeigte in die Ferne; dabei hielt er den Kringel krampfhaft in seinem Fäustchen fest.

„Nun, was glaubst du, wer ich bin?" fragte Tichon.

„Du bist ... ein Onkel."

„Was für ein Onkel?"

„Der von der Tante Malanjka."

„Kennst du denn die Tante Malanjka?"

„Sjomka!" ertönte die Stimme der Alten, als sie das Bübchen plaudern hörte, „wohin bist du verschwunden? Komm her, du Spitzbub, komm, ich werde dich waschen und dir ein reines Hemdchen anziehen."

Das Knäblein kroch über die Türschwelle zur Großmutter, und Tichon stand auf und knallte ein paarmal mit der Peitsche, um zu sehen, ob sie in Ordnung sei. Die Peitsche knallte wunderschön.

Das Knäblein war unterdessen von der Großmutter ganz nackt ausgezogen worden; jetzt goß sie ihm ein Schaff Wasser über den Kopf. Er schrie, daß man es über die ganze Straße hörte. Tichon stand noch immer an der Vortreppe und sah die Straße hinunter.

Der Tag war schön, die Lerchen tirilierten über dem Kornfeld. Das Korn schimmerte im Sonnenglanz. Die Sonne zehrte den Tau auf, der auf Blättern und Gräsern lag. Die Vögel zwitscherten und sangen. Das Volk strömte aus der Kirche. Es kamen die Alten mit großen, breiten Schritten (Schritten von arbeitenden Menschen) gegangen, ihre Füße steckten in sauberen, frischgewaschenen Fußlappen und neuen Bastschuhen; einige stützten sich auf ein Stöcklein, andere gingen ohne Stock; sie gingen einzeln oder zu zweien; junge Bauern kamen, sie hatten hohe Stiefel an den Füßen; der Starost Micheïtsch trug einen schwarzen Kaftan aus Fabrikstuch. Es kam der lange, magere und schwächliche Risun, ein wahrer Zaunstecken, daher, hinter ihm Fokanytsch, der Lahme, und Osip Naumytsch, der Bärtige. Dann folgten die Arbeiter vom Gutshof, die Handwerker in ihren Bauernkitteln, die Lakaien in ihren „deutschen" Kleidern, die Weiber und Mägde vom Gutshof in Staatskleidern und mit Schirmen in der Hand. Nur sie wurden von den Dorfhunden angebellt.

Die kleinen Dorfmädchen in ihren gelben und roten Sarafans kamen in einem Rudel vorbei, dann kamen die Knaben in ihren langen umgürteten Röcken, gebückte alte Frauen in weißen, sauberen Kopftüchern, mit und ohne Stock; Frauen trugen Säuglinge, die in saubere Windeln gehüllt waren, und zuletzt kamen die ledigen Frauenzimmer in ihren roten Kopftüchern, blauen Wämsern und goldenen Borten an den Röcken. Lustig plaudernd kamen sie daher, haschten, begrüßten einander, beguckten die neuen Kopftücher, Glasperlen und bestickten Schuhe. Tichon kannte sie alle, wie sie da nacheinander vorbeikamen.

„Das sind die Weiber von Iljuschas Hof. Wie die sich herausgeputzt haben!" dachte Tichon. „Und zu den andern gesellen sie sich nicht."

„Die Buben gehen hinter Iljuscha her und machen sich lustig über ihn."

„Dort das klapperdürre, aufgedonnerte Weib, der Kleidung nach eine reiche Bäuerin." Tichon aber weiß, daß sie im Dorf die letzte ist, ein verkommenes Weibsbild, das ihr Mann sogar nicht mehr prügeln mag, da sie unverbesserlich ist.

„Und dort die Frau Verwalter mit einem Sonnenschirm, riesig aufgedonnert, ihre Magd Wasselissa in roter Schürze hinterdrein."

„Da kommt Matroschkin vom Gutshof; er hat sich gestern in der Stadt ein rotes Hemd gekauft, hat's heute angezogen, und jetzt ist ihm gar nicht wohl zumut, da ihn das Volk so angafft."

„Das ist die Magd von Fokanitschow, sie geht mit den Leuten vom Gutshof und spricht mit Mawra Andrejewna, will ins Kloster gehen, weil sie lesen und schreiben kann."

„Da hinten kommen die Minajews, und das Weib heult, wahrscheinlich haben sie jemand beerdigt."

„Und da geht Risunows junge Frau, die versteckt ihr Gesicht in den Windeln. Es scheint, sie ist niedergekommen und ist mit ihrem Kind wohl zum erstenmal in die Kirche gegangen."

„Da ist die alte Bolchina am Krückstock; sie ist müde, setzt sich nieder. Immer noch lebt die Alte. Und ist doch schon an die hundert Jahre alt."

„Und da kommen die Meinigen: der Alte schreitet wacker aus, er ist gebeugt wie immer," dachte Tichon, „und da ist auch sie."

Tichon erkannte seine Frau schon von weitem. Sie ging in Begleitung der Soldatenfrau und anderer Frauen. Neben ihnen ging der Urlauber in einem neuen Soldatenmantel, er war, wie es schien, schon betrunken und erzählte etwas, wobei er mit den Händen herumfuchtelte. Die Farben an Malanjka waren, wie es Tichon schien, leuchtender als bei den andern.

Malanjka unterschied sich indes nicht im geringsten von den andern Weibern; weder hatte sie mehr Putz an ihren Kleidern, noch war sie hübscher oder munterer als die andern. Sie hatte einen karierten Rock an, der mit einer goldenen Borte eingesäumt war, trug ein weißes, rotgesticktes Hemd, eine ebensolche Latzschürze, ein rotseidenes Kopftuch und neue Schuhe über den Wollstrümpfen. Die andern trugen Sarafans und Wämser, farbige Hemden und gestickte Schuhe. Ebenso wie die andern kam sie mit elastischen und festen Schritten daher, sie schlenkerte beim Gehen die Hände, ihr Busen wogte, sie warf lebhafte Blicke nach rechts und links. Lachend schritt sie neben dem Soldaten her, und an ihren Mann dachte sie nicht im mindesten.

„Meiner Treu, ich werde mich als Dorfschulzengehilfe verdingen," sagte der Soldat, „um einmal ein straffes Regiment beim Weibervolk einzuführen. Andrej Iljitsch kennt mich. Hinter dir, Malanjka, würde ich besonders her sein."

„Kannst es ja probieren," sagte Malanjka, „aber daß es dir nur nicht so ergeht wie dem Gemeindeschreiber, den wir im vorigen Sommer, als er ähnliche Gelüste hatte, in der Getreidedarre, wo wir Flachs brachen, in einen Heuhaufen stießen. Die Hosen verlor er sogar, und als er davonlaufen wollte, verwickelte er sich in seine Hosen und plumpste hin."

Die Weiber kugelten sich vor Lachen, sie mußten sogar stehen bleiben, und die Soldatenfrau, die Lachtaube, hockte sich gar auf den Boden nieder, klopfte mit dem Handteller ihr Knie und kreischte vor Lachen.

„Hört auf, zum Kuckuck," sagte Malanjka, stieß ihre Kameradin mit dem Ellbogen in die Seite und hörte selbst zu lachen auf.

„Spaß beiseite, komme!" sagte der Soldat, auf sein früheres Gespräch zurückkommend, „ich kaufe süßen Schnaps und bewirte euch."

„Ihr ist ihr Mann süßer als dein Schnaps," sagte die Soldatenfrau, „er wollte heute kommen."

„Meinetwegen süßer," sagte der Soldat, „wenn er aber nicht kommt, so muß man sich an einem Feiertag auf andere Weise gut unterhalten."

„Wollt ihr mir denn die Freude verderben? Naja, kaufe nur recht viel Schnaps, Bartschew, wir werden ganz bestimmt kommen."

In diesem Moment erinnerte sich Malanjka daran, daß ihr Mann ihr nun schon zweimal versprochen hat, am nächsten Feiertag zu kommen – und doch kam er nicht; und über ihr Gesicht huschte ein Wölkchen. Aber das dauerte nur einen Moment; gleich fing sie wieder an mit dem Soldaten zu scherzen, und er sagte zu ihr im Flüstertöne, sie solle allein kommen.

„Gut, ich werde kommen, Bartschew, rechne darauf," sagte Malanjka laut und begann wieder zu lachen.

Der Soldat war gekränkt und schwieg.

Anissim Schidkow, der Tichon hatte kommen sehen, stand vor seinem Hause, und die Weiber gingen dicht an ihm vorbei.

Als Malanjka vorbeiging, stupste er sie in die Seite und brachte mit den Lippen ein „krr …" hervor, ähnlich wie Frösche quaken. Malanjka lachte hell auf und gab ihm einen Klaps.

„Was, du große Liedersängerin, mit dem Soldaten schäkerst du? Und dein Mann sieht sich die Augen nach dir aus!" sagte Anissim lächelnd, und als er bemerkte, daß Malanjka glühendrot geworden war, fügte er in ruhigem Tone, so daß sie seine Worte nun schon nicht mehr als Scherz auffassen konnte, hinzu:

„Meiner Treu, gerade während der Vormittagsmesse ist er mit seinem Dreiergespann angekommen. Was bekomme ich für die gute Nachricht?"

Malanjka sonderte sich sofort von den übrigen Weibern ab und ging mit raschen Schritten über die Gasse. Sie wendete sich nach dem Soldaten um und sagte:

„Kaufe nur recht viel süßen Schnaps, ich bringe auch Tichon mit, er ist ein Freund davon."

Die Soldatenfrau und die übrigen Weiber lachten, der Soldat aber schnitt ein verdrießliches Gesicht.

„Warte, du Teufelsweib, warte nur!" rief er ihr nach.

Malanjka lief schnell nach Hause – ihr neuer Rock rauschte und die Stöckel an ihren Schuhen klapperten. Die Nachbarin rief ihr noch lachend nach, ihr Mann habe ihr als Geschenk eine Peitsche mitgebracht, aber Malanjka lief ohne zu antworten nach Hause.

Tichon stand an der Vortreppe, sah lächelnd sein Weib herankommen und klatschte dann und wann mit der Peitsche. Malanjka war eine ganz andere geworden, seitdem sie von der Ankunft ihres Mannes gehört und besonders seit sie ihn gesehen hatte. Die Wangen waren jetzt röter, die Augen und die Bewegungen munterer und die Stimme viel heller als früher.

„Soll das ein Geschenk sein?" sagte sie lächelnd, „die Peitsche da!"

„Die Peitsche ist, wie es scheint, nichts wert," sagte ihr Mann.

„Tut nichts, sie ist gut genug," antwortete sie und beide gingen in die Stube hinein.

Bald nach Malanjka kam auch der Alte nach Hause und ging mit Tichon die Pferde besichtigen. Malanjka nahm die Zierschürze ab und half der Mutter, das Mittagessen herzurichten. Der Alte kam herein und die Alte war ihm beim Auskleiden behilflich. Malanjka lief in den Hof zu Tichon, ergriff ihn mit beiden Armen am Gürtel und drückte ihn so heftig an sich, daß er aufschrie und sie lachend auf Mund und Wangen küßte.

„Glaub mir's, ich wollte schon zu dir kommen," sagte Malanjka, „so hab ich mich an dich gewöhnt, allein ist's langweilig, und das muß anders werden; ich würde mich in alles fügen," und sie preßte ihn wieder an sich, hob ihn sogar vom Boden auf und biß ihn.

„Laß mir nur Zeit, ich nehme dich mit auf die Station," sagte Tichon, „auch mir ist es langweilig ohne dich."

Grischutka kam heraus, lächelte und rief sie zum Mittagessen.

Der Alte, die Alte, Grischka und das Söhnchen des Soldaten setzten sich, nachdem sie gebetet hatten, zu Tisch, die Weiber reichten die Speisen und aßen selbst stehend.

Tichon hatte die Geschenke noch nicht verteilt und auch das verdiente Geld dem Vater noch nicht abgeliefert. Alles das wollte er nach dem Mittagessen tun. Der Vater war mit den Nachrichten, die Tichon gebracht hatte, zwar ganz zufrieden, aber er machte doch noch ein böses Gesicht; es war schon so seine Art, zu Hause immer ein wenig böse zu sein, besonders an Feiertagen, solange er noch nicht betrunken war. Tichon zog ein Geldstück aus der Tasche und schickte die Soldatenfrau nach Schnaps. Der Alte sagte nichts und schlürfte schweigend seine Kohlsuppe; dabei deutete er ihr aber mit einem Blick über den Rand der Tasse hinweg den Ort an, wo sich die vierkantige Schnapsflasche befand. Das Dreigespann war ja soweit ganz gut, und Geld hatte der Sohn auch heimgebracht. Aber es nörgelte den Alten, daß sein Sohn den kastanienbraunen Wallach umgetauscht hatte. Diesen kastanienbraunen Wallach mit dem Hängebauch hatte nämlich der Alte selber von einem Roßhändler gekauft und wollte nie zugeben, daß man ihn betrogen hatte, und jetzt wurmte es ihn, daß sein Sohn ein so gutes Pferd – seiner Meinung nach – für den Braunen eingehandelt hatte. Er aß schweigend und alle schwiegen, nur Malanjka, die die Speisen vorsetzte, lachte ihrem Manne und dem Bruder ihres Mannes zu. Der Alte war früher selber auf der Station bedienstet gewesen, aber er verstand sich auf solche Geschäfte schlecht; damals hatte er zwei Dreiergespanne zuschanden gefahren und war mit der Peitsche allein nach Hause gekommen. Er war ein arbeitsamer und nicht dummer Bauer, nur war er eben dem Trunk zugetan und hatte darum seine Wirtschaft vernachlässigt, als er sie selbst führte. Jetzt war er froh und ärgerlich zugleich, nicht nur wegen des braunen Wallachs, sondern auch deswegen, weil sein Sohn auf der Station so gut verdiente, während er selbst so schlecht abgeschnitten hatte, als er dort Kutscher gewesen war.

„Wär nicht nötig gewesen, das Pferd umzutauschen, es war ein gutes Pferd," brümmelte der Alte.

Der Sohn gab keine Antwort. Ob er nun die Gefühle seines Vaters erriet oder ein zufälliger Grund mitspielte: er antwortete nicht, sondern erzählte von den andern Bauern, die auf der Station mit ihrem Fuhrwerk standen, besonders von Paschka Schintjak, der alle drei Pferde verkauft und sogar die Kumte losgeschlagen hatte.

Paschka Schintjak war der Sohn eines Bauern, mit dem der Alte früher einmal zusammen das Fuhrmannsgeschäft betrieben hatte, und jener hatte ihn damals bei der Abrechnung hintergangen. Es war das eine alte Feindschaft. Der Alte lachte plötzlich so seltsam, daß die Weiber ihn groß anschauten.

„Da sieht man's: die Satansbrut ist dem Vater nachgeraten; ich sage ja immer: Unrecht Gut gedeiht nicht!"

Und gleich darauf, nachdem er seine Grütze verzehrt und sich den Bart abgewischt hatte, begann der Alte mit sichtlichem Stolz und Vergnügen den Sohn auszufragen, wieviel er in diesen zwei

Monaten verdient habe, wie die Pferde liefen und wieviel man jetzt
für eine Fuhre zahle.

Der Sohn erzählte gern und das Gespräch wurde noch lebhafter,
als die Soldatenfrau außer Atem in die Stube trat und die grüne,
viereckige Schnapsflasche auf den Tisch stellte. Die Alte wischte das
dicke Trinkglas mit dem zweifingerdicken Boden sorgfältig mit einem Lappen aus, und Vater und Sohn tranken jeder seine Portion.
Besonders gefiel dem Vater, was sein Sohn von der Durchreise des
Zaren berichtete.

„Auf einmal kam ein Feldjäger geritten, er sprang ab und sagte:
‚Sie kommen! In zehn Minuten sind sie da!‘ Es war alles auf die Minute ausgerechnet. Michail Nikanorytsch schaute sofort auf die Uhr.
‚Tichon,‘ sagte er, ‚schau nach, ob alles in Ordnung ist.‘ Mein Vier-
erzug aber stand schon bereit. ‚Laß das meine Sorge sein: ich soll ja
fahren, nicht du,‘ sagte ich zu ihm.“

Und Tichon steckte seine großen Hände mit den gespreizten Fingern in den Gürtel, warf die Haare zurück und fixierte die Weiber.
Die Weiber waren ganz Ohr und schauten ihn unverwandt an. Malanjka setzte sich mit einer Tasse in der Hand an die Kante der Bank
und schüttelte genau so wie ihr Mann die Haare zurück, wie wenn
sie erzählen würde, und dabei lächelte sie, als ob sie sagen wollte:
„Schneidige Kerle sind wir doch, wir zwei, Tichon und ich!“ Der
Alte hatte seine Arme auf den Tisch gelegt, den Kopf zur Seite geneigt und sah finster drein. Er begriff offenbar die ganze Wichtigkeit
der Sache. Die Soldatenfrau, die, eifrig mit den Armen schlenkernd,
zur Tür strebte, setzte sich, als sie hörte, wovon die Rede war, nieder
und fing an, ihre Schürze zuerst einfach, dann doppelt und dann
vierfach zusammenzulegen. Die Alte aber, die nur eine Art des Zu-
hörens hatte, ob die Erzählung nun eine lustige oder eine traurige
war, wiegte den Kopf leicht hin und her, seufzte und flüsterte irgendwelche Worte, die einem Gebete glichen. Grischka aber hörte
im Gegenteil so zu, wie wenn er nur auf eine Gelegenheit warten
würde, um mit einem Lachen herauszuplatzen. Und als nun Tichon
die Antwort wiedergab, die er dem Stanowoj erteilt hatte: „Laß das
meine Sorge sein: ich soll ja fahren, nicht du!“, da platzte er denn
auch mit einem lauten Gelächter heraus. Tichon schaute sich nach
ihm nicht einmal um, denn ihm schien es durchaus nicht verwun-
derlich, daß Grischka lachte, im Gegenteil, er war durchaus davon

überzeugt, daß seine Erzählung äußerst unterhaltsam sei.

„So hab ich die Pferde denn nochmals mit der Laterne besichtigt – es war stockfinstre Nacht –, und auf einmal donnern vom Berg herunter mit Laternen zwei Sechsspänner, fünf Vierspänner und sechs Dreispänner, alle dicht hintereinander. Zuerst kam unser Waßjka Skomorochninskij mit dem Isprawnik angerasselt und stieß mit dem Vorderteil des Wagens auf. Das Dreigespann hatte er zuschanden gejagt, nur das Deichselpferd zog noch, und die Schelle war abgerissen. Der Isprawnik stieg nicht erst aus dem Wagen aus, sondern er kugelte wie ein Kater auf dem Bauche heraus. Sein erstes Wort: ‚Sind die Samoware bereit?‘ – ‚Sie sind bereit.‘ ‚Sofort ein paar Mann nach der Brücke!‘ Das Geländer war dort nämlich verfault. Rasch wurde Schintjak mit allem Nötigen versehen und mit dem Straßenmeister hingeschickt. Gleich darauf kam Er selbst mit Laternen angefahren direkt zur Vortreppe. Wolodjka lenkte den Wagen. Man hatte ihm gesagt, er solle nicht über die Brücke fahren, aber er hatte die Pferde nicht halten können. Rasch wurden die unsern herangeführt. Alles war in Ordnung. Was seh ich? Mitjka hat den Zugriemen zwischen den Beinen der Pferde durchgezogen und hätte sie wohl auch so herangeführt.“

„Und der Zar? Hat er nichts gesprochen?“ fragte der Alte.

„Doch, doch! Er fragte sofort: ‚Was ist das für eine Station?‘ Worauf ihm der Isprawnik sofort zur Antwort gab: ‚Sirjukow, Eure Kaiserliche Majestät. ‚Eh?‘“ ahmte Tichon den Zaren nach. „‚Eh?‘“ Er drückte dabei so seltsam die Brust heraus, daß die Alte zu weinen begann, wie wenn sie die allertraurigste Nachricht erhalten hatte.

Grischka lachte, und das Söhnchen der Soldatenfrau, der auf der Schlafbank saß, stierte seine Großmutter an, in höchster Erwartung, was nun weiter kommen werde.

„Die sechs Pferde werden eingespannt, unser Senjka sitzt als Vorreiter auf.“

„Das wär so was für unsern Grischutka gewesen,“ schaltete der Alte ein, „der wäre ohnmächtig vom Pferd gefallen.“

„Hätt’ meine Sach’ ganz gut gemacht,“ antwortete Grischka und zeigte seine Zähne. Es war ihm anzusehen, daß ihm vor nichts bangte, weder vor dem Zaren, noch vor seinem Vater, noch auch vor seinem älteren Bruder.

„Senjka saß auf,“ fuhr Tichon fort und spreizte die Finger, „es war hell wie am Tag, leuchteten doch an die zwanzig Laternen, und wir setzten uns in Bewegung. Bald war alles verschwunden."

„Und Er? Hat er sonst nichts gesagt?" fragte der Alte.

„Ich hörte nur, wie Er sagte: ‚Gut', sagte er. ‚Leb wohl'. Da sagten der Stationsaufseher und der Isprawnik: ‚Tichon, daß du acht gibst!' ‚Laßt es gut sein,' denk ich, ‚ich stehe nicht unter eurer Aufsicht.' Und ich sprach ein Gebet. Spute dich, Senjka! Nur ganz im Anfang war mir bange. Später aber guckte ich mich schon ein bißchen um und merkte: es geht, es ist nicht anders als sonst, wenn man eine Arbeitsfuhre macht. Vorwärts! Ich denke nach, wie ich fahren soll. Ich muß bergabwärts fahren. Aber da hatten ja die Hundesöhne den Zugriemen schlecht angemacht, und unterwegs rutschte er ganz hinunter, und so lief das linke Seitenpferd den ganzen Weg nur an den Zügeln. Unten am Fuß des Berges hätt ich den Isprawnik beinahe überfahren. Er war aus irgendeinem Grund ausgestiegen. ‚Vorwärts!' schrie er. Und da fuhren wir los! Auf die Stunde vier Minuten gewonnen!"

Der Alte ließ sich nach jedem Gläschen die Geschichte wiederholen.

Dann wurde gebetet. Alle standen auf, und Tichon überreichte die fünfundzwanzig Rubel und die Geschenke.

„Laß mich wieder ziehen, Väterchen, denn jetzt gibt es auf der Station am meisten zu tun, und man hat mir gesagt, ich solle unbedingt kommen," sagte er.

„Und wie machen wir's zur Erntezeit?"

„Nun, man könnte einen Arbeiter dingen, dem man bis Maria Schutz und Fürbitte fünfundzwanzig Rubel zahlt. Mit meiner Troika verdien ich doch mehr. Wenn ich bis Maria Schutz dort bleibe, kann ich vielleicht noch eine Troika zusammenbekommen, und dann nehme ich Grischutka mit hin."

Der Alte sagte nichts und kroch auf den Schlafboden. Nachdem er sich dort ein paarmal hin und her gedreht hatte, rief er Tichon zu sich.

„Hättest es früher sagen sollen. Ein braver Junge aus Teljatenki bot sich als Arbeiter an. Der Andrjuscha von der Aksinja war es. Ein stiller, unerfahrener Bursche noch. Und wie hat Aksinja gebeten! ‚Zu fremden Leuten,' sagt sie ‚würd ich ihn nicht geben, du aber, Gevatter, nimm ihn zu dir, um Christi willen.' Sollte er sich nun schon anderwärts verdingt haben, dann weiß ich nicht, wie das noch werden soll; man kann doch nicht zwanzig Rubel bezahlen," sagte der Alte, als wäre das ganz unmöglich, soviel der Dienst auf der Station auch einbringen mochte.

Die Soldatenfrau, die zugehört hatte, mischte sich ins Gespräch.

„Andrjuscha hat noch keinen andern Dienst angenommen, Aksinja ist gerade hier im Dorf."

„Soso!" sagte der Alte, „so geh und rufe sie her."

Die Soldatenfrau ging denn auch sofort, mit den Armen schlenkernd, hinaus und ins Dorf, um sie zu holen. Malanjka ging in den Hof, stellte die Leiter an die Schuppenwand und kroch auf den Heuboden hinauf. Bald darauf ging auch Tichon hinaus und war verschwunden.

Die Alte räumte das Geschirr ab, der Alte lag auf dem Ofen und zählte nochmals das Geld durch, das Tichon gebracht hatte. Grischka ging auf die Pferdehut und nahm den kleinen Sjomka mit sich.

„Aksinja ist bei den Iljuschins, sie will dort ihren Sohn unterbringen; ich sagte ihr, sie solle herkommen," sagte die Soldatenfrau, die aus dem Dorf zurückgekommen war. „Die Alten machen einen Spaziergang über Feld, wollen die Wiesen aufteilen."

„Ja, wo ist denn Tichon?"

„Er ist nicht da, Malanjka ist auch nicht da."

Der Alte brummte ein wenig, aber es war nichts zu machen; er stand auf, zog sich an und ging in den Hof. Vom Heuboden her vernahm er die Stimmen Malanjkas und Tichons, als er sich aber näherte, verstummte das Gespräch der beiden.

„Gott mit ihnen," dachte er, „junges Blut, ich werde schon selber gehen müssen."

Nachdem er sich mit den Bauern wegen der Wiesen besprochen hatte, begab sich der Alte zum Gevatter, schloß mit Aksinja für siebzehn Rubel ab und nahm den Arbeiter gleich mit sich. Bis zum Abend war der Alte schon völlig betrunken. Tichon ließ sich den ganzen Tag nicht sehen. Alles Volk flanierte bis spät in die Nacht hinein auf der Straße herum. Nur die eine Alte und der neue Arbeiter, Andrjuscha, blieben zu Hause. Dem Alten gefiel der Arbeiter; er war so still und mager.

„Behandle ihn gut, Afremowna," hatte seine Mutter beim Weggehen zur Wirtin gesagt. „Ich hab nur diesen einen. Er ist ein sehr ruhiges Kind und auch recht arbeitsam. Nur weil wir so arm sind …"

Afremowna versprach, mit ihm Nachsicht haben zu wollen, und beim Abendessen gab sie ihm statt einer Portion Grütze deren zwei. Andrjuscha aß mächtig und schwieg die ganze Zeit. Als sie zu Abend gegessen hatten und die Mutter fortgegangen war, saß er noch lange schweigend auf der Bank und guckte beständig die Weiber an, besonders Malanjka.

Malanjka jagte ihn zweimal von dem Platz weg, wo er saß, unter dem Vorwand, daß sie etwas suche. Und sie lachte mit der Soldatenfrau über etwas, während sie ihn ansah. Andrej wurde rot und schwieg nach wie vor. Als der Alte betrunken nach Hause kam, wurde Andrej unruhig, da er nicht wußte, wo er sich schlafen legen sollte. Die Alte riet ihm, in die Dreschtenne zu gehen. Er nahm seinen Rock und begab sich dorthin. Am selben Abend wurden zwei Soldaten bei den Jermilins einquartiert.

[Fragment]

Wer sind die Mörder?

Ich kann nicht schweigen, ich kann und kann es nicht. Niemand hört, was ich schreie, um was ich die Menschen anflehe, aber ich höre dennoch nicht auf – und will auch künftig nicht aufhören – die Menschen ihrer Verbrechen zu überführen, zu schreien, die Menschen anzuflehen – immer um ein und dasselbe, bis zur letzten Minute meines Lebens, die nicht mehr fern ist. Noch im Sterben werde ich sie um dasselbe anflehen. Ich schreibe hier über dasselbe in anderer Form nur deshalb, um diesem gemischten, quälenden Gefühl: des Mitleids, der Scham, des Zweifels, des Entsetzens und, schrecklich zu sagen, der Entrüstung, einer Entrüstung, die sich zuweilen bis zum Haß steigert, Luft zu schaffen, einem Gefühl, das ich als rechtmäßig anerkennen muß, weil ich weiß, daß es durch eine geistige höhere Gewalt in mir erregt wird, weil ich weiß, daß ich es nach bestem Können und Wissen zum Ausdruck bringen muß.

Ich bin in eine furchtbare Lage versetzt. Das Einfachste und Natürlichste wäre es für mich, daß ich den Übeltätern, die sich Regierung nennen, ihre Verbrechen, ihre Niedertracht vorhalten, den Abscheu zum Ausdruck bringen würde, den sie bei allen besten Menschen hervorrufen, und mit dem in Zukunft das ganze Volk sein Urteil über sie sprechen wird, wie über einen Pugatschow, einen Stenjka Rasin, einen Marat. Das Natürlichste wäre, daß ich ihnen all das ins Gesicht sagte und daß sie dann mit mir ebenso verfahren würden, wie sie mit allen anderen verfuhren, die ihre Verbrechen aufdeckten, daß sie ihre Häscher, verdummte, bestochene Lakaien, schickten, die mich ergreifen und ins Gefängnis werfen würden, daß sie dann mit mir dieselbe schändliche Komödie aufführten, die sie Gericht nennen, um mich nachher als Zwangssträfling nach Sibirien zu verschicken, wodurch sie mich aus jener „Freiheit" erlösen würden, die für mich im Angesicht all der Schrecken, die sich vor meinen Augen abspielen, so unerträglich schwer ist.

Ich habe getan, was ich konnte, um dieses Ziel zu erreichen (ich hätte es vielleicht erreicht, wenn ich an einem Mord teilgenommen hätte): ich habe ihren Zaren als das ärgste Scheusal und als den gewissenlosesten aller Mörder bezeichnet, ich habe ihre kirchlichen und staatlichen Gesetze als schamlosen Betrug enthüllt, habe all ihre Minister und Generäle erbärmliche Sklaven und gedungene Mörder genannt. Ich gehe bei dem allen straflos aus und lebe in einer Gesellschaftsordnung weiter, die auf den abscheulichsten Verbrechen beruht, mit denen ich mich unwillkürlich solidarisch fühlen muß. In diese Lage versetzt mich teilweise mein hohes Alter, vor allem aber die abgeschmackte Berühmtheit, die mir zugefallen ist dank den albernen, leeren Geschichten, die ich seinerzeit zu meiner Unterhaltung und der der Leute zusammengeschrieben habe.

Das ist die Tragik meiner Lage: sie packen mich nicht und schleppen mich nicht vors Gericht; aber dadurch, daß sie mir nicht den Prozeß machen, martern sie mich mehr als durch jedes Gericht, denn sie zwingen mich, in der geschilderten Lage zu verharren und an ihren Schurkereien teilzunehmen.

Mir bleibt nur eines übrig: ich muß sie um jeden Preis zwingen, mich aus dieser Lage zu befreien. Das tue ich auch durch diese Erzählung und werde es auch weiterhin tun. Ich werde es um so mehr tun, als das, was sie zwingen kann, mich zu ergreifen, zugleich zur Erreichung eines anderen Zieles beiträgt: uns von ihnen zu befreien.

Dezember 1908.

PAWEL KUDRJASCH

1. |

Es war am 17. Juni 1906.

Der Hafer stand gut, auch der Buchweizen konnte sich sehen lassen; der Roggen setzte schon Ähren an und begann schwer zu werden. Die Arbeitsleute waren mit Düngen beschäftigt. Es war heiß. Es wurde Mittag. Semjon Burylin warf auf seinem Brachfeld die letzten Dunghaufen auseinander und kehrte dann mit zwei Wagen – im vorderen saß er am Bock und schlummerte – zurück. Der Weg führte durch Haferfelder.

„Onkel! He! Onkel Semjon!" rief eine klangvolle Mädchenstimme.

Semjon erwachte aus seinem Schlummer und erblickte zwei mit
Dünger beladene Fuhrwerke, die ihm entgegenkamen, und ein von
Gesundheit strotzendes, barfüßiges Mädchen in einem roten Kopftuch, in das sie Kornblumen gesteckt hatte, in blauer Jacke und
grauem Rock. Das Mädchen stand neben der Fuhre und rief Semjon
lachend zu:

„Eingenickt, Onkel Semjon?“

„Nun ja, ein bißchen. Ah, Grafena Markowna!“ sagte Semjon
scherzend, indem er die Augen weit aufriß. „Und was macht denn
Wanjka?“ (Wanjka war Agrafenas Bruder und Agrafena selbst war
die Braut von Semjons Sohn Pawel.)

„Nach Moskau ist das räudige Schaf abgedampft; man hat ihm
dort eine Stelle gegeben.“

„Was du nicht sagst?“ erwiderte Semjon. „Na, und hast du ihm
auch aufgetragen, daß er Pawluscha besuchen soll? Du mußt dich
doch allein recht langweilen; ist es nicht so?“

„Was scher ich mich um deinen Pawluscha? Brauch ich ihn
etwa? Soll er doch zum Teufel gehen! Fahr endlich vor. Schluß!“

Das Mädchen machte ein finsteres Gesicht und wurde rot.

„Schau, schau, wie empfindlich sie ist. Nicht berühren darf man
sie. Warum gleich so bös? Sein Herr läßt ihn nicht weg. Erst nach
den Fasten kommt er. Er schickt dir im Brief einen Gruß.“

„Schon gut, schon recht.“

Das Mädchen lächelte und ihr ganzes Gesicht hellte sich auf.

Das hintere Pferd Semjons war nicht weit genug ausgewichen
und das eine Hinterrad des Wagens stand noch am Weg. Gruschka
lief hinter den Wagen und schob den rückwärtigen Teil desselben
mit einem einzigen kräftigen Ruck nach rechts.

„Was denn, ich bin ja gar nicht beleidigt,“ sagte sie.

„So ist’s recht, wir meinen es mit dir doch nur gut.“

„Nno! Steh!“ rief das Mädchen ihrem Pferde zu, trippelte auf ihren sonnverbrannten Beinen rasch ihm nach und holte es ein.

„Ach, ein prächtiges Mädel!“ sagte Semjon und schüttelte den
Kopf. „Ei, ei, Pawluscha, gib fein acht. Kannst leicht zu spät kommen, und gutzumachen ist’s dann nimmermehr.“

Semjon spannte die Pferde auf dem sauber gereinigten Hofe aus
und schickte sie mit einem Jungen auf die Tagweide. Das Feld war
nun gedüngt, aber zu tun gab’s immer noch viel. Da war einmal der

geflochtene Zaun auszubessern; da war noch das Kartoffelfeld durchzupflügen; die Sense mußte gedengelt werden – man hatte ihm gesagt, der Kaufmann werde ihn morgen zum Mähen benötigen –, für den Schuppen mußte man ein paar Latten besorgen, und die mußte man entweder für bares Geld kaufen, oder für gute Worte zu bekommen suchen, oder man mußte sie schließlich bei guter Gelegenheit im Walde stehlen; und dem Pawel mußte man einen Brief schreiben.

Schon auf dem Heimwege hatte er sich all diese Sachen überlegt. Er beschloß, die Pferde für heute nicht mehr in Anspruch zu nehmen – „sind zu abgetrieben, sollen verschnaufen“ – und lieber die Sense zu dengeln. Das Briefschreiben fiel ihm zu schwer.

Aksinja trug das Mittagessen auf. Semjon bekreuzigte sich vor den Heiligenbildern und setzte sich mit seiner alten Mutter, dem Mädchen und dem Jungen an den Tisch. Nachdem er ein paar Löffel Suppe genommen hatte, begann er von Pawel zu sprechen.

2. |

Pawel war Kontorist in einer „Pafemerie“-Fabrik; er verdiente achtzehn Rubel und hatte bis jetzt immer schön nach Hause geschickt; auch im vorigen Monat hatte er das Geld geschickt und versprochen zu kommen, aber dann war er eben doch nicht gekommen.

„Wenn er nur nicht verbummelt! In den heutigen Zeitläuften kann alles passieren. Die Leute haben nicht mehr den Kern wie früher.“

So räsonierte Semjon beim Mittagessen, indem er das Brot und die Kartoffeln gut durchkaute. Die Alte pflichtete ihm hinsichtlich der Gefahren, denen man in den heutigen Zeiten ausgesetzt war, durchaus bei. Aksinja, die lustig und flink bediente, setzte sich hinzu, aß etwas, reichte zu und räumte ab, indem sie allen freundlich zublinzelte, – sie hatte lebhaft glänzende, kluge Augen –, und sie lobte ihren Sohn, lächelte beim bloßen Gedanken an ihn und erwartete von ihm nur Gutes.

Man sprach vom Sohne, weil Semjon von Agrafena erzählt hatte, mit der Pawel verlobt war; er sprach nun davon, er beabsichtige, ihn schon jetzt, gleich nach Peterpaul, bevor die Erntearbeiten begännen, zu verheiraten.

„So ist's recht, ach ja, sehr gut!" sagte Aksinja. „Schreibe ihm nur. Vielleicht kommt er. Unlängst, sagte Matrjona, hat man ihn gesehen. Fein herausgeputzt, sagt sie, ist er, und wie ein Herr sieht er aus."

„Ach, warum nicht gar," sagte die Alte, die nicht auf die Worte, sondern auf die Gedanken und hauptsächlich auf die Gefühle antwortete, die das Herz ihrer Schwiegertochter bewegten: Gefühle zärtlicher Liebe und reinster Freude. „Ach, warum nicht gar," sagte sie in einem Tone, als ob sie Aksinja rechtfertigen wollte, „der Junge ist brav, macht seinem Vater keine Schande, ist kein Händelsucher, kein Trinker, mit einem Wort, er ist ein braver Junge."

So sprach die Großmutter und war voll des Lobes für ihren Enkel.

„Soll er doch zum Teufel gehen!" hatte Agrafena zu Semjon gesagt. Sie dachte wohl, sie müsse so reden; als sie aber das Pferd ausgespannt hatte und mit den andern Mädchen baden ging, dachte sie unaufhörlich an Paschka und erinnerte sich an seine stattliche Figur, sein Schnurrbärtchen, sein heiteres Gesicht, und wie er zur Harmonika den Trepak tanzte und vor Vergnügen über sein gutes Tanzen ein Lächeln nicht zurückhalten konnte. Nachher erinnerte sie sich, wie er zu Weihnachten, bei den „Spielen" der Mädchen und Burschen, sich ihr näherte, sie unter allen Mädchen wählte und sie schüchtern und ehrerbietig mit vorgestreckten Lippen küßte.

So dachte man an diesem Tage, dem 17. Juni, im Dorf an Pawel. Mit Pawel aber hatte sich am Vorabend dieses Tages ein anscheinend unwichtiges Ereignis zugetragen, das aber in der Folge sein ganzes Leben verändern sollte.

3. |

Vor anderthalb Jahren hatte Pawels Vater ihn nach Moskau gebracht. Nachdem dieser mit dem Juden, dem Besitzer der Parfümeriefabrik, handelseins geworden war, hatte er seinem Sohn die Hemden und eine Weste, Gaben der Mutter, ausgefolgt und war in sein Dorf zurückgefahren.

Im Dorf hatte Pawel gelebt, wie in jungen Jahren alle und die meisten sogar bis zu ihrem Tode leben: er ließ sich leiten von dem, was alle taten, die seine Umgebung bildeten. Wenn er einmal abwich von dem, was alle taten, so war die Ursache davon eine Leidenschaft, die ihn fortriß. Die bloße Tatsache, daß er von dem, was alle taten, abwich, zeigte ihm schon, daß er auf unrechten Wegen war, so daß er alles, was die Leute für gut hielten, eben auch für gut hielt und umgekehrt auch alles für schlecht, was die andern für schlecht hielten. Im Dorfe hatte ihm die allgemeine bäuerliche Lebensauffassung die eine Richtschnur an die Hand gegeben, daß es nicht recht sei, als Tagedieb herumzuschlendern, sondern daß man arbeiten und seine Arbeit auch verstehen müsse, ferner daß man sich vor niemand zu scheuen brauche, standhaft sein, sich nicht unterkriegen lassen dürfe. Zur rechten Zeit konnte man sich auch einmal aufheitern, sich durch einen kräftigen Fluch Luft machen, sogar auch einmal dreinschlagen, wenn es gar nicht anders ging. „Wer ist vor Gott nicht sündig, und wer dem Zaren nichts schuldig?" Ist eine Gelegenheit da, dem reichen Kerl etwas abzuknöpfen, so sei nicht blöde; den eigenen Bruder aber zu benachteiligen – davor hüte dich, steh ihm im Gegenteil in allen Stücken bei. Denke an Gott und deine Seele: es ist nicht genug, zum Popen zu rennen und die üblichen Gebete herzuleiern, sondern man muß dem Armen helfen nach Kräften und Möglichkeit. Solange du jung bist, freue dich des Lebens, denn das ist keine Sünde; aber stiehl nicht, sei nicht liederlich, betrinke dich nicht zur Unzeit und – die Hauptsache – mache deine Arbeit gut und gehorche den Alten.

Das waren die Postulate des Dorfes und die Definitionen des Guten und des Bösen, wie sie das Dorf gibt. An sie hielt sich Pawluscha, ohne über dieselben nachzugrübeln. Aber schon im Dorfe, wo er noch unter dem Einfluß seiner Umgebung stand, hatte er aus Büchern (er las gern) in Erfahrung gebracht, daß es noch ein anderes Leben gebe, dessen Forderungen ganz andersgeartet seien. Nur konnte er nie recht herausbekommen, worin sie eigentlich bestanden, und daher beschäftigte ihn diese Frage stark. Er las alles, was ihm in die Hände fiel, und erwartete immer, auf diese Frage eine Antwort zu finden; allein die Bücher, die er las, gaben darauf keine Antwort.

Schon in der Schule hatte er russische Schriftsteller von Puschkin bis Tschechow, die als die besten galten, loben gehört, und er verschaffte sich dieselben, wo er nur konnte, und las sie; aber wenn er sie gelesen hatte, blieb ein seltsames Gefühl des Zweifels und der inneren Disharmonie in ihm zurück. Schüchtern sprach eine Stimme in ihm, daß es hier nichts Bedeutsames gebe, nichts, was das Wesen der Dinge berührte, nichts, was seine Bedenken zerstreute, wozu die Popen so sonderbare Dinge predigen, weswegen die Herrschaften alles in Hülle und Fülle haben, ohne zu arbeiten, während bei seinem Nachbar Schintjak das letzte Pferd umgestanden war und kein Bissen Brot im Hause war. Aber all diese Zweifel kamen ihm nur dunkel zum Bewußtsein, und eine andere Stimme, nicht mehr die in der Tiefe seines Herzens, sprach laut und klar in ihm, all das müsse so sein und seine Zweifel entstünden wahrscheinlich bloß daraus, daß er für diese Dinge kein Verständnis habe, wie er ja auch den Katechismus, den er in der Schule hatte auswendig lernen müssen, nicht verstanden habe.

4. |

Allein in Moskau war es mit dieser inneren Ruhe bald aus, und immer häufiger fragte er sich, woher es komme, daß die einen sich Parfum für drei Rubel kaufen können, während die andern tagelang herumgehen, ohne etwas gegessen zu haben, und daß in den Kirchen die Glocken läuteten und die Heiligenbilder in Gold- und Diamantenschmuck schimmerten, als ob es keine Not und kein Elend auf Erden gäbe.

Daß das deswegen so war, weil es Gott gefallen hatte, dies so einzurichten, wie der Priester es deutete, das konnte nicht die Wahrheit sein. Er fühlte das in der Tiefe seiner Seele. Daß das aber nur deswegen so sei, weil die Herrschaften Schurken waren, wie das seine betrunkenen Kameraden sagten, das konnte er auch nicht glauben. Das war zu einfach. Es mußte eine klarere und vernünftigere Erklärung geben, und die eben suchte er. Aber er suchte nicht nur, sondern fürchtete insgeheim die Entscheidung dieser Frage, denn er fühlte dunkel, daß diese Entscheidung, wenn es eine gäbe, sein ganzes Leben umwälzen müsse.

Das Leben, das ihn umgab, stellte sich ihm in seiner Gänze als ein ungeheures, kompliziertes Rätsel dar, und die Entzifferung dieses Rätsels wurde für ihn zu einer Aufgabe, die ihn ständig beunruhigte. Seinen Vater und seine Mutter – die liebte er mehr als alles auf der Welt; Agrafena, seine Braut, die häusliche Wirtschaft – all das beschäftigte ihn; aber alles das war wie ein Tropfen im Meer im

Vergleich zu der Hauptfrage: der Lösung des Rätsels dieses Lebens.

Sein äußeres Leben verlief wie das Leben aller Menschen, die als Arbeiter leben. Er bewohnte zusammen mit einem Landsmann ein Zimmer. Um acht Uhr begab er sich in das Kontor, übertrug Rechnungen in die Bücher, schrieb Frachtbriefe und Quittungen und dergleichen mehr. Nachdem er zu Mittag gegessen und ein wenig ausgeruht hatte, ging er wieder an die Arbeit; dann ging er nach Hause, las und schrieb schlechte Verse, ohne jedoch zu wissen, daß sie schlecht waren. An Feiertagen, wenn das Kontor geschlossen war, ging er in den Zoologischen Garten und manchesmal auch ins Theater. Er zog sich nett an, denn er liebte das, schickte seinem Vater aber doch mehr als die Hälfte seines Lohnes.

Einmal, an einem Samstagabend, als er mit seinem Kollegen Nikolaj Anossow das Kontor verließ, sagte Anossow zu ihm:

„Du liest ja gern Bücher; hast du aber schon das Buch ‚Zar Hunger‘ gelesen?"

Pawel sagte, er habe das Buch noch nicht gelesen.

„Dann komm zu mir; du sollst es haben."

Pawel nahm die Bücher mit und las die ganze Nacht. Gegen Morgen schlief er ein. Als er erwachte, wollte er sich nach alter Gewohnheit bekreuzigen, erinnerte sich aber dessen, was er gelesen hatte, lächelte über sich selber, begann das Gelesene nochmals zu überdenken, und damit begann für ihn die Lösung jenes Rätsels, das ihn solange bedrückt hatte.

5. |

Bald danach nahm Anossow Pawel mit in den Arbeiterverein, wo Pawel mit den Zielen ihrer Tätigkeit bekanntgemacht wurde. Es war also nicht nur von klugen und gelehrten Menschen festgestellt und bewiesen, daß die bestehende Gesellschaftsordnung von einer empörenden Ungerechtigkeit war, sondern man hatte nun auch schon ein Mittel gefunden, um alles zu verbessern, mehr noch: jeder konnte von nun an auch zur Verbesserung der sozialen Ordnung beitragen.

Pawel widmete sich nun dieser Sache voll und ganz. Er las all diese Bücher durch, sowohl *„Die listige Mechanik"*, als auch Kropotkin und Elisée Réclus.

Pawel war in seinem Innern ein ganz anderer geworden. Im Grunde war hier alles genau so, wie es im Dorfe war. Der Unterschied bestand nur darin, daß er sich im Dorfe von der Lebensauffassung hatte leiten lassen, die dort allgemein war, während er sich jetzt davon leiten ließ, was in seiner neuen Umgebung allgemein geglaubt wurde. Ein weiterer Unterschied war der, daß man dort auf sich selbst nicht stolz sein konnte, und daß man dort mit sich selbst oft recht unzufrieden war. Hier aber schwellte Selbstbewußtsein seine Brust, und von einer Unzufriedenheit mit sich selbst war keine Rede. Dafür hatte er aber dort nicht diese gehässigen Gefühle andern gegenüber gehegt wie hier; nicht einmal den Verwalter, der seinen Vater wegen Holzfrevels mit Strafe belegt hatte, hatte er gehaßt, da er zugeben mußte, daß jener handelte, wie man in seiner Stellung handeln mußte; und wenn der junge Herr vom Gutshof auf seinem Rad an ihm vorbeiflog, hatte er auch nicht gewünscht, an seiner Stelle zu sein; er war eben der Meinung gewesen, daß das alles so sein müsse. Jetzt aber konnte er nicht umhin, sich zu fragen, warum denn jener junge Herr mit dem aufgezwirbelten Schnurrbärtchen mit einer Dame in der von Trabern gezogenen Equipage dahinfuhr, und warum denn er, Pawel, nicht so leben dürfte, und seine Gefühle diesem Herrn mit dem aufgezwirbelten Schnurrbart gegenüber waren keineswegs freundschaftlicher Natur.

Schließlich war auch dies ein großer Unterschied gegen früher, daß er auf dem Dorfe von außen her, vom „Leben", nichts, alles nur aus seinem Innern und von sich selbst erwartet hatte. Hier hingegen lebte er der Hoffnung, ja der Überzeugung, daß sich alles sehr bald von Grund auf ändern werde, daß er bei dieser Umwälzung eine Rolle spielen und vielleicht sogar ein Führer werden würde, gab es doch verschiedene Führer, die aus dem Arbeiterstande hervorgegangen waren.

6. |

So lebte er bis zum 16. Juni, indem er sich mehr und mehr in diese Gedanken und Gefühle einspann und mehr und mehr das Dorf und Agrafena vergaß.

Wie er im Dorfe enthaltsam gelebt hatte, so lebte er auch hier, verschlungen von dem Gedanken an die Revolution. Im Dorfe hatte er enthaltsam gelebt, weil er ein liederliches Leben verabscheute. Als Agrafena beim Abschied zu ihm gesagt hatte: „Nun wirst du mich wohl über den feinen Dämchen in Moskau bald vergessen," hatte er ihr zur Antwort gegeben:

„Hör doch auf, unnützes Zeug zu schwatzen. Ich habe dir gesagt, daß ich nur dich liebe, und es bleibt dabei."

Wenn er sich jetzt in Moskau daran erinnerte, mußte er über sich selbst lächeln, und es kam ihm seltsam vor, daß er die Analphabetin Gruschka hatte lieben können. Er dachte jetzt an einen geistigen Zusammenschluß mit einer intellektuell hochstehenden Frau, und um dieser Verbindung willen wollte er auch ferner enthaltsam leben, und er lebte auch so.

Am 16. Juni, als Pawel aus seinem Bureau nach Hause ging, traf er auf der Straße seinen ehemaligen Kollegen und jetzigen Parteigenossen aus der Arbeiterorganisation, deren Mitglied Pawel seit Neujahr war, Nikolaj Anossow, einen sehr gewandten Burschen, der den Ruf eines sehr klugen, belesenen und unerschrockenen Parteigenossen hatte. Anossows erstes Wort war:

„Ich komme zu dir, Pascha. Im Kontor wollte ich dich nicht aufsuchen. Hol der Teufel den Ausbeuter, den Juden. Ich muß eine gewisse Angelegenheit mit dir besprechen. Es handelt sich um etwas ganz Wichtiges und Vortreffliches."

Pawel ging ein Stück mit ihm, und Anossow erzählte ihm unterwegs, daß sie in ihrer Fraktion – er benützte mit besonderem Vergnügen jede Gelegenheit, um solche Wörter anzuwenden – beschlossen hätten, behufs Ankaufes einer Druckereieinrichtung, die zu Propagandazwecken nötig war, eine Expropriation durchzuführen. Daran müßten alle klassenbewußten Arbeiter teilnehmen. Und da Pawel als ein klassenbewußtes Mitglied der Partei gelte, mache er ihm den Vorschlag, sofort mit ihm ins Komitee der Arbeitervereinigung zu kommen, wo beschlossen werden würde, wie und wo die Expropriation auszuführen sei.

Pawluscha hörte Anossow zu und wußte sich vor Aufregung und Begeisterung nicht zu lassen. Er dachte nicht daran, was ihm bevorstand, dachte auch nicht darüber nach, was eine Expropriation bedeutete. Er wußte, daß solche Sachen gemacht wurden, und das genügte ihm. Dann mußte es doch gut sein. Während er Anossow zuhörte, wurde er bald rot, bald bleich vor Entzücken. Die Hauptsache, das Wichtigste für ihn war, daß er mit den Führern der Revolution in direkten Verkehr treten, an der Befreiung des Volkes teilnehmen und handeln konnte.

Anossow wollte ihn sofort mitnehmen, aber Pawluscha sagte, er habe in einer bestimmten Angelegenheit zu Hause zu tun, werde aber in dreiviertel Stunden in der Bronnaja sein.

7. |

Rasch eilte Pawel nach Hause; er fühlte sich wie beschwingt; nun war er Mitglied der Partei, nun konnte er zeigen, was er zu leisten vermochte. Daneben fiel ihm ein, er müsse, wenn er zum erstenmal mit so ungewöhnlichen Menschen in Verbindung trete, auf sie auch einen guten Eindruck zu machen suchen. Um einen solchen Eindruck zu erzeugen, muß man angezogen sein, wie er sagte. Und tatsächlich hatte er ein nettes kurzes Röcklein und ebensolche enge Hosen, in denen sich die Beine gut abzeichneten und die ihm besonders gefielen.

Er ging rasch heim, kleidete sich um, betrachtete sich im Spiegel, strich sich das Schnurrbärtchen zurecht, kämmte sich die Haare zurück, und dann ging er mit großen Schritten nach der Bronnaja.

8. |

Wladimir Wassiljewitsch Antipatrow, der fünf Semester an der Universität Medizin studiert hatte, dann wegen Teilnahme an einem Arbeiteraufstand zu Zwangsarbeit verurteilt und nach Sibirien verschickt worden, dann aber ins Ausland geflohen war, kam im Sommer des Jahres 1906 unter einem andern Namen nach Rußland zurück, um in den Kreisen der Arbeiter für die sozialrevolutionäre Partei zu agitieren.

Die Geschichte Wladimir Wassiljewitschs war die folgende: Sohn eines Diakons, hatte er schon im Seminar durch seine glänzenden Fähigkeiten die Aufmerksamkeit seiner Lehrer und Mitschüler auf sich gelenkt. Redlichkeit, Wahrheitsliebe und ein anziehendes Wesen waren ihm eigen. Sein Lächeln war so ansteckend, daß sich der ernsteste, betrübteste Mensch nicht enthalten konnte, es zu erwidern. Seine Eltern hatten ihm mit vieler Mühe die Stelle eines

Geistlichen verschafft. Diese Stelle konnte er aber nur erhalten, wenn er die Tochter des alten Popen heiratete. Wie sehr er sich auch bemüht hatte, seinen Vater zu überzeugen, daß er für den Beruf eines Geistlichen nicht tauge, und wieviel mal er auch seine Mutter angefleht hatte, ihm zu helfen – es nützte nichts. Seine Eltern ärgerten sich über ihn und drohten ihm, sie würden ihn verfluchen. So suchte er sich denn auf eine andere Weise zu befreien. Er fuhr zu dem Mädchen, die seine Braut werden sollte, und erklärte ihr offen, daß er den kirchlichen Glauben ablehne und daß er sie nicht liebe. Er sagte ihr, er würde es sich als eine Gemeinheit, ja als eine Schurkerei anrechnen, wenn er sie heiraten würde, bloß um die bewußte Stelle zu bekommen. Das schlichte, gutherzige Mädchen war zuerst betrübt, dann aber beschloß sie, besiegt durch die Anmut seines Lächelns und seiner Aufrichtigkeit, auch von ihrer Seite alles zu tun, um die Verlobung aufzuheben.

So geschah es auch. Wladimir fuhr von Hause ohne eine Kopeke fort. Sein Vater schalt ihn nur noch mehr aus und erlaubte der Mutter nicht, ihren Sohn zu unterstützen.

In der Universitätsstadt wandte sich Wladimir an seinen ehemaligen Lehrer vom Seminar. Dieser verschaffte ihm Nachhilfestunden, und Wladimir begann, sich kümmerlich durchschlagend, seine Studien an der medizinischen Fakultät. Hier betätigte er sich auch zum erstenmal politisch. Er wurde zum Revolutionär hauptsächlich durch den Anblick des ungeheuren Kontrastes, der zwischen Arm und Reich bestand. Er sah den wahnsinnigen Luxus jener Familien, wo er Unterricht erteilte – eine dieser Familien war ihm besonders widerwärtig: es galt einen ausgesucht albernen Schlingel für das Gymnasium vorzubereiten –, und er sah namentlich auch den Gegensatz zwischen der verfeinerten Kultur der Besitzenden und der barbarischen Unwissenheit der Armen, darunter seines eigenen Vaters, des Diakons, wie auch seiner Kameraden vom Seminar, und vor allem der breiten Volksmassen. Das einzige Motiv seiner revolutionären Tätigkeit war sein Wunsch, das Volk aufzuklären, es von jener Unwissenheit zu befreien, in der es von der Kirche geflissentlich gehalten wurde, wobei es unweigerlich in die Gewalt all jener geraten mußte, die diese Gewalt ausnutzen wollten.

9. |

Im Anfang seiner Tätigkeit und die ganzen letzten Jahre seines Lebens widmete sich Wladimir Wassiljewitsch bloß seinem Werke,
ohne sich persönliche Wünsche zu erlauben. Gar nicht zu sprechen
von den Annehmlichkeiten des Lebens und der Frauenliebe, war er
sogar jeden Augenblick bereit, Freiheit und Leben für das Ziel hinzugeben, das er erstrebte. Er war auf der Hut und verbarg sich vor
seinen Feinden, tat dies aber nicht um seiner selbst willen, um seine
Person zu retten, sondern um der Sache willen, für die große, allgemeine Sache der Befreiung des Volkes von seinem materiellen und
geistigen Joch. Annehmlichkeiten des Lebens kannte er nicht und
wollte sie nicht kennen. Mit Frauen, und zwar mit sehr vielen, stand
er in engster Verbindung, doch waren diese Beziehungen so keusch
und so von rein sachlichen Motiven bedingt, daß er, obgleich zwei
Frauen, Julia Krawzowa und die Aronsohn, in ihn verliebt waren,
was er wohl ahnte, sich nicht erlaubte, sich dies einzugestehen.

10. |

Jetzt wohnte er in Moskau bei einem Kameraden, einem ehemaligen
Artillerieoffizier, und bei ihm veranstaltete er auch die Versammlungen.

An der letzten Versammlung, wo über die Notwendigkeit debat-
tiert wurde, Geld zum Ankauf einer Druckmaschine herbeizuschaf-
fen, nahm auch Pawel teil.

11. |

PAWLUSCHA / DRAMA

Erster Akt

Ein kleines Zimmer, armselig möbliert. Ein Tisch in der Mitte, ringsherum Stühle. Ein Samowar, kein Tischtuch. Am Tisch sitzen 1. Aronsohn, Anna Josifowna, Studentin, eine hübsche Brünette; 2. deren Freundin Schulz, Maria Iwanowna, Heilgehilfin, eine ernste Blondine; 3. Rasumnikow, ein ehemaliger Offizier, in russischem Hemd und hohen Stiefeln, ein großer, starker, schöner Mensch; 4. Antipatrow, Wladimir Wassiljewitsch, ehemaliger Medizinstudent, der fünf Semester an der Universität studiert hatte, energischer, kluger, spöttischer Mensch, mager, mittleren Wuchses; 5. Ham, ein kräftiger, schweigsamer Mann; 6. Matwejew, ein zweiundzwanzigjähriger Bauer mit glänzender, starker Rednergabe.

Erste Szene

Schulz (reicht Rasumnikow ein Glas Tee). Na, genug gestritten! Es ist ja nun von der Mehrheit beschlossen, daß die Expropriation ausgeführt werden muß.

Rasumnikow (hitzig). Ich streite ja nicht, ich sage nur, daß ebenso wie unsere Regierungen, wenn sie zu Hinrichtungen schreiten, selber das Hängen besorgen und nicht fremde Menschen dazu zwingen sollten, die diese Hinrichtungen gar nicht nötig haben, so …

Antipatrow (beendet mit einem feinen, spöttischen Lächeln die Rede Rasumnikows) … So sollen auch wir, wenn wir eine Expropriation ausführen wollen – als ob wir eine solche für uns selber benötigten! – uns dieser angenehmen Pflicht persönlich unterziehen, alldieweil wir die eigentliche Arbeit, die Organisation, die Korrespondenz, den Druck usw. Ham oder diesem abgeklärten, praktischen Jüngling, unserm diplomatischen Jusja – (er zeigt auf Matwejew) – zu überlassen hätten.

Rasumnikow. Ich sage ja nur, daß man das Risiko bei der Sache doch nicht andern aufbürden solle.

Antipatrow (ärgerlich). Darüber könnte man sich noch verbreiten, wenn Eurer Exzellenz ergebener Diener in Sicherheit säße. So aber ist doch das Risiko für uns alle das gleiche! Es liegt hier einfach eine Arbeitsteilung vor.

Aronsohn (heftig). Wenn es Ihnen nicht paßt, so lassen Sie's bleiben. Wem wollen Sie denn Vorwürfe machen? Wladimir Wassiljewitsch, der alles für die Sache hingegeben hat und sein Leben einsetzt?

Schulz. Hört doch auf zu streiten, trinkt lieber Tee.

Rasumnikow. Ich habe meine Meinung gesagt, und nun macht, wie ihr wollt.

Matwejew. Risiko! Die Gefahr ist doch gerade das, was wir lieben. Wir sind bereit, unser Leben hinzugeben und freuen uns der Gelegenheit, unsere aufrichtige Gesinnung an den Tag legen zu können. Sagt mir nur, was zu tun ist. Mit Freuden gehe ich, wenn es sein muß, in den sicheren Tod. Und ich weiß, Pawel Burylin denkt genau so.

Schulz (lächelt). Nu, Jusik ist ja Feuer und Flamme.

Matwejew. Ihr wißt ja gar nicht, wie unsereinem, einem Bauern oder einem Fabrikarbeiter, zumute ist, wenn in seine Finsternis ein Strahl hellen Lichtes eindringt. Man muß nur diese Finsternis kennen, denken, wie wir einmal gedacht haben, daß es so sein muß, daß der Bauer hungert und es als Gnade ansieht, wenn man ihm auf fremdem Grund und Boden zu arbeiten erlaubt oder ein fremder Kapitalist ihn in seine Dienste nimmt, und plötzlich …

Antipatrow (wechselt Blicke mit der Aronsohn und Schulz). Sehr richtig! Richtig!

Matwejew. Ja, so zu denken, gleichsam in einer Gruft zu leben und nicht zu wissen, daß das alles ja gar nicht zu sein braucht, daß alles ganz, ganz anders sein könnte, daß nicht wir, die Werktätigen, vom Kapital abhängen, sondern daß das Kapital von uns abhängt.

Antipatrow. Stimmt vollkommen. Aber Sie wollten von Burylin reden?

Rasumnikow. Er hat mir sehr gut gefallen. | *zu-*
Schulz. Ein überaus sympathischer Jüngling! | *sammen*

Matwejew. Ja richtig – Burylin. Ich wollte nur sagen: er befindet sich jetzt eben in der Ekstase eines Menschen, der sein Augenlicht zurückbekommen hat. Ich sprach gestern mit ihm. Er ist Feuer und Flamme für die Sache. Und je mehr er erfährt, desto mehr will er wissen. Und vor allen Dingen will er handeln, nicht reden; er will arbeiten. Er ist ja auch nicht umsonst ein Bauer.

Alle lachen

Antipatrow. Ich verstehe, verstehe.

Aronsohn. Burylin und Anossow warten unten. Könnte man sie nicht heraufrufen? Was ist beschlossen?

Antipatrow (wendet sich an alle und insbesondere an Rasumnikow). Wie denkt ihr darüber, Kameraden? Soll man Burylin und Anossow die Sache übertragen? Wenn ja, so muß man sie rufen und es ihnen sagen.

Rasumnikow. Ich habe meine Ansicht schon geäußert.

Aronsohn. Aber Sie wissen doch, daß die Druckmaschine schon gekauft ist, daß man Geld braucht und daß wir es nicht haben, und daß das eine notwendige und dringende Sache ist.

Rasumnikow. Ich habe mich darüber schon ausgesprochen.

Antlpatrow (wendet sich an alle, außer an Rasumnikow). Also sind die Herrschaften damit einverstanden, daß wir Burylin und Anossow beauftragen, bei ihrem Patron, dem Besitzer der Parfümeriefabrik, so viel als möglich zu expropriieren?

Alle drücken ihr Einverständnis aus

Antipatrow. Die Mehrheit ist einverstanden. Jusja, rufe sie herauf.

Matwejew geht hinaus

12. |

Zweite Szene

Dieselben, ohne Matwejew

Antipatrow (zur Aronsohn). Was für ein feuriges Temperament! Ein kluger Kopf!

Aronsohn. Nun ja, dafür ist er doch auch Ihr Schüler. Sie verstehen eben auch jeden zu begeistern.

Schulz (zu Rasumnikow). Ich bin ja am Ende auch mit Ihnen einverstanden, möchte mich aber von den andern nicht gerne absondern.

Ham. Man darf nie vergessen, daß das erste und wichtigste unsere
große Sache ist. Zuerst die Sache, zu allererst! Alles andere ist
Nebensache.

Rasumnikow. Sehr schön, wenn es nur nicht auf Kosten der andern
geht.

Ham. Wieso auf Kosten der andern?

13. |

Dritte Szene

Dieselben, Anossow und Burylin kommen herein und begrüßen alle
Anwesenden, indem sie ihnen die Hand reichen.

Schulz (zu Pawel). Nehmen Sie hier Platz.

Alle nehmen Platz. Unbehagliches Schweigen

Antipatrow (zu Pawel). Ihr Kollege und unser Gesinnungsgenosse
Anossow teilte uns mit, daß Sie unsere Überzeugungen teilen
und sich bei uns betätigen wollen.

Pawel (aufgeregt). Ich bin zu allem, zu allem bereit. Ich habe begriffen, daß es nicht nur …

Antipatrow. Lassen Sie mich ausreden. Ich sagte also: Sie wünschen
mitzuwirken. Das ist für uns selbstverständlich sehr wertvoll.
Mit uns gehen nicht nur hunderte, nein, tausende Arbeiter, und
je mehr ihrer werden, um so besser geht unsere Sache vorwärts
und desto sicherer ist der Erfolg. Ich muß Sie aber darauf aufmerksam machen, daß man, um Erfolg zu haben, energisch, aus-
dauernd, vorsichtig und verschwiegen sein muß. Wir sind von
Feinden umgeben.

(Pawel spricht lange und aufgeregt darüber, was er durchgemacht
habe, wie unwissend er gewesen sei, wie die Bauern noch heute
nichts verständen, wie die Popen sie betrögen und wie er darauf
ein Gedicht gemacht habe. Antipatrow unterbricht ihn lächelnd
und ersucht ihn, zur Sache zu sprechen. Pawel schwatzt weiter,
wie glücklich er sich schätze, wirkliche Menschen kennen gelernt
zu haben, Menschen, die ihr Leben lassen für ihre Freunde, die
ihr Leben dafür einsetzen, daß die Exploitation und der Despotismus einmal ein Ende haben)

Antipatrow gibt ihm den Auftrag und fragt ihn,
wie er ihn auszuführen gedenke.

Aronsohn (tritt ein und macht den Vorschlag, die beiden sollten am
   frühen Morgen ins Bureau gehen, das Schloß aufbrechen und da-
   vongehen). Sehr einfach! Wie man ein Glas Wasser trinkt! Rie-
   chen wird man's nicht. Und mindestens zehntausend sind dort
   gewiß zu holen.
Pawel. Zehn nicht, aber mindestens sieben.

14. |

All dies geschah am 16. Juni. Am 17. Juni, am selben Tage, an dem
Pawels Vater Agrafena traf und Agrafena und Pawels Mutter seiner
so liebevoll gedachten, an diesem selben Tage führte in aller Frühe
Pawel zusammen mit Anossow den Auftrag aus, den er von dem
revolutionären Komitee erhalten hatte.

Der Fabrikbesitzer, ein getaufter Jude, Michail Borissowitsch
Schindel mit Namen, kam an diesem Tage etwas früher als sonst in
das Büro, da an diesem Tag die Lohnauszahlung war. Den vorhergehenden Abend hatte Schindel bei einem Literaten verbracht, dessen Bekanntschaft Schindel außerordentlich schätzte und auf die er
sich etwas zugute tat. Der Literat war Mitarbeiter eines kadetti-
schen, liberalisierenden Blattes; er hatte Schindel als Gesinnungsgenossen und angenehmen Menschen gern. An der Abendgesellschaft
bei dem Literaten hatte auch ein auf der Durchreise befindlicher
Duma-Abgeordneter teilgenommen, ein sehr gewandter und talent-
reicher Herr, Konservativer, der sich zur Partei der „Erneuerer"
zählte. Der Abend hatte sich infolge der lebhaften politischen Dis-
kussion, an der sich auch Schindel beteiligte, sehr in die Länge gezogen. Man hatte über allerlei und unter anderm auch über die Lage
der Arbeiter gesprochen. Schindel, als ein Mann, der viel mit Arbeitern zu tun hatte, verteidigte das Recht der Arbeiter, sich zu Verbän-
den zusammenzuschließen, deren Aufgabe es sei, die Forderungen
der Arbeiter zu vertreten. Schindel sprach sich sogar für friedliche
Streiks aus. Er sah wohl, daß eine solche von seiner Stellung als Fab-
rikant nicht beeinflußte Meinung allgemein gefiel und Achtung er-
weckte, und dies war ihm sehr angenehm.

Er stand früh auf, um in sein Büro zu gehen, und erinnerte sich
an das gestrige Gespräch und an das, was er selbst gesprochen hatte,
und er war sehr zufrieden mit sich selbst. Mit solch angenehmen

Gedanken beschäftigt, verließ er seine Wohnung. Er überlegte, ob das Geld für die Auszahlung der Arbeiter und für die im Laufe der Woche auf Kredit genommenen Waren langen werde. Er näherte sich dem Kontor. „Ich werde Burylin fragen müssen," dachte er. Bei dem Gedanken an Pawel Burylin kamen ihm auch sofort wieder die Worte in den Sinn, die er gestern gesprochen hatte; er hatte dabei gerade diesen Pawel im Sinn gehabt, als er von der geistigen, kulturellen Entwicklung und von der Moral der Arbeiter gesprochen hatte.

15. |

Als er das Empfangszimmer betrat, erblickte er dort Burylin. Das setzte ihn nicht in Erstaunen. Nachdem er ihn begrüßt hatte, nahm er den Schlüssel vom Nagel und wollte eben den dunklen Korridor betreten, der in sein Arbeitskabinett führte, als Burylin plötzlich mit einem sonderbaren Aussehen entschlossen auf ihn zulief, ihn mit einer Hand am Mantelaufschlag packte, mit der andern einen Revolver zog und ihn Schindel an die Brust setzte.

„Her mit dem Kassenschlüssel!" schrie Burylin.

„Ja, was soll denn das bedeuten?"

„Die Schlüssel! Geld!"

„Burylin, was ist mit Ihnen? Was machen Sie da?" wandte sich Schindel an Pawel.

„Schnell, schnell, geben Sie her, was da drinnen ist. Ich weiß, es sind sieben Tausend."

„Ai, ai, ai! Was soll das heißen?" sagte Schindel und reichte ihm den Schlüssel. Schindel hatte noch nicht Zeit gehabt, die Schlüssel zu übergeben, als Anossow, ebenfalls mit einem Revolver in der Hand, hinter der Tür hervorsprang und Schindel am Rockkragen packte. Pawel nahm die Schlüssel, eilte in das Arbeitskabinett, schloß die Kasse auf und schlug den Deckel zurück. Anossow hielt den Revolver auf Schindel gerichtet. Pawel nahm das Geld heraus und steckte es in seine Tasche.

„Seien Sie still, sonst…!" sagte Anossow noch einmal und zog sich, rückwärts gehend, zur Tür zurück. Pawel folgte ihm und beide gingen in den Hof hinaus. Pawel wollte weglaufen, aber Anossow hielt ihn zurück.

„Im Schritt," flüsterte er ihm zu.

Sie hatten kaum das Tor erreicht, als Schindel mit verzweifeltem Geschrei vor die Tür hinaustrat und aus vollem Halse schrie:

„Haltet sie!"

Jetzt fingen beide zu laufen an, aber der Hausknecht versperrte ihnen den Weg. Anossow wandte sich wieder dem Fabrikbesitzer zu und richtete den Revolver auf ihn. Pawel stieß mit dem Hausknecht zusammen und schnitt ihm den Weg ab. Er wollte den Hausknecht erschrecken und schoß einmal und ein zweites mal über seine Schulter hinweg. Anossow lief davon.

„Schieße du," sagte Pawel, „ich kann nicht," und lief die Gasse hinunter. Aber schon kamen ihnen viele Leute entgegen. Pawel eilte in einen leeren Hof hinein, aber er hatte kaum Zeit, sich umzusehen, als die Menge schon über ihn herfiel und ihn zu prügeln begann. Man schlug ihn braun und blau.

16. |

„Was ist das? was ist geschehen?" sagte sich Pawel verstört, als er, zerschlagen, mit schmerzenden Gliedern, schweißbedeckt, ohne Mütze, in zerfetzten Kleidern, auf der Erde sitzend, mit den Ellbogen die Hiebe abwehrte, die sein übel zugerichtetes Gesicht mit den blutunterlaufenen Augen trafen. Der Hausknecht vom Nachbarhause war es, der ihm am meisten zusetzte. Er kam erst zu sich, als Polizisten die Leute, die ihn prügelten, verjagten, ihn aufhoben und irgendwohin wegführten. Durch seinen Kopf huschte der Gedanke, warum er nicht, wie Anossow, nach der andern Seite gelaufen war und warum er auf den tatarischen Hausknecht nicht geschossen hatte; er machte sich deswegen Vorwürfe. Dann ging ihm durch den Kopf, daß er das, was er Wladimir Wassiljewitsch versprochen, erfüllt hatte und daß an dem Mißerfolg nicht er die Schuld trage, sondern Anossow, der mit dem Chef so lange herumgetan hatte. Diese Gedanken wurden durch den Schmerz unterbrochen, den ihm die erhaltenen Schläge verursachten und von der Erinnerung an das erschrockene Gesicht seines Chefs und das nicht minder erschrockene Gesicht des Tataren. „Ja, die Angst, die Angst! Wenn ich die Sache einmal übernommen hatte, durfte ich nicht vorbeischießen, ich mußte ihn zu treffen suchen," dachte er. „Was geschehen ist, ist nicht um meinetwillen geschehen, sondern für das Volk, für seine Rettung." Urplötzlich kam ihm das heimatliche Dorf, die Mutter in den Sinn; doch dieser Gedanke war so unvereinbar mit dem, was hier geschehen war, daß er sogleich wieder verschwand.

Auf der Polizei sperrte man ihn in eine Einzelzelle und um die Mittagsstunde überführte man ihn in das große Gefängnis und ließ ihn allein …

[Fragment]

Notizen eines Wahnsinnigen

20. Oktober 1883

Heute wurde ich zur Untersuchung auf die psychiatrische Abteilung des Gouvernementsspitals gebracht. Die Meinungen waren geteilt. Sie stritten und stritten und einigten sich schließlich doch darin, daß ich nicht wahnsinnig sei. Zu diesem Resultat gelangten sie, weil ich während der Untersuchung alle Kräfte aufbot, um mich nicht zu verraten. Ich habe meine Gedanken vorsichtigerweise gar nicht geäußert, denn ich habe Angst vor dem Irrenhaus, fürchte, daß man mich dort hindern könne, meinen wahnwitzigen Vorsatz auszuführen. Die Ärzte konstatierten, ich sei Affekten unterworfen und noch etwas in dieser Art, sonst aber sei ich ganz normal. Das ist ihr Befund; ich aber weiß recht gut, daß ich wahnsinnig bin. Mein Arzt schrieb mir eine Kur vor und gab mir die Versicherung, daß, wenn ich nur seine Vorschriften streng befolgen würde, alles bald vorüber sein werde. Alles, was mich beunruhige, werde vorübergehen. Oh, was gäb ich drum, wenn es wirklich vorüberginge! Die Qual ist allzu groß. Ich will erzählen, wie und weshalb es zur Untersuchung gekommen ist, wie ich wahnsinnig wurde und worin sich mein Wahnsinn äußerte.

Bis zu meinem fünfunddreißigsten Lebensjahre lebte ich wie alle andern und man merkte mir nichts an. Möglicherweise war etwas mit mir in meiner ersten Kindheit, bis zu meinem zehnten Lebensjahr, aber das äußerte sich damals nur in vorübergehenden Anfällen und nicht, wie jetzt, als Dauerzustand. In meiner Kindheit äußerte es sich auch ein wenig anders. Und zwar folgendermaßen. Einmal, erinnere ich mich, legte ich mich schlafen, ich war damals fünf oder sechs Jahre alt. Die Kinderfrau Jewpraksija, eine hochgewachsene, magere Frau in braunem Kleid, mit einem Häubchen auf dem Kopf und einem herabhängenden Hautsack unterm Kinn, zog mich aus und setzte mich in mein Bettchen.

„Nein, ich will selbst, ich will selbst," schrie ich und stieg über das Gitter.

„Nu, legen Sie sich jetzt schön hin, legen Sie sich hin. Mitja, der kluge Junge, hat sich auch schon niedergelegt," sagte sie und deutete mit dem Kopf nach meinem Bruder hin.

Ich hüpfte ins Bett, indem ich mich an ihrem Arm festhielt. Nachher ließ ich sie los, strampelte noch eine Weile mit den Beinen unter der Decke und wickelte mich in dieselbe ein. Ich fühlte mich sehr wohl. Ich verhielt mich still und dachte: ‚Ich hab die Njanja lieb, die Njanja hat mich und Mitenjka lieb, und ich habe Mitenjka lieb, und Mitenjka hat mich und die Njanja lieb. Und Taraß hat die Njanja lieb, und ich habe den Taraß lieb, auch Mitenjka hat ihn lieb. Und Taraß hat mich und die Njanja lieb. Und die Mutter hat mich und die Njanja lieb. Und die Njanja hat meine Mutter und mich und meinen Vater lieb. Alle haben einander lieb und das ist für alle gut.‘

Da plötzlich höre ich, wie die Wirtschafterin hereingelaufen kommt und wie sie voll Zorn wegen einer Zuckerdose zu schreien beginnt und wie ihr die Njanja zornig antwortet, sie habe die Zuckerdose nicht gestohlen. Wie wird mir da? So weh, so häßlich wird mir zumut, so unbegreiflich ist mir das, und ein Schrecken, ein kalter Schauder befällt mich, und ich verstecke mich unter der Decke. Aber auch unter der Decke, im Dunkeln, wird mir nicht leichter ums Herz. Eine Erinnerung wird in meinem Gemüte lebendig. Wie man einst in meiner Gegenwart einen Knaben schlug, wie der Knabe schrie, und was für ein entsetzliches Gesicht Foka hatte, als er den Knaben schlug. „Wirst du nicht mehr, nicht mehr, nicht mehr …!" wiederholte er bei jedem Schlag, und der Junge beteuerte: „Ich werde nicht mehr…", aber Foka schrie noch immer: „Wirst du nicht mehr, nicht mehr …!" und drosch auf den Knaben ein.

Und da kam der erste Anfall. Ich brach in lautes Schluchzen aus und lange konnte mich niemand beruhigen. Dieses laute Schluchzen und diese Verzweiflung waren die ersten Symptome meines gegenwärtigen Wahnsinns.

Ich entsinne mich, daß dieser Zustand auch einmal eintrat, als uns die Tante von Christus erzählte. Sie hatte ihre Erzählung beendet und wollte weggehen, wir aber sagten:

„Erzähle uns noch mehr von Jesus Christus!"

„Nein, nein, jetzt habe ich keine Zeit dazu!"

„Doch, doch, erzähle!"

Auch Mitenjka bat sie, zu erzählen. Da begann die Tante noch einmal dasselbe zu erzählen. Sie erzählte, wie man ihn kreuzigte, wie man ihn schlug, wie man ihn quälte und wie er immer nur gebetet habe, ohne ihnen zu zürnen.

„Tante, warum hat man ihn denn so gepeinigt?"

„Es waren eben böse Menschen."

„Aber er war doch so gut!"

„Na, genug, es ist bald neun, hört ihr?"

„Warum haben sie ihn denn geschlagen? Er hat doch allen verziehen, warum haben sie ihn so gepeinigt? Hat es ihm weh getan? Tante, sag doch, hat es ihm sehr weh getan?"

„Genug, genug, ich gehe jetzt Tee trinken."

„Vielleicht ist es gar nicht wahr, daß man ihn geschlagen hat?"

„Nu, genug."

„Nein, geh nicht fort!"

Und da überkam es mich wieder: ich weinte, weinte und schlug mit dem Kopf gegen die Wand.

Das war in den Tagen meiner Kindheit. Das alles verging, als ich vierzehn Jahre alt wurde und die Geschlechtslust in mir erwachte; als ich mich dann dem Laster ergab, verging dies alles und ich war ein Knabe wie alle Knaben, wie wir alle, die bei fetter, überreichlicher Kost aufwachsen, verzärtelt werden, keine physische Arbeit verrichten und allen möglichen Verführungen ausgesetzt sind, die die Sinnlichkeit entzünden. Dazu kommt dann noch die Gesellschaft ebensolcher verderbter Kinder. Knaben meines Alters lehrten mich das Laster, und ich ergab mich ihm. Später wechselte dieses Laster mit einem andern ab: ich lernte Frauen kennen. Und so lebte ich, indem ich Genüssen nachjagte und sie auch fand, bis zu meinem fünfunddreißigsten Lebensjahre. Ich war gesund, und irgendwelche Anzeichen von Irresein waren an mir nicht zu bemerken.

Diese zwanzig Jahre, wo ich gesund war, sind für mich so vergangen, daß ich mich fast an nichts erinnere, und an das wenige, das mir nicht entfallen ist, erinnere ich mich nur mit Mühe und mit Abscheu. Wie alle geistig normalen Knaben aus den Kreisen, denen ich angehörte, besuchte ich das Gymnasium und später die Universität, wo ich Jurisprudenz studierte. Ich war dann eine Zeitlang in Staatsdiensten, lernte dann meine jetzige Frau kennen, heiratete sie, zog mit ihr aufs Land, beschäftigte mich mit der Erziehung meiner Kinder, betrieb die Landwirtschaft und wurde zum Friedensrichter gewählt.

Im zehnten Jahr meiner Ehe ereignete es sich, daß ich zum erstenmal seit meiner Kindheit wieder einen Anfall bekam.

Es war uns, mir und meiner Frau, gelungen, ein Stück Geld auf die Seite zu legen, das zum Teil aus einer Erbschaft, zum Teil aus Pachtgeldern stammte, und wir hatten beschlossen, uns für dieses Geld ein Gut zu kaufen. Die Mehrung unseres Vermögens lag mir, wie es ja nur recht und billig ist, sehr am Herzen und ich hegte natürlich den Wunsch, es auf die intelligenteste Art zu vermehren und dabei schlauer zu verfahren als alle andern. Ich zog überall Erkundigungen ein, wo Güter zum Verkauf standen, und studierte die Annoncen in den Zeitungen. Ich wollte kaufen, wenn die Einnahmen aus dem Gut oder aus dem Verkauf eines zum Gut gehörenden Waldes allein schon den Kaufpreis decken würden, so daß ich das Gut umsonst bekäme. Ich suchte einen Narren, den ich übers Ohr hauen konnte, und ich glaubte auch schon einen gefunden zu haben.

Ein Gut mit viel Wald im Gouvernement Pensa war zu verkaufen. Nach allem, was ich in Erfahrung gebracht, war der Verkäufer eben der Narr, den ich suchte, denn die Wälder mußten, wenn man sie verkaufte, allein soviel einbringen, als das ganze Gut kostete. Ich machte mich reisefertig und reiste ab.

Zuerst reisten ich und mein Diener, den ich mitgenommen hatte, mit der Eisenbahn, dann ging es mit Postpferden weiter und schließlich mieteten wir von Station zu Station neue Bauernpferde. Die Reise machte mir viel Spaß. Mein Diener, ein junger, gutmütiger Mensch, war ebenso heiter wie ich gestimmt. Neue Orte, neue Menschen. Das Reisen machte uns viel Vergnügen. Bis an den Ort unserer Bestimmung hatten wir zweihundert und etliche Werst zurückzulegen. Wir hatten beschlossen, den ganzen Weg in einer Fahrt, ohne irgendwo abzusteigen, zurückzulegen und nur an den Umschlagstellen die Pferde zu wechseln. Die Nacht sank herab. Wir fuhren immer weiter und weiter. Wir schlummerten ein. Ich schlummerte ein, erwachte aber sofort wieder. Und eine tiefe Bangigkeit kam über mich. Und wie das häufig so ist, wenn man plötzlich aus dem Schlafe erwacht, kann man sich eines Gefühls des Schreckens nicht erwehren und es ist einem, als ob man nun gar nicht mehr einschlafen könnte. ‚Ja, wozu fahre ich hier in die Nacht hinein? Wohin will ich denn fahren?‘ So ging es mir plötzlich durch den Sinn. Nicht, daß der Gedanke, um billiges Geld ein hübsches Gut zu erwerben, jetzt für mich keinen Reiz mehr gehabt hätte, nein: – aber ich mußte mir sagen, daß ich ja garnichts brauche und daß es sinnlos sei, so ins Weite zu reisen, und ich könne ja auch an diesem unbekannten Orte sterben. Und mir wurde angst und bange. Sergej, mein Diener, erwachte, und ich benützte die Gelegenheit, um ein wenig mit ihm zu plaudern. Ich sprach mit ihm über die hiesige Gegend, und er gab scherzhafte Antworten, aber das langweilte mich. Ich sprach von häuslichen Dingen und von dem Gut, das wir kaufen wollten. Und ich mußte mich wundern, wie fröhlich er antwortete. Alles schien ihm gut und alles machte ihm Spaß, während in mir ein Gram fraß. Aber immerhin, solange ich mit ihm plauderte, war mir noch leidlich zumute. Nun wurde ich aber, abgesehen davon, daß ich mich so langweilte und daß mir so bange war, auch noch sehr müde und ich hatte den Wunsch, Halt machen zu lassen. Ich glaubte, wenn ich jetzt ein Haus betreten, Menschen sehen, Tee trinken und hauptsächlich einschlafen könnte, so würde mir gleich besser sein.

Wir näherten uns der Stadt Arsamas.

„Ob wir hier nicht ein wenig Halt machen und ausruhen sollten?"

„Warum denn nicht? Großartig!"

„Ist es von hier noch weit bis zur Stadt?"

„Von jenem Werstpfahl noch sieben Werst."

Der Kutscher war ein gesetzter, akkurater und schweigsamer Mann. Er fuhr langsam und langweilig.

Wir setzten unsere Reise fort. Ich schwieg; es war mir jetzt leichter ums Herz, weil der Rastpunkt nahe war und weil ich hoffte, daß dort alles vorübergehen werde. Man fuhr, fuhr, immer in die Dunkelheit hinein, die Fahrt schien kein Ende nehmen zu wollen. Wir näherten uns der Stadt. Die Einwohner schliefen schon. Aus dem Dunkel tauchten Häuser auf, unser Schellengeklingel und das Getrappel der Pferdehufe erzeugte in der Nähe der Häuser einen Widerhall. Hie und da sah man große, weiße Gebäude. Das alles schien mir öde. Mit Ungeduld erwartete ich die Station, den Samowar und die Rast.

Endlich erblickten wir ein Häuschen mit einem Pfosten davor, bei dem unser Wagen hielt. Das Häuschen war weiß angestrichen, bot aber, wie mir schien, einen trübseligen Anblick, so daß mir wieder angst und bange wurde. Langsam stieg ich aus dem Wagen.

Sergej nahm gewandt und lebhaft das Handgepäck aus dem Wagen und trug es, mit seinen Stiefeln über die Vortreppe trappelnd, ins Haus. Und dieses Getrappel verursachte mir ein unbegreifliches Weh. Ich ging hinein. Ich stand in einem kleinen Vorzimmer. Ein verschlafener Mann mit einem Brandfleck auf der Wange empfing mich. Dieser Brandfleck machte auf mich einen furchtbaren Eindruck. Der Mann wies mir ein Zimmer an. Das Zimmer hatte etwas Düsteres an sich. Ich ging hinein, und mich ergriff eine noch größere Bangigkeit.

„Kann ich nicht ein Zimmer haben? Ich möchte ausruhen.“

„Ein Zimmerchen haben wir. Das ist es.“

Ein sauber geweißtes, viereckiges Zimmerchen. Wie ich mich erinnere, berührte es mich unangenehm, daß dieses Zimmerchen viereckig war. Es hatte nur ein Fenster, das mit einem roten Vorhängelchen versehen war. Der Tisch war aus gemasertem Birkenholz; der Diwan hatte geschweifte Formen. Wir gingen hinein. Sergej richtete den Samowar her, goß Tee ein. Und ich nahm ein Kissen und streckte mich auf dem Diwan aus. Ich schlief nicht und hörte, wie Sergej Tee trank und mich beim Namen rief. Aber es war mir unangenehm aufzustehen, denn ich fürchtete, dann nicht mehr einschlafen zu können, und vor dem Herumsitzen in diesem Zimmer graute mir. Ich stand also nicht auf und schlummerte ein. Ich mußte wohl längere Zeit geschlafen haben, denn als ich erwachte, war niemand im Zimmer und es war dunkel. Es war wieder so ein Erwachen wie im Wagen. An ein Einschlafen war nun nicht mehr zu denken. Wieder überfielen mich dieselben Gedanken. ‚Wie komme ich hierher? Wohin eile ich? Ich fliehe vor einem Etwas, das mir schrecklich ist, und kann ihm nicht entfliehen. Ich bin immer mit mir zusammen, und ich werde mir selbst zur Qual. Ich und er, wir bilden zusammen ein Ganzes. Das Pensaer Gut, und auch kein anderes Gut, wird meinem Ich je auch nur ein Quentchen hinzufügen oder wegnehmen. Ich bin meiner selbst überdrüssig geworden, finde mich unausstehlich, falle mir selbst zur Last.‘ Ich wollte versuchen, einzuschlafen, mich selbst zu vergessen, aber es ging nicht. Ich wollte einschlafen, wollte mich selbst vergessen, aber ich kam von mir nicht los.

Ich begab mich in den Korridor hinaus. Sergej schlief auf einer schmalen Bank und ließ den Arm hinunterhängen, aber er schlief süß; auch der Wächter mit dem Brandmal schlief gut. Ich durchschritt den Korridor, wähnte, dem entfliehen zu können, was mich quälte. Aber Es ging mit mir hinaus und warf auf alles seinen düsteren Schein. Ich fühlte mich von derselben, ja von einer noch schlimmeren Bangigkeit erfaßt.

„Was für eine Torheit!" sagte ich zu mir selbst. „Weshalb härme ich mich denn so ab? Wovor fürchte ich mich denn?"

„Vor mir," sprach unhörbar der Tod in mir. „Ich bin hier."

Ein Schauer überlief mich. ,Jawohl, ich fürchte den Tod. Er kommt, er ist schon da, aber noch darf es nicht sein! Stünde mir der Tod unmittelbar bevor, so könnte ich nicht empfinden, was ich empfinde; ich würde mich dann mehr fürchten.' Ich fürchtete mich aber nicht, sondern fühlte, daß der Tod herannahte und zugleich, daß er jetzt noch nicht an mich herantreten dürfe. Mein ganzes Wesen war erfüllt von dem Hang zum Leben, von dem Recht zu leben, und zugleich fühlte ich, wie sich in ihm der Tod vollzog. Und diese innerliche Zerrissenheit war furchtbar. Ich suchte diesen Alp abzuschütteln. Ich fand einen Messingleuchter mit einem Kerzenstumpf und zündete die Kerze an. Das rötliche Licht, das von der Kerze ausging, die schon zur Hälfte heruntergebrannt war – das alles predigte mir dieselbe herbe Wahrheit: Das Leben ist ein Nichts, wirklich ist nur der Tod, und das ist etwas, was nicht sein dürfte.

Ich versuchte, meine Gedanken auf andere Dinge zu richten, dachte an den bevorstehenden Kauf, an meine Frau. Aber all das stimmte mich nicht heiterer, all das erschien mir nichtig. Das Entsetzen, das mein verrinnendes Leben mir einflößte, erstickte alle anderen Gefühle. ,Es ist Zeit, sich zur Ruhe zu begeben.' Ich legte mich ins Bett; aber ich hatte mich kaum hingelegt, als ich auch schon schreckerfüllt aufspringen mußte. Mir wurde übel, wie vor einem Erbrechen, aber es war ein Übelsein geistiger Art, das ein schreckliches Bangigkeitsgefühl begleitete. Es schien ein Bangen vor dem Tode zu sein, war aber, wenn ich es mir genau überlegte, eher ein Bangen vor dem Leben, dem Tod im Leben. Leben und Tod flossen für mein Gefühl irgendwie in Eins zusammen. Etwas riß meine Seele in Stücke und konnte sie doch nicht zerreißen. Noch einmal ging ich hinaus, um die Schlafenden zu betrachten, noch einmal versuchte ich einzuschlafen, und stets dasselbe Grauen, das rote, weiße, viereckige. Etwas reißt an meinem Innern und vermag es doch nicht zu zerreißen. Nur ein quälend-boshaftes Gefühl unsäglicher Dürre, kein Tropfen Güte war in mir, Bosheit gegen mich selbst und gegen das, was mich geschaffen.

Wer oder was hat mich denn geschaffen? Gott, sagt man. Gott ... Beten, erinnerte ich mich. Ich hatte schon lange, an die zwanzig Jahre nicht mehr gebetet und glaubte an nichts, obwohl ich, anstandshalber, alljährlich einmal zum Abendmahl ging. Ich begann zu beten: „Herr, erbarme dich meiner", „Vater unser", „Mutter Gottes". Ich dichtete selbst noch andere Gebete. Ich bekreuzigte mich, verneigte mich bis zur Erde, und sah mich dabei um, ob mich niemand beobachte. All das, und besonders die Angst, daß man mich beobachten könne, lenkte mich ab und zerstreute mich gewissermaßen, und ich versuchte mich wieder hinzulegen. Aber sowie ich mich nur hinlegte und die Augen schloß, durchfuhr mich dasselbe Grauen, und ich erhob mich. Ich konnte es nicht länger aushalten. Ich weckte den Knecht und weckte Sergej, befahl einzuspannen und wir fuhren weg.

Während der Fahrt in der frischen Luft wurde mir leichter ums Herz, aber ich fühlte, daß sich etwas Neues in meine Seele gesenkt hatte, das mein ganzes früheres Leben vergiftete.

Gegen Abend kamen wir an Ort und Stelle an. Während des ganzen Tages hatte ich mich bemüht, meiner Traurigkeit Herr zu werden, und das gelang mir zuletzt; aber in meiner Seele blieb ein Bodensatz von etwas Schrecklichem zurück; mir war genau so, wie wenn mir ein großes Unglück widerfahren wäre, das ich eine Zeitlang vergessen hatte, das aber in der Tiefe der Seele da war und mich beherrschte.

Wir kamen abends an. Der alte Verwalter, dem es nicht recht war, daß das Gut verkauft wurde, nahm mich nicht sehr freundlich, aber doch ziemlich anständig auf. Saubere Zimmerchen mit Polstermöbeln. Ein neuer, blinkender Samowar, reichliches Teegeschirr, Honig zum Tee. Alles sehr schön. Aber ich fragte ihn ungern nach dem Gut. Wie eine alte, vergessene Schulaufgabe kam's heraus. Alles ödete mich an. Nachts aber schlief ich gut, die schwermütigen Gedanken blieben fern. Ich schrieb das dem Umstand zu, daß ich vor dem Einschlafen gebetet hatte.

Ich begann dann wieder wie früher zu leben, doch verließ mich die Angst vor solchen Anfällen tiefster Schwermut nie. Ich mußte das allerregelmäßigste Leben führen und ganz in meinem gewohnten Geleise bleiben, wenn ich die Wiederkehr dieser Zustände vermeiden wollte. Wie ein Schüler, der die auswendig gelernte Lektion mechanisch, ohne zu denken, herunterleiert, so mußte ich leben, um nicht wieder in die Gewalt jener schrecklichen Schwermut zu geraten, die ich in Arsamas zum erstenmal verspürt hatte.

Ich kam wohlbehalten zu Hause an. Aus dem Gutskauf war nichts geworden, das Geld hatte nicht gelangt. Und ich fing an wie früher zu leben, mit dem einzigen Unterschied, daß ich von nun an betete und in die Kirche ging. Daß es wie früher war, schien mir nur so; es war eben doch nicht wie früher, wenn ich mir alles vergegenwärtige. Ich führte das alte Leben fort, rollte auf dem Geleise, das von früher her da war, mit dem Antrieb von früher weiter; aber Neues unternahm ich gar nicht mehr. Auch nahm ich an dem, was ich in früheren Zeiten begonnen hatte, jetzt einen viel geringeren inneren Anteil. All das langweilte mich, und ich wurde fromm. Das merkte auch meine Frau, und sie schalt mich und verfolgte mich unaufhörlich mit ihren Nörgeleien. Solange ich zu Hause war, blieb ich von weiteren Anfällen verschont.

Einmal aber mußte ich schnell nach Moskau reisen. Tagsüber traf ich meine Reisevorbereitungen und abends reiste ich ab. Es handelte sich um einen Prozeß. In Moskau kam ich in bester Stimmung an. Unterwegs hatte ich mich mit einem Gutsbesitzer aus Charkow über Wirtschaftsfragen, über die Banken, darüber, wo wir absteigen sollten, und über die Theater unterhalten. Wir beschlossen zusammen in einem Gasthof an der Pjatnitzkaja abzusteigen und heute abend noch den „ Faust" zu sehen.

Wir langten an. Ich begab mich in das kleine Hotelzimmer. Der fade Korridorgeruch stieg mir in die Nase. Der Hoteldiener brachte meinen Reisesack. Das Zimmermädchen zündete eine Kerze an. Die Kerze brannte zuerst hell, dann schrumpfte die Flamme ein, wie das gewöhnlich so ist. Im Nachbarzimmer hustete jemand, wahrscheinlich ein alter Mann. Das Zimmermädchen entfernte sich. Der Hoteldiener blieb stehen und fragte, ob er mir den Reisesack aufmachen solle. Die Kerze brennt jetzt heller und wirft ihr Licht auf blaue Tapeten mit gelben Streifen, einen Wandschirm, einen Tisch mit einer verschossenen Decke, einen kleinen Diwan, auf Spiegel, Fenster und den ganzen engen Raum des Hotelzimmers. Und plötzlich wurde in meinem Gemüte wieder der Schrecken von Arsama wach. ‚Mein Gott! Wie soll ich denn hier übernachten?' dachte ich.

„Ja, öffne ihn nur, mein Lieber," sagte ich zu dem Hoteldiener, um ihn zurückzuhalten. „Ich ziehe mich rasch um und gehe ins Theater." Der Hoteldiener öffnete die Riemen. „Mein Lieber, sei so gut und gehe zu dem Herrn auf Nummer 8; er ist mit mir angekommen; sage ihm, ich würde gleich fertig sein und dann zu ihm hinüberkommen."

Der Hoteldiener verließ das Zimmer und ich kleidete mich rasch um; dabei hatte ich Angst, auch nur einen einzigen Blick auf die Wände zu werfen. ‚Was für ein Unsinn!' dachte ich. ‚Wovor fürchte ich mich denn? Bin ich ein Kind? Gespenster? Besser noch, Gespenster zu fürchten, als das, was ich fürchte. Und was fürchte ich denn? Nichts. Mich selbst. Nun, ist das aber ein Unsinn!'

Ich legte das steife, kalte, gestärkte Hemd an, steckte die Hemdknöpfe hinein, zog den Gehrock und die neuen Stiefel an und begab mich zu dem Charkower Gutsbesitzer hinüber. Er war schon fertig angezogen. Wir fuhren ins Theater. Er ließ sich vorher noch die Haare kräuseln, ich ließ sie mir bei einem französischen Coiffeur schneiden, plauderte mit ihm und kaufte ihm ein paar Handschuhe ab. Soweit war alles gut. Das längliche Hotelzimmer mit dem Wandschirm hatte ich völlig vergessen. Im Theater amüsierte ich mich gut. Nach dem Theater machte mir der Charkower Gutsbesitzer den Vorschlag, wir sollten noch irgendwo zu Abend speisen. Das lag zwar nicht im Rahmen meiner Gewohnheiten, aber als wir das Theater verließen und er mir diesen Vorschlag machte, fiel mir plötzlich der Wandschirm ein, und da erklärte ich mich denn einverstanden.

Gegen zwei Uhr nachts kehrten wir in das Hotel zurück. Ich hatte ungewohnterweise zwei Glas Wein getrunken und war gut aufgelegt; aber ich hatte kaum den Korridor betreten, wo eine Lampe mit heruntergeschraubtem Docht blakte und wo mich der allen Hotels eigene dumpfe Geruch umfing, als es mir kalt über den Rücken lief. Aber da war nichts zu machen. Ich drückte meinem Gefährten die Hand und begab mich in mein Zimmer.

Ich verbrachte eine schreckliche Nacht, eine schlimmere als in Arsamas. Erst am Morgen, als der Alte hinter der Tür zu husten begann, schlief ich ein, und nicht im Bett, in das ich mich einige Male gelegt hatte, sondern auf dem Diwan. Die ganze Nacht hindurch litt ich unsäglich; wieder riß sich die Seele unter Qualen vom Leibe los. ‚Ich lebe, lebte, muß leben; und plötzlich – der Tod, ein totales Zunichtewerden. Wozu ist denn dann das Leben?… Sterben? Soll ich mich sofort töten? Ich habe Angst. Warten, bis der Tod von selbst kommt? Das fürchte ich noch mehr. Folglich muß ich leben bleiben? Aber wozu? Um zu sterben?‘ Aus diesem Kreis kam ich nicht heraus. Ich nahm ein Buch zur Hand, las darin, vergaß mich für eine Minute, aber gleich darauf stand wieder dieselbe Frage vor mir, und es packte mich dasselbe Entsetzen. Ich legte mich ins Bett und schloß die Augen. Da war es noch schlimmer.

‚Gott hat das so eingerichtet. Wozu? Man sagt: frage nicht, sondern bete. Gut. Ich habe gebetet, ich bete auch jetzt wieder, wie in Arsamas. Aber dort und auch später hatte ich mit der Einfalt eines Kindes gebetet. Jetzt liegt ein anderer Sinn in meinem Gebet: Wenn Du bist, dann eröffne mir: wozu bin ich auf die Welt gekommen? was bin ich?‘ Wieder neigte ich mich bis zur Erde, wieder sagte ich alle Gebete her, die ich wußte und mir erdachte; und jedesmal fügte ich die Worte hinzu: „eröffne es mir!“ Und ich schwieg und wartete auf Antwort. Aber die Antwort kam nicht, und mir war, als ob es auch niemand gäbe, der antworten konnte. So blieb ich mit mir selbst allein. Dann antwortete ich mir selbst an Stelle desjenigen, der nicht antworten wollte. ‚Darum bist du zur Welt gekommen, damit du dereinst in einem anderen, künftigen Leben lebest,‘ antwortete ich mir. ‚Aber wozu dann diese Unklarheit, diese Qual? Ich kann an ein zukünftiges Leben nicht glauben. Ich glaubte daran, als ich all diese Dinge leichter nahm; aber jetzt kann ich nicht glauben. Wenn Du existiertest, würdest du es sagen – mir, den Menschen. Aber Du existierst nicht, es existiert nur eines: die Verzweiflung. Und die will ich nicht, die will ich nicht‘ …

Ich wurde aufgebracht. Bat ich Ihn doch, mir die Wahrheit zu enthüllen, und ich tat doch alles, was alle tun, während Er sich mir nicht offenbarte. „Bittet und es wird euch gegeben werden,“ erinnerte ich mich, und ich bat, aber ich fand in diesem Bitten keinen Trost, sondern nur ein kurzes Ausruhen. Vielleicht betete ich nicht auf die rechte Art und entfernte mich von Ihm bloß, anstatt mich Ihm zu nähern. ‚Du weichst von ihm um eine Spanne und er weicht von dir um eine Klafter.‘ Ich glaubte nicht an Ihn, betete dennoch,

Er offenbarte sich mir nicht. Ich haderte mit Ihm, verurteilte Ihn, glaubte einfach nicht an Ihn.

Am nächsten Tag bemühte ich mich aus allen Kräften, mit meinen sämtlichen Geschäften fertig zu werden, damit ich nicht genötigt war, noch eine weitere Nacht im Hotel zu verbringen. Obgleich ich nicht alles regeln konnte, reiste ich noch am Abend nach Hause zurück. Die seelische Verstimmung war verschwunden. Die Moskauer Nacht brachte in mein Leben eine noch tiefergehende Veränderung als jene erste in Arsamas. Ich vernachlässigte meine Geschäfte jetzt noch mehr als früher und verfiel in eine apathische Stimmung. Auch meine Gesundheit verschlechterte sich. Meine Frau wünschte, daß ich mich einer Kur unterziehen solle. Sie meinte, meine Kränklichkeit sei schuld daran, daß ich immer von Gott und vom Glauben sprach. Ich aber wußte, daß meine Schwächlichkeit und Krankheit davon herrührten, daß jene ungelösten Fragen mein Gemüt bedrückten. Ich bemühte mich, diese Fragen gar nicht aufkommen zu lassen, bemühte mich, mein Leben in der gewohnten Weise zu verbringen. Ich ging an Sonn- und Feiertagen in die Kirche und nahm das Abendmahl. Ich fastete sogar, wie ich es seit meiner Reise nach Pensa eingeführt hatte, und betete, doch tat ich dies alles nur so obenhin. Ich erwartete nichts davon. Es war, als ob ich einen Wechsel, dessen Betrag uneinbringlich war, protestierte, anstatt ihn einfach zu zerreißen. Ich wollte mich für alle Fälle sichern. Mein Leben aber war durch die Wirtschaft nicht ausgefüllt; im Gegenteil, der damit unvermeidliche Kampf stieß mich ab, und Energie besaß ich so gut wie keine mehr. So beschäftigte ich mich denn hauptsächlich mit der Lektüre von Zeitungen, Zeitschriften und Romanen und mit Kartenspiel bei kleinen Einsätzen. Die einzige Energieäußerung, die bei mir noch zum Vorschein kam, war die Jagd. Ich war mein ganzes Leben lang ein Jäger gewesen.

Einst, im Winter, kam ein Nachbar, auch ein Jäger, mit einer Koppel Hunde zu uns und lud mich ein, mit ihm auf die Wolfsjagd zu gehen. Ich ging mit. Im Jagdrevier angelangt, zogen wir Schneeschuhe an und gingen weiter vor. Die Jagd endete mit einem Mißerfolg, denn die Wölfe durchbrachen die Kette der Treiber und entkamen. Ich hörte das von weitem und folgte einer frischen Hasenspur, die mich in den Wald führte. Die Spur führte mich auf eine Lichtung hinaus. In der Lichtung fand ich ihn. Er sprang so auf, daß ich ihn aus den Augen verlor. Ich ging dann durch den Wald zurück. Der Schnee war tief, die Schneeschuhe versanken darin, das Unterholz hinderte einen am Vorwärtskommen, es wurde immer einsamer und einsamer. Ich wußte nicht mehr, wo ich war. Der Schnee veränderte alles.

Plötzlich wurde ich dessen inne, daß ich mich verirrt hatte. Bis nach Hause und zu den Jägern ist's weit; es ist nichts zu hören. Ich bin müde, in Schweiß gebadet. Werden die Kräfte langen? Ich schrie so laut ich konnte. Keine Antwort. Ich ging denselben Weg zurück. Auch dort fand ich mich nicht zurecht. Ich schaute mich nach allen Seiten um: überall Wald. Es ist mir unmöglich, zu erkennen, wo Osten, wo Westen ist. Ich ging wieder zurück. Meine Beine fingen an zu versagen. Ich erschrak, blieb stehen, und da überkam mich wieder jenes Gefühl des Entsetzens, das ich in Moskau und in Arsamas verspürt hatte, nur daß es diesmal mit verhundertfachter Wucht auf mich eindrang. Das Herz pochte zum Zerspringen, ich zitterte an Händen und Füßen. ‚Ist das der Tod? Ich will nicht sterben! Warum muß man sterben? Was ist der Tod?‘ Und ich wollte, wie früher, diese Fragen an Gott richten und Ihm Vorwürfe machen, aber da fühlte ich plötzlich, daß man das nicht darf, daß wir kein Recht haben, von Ihm Rechenschaft zu verlangen, daß Er alles Nötige gesagt hat und daß ich allein der Schuldtragende bin. Da begann ich Ihn um Vergebung zu bitten und empfand Abscheu vor mir selbst.

Diesmal dauerte das schreckliche Gefühl nicht lange. Ich stand eine Weile still, kam zu mir, ging in einer Richtung fort und kam aus dem Wald ins Freie. Ich war nicht weit vom Waldesrand gewesen. Ich ging dann über die Lisière auf den Weg hinaus. Hände und Füße zitterten mir noch und mein Herz klopfte heftig. Aber mir war froh zu Mut. Ich kam zu den Jägern zurück und wir gingen nach Hause. Ich war fröhlich gestimmt, ich wußte, daß etwas da war, dessen ich mich freuen durfte, was dies aber war, dies wollte ich erst zu Hause besser untersuchen. Und so geschah es auch. Als ich in meinem Kabinett allein war, begann ich zu beten, indem ich um Verzeihung bat und mich meiner Sünden erinnerte. Es schien mir, daß ich deren nur wenige hätte. Aber ich erinnerte mich ihrer und sie flößten mir Abscheu ein.

Von dieser Zeit an begann ich die Heilige Schrift zu lesen. Die Bibel fand ich unverständlich, ärgerniserregend, das Evangelium aber erschütterte mich. Am liebsten aber las ich das Leben der Heiligen, und diese Lektüre tröstete mich, da sie Beispiele gab, die zur Nachahmung reizten. Mit wirtschaftlichen und häuslichen Angelegenheiten befaßte ich mich seitdem fast gar nicht mehr; sie stießen mich sogar ab. Ich fand an allem etwas auszusetzen. Wie die Dinge eigentlich hätten sein sollen, das wußte ich nicht zu sagen, aber all das, was früher mein Leben ausgemacht hatte, verlor für mich allen Wert. Ich sollte das erfahren, als es sich wieder einmal um einen Gutskauf handelte.

Unweit von uns stand ein Gut zu sehr vorteilhaften Bedingungen zum Verkauf. Ich fuhr hin. Alles war in schönster Ordnung, das Gut warf offenbar eine schöne Rente ab. Daß die dortigen Bauern nur Gemüsegärten, aber weder Wiesen noch Felder hatten, war auch ein großer Vorteil. Ich begriff natürlich sofort, daß sie für das Recht, ihr Vieh auf die herrschaftlichen Wiesen treiben zu dürfen, die Felder des Gutsbesitzers umsonst bestellen mußten. So verhielt es sich denn auch. Ich stellte alles das in meine Kalkulation ein, alles das gefiel mir nach alter Gewohnheit sehr. Aber da fuhr ich nach Hause, begegnete einer alten Frau, fragte sie nach dem Weg und kam in ein Gespräch mit ihr. Sie erzählte mir von ihrer Not. Als ich dann zu Hause meiner Frau die Vorteile aufzählen wollte, die der Gutskauf für uns haben würde, kam plötzlich ein Gefühl der Scham über mich. Die Sache ekelte mich an. Ich sagte, ich könne das Gut nicht kaufen, denn der Gewinn, der aus dem Gute zu erzielen sei, stamme aus dem Unglück und der Not meiner Mitmenschen. Ein Licht ging mir auf, die Wahrheit nämlich, daß die Bauern so gut wie wir ein Recht zu leben haben, daß sie – Menschen sind, unsere Brüder und Söhne Gottes, wie es im Evangelium heißt. Ich fühlte, wie sich in meinem Herzen etwas befreite, es war, wie wenn sich in mir ein neues Leben entzündet hätte. Meine Frau grämte sich und schalt, ich aber war freudig bewegt.

Das war der Anfang meines Wahnsinns. Akute Formen nahm er aber erst einen Monat später an.

Es begann damit, daß ich zur Kirche fuhr. Ich hörte die Messe, betete und war voll Andacht. Da plötzlich brachte man mir den Leib des Herrn. Man drängte sich zum Kreuz, um es zu küssen. Am Ausgang standen Bettler. Da durchfuhr es mich wie ein Blitz: Muß denn das alles sein? Nein, das muß nicht sein, ja es ist gar nicht. Das alles hat nicht die mindeste Realität. Wenn das alles aber kein Sein hat, so gibt es ja auch keinen Tod und keine Todesangst mehr, und nicht mehr dieses Zerren und Reißen an meinem Herzen, und nichts ist mehr zu fürchten.

In diesem Licht sah ich dann alles, und ich wurde, was ich bin. Wenn das alles sowieso nicht existiert, so existiert es vor allem nicht in mir. Hier, gleich hier an den Treppenstufen der Kirche, verteilte ich alles, was ich bei mir hatte, fünfunddreißig Rubel, unter die Bettler und ging, mit den Leuten sprechend, nach Hause …

Was ich
im Traume sah

„Als Tochter existiert sie nicht mehr für mich, verstehst du, existiert sie nicht mehr, aber ich kann eben doch nicht zulassen, daß sie fremden Leuten zur Last fällt. Ich will es so einrichten, daß sie auskömmlich leben kann und unabhängig ist, kennen aber will ich sie nicht mehr, nicht mehr! Nein, nie hätte ich mir so etwas träumen lassen … Entsetzlich! Gräßlich!"

Er zuckte die Achseln, schüttelte den Kopf und richtete seinen Blick nach oben. Diese Worte sprach der sechzigjährige Fürst Michail Iwanowitsch Sch. zu seinem jüngeren Bruder, dem sechsundfünfzigjährigen Pjotr Iwanowitsch, welcher in einem der Gouvernements Zentralrußlands den Posten eines Gouverneurs innehatte.

Dieses Gespräch fand in der Gouvernementsstadt statt, wohin der ältere Bruder aus Petersburg gekommen war, nachdem er erfahren hatte, daß seine Tochter, die vor einem Jahr aus dem Elternhause geflohen war, sich mit ihrem Kinde in dieser Stadt niedergelassen hatte.

Fürst Michail Iwanowitsch war ein schöner, stattlicher Greis mit frischer Hautfarbe, graumeliertem Haar und Bart, stolzen, sympathischen Gesichtszügen und ebensolchen Manieren. Seine Familie bestand aus einer nörgelsüchtigen, vulgären Gattin, die sich mit ihm recht häufig und wegen jeder Kleinigkeit zankte, einem nicht sehr wohlgeratenen Sohn, der ein Verschwender und Trinker, nach der Auffassung seines Vaters aber ein durchaus „anständiger" Mensch war, und aus zwei Töchtern, von denen die eine gut geheiratet hatte und in Petersburg lebte, während die andere, die jüngere, seine Lieblingstochter Lisa, eben die war, die vor nahezu Jahresfrist sein Haus verlassen hatte und jetzt mit ihrem Kinde in der Gouvernementsstadt lebte.

Fürst Pjotr Iwanowitsch wollte seinen Bruder fragen, unter welchen Umständen Lisa das Elternhaus verlassen habe und wer der Vater ihres Kindes sei, konnte sich aber zu dieser Frage nicht entschließen. Schon heute früh, als seine Frau dem Schwager ihr Mitgefühl hatte aussprechen wollen, hatte er bemerkt, welch tiefer Schmerz sich auf dem Gesichte seines Bruders ausprägte, wie er diesen Schmerz sorgfältig hinter der Miene eines unnahbaren Stolzes verbarg und, um dem Gespräch eine andere Wendung zu geben, seine Schwägerin geflissentlich nach dem Preise ihrer Wohnung fragte. Während des Frühstücks, in Anwesenheit sämtlicher Familienmitglieder und der Gäste, war er, wie immer, sarkastisch und geistreich. Im Verkehr mit allen, außer mit den Kindern, die er mit einer Art achtungsvoller Freundlichkeit behandelte, setzte er seine Miene der Unnahbarkeit und des Hochmutes auf. Dabei war sein Benehmen so natürlich, daß ihm alle das Recht, hochmütig zu sein, unwillkürlich zugestanden.

Am Abend arrangierte sein Bruder für ihn eine Whistpartie. Als er sich dann in das für ihn hergerichtete Zimmer zurückzog und eben im Begriffe stand, sein künstliches Gebiß aus dem Mund herauszunehmen, klopfte jemand mit zwei Schlägen an seine Tür.

„Wer ist's?"

„*C'est moi*, Michel."

Fürst Michail Iwanowitsch erkannte die Stimme seiner Schwägerin, machte ein finsteres Gesicht, legte das Gebiß wieder ein und sagte zu sich selbst: ‚Was kann sie wollen?' und laut:

„*Entrez!*"

Die Schwägerin war ein stilles, sanftes Wesen, das sich ohne Murren dem Gatten unterwarf, dabei aber „ein Original", wie man sie nannte (manche nannten sie sogar „ein Närrchen"), leidlich hübsch, aber immer zerzaust und schlecht, nachlässig gekleidet, stets zerstreut; oft äußerte sie die seltsamsten Gedanken, die zu der Würde einer Gouverneursgattin durchaus nicht passen wollten, höchst unaristokratische Gedanken, die sie ganz unvermittelt und zur Verwunderung nicht nur aller Bekannten, sondern sogar ihres Mannes, zum Ausdruck brachte.

„*Vous pouvez me renvoyer, mais je ne m'en irai pas, je vous le dis d'avance,*" begann sie mit dem ihr eigenen Mangel an Logik das Gespräch.

„*Dieu préserve!*" antwortete ihr Schwager mit der ihm eigenen übertriebenen Höflichkeit und schob ihr einen Stuhl heran.

„*Ça ne vous dérange pas?*" sagte er, indem er eine Zigarette herausnahm.

„Was ich sagen wollte, Michel … Fern sei von mir, Ihnen etwas Unangenehmes sagen zu wollen. Ich wollte nur von Lisanjka reden."

Michail Iwanowitsch seufzte, wie es schien, vor Schmerz, faßte sich aber sogleich und sagte mit einem müden Lächeln:

„Der Gegenstand eines Gespräches mit dir kann nur der sein, den du wählst." Er sah sie dabei nicht an und vermied offenbar, den Gegenstand des Gespräches näher zu bezeichnen.

Diese Worte setzten die korpulente, rundliche, hübsche Schwägerin keineswegs in Verlegenheit. Sie sah ihn mit ihren gutmütigen, blauen Augen flehend an, seufzte noch tiefer als er und sagte:

„Michel, *mon bon ami*, haben Sie Mitleid mit ihr!" Wie immer, wenn sie mit dem Schwager sprach, nannte sie ihn in ihrer Zerstreutheit ‚Sie'. „Sie ist doch auch ein Mensch."

„Daran habe ich nie gezweifelt," sagte Michail Iwanowitsch mit einem unangenehmen Lächeln.

„Sie ist Ihre Tochter."

„Sie war es. Aber liebe Aline, wozu diese Gespräche?"

„Michel, lieber Mensch, besuchen Sie sie einmal! Ich wollte Ihnen nur das eine sagen, daß der, der an allem schuld ist…"

Fürst Michail Iwanowitsch fuhr auf, sein Gesicht nahm einen schrecklichen Ausdruck an.

„Um Gotteswillen! Wollen wir darüber kein Wort mehr verlieren! Ich habe genug gelitten. Ich habe jetzt nur noch den einen Wunsch, sie in eine solche Lage zu versetzen, daß sie niemand zur Last fällt. Ich wünsche keine anderen Beziehungen zu ihr aufrechtzuerhalten. Möge sie ganz für sich bleiben, wie wir in der Familie auch ganz für uns bleiben wollen. Wir kennen sie nicht mehr. Ich kann nicht anders."

„Michel, immer ‚ich'; aber sie ist doch auch ein ‚ich'."

„Daran zweifelt niemand; aber, liebe Alina, bitte, lassen wir das. Es ist mir zu schmerzlich, davon zu reden."

Alexandra Dmitrijewna schwieg und schüttelte den Kopf.

„Und Mascha? Sieht sie die Dinge auch so an?" – „Genauso."

Alexandra Dmitrijewna schnalzte mit der Zunge.

„*Brisons là-dessus. Et bonne nuit,*" sagte er.

Doch Alexandra Dmitrijewna ging noch immer nicht. Sie schwieg ein Weilchen.

„Petja sagte mir, Sie wollten das Geld bei der Frau zurücklassen,
bei der sie wohnt. Wissen Sie denn die Adresse?"

„Ja."

„Nun, dann tun Sie das nicht durch Vermittlung anderer, sondern fahren Sie selbst hin. Sehen Sie sich nur ein bißchen um, wie sie
lebt. Wenn Sie sie nicht sehen wollen, so werden Sie sie gewiß nicht
sehen. Er ist sicher nicht dort, es ist niemand dort."

Michail Iwanowitsch zitterte am ganzen Leibe.

„Ach, warum, warum quälen Sie mich so? Das ist nicht gast-
freundlich."

Alexandra Dmitrijewna stand auf und sagte, über sich selbst gerührt, mit Tränen in der Stimme:

„Sie ist doch so bedauernswert und so lieb."

Er stand auf und wartete, bis sie ausgesprochen hatte. Sie
streckte ihm die Hand entgegen.

„Michel, das ist nicht recht," sagte sie und verließ das Zimmer.

Noch lange, nachdem sie weggegangen war, ging er auf dem
Teppich des Zimmers, das in ein Schlafgemach umgewandelt worden war, auf und ab. Er runzelte die Stirn, zuckte zusammen und
ächzte: „Oh! Oh!" Aber sowie er seine eigene Stimme hörte, schrak
er zusammen und schwieg.

Seine Qual entsprang seinem verletzten Stolz. Seine Tochter, die
Tochter eines Mannes, dessen Mutter die berühmte Awdotja Boris-
sowna war, die von Kaiserinnen empfangen wurde; *seine* Tochter,
mit der bekannt zu sein als eine große Ehre gegolten hatte; die Tochter eines Mannes, der sein Leben als ein Ritter ohne Furcht und Ta-
del verbracht hatte! … Daß er selbst einen außerehelichen Sohn von
einer Französin hatte, den er im Ausland untergebracht hatte, ver-
minderte keineswegs die hohe Meinung, die er von sich selbst hatte.
Und nun hatte diese Tochter, für die er nicht nur alles getan hatte,
was ein Vater tun konnte und tun mußte, daß er ihr eine so vortreff-
liche Erziehung gegeben hatte, daß sie mit Fug und Recht Anspruch
auf einen Gatten aus den höchsten und besten Gesellschaftskreisen
hätte erheben dürfen – diese Tochter, der er alles gewährt hatte, was
sich ein junges Mädchen nur wünschen kann, die er so heiß geliebt,
an der er eine solche Freude gehabt hatte –: diese Tochter hatte ihm
diesen Schimpf angetan und hatte ihn so weit gebracht, daß er nun

niemand mehr in die Augen schauen konnte, ja daß er sich vor den Leuten geradezu schämen mußte.

Und er erinnerte sich der Zeiten, wo er sie nicht nur behandelt hatte, wie man eine Tochter, ein Familienmitglied, behandelt, sondern wo er sie zärtlich geliebt, an ihr seine helle Freude gehabt hatte und auf sie stolz gewesen war. Er erinnerte sich ihrer, wie sie gewesen, als sie acht oder neun Jahre zählte: ein kluges, lebhaftes, aufgewecktes Mädchen mit dunkelblonden Locken, die ihr über die mageren Schultern herabhingen, mit flinken, graziösen Bewegungen, schwarzen, glänzenden Augen. Er erinnerte sich, wie sie ihm auf die Knie sprang, ihre Arme um seinen Hals schlang und ihn laut lachend kitzelte und damit nicht aufhörte, er mochte schreien wie er wollte, und wie sie ihn nachher auf den Mund, auf die Augen und auf die Wangen küßte. Er war ein Feind jeglichen Überschwangs, hier dieser Überschwang aber rührte ihn und er ließ sich ihn manchesmal gefallen und erinnerte sich jetzt, wie angenehm es war, sie zu liebkosen.

Und dieses, einst so liebenswerte Wesen, hätte das werden können, was sie jetzt war – ein Geschöpf, an das er nicht ohne Abscheu denken konnte!

Er erinnerte sich jetzt auch an die Zeit, da sie mannbar zu werden begann und an jenes besondere Gefühl der Angst und Empfindlichkeit, das ihn erfaßte, wenn er merkte, daß die Männer auf sie wie auf ein Weib blickten. Er erinnerte sich, daß etwas wie Eifersucht in ihm aufwallte, wenn seine Tochter, kokett, im Bewußtsein ihrer Schönheit, im Ballkleid vor ihn hintrat oder wenn er sie auf Bällen sah. Er fürchtete die unreinen Blicke, die auf sie gerichtet waren; ihr aber schienen sie nicht nur kein Unbehagen, sondern sogar Vergnügen zu machen. ‚Jaja, die Reinheit der Frauen!' dachte er. – Was für ein Aberglaube! Das Gegenteil trifft zu: sie haben und kennen keine Scham!'

Er erinnerte sich, wie sie unbegreiflicherweise zwei hochansehnliche Freier abgewiesen hatte, wie sie auf allen Bällen erschien, jedoch keinem Manne ihre Neigung schenkte und nur von ihren Erfolgen geblendet war. Doch konnten diese Erfolge nicht allzulange währen. Es verging ein, es vergingen zwei und drei Jahre. Alle hatten sich bereits an ihr sattgesehen. Sie war schön, aber über die erste Jugendblüte hinaus, und allmählich ward sie schier zu einem gewohnten Zubehör aller Bälle. Michail Iwanowitsch erinnerte sich, wie er vorausgesehen hatte, daß sie sitzen bleiben würde und wie er nur den einen Wunsch gehabt hatte, sie so bald wie möglich zu verheiraten; auf eine so gute Partie, wie es früher möglich gewesen wäre, konnte man nicht mehr rechnen, und so sollte es wenigstens eine „anständige" sein. Allein sie benahm sich irgendwie besonders herausfordernd-stolz, wie ihm schien, und wenn er daran dachte, regte sich gegen sie ein noch böseres Gefühl. ‚Da hat sie so viele anständige Leute abgewiesen, um am Ende so was Entsetzliches zu beginnen!'…

„Oh! Oh!" stöhnte er abermals, blieb stehen, zündete sich eine Zigarette an und wollte seinen Gedanken eine andere Richtung geben: wie er ihr das Geld zustellen solle, ohne ihr zu erlauben, sich ihm zu nähern; aber nun tauchte wieder so eine Erinnerung in ihm auf: wie sie – sie war damals schon über Zwanzig – mit einem vierzehnjährigen Knaben vom Pagenkorps, der bei ihnen auf dem Lande zu Gast gewesen war, einen Roman angebändelt hatte; wie sie den Knaben fast zum Wahnsinn brachte, wie er verzweifelt geschluchzt hatte, und wie ernst, kühl und sogar grob sie ihrem Vater geantwortet hatte, als er, um dem dummen Roman ein Ende zu machen, den Knaben fortschickte, und wie seit dieser Zeit die Beziehungen zu ihr, die von seiner Seite schon früher erkaltet waren, noch frostiger wurden, und daß sie ihm mit den gleichen Gefühlen antwortete. Es war, als ob sie sich durch irgendetwas gekränkt fühlte.

‚Wie recht hatte ich damals,' dachte er, ‚Sie hat einen durchaus schamlosen und häßlichen Charakter.'

Und dann kam die letzte furchtbare Erinnerung – an jenen Brief aus Moskau, in dem sie schrieb, sie könne nicht mehr nach Hause kommen, sie sei eine Unglückliche, eine Verlorene, und sie bitte, ihr zu verzeihen und sie zu vergessen. Mit Schrecken erinnerte er sich dann an die Gespräche mit seiner Frau und an den Verdacht, den zynischen Verdacht, der endlich zur Gewißheit wurde, daß das Unglück in Finnland geschehen sei, wohin man sie zu einer Tante auf Besuch geschickt hatte, und daß der Urheber des ganzen Unglücks ein windiger Student sei, ein fader, nichtiger Mensch, der sogar schon verheiratet war.

An all dies erinnerte er sich jetzt und ging dabei im Zimmer auf und ab. Er erinnerte sich auch daran, wie sehr er sie früher liebgehabt hatte, wie sie sein Stolz gewesen war, und mit Schrecken dachte er an diesen für ihn ganz unbegreiflichen Fehltritt und haßte sie wegen des Schmerzes, den sie ihm angetan hatte. Die Worte seiner Schwägerin fielen ihm wieder ein und er suchte sich vorzustellen, ob es ihm möglich sein würde, ihr zu verzeihen; aber sowie er sich nur an ihn erinnerte, erfüllte Schrecken, Ekel und beleidigter Stolz seine Brust von neuem. ‚Weh mir, weh mir!‘ stöhnte er und versuchte wieder, auf andere Gedanken zu kommen.

‚Nein, das ist unmöglich. Ich werde Petja das Geld geben, damit er es ihr allmonatlich übergibt. Und ich ... ich habe keine Tochter mehr ...‘

Und wieder geriet er in das frühere Geleise, regte sich wieder jenes seltsame gemischte Gefühl, das ihn unaufhörlich quälte: das Gefühl der Rührung, hervorgerufen durch die Erinnerung an seine einstige Liebe zu ihr, und das Gefühl einer bis zur Qual gesteigerten Erbostheit darüber, daß sie ihm diesen Schmerz hatte zufügen können.

2. |

Lisa hatte in diesem einen letzten Jahre unvergleichlich mehr erlebt als in all den fünfundzwanzig Jahren ihres bisherigen Lebens. In diesem Jahre hatte sich ihr die ganze Öde ihres früheren Lebens enthüllt, und ihr war die ganze Niedrigkeit, die ganze Häßlichkeit des Lebens sichtbar geworden, das sie in ihrer reichen Petersburger Gesellschaft und in ihrem Elternhause führte, wo sie, genau so wie alle andern, rein animalisch gelebt, spielerisch sich an der Oberfläche des Lebens vergnügt hatte, ohne seine Tiefen kennenzulernen.

Ein, zwei Jahre hatte das seinen Reiz gehabt; als aber alle diese Soireen und Bälle, die Konzerte und Soupers, die Ballkleider und Frisuren, die ihre körperlichen Reize hervorheben sollten, die sich immer gleichen jungen und alten Anbeter, die stets ein wissendes Lächeln auf den Lippen hatten, die sich so benahmen, als ob alles nur für sie da wäre und die alles belächelten, als alle diese Monate auf dem Lande, in der Sommerfrische, in einer Natur, die auch nur immer ihre „schöne Seite“ zeigte, als die Musik, die Lektüre, die auch nur oberflächlich an die großen Fragen des Lebens tippte, sie aber nicht löste, als all dies sieben, acht Jahre gedauert hatte, ohne daß in ihrem Leben irgendeine Veränderung eingetreten wäre – da geriet sie in Verzweiflung, da wurde sie schwermütig, da wünschte sie den Tod herbei. Ihre Freundinnen suchten sie auf das Gebiet der Wohltätigkeit zu lenken. Sie sah viel Armut, wirkliches Elend, daneben das geheuchelte, das noch häßlicher, noch trauriger war, sie sah aber auch die entsetzliche Herzenskälte der mildtätigen Damen, die in ihren Equipagen und Toiletten, die Tausende kosteten, in die Armutsgassen gefahren kamen, und es wurde ihr immer schwerer ums Herz. Es verlangte sie nach etwas Wirklichem, nach Leben, statt des Getändels mit dem Leben und des Naschens am Leben. Ein solches Leben aber gab es für sie nicht. Ihre schönste Erinnerung war die Liebe zu dem Kadetten Koko, wie man ihn nannte. Das war ein schönes, ehrliches, aufrichtiges Gefühl gewesen, jetzt aber empfand sie nichts, was dem ähnlich gewesen wäre; es konnte ja auch gar nicht anders sein. Sie grämte sich mehr und mehr, und in diesem gramvollen Zustand fuhr sie zu ihrer Tante nach Finnland. Die neue Umgebung, die neue Natur, die neuen, eigenartigen Menschen erschienen ihr als besonders anziehend.

Wie und wann das begonnen hatte, darüber konnte sie sich keine Rechenschaft geben. Bei der Tante war ein Schwede zu Gast. Er sprach von seinen Arbeiten, von seinem Volke, von einem neuen schwedischen Roman, und sie wußte selber nicht, wie und wann diese entsetzliche Ansteckung durch Blicke und Lächeln begann, deren Sinn sich in Worten nicht ausdrücken ließ, die aber, wie ihr schien, eine Bedeutung hatten, die viel tiefer war, als Worte sein können. Durch Blick und Lächeln öffneten sie einander ihre Seelen und teilten einander gewisse der ganzen Menschheit gemeinsame große und wichtige Geheimnisse mit. Jedes Wort, das sie sprachen, empfing durch dieses Lächeln die allergrößte und glückseligste Bedeutung. Dieselbe Bedeutung erhielt auch die Musik, wenn sie sie zusammen hörten oder wenn sie Duette sangen. Dieselbe Bedeutung bekamen auch die Worte der Bücher, die sie sich gegenseitig vorlasen. Manchmal stritten sie sich und jeder verteidigte seine Meinung, aber sowie ihre Blicke sich trafen, erhellte dieses Lächeln ihre Gesichter, und der Streit versank irgendwohin, nach unten, und sie entschwebten in höhere, nur ihnen erreichbare Regionen.

Wie das geschah und wann aus diesen lächelnden Blicken der Teufel hervortrat und sie erfaßte, hätten sie nicht sagen können. Als sie sich aber vor dem Teufel zu ängstigen begann, waren die unsichtbaren Fäden, die sie aneinander banden, schon zu eng gewirkt, daß sie sich ohnmächtig fühlte, sich aus ihnen zu befreien und daß sie ihre Hoffnung nur mehr auf seinen Edelmut setzte. Sie hoffte, er werde von seiner Macht keinen Gebrauch machen, insgeheim aber wünschte sie etwas ganz anderes.

Ihre Ohnmacht in diesem Kampfe wurde noch dadurch gesteigert, daß sie keinen inneren Halt hatte. Das Leben, das die große Welt führte, dies Leben in all seiner Oberflächlichkeit und Falschheit war ihr zuwider. Für ihre Mutter empfand sie keine Liebe; ihr Vater hatte sie, wie es schien, ganz von sich gestoßen. Was sie ersehnte, war etwas anderes als ein Getändel mit dem Leben, es war das Leben selbst, und in der Liebe, in der restlosen Hingabe an einen Mann ahnte sie dieses Leben. Und ihre leidenschaftliche, gesunde Natur zog sie nach derselben Richtung. Und dieses Leben schien ihr in ihm verkörpert, in seiner hohen kräftigen Gestalt, seinem von blondem Haar umwallten Kopf und dem hellblonden, nach oben gedrehten Schnurrbart, unter dem ein verführerisches Lächeln lockte und alles Schönste und Beste in der Welt zu verheißen schien. Und dieses Lächeln und diese Blicke, diese Hoffnungen und diese Versprechungen von etwas unfaßbar Schönem führten zu dem, wozu sie führen mußten, wovor sie Angst hatte, was sie aber dunkel wünschte und unbewußt erwartete. Und plötzlich verwandelte sich all das Herrliche, Geistige, Freudige, Zukunftsvolle in etwas Abscheuliches, Tierisches, das nicht nur traurig, sondern entsetzlich war und ihr Herz mit Verzweiflung erfüllte.

Sie schaute ihm in die Augen, versuchte zu lächeln und sich den Anschein zu geben, als ob sie nichts fürchte und tat so, als ob dies alles so sein müsse, aber in der Tiefe ihrer Seele wußte sie, daß jetzt alles verloren war, daß das nicht in ihm war, was sie zu finden erwartet hatte, was in ihr selbst war und was auch in Koko gewesen war. Sie sagte ihm, daß er jetzt an ihren Vater schreiben und um ihre Hand anhalten müsse. Er sagte, er werde es tun. Nachher aber, bei einem zweiten Wiedersehen, sagte er ihr, er könne es nicht gleich tun. In seinen Augen lag etwas Bängliches, Unklares, und die Zweifel, die sie in seine Ehrenhaftigkeit setzte, vermehrten sich. Am nächsten Tag sandte er ihr einen Brief, worin er ihr mitteilte, daß er verheiratet sei, daß seine Frau ihn verlassen habe, daß er in ihren

Augen wohl gerichtet sei, daß er sich schuldig fühle und daß sie ihm verzeihen möge …

Sie rief ihn zu sich und sagte ihm, daß sie ihn liebe, daß es ihr gleichgültig sei, ob er verheiratet sei oder nicht, daß sie sich für immer mit ihm verbunden fühle und daß sie ihn nicht verlassen werde.

Beim nächsten Wiedersehen sagte er ihr, daß er nichts besitze, daß seine Eltern arm seien und daß er ihr nur eine ärmliche Existenz bieten könne. Sie sagte, sie brauche nichts und sei bereit, sofort mit ihm zu gehen, wohin er nur wolle.

Er redete ihr das aus und riet ihr, zu warten.

Sie erklärte sich damit einverstanden. Aber das Heimlichtun vor den Hausgenossen, die zufälligen Zusammenkünfte, der geheime Briefwechsel – all das machte ihr das Leben zur Qual und sie drängte zur Abreise und zur Flucht.

Als sie nach Petersburg zurückgekehrt war, schrieb er ihr noch und versprach nachzukommen. Dann hörte er auf zu schreiben und ließ nichts mehr von sich hören. Sie versuchte, in der früheren Weise zu leben, konnte es aber nicht. Sie begann zu kränkeln, ein Arzt wurde beigezogen, doch wurde ihre Lage nur immer schlimmer. Als sie sich überzeugte, daß sie etwas zu verbergen haben würde, was sie unbedingt verbergen wollte, beschloß sie, sich zu töten. Aber wie sollte sie es machen, daß ihr Tod als ein natürlicher erschien? Sie wollte sterben, es schien ihr, daß sie es endgültig beschlossen habe; sie verschaffte sich Gift, schüttete es in ein Glas Wein und schickte sich schon an, es auszutrinken; und sie hätte es auch ausgetrunken, wenn nicht in diesem Augenblick ihr fünfjähriger Neffe, der Sohn ihrer Schwester, zu ihr hineingelaufen wäre, um ihr ein Spielzeug zu zeigen, das ihm seine Großmutter geschenkt hatte. Sie hielt inne, liebkoste den Knaben und begann plötzlich zu weinen. Der Gedanke, daß sie ja auch Mutter hätte sein können, wenn er nicht verheiratet gewesen wäre, ging ihr durch den Kopf, und der Gedanke an ihre Mutterschaft zwang sie zum ersten Male, Einkehr zu halten und nicht daran zu denken, was andere von ihr sagen würden, sondern nur auf ihr eigenes wirkliches Leben bedacht zu sein. Sich zu töten um der Meinung willen, die andere Menschen von ihr haben konnten, schien ihr leicht, sich aber um ihrer selbst willen zu töten – das war ihr unmöglich. Sie goß das Gift weg, hörte auf, an Selbstmord zu denken und begann ein mehr innerliches Leben zu führen, und dieses Leben war wohl qualvoll, aber es war Leben, und von diesem wollte und konnte sie nicht scheiden. Sie versuchte zu beten, was sie schon lange nicht mehr getan hatte, aber das brachte ihr keine Erleichterung. Ihr eigenes Los machte ihr nicht soviel Kummer wie die Qualen, die ihr Vater, den sie jetzt verstehen gelernt, erdulden mochte. Er tat ihr leid. Sie wußte, daß er leide und wußte auch, daß sie die Schuldtragende sei. So lebte sie einige Monate hin – bis plötzlich ein für niemand bemerkbares, sogar für sie selbst fast unbemerkbares Ereignis eintrat, das aber so beschaffen war, daß es ihr ganzes Leben verwandelte. Als sie eines Tages mit einer Häkelarbeit beschäftigt in ihrem Zimmer saß, verspürte sie plötzlich eine eigentümliche Bewegung ... inwendig.

‚Aber nein, das kann doch nicht sein!' sie hielt die Nadel und die Decke starr in Händen und wartete. Und plötzlich fühlte sie die wundersame Bewegung wieder. ‚Ist es denn möglich? Er? Oder sie?' Und sie vergaß in diesem Moment alles: seine Ekelhaftigkeit und Lüge, die Reizbarkeit ihrer Mutter, den Kummer ihres Vaters, und auf ihrem Gesicht erstrahlte ein Lächeln – aber nicht jenes häßliche Lächeln, das er mit einem ebensolchen Lächeln erwidert hatte, sondern ein helles, reines, freudiges Lächeln.

Sie schauderte bei den Gedanken, daß sie, wenn sie sich getötet hätte, damit zugleich auch „es" getötet hätte. Alle ihre Gedanken waren nun darauf gerichtet, wie sie das Haus verlassen, wohin sie gehen, wo sie entbinden solle. Sie würde eine unglückliche, bedauernswürdige Mutter sein, aber dennoch eine Mutter. Sie fand schließlich einen Ausweg, verließ das Elternhaus und übersiedelte in die entfernte Gouvernementsstadt, wo niemand sie gefunden hätte, wo sie von den ihrigen fern zu sein glaubte und wohin zu ihrem Unglück der Bruder ihres Vaters als Gouverneur versetzt wurde, was sie durchaus nicht erwartet hatte.

Sie wohnte bei der Hebamme Maria Iwanowna schon den vierten Monat. Als sie erfuhr, daß sich ihr Onkel in derselben Stadt aufhalte, faßte sie den Entschluß, nach einer anderen Stadt zu übersiedeln.

3. |

Michail Iwanowitsch erwachte früh, ging in das Kabinett seines Bruders, gab ihm einen Scheck auf den Betrag, den er bei seinem Bruder mit dem Auftrag zurückließ, daß aus diesem Gelde monatliche Zahlungen an seine Tochter zu leisten seien, und fragte, wann der nächste Schnellzug nach Petersburg abgehe. Der Zug ging um sieben Uhr abends, so daß Michail Iwanowitsch vorher noch das Diner einnehmen konnte. Nachdem er mit seiner Schwägerin, die mit ihm über die Sache, die ihm so viel Kummer bereitete, kein Wort mehr sprach und ihn nur schüchtern ansah, den Kaffee getrunken hatte, entfernte er sich, um, getreu seiner Gesundheitsregel, seinen gewöhnlichen Spaziergang zu machen.

Alexandra Dmitrijewna begleitete ihn bis ins Vorzimmer.

„Gehen Sie, Michel, in den Stadtpark, es ist dort sehr schön und überallhin so nahe," sagte sie mit einem mitleidigen Blick in sein zorniges Gesicht.

Michail Iwanowitsch befolgte ihren Rat und begab sich in den Stadtpark, von wo es „überallhin so nahe" war; ärgerlich dachte er über die Dummheit, den Eigensinn und die Herzlosigkeit der Frauen nach. ‚Ich tue ihr nicht leid‘, dachte er mit Bezug auf seine Schwägerin. ‚Sie aber‘ – er dachte an seine Tochter – ‚weiß doch, was für eine Qual das für mich ist! Welch schrecklicher Schlag für mich am Ende meines Lebens, das sie sicherlich verkürzen wird. Ach was, besser ein Ende als diese Qualen! Und wenn man bedenkt: alles *pour les beaux yeux d'un chenapan*! Oh! …‘ stöhnte er laut auf, und ein solches Gefühl des Hasses und der Wut erhob sich in ihm bei dem Gedanken, was für ein Gerede es jetzt in der Stadt über ihn geben werde – ganz sicher wußten schon alle davon – ein solcher Zorn erhob sich in ihm gegen sie, daß ihn die Lust anwandelte, ihr jetzt gleich alles zu sagen und ihr die ganze Bedeutung dessen, was sie getan hatte, zum Bewußtsein zu bringen. Aber Frauen – begreifen denn die etwas? „Von dort ist es überallhin so nah!" Die Worte seiner Schwägerin fielen ihm ein. Er nahm sein Notizbuch aus der Tasche und las die Adresse: „Küchengasse, Haus Abromawa, Wera Iwanowna Seliwerstowa." Unter diesem Namen wohnte sie dort. Er ging zum Ausgang und rief eine Droschke herbei.

„Zu wem wünschen Sie, Herr?" fragte Maria Iwanowna, die Hebamme, als er die steile Treppe erklommen hatte und auf dem übelriechenden Korridor stand.

„Ist Frau Seliwerstowa zu Hause?"

„Wera Iwanowna? Ja. Bitte, treten Sie ein. Sie ist nur in den Kramladen hinuntergegangen und wird gleich wieder hier sein." Michail Iwanowitsch betrat hinter der dicken Maria Iwanowna ein kleines Zimmer, und es gab ihm einen Stich, als er aus dem Nachbarzimmer ein, wie ihm schien, bösartiges, entsetzliches Kindergeschrei hörte.

Maria Iwanowna entschuldigte sich, begab sich ins Nebenzimmer, und man hörte, wie sie das Kind beruhigte. Das Kind wurde still, und sie kam wieder heraus.

„Das ist ihr Kindchen. Sie wird gleich da sein. Wer sind Sie?"

„Ich ... ich bin ein Bekannter von ihr. Aber ich komme lieber später nochmals vorbei," sagte Michail Iwanowitsch und schickte sich an zu gehen. So peinvoll war es ihm, sich auf die Begegnung mit ihr vorzubereiten, und so unmöglich schien es ihm jetzt, irgendwelche Erklärungen abzugeben.

Er drehte sich um und wollte hinausgehen, als auf der Treppe leichte Schritte hörbar wurden. Dann hörte er ihre Stimme:

„Maria Iwanowna, hat er in meiner Abwesenheit geschrien? Und ich ..."

Jetzt erblickte sie ihren Vater. Das Körbchen, das sie in der Hand hielt, fiel zu Boden.

„Papa?" schrie sie auf und blieb, ganz blaß und am ganzen Körper zitternd, an der Tür stehen.

Er sah sie an und bewegte sich nicht von der Stelle. Sie war abgemagert, ihre Augen waren größer, ihre Nase war spitzer geworden, und ihre Hände waren dünn und knochig. Er wußte nicht, was er sagen und tun sollte. Alles, was er über die ihm angetane Schmach gedacht hatte, war vergessen, und sie tat ihm jetzt nur leid. Ihre Magerkeit, ihre schlechte, armselige Kleidung und vor allem ihr klägliches Gesicht mit den flehend auf ihn gerichteten Augen flößten ihm tiefes Mitleid ein.

„Papa, verzeihe," sagte sie, indem sie auf ihn zutrat.

„Verzeihe du mir," sagte er und begann wie ein Kind zu weinen und zu schluchzen, ihr Gesicht und ihre Hände küssend und sie mit seinen Tränen netzend.

Das Mitleid mit ihr hatte ihm sein eigenes Wesen offenbart. Und indem er sich selbst so erblickte, wie er wirklich war, sah er ein, wie sehr er sich durch seinen Stolz, seine Kälte und seinen Zorn an ihr versündigt hatte. Und er war froh darüber, daß er seine Schuld einsah und daß er ihr nichts zu verzeihen hatte, da er im Gegenteil ihre Verzeihung nötig hatte.

Sie führte ihn in ihr Zimmer, erzählte ihm, wie sie lebte, zeigte ihm aber das Kind nicht und sprach auch nicht von der Vergangenheit, da sie wußte, daß all dies für ihn zu schmerzlich war. Er sagte ihr, sie müsse sich anders einrichten.

„Ja, wenn ich auf dem Lande leben könnte," sagte sie.

„Wir werden das alles überlegen," sagte er.

Im Nebenzimmer hörte man plötzlich das Greinen und Schreien eines kleinen Kindes. Sie öffnete die Augen weit und blieb, ohne den Blick vom Vater abzuwenden, unentschlossen sitzen.

„Nun, so geh doch, du mußt dem Kind die Brust geben," sagte Michail Iwanowitsch, auf dessen Gesicht sich die Aufregung spiegelte, die in seinem Gemüte tobte.

Sie erhob sich, und plötzlich kam ihr der wahnsinnige Gedanke, dem, den sie so lange liebte, jenen zu zeigen, der ihr teurer war als alles in der Welt. Doch bevor sie sagte, was sie tun wollte, blickte sie den Vater an. Ob er wohl böse werden würde? Aber das Gesicht des Vaters drückte nicht Zorn, es drückte nur Leiden aus.

„Ja, gehe nur," sagte er. „Nun, Gott sei Dank! Ja, ich werde morgen kommen, und dann werden wir es beschließen. So lebe wohl, mein Kind, leb wohl," und wieder konnte er nur schwer die aufsteigenden Tränen zurückhalten.

Als Michail Iwanowitsch zum Bruder zurückkehrte, fragte ihn Alexandra Dmitrijewna sofort:

„Nun, was hat es gegeben?"

„Nichts besonders."

„Haben Sie sie gesehen?" fragte sie, da sie ihm vom Gesichte ablas, daß sich etwas ereignet hatte.

„Ja," sagte er hastig und begann plötzlich zu weinen.

„Ja, ich bin recht dumm und alt geworden," sagte er, indem er sich zu beruhigen suchte.

„Nein, klug, sehr klug."

Michail Iwanowitsch verzieh seiner Tochter alles, und um ver-

zeihen zu können, tat er alle Angst um menschlichen Ruhm von sich
ab. Er brachte die Tochter bei einer Schwester Alexandra Dmit-
rijewnas unter, die auf dem Lande lebte, sah dort seine Tochter oft
und liebte sie nicht nur wie früher, sondern noch mehr als früher,
kam oft zu ihr und weilte bei ihr zu Gast. Das Kind aber vermied er
zu sehen und konnte vor ihm ein Gefühl des Abscheus und Ekels
nicht überwinden. Und dies war eine Quelle von Leiden für seine
Tochter.

Zwei verschiedene Versionen
der Geschichte des Bienenstockes
mit dem Rindendeckel

Die erste Version der Geschichte des Bienenstockes mit dem Rinden-deckel hat zum Verfasser den Historiographen Prupru aus dem Ge-schlechte der Drohnen. Die zweite Version wurde von einer Arbeits-biene verfaßt.

Die Geschichte des Bienenstockes mit dem Rindendeckel, die eine Drohne zum Verfasser hat, beginnt mit der Aufzählung der be-nutzten Materialien und Quellen. Die Materialien und Quellen, die bei der Abfassung benutzt wurden, sind die folgenden:

1. Memoiren berühmter Drohnen;
2. Briefwechsel Seiner Hoheit des Drohnenprinzen Debe senior mit Seiner Durchlaucht Kuku junior;
3. Die Hoflieferanten-Kladde;
4. Mündliche Überlieferungen, Lieder und Romanzen der Droh-nen;
5. Verhandlungen kriminal- und zivilrechtlicher Natur, gepflogen zwischen den Drohnen und den Arbeitsbienen;
6. Reisebeschreibungen, herrührend von Käfern, Mücken und Drohnen auswärtiger Bienenstöcke;
7. Statistische Ermittlungen über die Menge des Honigs in ver-schiedenen Perioden des Lebens eines Bienenstockes.

DIE Geschichte des Bienenstockes mit dem Rindendeckel in der Dar-stellung des Historiographen Prupru beginnt mit der Zeit des ersten Schwärmens und mit dem Erscheinen der ersten Drohnen. Nach der Schilderung der Drohne Prupru war die Zeit vom 6. Juni bis Peter-paul die eigentliche Glanzperiode des Bienenstockes mit dem Rin-dendeckel. Die Macht und der Reichtum dieses Bienenstockes lenkte damals die Aufmerksamkeit aller anderen Bienenstöcke auf sich, er-regte den Neid der Nachbarn und zog berühmte Besucher an. Wäh-rend der ganzen Zeit erfreute sich der Bienenstock des allerhöchsten

Schutzes Anissims, des Großvaters, selbst. Zu jener Zeit arbeiteten sämtliche Bienenstöcke, daß es eine Freude war, und ebenso eifrig arbeiteten auch die Bewohner des Bienenstockes mit dem Rindendeckel; aber der Bienenstock mit dem Rindendeckel hatte etwas vor allen anderen voraus, etwas, das seinen Hauptvorzug und sein Hauptverdienst ausmachte: er brachte nämlich früher als alle anderen das Geschlecht der Drohnen hervor, das sich nachmals sowohl im inneren Verwaltungsdienst als auch in der Pflege der auswärtigen Beziehungen so ruhmvoll auszeichnen sollte. Es gibt und gab Bienenstöcke, die geschichtslos dahindämmern, sie leben, ohne zu wissen warum und wozu, sie leben und sterben unbekannt. Anders der Bienenstock mit dem Rindendeckel!

Um zwei Uhr nachmittags, da die Arbeitsbiene in erniedrigender Arbeit wie ein richtiges Lasttier fortfuhr, emsig Honig und Blütenstaub für die Kinder heranzuschleppen, erhoben sich die Drohnen zum ersten Male in die Lüfte. Alle Augenzeugen dieses denkwürdigen Ereignisses bekunden übereinstimmend, daß die Welt ein ähnlich prachtvolles Schauspiel noch nie gesehen habe. Große, schwarze, zottige, fette Drohnen, eine prächtiger als die andere, tauchten im Flugloch auf, und anstatt wie die gewöhnlichen Bienen unverzüglich über den Zaun in den Wald und auf die Wiesen nach Nahrung zu fliegen, stiegen diese sofort bolzengerade nach oben, beschrieben einen Kreis in der Luft und schwebten wie die Adler über der Bienenwelt. Dieses Schauspiel setzte jedermann durch seine Erhabenheit in Erstaunen; ohne Tränen der Rührung konnte es niemand betrachten. Aber noch erstaunlicher war dieses Schauspiel durch die tiefe Bedeutung, die ihm innewohnte. Nachdem die Drohnen den Bienenstock verlassen hatten, begann jede der Drohnen ihre Ansicht über die Aufgaben der Staatsverwaltung zu trompeten und die auf diesem Gebiet bevorstehenden Änderungen und Verbesserungen darzulegen. Das Hauptaugenmerk der hohen Versammlung war vornehmlich auf die Lage und Tätigkeit der Arbeitsbienen gerichtet, die nach allgemeiner Auffassung als ungenügend und verbesserungsbedürftig angesehen wurde. Die Versammlung verteilte die verschiedenen Verwaltungsressorts unter sich und trat auch sogleich in Erörterungen über die Maßnahmen ein, die zum Zweck einer rationelleren Ausnützung der Arbeitskraft der Biene getroffen werden mußten. Man schritt auch sogleich zur Wahl des Regenten und seiner Minister, denen man je einen Adlatus beigab; ferner wurden gewählt: ein Sittenrichter, ein Beobachter der öffentlichen Moral, der zugleich als Aufseher fungierte, ferner ein Gerichtspräsident und ein Oberpriester, schließlich ein Poet und ein Orator, und alle diese Posten wurden sofort mit entsprechenden Gehältern dotiert, ebenso wurden auch gleich die Extragratifikationen festgelegt. Gewählt wurden natürlich diejenigen, die nach der Meinung sowohl der Wähler als auch der Gewählten die „Edelsten und Besten" waren. Hier sah man sämtliche Leuchten der Wissenschaft und Kunst beisammen – ein ganzer Schwarm von ruhmgekrönten Adlern, die es verstanden hatten, der Zeit den unverlöschlichen Stempel ihres genialen Geistes aufzudrücken.

Trompetend kreisten sie lange vor den Bienenstöcken, indem sie dabei die Bienen, die nach Nahrung ausflogen, über den Haufen rannten; die letzteren begriffen natürlich keineswegs die Bedeutung dessen, was jene zu Nutz und Frommen der Arbeitsbiene ausgesonnen hatten. Das Unverständnis der undankbaren Bienen ging oft so weit, daß sie sogar einem gewissen Unmut über die Drohnen Ausdruck gaben. So ist aus dem Tagebuch einer Arbeitsbiene folgender Eintrag aus dieser Zeit bekannt geworden: „Unsere Herrschaften waren heute gut aufgelegt, sie trompeteten viel und kreisten an die vier Stunden zwecklos über den Bienenkörben, wobei sie das Volk bei der Arbeit störten. Erst gegen sechs Uhr hatte der Tanz ein Ende. Ohne etwas zu arbeiten, waren sie doch recht müde geworden, und nun ging es an ein Fressen! Na, gesegnete Mahlzeit, es langt auch für sie. Das Fatale ist nur, daß sie einen bei der Arbeit stören."

Tags darauf gingen die Drohnen an ihre verschiedenen Beschäftigungen. Von außen betrachtet, schien es, als ob alles beim alten geblieben wäre. Aber das schien nur dem so, der von der Sache nichts verstand. Es ging da nämlich eine komplizierte und aufreibende Arbeit vonstatten. Hier ein Auszug aus einem Tagebuch, das eine der Koryphäen zu jener Zeit führte:

„Man hat mich einstimmig zum Kommissar für den regelmäßigen Ausflug der Arbeitsbienen gewählt. Mein Dienst ist ungemein schwierig und kompliziert. Ich begreife recht wohl die Tragweite meiner Anordnungen und bemühe mich daher, ohne meine Kräfte zu schonen, meine Pflichten zu erfüllen. Ein Einzelner kann die Sache natürlich nicht bewältigen. Ich habe daher den A. eingeladen, mir zu helfen. Ich tat dies umso lieber, als er mir von dem Vetter meiner Tante sehr warm empfohlen war. Ebenso handelte ich in Bezug auf B., C. und D. Da sie auch ihrerseits Helfer brauchen, dürfte unser Departement auf zirka 36 bis 38 Mann anwachsen. Ich habe im Rat auch schon bekanntgegeben, daß wir für unsere Tätigkeit zwei Honigwaben benötigen werden. Ein diesbezüglicher Beschluß wurde einstimmig gefaßt, und wir machten uns auch sofort mit unseren Pflichten vertraut, die Nacht aber verbrachten wir auf den Waben und aßen Honig. Der Honig schmeckt nicht übel, doch darf man füglich erwarten, daß sein Aroma sich noch verbessern wird, wenn nur einmal alles in regelrechtem Gang ist und mein Projekt durchgeführt wird. Am andern Tag habe ich in der Generalversammlung mein Projekt erläutert. ‚Meine Herren,‘ sagte ich, ‚vor allem müssen wir Maßnahmen treffen, die uns ermöglichen, die Prinzipien auszuarbeiten, auf die wir das Projekt des Programms unserer weiteren Tätigkeit aufbauen wollen.‘ Die Meinungen waren geteilt. Debe senior, der Vorsitzende, schlug eine Abstimmung vor. Da aber über die Frage, ob abgestimmt werden solle oder nicht, keine Klarheit zu erlangen war, beschloß man, eine Kommission einzusetzen, die die Abstimmungsfrage zu untersuchen und über das Ergebnis in der nächsten Sitzung zu berichten hat …“

Ebenso eifrig betätigten sich auch die übrigen Ressort-Chefs, und dank ihrer Tätigkeit florierte der Bienenstock wie nie zuvor. Tag für Tag flogen die regierenden Drohnen aus, zogen hoch über den Bienenstöcken ihre Kreise, überlegten und faßten weittragende Beschlüsse über die wichtigsten Staatsangelegenheiten; und am Abend kehrten sie in den Stock zurück, hingen sich an die Waben und labten sich an dem für sie vorbereiteten Honig. Es war ein Leben aus dem Vollen, nicht nur für die Drohnen, sondern auch für den ganzen Bienenstock. Ein gewisses Durcheinander entstand allerdings, als sich ein Teil der Arbeitsbienen herausnahm, den Bienenstock samt einer neuen Königin zu verlassen und den Zweig eines Vogelbeerbaumes zu besiedeln. Ein derart eigenmächtiges Vorgehen hätte den Einfluß der Drohnen untergraben können, wenn sie nicht so klug gewesen wären, den Auszug des jungen Schwarmes zur selben Zeit, da er vonstatten ging, schnell zu dekretieren; auf diese Weise konnten die Bienen natürlich nicht auf den Gedanken kommen, daß sie selbst es waren, die den Exodus für nötig befunden und ausgeführt hatten, ohne erst die Weisungen der höheren Behörden abzuwarten. Die ausgeschwärmten Bienen wurden in Acht und Bann getan, die im Stock verbliebenen Bienen aber fuhren fort, zu gehorchen und für den Unterhalt ihrer Vorgesetzten zu sorgen. Gegen Ende des Monats August zeigten sich indes Anzeichen einer beginnenden Rebellion.

Einmal kehrten die Drohnen von einem Ausflug zu den Waben zurück, aber zu ihrem Erstaunen fanden sie die Waben von den Arbeitsbienen besetzt, die sie nicht hineinließen. Aufs höchste indigniert, entfernten sie sich und flogen zu den anderen Bienenstöcken. Aber in den anderen Bienenstöcken ging es ihnen nicht besser. Die Drohnen machten einen letzten Versuch: sie flogen zu ihrem Bienenstock zurück und krochen hinein; aber die Bienen ließen sie nicht nach oben, sondern warfen sie hinunter, wo es kalt war und wo es keine Nahrung gab. Das Gleiche geschah am zweiten und dritten Tag. Die Drohnen magerten sichtlich ab, trockneten ein und starben eine nach der andern hin. Keine von ihnen erniedrigte sich so weit, sich durch eigene Arbeit zu ernähren.

Die Bienen trieben noch eine Zeitlang ihr Wesen und summten oben in den Waben, doch löste sich, wie die Historiker der Drohnen sagen, das ehedem so wohlgeordnete Staatswesen in die reinste Anarchie auf, da sie ihrer Führer und Sachwalter verlustig gegangen waren.

Die Unbotmäßigkeit der Bienen den Drohnen gegenüber besiegelte ihren Untergang. Damit war alles zu Ende. So zu lesen in der Geschichte des Bienenstockes mit dem Rindendeckel, verfaßt von der Drohne Prupru.

DIE Geschichte, die von der Biene ausgezeichnet wurde, stimmt in wesentlichen Stücken mit der obigen Darstellung nicht überein. In der Geschichte, die von der Biene herrührt, heißt es, das Leben der Bienen habe mit dem Frühling begonnen, als der Bienenstock an die Sonne gestellt wurde. Die Bienen beflogen, nachdem sie sich entleert hatten, den blühenden Weidenbaum, den sie mit ihrem Summen erfüllten und trugen auf ihren Pfötchen den Blütenstaub und im Magen den Honig nach Hause. Das Leben der Bienen war um diese Zeit, nach der Darstellung des Geschichtsschreibers aus dem Bienengeschlecht, ein ununterbrochenes Fest freudiger Arbeit. Blumen um Blumen blühten nacheinander auf, die Obstbäume, die Sträucher waren in vollem Blust, die Freude die die Arbeit gewährte, floß zusammen mit der Freude an der blühenden Natur. Im Bienenstock gediehen die Larven der Arbeitsbienen, der Drohnen und der Bienenkönigin, und die Waben füllten sich mit duftendem Honig. Es war alles in Hülle und Fülle vorhanden, die Speicher faßten die Vorräte nicht mehr, man mußte sich um einen neuen Wohnort umsehen und ließ die Drohnen, von denen sie nur eine für ganz kurze Zeit benötigten, sich im Freien tummeln, und fütterten auf jeden Fall drei Bienenköniginnen auf, obgleich sie nur eine benötigten. Um diese Zeit ergab sich die Notwendigkeit der Teilung wegen der zu großen Vermehrung – ein wichtiges Ereignis! Die Arbeit erforderte die Anspannung aller Kräfte. Und just um diese Zeit tauchten die Drohnen auf, fingen an in den Nachmittagsstunden zu trompeten und über dem Bienenstock zu kreisen. Die Bienen ahnten gar nicht, welche Bedeutung die Drohnen sich zuschrieben, achteten nicht darauf und ließen sich ihren Müßiggang und ihre Gefräßigkeit gefallen, in der Erwägung, daß eine von ihnen immerhin nötig sein werde und weil außerdem auch alles in Hülle und Fülle da war, so daß Sparmaßnahmen zu dieser Zeit sich noch nicht als nötig erwiesen; man konnte sogar die Müßiggänger und Drohnen mit durchfüttern. Zur selben Zeit, als die Drohnen in ihrem Größenwahnsinn dachten, daß sie die Bienen regieren müßten, schrieb eine Biene in ihr Tagebuch (Heft IV, Seite 5) folgendes ein:

„Ende Mai ereignete sich was Großes: die Bienen ließen ihre alte Königin ziehen, auf daß sie ein neues Reich gründe, sie selbst aber blieben mit der jungen, befruchteten Königin im alten Stock, wo die letztere denn auch bald mit dem Eierlegen begann. Die Linde kam ins Blühen, und nun mußte man die junge Brut auffüttern und für den Winter Honigvorrate einsammeln. Die Blüten hatten sich schön entwickelt, der Regen hatte sie nicht beschädigt, und die Bienen sammelten viel Honig, aber für den Winter brauchte man auch viel. Die Drohnen, immer gleich dünkelhaft, bildeten sich ein, die wichtigste Rolle in unserem Staatswesen zu spielen und fuhren fort, das aufgehäufte Erntegut zu verschlingen. Das ging so eine Zeit. Allein die inneren Anforderungen des Bienenstockes machten sich mehr und mehr geltend, die Blütezeit war vorbei, nur die Rübe war noch geblieben, und das war der Moment, wo die Bienen ganz ohne Ver-

abredung und ohne jegliche Beschlußfassung überall zu gleicher
Zeit den Drohnen den Zutritt zum Honig versperrten, sie nach unten drängten und die ganz Frechen und Unnützen unsanft beim Wi-
ckel nahmen. Alle Drohnen wurden auf diese Weise ausgerottet,
und der Bienenstock geriet nicht nur nicht in Verfall, sondern rüstete
sich im besten Wohlsein für den Winter. Es kam die Winterszeit. Die
Bienen wurden nun ganz still und seßhaft, sie hielten ihre Kinder
warm, erlebten einen neuen Frühling und erstanden zu neuer Lebensfreude.

Sinnlose Hirngespinste

Am 17. Januar 1895 versammelten sich in Petersburg die Vertreter der Adels- und Semstwovereinigungen aller siebzig und etlichen Gouvernements und Distrikte Rußlands, um dem neuen, jungen, russischen Zaren, der an die Stelle seines verstorbenen Vaters getreten war, zu gratulieren.

Schon mehrere Monate vor der Abreise der Vertreter wurden in allen Gouvernements Rußlands umfassende Vorbereitungen zu dieser Feier getroffen: man berief außerordentliche Versammlungen ein, machte Vorschläge, hielt Wahlen ab, intrigierte, entwarf treuuntertänige Adressen, stritt sich herum, sammelte Geld, machte Bestellungen, erwählte die Glücklichen, die reisen und persönlich die Adressen und Geschenke überreichen sollten, und endlich reisten die Leute aus allen Gauen Rußlands nach Petersburg ab, mit Geschenken, neuen Uniformen, vorbereiteten Reden und mit den freudigsten Erwartungen, den Zaren und die Zarin zu sehen und mit ihnen zu sprechen.

Sie langten an, versammelten sich, ließen sich anmelden, erschienen bei dem und dem Minister, unterwarfen sich allen Proben. Endlich war der feierliche Tag gekommen, und sie begaben sich mit ihren Geschenken ins Schloß. Allerlei Kuriere, Hofmeister, Kuriere, Zeremonienmeister, Kammerlakaien, Adjutanten und so weiter nahmen sie in Empfang, bemächtigten sich ihrer, führten sie hin und her, stellten sie auf. Endlich war der feierliche Augenblick da. Und alle diese Hunderte, zumeist Greise, Familienväter, grauhaarige, in ihren Kreisen hochangesehene Leute, erstarrten in Erwartung.

Die Tür tat sich auf, und ein kleiner, junger Mann in Uniform trat ein und begann zu sprechen. Er sah dabei in seine Mütze, die er vor sich hin hielt und in welcher sich die Rede, die er halten wollte, befand. Die Rede bestand der Hauptsache nach in folgendem:

„Ich freue mich, die Vertreter aller Stände hier zu sehen, die zusammengekommen sind, um ihre treuuntertänigen Gefühle auszudrücken. Ich glaube an die Aufrichtigkeit dieser Gefühle, die seit jeher allen Russen eingeboren sind. Mir ist aber bekannt, daß in letzter Zeit in einigen Semstwoversammlungen Stimmen von Leuten lautgeworden sind, die sich sinnlosen Hirngespinsten über die Teilnahme von Semstwovertretern an den Angelegenheiten der inneren Verwaltung hingegeben haben. Mögen alle wissen, daß ich, indem ich mich mit allen Kräften dem Wohl des Volkes widme, den Grundsatz der Selbstherrschaft ebenso fest und unerschütterlich aufrechterhalten werde wie weiland mein unvergeßlicher seliger Vater."

Als der junge Zar zu jener Stelle seiner Rede kam, wo er ausdrücken wollte, daß er alles nach seinem eigenen Kopfe zu machen gedenke, daß er nicht nur jedes Mitspracherecht, sondern auch jeden Rat ablehne, fühlte er wahrscheinlich in der Tiefe seiner Seele, daß dies ein übler Gedanke sei und daß die Art, wie er ihn vorbringe, etwas Unanständiges an sich habe. Er wurde konfus und begann, um seine Konfusion zu verbergen, mit einer kreischenden und erbitterten Stimme zu schreien.

Was war das? Wozu eine derartige Beleidigung all jener gutmütigen Leute?

Es handelte sich darum, daß die Semstwovorsteher der Gouvernements von Twer, Tula, Ufa und einigen anderen Gouvernements in ihren von allerlei sinnlosen und lügenhaften Schmeicheleien strotzenden Adressen in den dunkelsten und unbestimmtesten Ausdrücken angedeutet hatten, daß es für die Semstwos gut sein würde, wenn sie in Wirklichkeit das werden könnten, was sie ihrer Bestimmung nach sein sollten, das heißt, daß sie das Recht haben sollten, ihre Nöte zur Kenntnis des Zaren zu bringen. Auf diese Andeutungen alter, kluger, erfahrener Männer, welche dem Zaren eine einigermaßen vernünftige Staatsregierung ermöglichen wollten (weil man Menschen, ohne zu wissen, wie sie leben und wessen sie bedürfen, auch nicht regieren kann) – auf diese Worte antwortete der junge Zar, der weder vom Regieren noch vom Leben etwas verstand, daß dies sinnlose Hirngespinste seien.

Als die Rede zu Ende war, trat ein Schweigen ein. Aber die Hofschranzen unterbrachen es mit einem Hurraruf, und alle Anwesenden schrien gleichfalls „Hurra!"

Darauf begaben sie sich in die Kathedrale, wo ein Dankgottesdienst abgehalten wurde. Einige von ihnen behaupteten, sie hätten weder „Hurra" geschrien, noch am Gottesdienst teilgenommen. Wenn dies wahr sein sollte, können es jedenfalls nur wenige gewesen sein. Diejenigen, die nicht „Hurra" geschrien und sich nicht in die Kathedrale begeben haben wollten, teilten es jedenfalls nicht öffentlich mit, so daß man mit Recht sagen kann, daß alle oder wenigstens die meisten Semstwovertreter die schimpfliche Rede des Zaren freudig begrüßt und nachher einen Gottesdienst abgehalten haben dafür, daß der Zar geruht hatte, sie für ihre Glückwünsche und Geschenke dumme Jungen zu nennen.

Das unanständige Betragen des jungen Zaren gegen die Delegierten war so ungewöhnlich, verletzte so sehr alle höfischen, ja sogar alle einfach-menschlichen Anstands- und Höflichkeitssitten, daß nach jenem Tage in der Gesellschaft eine allgemeine Unzufriedenheit, eine allgemeine Mißbilligung der zarischen Handlungsweise Platz griff. Selbst die Zahmsten, selbst die ärgsten höfischen Speichellecker waren verlegen, drückten ihre Unzufriedenheit mit dem Schritt des Zaren offen aus und verurteilten ihn. Während meines ganzen fünfzigjährigen bewußten Lebens hatte ich in der Gesellschaft noch nie eine so einstimmige Mißbilligung und sogar Entrüstung wahrgenommen. Wenn sich die Leute auf der Straße trafen, sprachen sie einander an, wie man sich zu Ostern mit „Christ ist erstanden" begrüßt, nur in einem andern, unfrohen Sinn. Man sagte: „Nun? Was sagen Sie dazu? Ja, sinnlose Hirngespinste! Ja, eine Ohrfeige!" Und so weiter.

Alle waren augenscheinlich aufs Peinlichste überrascht, wie Leute, die sich plötzlich unerwarteten Folgen ihrer Handlungen gegenübersehen, wie ein Mensch, der ahnungslos über einen Sumpf ging und sich plötzlich bis zum Gürtel im Schlamm versinken fühlt, ohne zu wissen, wie er sich herausarbeiten soll.

Aber da eine solche Überraschung nicht lange anhält und der Mensch sich bald an seine Lage gewöhnt, so verging auch die Verwunderung und Entrüstung der russischen Gesellschaft über die ihr von dem jungen Zaren zugefügte freche Beleidigung sehr bald.

Vier Monate sind vergangen. Weder hat es der Zar für nötig gehalten, seine Äußerungen zu widerrufen, noch hat die Gesellschaft ihre Mißbilligung seines Benehmens irgendwie öffentlich ausgedrückt (abgesehen von einem einzigen anonymen Brief). Alle tun so, als ob nichts geschehen wäre. Nach wie vor begeben sich Delegierte zum Zaren, schmeicheln ihm, und er nimmt ihre Gemeinheiten wie einen Tribut entgegen. Nicht nur, daß alles beim alten geblieben ist – es ist noch viel schlimmer geworden als vordem. Der unbedachte, freche und bübische Schritt des jungen Zaren ist eine vollzogene Tatsache, die Gesellschaft, die ganze russische Gesellschaft hat die Beleidigung hinuntergeschluckt, und der Beleidiger darf sich daher mit Recht sagen, daß das die richtige Art war, mit ihr umzugehen und daß er ihr nächstens mit einem noch höheren Grad von Frechheit entgegentreten dürfe.

Die Episode vom 17. Januar war einer jener Augenblicke, wo zwei Parteien, die sich anschicken, den Kampf zu beginnen, sich eine an der andern messen, wodurch sich neue Beziehungen zwischen ihnen anbahnen.

Ein kräftiger Arbeiter trifft vor einer Tür mit einem schwächlichen Herrensöhnchen zusammen. Jeder von ihnen hat das gleiche Recht, als erster einzutreten. Aber der freche Knabe stößt den eintretenden Arbeiter vor die Brust und ruft ihm ein unverschämtes: „Aus dem Wege, Lumpenpack!" zu.

Dieser Augenblick ist entscheidend. Entweder schiebt der Arbeiter die Hand des Knaben ruhig weg, tritt vor ihm ein und sagt leise zu ihm: „Du tust nicht recht, mein Lieber, ich bin älter als du, handle in Zukunft anders!" Oder er gibt nach, läßt ihm den Weg frei, nimmt die Mütze ab und entschuldigt sich.

Von diesem Augenblick hängen die weiteren Beziehungen zwischen diesen Menschen, hängt auch ihre geistig-moralische Verfassung ab. Im ersteren Fall wird sich der Knabe besinnen und klüger und besser werden, der Arbeiter aber wird an Freiheit und Mut gewinnen; im andern Fall wird der unverschämte Knabe noch unverschämter, der Arbeiter noch nachgiebiger werbe

Ein ähnlicher Zusammenstoß hat zwischen dem Zaren und der russischen Gesellschaft stattgefunden, und der junge Zar hat dabei, dank seiner Unüberlegtheit, einen Weg eingeschlagen, der für ihn sehr vorteilhaft, für die russische Gesellschaft hingegen sehr unvorteilhaft scheint. Die russische Gesellschaft hat die Beleidigung hinuntergeschluckt und der Zusammenstoß ist zugunsten des jungen Zaren ausgegangen. Jetzt kann er nur noch frecher werden, und er wird in vollem Rechte sein, wenn er die russische Gesellschaft verachtet. Die russische Gesellschaft aber muß, nachdem sie erst den einen Schritt getan, unweigerlich auch den zweiten in derselben Richtung tun und noch unterwürfiger werden. Und das ist denn auch der Fall. Vier Monate sind vergangen. Es ist nicht nur kein

Protest laut geworden, sondern alle bereiten sich im Gegenteil auf den Empfang des Zaren in Moskau vor, auf seine Krönung, auf neue Geschenke von Heiligenbildern und anderen Dummheiten. Und in den Zeitungen wird der Mut des Zaren gerühmt, der für das Heiligtum des russischen Volkes, für die Autokratie, eingetreten sei. Es hat sich sogar ein Verfasser gefunden, der dem Zaren vorwirft, er sei noch zu milde gegen die unerhörte Frechheit derjenigen vorgegangen, die sich erkühnt haben, anzudeuten, daß man wissen müsse, wie die Leute lebten und was sie nötig hätten, wenn man sie regieren wolle; er hätte das nicht als sinnlose Hirngespinste abtun sollen, sondern er hätte alle diejenigen, die das Heiligtum des russischen Volkes, die Autokratie, anzutasten wagten, zerschmettern müssen.

In englischen Zeitungen erschienen Artikel darüber, daß für jedes andere Volk außer dem russischen eine solche Rede eines Herrschers beleidigend gewesen wäre; „wir Engländer", hieß es, „dürfen aber über all das nicht von unserem Standpunkt aus urteilen: die Russen lieben so was und können ohne das nicht sein."

Vier Monate sind vergangen, und in den sogenannten höchsten Kreisen der russischen Gesellschaft hat sich die Meinung festgesetzt, daß der junge Zar ausgezeichnet gehandelt habe, genau so, wie er hat handeln sollen. „Ein schneidiger Kerl, dieser Niki!" sagen seine zahlreichen Vettern von ihm, „ein Prachtmensch, dieser Niki! Er ist mit ihnen umgesprungen, wie es sich gehört."

Nichts hat sich geändert: dieselben sinnlosen, grausamen Juden- und Sektiererverfolgungen; dieselben Verbannungen ohne gerichtliches Urteil; dasselbe gewaltsame Auseinanderreißen von Kindern und Eltern; dieselben Galgen, Zuchthäuser und Hinrichtungen; dieselbe bis zur Lächerlichkeit täppische Zensur, die alles verbietet, was dem Zensor oder seinem Vorgesetzten nicht gefällt; dieselbe Verdummung und Demoralisierung des Volkes.

Die Aufklärung hellt das Bewußtsein der Menschen auf und schreitet unaufhaltsam vorwärts. Nur bei uns in Rußland gehen die Lebensformen zurück, und man kann sich nicht vorstellen, wie und wodurch das geändert werden soll. ...

Die Lage der Dinge ist folgende: Es gibt ein großes Reich mit einer Bevölkerung von mehr als hundert Millionen. Dieses Reich wird von einem einzigen Menschen regiert. Und diesen Menschen bestimmt der Zufall zu dieser Rolle. Denn es wird nicht etwa der Erfahrenste und zum Regieren Befähigste aus den Besten und Erfahrensten zum Herrscher gewählt, sondern der Erstgeborene des vorigen Herrschers wird dazu ernannt. Nun ist aber auch der letztere nur auf Grund seiner Geburt, also ebenfalls nur durch Zufall, an die Regierung gelangt, und ebenso auch sein Vorgänger. Es stellt sich also heraus, daß einzig ihr Ahnherr dadurch zur Macht gelangt war, daß man ihn seiner hervorragenden Eigenschaften wegen zum Herrscher gewählt hatte, oder, was das wahrscheinlichste ist, dadurch, daß er vor keinem Betrug und keinem Verbrechen zurückschreckte. Die Folgerung daraus ist, daß nicht ein dazu Befähigter über ein Hundertmillionenvolk regiert, sondern der späte Nachkomme eines Mannes, der durch seine Begabung, oder durch seine Verbrechen, oder, wie es am häufigsten geschehen sein dürfte, durch beides zur Macht gelangt war. Dieser Nachkomme braucht nicht die geringsten Fähigkeiten zum Regieren zu besitzen, sondern kann der dümmste und nichtsnutzigste Mensch sein. Das ist eine Sachlage, die sich, bei Lichte besehen, allerdings wie ein sinnloses Hirngespinst ausnimmt.

Kein vernünftiger Mensch wird sich in einen Wagen setzen, wenn er nicht weiß, ob der Kutscher kutschieren kann; keiner wird einen Zug benützen, wenn der Maschinist nicht zu fahren versteht, oder wenn der Kutscher oder Maschinist nur der Sohn eines Kutschers oder Maschinisten ist, der vor langen Zeiten, wie einige versichern, zu fahren verstanden haben soll. Noch weniger wird sich jemand einem Schiff anvertrauen, dessen Kapitän seine Befähigung zur Führung eines Schiffes davon ableitet, daß sein Großonkel einmal ein Schiff geführt habe. Kein vernünftiger Mensch wird sich und seine Familie in die Hände solcher Kutscher, Maschinisten und Kapitäne geben. Und doch leben wir alle in einem Staate, der von den Söhnen und Großneffen nicht nur schlechter, sondern erwiesenermaßen auch unfähiger Herrscher regiert und noch dazu unumschränkt regiert wird. Diese Lage ist in der Tat unsinnig und kann nur auf die Weise erklärt werden, daß es einmal eine Zeit gegeben hat, wo die Leute glaubten, daß diese Machthaber übernatürliche oder von Gott erwählte, gesalbte Wesen gewesen seien, denen man in jedem Fall zu gehorchen hätte. Aber in unserer Zeit glaubt niemand mehr an die übernatürliche Sendung dieser Leute, an die Heiligkeit des Gesalbten und seiner Nachkommenschaft. Denn die Geschichte hat die Menschen gelehrt, daß man diese Gesalbten gestürzt, vertrieben und hingerichtet hat. Die Sachlage läßt sich also auf keine Weise begreifen, wenn man sich nicht etwa darauf beruft, daß die Erblichkeit der Herrscherwürde, sofern man eine oberste Gewalt als notwendig annimmt, den Staat vor Intrigen, Unruhen und Bürgerkriegen befreie, welche bei einer andern Regierungsmethode unausbleiblich sein würden, und daß Unruhen und Intrigen dem Volke teurer zu stehen kämen als die Unfähigkeit, Verderbtheit und Grausamkeit der erblichen Herrscher, sofern man nur ihrer Unfähigkeit durch die Teilnahme von Volksvertretern an der Regierung zu Hilfe komme und ihrer Verderbtheit und Grausamkeit durch Einschränkungen ihrer Macht Grenzen setze. Und gerade auf die Wünsche nach einer derartigen Teilnahme an der Regierung und nach einer Einschränkung der autokratischen Gewalt antwortete der junge Zar mit frecher Entschlossenheit: „Ich will nicht, gestatte es nicht, ich mache alles selbst!"

Wer ist dieser junge Mensch? Wie ist er erzogen? In welcher Lage befindet er sich? Vor vierzehn Jahren war er noch ein Kind, muß sich aber erinnern, daß man 1881 seinen Großvater getötet hat.[9] In jenem Kreise, in dem er aufwuchs und erzogen wurde, wird nicht davon gesprochen, warum und wofür sein Großvater getötet wurde, wird nicht davon gesprochen, daß dieser Großvater ein selbstherrlicher Mensch wie sie alle war, der sich zu Beginn seiner Regierung zwar der öffentlichen Meinung seiner Zeit anbequemt und die Bauernbefreiung vollzogen hatte, dann aber vor dem, was er getan hatte, zurückgeschreckt war, der Volksbefreiung Hindernisse in den Weg gelegt und die jungen Menschen, die nach größerer Freiheit verlangten, durch seine Helfershelfer zu Hunderten und Tausenden zum Galgen und zum Zuchthaus verurteilen ließ, und daß er getötet wurde, weil er von seiner Machtvollkommenheit kein Tüttelchen preisgeben wollte. In dem Kreise, in dem dieser junge Mensch aufwuchs und erzogen wurde, sagt man, daß sein Großvater von tierischen Menschen, die um des Tötens willen töteten, erschlagen worden sei und daß man sich vor diesen Bösewichtern hüten und sie vernichten müsse.

---

[9] Alexander II.

Nach dem Tode seines Großvaters bestieg sein Vater den Thron[10] – ein ungebildeter, noch selbstherrlicherer und wie alle beschränkten Naturen eigensinniger Mensch. Er begann seine Regierung mit der Errichtung von Galgen und setzte unter dem Vorgeben einer eingebildeten Gesetzlichkeit die Unterdrückung jeder Art von Freiheit dadurch fort, daß er alle diejenigen, die eine Befreiung des Volkes anstrebten, zum Tode durch den Strang, zur Zwangsarbeit oder zur Einzelhaft verurteilen ließ. Seine Regierung war eine entsetzliche. Alles, was der Vater getan hatte, wurde vernichtet: die Freiheit und Öffentlichkeit der Gerichte wurde aufgehoben, die meisten Fälle wurden dem Geschworenengerichte entzogen und den Krongerichten überwiesen; die sinnlosen Semstwovorstände, welche die administrative Gewalt mit der Gerichtbarkeit vereinten, wurden wieder hergestellt; der „verstärkte Schutz" wurde eingeführt, das heißt die Gesetze wurden aufgehoben und durch Willkürmaßnahmen ersetzt; in den wichtigsten Zentren und Gouvernements wurde das Zivilgericht durch das Kriegsgericht ersetzt; in den Schulen wurde die Prügelstrafe eingeführt, welche für die Bauern nicht nur nicht abgeschafft, sondern sogar zum Gesetz erhoben wurde; das Kadettenkorps und der Loskauf wurden wieder eingeführt; furchtbare Verfolgungen der Juden, Katholiken, Lutheraner und Sektierer wurden inszeniert; eine Menge von Bildungsanstalten wurden geschlossen; für alle andern wurden verdummende Disziplinarvorschriften erlassen und das Lehren wildesten Aberglaubens angeordnet; die letzte Preßfreiheit wurde vernichtet; Banken zur Unterstützung des Adels wurden gegründet. Die Gefängnisse und Festungen, die Zuchthäuser und Verbannungsorte waren überfüllt; man köpfte und hängte noch häufiger als früher und mordete in den Gefängnissen außerdem noch heimlich.

Diese Regierung dauerte dreizehn Jahre. Da stirbt der, der alle diese Greuel veranlaßt hat. Und kaum ist er gestorben, erhebt sich ein Geheul sinnloser Lobeshymnen auf diesen Menschen, wie noch nie für einen andern. Ein vollkommen grundloser Vorwand für diese Lobeshymnen wird ausgedacht: die Friedensliebe des Verstorbenen. Und auf dieses Thema stürzen sich verlogene Schmeichler ganze Monate lang. Da man ihn für nichts anderes preisen kann,

---

[10] Alexander III.

preist man ihn für etwas, was er nicht getan hat; in der Tat hatte kein Anlaß zu einem Kriege vorgelegen.

Die Episode vom 17. Januar erinnert an ein häufiges Vorkommnis im Leben der Kinder. Ein Kind geht an irgendeine Sache heran, die über seine Kräfte geht; die Erwachsenen wollen ihm helfen; aber das Kind ist eigensinnig und schreit schrill: „Ich will es selbst machen!" und geht ans Werk. Wenn ihm dann niemand hilft, kommt das Kind bald zur Vernunft, weil es sich entweder die Finger verbrennt, oder ins Wasser fällt, oder sich die Nase zerschlägt, und es beginnt zu heulen. Daß man ein Kind so sich selbst überläßt, pflegt für dasselbe, falls keine Gefahr damit verbunden ist, lehrreich zu sein. Leider ist solch ein Kind aber meistens von schmeichlerischen Kinderfrauen umgeben, die, indem sie seine Hände führen, an seiner Stelle das tun, was es selbst tun wollte; und das Kind ist voller Freude, denn es bildet sich wirklich ein, selbst so weit gekommen zu sein, lernt deshalb nichts und fügt andern häufig auch noch Schaden zu.

Das gleiche ist der Fall mit den regierenden Herren: wenn sie wirklich selbst regieren würden, würde ihre Regierung nicht lange dauern, sie würden sofort so viele offenkundige Dummheiten machen, daß sie andere und sich selbst zugrunde richten würden, so daß ihre Herrschaft bald ein Ende hätte, was für die Allgemeinheit nur sehr von Nutzen sein würde. Die Sache ist nur leider die, daß auch die Zaren, gerade so wie die launischen Kinder, Kinderfrauen haben, die an ihrer Stelle das verrichten, was die Zaren selbst zu verrichten glauben; solche Kinderfrauen sind die Minister und Räte, die ihre Posten und die damit verbundene Macht außerordentlich hoch einschätzen und genau wissen, daß sie sie nur so lange behalten können, als der Zar für unumschränkt gilt.

Man nimmt an und setzt voraus, daß der Zar die Staatsgeschäfte leite; das wird aber eben nur angenommen und vorausgesetzt; der Zar allein ist dazu gar nicht imstande, weil diese Angelegenheiten zu kompliziert sind; er kann nur in bezug auf diejenigen Sachen das tun, was ihm durch den Kopf geht, die bis zu ihm gelangen, und kann sich außerdem, wen er will, zu Gehilfen nehmen; selbst zu regieren vermag er nicht, weil dies für einen einzelnen Menschen vollkommen unmöglich wäre. In Wirklichkeit regieren die Minister, die Mitglieder der verschiedenen Ressorts, die Direktoren und die verschiedenen Arten von Vorgesetzten. Minister und Vorgesetzter wird man aber nicht auf Grund seiner Verdienste, sondern auf Grund von Konnexionen, Intrigen (größtenteils weiblichen), Vetternschaften, Liebesdiensten und Zufälligkeiten. Die Schmeichler und Lügner, die Artikel über das Heiligtum der Autokratie schreiben und nachzuweisen versuchen, daß diese Form (die älteste Form, die einst allen Völkern eigen war) ein ganz besonders heiliges Erbgut des russischen Volkes sei und daß der Zar unumschränkt über sein Volk herrschen müsse, bleiben die Erklärung dafür schuldig, wie die Autokratie ihr Wesen betätigen, wie der Zar als einzelner über sein Volk herrschen soll und kann. In vergangenen Zeiten, als die Slawophilen die Selbstherrschaft predigten, propagierten sie dieselbe in untrennbarer Verbindung mit dem Semskij Ssabor (Versammlung der Landstände). Es war also bei aller Naivität der slawophilen Träume (die viel Unheil gestiftet haben) immerhin verständlich, in welcher Weise der selbstherrliche Zar, nachdem er vom Ssabor die Bedürfnisse und den Willen des Volkes erfahren hatte, regieren sollte. Wie kann der Zar jetzt aber ohne Ssabor regieren? Wie der Khan von Kokhand? Das ist unmöglich. Es ist unmöglich, weil man alle Angelegenheiten des Khantums von Kokhand an einem Morgen überblicken kann, während die Regierung des russischen Reiches heute Zehntausende täglicher Entscheidungen erfordert. Wer trifft diese Entscheidungen? Die Beamten. Und wer sind diese Beamten? Das sind Leute, die zur Erreichung ihrer persönlichen Zwecke an die Macht gelangen und sich ausschließlich von dem Wunsche leiten lassen, möglichst viel Geld einzustecken. In letzter Zeit sind diese Leute bei uns in Rußland in geistiger und moralischer Hinsicht so tief gesunken, daß sie, sofern sie nicht direkt stehlen, wie diejenigen, die man ertappt und fortgejagt hat, sich jedenfalls nicht einmal den Anschein zu geben wissen, als ob sie irgendwelche allgemeine Staatsinteressen verfolgten; sie trachten nach nichts anderem als nach einem möglichst hohen Gehalt, nach Staatswohnungen und allerlei Extraeinnahmen. Somit herrscht in Wirklichkeit nicht die selbstherrliche Gewalt, nicht irgendeine ganz besonders heilige, weise, unbestechliche und vom Volk geachtete Persönlichkeit im Staat, sondern eine Horde gieriger, windiger, sittenloser Beamten, die einen jungen, nichtsverstehenden und nichts verstehen könnenden Bengel umgeben, dem sie eingeredet haben, daß er ganz ausgezeichnet „selbst" zu herrschen vermöge. Und er lehnt kühn jede Teilnahme von Volksvertretern an der Regierung ab und sagt: „Nein! Ich selbst!"

Demgemäß werden wir weder vom Volkswillen, noch von einem autokratischen Zaren, der, wie uns die waschechten Slawophilen glauben machen wollen, hoch über allen Intrigen und persönlichen Wünschen stehen soll, regiert, sondern von einigen Dutzend sittenlosester, listigster, eigensüchtigster Geschöpfe, die weder von adeliger Abstammung sind, wie in früheren Zeiten, noch durch Bildung und Geist sich hervortun, wofür alle die Durnowos, Kriwoschejins, Deljanows und so weiter ein Beispiel sind. Diejenigen, die uns regieren, sind mit jenen Gaben der Mittelmäßigkeit und Niedrigkeit begabt, die allein, wie Beaumarchais richtig sagt, zur Erreichung der höchsten Stellen im Staat befähigen: *Médiocre et rampant, on parvient à tout.* Man kann sich einem einzelnen Menschen, der durch seine Geburt eine besondere Stellung einnimmt, unterordnen und ihm gehorsam sein; beleidigend und erniedrigend ist es aber, sich Leuten zu unterwerfen, die unsere Altersgenossen sind und die unter unseren Augen durch Schurkereien und Gemeinheiten bis zu den höchsten Stellen emporgekrochen sind und nun die Macht in Händen haben. Man konnte mit zusammengebissenen Zähnen einem Iwan dem Grausamen, einem Peter III. gehorchen: den Willen Maljuta Skuratows aber oder der deutschen Korporale Peters III. zu erfüllen – das ist demütigend.

In Dingen, die dem Willen Gottes entgegenstehen und ihm widersprechen, kann ich mich niemand unterwerfen und niemand gehorchen. In Dingen dagegen, die dem Willen Gottes nicht widersprechen, könnte ich mich unterwerfen, wie der Zar auch beschaffen sein möge. Er hat sich ja nicht selbst an seinen Platz gestellt, sondern die von unsern Vorfahren verfaßten oder gebilligten Gesetze haben ihn zum Zaren gemacht. Aus welchem Grunde soll ich mich aber Leuten unterwerfen, die erwiesenermaßen schurkisch oder dumm oder beides zugleich sind, die dreißig Jahre hindurch gekrochen sind, ehe sie an die Macht gelangten, und die mir die Gesetze meines Handelns vorschreiben wollen? Man sagt mir, daß mir auf allerhöchsten Befehl verboten sei, diese oder jene Bücher herauszugeben, meine Kinder so zu unterrichten, wie ich es für gut halte und nicht nach den Grundsätzen und Lehrbüchern Pobjedonoszews; man sagt mir, daß ich auf allerhöchsten Befehl Steuern für Panzerkreuzer zahlen, meine Kinder oder mein Vermögen diesem oder jenem übergeben soll, oder daß ich aufhören soll zu leben, wo es mir gefällt, und mich an einem andern mir bestimmten Ort aufhalten soll. Alles das ließe sich noch ertragen, wenn es wirklich auf Befehl des Zaren geschähe; aber ich weiß ja, daß die Worte „allerhöchster Befehl" nur Worte sind, daß das nicht vom Zaren befohlen wird, der uns nur nominell regiert, sondern von Pobjedonoszew, Richter, Murawjew und andern, deren Vergangenheit ich schon lange so genau kenne, daß ich mit ihnen nichts gemein zu haben wünsche. Und diesen Leuten soll ich gehorchen und ihnen alles ausliefern, was mir mein Leben teuer macht?

Aber selbst das ließe sich noch ertragen, wenn es sich nur um eine persönliche Demütigung handelte. Leider beschränkt sich die Sache aber nicht allein darauf. Es ist unmöglich über ein Volk zu herrschen und es zu regieren, wenn man es nicht demoralisiert und verdummt, und zwar in desto höherem Maße demoralisiert und verdummt, je weniger die Regierungen den Ausdruck des Volkswillens darstellen. Da wir nun die sinnloseste Regierung haben, die am entferntesten davon ist, den Ausdruck des Volkswillens darzustellen, so muß sie die größten Anstrengungen machen, das Volk zu demoralisieren und zu verdummen. Aber gerade diese Verdummung und Demoralisation des Volkes, die in Rußland in einem so ungeheuerlichen Maßstab vor sich geht, sollte von denjenigen nicht geduldet werden, welche nicht nur die Methoden der Verdummung und Demoralisation, sondern auch ihre Folgen kennen …

Aufzeichnungen einer Mutter

EINLEITUNG

Ich kannte Marja Alexandrowna von Kindheit an. Wie das unter jungen Leuten oft vorkommt, hatten zwischen uns von jeher rein freundschaftliche Beziehungen ohne eine Spur von Verliebtheit bestanden, wenn ich von einem einzigen Abend absehe, wo sie bei uns auf Besuch war und wir „Damen und Kavaliere" spielten und sie, als fünfzehnjähriges Mädchen, mit ihren dicken, roten Armen, ihren schwarzen, wunderschönen Augen und ihrem dicken, langen, schwarzen Zopf so auf mich wirkte, daß ich mir an diesem Abend einbildete, in sie verliebt zu sein. Aber das war nur an diesem einen Abend, und all die übrige Zeit, alle vierzig Jahre unserer Bekanntschaft, standen wir zu einander in den erfreulichen, freundschaftlichen Beziehungen eines Mannes und einer Frau, die einander achteten, – Beziehungen, die, wenn sie von jeglicher Verliebtheit völlig frei sind, wie es meine Beziehungen zu Marja Alexandrowna waren, besonders angenehm sind.

Dieser Freundschaft verdanke ich viele angenehme Stunden und manche Einsicht. Ich habe nie eine Frau kennengelernt, die den Typus einer guten Frau und Mutter reiner repräsentiert hätte als sie. So manches lernte ich durch sie verstehen, so manches erfuhr ich von ihr, und ich konnte viel von ihr lernen.

Das letztemal sah ich sie im vorigen Jahr, einen Monat vor ihrem Tode, den weder ich noch sie voraussahen. Sie hatte sich erst kürzlich in der Nähe des Männerklosters angesiedelt und wollte dort allein mit ihrer Köchin Warwara hausen. Es war seltsam, sie, die Mutter von acht Kindern, die Großmutter von fast einem halben Hundert Enkelkindern, so als einsame Frau zu sehen, die augenscheinlich unwiderruflich beschlossen hatte, trotz den mehr oder weniger aufrichtig gemeinten Einladungen ihrer Kinder, ihren Lebensabend in Einsamkeit zu verbringen. Ich konnte mir anfänglich nicht erklären, was sie veranlaßt hatte, sich so nahe bei dem Männerkloster anzusiedeln. Sie war nicht gerade eine Freidenkerin, wenigstens trat sie nie als solche hervor; aber ich kannte ihr kühnes, selbständiges

Denken und ihren gesunden Menschenverstand. In ihrem von echtem Gefühl geschwellten Herzen hatte der Aberglaube keinen Platz. Ich kannte ihren Abscheu vor jeglicher Heuchelei und jeglichem Pharisäertum. Und plötzlich – dieses Häuschen dicht beim Kloster, dieser Kirchenbesuch, dieses „Väterchen" Nikodim, dessen Leitung sie suchte und dem sie sich vollkommen unterwarf! All das tat sie jedoch bescheiden, maßvoll; es war, als ob sie sich ihrer Handlungsweise doch ein wenig schämte.

Als wir uns dann sahen, vermied sie, wie es schien, ein Gespräch darüber, weswegen sie ein solches Leben erwählt hatte. Aber ich glaube fast, daß ich es erriet. Sie war ein Mensch mit Herz und Gefühl, dabei war sie aber ihrer geistigen Einstellung nach eine Skeptikerin par excellence. Ohne Kinder, ohne für sie sorgen zu müssen, nach einem vierzigjährigen aufopfernden Leben in der Familie, brauchte sie etwas, worauf sie ihr Gefühl richten konnte. In den Familien ihrer Kinder fand sie das nicht, und so beschloß sie, sich von der Welt zurückzuziehen. In der Einsamkeit hoffte sie in dem Trost zu finden, worin auch andere ihn schon gefunden hatten: in der Religion. Ihr war, wie mir schien, sehr schwer ums Herz, aber ihr Stolz erlaubte ihr um ihrer selbst und der Kinder willen nicht, davon ein Aufhebens zu machen; kaum, daß sie einige Andeutungen über ihre wirkliche Lage fallen ließ. Als ich nach ihren Kindern fragte, die ich sämtlich kannte, antwortete sie mir ungern und ohne sich über sie aufzuhalten. Aber ich sah, daß sie im Schrein ihres Herzens nicht ein, sondern manches Drama barg.

„Ja, Wolodja hat seinen Weg gemacht; er ist jetzt Kammerpräsident und ist unlängst Gutsbesitzer geworden. Ja, auch die Kinder gedeihen: drei Knaben und zwei Mädchen."

Und sie schwieg mit verdüstertem Gesicht; sie wollte offenbar einem bestimmten Gedanken, der sie beunruhigte, nicht Ausdruck geben und verscheuchte ihn.

„Nun, und Wassilis?"

„Wassilis? Immer das gleiche. Sie kennen ihn ja."

„Bälle, Vergnügungen, nicht wahr?"

„Jaja."

„Hat er auch Kinder."

„Drei."

In dieser Weise unterhielten wir uns über alle Söhne und Töch-

ter. Am liebsten sprach sie von Petja. Es war dies ein mißratener
Sohn der Familie. Er brachte alles, was er hatte, in einem lockeren
Lebenswandel durch, machte Schulden über Schulden, die er nicht
bezahlte und verursachte seiner Mutter mehr Kummer, als alle andern zusammengenommen. Sie aber hatte ihn lieber als alle ihre anderen Kinder, da sie noch in seinen abscheulichsten Handlungen
sein „goldenes Herz", wie sie sich ausdrückte, erkannte und liebte.

Lebhafter wurde sie erst, als das Gespräch auf ihre sorglose Ju-
gendzeit kam, an die sich Menschen, die durch ein unausgesproche-
nes Leid verbittert sind, mit besonderer Freude zu erinnern pflegen.
Eines der interessantesten Gespräche, das ich mit ihr zuletzt noch
hatte, das mich bis über zwölf Uhr bei ihr festhielt und den nachhal-
tigsten Eindruck auf mich machte, handelte von Pjotr Nikoforowitsch. Es war dies ein Kandidat der Moskauer Universität, der erste
Lehrer ihrer Kinder, der in ihrem Hause an Schwindsucht starb, –
ein bemerkenswerter Mensch, der auf sie den größten Einfluß hatte
und wohl der einzige Mann gewesen war, den sie nach ihrem Mann
hätte lieben können oder den sie auch wirklich liebte, ohne sich dessen bewußt zu sein. Wir sprachen von ihm und seiner Lebensauffassung, die ich kannte und zu jener Zeit teilte. Er war nicht so sehr ein
Verehrer Rousseaus, den er kannte und liebte, als vielmehr ein
Mensch von einer ganz ähnlichen Geistesverfassung. Ein Mensch,
wie wir uns die alten Weisen vorstellen, und dabei von der Sanftmut
und der Demut der wahren Christen. Er war überzeugt, daß er die
christliche Lehre nicht ausstehen konnte; inzwischen war sein ganzes Leben ein Leben der Selbstentäußerung. Ihm war, wie es schien,
das Leben schal, wenn er sich nicht für jemand opfern konnte, und
so zu opfern, daß es für ihn drückend und schmerzlich war. Nur
dann war er zufrieden. Dabei war er unschuldig wie ein Kind und
zart wie eine Frau.

Ob sie ihn geliebt hat, darüber konnte noch ein Zweifel bestehen,
darüber aber, daß sie für ihn Alles, die höchste Gottheit war, konnte
der sich nicht im Unklaren sein, der ihn in ihrer Gegenwart beobachtete. Man mußte nur gesehen haben, wie seine großen, runden,
blauen Augen auf sie blickten, jede ihrer Bewegungen verfolgten
und jeden Ausdruck ihres Gesichtes widerspiegelten; man brauchte
nur zu sehen, wie er seiner schwächlichen Figur, in dem aus allen
Fugen gehenden, schlechtsitzenden Röcklein, Haltung zu geben

suchte und wie es ihn zu der Stelle zog, wo sie war, um sogleich zu wissen, daß er sie liebte.

Dies wußte auch Alexej Nikolajewitsch, ihr verstorbener Mann; er wußte es und fand trotzdem nichts daran auszusetzen, daß Pjotr Nikoforowitsch ganze Abende mit ihr und den Kindern allein verbrachte; dies wußten auch die Kinder, die sowohl den Lehrer als auch ihre Mutter liebten, und denen es natürlich schien, daß auch ihr Lehrer und ihre Mutter sich gegenseitig lieb hatten.

Die einzige Vorsicht, die Alexej Nikolajewitsch glaubte anwenden zu müssen, bestand darin, daß er Pjotr Nikoforowitsch „Petrus den Weisen" nannte. Alexej Nikolajewitsch liebte Pjotr Nikoforowitsch und schätzte ihn hoch, weil er ihn wegen seiner ungewöhnlichen Liebe und Hingabe für die Kinder und auch seiner hohen, sittlichen Eigenschaften wegen achten mußte; an die Möglichkeit einer Liebesleidenschaft zwischen seiner Frau und „Petrus" mochte er aber nicht glauben. Ich aber bin wohl geneigt zu glauben, daß sie ihn wahrhaft liebte. Sein Tod war für sie nicht nur ein großes Unglück, sondern auch ein Verlust. Die besten Eigenschaften ihres Herzens, die die Grundlage ihres Wesens ausmachten, kamen nachher nie mehr zum Vorschein und verkümmerten nach seinem Tode.

Nun also, wir sprachen von ihm und seiner Lebensauffassung; wie nach seiner Ansicht alle Moralität darauf zurückzuführen sei, daß man von den Menschen so wenig als möglich verlangen und ihnen soviel als möglich geben solle, nämlich sich selbst, das eigene Leben. Um so wenig als möglich zu nehmen, solle man sich an die erste Platonische Tugend erinnern: an die Enthaltsamkeit; man solle auf nackten Brettern schlafen, Sommer und Winter einen Mantel tragen, von Brot und Wasser leben und – was aber als höchster Luxus zu gelten habe – Milch trinken. (Das war denn auch seine Lebensweise gewesen und Marja Alexandrowna war der Meinung, daß er dadurch seine Gesundheit untergraben habe.) Um jedoch imstande zu sein, andern zu geben, müsse man seelische Kräfte in sich entwickeln, von denen die hauptsächlichste die Liebe sei, tätige Liebe, Dienst am Leben, ein Trachten, dieses zu verbessern. In diesem Sinn wollte er auch die Kinder erziehen, doch deren Eltern, die sich von dem, was herkömmlich und gebräuchlich war, noch nicht ganz losgemacht hatten, ließen ihm darin nicht völlig freie Hand, und so kam denn etwas Mittleres heraus; aber auch das war schon gut. Zum

Unglück dauerte dies nicht lange; er verbrachte bei ihnen nur vier
Jahre. Maria Alexandrowna erinnerte sich später vieler seiner Maximen und Worte.

„Denken Sie sich," sagte sie, „ich versenke mich jetzt oft in Bücher der Andacht und der Erbauung, höre die Anweisungen zu einem rechten Leben, die Vater Nikodim erteilt, und – werden Sie es glauben? – ich finde all diese Lehrmeinungen recht mäßig, wenn ich mir die Reden Pjotr Nikoforowitschs vergegenwärtige." Sie sah mich bei diesen Worten lächelnd an, und ich erinnerte mich an ihre früheren, stets freimütigen Urteile. „Es ist dasselbe, aber auf einer viel tieferen Stufe. Und die Hauptsache: er redete nicht nur, sondern handelte auch dementsprechend. Und wie! Er brannte lichterloh. Und verbrannte. Erinnern Sie sich, als Mitenjka und Wera Scharlach hatten – Sie sind damals ja auch gekommen –, wie er da ganze Nächte bei den kranken Kindern wachte und am Tag den Unterricht bei den älteren Kindern deswegen doch nicht unterbrach. Das war für ihn eine heilige Pflicht. Und als dann später Warwaras Knabe krank wurde, tat er das gleiche und wurde sehr zornig, als wir den Knaben nicht zu uns ins Haus nehmen wollten. Warwara erzählte mir erst unlängst, wie Wanja, der als Aufwärter dienende Knabe, ihm einmal die Büste irgendeines Weisen zerbrach und wie er ihn ausschalt. Hernach reute ihn seine Heftigkeit und er bat den Jungen um Verzeihung und schickte ihn in den Zirkus. Er war ein wunderbarer Mensch! Er sagte oft, ein Leben, wie wir es führen, lohne sich nicht, und er schlug meinem Manne vor, er solle seinen Grund und Boden an die Bauern abtreten und sich seinen Unterhalt durch eigene Arbeit verschaffen. Alexej Nikolajewitsch lachte zu diesem Vorschlag bloß, jener aber meinte es ernst und hielt es für seine Pflicht, das auszusprechen, was seine Überzeugung war. Und er hatte recht! Nun gut, wir lebten, wie alle leben. Was kam dabei heraus? Sehen Sie meine Kinder an … Ich bin bei allen gewesen außer bei Petja. Nun, kann man sie denn glücklich nennen? Übrigens kann man ja auch wirklich nicht alles umdrehen, wie er es wollte; daß schon der erste Mensch der Sünde erlag, ist kein Zufall, und seitdem ist die Sünde in der Welt."

So sprachen wir, als wir uns zum letzten Male sahen. Damals sagte sie mir auch:

„Über vieles, vieles habe ich in meiner Einsamkeit nachgedacht, und ich habe nicht nur nachgedacht, sondern auch etwas geschrieben." Und sie lächelte verschämt, was ihrem Gesichte einen lieben und rührenden Ausdruck verlieh. „Ich habe meine Gedanken, oder vielmehr meine Erfahrungen, in diesen Aufzeichnungen niedergelegt. Ich hatte schon viel früher, schon als Mädchen, und später als verheiratete Frau ein Tagebuch geführt. Als dann aber diese Geschichten anfingen, das war vor etwa zehn Jahren, schrieb ich nichts mehr ein." Sie sagte nicht, was das für „Geschichten" waren, aber ich begriff, daß sie auf die Kämpfe und Zusammenstöße mit ihren erwachsenen Kindern anspielte; sie war nach dem Tode ihres Mannes allein geblieben und das Vermögen war in ihren Händen. „Als ich nun jüngst meine Sachen durchstöberte, fand ich auch diese früheren Heftchen; ich las sie durch, – es ist viel Dummes darin, aber auch manches Gute und – wahrhaftig! – sogar Lehrreiches." Sie lächelte wieder wie früher. „Zuerst wollte ich sie verbrennen, konnte mich aber dann doch nicht dazu entschließen; ich beriet mich auch mit dem Priester, und er befahl mir, sie zu verbrennen. Aber wissen Sie: der versteht davon gar nichts. Was er sagt, sind Dummheiten. Ich verbrannte die Hefte nicht."

Diese Worte verrieten einen seltsamen Mangel an Konsequenz. Sie gehorchte Nikodim in allen Stücken, hatte sich sogar in seiner Nähe niedergelassen, um seiner Leitung teilhaftig zu sein, und zugleich damit hielt sie sein Urteil für eine Dummheit und handelte nach ihrem eigenen Kopf.

„Die Hefte wurden also nicht verbrannt, sondern es kamen noch zwei weitere hinzu. Hier, in dieser Einsamkeit habe ich nichts zu tun. So schrieb ich denn meine Gedanken in diese Hefte ein. Für den Fall meines Todes – ich denke noch gar nicht an's Sterben, meine Mutter wurde neunzig Jahre alt und mein Vater achtzig – verfüge ich, daß diese Hefte in Ihre Hände gelegt werden sollen. Sie werden die Hefte lesen und werden entscheiden, ob sich etwas Brauchbares darin befindet; und wenn das der Fall ist, kann man es auch andern mitteilen. Im allgemeinen weiß das alles niemand. Wir quälen und quälen uns, haben um ihretwillen zu leiden von der Schwangerschaft an bis zu dem Tage, wo sie anfangen, ihre Rechte zu verkünden, und all die schlaflosen Nächte, all die Qualen, all die Unruhe und Verzweiflung, die wir um ihretwillen ausgestanden haben, sind vergessen. Damit könnte man sich noch abfinden, wenn nur die

Liebe bewahrt bliebe, wenn sie nur glücklich wären. Aber auch da hapert's. Sagen Sie, was Sie wollen, hier ist etwas nicht in Ordnung. Nun also, darüber habe ich meine Gedanken in das Tagebuch eingetragen. Lesen Sie's nach meinem Tode durch. Abgemacht?"

Ich sagte es ihr zu, wandte aber ein, daß ich durchaus nicht erwartete, sie zu überleben. Daraufhin trennten wir uns, und einen Monat später erfuhr ich, daß sie gestorben sei. Während der Messe an einem Abend wurde ihr übel. Sie setzte sich in ihren Klappstuhl, den sie mitgebracht hatte, lehnte sich an die Mauer und verschied. Es war etwas mit dem Herzen. Ich kam zur Beerdigung hin. Fast alle ihre Kinder waren versammelt; abwesend waren nur Jelena, die im Ausland war, und Mitetschka, derselbe, der damals Scharlach gehabt hatte, und der sich jetzt im Kaukasus von einer recht bösen Krankheit zu kurieren suchte.

Die Beerdigung war pomphaft und flößte den Mönchen vor der Verstorbenen eine größere Achtung ein, als sie der Lebenden entgegengebracht hatten. Die Sachen, die sie noch besessen hatte, verteilten die Kinder mehr als Andenken unter einander. Mir gab man zum Andenken an unsere Freundschaft ihren Briefbeschwerer aus Malachit sowie sechs alte, in Saffian gebundene Hefte und vier neue, einfache Schreibhefte, in die sie im Kloster ihre Gedanken „über all das," wie sie sich ausdrückte, eingetragen hatte.

Diese Hefte enthalten die rührende und lehrreiche Geschichte dieser wundervollen und hervorragenden Frau. Da ich sie und ihren Mann vierzig Jahre kannte und unter meinen Augen ihre Kinder geboren wurden, heranwuchsen und sich verheirateten, werde ich überall, wo dies für das Verständnis der Erzählung nötig sein sollte, durch meine Erinnerungen ergänzen können, was in ihren Notizen nicht ganz ausgesprochen worden ist.

AUFZEICHNUNGEN EINER MUTTER

Heute, den 3. Mai 1857, beginne ich ein neues Tagebuch. Das alte habe ich sehr vernachlässigt, und das, was ich dort eintrug, war auch nicht das Rechte: viel überflüssiges Grübeln über mich selbst, viel Sentimentalität, kurz Dummes: meine Verliebtheit in Iwan Sacharytsch, mein Wunsch ins Kloster zu gehen und dadurch berühmt zu werden – ich las soeben das Ganze durch –; andererseits ist aber auch manches Hübsche darin, so aus dem Leben der Fünfzehn- und Sechzehnjährigen. Und nun etwas anderes. Zwanzig Jahre, und ich liebe, liebe wirklich, bin nicht etwa von mir selbst entzückt, stachele mich nicht auf durch die Furcht, daß dies nicht die wahre Liebe sei, daß dies nicht so ist, wie wenn man wirklich liebt und daß ich nicht genug liebe, sondern umgekehrt: mit Angst denke ich daran, daß dies das Richtige ist, daß es mir vom Schicksal bestimmt ist, daß ich zu sehr liebe und daß ich nicht anders kann als lieben. Und mir ist bange. Etwas Ernstes, Feierliches spricht mich durch ihn, durch sein Gesicht, durch den Ton seiner Stimme, durch jedes seiner Worte an, obgleich er lustig ist und immer lacht und alles so zu wenden weiß, daß es graziös, klug und zum Lachen herauskommt. Und allen ist es zum Lachen, und zu gleicher Zeit liegt eine feierliche Stimmung auf uns allen. Unsere Blicke begegnen sich, wir schauen einander tief, tief in die Augen, und mir wird ängstlich zu Mute, und ich sehe, ihm ist es auch so.

Aber ich will alles der Reihenfolge nach erzählen. Er ist der Sohn von Anna Pawlowna Lutkowskaja, die mit den Oblonskijs und Mikaschnys verwandt ist. Sein ältester Bruder, der bekannte Lutkowskij, der Held von Sebastopol, und er, Pjotr, mein – ja, mein – Pjotr, waren in Sebastopol, aber nur, um in einer Zeit, wo die Menschen dort zugrunde gingen, nicht zuhause zu sein. Er ist über jeden Ehrgeiz erhaben. Nach dem Feldzug nahm er sofort seinen Abschied, blieb noch eine Zeitlang in Petersburg in Staatsdiensten, und jetzt ist er in unser Gouvernement gekommen und dient im Ausschuß. Er ist jung, aber man schätzt ihn und man hat ihn gern. Mischa führte ihn bei uns ein. Bei uns fühlte er sich bald heimisch. Meine Mutter gewann ihn lieb und nahm ihn freundlich auf, mein Vater hingegen kam ihm im Anfang, wie allen Freiern, ziemlich kühl entgegen. Er fing sofort an, Nadja den Hof zu machen, wie man eben einem fünfzehnjährigen Mädchen den Hof macht; ich aber wußte in der Tiefe meiner Seele gleich, daß ich seine Erwählte war, ich wagte nur nicht, mir dies einzugestehen. Er kam dann oft zu uns, und von den ersten Tagen an, obwohl nichts ausgesprochen wurde, wußte ich, daß alles entschieden, daß er derjenige war, dem mein Herz gehörte.

Gestern beim Abschied drückte er mir die Hand. Wir standen auf dem Treppenabsatz. Ich fühlte, daß ich, ich weiß nicht warum, plötzlich rot geworden war. Er sah mich an und wurde noch röter als ich und dabei so konfus, daß er sich abwandte, die Stiege hinunterlief, den Hut verlor, ihn wieder aufhob und auf der Vortreppe stehen blieb. Ich ging nach oben, schaute durch das Fenster hinunter. Der Wagen fuhr vor, er stieg aber nicht ein, sondern blieb wie in Gedanken versunken stehen, strich sein Bärtchen und kaute daran. Ich hatte Angst, er werde sich umsehen und wich vom Fenster zurück; aber im selben Augenblick vernahm ich seine Schritte auf der Treppe, die nach oben führte. Sein Schritt war rasch und kühn. Wie ich erriet, daß er zu mir kam, weiß ich nicht, aber ich ging zur Tür, blieb dort stehen und erwartete ihn. Mein Herz schlug nicht, es stand fast still, ein freudig-qualvolles Gefühl preßte mir die Brust zusammen. Wie konnte ich wissen, was nun kommen mußte? ... Und doch wußte ich es. Aber wie, wenn er jetzt hereinkäme, um zu sagen: „Verzeihung, ich habe nur meine Zigaretten vergessen!" Das könnte doch auch passieren! Was würde aus mir werden, wenn er deswegen zurückkäme? Aber das kann ja gar nicht sein! Und so geschah, was geschehen mußte. Sein Gesicht drückte die verschiedensten Empfindungen aus: Entzücken, Schüchternheit, Mut und Freude, seine Augen glänzten, die eine seiner Wangen zuckte. Er hatte den Paletot an und hielt den Hut in der Hand. Niemand war da, alle waren auf der Veranda.

„Warwara Nikolajewna," sagte er und blieb auf der letzten Stufe stehen. „Es ist besser, man spricht sich auf einmal und sofort aus. Vielleicht ist es auch für Sie beunruhigend ..."

Wie war mir da schwer, qualvoll und zugleich freudig ums Herz! Diese lieben Augen, diese schöne Stirn, diese bebenden Lippen, die sonst doch so gewohnt waren zu lächeln... Und diese Schüchternheit in der ganzen, energischen, kraftvollen Gestalt. Ich spürte, wie mir das Weinen nahe war. Er bemerkte wahrscheinlich den Ausdruck meines Gesichts.

„Warwara Nikolajewna, Sie wissen ja, was ich Ihnen sagen will. Ist es nicht so?"

„Ich weiß es nicht," fing ich an. „Ja, ich weiß es."

„Ja?" sagte er. „Sie wissen, was ich von Ihnen erbitten will und was ich zu erbitten doch nicht wage? ..." Er stockte, aber dann wurde er plötzlich gleichsam auf sich selbst böse. „Nun also, wie es auch kommen mag ... ... Können Sie mich lieb gewinnen, wie ich

Sie liebgewonnen habe, wollen Sie meine Frau werden? Nein? Ja?"

Ich konnte kein Wort herausbringen, die Freude benahm mir den Atem. Ich streckte ihm die Hand entgegen. Er nahm sie und küßte sie.

„Ist es möglich? Ist es wirklich wahr? Sie haben also gewußt, wie ich mich quälte? Ich brauche also nicht wegzufahren?"

„Nein, nein."

Und ich sagte, daß ich ihn liebe, und wir küßten uns. Und mir war seltsam zumut, und sein Kuß war mir eher unangenehm als angenehm. Und er ging hinunter und schickte die Pferde weg. Ich lief zu Mama. Sie ging zu Papa, und er kam zurück.

Alles ist abgemacht, wir sind Braut und Bräutigam, und er ist um zwei Uhr Nachts weggefahren, kommt morgen wieder, und die Hochzeit wird in einem Monat sein. Er wollte, daß sie schon in einer Woche stattfinden solle, aber meine Mutter ging darauf nicht ein.

DIE MUTTER

Es war im Jahre 1857, kurz nach Beendigung des Feldzuges.

Im Hause der Woronows rüstete man zu einer Hochzeit; vermählt wurde die Tochter Warwara mit Jewgraf Lotuchin. Die beiden hatten sich schon als Kinder gekannt, hatten miteinander gespielt und getanzt, und jetzt war er aus Sebastopol als Leutnant eines Ulanenregiments nach Hause zurückgekehrt. Als der Krieg seinen Höhepunkt erreicht hatte, hatte er seinen Dienst im Ministerium verlassen und war als Junker in das Regiment eingetreten. Und nun war er zurückgekehrt und war sich noch nicht im Klaren darüber, welchem Dienstzweig er sich zuwenden sollte. Den Militärdienst verachtete er, besonders den bei der Garde, und wollte im Frieden in diesem Regiment nicht dienen. Aber sein Onkel forderte ihn auf, nach Kijew zu kommen und bei ihm als Adjutant zu dienen; ein Vetter bot ihm einen Posten in Konstantinopel an; sein früherer Chef berief ihn zu sich.

Jewgraf Lotuchin hatte viele Verwandte und Freunde. Nicht, daß man ihn wirklich geliebt, seine Abwesenheit empfunden hätte, nein: man liebte ihn vielmehr so, daß alle, wenn sie ihn sahen, sagten:

„Ah, Grascha! Nu, ausgezeichnet!" Er fiel nie jemand zur Last, als
angenehm empfanden ihn aber viele, und er wußte sich auf allerlei
Art nützlich machen. Er konnte gut erzählen, gut singen, gut Thea-
terspielen; in all diesen Künsten war er ein Meister. Und was ihn
besonders auszeichnete: er war nicht pretenziös, dafür aber ein kluger Kopf, hübsch, von schneller Auffassung und gutmütig.

Während er so Umschau hielt, wohin er sich wenden, in wessen
Dienst er treten solle – und er ging dabei sehr behutsam vor, trotz
seiner scheinbaren Sorglosigkeit – lernte er in Moskau die Woronows kennen. Sie luden ihn ein, sie auf dem Lande zu besuchen. Er
kam, blieb eine Woche, fuhr weg, kam aber schon in einer Woche
wieder und machte einen Antrag. Der Antrag wurde mit Freuden
angenommen: das war eine gute Partie, und so war er jetzt Bräutigam.

„Zum Jubeln ist kein Anlaß," sagte Papa Woronow zu seiner
Frau, die neben ihm am Tische stand und ihn kummervoll anblickte.
„Ein guter Mensch, sagst du. Auf das Gutsein kommt es doch nicht
an; er ist ein Lebejüngling und hat es sehr arg getrieben – ich kenne
die Lotuchins! Und was ist er denn? Hat nichts, außer guten Absichten und die Anwartschaft auf irgendeinen Dienst. Was wir geben,
wird nicht reichen."

„Aber sie haben einander doch so lieb, und alles hat einen so aufrichtigen Anstrich," sagte sie, die Stille, Sanfte. „Nun ja, ein Phönix
an Tugendhaftigkeit ist er nicht. So sind sie ja alle. Ich hätte für
Warja freilich einen Besseren gewünscht. Sie ist eine so gerade, zärtliche Natur. Sie verdiente einen Besseren."

„Aber was soll man machen, gehen wir."

Und sie gingen hinaus.

„Papa schien im ersten Augenblick unzufrieden zu sein. Oder
eher traurig, er trug so ein unnatürliches Wesen zur Schau. Ich
kenne ihn ja so gut! Es ist, wie wenn er von ihm nicht sonderlich
entzückt wäre. Aber das kann ich einfach nicht begreifen. Ich sag
das nicht, weil ich seine Braut bin, alle sagen es: so ein Adel der Gesinnung, so eine Wahrhaftigkeit und seelische Reinheit, wie sie sein
ganzes Wesen atmet, findet man selten. Was in seiner Seele ist, das
ist auch auf seinen Lippen. Er hat eben nichts zu verheimlichen. Nur
von seinen Tugenden spricht er nicht gern. Kein Wort von seinen
Sebastopoler Heldentaten! Auch von Mischa erzählt er nichts. Er

wurde sogar rot, als ich von ihm zu reden anfing. – Herr, ich danke Dir. Nun will ich nichts, nichts mehr."

Lotuchin fuhr nach Moskau, es gab wegen der Hochzeit allerhand zu ordnen. Er stieg bei Chevalier ab und traf hier mit Suschtschew zusammen.

„Ah Grascha! Ist es wahr, daß du heiratest?"

„Ja, es ist wahr."

„Na, dann gratuliere ich. Ich kenne sie. Eine liebe Familie. Auch deine Braut kenne ich. Eine Schönheit …. Also essen wir zusammen zu Mittag?"

Sie aßen zusammen, tranken zusammen, aus einem Fläschchen wurden zwei.

„Na, machen wir eine Spazierfahrt? Ein bißchen Bewegung könnte nicht schaden. Was soll man auch sonst anfangen?"

So fuhren sie denn in die Eremitage, die erst vor kurzem eröffnet worden war. Kaum angelangt, stießen sie auf Annotschka. Annotschka wußte noch nichts, aber selbst wenn sie gewußt hätte, daß er heiratete, so hätte sie das keineswegs veranlassen können, ihr Verhalten ihm gegenüber zu ändern, sie hätte eher noch fröhlicher mit ihren Wangengrübchen gelächelt.

„Aber, aber! Was für ein langweiliger Patron! So komm doch!"
Und sie nahm ihn unterm Arm.

„Aufgepaßt!" sagte Suschtschew hinter ihm.

„Ich komme gleich."

Lotuchin ging mit ihr bis zum Theater und übergab sie Wassilij, den er gleichfalls hier traf.

„Nein, das ist nicht gut. Ich fahre nach Hause. Wozu bin ich überhaupt hierhergekommen?"

Man wollte ihn nicht fortlassen, aber er fuhr trotzdem allein nach Hause. In seinem Hotel angelangt, trank er zwei Glas Selterswasser, setzte sich an den Tisch und verglich seine Einnahmen mit seinen Ausgaben. Am nächsten Morgen hatte er geschäftlich zu tun. Er mußte Geld leihen. Sein Bruder lieh ihm nichts, so mußte er zu einem Wucherer gehen. Er saß da, in Berechnungen vertieft, ererinnerte sich mit einem unangenehmen Gefühl an Annotschka und daran, daß er sie nun aufgeben mußte, war zugleich aber auch stolz darauf, daß er die Kraft hatte, sie aufzugeben. Er zog Warjas Porträt aus der Tasche. Ein volles, schlankes, rosiges, kräftiges Mädchen, eine echt russische Schönheit! Mit Wohlgefallen betrachtete er das Bild. Dann stellte er es vor sich auf den Tisch und vertiefte sich wieder in seine Berechnungen.

Plötzlich hörte er die Stimme Annotschkas und die Suschtschews. Suschtschew hatte sie direkt bis an seine Tür gebracht.

„Grascha! Was machst du für Geschichten!"

Damit ging sie zu ihm hinein. Am andern Morgen kam Lotuchin zu Suschtschew Tee trinken und sagte in vorwurfsvollem Ton zu ihm:

„Du kannst dir doch vorstellen, daß so etwas sie schrecklich betrüben muß!"

„Ich weiß, ich weiß. Aber sei ganz unbesorgt. Ich bin stumm wie ein Fisch."

„7. Mai. Grascha ist aus Moskau zurück. Immer die gleiche, helle, kindliche Seele. Ich sehe wohl, wie es ihn quält, daß er nicht reich ist; um meinetwillen möchte er es sein. Am Abend kam die Rede auf Kinder, auf unsere künftigen Kinder. Ich kann nicht glauben, daß ich je Kinder haben werde. Ach, nur ein Kind! Aber es kann ja nicht sein. Ich würde vor Glück sterben. Und wenn ich wirklich Kinder hätte, wo nähm' ich die Zeit her, sie und ihn zugleich zu lieben? Das ist doch unmöglich. Nun, wir werden ja sehen!"

Einen Monat später war die Hochzeit. Im Herbst erhielt Jewgraf Matwjejewitsch eine Stelle im Ministerium und sie übersiedelten nach Petersburg. Im September erfuhr sie, daß sie schwanger sei, und im März gebar Warwara Nikolajewna den ersten Sohn.

Die erste Geburt kam, wie das in der Regel so ist, unerwartet und brachte Verwirrung ins Haus, gerade weil man alles glaubte vorgesehen zu haben, und nun kam alles ganz anders …

[Fragment]

Vater Wassilij

1. |

Es war im Herbst. Noch vor Morgengrauen fuhr auf dem gefrorenen, holperigen Dorfweg mit Gerassel ein Bauernwagen an das kleine, strohgedeckte, zweiteilige Haus des Popen Wassilij Dawydowitsch heran. Vom Wagen stieg ein Bauer im Kaftan; er hatte den Kragen hochgeschlagen und auf seinem Kopf saß eine Mütze. Nachdem er das Pferd umgewendet hatte, klopfte er mit dem Peitschenstiel an das Fenster der Stube, wo, wie er wußte, die Magd und die Köchin wohnten.

„Wer ist da?"

„Zum Väterchen."

„Was willst du?"

„Zu einer Kranken."

„Von wo bist du?"

„Aus Wosdrjoma."

Der Knecht machte Licht, ging in den Flur und auf den Hof hinaus und ließ den Bauern durch das Tor eintreten.

Aus der Wohnstube kam in einer kurzen Jacke, mit einem Tuch auf dem Kopf und mit Filzstiefeln an den Füßen das Mütterchen, eine dicke, untersetzte Person, heraus und fing sofort mit einer bösen, heiseren Stimme zu schelten an:

„Immer führt uns der Gottseibeiuns diese Lumpenkerle in Nacht und Nebel daher. Was willst du?"

„Das Väterchen komm ich holen."

„Und ihr da! Schlaft in den hellen Morgen hinein. Der Ofen ist noch nicht angeheizt."

„'s ist noch Zeit."

„Ich tät nichts sagen, wenn's noch zu früh wäre."

Der Bauer aus Wosdrjoma ging in die Gesindestube, bekreuzte sich vor den Heiligenbildern, verneigte sich vor der Popenfrau und nahm bei der Tür auf einer Bank Platz.

Sein Weib hatte bei der Geburt eines Kindes arge Schmerzen ausgestanden und dann ein totes Kind zur Welt gebracht; jetzt lag sie selbst im Sterben.

Der Bauer saß auf der Bank und schaute zu, wie es im Hause des Popen zuging, und dachte nach, welchen Weg er mit dem Popen einschlagen solle. Sollte er querfeldein fahren, oder über Kosoje, wie er hergefahren war, oder sollte er einen Umweg machen? „Der Weg vor dem Dorf ist gar zu arg. Der Bach ist zugefroren, das Eis trägt aber nicht, bin selber nur mit Mühe durchgekommen." Der Knecht kam herein, warf ein Bündel Birkenscheite beim Ofen nieder und bat den Bauern, aus einem trockenen Stück Holz Späne zu machen zum Einheizen. Der Bauer zog seinen Kaftan aus und machte sich an die Arbeit.

Der Pope erwachte wie immer frisch und munter; noch im Liegen bekreuzigte er sich und betete sein Lieblingsgebet „Himmlischer König"; dann sprach er ein paarmal sein „Herr, erbarm dich meiner!" Nachher zog er sich, am Bettrand sitzend, die Schuhe an. Dann wusch er sich, kämmte sich die langen Haare, zog einen alten Rock an und kniete vor den Heiligenbildern zum Gebete nieder. Inmitten des Gebetes „Vater unser", bei den Worten „vergib uns unsere Schulden, wie auch wir vergeben unseren Schuldigern", hielt er inne und erinnerte sich an den Diakon, der ihm gestern betrunken über den Weg gelaufen war und dabei so laut, daß er es hören mußte, gemurmelt hatte: „Heuchler! Pharisäer!" Die Worte „Pharisäer, Heuchler" kränkten ihn besonders, und zwar deswegen, weil er, Wassilis Dawydowitsch, freilich manche Schwächen an sich kannte, jedoch von keiner Untugend so völlig frei zu sein wähnte wie gerade von der Untugend der Heuchelei und des Pharisäismus. Und er war dem Diakon ernstlich gram. „Ja, vergeben, vergeben," sprach er in seinem Herzen, „Gott mit ihm," und betete weiter. Als er zu den Worten kam „Und führe uns nicht in Versuchung," erinnerte er sich daran, wie ihm gestern, nach der Abendmesse, die er bei dem reichen Gutsbesitzer Moltschanow abgehalten hatte, der Tee mit Rum so ausgezeichnet geschmeckt hatte.

2. |

Nachdem er gebetet hatte, beschaute er sich in dem Spiegelchen an der Wand, das sein Gesicht in einer beträchtlichen Verzerrung zeigte, kämmte sich seine um die schon ziemlich große Glatze im Kranz wachsenden blonden Haare beidseitig herunter und betrachtete mit Wohlgefallen sein breites, gutmütiges Gesicht mit dem schütteren Bärtchen, das trotz seiner zweiundvierzig Jahre noch recht jugendlich anmutete. Dann betrat er das Wohnzimmer, in das seine Frau soeben in Eile und mit Mühe den fast überkochenden Samowar hineintrug.

„Warum tust du es selbst? Wo ist denn Fjokla?"

„Warum tust du es selbst?" äffte ihm seine Frau nach.

„Wer soll es denn sonst machen?"

„Warum so früh?"

„Ein Bauer aus Wosdrjoma ist zu dir gekommen. Du wirst zu einer Kranken gerufen. Seine Frau stirbt."

„Ist er schon lange da?"

„Ja, schon eine ganze Weile."

„Warum habt ihr mich denn nicht geweckt?"

Vater Wassilij trank seinen Fastentee – es war Freitag –, nahm die Gaben des heiligen Abendmahles an sich, zog seinen Pelz an, setzte die Mütze auf und begab sich mit seinem festen Schritt in den Flur hinaus, wo ihn der Bauer aus Wosdrjoma schon erwartete.

„Guten Tag, Mitrij," sagte Vater Wassilij und machte über den Bauern das Zeichen des Kreuzes, wobei er mit den Fingern den Ärmel festhielt; dann überließ er dem Bauern seine kleine, kräftige Hand mit den kurz geschnittenen Nägeln zum Kusse und ging auf die Vortreppe hinaus.

Die Sonne war schon aufgegangen, doch blieb sie hinter den tief herabhängenden Wolken verborgen. Der Bauer führte seinen Wagen durch das Tor hinaus und fuhr an der Vortreppe vor. Wassilij Dawydowitsch schwang sich, indem er auf die Nabe des Hinterrades trat, leicht und behend auf den Wagen und setzte sich auf das mit Sackleinwand zugegedeckte Heu auf dem Sitze. Mitrij setzte sich neben ihn, trieb seine dickbäuchige, tölpische Stute an, und die Telega begann über den gefrorenen, holperigen Weg dahinzurasseln. Ein leichter Schnee flockte hernieder.

Wassilij Dawydowitsch Moshajskijs Familie bestand aus seiner Frau, deren Mutter, die die frühere Popenfrau gewesen war, und drei Kindern; zwei Söhnen und einer Tochter. Der älteste Sohn beendete soeben das Seminar und bereitete sich für die Universität vor. Der zweite Sohn, der Liebling der Mutter, der fünfzehnjährige Aljoscha, besuchte die geistliche Schule. Die sechzehnjährige Tochter war zuhause, half schlecht und recht im Haushalt mit und fühlte sich unglücklich. Moshajskij selbst war seinerzeit ein so guter Schüler gewesen, daß er, als er 1840 das Seminar beendete, davon träumte, die Universität zu beziehen und Professor oder gar Bischof zu werden. Aber seine Mutter, die Diakonsfrau, die einen Trunkenbold von einem Sohn und drei Töchter zu ernähren hatte, befand sich damals in großer Not, und der Entschluß, den er damals gefaßt hatte, hatte seinem Leben eine ganz andere Richtung gegeben, eine Richtung auf das Opfer und die Selbstverleugnung hin. Um der Mutter keinen Kummer zu machen, hatte er beschlossen, seinen Träumen von Studium und Karriere zu entsagen und die Stelle eines Dorfgeistlichen anzunehmen. Er hatte dies aus Liebe zu seiner Mutter getan, sich selbst erklärte er sich diese Handlung aber ganz anders: er erklärte sich dieselbe aus seiner Faulheit und aus seinem Abscheu vor den Wissenschaften. In einem kleinen Dorf wurde die Stelle eines Priesters frei; sie war zu haben unter der Bedingung, daß der Bewerber die Tochter des früheren Popen heiratete. Es war kein einträglicher Posten, der frühere Geistliche war auch arm geblieben, und arm war auch seine Familie, die aus seiner Witwe und zwei Töchtern bestand. Jene Annosschka, die er heiraten mußte, um die Stelle zu erhalten, war ein unhübsches, aber äußerst gewandtes Fräulein, die unsern Wassilij Dawydowitsch im wahrsten Sinn des Wortes gefangen nahm und ihn zwang, sie ohne Widerrede zu heiraten. Wassilij Moshajskij heiratete und wurde so zum Vater Wassilis; ein Pope, zuerst mit kurzem, dann mit langem Haar; er verlebte mit seiner Frau Anna Tichonowna volle zweiundzwanzig Jahre in glücklicher Ehe und war auch jetzt noch, trotz der romantischen Episode, die sich zwischen Anna Tichonowna und einem Studenten, dem Sohn des früheren Diakons, abgespielt hatte, immer gleich freundlich zu ihr, genau so wie er es früher war; es schien, als ob er sie wegen der unguten Gefühle, die er damals ihr gegenüber gehegt hatte, um Verzeihung bitten und noch zärtlicher lieben wollte. Diese Neigung war für ihn ein Anlaß, sich derselben Gefühle der Selbstverleugnung und der Selbstvergessenheit zu erinnern, die ihn beseelt hatten, als er auf die akademische Laufbahn verzichtete, und wie damals erfüllte sein Verzicht ihn mit einer unerklärlichen innerlichen Freude.

3. |

Zuerst fuhren der Pope und der Bauer schweigend dahin. Auch war der Weg in der Nähe des Dorfes sehr holperig, so daß die Telega, obgleich sie im Schritt fuhren, beständig hin und her geworfen wurde und der Pope alle Augenblicke von seinem Sitz herunterrutschte, sich immer wieder zurechtsetzte und in seinen Mantel hüllte.

Erst als sie aus dem Dorfe draußen und über den Graben hinüber waren und der Bauer das Pferd auf die Wiesen lenkte, begann der Pope zu sprechen.

„Nun, wie steht es mit deinem Weibe? Ist sie sehr krank?"

„Ich fürchte, sie nicht mehr am Leben anzutreffen," antwortete der Bauer unwillig.

„Das liegt in Gottes Hand. Wenn es Gottes Wille ist …" sagte der Pope. „Was soll man machen. Man muß dulden und leiden."

Der Bauer richtete den Kopf in die Höhe und schaute dem Popen ins Gesicht. Er hatte augenscheinlich ein böses Wort auf der Zunge, aber als er in das freundliche Gesicht des Popen sah, wurde er milder, schüttelte den Kopf und sagte bloß:

„Gottes Wille – ganz schön. Aber es ist schwer, Väterchen, sehr schwer. Bin ich doch ganz allein. Was soll ich mit den Kinderchen anfangen?"

„Laß du nur den Mut nicht sinken. Gott wird weiterhelfen."

Der Bauer antwortete nicht, schalt nur auf die Stute, die aus dem Trab in den Schritt gefallen war, und riß an den Zügeln.

Sie fuhren in den Wald hinein, wo der ausgefahrene Weg überall gleich schlecht war; lange fuhren sie schwelgend dahin und hielten nach einem Weg Ausschau, wo man besser durchkommen konnte. Erst als sie auf einem Weg waren, der über ein Brachfeld führte, begann der Pope wieder zu sprechen.

„Schöne Wintersaat!" sagte er.

„Es geht," sagte der Bauer und gab auf die weiteren Versuche des Popen, ein Gespräch anzuknüpfen, keine Antwort mehr.

Zur Frühstückszeit kamen sie auf dem Hof der Kranken an.

Die Frau war noch am Leben. Die Schmerzen hatten aufgehört, aber sie war so schwach, daß sie außer Stande war, sich umzuwenden; nur die Augen verrieten, daß noch Leben in ihr war. Sie sah den Popen, und nur den Popen, mit einem flehenden Blicke an. Die Alte stand neben ihr. Die Kinder saßen auf dem Ofen. Die älteste Tochter, ein zehnjähriges Kind, stand wie eine Erwachsene am Tisch und stützte sich auf den rechten Arm, den sie mit dem linken unterstützte. Schweigend schaute sie ihre Mutter an.

Der Pope trat an die Kranke heran, verrichtete ein Gebet, reichte ihr das Abendmahl, machte über sie das Kreuzeszeichen und betete vor den Heiligenbildern.

Die Alte ging zu der Sterbenden hin, schaute sie an, schüttelte den Kopf und bedeckte das Gesicht der Sterbenden mit einem Leinentuch. Von der Sterbenden ging sie zum Popen und steckte ihm eine Münze in die Hand. Er wußte, daß es ein Fünfkopekenstück war und nahm es.

Der Wirt trat in die Stube.

„Ist sie schon tot?"

„Sie liegt im Sterben," sagte die Alte.

Als das Mädchen dies hörte, begann sie laut zu weinen und sagte etwas, das unverständlich blieb. Auch die Kinder auf dem Ofen begannen zu heulen.

Der Bauer bekreuzigte sich, trat an seine Frau heran, deckte ihr Gesicht auf und schaute sie an. Das blutleere Gesicht war ruhig und unbeweglich. Der Bauer stand bei der Toten etwa zwei Minuten, dann deckte er ihr Gesicht mit dem Linnen zu, bekreuzigte sich einige Male und wandte sich an den Popen:

„Nun, wie ist's, fahren wir? Oder?"

„Nun ja, so fahren wir denn."

„Gut. Ich gehe nur noch die Stute tränken." Und der Bauer verließ die Stube.

Die Alte erging sich in Wehklagen und weinte laut. Sie sprach von den Waisen, die nun keine Mutter mehr hätten, daß niemand da sei, der ihnen zu essen geben und der sie anziehen würde. Wie die Vögelchen, die aus dem Nest gefallen sind, so sind Kinder ohne ihr liebes Mütterlein. Und nach jedem Klagevers sog sie röchelnd die Luft in sich hinein, hörte sich selber zu und ließ sich mehr und mehr gehen. Der Pope hörte all das, und ihm wurde das Herz schwer, und es taten ihm die Kinderchen leid, und er wollte was für sie tun. Er befühlte seine Geldbörse in der Tasche und erinnerte sich, daß ihm noch ein halber Rubel, den er bei Maltschanows für die Abendmesse erhalten hatte, geblieben war. Er hatte noch nicht Zeit gehabt, ihn seiner Frau zu übergeben, wie er es sonst mit allem Geld tat, das er bekam. Und ohne an die Folgen zu denken, nahm er den halben Rubel heraus, zeigte ihn der Alten und legte ihn auf dem Fensterbrett nieder.

Der Wirt trat ohne Pelz in die Stube und sagte, er habe seinen Gevatter gebeten, das Väterchen nachhause zu fahren; er selbst werde gehen und gesägte Bretter für den Sarg zu bekommen suchen.

4. |

Mitrijs Gevatter, der Wassilij Dawydowitsch nach Hause fuhr, war ein bärtiger, rothaariger, gesunder Bauer, er war sehr mitteilsam und gut aufgelegt. Er hatte seinem Sohn das Geleit gegeben und war aus diesem Grunde schon ein bißchen angeheitert.

„Mitjuchas Stute könnte den Weg nicht mehr machen", sagte er. „Warum soll man denn einem Menschen nicht auch einmal beispringen? Man muß mit den Leuten Mitleid haben. Hab ich recht oder nicht? Nu, Liebchen!" schrie er dem braunen Wallach mit dem drall aufgebundenen Schweif zu und strich ihm mit der Peitsche über den Rücken.

„Fahre doch ein bißchen langsamer," sagte Wassilis Dawydow, den es auf dem holperigen Weg hin und herschüttelte.„Warum denn nicht? Man kann auch langsamer fahren. Nun und wie – ist sie gestorben?" – „Ja, gestorben," sagte der Pope.

Der Rothaarige wollte sein Bedauern ausdrücken, zugleich juckte es ihn aber auch, etwas Komisches zu sagen.

„Der liebe Gott hat die Alte zu sich genommen, und dem Mitjucha wird er dafür ein junges Mädel geben," sagte er; der Schalk in ihm hatte die Oberhand gewonnen.

„Nein, der Ärmste muß einem leid tun," sagte der Pope.

„Das wohl," sagte der Rothaarige. „Wie soll er einem denn nicht leid tun? So arm wie er ist! Und jetzt ist er ganz allein. Er kommt zu mir hinüber und sagt: ‚Fahr du den Popen heim, meine Stute geht keinen Schritt weiter.' Da hab ich mir eben gesagt: ein Mensch muß dem andern helfen. Hab ich recht, Väterchen?"

„Aber du hast ja, wie ich sehe, schon der Flasche zugesprochen, hein? Das ist nicht recht, Fjodor! Heut ist nur ein Wochentag."

„Hab ich denn fremdes Geld vertrunken? Es war mein Geld. Hab den Sohn zur Bahn begleitet. Verzeihe, Väterchen, um Christi willen.“

„Ich habe dir nichts zu verzeihen. Aber besser ist es immer, nicht zu trinken.“

„Besser! Wer weiß das nicht! Gewiß ist es besser. Aber probier's! Bin ja auch nicht so ein Saufaus, sondern lebe Gott sei Dank, wie es sich gehört. Vor den Leuten darf man sich nicht gehen lassen. Was aber Mitrij betrifft, so tut er mir sehr, sehr leid. Er muß einem ja leid tun. Erst im Sommer hat man ihm den Wallach gestohlen. Ach, was ist das für ein Volk!“

Und Fjodor begann eine lange Geschichte zu erzählen, wie man auf dem Jahrmarkt Pferde gestohlen habe, wie man Pferde bloß um des Felles willen getötet habe und wie die Bauern ein anderes Pferd noch einfangen konnten. „Und geschlagen haben sie ihn, geschlagen! …“ erzählte Fjodor mit sichtlichem Vergnügen.

„Wozu muß man denn gleich drein schlagen?“

„Hatten sie ihm vielleicht schön tun sollen?“

Unter solchen Gesprächen langten sie bei Wassilij Dawydowitschs Hause an.

Wassilij Dawydowitsch hoffte, sich ausruhen zu können, aber zu seinem Unglück war während seiner Abwesenheit ein Schriftstück vom Probst und ein Brief von seinem Sohne eingetroffen. Das Schreiben des Probstes war ohne Belang, der Brief vom Sohne aber rief ein häusliches Donnerwetter hervor, das noch dadurch verstärkt wurde, daß die Popenfrau von ihm das Geld für die gestrige Abendmesse einforderte, und der halbe Rubel verschwunden war. Der Verlust dieses halben Rubels verstärkte noch den Zorn seiner Frau; aber die Hauptursache ihres Zornes war der Brief ihres Sohnes und die Unmöglichkeit, seinen Wunsch zu erfüllen. Und daran war, nach der Meinung der Popenfrau, die Sorglosigkeit ihres Mannes schuld.

[Fragment]

Der Mönchspriester Isidor

1. |

Der Mönchspriester Isidor saß während des Gottesdienstes mit gesenktem Kopf und geschlossenen Augen in der Sakristei der Einsiedlerkirche. Gleich wird er wieder aufstehen, zum Altar herantreten, das Gesicht dem Tabernakel zuwenden, die vorgeschriebenen Bewegungen und Gesten machen, die vorgeschriebenen Worte hersagen müssen, um sodann zum Allerheiligsten hinzutreten, das silberne, vergoldete Gefäß in seine Hände zu nehmen und die Zeremonie des heiligen Abendmahles mit der Darreichung des Leibes und des Blutes Christi zu beginnen.

Schon dreieinhalb Jahre waren vergangen, seitdem er, Fürst Iwan Twerskoj, aufgehört hatte, Fürst Twerskoj und Gardeoberst a. D. zu sein, seitdem er der demütige Mönch Isidor geworden war, und noch nie war ihm geschehen, wie ihm jetzt geschah.

In den ersten drei Jahren nach seiner Einkleidung war sein Leben in der stillen Klause im Wald ein Leben ungemischter Freude gewesen. In dieser Zeit hatte er sich nur mit seinem Starez, der sein geistlicher Führer war, und mit seiner Schwester, die ihn einmal im Jahre besuchte, gesehen. Mit den Klosterbrüdern, die er nur bei den Gottesdiensten sah, stand er in keiner Verbindung. Das in ihm ständig wachsende Gottbewußtsein in Verbindung mit der allmählichen Ertötung des Fleisches gewährte ihm vollkommene Befriedigung. Die Gespräche mit dem greisen, sanftmütigen, aufrichtigen und tiefreligiösen Starez, das Lesen der heiligen Schrift, der Prophezeiungen, der Evangelien, der Sendschreiben und insbesondere der Sendschreiben des heiligen Paulus, die seinem Herzen so teuer waren, desgleichen das einsame Gebet zu den bestimmten Stunden und mehr noch die beständige Gebetstimmung, in der er des Göttlichen in seinem Innern und der Vergänglichkeit alles Irdischen gedachte, befriedigten ihn nicht nur, sondern erfüllten ihn mit dem Bewußtsein, den Banden des Fleisches entronnen zu sein, und erzeugten in seinem Herzen ein Gefühl der Freude, das sich bis zur Ekstase steigerte.

Dies währte nahezu drei Jahre. Aber gegen das Ende dieser Epoche hin widerfuhr es ihm, daß sich zugleich mit diesen Minuten, Stunden, Tagen der Wonne auch Minuten, Stunden und Tage der Mutlosigkeit, der Schwäche, der Niedergeschlagenheit einstellten. Isidor teilte dies dem Starez mit, und der Starez riet ihm – der Rat des Starez war für ihn Befehl –, der Reihe nach mit den andern Brüdern in der Kirche den Gottesdienst zu versehen und die Besucher zu empfangen. Vom Vater Isidor sprachen ja schon längst alle, die das Kloster besuchten, und sobald es bekannt wurde, daß er empfing, wurde er von Besuchern förmlich belagert. In der ersten Zeit befreite ihn das Bewußtsein seines Gehorsams seinem Starez gegenüber und das Gefühl, den Leuten, die ihn aufsuchten, nützlich zu sein, sowie auch körperliche Müdigkeit infolge der neuen Pflichten, die er übernommen hatte, vollkommen von jener Mutlosigkeit, die ihn ehedem oft heimgesucht hatte. Die körperliche sowie auch die seelische Müdigkeit, die er bei der Ausübung der ihm auferlegten Pflichten empfand, war ihm sogar angenehm. Das allwöchentliche Zelebrieren des Gottesdienstes in der Kirche, welches ihm der Starez empfohlen hatte, wirkte gleichfalls anregend auf Vater Isidor.

Während er nun in der Sakristei in seinem Sessel saß und den Augenblick erwartete, wo er den Gottesdienst beginnen mußte, fiel ihm plötzlich und ohne Veranlassung, wie das schon so vorzukommen pflegt, ein Gespräch ein, das er heute früh mit einer Frau, die ihn besucht hatte und sein Beichtkind war, gehabt hatte. Ein ältliches Fräulein, Aufseherin in einem Institut, die ihm augenscheinlich enthusiastisch ergeben war, sprach ihm von der großen Wohltat, die er den Menschen durch sein Leben und sein Lehren erwies und daß er sie von ihrem Unglauben erlöst, sie vor dem Untergang bewahrt habe. Als sie ihm dies am Morgen gesagt hatte, hatte er ihren Worten keine Beachtung geschenkt. Jetzt aber erinnerte er sich an diese Worte und erschrak darüber, daß diese Worte ihm lieb und angenehm gewesen waren. Er begriff, wieviel ihm irdischer Ruhm noch galt. Und während er sich an die Worte dieser Frau erinnerte, erinnerte er sich auch an das, was ihm der schmeichlerische Rentmeister gesagt hatte, und an das Vergnügen, das er empfunden hatte, als der gutmütige Starez, nachdem er über die Besucher gesprochen, die zu ihm, Isidor, kamen, lächelnd zu ihm gesagt hatte, daß er jetzt noch fröhlicher sterben könne, da er wisse, daß er einen Nachfolger habe. Ein Fall nach dem andern kam ihm in den Sinn, wo er, Gott und die

Seele vergessend, sich völlig seinen ehrgeizigen Träumen hingegeben hatte. Und er erschrak und begann zu beten, Gottes Beistand zu
erflehen. Und er dachte nicht anders, als daß die bedeutsame Minute, die ihm bevorstand, die Minute der Darreichung des heiligen
Abendmahles, ihn retten müsse. Aber plötzlich, o Schrecken! fühlte
er ganz unerwartet und unvorbereitet, daß die Zeremonie, die er
vollziehen werde, ihm auch nicht helfen würde, nicht helfen könne.
Er entsann sich, wie ihn früher, wenn ihm der Starez das Abendmahl reichte, diese Handlung jedesmal erhoben hatte, und jetzt, wo
er sie selbst vollzog, stand er dieser Handlung gleichgültig, in der
Tat vollkommen gleichgültig gegenüber.

„Aber ich empfange doch selbst auch das heilige Abendmahl
und vereinige mich so mit Ihm. Ja, wenn ich mich rein geistig mit
Ihm vereinigen könnte! Sonst ist es ja nur Mummenschanz...“
Schrecken erfaßte ihn. Er begann zu zweifeln. Und da er schon einmal zweifelte, ging er weiter und begriff, daß es in dieser Sache kein
Mittleres gab: das Abendmahl war entweder wirklich ein großes Ge-
heimnis und ein heiliges Sakrament, oder es war ein furchtbarer,
gräßlicher Betrug. Er vergaß alles und bemühte sich, das Herz voll
Qual, an nichts mehr zu denken; aber sein Hirn arbeitete dennoch
weiter. Wahrend er seine Gedanken weiterspann, vergaß er völlig,
wo er war und was ihm zu tun oblag. Vater Eumenius ging auf ihn
zu und erinnerte ihn, daß es an der Zeit sei.

Isidor richtete sich in seiner vollen Größe auf. Er begriff im ersten
Augenblick nicht, wo er sich befand und was mit ihm war. Als er
sich dem Altar näherte und den Gesang hörte, kam er so weit zu
sich, daß er sich erinnerte, was man von ihm erwartete und was er
zu tun hatte. So fing er denn an zu tun, was zu tun war und was er
schon so oft getan hatte. Bei diesem Tun wurde ihm aber, je länger
er es fortsetzte, um so schlimmer zu Mut. Er sagte sich, daß ihn vielleicht die Vollziehung des Sakramentes von der Versuchung, die
den Namen ‚menschlicher Ruhm‘ führt, befreien werde; statt dessen
riß er sich jetzt von seinen Gedanken und Gebeten nur deshalb los,
um etwas zu tun, was nicht Gott von ihm verlangte, was die Menschen von ihm verlangten. Und es stellte sich heraus, daß die Vollziehung des Sakramentes auch nur wieder eine Handlung im Sinne
des menschlichen Ruhmes war. Er erinnerte sich, wie er das ge-
weihte Brot in kleine Stücke zerschnitt, erinnerte sich an den Ge-

schmack des Weines, den er in den Becher goß. Und all das tat er mit dem würdevollen Benehmen und der Feierlichkeit wie sonst, obgleich er dieser Zeremonie nicht mehr die Würde und Feierlichkeit zuerkannte wie sonst. Und er verachtete sich selbst und sein Tun mehr und mehr. Dennoch führte er alles zu Ende wie sonst und fragte die Kinder und die Erwachsenen nach ihren Namen. Als er durch die Mittelpforte zum Altar zurückgekehrt war, trank er den Kelch leer und stellte ihn nieder.

„Ist Ihnen nicht wohl, Väterchen?" fragte Eumenius.

„Ja, mir ist nicht ganz wohl," log er.

Viele, die seine Erregung bemerkt hatten, schrieben sie einer besonderen, übernatürlichen, religiösen Stimmung zu, die sich auf ihn herabgesenkt hätte. Seine Verehrerinnen drängten sich zu seiner Zelle; er aber empfing niemand und schloß sich in seiner Zelle ein.

2. |

Noch am selben Tage besuchte Isidor den Starez. In seine Zelle zurückgekehrt, verblieb er zwölf Tage darin, ohne sie zu verlassen. Der rothaarige Mitrij brachte ihm das Mittag- und Abendessen, mußte aber alles selber aufessen. Isidor aß nichts und nährte sich all die Tage bloß von geweihtem Brot und Wasser. Mitry vernahrn seine Seufzer, sein Weinen und sein lautes Gebet.

ISIDORS TAGEBUCH

15. September 1902. Ja, alles ist zu Ende. Ich sehe keinen Ausweg, keine Rettung. Vor allen Dingen gibt es keinen Gott, gibt es den Gott nicht, dem ich diente, dem ich mein Leben hingab, den ich bat, sich mir zu offenbaren. Den gibt es nicht, den gibt es nicht …

[Fragment]

Zwei Weggefährten

Zwei Männer mit Quersäcken auf dem Rücken wanderten die staubige Heerstraße entlang, die von Moskau nach Tula führt. Der eine, ein junger Mensch, trug einen kurzen Bauernkittel und Manchesterhosen. Die Augen unter dem neuen Bauernhut waren mit Brillen bewehrt. Der andere Mann war etwa fünfzig Jahre alt, von einer bemerkenswerten Schönheit, mit einem langen, ergrauenden Bart, in einer Mönchskutte, umgürtet mit einem Riemen; auf dem Kopf hatte er eine hohe, schwarze Kapuze, wie sie die Klosterknechte tragen; unter der Kapuze trat das lange, ergrauende Haar hervor.

Der junge Mann war gelblich, bleich, schmutz- und staubbedeckt, und er schien sich kaum mehr weiterschleppen zu können; der alte Mann aber schritt rüstig aus; er streckte die Brust hervor und schlenkerte mit den Armen. Es hatte den Anschein, als ob der Staub nicht wagte, sein schönes Gesicht zu berühren, und als ob sein Körper nicht wagte, müde zu werden.

Der junge Mann war der Magister Wassilij Sergejewitsch Borsin von der Moskauer Universität; der alte Mann war ein verabschiedeter Unterleutnant der Infanterie aus den Zeiten Kaiser Alexanders; er war dann Mönch gewesen und wegen unanständigen Benehmens aus dem Kloster fortgejagt worden, was ihn aber nicht gehindert hatte, sein Klostergewand beizubehalten. Man nannte ihn Nikolaj Petrowitsch Serpow.

Die zwei Menschen waren auf folgende Weise miteinander bekannt geworden.

Wassilij Sergejewitsch war, nachdem er seine Dissertation beendet und einige Aufsätze für Moskauer Zeitschriften verfaßt hatte, auf das Dorf hinausgegangen, um, wie er sagte, im Strom des Volkslebens unterzutauchen und sich in den Fluten der Urwüchsigkeit des Volkstums zu erfrischen. Nachdem er auf dem Lande einen vollen Monat in vollkommener Einsamkeit verbracht hatte, schrieb er an einen seiner Freunde, der Redakteur einer Zeitschrift war, folgenden Brief:

„Lieber Herr und Freund Iwan Finogeitsch, wir dürfen und können die Lösung jener Frage nicht vorhersehen oder vorausbestimmen wollen, die nur in den geheimen Tiefen des Alltagslebens des russischen Volkes gefunden wird. Ein tiefes Studium der mannigfachen Seiten des russischen Geistes und seiner Erscheinungsformen tut not. Die Losgerissenheit des Lebens ... Die petrinische Umwälzung ..." u. dgl. m.

Der Sinn des Briefes war, daß Wassilij Sergejewitsch, nachdem er in die Lebensweise des Volkes einen tiefen Einblick genommen, sich nun überzeugt hatte, daß die Aufgabe, die Bestimmung des russischen Volkes zu erkennen, doch weit tiefer und schwieriger sei, als er sich das vorgestellt hatte. Um nun der Lösung dieser Frage näherzukommen, hielt er es für unumgänglich notwendig, eine Fußwanderung durch ganz Rußland anzutreten, und er bat seinen Freund, mit der Erörterung der Frage noch zu warten, bis er seine Reise beendigt haben werde, da er die Absicht habe, in einer ganzen Reihe von Aufsätzen die gewonnenen Erfahrungen und Erkenntnisse niederzulegen.

Nachdem er diesen Brief geschrieben hatte, begann Wassilij Sergejewitsch sich mit der materiellen Seite der Reisevorbereitungen zu beschäftigen. Und wie sehr zuwider es ihm auch war, so vertiefte er sich doch sogar in alle Details der Kleidung: er verschaffte sich einen Bauernkittel, genagelte Stiefel und einen Hut. Er schloß sich vor der Dienerschaft ein und beschaute sich lange im Spiegel. Die Brillen konnte er leider nicht herunternehmen – er war kurzsichtig. Der andere Teil der Vorbereitungen bestand darin, daß er Geld mitnahm; mindestens dreihundert Rubel mußte er schon haben. Diese Summe war im Kontor nicht vorhanden. Wassilij Sergejewitsch rief den Starosten und den Verwalter zu sich und befahl, die einhundertachtzig Tschetwert Hafer zu verkaufen, die in der Kladde eingetragen waren. Hiezu bemerkte der Starost aber, daß dieser Hafer als Saatgut aufbewahrt werde. Wassilij Sergejewitsch sah dann in der Rubrik „Roggen" nach und fand dort einhundertsechzig Tschetwert Roggen verzeichnet. Er fragte, ob diese Menge denn nicht für die Aussaat langen würde, worauf ihm der Starost mit der Frage antwortete, ob der Herr befehle, alten Roggen als Saatgut zu verwenden.

Das Gespräch endete damit, daß der Starost begriff, daß Wassilij Sergejewitsch von der Wirtschaft weniger als ein kleines Kind verstand; Wassilij Sergejewitsch hinwider verstand, daß der Roggen schon gesät sei, daß das Saatkorn gewöhnlich von der neuen Ernte genommen werde und daher die hundertsechzig Tschetwert mit Ausnahme von 10 Tschetwert für das monatliche Deputat verkauft werden können.

Das Geld kam herein, und Wassilij Sergejewitsch traf eben seine letzten Vorbereitungen für die morgige Reise, als er spät abends im Lakaienzimmer eine unbekannte Stimme hörte; gleich darauf kam der alte Diener seines Vaters Stepan zu ihm ins Zimmer.

„Nikolaj Petrowitsch Serpow," meldete Stepan.

„Was für ein Nikolaj Petrowitsch soll das sein?"

„Ja, erinnern Sie sich denn nicht mehr an den Nikolaj Petrowitsch, der noch in seiner Mönchzeit immer zu Ihrem Herrn Papa zu kommen pflegte?"

„Nein, ich erinnere mich nicht. Was will er denn?"

„Er wünscht Sie zu sehen. Ich habe den Eindruck, daß er ein wenig angesäuselt ist."

Nikolaj Petrowitsch trat ins Zimmer, machte einen Kratzfuß, stampfte mit dem Fuße auf: *„Voyageur Serpow ..."* und drückte ihm die Hand.

„Unwissenheit wohin man schaut. Nicht die mindeste Bildung, was ich mich auch bemühe, Rußland zu belehren. Rußland ist ein Dummkopf. Der Muschik arbeitet gern, aber Rußland als Ganzes ist dumm wie die Nacht. Hab ich nicht recht, Wassilij Sergejewitsch? Ich kannte Ihr Väterchen recht gut. Wir saßen oft zusammen, und er pflegte zu sagen: ‚Dieser da wird sein Ziel erreichen!' Warum sind Sie denn in diesem Kostüm da? Bin ein gerader Michel und sage alles frei heraus. Was soll also diese Tracht?"

„Ich gehe auf die Wanderschaft."

„Dasselbe tu ich ja auch. Ich bin ein richtiger *voyageur*, war in Griechenland, auf dem Berge Athos. Jedoch einen besseren und gerechteren Menschen als unsern Muschik fand ich nirgends."

Nikolaj Petrowitsch ließ sich auf einen Stuhl nieder, bat um ein Glas Branntwein und legte sich schlafen. Wassilij Sergejewitsch war ein wenig betreten. Tags darauf lauschte Nikolas Petrowitsch den Ausführungen seines Gastgebers, und da Wassilij Sergejewitsch gern sprach, vernahm Nikolas Petrowitsch die ganze Theorie Wassilis Sergejewitschs und den Zweck seiner Reise. Nikolas Petrowitsch billigte alles und bot ihm seine Gesellschaft an. Wassilis Sergejewitsch nahm dieses Anerbieten an, teils, weil er ihn doch nicht

loswerden konnte, teils auch, weil Nikolas Petrowitsch, ungeachtet
dessen, daß er ein halber Narr war, sehr gut schmeicheln konnte,
und hauptsächlich deshalb, weil Wassilis Sergejewitsch in dem
Mönche ein Musterexemplar der bemerkenswerten, wenn auch cha-
otischen Breite des russischen Lebens zu erblicken glaubte.

Sie begaben sich also zusammen auf die Wanderschaft. Und zur
Zeit, da wir sie auf der großen Heerstraße antrafen, näherten sie sich
eben dem ersten Rastpunkt auf ihrem Marsche, nachdem sie
einundzwanzig Werst zu Fuß zurückgelegt hatten.

Nikolas Petrowitsch trank in der Schenke ein Gläschen. Er war
in heiterster Stimmung ...

[Fragment]

Über das Gericht

Nun also, haben Sie ein Zimmer oder haben Sie keines? Ja oder nein?" fragte Michail Michajlowitsch ein wenig gereizt, als er den Flur des Gasthauses betrat. Er war in die Kreisstadt gekommen, um morgen einer Sitzung des Bezirksgerichtes beizuwohnen, in der er als Geschworener fungierte.

„Bitte sehr, bitte sehr," sagte der Neffe des Wirtes, „sofort, im Augenblick!"

Der Neffe des Gastwirtes antwortete auf die gereizten Fragen Michail Michailowitschs nicht, trat in das Zimmer mit dem Heiligenschrein und den großen Heiligenbildern, das die Wirtsleute selbst bewohnten, und flüsterte mit einer dicken, alten Dame, die dort beim Samowar saß. Michail Michailowitsch sah das und ärgerte sich. Er war ermüdet und von der Reise durchfroren. Aber er beherrschte sich und schwieg, da er damit beschäftigt war, die Eisklümpchen, die an seinem Schnurr- und Backenbart hingen, auftauen zu lassen und herunterzunehmen; er warf sie dann einfach auf den schmutzigen, ausgetretenen Fußboden.

Sein Kutscher Jefim kam, eingemummelt in ein Tuch, das er sich um Kopf und Hals geschlungen hatte, ins Zimmer und fragte seinen Herrn:

„Befehlen der Herr, die Sachen hereinzubringen?"

„Ich werde aus den Leuten ja nicht klug und weiß nicht, ist ein Zimmer zu haben oder nicht?"

Der magere, schusselige Neffe sprang aus dem Zimmer der Wirtsleute heraus und huschte in das daneben liegende Zimmer, von wo denn auch sofort seine brummende und fordernde Stimme zu hören war. Offenbar jagte er von dort einen Gast hinaus, der eines solchen Zimmers nicht würdig war. Die Alte wackelte mit ihrem schweren Körper, der unter der breiten Zitzjacke wie Sülze zitterte, zu Michail Michailowitsch hinaus.

„Sofort, sofort, Väterchen! Ein Zimmer ist da. Wie soll denn keines da sein? Bitte sehr. Nun, Waßja, was sagt er denn?"

„Er geht, er geht."

Man führte aus dem Zimmer einen struppigen Menschen heraus

und führte ihn irgendwo anders hin. Und Michail Michailowitsch führte man in das vollgespuckte, vollgerauchte und mit verdorbener Luft angefüllte Zimmer …

Eine halbe Stunde später war aber das alles in Ordnung gebracht, und Michail Michailowitsch saß beim Samowar; vor ihm lag auf einer sauberen Serviette ausgebreitet das von Zuhause mitgebrachte Essen: Weißbrot, Käse, Butter und Albert-Biskuit. Er hatte sich mittlerweile am Tee schon sattgetrunken und erwärmt, und seine schlechte Stimmung hatte einer guten Platz gemacht.

„Rufe den Kutscher herein.“

„Jefim, trinke deinen Tee.“

„Ergebensten Dank, sofort, ich gebe nur noch den Pferden Heu.“

Als Jefim zurückkehrte, stand Michail Michailowitsch von seinem Platze auf. Er hatte sich unterdessen eine zierliche Zigarette gedreht, die er in eine Spitze aus wohlriechendem Weichselholz steckte, und er rauchte nun mit Genuß den duftenden, frischen Tabak, indem er mächtige Dampfstrahlen aus Mund und Nase blies.

„Nimm Platz, trinke deinen Tee,“ sagte er zu Jefim und begab sich auf den Korridor hinaus, um zu hören, wer angekommen war, wer noch fehlte, was es Neues gebe und ob nicht Bekannte darunter seien; er wollte sich ein wenig zerstreuen.

Selbstverständlich waren Bekannte da. Ein Bekannter von ihm war der dicke Sawjelew, der gewesene Adelsmarschall, ferner kannte er den Gutsbesitzer Ewanow, der sich erst kürzlich ein Gut gekauft hatte, und da war noch der Arzt, mit dem er ebenfalls bekannt war. Michail Michailowitsch war Junggeselle und Besitzer eines mittelgroßen Gutes von zirka 800 Deßjatinen Schwarzerde; er war früher Friedensrichter gewesen und sollte in dieser Session als Geschworener fungieren. Bekannt war er auch mit dem Kaufmann Bereskitow, einem Getreidehändler, der sich erst unlängst ein Vermögen gemacht hatte und der mit Adeligen ein Kompagniegeschäft führte. All das waren Geschworene. Und noch einen Bekannten traf er: Matwjejew, den Gehilfen des Staatsanwalts.

Alle diese Herren gingen mit Michail Michajlowitsch so um, als ob sie fürchteten, ihn zu beleidigen. Er war so schüchtern, still, und dabei selbst sehr vorsichtig und im Umgang mit den andern äußerst höflich. Sogar der dicke, laute Sawjelew benahm sich ihm gegenüber zart und rücksichtsvoll. Einen solchen Eindruck machte er mit seiner feierlichen Miene, die deutlich zu besagen schien: „Rührt mich nicht an!"

„Na, so sieht man Sie doch endlich einmal wenigstens im Gericht!" pustete Sawjelew heraus. „Denn sonst sitzen Sie ja stets zu Hause wie …" – er wollte sagen: „wie der Bär in seiner Höhle", sagte aber nur: –„wie, wie …"

„Ja, es ist sehr kalt heute."

„Sechsundzwanzig Grad heute früh. Bitte, bemühen Sie sich doch zu mir herüber," sagte Ewanow. „Wollen Sie nicht frühstücken?"

Es war noch keine halbe Stunde vergangen, als Michail Michailowitsch schon am Kartentisch saß und erwog, ob er Treff oder Coeur ausspielen solle und ob er dem Doktor trauen dürfe, der behauptete, keinen Trumpf zu haben, der aber wahrscheinlich etwas im Schilde führte.

Nach dem dritten Robber nahm man einen Imbiß ein. Dann setzte man sich wieder an den Spieltisch und spielte weiter. Dann aß man zu Abend und sprach ein Weilchen über die Getreidepreise und über die Strafsachen, die morgen zur Verhandlung kommen sollten. Die eine Verhandlung – es handelte sich um einen Mord – versprach interessant zu werden. Man sprach dann noch von den Nachbarn und von den Wahlen, und dann gingen die Herren auseinander. Natürlich, amüsant war es nicht gewesen, aber man hatte doch erreicht, was man gewollt hatte: man hatte die Zeit so gut es ging totgeschlagen. Dies Ziel war erreicht, und Michail Michailowitsch hatte gar nicht bemerkt, wie diese sechs Stunden von Fünf bis Elf vergangen waren.

Als er in seinem Zimmer angelangt war, kleidete sich Michail Michailowitsch aus, und da hörte er, wie nach seinem Weggehen die Kumpane lustig wurden; im Zimmer Ewanows ertönte lautes Lachen und Sprechen. Offenbar hatte seine Gegenwart sie irgendwie beengt. Das machte ihn traurig. Seine Absicht war es ja nicht, irgend jemand in Verlegenheit zu setzen oder zu verurteilen, im Gegenteil: er hätte gern mit jedermann geplaudert, aber es ging eben nicht, und in seiner Gegenwart fühlten sich alle irgendwie unfrei und geniert; sie langweilten sich, und er desgleichen. Er kleidete sich aus, legte das Nachthemd an, lobte Jefim, daß er alles so nett vorbereitet habe, legte ein Stück Zucker, von dem er schon abgebissen hatte, auf ein umgestülptes Glas, nahm ein Buch, das er schon zu lesen begonnen, zur Hand und legte sich ins Bett. Eine Zigarette und die Marmelade hatte er sich schon früher vorbereitet, und nun schickte er sich an, im Liegen zu lesen – es war ein Roman von Maupassant, er liebte Maupassant außerordentlich – und die Ebereschenmarmelade dazu zu essen; zum Schluß wollte er noch die feine Zigarette, die er selbst behutsam gedreht und mit seinem Speichel zugeklebt hatte, rauchen.

„Fein!" sagte er zu sich selbst, ohne recht zu wissen, was denn so fein war.

Er las ein wenig, verzehrte die restliche Marmelade, rauchte seine Zigarette zu Ende und löschte die Kerze aus. Aber einschlafen konnte er nicht, es störte ihn die Stimme einer Frau, die hinter jener Tür fortwährend flüsterte. Im Zusammenhang mit dieser Frauenstimme erinnerte er sich, wie Sawjelew ihn gefragt hatte, ob er die Widenjejews gesehen habe. Es waren dies Nachbarinnen, die zwei Töchter seines Nachbars. Wenn nun Sawjelew vermutet hatte, daß Michail Michailowitsch in sie verliebt war, so hatte dies seine Richtigkeit, denn er war in die jüngere verliebt, und sogar sehr.

Einerseits hatte er Angst, einen Korb zu bekommen, andererseits hatte er wieder große Furcht, daß sie seinen Antrag schon mit Schmerzen erwarte und ganz sicher annehmen werde, und das hemmte ihn, so daß er nun ganz und gar aufhörte, hinüberzufahren. „Es ist schon zu spät für mich, viel zu spät," dachte Michail Michailowitsch. „Fünfunddreißig Jahre! Nein, es ist zum Heiraten viel zu spät. Ich werde allein bleiben. Man darf sich nur nicht immer wieder zu Dummheiten hinreißen lassen! Es ist ja zu dumm!"

Michail Michailowitsch gab sich diesen Rat deshalb, weil er, der von Natur sehr keusch war und enthaltsam lebte, sich ständig verliebte und weil er im Zustand der Verliebtheit arge Qualen ausstand, obgleich er keine eigentlichen Dummheiten machte. Die Frauen waren in seinen Augen Göttinnen, und das hauptsächlich hinderte ihn zu heiraten. Er hielt sich ihrer nicht für würdig ...

[Fragment]

Kinderweisheit

1.

Von der Religion

Knabe und Mutter

Knabe. Warum hat sich die Njanja heute so schön gemacht und auch mir ein neues Blüschen angezogen?

Mutter. Weil heute ein Feiertag ist und wir in die Kirche gehen.

Knabe. Was für ein Feiertag?

Mutter. Himmelfahrt Christi.

Knabe. Was heißt „Himmelfahrt"?

Mutter. Das heißt, daß unser Herr Jesus Christ in den Himmel aufgefahren ist.

Knabe. Was heißt „aufgefahren"?

Mutter. Das heißt soviel wie „hinaufgeflogen".

Knabe. Wie ist er denn hinaufgeflogen: auf Flügeln?

Mutter. Auf Flügeln nicht, er ist einfach hinaufgeflogen, weil er Gott ist und alles kann.

Knabe. Und wohin ist er denn aufgeflogen? Mir hat der Vater gesagt, daß der Himmel nur ein scheinbarer ist, aber dort ist nichts vorhanden, dort sind bloß Sterne, und hinter den Sternen sind wieder Sterne, und der Himmel hat kein Ende. Wohin ist er denn da geflogen?

Mutter (lächelt). Alles kann man nicht begreifen, man muß da glauben.

Knabe. An was glauben?

Mutter. An das, was die älteren Leute sagen.

Knabe. Aber du hast mir doch selbst gesagt, daß man solche Dummheiten, wie daß jemand sterben muß, wenn man Salz verschüttet, nicht glauben soll.

Mutter. Dummheiten darf man freilich nicht glauben.

Knabe. Freilich nicht; aber wie kann man denn wissen, was Dummheiten und was keine Dummheiten sind?

Mutter. Man muß sich an den richtigen Glauben halten und nicht an Dummheiten.

Knabe. Welches ist denn der richtige Glaube?

Mutter. Eben der unsrige. (Für sich) Mir scheint, ich spreche da Dummheiten. (Laut) Also geh, und sage dem Vater, daß wir fertig sind, und nimm das Halstuch um.

Knabe. Bekomm ich aber auch Schokolade nach der Messe?

2.

VOM VATERLAND UND STAAT
Karlchen Schmidt, neun Jahre alt;
Petja Orlow, zehn Jahre alt;
Mascha Orlowa, acht Jahre alt

Karlchen. Nun, weil unser Preußen nicht zugeben wird, daß die Russen uns Land wegnehmen.

Petja. Wir aber sagen, das Land gehört uns, weil wir es doch früher erobert haben.

Mascha. Uns? Wem – uns?

Petja. Ei, du bist noch klein, und verstehst gar nichts. Uns – das heißt: unserem Staat.

Karlchen. Alle Menschen leben so, daß die einen diesem Staat, die andern jenem Staat angehören.

Mascha. Zu welchem gehöre ich?

Petja. Du gehörst zu demselben, wie alle andern Leute – zu Rußland.

Mascha. Wenn ich aber nicht will?

Petja. Ob du willst oder nicht, danach wirst du nicht gefragt. Du bist nun einmal eine Russin. Jedes Volk hat seinen Zar, seinen König.

Karlchen (die Worte Petjas ergänzend). Ein Parlament …

Petja. Jedes hat sein Heer, jedes sammelt die Steuern von den Seinigen ein.

Mascha. Wozu sind sie so auseinander?

Karlchen. Wozu, wozu … Dazu, weil doch jeder sein Vaterland liebt.

Mascha. Ich verstehe nur nicht, wozu jedes für sich ist. Ist's denn nicht besser zusammen?

Petja. Wenn man mit Spielzeug spielt, ist es besser, zusammen zu sein, jenes aber ist kein Spielzeug nicht, sondern das sind gar wichtige Dinge!

Mascha. Das versteh ich nicht.

Karlchen. Wenn du einmal groß bist, wirst du's verstehen.

Mascha. So will ich lieber nicht groß werden.

Petja. Hm! Ist noch so klein und doch schon so eigensinnig. So sind sie alle!

3.

VOM KRIEGE

Gawrila, Reservist, Dienstbote; Mischa, ein junger Barin

Gawrila. Nun, so leben Sie denn recht wohl, Mischenjka, lieber Herr. Gott weiß, ob wir uns in diesem Leben noch einmal sehen.

Mischa. So gehst du wirklich fort?

Gawrila. Man muß wohl, 's ist wieder Krieg. Bin ja Reservist.

Mischa. Mit wem ist denn Krieg? Wer kämpft denn? Gegen wen?

Gawrila. Wer kennt sich denn da aus? 'S ist nicht herauszukriegen. Habe zwar in den Zeitungen darüber gelesen, versteh's aber nicht präzis. Der Österreicher, sagt man, soll auf den unsrigen harb sein, weil er diese … wie heißen sie nur … bevorzugt hat.

Mischa. Was hast denn du dabei zu tun? Wenn sich die Kaiser untereinander zerstritten haben, so mögen sie sich gegenseitig nach Belieben durchhauen!

Gawrila. Tja! Es geht um den Zaren, das Vaterland, den christlichen Glauben.

Mischa. Aber du gehst doch nicht gern?

Gawrila. Gern! Wer geht denn gern? Man muß doch Frau und Kind verlassen. Und unsereiner hat's ja gut, wie soll er gern gehen?

Mischa. Na, warum gehst du denn dann? Sage einfach, du willst nicht, und gehe nicht. Was können sie mit dir machen?

Gawrila (lachend). Was sie mit mir machen werden? Hinschleppen werden sie mich. Mit Gewalt.

Mischa. Wer sollte dich denn hinschleppen?

Gawrila. Nun, ebensolche wie ich bin, hörige Leute!

Mischa. Wozu sollten sie dich denn hinschleppen? Sind doch ebensolche wie du.

Gawrila. Das ist die Obrigkeit. Man befiehlt, und sie schleppen einen fort.

Mischa. Und wenn es auch die nicht tun?

Gawrila. Das darf nicht sein!

Mischa. Warum darf es nicht sein?

Gawrila. Nun darum, darum … weil es ein solches Gesetz nicht gibt.

Mischa. Was für ein Gesetz?

Gawrila. Hm. Ihr redet sonderbar. Aber wir verplaudern uns da. Ich muß zu guter Letzt noch den Samowar aufstellen.

4.

Von den Steuern
*Der Dorfschulze und die
siebenjährige kleine Gruschka*

Dorfschulze (betritt eine armselige Isba. Niemand außer der kleinen Gruschka ist anwesend. Der Schulze sieht sich um.) Ist denn niemand da?

Gruschka. Mütterchen ist nach den Kühen gegangen und Fedja ist auf dem Gutshof.

Dorfschulze. Dann sage dem Mütterchen, daß der Dorfschulze, verstehst du?, dagewesen ist. Sage: zum dritten Male mahne ich schon, und ich befehle ihr, die Steuern bis zum nächsten Sonntag unbedingt zu bringen, sonst nehme ich ihr die Kuh aus dem Stalle fort.

Gruschka. Wie willst du sie denn fortnehmen? Bist du ein Dieb?

Dorfschulze (lächelt). Da seh' sich einer den kleinen Racker an! Wie heißt du denn?

Gruschka. Gruschka.

Dorfschulze. Soso, Gruschka! Bist ein Blitzmädel! Also hör einmal: sage deiner Mutter, daß ich zwar kein Dieb bin, ihr die Kuh aber doch fortnehmen werde.

Gruschka. Warum willst du sie denn fortnehmen, wenn du kein Dieb bist?

Dorfschulze. Es heißt eben zahlen, was angeordnet ist. Der Steuern wegen nehme ich die Kuh fort.

Gruschka. Was sind denn das für Steuern?

Dorfschulze. Was für Steuern? Der Tausend! wie sie einen ausforscht! Nun solche Steuern, die vom Zaren angeordnet sind, daß das Volk sie zahlt.

Gruschka. Wem denn?

Dorfschulze. Wem? Nun, ich meine doch: dem Zaren. Und der weiß dann schon, was weiter zu machen ist.

Gruschka. Ist er denn so arm, der Zar? Wir sind arm. Der Zar ist reich. Warum nimmt er denn das unsere?

Dorfschulze. Er nimmt das Geld doch nicht für sich! Er verwendet's für uns Idioten, um unsern Nöten abzuhelfen: für die Behörden, fürs Militär, für den Unterricht. Uns zu Nutz und Frommen eben, verstehst du?

Gruschka. Wie kann das uns zu Nutz und Frommen sein, wenn er uns die Kuh fortnimmt?

Dorfschulze. Werd erst einmal groß, dann wirst du's verstehen. Das also richte dem Mütterchen aus, hörst du?

Gruschka. Nichts werd ich ihr ausrichten. Dummes Zeug! Macht ihr zusammen mit eurem Zaren, was euch vonnöten ist, und wir werden machen, was uns vonnöten ist.

Dorfschulze. Hm, hm, ist die aber gewitzt! Na, wenn die einmal groß ist!

5.

VON ÜBLER NACHREDE

Mitja, 10 Jahre alt; Iljuscha, 9 Jahre alt;
Sonja, 6 Jahre alt

Mitja. Ich sage zu Pjotr Semjonowitsch, es sei möglich, sich so abzuharten, daß man gar keine Kleider mehr anzuziehen brauche. Darauf sagt er: das kann man nicht. Darauf sage ich: Michail Iwanowitsch habe mir gesagt, wir hätten doch auch das Gesicht so abgehärtet, daß wir die Kälte nicht empfinden. So könne man den ganzen Körper abhärten. Darauf sagt er: dein Michail Iwanowitsch ist ein Narr. (Lacht.) Dabei hat mir Michail Iwanowitsch erst gestern gesagt: der Pjotr Semjonowitsch lügt euch was zusammen! Nun, ein Narr macht zehne! (Sie lachen)

Iljuscha. Ich hätte ihm gesagt: Sie heißen ihn einen Narren, und er heißt Sie einen.

Mitja. Nein, im Ernst, ich weiß wirklich nicht, wer von beiden der größere Narr ist.

Sonja. Beide sind Narren.

Iljuscha. Und da du beide beschimpft hast, bist du auch eine Närrin.

Mitja. Nein, nein: mir gefällt das nicht, daß einer so vom andern spricht. Ins Gesicht sagen sie sich's nicht. Wenn ich einmal groß bin, will ich's nicht so machen. Was ich denke, sage ich denn auch.

Iljuscha. Genau so werde ich es auch machen.

Sonja. Und ich werde es machen, wie es mir am besten paßt.

Iljuscha. Wie meinst du das?

Sonja. Nun so: wenn ich Lust haben werde, werde ich's sagen, und wenn ich keine Lust haben werde, werde ich's nicht sagen.

Iljuscha. Damit hast du dich wieder einmal als eine richtige Närrin erwiesen.

Sonja. Hast du nicht eben gesagt, du wolltest nicht schimpfen?

Iljuscha. Das schon, aber hab ich's hinter deinem Rücken getan?

6.

DARÜBER, DASS MAN GUT SEIN SOLL
Die Kinder Mascha und Mischa bauen
vor dem Haus eine Hütte für die Puppen

Mischa (zornig zu Mascha). Nicht so! Gib her den Stecken! Nichts versteht sie.

Eine alte Frau (kommt auf die Vortreppe heraus, bekreuzt sich und sagt vor sich hin:) Christus sei mit ihr! Eine Engelsseele. Sie hat Mitleid mit allen.

Die Kinder hören auf zu spielen und blicken auf die alte Frau.

Mascha. Von wem sprichst du?

Die alte Frau. Von eurem Mütterchen. Die denkt an Gott. Die hat ein Herz für uns, die Armen. Einen Rock hat sie mir geschenkt und Tee und etwas Geld. Gott sei ihr gnädig, die himmlische Königin beschütze sie! Sie ist nicht so, wie dieser unchristliche Mann dort. Allzuviele von eurer Sorte, sagt er, treiben sich herum. Die Hunde, die er hat, sind ebenso bös wie er.

Mascha. Wer?

Die alte Frau. Der da, gegenüber dem Schnapsladen. Ein guter Herr. Aber Gott mit ihm. Und vergelt's Gott eurem Mütterchen, die mich beschenkt und getröstet hat, mich Kummerbeladene. Was sollte aus uns werden, wenn es keine guten Menschen gäbe? (Weint)

Mascha (zu Mischa). Was für eine gute Frau!

Die alte Frau. Kinder, liebe Kinderchen, wenn ihr groß seid, vergeßt die Armen nicht. Dann wird Gott nicht auch euch verlassen. (Sie entfernt sich.)

Mischa. Ach, wie bedauernswert sie ist!

Mascha. Und ich bin froh, daß Mutter ihr etwas gegeben hat.

Mischa. Warum sollte man ihr nichts geben, wenn man hat? Wir können es entbehren, und sie hat's bitter nötig.

Mascha. Erinnerst du dich, wie Johannes der Täufer sagt: wer zwei Kleider hat, gebe eines hin?

Mischa. Ja, und wenn ich groß bin, gebe ich alles weg.

Mascha. Alles soll man nicht weggeben.

Mischa. Warum nicht?

Mascha. Man muß doch selbst auch etwas haben.

Mischa. Ganz gleich. Alle sollen gut sein. Dann wird es allen gut ergehen.

Mischa hört auf zu spielen, geht ins Haus hinein, ins Kinderzimmer, reißt aus einem Schulheft ein Blatt Papier und schreibt darauf: „man sol guhd sein". Das Blatt steckt er in seine Rocktasche.

7.

VON DER ARBEIT

*Der Vater; Katja, neun Jahre alt
und Fedja, acht Jahre alt*

Katja. Papa, unser Handschlitten ist zerbrochen. Kannst du ihn nicht zurechtmachen?

Vater. Das kann ich nicht, Herzchen, darauf versteh ich mich nicht. Dem Prochor mußt du den Schlitten geben; der wird ihn dir zurechtmachen.

Katja. Wir waren ja schon auf dem Hof. Er sagt, er habe keine Zeit. Er macht das Tor zurecht.

Vater. Nun, da läßt sich nichts machen. Wartet halt ein bißchen.

Fedja. Und du selbst, Vater, kannst ihn absolut nicht zurechtmachen?

Vater (lächelnd). Absolut nicht, Freundchen.

Fedja. Kannst du sonst etwas, oder kannst du gar nichts?

Vater (lächelnd). Ich kann schon auch etwas. Aber das, was Prochor kann, kann ich nicht.

Fedja. Kannst du einen Samowar machen, wie Wassilij?

Vater. Auch das kann ich nicht.

Fedja. Pferde einspannen?

Vater. Auch nicht.

Fedja. Darüber sinne ich eben nach: warum können wir nichts machen, während sie für uns alles machen? Ist denn das gut so?

Vater. Jeder in seiner Art. Sieh zu, daß du gut lernst, dann wirst du erfahren, was jeder machen muß.

Fedja. Brauchen denn wir das nicht zu können: wie man das Essen zubereitet, wie man Pferde einspannt?

Vater. Es gibt Dinge, die wichtiger sind als das.

Fedja. Ja, ich weiß: daß man brav sein soll, nicht schlimm, daß man nicht schelten soll. Aber man kann doch verstehen, das Essen zu bereiten und Pferde einzuspannen, und dabei doch gut sein. Nicht wahr, das kann man doch?

Vater. Gewiß kann man das. Aber warte einmal, bis du groß bist, dann wirst du alles verstehen.

Fedja. Und wenn ich nicht groß werde?

Vater. Ach, rede doch nicht solche Dummheiten?

Fedja. So sollen wir es also dem Prochor sagen?

Vater. Jawohl, dem Prochor! Geht hin und sagt ihm, daß ich es befohlen habe.

8.

VON DER TRUNKSUCHT

*Abend. Herbst. Makarka, zwölf Jahre alt, und Marfutka,
sechs Jahre alt, kommen aus dem Haus auf die Straße heraus.
Marfutka weint. Pawluscha, zehn Jahre alt, steht auf der
Vortreppe des Nachbarhauses*

Pawluscha. Wohin führt euch der Gottseibeiuns noch so spät in der
    Nacht?

Makarka. Wieder betrunken.

Pawluscha. Wer denn? Onkel Prochor?

Makarka. Wer denn sonst?

Marfutka. Schlägt Mütterchen …

Makarka. Ich gehe nicht hinein, er wird mich auch verprügeln. (Setzt
    sich an der Schwelle nieder.) Hier werde ich übernachten. Hinein
    gehe ich nicht. (Schweigen. Marfutka weint.)

Pawluscha (zu Marfutka). Nun genug. Tut nichts. Was ist zu machen.
    Genug.

Marfutka (unter Tränen). Wenn ich Zar wäre, würd ich diejenigen
    verprügeln, die ihm Schnaps geben. Niemand werd ich erlauben,
    Schnaps feilzuhalten.

Makarka. Warum nicht gar! Der Zar handelt selbst mit Schnaps. An-
    dern erlaubt er's nur deshalb nicht, um einen größeren Nutzen
    zu haben.

Pawluscha. Du lügst.

Makarka. So, ich lüge? Gut, frage einmal nach, warum man die Aku-
    lina ins Gefängnis gesetzt hat. Weil sie mit Schnaps handelt. Fügt
    dem kaiserlichen Ärar Schaden zu.

Pawluscha. Nur deshalb? Es heißt doch, sie habe etwas gegen das
    Gesetz begangen.

Makarka. Das ist eben gegen das Gesetz, daß sie mit Schnaps handelt.

Marfutka. Ich würd es ihr verbieten. Ach, dieser Schnaps … Mir
    nichts, dir nichts schlägt er uns alle windelweich.

Pawluscha (zu Makarka). Komisch sprichst du. Werde morgen den
    Lehrer fragen. Er muß es wissen.

Makarka. Frag ihn nur.

Am andern Morgen. Makarkas Vater hat seinen Rausch ausgeschlafen und geht aus, um eine kleine Stärkung zu sich zu nehmen. Makarkas Mutter steht mit einem blau angeschwollenen Auge beim Trog und knetet Brot. Pawluscha ist schon zur Schule gegangen. Die Kinder sind noch nicht alle da. Der Lehrer sitzt auf der Vortreppe und raucht. Die Kinder gehen an ihm vorbei in die Schule hinein.

Pawluscha (zum Lehrer herantretend). Sagen Sie mir doch, Jewgenis Semjonowitsch, ist das wahr, was mir gestern jemand gesagt hat, daß der Zar mit Schnaps handelt? Die Akulina soll wegen derselben Sache eingesperrt worden sein.

Lehrer. Das ist eine dumme Frage, und wer dir das gesagt hat, ist ein Narr. Der Zar treibt mit gar nichts Handel. Deswegen ist er doch der Zar. Wenn man die Akulina ins Gefängnis gesetzt hat, so deswegen, weil sie, ohne ein Patent zu haben, mit Schnaps gehandelt hat. Dadurch hat sie dem Ärar einen Schaden zugefügt.

Pawluscha. Wieso einen Schaden?

Lehrer. Weil auf dem Schnaps eine indirekte Steuer liegt. Der Schnaps kostet das kaiserliche Ärar 2 Rubel pro Eimer, während er für 8 Rubel verkauft wird. Dieser Überschuß stellt die Haupteinnahme des Staates dar. Es kommen durch den Schnaps nicht weniger als 700 Millionen Rubel ein im Jahr.

Pawluscha. Also je mehr man Schnaps trinkt, um so größer die Staatseinnahme?

Lehrer. Das versteht sich doch! Hätte man diese Einnahme nicht, man wüßte nicht, woher man das Geld nehmen sollte für das Heer und die Flotte, den Unterricht, und was sonst noch aus den Staatseinnahmen bestritten wird.

Pawluscha. Ja, aber warum belegt man denn, wenn diese Einnahmen nötig sind, nicht die notwendigen Dinge mit Steuern, warum gerade den Schnaps?

Lehrer. Warum gerade den Schnaps? Nun, darum, weil es so befohlen ist. – Seid ihr alle beisammen, Kinder? Nun, so nehmt eure Plätze ein.

9.

VON DER TODESSTRAFE
*Pjotr Petrowitsch, Professor. Maria Iwanowna, Frau des
Professors, näht. Fedja, das neunjährige Söhnchen
der beiden, hört dem Gespräch des Vaters zu.
Iwan Wassiljewitsch, Militärstaatsanwalt*

Iwan Wassiljewitsch. Man kann doch die geschichtliche Erfahrung nicht in Abrede stellen! Wir haben das nicht nur in Frankreich, nach der Revolution, und in andern historischen Momenten gesehen, wir sehen es auch heute, bei uns, daß man durch die Abschaffung, das heißt Beseitigung der für die Gesellschaft gefährlichen, verdorbenen Elemente das erwünschte Ziel erreicht.

Pjotr Petrowitsch. Nein, das kann man nicht wissen, man kann die weiteren Folgen nicht voraussagen, und all das rechtfertigt den Ausnahmezustand nicht.

Iwan Wassiljewitsch. Wir sind aber auch nicht berechtigt, anzunehmen, daß die Folgen des Ausnahmezustands schlecht sein werden und daß, wenn sie dennoch schlecht sein sollten, die Ursache davon in der Anwendung des Ausnahmezustandes und der damit verbundenen Maßregeln liegen muß. Das zweite ist, daß die Methode der Abschreckung auf Menschen, die alles Menschliche verloren und sich in Tiere verwandelt haben, zweifellos die beabsichtigten Wirkungen hervorbringen muß. Womit wollen Sie denn auf Leute einwirken, wie auf den, der seelenruhig eine Greisin und drei Kinder umbringt, bloß um dreihundert Rubel zu rauben, wenn Sie nicht zu dem Mittel der Abschreckung greifen wollen?

Pjotr Petrowitsch. Aber ich lehne doch nicht die Anwendung der Todesstrafe überhaupt ab, sondern wende mich nur gegen die militärischen Ausnahmegerichte, zu denen Ihr so oft Eure Zuflucht nehmt. Ja, wenn diese häufigen Hinrichtungen ausschließlich abschreckende Wirkungen auslösen würden! Aber sie zeitigen, zugleich mit der Abschreckung, eine arge Demoralisation: man macht die Menschen gleichgültig gegenüber dem Mord an Wesensgleichen.

Iwan Wassiljewitsch. Auch davon wissen wir ja nicht die weiteren Folgen, kennen indes die unmittelbare wohltätige Wirkung …

Pjotr Petrowitsch. Die wohltätige Wirkung?

Iwan Wassiljewitsch. Ja, die unmittelbare wohltätige Wirkung. Wir haben kein Recht, sie zu leugnen. Wie soll denn die Gesellschaft einem Übeltäter nicht nach seinen Taten vergelten, der …

Pjotr Petrowitsch. Soll also heißen, daß die Gesellschaft Rache ausüben muß?

Iwan Wassiljewitsch. Im Gegenteil, die persönliche Rache soll durch die Vergeltung, die von der Gesellschaft ausgeht, ersetzt werden.

Pjotr Petrowitsch. Gut, aber dann muß sie einer bestimmten Norm folgen, die nicht durch Ausnahmebestimmungen durchbrochen werden kann.

Iwan Wassiljewitsch. Die soziale Vergeltung ersetzt die zufällige, übertriebene, illegale, oft unbegründete, dem Irrtum ausgesetzte Rache, die eine Privatperson ausüben kann.

Pjotr Petrowitsch (sich ereifernd). Wollen Sie damit sagen, daß diese Vergeltung jetzt nicht diesen Zufalls-Charakter hat? daß sie immer begründet ist? daß sie immer ohne Fehl ausgeübt wird? Das werde ich niemals zugeben! Ihre Argumente können weder mich, noch sonst jemand davon überzeugen, daß diese Ausnahmebestimmungen, kraft derer Tausende hingerichtet wurden und noch hingerichtet werden, eine vernünftige, rechtliche und wohltätige Einrichtung sind. (Steht auf und geht erregt auf und ab.)

Fedja (zur Mutter). Mama, worüber streitet der Vater?

Maria Iwanowna. Darüber, daß es nicht so viele Hinrichtungen geben soll.

Fedja. Daß man jemand tot macht?

Maria Iwanowna. Ja. Er denkt, daß man das nicht so oft machen darf.

Fedja (geht zum Vater). Papa, warum ist denn in den zehn Geboten gesagt: du sollst nicht töten? Dann darf man doch gar nicht töten!

Pjotr Petrowitsch (lächelt). Das bezieht sich nicht auf das, worüber wir sprechen, sondern auf das, daß ein Mensch den andern nicht töten solle.

Fedja. Aber wenn man jemand hinrichtet, so tötet doch ein Mensch den andern.

Pjotr Petrowitsch. Selbstverständlich. Aber man muß verstehen, warum das so ist und wann es geschehen darf.

Fedja. Wann darf es denn geschehen?

Pjotr Petrowitsch. Na, wie soll ich es dir sagen? Na, im Krieg. Na, ein
Bösewicht bringt Menschen um. Das kann man nicht zulassen,
und so wird er bestraft.

Fedja. Und steht nicht im Evangelium, daß man alle Menschen lieben, allen verzeihen soll?

Pjotr Petrowitsch. Gut wär's, wenn man's könnte; aber man kann's
nicht.

Fedja. Warum kann man's denn nicht?

Pjotr Petrowitsch. Darum! (Wendet sich zu Iwan Wassiljewitsch, der
Fedja mit Lächeln zugehört hat.) Also so ist die Sache, verehrter
Iwan Wassiljewitsch. Ich kann den Nutzen der Ausnahmege-
setze und der Feldgerichte nicht einsehen.

10.

VON DEN GEFÄNGNISSEN

Sjomka, dreizehn Jahre alt; Aksjutka zehn Jahre alt;
Mitjka, zehn Jahre alt; Palaschka, neun Jahre alt;
Wanjka, acht Jahre alt; sie haben im Wald Pilze gesammelt
und sitzen jetzt am Brunnen

Aksjutka. Oh wie sich die Tante Matrjona gegrämt hat! Und die Kinder! Eins fängt an, da röhren alle miteinander!

Wanjka. Warum weinen sie denn?

Paluschka. Warum sie weinen? Den Vater führt man weg, ins Gefängnis. Darum weinen sie.

Wanjka. Warum ins Gefängnis?

Aksjutka. Weiß man's denn? Sie sind dahergekommen, „komm mit"
haben sie gesagt, haben ihn genommen und fortgeführt. Haben
alles mitangesehen.

Sjomka. Man führt ihn weg, damit er keine Pferde mehr stiehlt. Bei
Djemkin hat man welche gestohlen, bei Krassnow waren sie
auch. Auch unser Wallach ist ihren Klauen nicht entgangen. Soll
man ihnen dafür vielleicht noch das Köpfchen streicheln?

Aksjutka. Was ist da zu reden. Nur die Kinder tun einem leid. Viere
sind's. Und kein Brot im Haus. Heute sind sie zu uns gekommen.

Sjomka. So stiehl nicht!

Mitjka. Aber gestohlen hat doch *er*! Die Kinder haben nichts genommen. Warum müssen sie jetzt betteln gehen?

Sjomka. Man darf nicht stehlen.

Mitka. Haben doch die Kinder nicht gestohlen, nur er!

Sjomka. Der da leiert immer wieder: „die Kinder, die Kinder!" Warum handelt er schlecht? Muß er denn, weil er viele Kinder hat, stehlen?

Wanjka. Sagt, was wird man denn mit ihm im Gefängnis machen?

Aksjutka. Er wird sitzen; sonst nichts.

Wanjka. Gibt man ihm auch zu essen?

Sjomka. Das ist es eben! Drum haben sie keine Angst, die Pferdediebe, die verdammten. Kost und Logis hat er frei. Nun, sitze ein Weilchen! Wenn ich der Zar wäre, wüßte ich, wie man mit diesen Pferdedieben umgehen muß. Ich würde ihnen das abgewöhnen. So aber – du lieber Himmel! Er sitzt, sitzt. Und sitzt die Zeit mit andern, ebensolchen Schlingeln ab. Einer lehrt den andern, wie man das Stehlen besser betreiben kann. Der Großvater hat erzählt, daß der Petrucha ein ganz guter Junge gewesen war; wie er nur einmal im Gefängnis gesessen hatte, war aus ihm ein unverbesserlicher Strick geworden, ein wahres Unglück! Und seitdem hat er angefangen …

Wanjka. Wozu sperrt man sie ein?

Sjomka. Mußt sie fragen.

Sjomka (sie unterbrechend). Damit er besser lernt…

Aksjutka. Die Kinder aber mit der Mutter sterben Hungers. Wir sind doch Nachbarn. Sie tun einem leid. Was soll man mit ihnen machen? Sie kommen, bitten um Brot, man kann es ihnen doch nicht abschlagen!

Wanjka. Also wozu sperrt man sie ein?

Sjomka. Was soll man sonst mit ihnen machen?

Wanjka. Was man mit ihnen machen soll? Nun, man muß es irgendwie einrichten, daß …

Sjomka. Natürlich – irgendwie, aber wie, das weißt du selber nicht. Klügere als du haben darüber nachgedacht und nichts gefunden.

Palaschka. Wenn ich aber die Kaiserin wäre…

Aksjutka. Geh weg! Was würdest du als Kaiserin machen?

Palaschka. Nun das, daß niemand mehr stiehlt und die Kinder nicht weinen.

Aksjutka. Ja, aber wie willst du denn das machen?

Palaschka. Nun so, daß man allen alles gibt, was sie brauchen, damit sie niemand kränken und daß alle es gut haben.

Sjomka. Ei, ei, ist das eine Kaiserin! Aber wie willst du es denn anfangen?

Palaschka. Nun, so werde ich machen.

Mitjka. Mir ist's recht. Und jetzt gehen wir noch durch den dichten Birkenwald. Dort haben die Mädchen vor einigen Tagen viele Beeren gefunden.

Sjomka. Mir auch recht. Gehen wir, Kinder! Du, Kaiserin, verliere deine Pilze nicht, du bist die Geschickteste.

Sie stehen auf und gehen in den Wald

11.

VOM REICHTUM

*Es sitzen beim Tee: der Gutsherr, die Gutsherrin, ihre Tochter
und der sechsjährige Wastja. Die erwachsenen Kinder
spielen Tennis. Es kommt ein junger Bettler heran*

Gutsherr (zum Bettler). Was willst du?

Bettler (verneigt sich). Der Herr wissen es ja. Haben Sie Mitleid mit einem Arbeitslosen. Abgerissen und hungrig zieh ich dahin. War in Moskau, jetzt schlage ich mich in meine Heimat durch. Helfen Sie einem armen Menschen.

Gutsherr. Warum bist du arm?

Bettler. 's ist ja bekannt, warum: von wegen der Not.

Gutsherr. Wolltest du nur arbeiten: du wärest nicht arm.

Bettler. Ich wäre froh, wenn ich Arbeit bekommen könnte. Aber jetzt gibt's keine. Alle sperren zu.

Gutsherr. Warum arbeiten denn andere, und du hast keine Arbeit!

Bettler. Gott ist mein Zeuge, ich wäre von Herzen froh, arbeiten zu können. Man wird nicht genommen. Habt Mitleid, Herr. Den zweiten Tag schon hab ich nichts zu essen.

Gutsherr (schaut in sein Portemonnaie, zu seiner Frau). *Avez-vous de la petite monnaie? Je n'ai que des assignats.*

Gutsherrin (zu Wassja). Geh, mein kluges Bürschlein, in meinem

Zimmer, im Täschchen, auf dem Tisch, neben dem Bett, liegt das
Börschen; bring es mir.

Wassja hört nicht, was die Mutter spricht;
er schaut unverwandt den Bettler an.

Gutsherrin. Wassja, hast du gehört? (Zupft ihn am Ärmel.) Wassja!
Wassja. Was willst du, Mama?
Die Gutsherrin wiederholt, wohin ergehen und was er bringen soll.
Wassja (springt auf). Sofort! (Geht, sich noch immer nach dem Bettler
umsehend, ab.)
Gutsherr (zum Bettler). Warte. Gleich. (Der Bettler tritt zur Seite) (Zu
seiner Frau, auf französisch:) Es ist schrecklich, wie viele von
ihnen ohne Arbeit herumgehen. Daran ist nur ihre Faulheit
schuld. Aber dennoch, es ist schrecklich, wenn er hungrig ist.
Gutsherrin. Alles Übertreibung. Man sagt, im Ausland soll es ebenso
sein. Ich habe gelesen, in New York gebe es etwa 100.000 Arbeits-
lose. Willst du noch etwas Tee?
Gutsherr. Ja, aber nicht zu stark. (Raucht sich eine Zigarette an.
Schweigen.)

Der Bettler sieht sie an, schüttelt den Kopf und hüstelt, augenscheinlich, um ihre Aufmerksamkeit auf sich zu lenken. Wassja kommt mit
dem Börschen angelaufen und sucht sofort mit den Augen den Bettler. Während er die Börse seiner Mutter reicht, sieht er wieder unverwandt nach dem Bettler.

Der Gutsherr (langt ein Zehnkopekenstück aus der Börse). Also hier,
da hast du, ich weiß nicht, wie man dich nennt. Da!
Bettler (nimmt die Mütze ab, verbeugt sich, nimmt das Geldstück).
Vergelt's Gott, vielen Dank auch dafür. Ich danke euch, daß ihr
mit einem armen Menschen Mitleid gehabt habt.
Gutsherr. Ich bedauere hauptsächlich, daß ihr nicht arbeitet. Wenn
ihr arbeiten wolltet, würdet ihr nicht arm sein. Wer arbeitet, kann
nicht arm sein.
Bettler (setzt, nachdem er das Geldstück genommen hat, die Mütze
auf und sagt indem er sich zum gehen wendet). Ja, wie das
Sprichwort sagt –

Von der Arbeit, mein Lieber, – sei doch nicht dumm! – Wird man nicht reich, wird man nur krumm. (Entfernt sich.)

Wassja. Was heißt das?

Gutsherr. Ach, er sagt etwas, wie wenn man vom Arbeiten nicht reich werden, wohl aber einen Buckel bekommen könnte.

Wassja. Und ist das nicht wahr?

Gutsherr. Selbstverständlich ist es nicht wahr. Solche, die wie dieser dort, sich nur herumtreiben und nichts arbeiten wollen, die sind immer arm. Reich sind nur diejenigen, die arbeiten.

Wassja. Wir arbeiten doch auch nichts und sind doch reich.

Gutsherr (lacht). Woher weißt du denn, daß dein Papa nichts arbeitet?

Wassja. Ich weiß es nicht, aber wir sind doch sehr reich, folglich muß der Papa – uch! wie viel arbeiten. Und arbeitet er denn soviel?

Gutsherr. Es ist nicht jede Arbeit gleich. Vielleicht ist meine Arbeit eine solche, daß nicht jeder sie machen kann.

Wassja. Was ist denn das für eine Arbeit – deine Arbeit?

Gutsherr. Meine Arbeit ist die, euch alle zu ernähren, zu kleiden und dafür zu sorgen, daß ihr etwas lernt.

Wassja. Das ist doch bei ihm auch so! Warum muß er denn so bedauernswert herumziehen, während wir hier so …

Gutsherr (lacht). Sieh da! Ein kleiner Bolschewik!

Gutsherrin. Darum heißt es ja auch: ein Narr fragt mehr, als zehn Weise beantworten können. Nur müßte man statt „Narr" „Kind" sagen. Und nicht „ein Narr", sondern: „jedes Kind."

12.

LIEBET DIE, SO EUCH BELEIDIGEN
Mascha, zehn Jahre alt, und Wanja, achtjährig

Mascha. Und mir fällt soeben ein: wenn doch Mama jetzt sogleich nach Hause käme und uns mitnähme, und wir gingen alle zuerst ins Passage und nachher zu Nastja! Wie schön wäre das! – Und du? Was möchtest du?

Wanja. Ich möchte, daß alles ganz so wäre, wie es gestern war.

Mascha. Was war denn gestern? Daß dich Grischa durchgeprügelt hat und daß ihr dann alle miteinander angefangen habt zu weinen? Daran ist doch wenig Gutes.

Wanja. Das war eben das Schöne. Es war doch so schön, daß es etwas Schöneres absolut nicht gibt. Und eben das wünsch ich mir.

Mascha. Versteh ich nicht.

Wanja. Das ist so; ich werd es dir erklären, was ich möchte. Erinnerst du dich, wie vorigen Sonntag Onkelchen Pawel Iwanowitsch – ach, wie ich ihn gern habe …

Mascha. Wer hat ihn denn nicht gern! Mama sagt, daß er ein Heiliger ist. Das ist auch wahr.

Wanja. Also erinnerst du dich: vorigen Sonntag hat er uns von einem Menschen erzählt, den alle verspotteten und beleidigten; er aber hat den, der ihn am meisten beleidigte, am meisten lieb gehabt. Sie beschimpfen ihn, und er lobt sie dafür. Sie schlagen ihn, er hilft ihnen dafür. Onkelchen sagte, es sei dem, der so handle, immer wohl ums Herz. Das gefiel mir und ich wollte es auch so machen. Als mich nun Grischa gestern prügelte, erinnerte ich mich daran, begann ihn zu küssen, und er fing an zu weinen. Und es wurde mir so lustig ums Herz. Hingegen mit der Njanja, gestern, hab ich gefehlt: sie fing an mich zu schelten, ich hatte vergessen, wie man es machen muß und sagte ihr Grobheiten. Aber jetzt will ich es noch einmal probieren, wie es mit Grischa war.

Mascha. So möchtest du also, daß man dich wieder durchprügelt?

Wanja. Gar zu gern möcht ich das. Ich würde sofort das gleiche machen, wie mit Grischa, und gleich würd es mir wieder so wohl ums Herz werden.

Mascha. Nichts als Dummheiten! So dumm er war, so dumm ist er geblieben.

Wanja. Nun, was ist dabei. Wenn ich dumm bin, bin ich dumm. Aber ich weiß doch, wie man es machen muß, damit einem immer wohl ums Herz ist!

Mascha. Ein fürchterlicher Dummkopf! Und ist dir denn wirklich davon so wohl zu Mut?

Wanja. Oh, sehr!

13.

Die Presse

Schulzimmer, Wolodga, Gymnasiast, vierzehn Jahre alt,
macht seine Aufgaben; Sonja, fünfzehn Jahre alt, schreibt.
Der Hausknecht kommt mit einer schweren Last auf dem
Rücken herein, hinter ihm: Mischa, acht Jahre alt

Hausknecht. Wo wird der gnä' Herr den Ballen hintun wollen? Hat mir fast die Schulter abgequetscht.

Wolodga. Wohin hat man dir befohlen, ihn zu bringen?

Hausknecht. Wassilis Timofeitsch hat mir gesagt: trag ihn einstweilen ins Schulzimmer, bis der gnä' Herr zurückkommt.

Wolodga. Na dann hierher, in die Ecke. (Liest weiter.) Der Hausknecht legt seine Last ab und seufzt.

Sonja. Was ist denn das?

Wolodga. „Die Wahrheit", eine Zeitung.

Mischa. Wieso denn die Wahrheit?

Sonja. Wieso denn soviel?

Wolodga. Ein ganzer Jahrgang. (Liest weiter.)

Mischa. Und das hat man alles zusammengeschrieben?

Hausknecht. Ha! die das fabriziert, sind nicht herumspaziert.

Wolodga (lacht). Wie hast du das gesagt?

Hausknecht. Ich hab' gesagt: die sind nicht viel herspaziert, die all das fabriziert haben. Nun, also, ich gehe. Sie werden so gut sein und sagen, daß ich es gebracht habe. (Geht ab.)

Sonja (zu Wolodga). Wozu braucht Papa den ganzen Jahrgang?

Wolodga. Er will die Aufsätze von Bolschakow nachlesen.

Sonja. Onkel Michail Iwanowitsch sagt doch, daß ihm von Bolschakow schlecht wird.

Wolodga. Nun ja: das sagt eben der gute Onkel Michail Iwanowitsch. Er liest nur sein Leibblatt „Die Wahrheit für alle".

Mischa. Ist die „Wahrheit" vom Onkel auch so umfangreich wie diese da?

Sonja. Noch umfangreicher. Die da erscheint erst ein Jahr, jene schon zwanzig Jahre.

Mischa. Also zwanzig solche Pakete?

Sonja (will Mischa in Erstaunen setzen). Das ist noch gar nichts. Das da sind zwei Zeitungen, und es gibt 30 oder mehr.

Wolodga (ohne den Kopf zu erheben). Dreißig? Fünfhundertdreißig allein in Rußland, und wenn man alle zusammenzählen wollte, auch die, die im Ausland erscheinen, würden es Tausende sein.

Mischa. Die könnte man wohl nicht alle in diesem Zimmer unterbringen?

Wolodga. In diesem Zimmer?! In der ganzen Straße könnte man sie nicht unterbringen. Nun, aber jetzt, bitte stört mich nicht. Ich werde morgen bestimmt aufgerufen, und ihr schwatzt da Dummheiten. (Er liest weiter.)

Mischa. Ob es nötig ist, soviel zusammenzuschreiben?

Sonja. Warum nicht?

Mischa. Nun ich meine: wenn's wirklich die Wahrheit ist, wozu dann immer ein und dasselbe sagen. Ist's aber nicht die Wahrheit, wozu dann lügen?

Sonja. Da hast du aber etwas Gescheites gesagt. Mischa. Was schreiben Sie denn so schrecklich viel?

Wolodga (sieht vom Buche auf). Preßfreiheit! Wie sollte man erfahren, wo die Wahrheit ist, wenn's keine Preßfreiheit gäbe?

Mischa. Papa sagt, in der „Wahrheit" sei die Wahrheit zu finden, während Onkel Michail Iwanowitsch behauptet, ihm werde von der „Wahrheit" schlecht. Wie soll man denn herausbekommen, wo die Wahrheit ist: in der „Wahrheit" oder in der „Wahrheit für alle"?

Sonja. Richtig! Ich bin auch der Meinung, daß es zu viele Zeitungen, Zeitschriften und Bücher gibt.

Wolodga. Da sieht man doch gleich das Frauenzimmer. Reden leichtsinnig in den Tag hinein.

Sonja. O nein, ich meine nur, weil es so viele Zeitungen gibt, ist es schwer, herauszubekommen, wo denn eigentlich die Wahrheit steckt.

Wolodga. Dazu ist einem ja der Verstand gegeben, damit man urteilt, wo die Wahrheit ist.

Mischa. Wenn aber doch jeder selbst Verstand genug hat, so kann er sich auch selbst ein Urteil bilden und braucht die Zeitungen nicht.

Wolodga. Da hast du wieder einmal deinen großen Verstand bewiesen! Aber, bitte, mache dich jetzt aus dem Staub und störe mich nicht.

14.

Reue

*Wolja, acht Jahre alt, steht im Korridor mit einem leeren Teller
und weint. Fedja, zehn Jahre alt, kommt in den Korridor
gelaufen und bleibt stehen*

Fedja. Mama hat gesagt, ich soll nachsehen, wo du bist. Was weinst
du denn? Hast du's der Njanja gebracht? (Sieht den leeren Teller,
stößt einen Pfiff aus). Wo ist denn der Kuchen?

Wolja. Ich ... ich ... ich wollte ... und plötzlich ... hu hu hu ... hab
ich ihn unvermerkt aufgegessen.

Fedja. Nicht der Njanja hingetragen – aufgegessen! Das nenn ich geschickt. Und die Mama hat doch gedacht, du bist froh, es der
Njanja hinbringen zu dürfen!

Wolja. Bin auch froh ... Aber plötzlich ... weiß nicht, wie's geschah
... hu hu hu!

Fedja. Hast ein Stückchen versucht, und wieder versucht, und dabei
alles aufgegessen! Ha, du bist mir ein sehr geschickter Junge.
(Lacht.)

Wolja. Ja, du ... hast gut lachen, aber ich ... wie soll ich's sagen ...
Zur Njanja kann ich nicht hingehen, und zur Mama auch nicht...

Fedja. Brüderlein, Brüderlein, was hast du da angerichtet! Also alles
mit Burz und Stengel aufgegessen? Ha, ha ha! Aber weine doch
nicht! Man muß etwas ausdenken.

Wolja. Was kann ich da ausdenken? Was soll ich nur machen?

Fedja. Na, so was! (Bemüht sich das Lachen zu verbeißen. Schweigen.)

Wolja. Was soll ich nur machen? Ich bin verloren. (Heult.)

Fedja. Ach, wer wird sich denn das gleich so zu Herzen nehmen! Hör
auf zu weinen! Gehe einfach zu Mama und sag, daß du den Kuchen hingetragen hast.

Wolja. Das ist noch schlimmer.

Fedja. So gesteh es der Njanja.

Wolja. Wie kann man denn?

Fedja. Also hör zu: du bleibst hier stehen, und ich laufe zur Njanja
und erzähl es ihr. Sie wird sich nichts daraus machen.

Wolja. Nein, lieber nicht. Wie kann man denn?

Fedja. Kleinigkeit! Es war ein Irrtum. Was ist zu machen? (Läuft weg)

351

Wolja. Fedja! Warte noch! Ist schon weg … Ich habe nur probiert, und nachher, ich kann mich auch nicht erinnern … und da war's geschehen. Was soll ich jetzt machen? (Heult.)

Fedja kommt zurückgelaufen.

Fedja. Na, und jetzt genug geheult! Es war so, wie ich dir gesagt habe: die Njanja wird dir verzeihen. Sie hat nur gesagt: „Ach, mein Täubchen!"

Wolja. Ist's wahr? Und ist sie denn nicht bös?

Fedja. Sie denkt nicht daran! „Gott mit ihm, mit dem Kuchen, er hätt ihn sowieso gekriegt", hat sie gesagt.

Wolja. Aber ich hab's doch nicht gern getan … (Weint wieder.)

Fedja. Nun, worüber weinst du denn schon wieder? Mama werden wir nichts sagen, und die Njanja hat dir verziehen.

Wolja. Die Njanja hat verziehen. Ich weiß doch, daß sie eine Gute, Liebe ist. Aber ich! Ich bin ein garstiger, garstiger Junge. Darüber weine ich.

15.

VON DER KUNST

Lakai, Haushälterin und die achtjährige Natascha

Lakai (mit einem Präsentierbrett). Mandelmilch zum Tee, und Rum.

Haushälterin (strickt an einem Strumpf und zählt die Maschen). Zweiundzwanzig, dreiundzwanzig …

Lakai. Hören Sie oder hören Sie nicht, Awdotja Wassiljewna? He, Sie!

Haushälterin. Ich höre, höre. Sofort. Ich kann mich nicht zerreißen. (Zu Natascha:) Sofort, Mütterchen, ihr bekommt eure Pflaumen. Nur sachte! Jetzt noch die Milch seihen … (Seiht die Milch.)

Lakai (setzt sich). Was man da nicht alles zu sehen kriegt! Und wofür die Leute ihr Geld ausgeben!

Haushälterin. Aha, wieder einmal im Theater gewesen! Ja, heute hat's ziemlich lang gedauert.

Lakai. Eine Oper dauert immer lang. Man sitzt, sitzt … Durfte zuschauen, ich danke! Merkwürdig! …

Der Bauer Pawel, der als Bufettdiener fungiert,
kommt herein und bleibt stehen, um zuzuhören.

Haushälterin. Man hat wohl gesungen?

Lakai. Ja, gesungen! Aus vollem Hals haben sie gequietscht und ge-
gröhlt. Einem Singen war's gar nicht ähnlich. ‚Ich', sagt er, ‚liebe
Sie sehr'. Und brüllt's aus voller Kehle, es ist einem Lied gar nicht
ähnlich. Kehr um die Hand haben sie sich verstritten, sollten sich
prügeln, singen aber wieder.

Haushälterin. Und man sagt, teuer soll es sein, so'n Abannament.

Lakai. Wir zahlen für unsere Loge 300 Rubel für 12 Vorstellungen.

Pawel (Schüttelt den Kopf). 300 Rubel. Wer kriegt denn dieses Geld?

Lakai. Wer? Das weiß doch jeder: wer singt, der kriegt's. Man sagt,
die Sängerin löst so ihre 50 Tausend im Jahr.

Pawel. Reden wir nicht von Tausenden, sind doch schon 300 Rubel
nach unsern ländlichen Begriffen ein Heidengeld. Ein anderer
rackert sich sein ganzes Leben lang ab, keine 100 bringt er zusammen.

Die Gymnasiastin Nina betritt den Bufettraum.

Nina. Ist Natascha hier? Wo steckst du, Mama fragt nach dir.

Natascha (kaut Backpflaumen). Ich komme sofort.

Nina (zum Bufettbauer). Was sagst du da von 100 Rubeln?

Haushälterin. Semjon Nikolajewitsch erzählt da – (zeigt auf den Lakai) – wie er heute im Theater singen gehört hat und wieviel man
den Sängerinnen zahlt. Darob verwundert sich Pawel sehr. Ist es
denn wirklich wahr, Nina Michajlowna, daß eine Sängerin ihre
25 Tausend löst?

Nina. Noch mehr. Eine Sängerin hat ein Engagement nach Amerika
bekommen und sie bekommt 150 Tausend. Das ist aber noch gar
nichts. Gestern stand in der Zeitung, daß ein Musiker für einen
Fingernagel 25.000 bekommen hat.

Pawel. Was sie nicht alles in die Zeitung setzen! Ist denn sowas möglich?

Nina (mit sichtlichem Vergnügen). Aber ja, sage ich dir! Pawel. Warum denn für einen Fingernagel?

Natascha. Ja, das möcht ich auch wissen.

Nina. Na, dafür, daß er Klavier spielt und versichert ist. Wenn ihm
etwas mit der Hand passiert, so daß er nicht spielen kann, zahlt
man ihm das Geld aus.

Pawel. Sind das Sachen!

Senitschka (Gymnasiastin in der sechsten Klasse, kommt herein).
Sieh, sieh da, eine Volksversammlung! Was wird denn verhandelt?

Nina erzählt es ihr

Senitschka (mit noch größerem Vergnügen). Das mit dem Nagel ist
noch gar nichts! In Paris hat eine Tänzerin ihr Bein mit 200.000
Rubel versichert. Begreift ihr: wenn sie es verstaucht und nicht
arbeiten kann, bekommt sie das Geld.

Lakai. Das sind die, mit Verlaub zu sagen, die ohne Unterhosen mit
den Beinen arbeiten.

Pawel. Muß eine schwere Arbeit sein; ist wohl das Geld wert.

Senitschka. Kann's doch nicht jeder, und dauert's doch Jahre, bis
man's gelernt hat.

Pawel. Da hat sie auch was Rechtes gelernt: die Beine in der Luft herumwirbeln.

Senitschka. Das verstehst du nicht. Die Kunst ist eine gar wichtige
Sache.

Pawel. Und mir scheint, das sind lauter Dummheiten. Der Dickwanst zahlt das schwere Geld. Wenn sie das Geld durch harte
Arbeit, die bucklig, aber nicht reich macht, verdienen müßten,
würd es weder diese Balletttänzer, noch diese Sängerinnen geben. Das ist alles keinen Groschen wert. Nun, aber was soll man
mit ihnen anfangen!

Senitschka. Da sieht man wieder, was Unbildung heißt. Für ihn ist
Beethoven, Viardot und Raphael nur dummes Zeug.

Natascha. Man möchte meinen, er hat recht.

Nina. Komm, komm.

16.

VON DER WISSENSCHAFT

*Realschüler, fünfzehn Jahre alt, und ein Gymnasiast,
sechzehn Jahre alt, und die Zwillingsbrüder,
Gymnasiasten, Wolodga und Petruscha, acht Jahre alt*

Realschüler. Wozu brauche ich Latein und Griechisch, wenn doch alles, was es Gutes gibt, schon in die neueren Sprachen übersetzt
ist?

Gymnasiast. Du wirst die Ilias nie verstehen, wenn du nicht griechisch kannst.

Realschüler. Ich brauche sie überhaupt nicht zu lesen, und hab auch keine Lust dazu.

Wolodga. Was ist denn das: die Ilias?

Realschüler. Ein Märchen.

Gymnasiast. Ein Märchen, schön; aber es ist doch ein Märchen, wie's kein zweites gibt in der Welt.

Petruscha. Was macht es denn so schön?

Realschüler. Gar nichts; 's ist ein Märchen, wie alle andern Märchen.

Gymnasiast. Ja, aber das richtige Verständnis für die Antike wirst du nie erreichen, wenn du diese Märchen nicht kennst.

Realschüler. Nach meiner Meinung aber ist das derselbe Aberglaube wie das, was man den Gottesglauben nennt.

Gymnasiast. Die Religion ist freilich Lug und Trug; das aber ist Geschichte und Weisheit.

Wolodga. Ist denn die Religion dummes Zeug?

Gymnasiast. Was hockt ihr da und haltet Maulaffen feil? Ihr versteht davon ja doch nichts.

Wolodga. Vielleicht verstehen wir es besser als ihr.

Gymnasiast. Na, schon gut. Mischt euch nur nicht in das Gespräch, sitzt ruhig. (Zum Realschüler) Du sagst, es gebe im Leben keine Verwendung für die alten Sprachen. Da könnte man doch dasselbe von der Bakteriologie, von der Chemie, von der Physik und von der Astronomie sagen! Wozu brauchst du die Entfernung der Sterne und ihre Größe zu wissen, da dies doch für niemand etwas nütze ist!

Realschüler. Das soll niemand Nutzen bringen? Im Gegenteil!

Gymnasiast. Nun, welchen Nutzen denn?

Realschüler. Also, zum Beispiel für die Schiffahrt.

Gymnasiast. Das geht ohne Astronomie auch.

Realschüler. Die Ergebnisse der Wissenschaften finden ihre praktischen Anwendungen in der Landwirtschaft, in der Heilkunde, in der Industrie …

Gymnasiast. Recht schön, aber dieselben Ergebnisse kommen auch der Bombenfabrikation zugute in den Kriegen und bei den Revolutionären. Ja, wenn diese Wissenschaften dahin führen würden, daß die Menschen ihr Leben besser einrichten könnten!

Realschüler. Werden denn die Menschen durch deine Wissenschaften besser?

Wolodga. Was gibt es denn für Wissenschaften, von denen die Menschen besser werden?

Gymnasiast. Ich habe dir gesagt, du sollst dich nicht in das Gespräch
mischen, wenn Erwachsene miteinander reden. Es kommt nur
immer dummes Zeug heraus.

Wolodga und Petruscha (wie aus einem Munde). Dummheiten, nun
sollen das Dummheiten sein, aber sage zuerst, welche Wissenschaften gibt es denn, durch die die Menschen besser werden?

Realschüler. Solche Wissenschaften gibt es nicht. Das ist eines jeden
Menschen eigene Sache.

Gymnasiast. Wovon sprichst du mit ihnen? Die verstehen ja doch
nichts.

Realschüler. Nein, so laß doch! Das, Wolodga und Petruscha, lernt
man in den Mittelschulen nicht.

Wolodga. Wenn man das nicht lernt, so braucht man gar nicht zu lernen.

Petruscha. Wenn wir groß sind, werden wir nicht lernen, was nicht
nötig ist.

Wolodga. Sondern werden trachten, selber besser zu werden.

Gymnasiast (lacht). Sieh mal die Gelbschnäbel, verzapfen Weisheit!

17.

VOM ZIVILGERICHT

*Bauer; sein Weib; die Gevatterin; Fjodor, neunzehn Jahre alt,
und Petjka, neun Jahre alt – die beiden Söhne des Bauern*

Bauer (betritt die Isba, kleidet sich aus). Potztausend, ist das ein Wetter! Hab schon geglaubt, ich komm nicht mehr heim.

Bäuerin. 's ist ja auch ein schönes Stück Weges. Es müssen an die 15
Werst sein.

Bauer. Ganze zwanzig! (Zum Sohn Fjodor:) Geh und versorge den
Wallach.

Bäuerin. Nun, wie lautet das Urteil? Zu unsern Gunsten?

Bauer. In dreier Teufels Namen – nein! 's ist kein Sinn und kein Verstand in allem. Wer kennt sich aus?

Gevatterin. Um was handelt es sich, Gevatter; ich kann die Sachen nicht auseinanderhalten.

Bauer. Die Sach' ist die, daß der Awerjan mir meinen Gemüsegarten weggenommen hat; er hat ihn jetzt; und ich kann mein Recht nicht finden.

Bäuerin. Schon das zweite Jahr zieht der Prozeß sich hin.

Gevatterin. Ich weiß. Es war in den Fasten. Ihr habt im Amtsbezirk die Sache vorgebracht. Der Gemüsegarten wurde dir zuerkannt, hat der Meine gesagt.

Bauer. Das ist es eben! Und dann hat es der Awerjan beim Landeshauptmann eingereicht. Und der Landeshauptmann hat alles wieder rückgängig gemacht. Da bin ich zu den Richtern gegangen. Die Richter haben ihn mir zuerkannt. Damit hätt' es ein Ende haben sollen; aber nein: wieder hat man's ihm zuerkannt! Die nennen sich Richter!

Bäuerin. Nun, was soll jetzt werden?

Bauer. Die Sache muß so gemacht werden, daß er das meinige niemals kriegt! Ich werd es bis vor's oberste Gericht bringen. Mit dem Ablakat hab ich schon gesprochen.

Gevatterin. Wenn man ihm nun aber auch im obersten Gericht die Stange halten wird?

Bauer. Werd ich noch weiter gehen! Soll die letzte Kuh draufgehen: ich gebe nicht nach. Der ausgefressene Teufel soll mich kennen lernen!

Gevatterin. Och, ein Jammer, ein Jammer sind diese Gerichte! Und wenn auch diese den Gemüsegarten ihm zuerkennen werden?

Bauer. Dann geh ich damit vor den Zaren. Ich geh jetzt in den Stall, dem Wallach Heu geben. (Geht hinaus.)

Petja. Und was ist, wenn auch der Zar dem Dickbauch recht gibt?

Bäuerin. Über dem Zaren gibt es niemand mehr.

Petja. Warum geben die einen dem Awerja und die andern dem Vater recht?

Bäuerin. Wahrscheinlich, weil sie selber nichts wissen.

Petja. Warum fragt man sie denn, wenn sie nichts wissen?

Bäuerin. Weil keiner nachgeben will.

Fedjka. Wenn ich groß bin, werde ich's so machen: habe ich mit jemand einen Streit, so lassen wir das Los entscheiden. Wie das Los entscheidet, so soll es sein. Ich und die Akulina machen's immer so.

Gevatterin. Warum auch nicht, Gevatterin? Es ist am Ende ganz annehmbar. Wahrhaftig! Und wenigstens ist keine Sünde dabei.

Bäuerin. Schon wahr! Was hat uns der Handel schon gekostet! Der Gemüsegarten ist das nicht wert. Oi, Sünden, Sünden!

18.

VOM KRIMINALGERICHT

Die Kinder: Grischka, zwölfjährig; Sjomka, zehn Jahre;
Tischka, dreizehn Jahre

Tischka. Und das ist darum, weil er auf einem fremden Futterboden nichts zu suchen hat. Das hat er davon: jetzt wird man ihn einlochen; ein andermal wird er sich in acht nehmen.

Sjomka. Meinetwegen, wenn einer etwas angestellt hat. Aber Mitrofan, hat mir der Großvater erzählt, sitzt für nichts und wieder nichts.

Tischka. Also unschuldig? Geschieht denn dem, der ihm die Strafe ungerechterweise zuerkannt hat, gar nichts?

Grischka. Wird auch keine Belobigung erhalten, wenn er nicht nach Recht und Gesetz vorgegangen ist. Auch er wird seine Strafe erhalten.

Sjomka. Wer wird ihn denn bestrafen?

Tischka. Wer halt im Rang der Höhere ist.

Sjomka. Wer ist denn höher als er?

Tischka. Die Obrigkeit.

Sjomka. Wenn sich aber nun die Obrigkeit irrt!

Grischka. Zu dem Zweck sind noch höhere da. Und auch die kann man noch bestrafen, denn dazu ist ja der Zar da.

Sjomka. Und wenn auch der Zar sich irrt? Wer wird den bestrafen?

Tischka. Wer den bestrafen wird, den bestrafen? Das weiß doch jeder
   …

Grischka. Den wird Gott bestrafen.

Sjomka. So wird Gott auch den bestrafen, der auf den fremden

Futterboden gekrochen ist. Gott sollte ganz allein alle bestrafen,
die sich vergangen haben. Gott wird sich wohl nicht irren.

Tischka. Es ist eben anders.

Sjomka. Warum?

Tischka. Darum …

19.

VOM EIGENTUM

*Ein greiser Zimmermann repariert das Balkongeländer.
Der siebenjährige kleine Barin schaut ihm zu
und bewundert seine Arbeit*

Der kleine Barin. Wie gut Sie arbeiten! Wie heißen Sie?

Der Zimmermann. Wie man uns nennt? Man hat uns Chrolka genannt, und jetzt tituliert man uns Chrol und noch Sawitsch.

Der kleine Barin. Wie gut Sie arbeiten, Chrol Sawitsch!

Zimmermann. Wenn schon, denn schon. Warum soll man denn
schlecht arbeiten?

Der kleine Barin. Und Sie, haben Sie einen Balkon? Zimmermann
(lacht). Ob wir einen haben? Wir, mein Bürschlein, haben einen
solchen Balkon, daß dieser da sich daneben verstecken kann. Wir
haben einen Balkon ohne Fenster, und gehst du auf diesen Balkon hinaus, kannst du gleich weiter gehen. Siehst du, was für
einen Balkon wir haben?

Der kleine Barin. Sie scherzen. Nein, sagen Sie: haben Sie wirklich so
einen Balkon? Ich frage ganz im Ernst.

Zimmermann. Eh, Bürschlein, Täubchen … einen Balkon! Was kann
unsereiner für einen Balkon haben. Unsereiner muß froh sein,
wenn er nur ein Dach über'm Kopf hat. Aber einen Balkon!! Seit
dem Frühling hab ich angefangen zu bauen. Die alte morsche
Hütte hab ich abgebrochen, und zu einer neuen kann ich's nimmermehr bringen. So steht sie ohne Dach und wird naß.

Der kleine Barin (verwundert). Warum?

Zimmermann. Frag noch warum. Die Kräfte wollen nicht mehr reichen.

Der kleine Barin. Wieso reichen denn die Kräfte nicht. Sie arbeiten
doch auch bei uns!

Zimmermann. Bei euch ja, bei mir kann ich nicht.

Der kleine Barin. Warum? Ich verstehe es nicht. Erklären Sie es mir.

Zimmermann. Wirst größer werden, mein braver Bursche, und wirst es dann verstehen, warum ich für euch arbeite, während ich es für mich nicht kann.

Der kleine Barin. Warum?

Zimmermann. Nun darum, weil man zum Bauen Holz braucht. Holz habe ich keines, so muß man es kaufen. Zum Kaufen aber braucht's Geld. Auch das habe ich nicht. So gehe ich zu euch arbeiten. Deine Mama wird mich bezahlen – sag ihr, sie soll nur etwas mehr bezahlen – und dann werde ich in den Wald fahren, mir fünf, sechs Stämme holen und dann auch das Dach fertigmachen.

Der kleine Barin. Und Sie selbst – haben Sie denn keinen Wald?

Zimmermann. Wir? Wälder? Wir haben solche Wälder, daß man sie in drei Tagen nicht durchschreitet. Ist nur schade, daß sie nicht uns gehören.

Der kleine Barin. Und da sagt Mama, daß der Wald ihr den größten Kummer macht; immer nur Unannehmlichkeiten und Unannehmlichkeiten hat sie mit dem Wald.

Zimmermann. Das ist ja das Unglück. Deine Mama hat Unannehmlichkeiten, weil sie so viel Wald hat, ich habe Unannehmlichkeiten, weil ich gar keinen Wald habe. Jaja, so verschwatzt man sich. Habe zu arbeiten vergessen. Und unsereinen lobt man nicht dafür.

Der kleine Barin. Wenn ich einmal groß bin, werde ich es so machen, daß ich nicht mehr als alle andern habe. Alle sollen das Gleiche haben.

Zimmermann. Nun, sieh zu, daß du rasch groß wirst, sonst werde ich's nicht erleben. Schau, vergiß nicht. Ach, wo habe ich nur den Schlichthobel hingetan?

20.

Kinder

*Die Barynja; ihre Kinder: ein Knabe, Gymnasiast, vierzehn
Jahre alt, und Tanitschka, fünf Jahre alt. Sie gehen im
Garten auf und ab. Eine alte Bäuerin kommt heran*

Barynja. Wohin willst du, Matrjona?

Die Alte. Zu Ew. Gnaden komm ich.

Barynja. Um was denn?

Die Alte. Ach, Mütterchen, Barynja, es ist einem gegen das Gewissen, davon zu sprechen. Aber was soll man machen? Die Gevatterin hat wieder geboren. Sie hieß mich euch bitten, ob Ihr's nicht wieder zum christlichen Glauben bringen wolltet – das Kleine.

Barynja. Sie hat ja erst unlängst ein Kind gehabt.

Die Alte. Im Sommer, mit Verlaub zu sagen; in den Fasten war's ein Jahr.

Barynja. Wie viel Enkel hast du jetzt?

Die Alte. Oh du mein! Nicht zum zählen! Ich gäb gern die Hälfte weg. Und immer eins kleiner als das andere. Ein wahrer Jammer!

Barynja. Wie viel hat deine Tochter?

Die Alte. Das siebente, Mütterchen Barynja, und alle leben. Wenn nur der liebe Gott eins oder das andere zu sich nehmen wollte!

Barynja. Was sagst du da? So redet man doch nicht.

Die Alte. Was soll man machen! Man sündigt eben auch. Aber die Not ist groß. Nun, habet Mitleid, Mütterchen, hebt das Kindchen aus der Taufe. Denn sonst, glaubt es nur, Barynja, langt es weder für den Popen, noch für Brot. Lauter kleine Kinder! Der Schwiegersohn auswärts, bei fremden Leuten. Ich mit dem Weib allein im Haus. Bin schon alt. Sie aber – bald schwanger – bald ein kleines Kind. Wie kann man von ihr Arbeit verlangen? Die ganze Arbeit liegt auf mir. Und dieser Kinderhaufe! Das will nur immer essen und essen!

Barynja. Sieben – ist es möglich?!

Die Alte. So wahr ich dasteh! Sieben! Das älteste Mädel hat kaum, kaum angefangen, ein bißchen mitzuhelfen. Die übrigen sind alle noch klein.

Barynja. Aber warum so viel?

Die Alte. Was ist da zu machen, Mütterchen Barynja? Er kommt auf

361

Besuch, oder wenn ein Feiertag ist. Nun, junges Blut. Und er lebt
in der Stadt, ganz nahe. Wenn's ihn nur weit fort vertragen
würde!

Barynja. Ja, die einen weinen, daß sie keine Kinder haben und daß
sie sterben, die andern aber weinen, daß sie zu viele haben.

Die Alte. Zu viel, zu viel. Es geht über die Kraft. Nun also, Mütterchen Barynja: kann ich ihr was zum Troste sagen?

Barynja. Gut. Hab ich jene aus der Taufe gehoben, kann ich auch diesen … Ist's ein Knabe?

Die Alte. Ein Junge, und ein Prachtkerlchen; schreit ganz mörderlich!
Also wann befehlen Sie?

Barynja. Wann ihr wollt.

Die Alte dankt und entfernt sich.

Tanitschka. Mama, warum haben die einen Kinder und die andern
nicht? Du hast welche, Matrjona hat auch welche, die Parascha
aber hat keine.

Barynja. Die Parascha ist nicht verheiratet. Kinder werden geboren,
wenn man heiratet. Man heiratet, wird Mann und Frau, dann
kommen Kinder zur Welt.

Tanitschka. Kommen immer Kinder zur Welt?

Barynja. Nein, nicht immer. So hat unser Koch eine Frau, aber Kinder
hat er keine.

Tanitschka. Und kann man es denn nicht so machen, daß der eine,
der Kinder haben will, welche bekommt und ein anderer, der
keine will, keine bekommt?

Barynja. Was für Dummheiten du fragst!

Tanitschka. Gar keine Dummheiten. Ich denke, wenn Matrjona's
Tochter keine Kinder haben will, nu dann soll man es so machen,
daß sie auch keine bekommt. Mama, kann man es so machen?

Barynja. Ich sage dir doch gerade, daß du Dummheiten schwatzest,
Dinge, von denen du nichts verstehst.

Tanitschka. Mama, kann man es so machen?

Barynja. Wie soll ich es dir nur sagen. Wir wissen das nicht. Da hat
Gott die Hand im Spiel.

Tanitschka. Woher kommen die Kinder?

Knabe. Der Storch bringt sie. (Lacht.)

Tanitschka (gekränkt). Das ist nicht zu lachen. Ich denke, wenn doch
Matrjona sagt, daß ihr Leben schwer ist, weil so viele Kinder da

sind, so muß man es so machen, daß keine geboren werden. Nun zum Beispiel die Njanja! sie hatte und hatte keine Kinder.

Barynja. Aber sie ist doch ein Mädchen, sie ist nicht verheiratet.

Tanitschka. So soll es auch bei allen andern sein, die Kinder nicht gern haben. Denn sonst kommen Kinder zur Welt und haben keine Nahrung. (Die Barynja wechselt Blicke mit dem Knaben und schweigt.) Wenn ich groß bin, werde ich unbedingt heiraten und es so machen, daß ich ein Mädchen und einen Knaben habe. Mehr sollen es nicht sein. Das ist doch nicht gut, wenn Kinder zur Welt kommen, die man nicht liebt! Dafür werde ich die meinigen – oh! stark lieb haben. Nicht wahr, Mama? Ich will zur Njanja gehen und sie fragen. (Geht weg.)

Barynja (zu ihrem Sohn). Wie sagt man doch: Kinder und Narren sprechen die Wahrheit. Es ist die reinste Wahrheit, was sie sagt. Wenn die Menschen begreifen wollten, daß die Ehe eine bedeutsame Sache ist und absolut kein Spaß; wenn sie begreifen wollten, daß man heiratet nicht um des eignen Wohlseins willen, sondern um der Kinder willen: dann könnte es nicht so kommen, wie bei Matrjona's Tochter, daß Kinder keine Freude, sondern ein Unglück sind.

21.

VON DER ERZIEHUNG

*Der Hausknecht putzt die Türschlösser; Katja, sieben Jahre alt,
baut ein Häuschen aus Bausteinen. Nikolaj, Gymnasiast,
fünfzehn Jahre alt, kommt herein und schleudert ein Buch hin*

Nikolaj. Der Teufel soll sie holen samt ihren dreimal verfluchten Gymnasien!

Hausknecht. Was ist denn passiert?

Nikolaj. Weiter nichts als daß sie mir wieder einmal eine „Sechs" hineingemalt haben. Wieder wird's was absetzen. Hol sie dieser und jener! Diese Geographie! Irgendein Kalifornien! Der Teufel mag's wissen, wo das ist, nicht ich!

Hausknecht. Du mein! Was kann Ihnen da viel passieren!

Nikolaj. Was! Ich kann wieder sitzen bleiben!

Hausknecht. Ja, warum lernen Sie denn nicht besser?

Nikolaj. Warum? Nun darum, weil ich Dummheiten nicht lernen kann. Ach was! Soll alles hin sein! (Wirft sich in einen Stuhl.) Jetzt geh ich zur Mutter und sage: ‚So ist die Sache: ich kann nicht anders. Macht was ihr wollt. Es geht nicht.‘ Und wenn man mich nicht aus dem Gymnasium nimmt, geh ich weg. Bei Gott, ich gehe weg!

Hausknecht. Wohin werden Sie denn gehen!

Nikolaj. Weg von hier, von Hause fort! Ich verdinge mich als Kutscher oder als Hausknecht. Alles ist besser als dieser teuflische Blödsinn.

Hausknecht. Ja, aber als Hausknecht ist's auch nicht so leicht. Man muß früh aufstehen, Holz spalten, es ins Haus tragen, einheizen.

Nikolaj (mit einem Pfiff). Ha! So was wär für mich ja ein Feiertag! Holz spalten ist meine Lieblingsbeschäftigung. Aber die Geographie! Das ist eine andere Sache! Probier's einmal!

Hausknecht. Das schon. Warum zwingen sie einen dazu?

Nikolaj. Das frage die Götter! Wozu? Um nichts und wieder nichts. So ist es einmal eingeführt. Sie glauben, ohne das geht es nicht.

Hausknecht. Wahrscheinlich muß man's wissen, um später dienen zu können, einen Rang zu bekommen, Gehalt, wie zum Beispiel der Papa, oder der Onkel.

Nikolaj. Und wenn ich nun nicht will?

Katja. Wenn er doch nicht will!

Die Mutter kommt mit einem Zettel in der Hand herein

Mutter. Da schreibt mir der Direktor, du habest wieder einen Sechser bekommen. So geht es nicht weiter, Nikolenjka. Eins von beiden: entweder du lernst oder du läßt es bleiben.

Nikolaj. Gewiß, Mutter, aber ich kann, ich kann, ich kann nicht anders. Befreien Sie mich davon! Ich kann nicht lernen.

Mutter. Wieso kannst du denn nicht lernen?

Nikolaj. So! Ich kann nicht, es geht mir nicht in den Kopf.

Mutter. Es geht dir nur deshalb nicht in den Kopf, weil du dich nicht ernstlich mit dem Lernen beschäftigst. Du hast zu viele Dummheiten im Kopf. Denke einmal nicht an deine Dummheiten, sondern an deine Aufgaben, dann wird's schon gehen.

Nikolaj. Mütterchen, ich rede im Ernst. Befreien Sie mich davon. Ich verlange von Ihnen gar nichts, nur: befreien Sie mich von der

Tortur der Schule. Das ist eine Katorga. So wie bisher geht's nicht weiter.

Mutter. Was willst du nun anfangen?

Nikolaj. Das ist meine Sache.

Mutter. O nein, das ist nicht deine Sache, sondern meine. Ich bin vor Gott verantwortlich für euch Kinder. Ich muß euch eine Erziehung geben.

Nikolaj. An mir ist Hopfen und Malz verloren, Mama.

Mutter (in strengem Ton). Rede mir keine Dummheiten! Ich ermahne dich zum letzten Mal als Mutter und bitte dich, daß du dich änderst und erfüllst, was man von dir verlangt. Wenn du auf meine Worte nicht hörst, werde ich zu andern Maßregeln greifen.

Nikolaj. Ich hab Ihnen gesagt: ich kann und will nicht.

Mutter. Nikolaj, nimm dich in acht!

Nikolaj. Ich brauche mich nicht in acht zu nehmen. Warum martert ihr mich? Ihr versteht mich nicht.

Mutter. Unterstehe dich nicht, so mit mir zu reden! Wie wagst du es nur? Hinaus! Paß auf!

Nikolaj. Gut, ich gehe schon. Ich fürchte mich vor gar nichts. Ich brauche nichts von euch. (Läuft hinaus und schlägt die Tür hinter sich zu.)

Mutter (zu sich selbst). Ach, wie er mir zusetzt. Ich weiß ja, woher das kommt. Es kommt daher, daß er nur immer an seine Dummheiten denkt: an seine Hunde, seine Hühner.

Katja. Ja, aber, Mutter, du hast uns doch selbst erzählt, daß es unmöglich ist, an den „weißen Bären" nicht zu denken![11]

Mutter. Davon ist jetzt nicht die Rede, sondern davon, daß man lernen muß, wenn es einem befohlen ist.

Katja. Aber er sagt doch, er kann nicht.

Mutter. Ach, dummes Zeug.

Katja. Aber er sagt doch nicht, daß er nicht arbeiten will, nur Geographie will er nicht lernen. Arbeiten will er, entweder als Kutscher oder als Hausknecht.

Mutter. Das könnte er machen, wenn er der Sohn eines Hausknech-

---

[11] Ein Spiel: Es ist untersagt, an den „Weißen Bären" zu denken, und eben deshalb denken die Spielenden fortwährend an den „Weißen Bären".

tes wäre. So aber ist er der Sohn deines Vaters und muß lernen.

Katja. Er will aber nicht.

Mutter. Große Sache, daß er nicht will. Er muß eben.

Katja. Wenn er aber nicht kann?

Mutter. Du, paß mir auf, daß du es nicht am Ende auch so machst!

Katja. Ich will es aber auch so machen. Um keinen Preis werde ich lernen, was ich nicht lernen will.

Mutter. Dann wirst du eben ein Närrchen bleiben. (Schweigen.)

Katja. Wenn ich einmal groß bin und Kinder habe, werde ich sie um nichts in der Welt zwingen, zu lernen. Wollen sie lernen – lernt; wollen sie nicht – lernt nicht! Es ist dann nicht nötig.

Mutter. Wenn du groß bist, wirst du's nicht so machen.

Katja. Nein, ganz bestimmt!

Mutter. Du wirst es nicht so machen, wenn du groß bist.

Katja. Doch, ganz bestimmt! Ich werde es unbedingt so machen!

Mutter. Nun, so wirst du eben eine Närrin sein.

Katja. Was ist dabei? Die Njanja sagt doch: der liebe Gott sei den Narren und Närrinnen hold.

Der Fremde und der Bauer

Ein Dialog

In einer Bauern-Isba. Der Fremde, ein Greis, sitzt auf der Schlafbank und liest in einem Buche. Der Bauer, der soeben von der Arbeit zurückgekehrt ist, setzt sich zum Abendbrot und ladet den fremden Gast ein, mit ihm zu essen. Der Fremde lehnt ab. Nachdem der Bauer sein Abendbrot verzehrt hat, steht er auf, betet und setzt sich zum Alten.

Der Bauer. Nun, erzähle, wie war die Sache?

Der Fremde (nimmt die Brille ab und legt das Buch beiseite). Kein Zug, erst morgen geht einer. Auf der Station ist's eng. Ich fragte dein Weib, ob ich bei euch übernachten könne. Sie sagte ja.

Der Bauer. Warum denn auch nicht? Übernachte.

Der Fremde. Danke. Nun, wie geht's sonst?

Der Bauer. Wie es uns geht? Schlecht genug!

Der Fremde. Wieso?

Der Bauer. Wieso? Weil man nicht hat, was man zum Leben braucht. Unser Leben ist so elend, daß man es sich schlimmer gar nicht denken kann. Ich habe da in meiner Familie neun Menschenkinder. Alle wollen essen. Ich habe aber nur sechs Scheffel eingeerntet. Da lebe einer! Ob du willst oder nicht, du mußt vom Hofe fort, in fremden Dienst. Und verdingst du dich – was sind das für Löhne! Die Reichen machen mit uns, was sie wollen. Das Volk hat sich vermehrt, Erde ist aber nicht dazu gekommen, und die Steuern werden immer mehr. Da ist die Pacht, da sind die Landschaftssteuern, die Bodensteuer, die Brücken, die Versicherung, der Zehentmann, die Abgaben (man kann sie gar nicht alle aufzählen). und da sind die Popen, und die Herren… Alle reiten auf uns, nur der Faule reitet nicht auf uns.

Der Fremde. Und ich dachte, daß es unseren Bäuerlein jetzt recht gut gehen müsse.

Der Bauer. Jawohl, so gut, daß sie oft tagelang nichts zu essen haben.

Der Fremde. Ich meinte es deswegen, weil sie mit dem Geld so um sich werfen.

Der Bauer. Mit welchem Geld werfen sie denn um sich? Es ist doch seltsam, wie du sprichst. Die Leute sterben Hungers, und er sagt, daß sie mit dem Geld um sich werfen!

Der Fremde. Die Zeitungen schreiben doch, daß unsere Bäuerlein im vorigen Jahr für siebenhundert Millionen – und eine Million, das sind doch tausend mal tausend Rubel –, also für siebenhundert Millionen Branntwein getrunken haben!

Der Bauer. Trinken denn wir allein? Betrachte dir nur einmal die Popen, wie die saufen! Und die Herren – trinken denn die etwa nicht?

Der Fremde. Das gibt nicht den Ausschlag, der größte Teil kommt auf die Bauern.

Der Bauer. Ja, soll man denn auch nicht mehr trinken dürfen?

Der Fremde. Davon ist jetzt nicht die Rede. Ich sage nur: wenn man für Branntwein, aus reiner Dummheit, siebenhundert Millionen Rubel im Jahr hinauswirft, so kann es den Bauern doch gar nicht schlecht gehen. Siebenhundert Millionen – das ist kein Spaß. Man kann sich diese Summe nicht einmal vorstellen.

Der Bauer. Aber geht's denn ohne das? Wir haben ihn nicht eingeführt; wir werden ihn auch nicht abschaffen. Ohne Wein kann nicht einmal der Altar sein. Und dann die Heiraten, die Seelenmessen, der Kauftrunk. Ob du willst oder nicht, es geht nicht ohne das, es ist nun einmal so der Brauch.

Der Fremde. Es gibt aber doch auch Leute, die nicht trinken; und sie leben auch. Segen hat der Schnaps noch keinem gebracht.

Der Bauer. Segen sagst du? Nichts als Unheil bringt er dir.

Der Fremde. Dann muß man ihn eben meiden.

Der Bauer. Ach, ob du trinkst oder nicht – es kommt auf eines heraus. Man hat nicht, was man zum Leben braucht. Kein Land. Wenn man Land hätte, könnte man noch leben. Aber so –! Es ist eben keines da.

Der Fremde. Wieso ist denn keines da? Land genug! Wohin du schaust – überall ist Land.

Der Bauer. Land! … Land gibt es freilich genug. Aber uns gehören tut es nicht. Der Ellenbogen ist nah, aber hineinbeißen kannst du nicht.

Der Fremde. Das Land gehört nicht euch? Wem gehört es denn?

Der Bauer. Wem? Das weiß die ganze Welt. Da hat sich der dickbäuchige Teufel siebzehnhundert Desjatinen angeeignet, er, ein Lediger noch dazu, und dabei hat er noch immer nicht genug. Und unsereins muß die Hühner aufgeben, weil man nicht weiß, wohin man sie hinauslassen soll. Es ist auch Zeit, mit dem Vieh abzufahren. Kein Futter! Und verirrt sich einmal ein Kalb auf sein Feld oder ein Pferd: Strafe! Verkaufe das letzte und gib es ihm.

Der Fremde. Aber wozu braucht er denn so viel Land?

Der Bauer. Wozu er soviel Land braucht? Es ist ja bekannt wozu: er säet, erntet, verkauft und legt das Geld auf die Bank.

Der Fremde. Aber wie soll er so ein ganzes Palästina aufackern und eine so große Ernte einbringen?

Der Bauer. Du redest wie ein dreijähriges Kind. Hat er denn nicht Geld genug? Für sein Geld dingt er Arbeiter, sie ackern und ernten für ihn.

Der Fremde. Und diese Arbeiter – sind das lauter hiesige?

Der Bauer. Es sind hiesige, es sind aber auch Auswärtige darunter.

Der Fremde. Aber es sind doch alles Bauern?

Der Bauer. Gewiß sind sie Bauern. Wer arbeitet denn, wenn nicht der Bauer? Alle miteinander sind sie Bauern.

Der Fremde. Alle sind Bauern, gut. Was wäre nun, wenn sie zu ihm nicht auf Arbeit gingen?

Der Bauer. Ob sie gehen oder nicht gehen – es kommt auf eins hinaus. Der Boden wird brach liegen, hergeben wird er ihn nicht. Der Hund liegt auf dem Heu, frißt's selber nicht, gönnt's aber auch den andern nicht.

Der Fremde. Aber wie soll er denn seinen Grund und Boden hüten? Das Land muß einen Umfang von mindestens fünf Werst haben. Wie soll er Zeit finden, dasselbe zu bewachen?

Der Bauer. Komisch, wie du sprichst. Er liegt auf seiner faulen Haut und läßt sich einen Bauch wachsen. Dazu hat er ja Hüter.

Der Fremde. Nun aber die Hüter! Sind denn das nicht wieder eure eigenen Leute?

Der Bauer. Gewiß sind es die unsern.

Der Fremde. Die Dinge liegen also so, daß eure eigenen Leute den Boden für den gnädigen Herrn bestellen und ihn zugleich vor sich selber behüten?

Der Bauer. Was sollen sie denn tun?

Der Fremde. Sie sollten zu ihm nicht auf Arbeit gehen und sich ihm nicht als Hüter verdingen. Dann wäre der Boden frei. Die Erde ist Gottes, die Menschen sind Gottes: ackere, säe, ernte, wer dessen Not hat.

Der Bauer. Du meinst, sie sollten streiken? Ei, Bruder, dazu haben sie die Soldaten. Sie schicken Soldaten, eins zwei, Feuer! Den einen erschießt man, den andern wirft man ins Loch. Ja, mit den Soldaten ist nicht gut Kirschen essen.

Der Fremde. Aber die Soldaten sind doch auch Fleisch von eurem Fleisch. Warum sollten sie denn auf euch schießen?

Der Bauer. Sie müssen eben. Dazu verpflichtet sie ihr Eid.

Der Fremde. Eid? Was ist das – Eid?

Der Bauer. Bist du denn kein Russe? Eid ist eben Eid.

Der Fremde. Das soll wohl heißen: man schwört?

Der Bauer. Allerdings. Man schwört auf Kreuz und Evangelium, das Leben für Thron und Vaterland zu lassen.

Der Fremde. Nach meiner Meinung darf man das aber nicht.

Der Bauer. Was darf man nicht?

Der Fremde. Schwören darf man nicht.

Der Bauer. Wieso darf man es denn nicht, wo doch das Gesetz es befiehlt?

Der Fremde. Nein, nein, im Gesetz ist das nicht. Im Gesetz, das Christus gegeben hat, ist es direkt verboten: ihr sollt überhaupt nicht schwören, heißt es dort.

Der Bauer. Nu, und die Popen?

Der Fremde (nimmt das Buch zur Hand, öffnet es, sucht und liest): „Ihr habt weiter gehört, daß zu den Alten gesagt ist: ‚du sollst keinen falschen Eid tun und sollst Gott deinen Eid halten.‘ Ich aber sage euch, daß ihr ganz und gar nicht schwören sollt. Eure Rede aber sei: Ja, ja; nein, nein. Was darüber ist, das ist vom Übel.“ (Matth. 5, 33.37). Folglich darf man nach Christi Gesetz nicht schwören.

Der Bauer. Wenn sie nicht zu schwören brauchen, wird es überhaupt keine Soldaten geben.

Der Fremde. Wozu braucht man sie denn – die Soldaten?

Der Bauer. Wozu? Na, und wenn die andern Zaren über unsern Zaren herfallen? Was denn?

Der Fremde. Wenn die Zaren untereinander Streit haben, so mögen
sie ihren Streit auch untereinander schlichten.

Der Bauer. Nun aber! Wie ist das zu verstehen?

Der Fremde. Nun, einfach: wer an Gott glaubt, wird, was du ihm
auch sagen magst, Menschen nicht töten.

Der Bauer. Warum hat dann der Pope die Kundmachung verlesen,
daß der Krieg erklärt ist und die Reservisten einzurücken haben?

Der Fremde. Das weiß ich nicht; ich weiß nur, daß es im sechsten Gebot heißt: „Du sollst nicht töten!" Das bedeutet, daß es dem Menschen verboten ist, Menschen zu töten.

Der Bauer. Zu Hause nämlich! Aber im Krieg? Wie soll denn anders
Krieg sein? Feinde! Verstehst du?

Der Fremde. Nach dem Evangelium Christi gibt es keine Feinde. Wir
sind verpflichtet, alle Menschen zu lieben. (Öffnet das Evangelium und sucht die Stelle.)

Der Bauer. Nun lies nur, lies.

Der Fremde (liest). „Ihr habt gehört, daß zu den Alten gesagt ist: ‚Du
sollst nicht töten; wer aber tötet, der soll des Gerichts schuldig
sein.' Ich aber sage euch: Wer mit seinem Bruder zürnet, der ist
des Gerichts schuldig. Ihr habt gehört, daß gesagt ist: ‚Du sollst
deinen Nächsten lieben und deinen Feind hassen? Ich aber sage
euch: Liebet eure Feinde; segnet, die euch fluchen; tut wohl denen, die euch hassen; bittet für die, so euch beleidigen und verfolgen." (Matth. 5, 21.22.43.44.)

Der Bauer (nach einem langen Schweigen). Und wie steht es mit den
Steuern; soll man die auch nicht zahlen?

Der Fremde. Damit mußt du es halten, wie du es selbst verstehst.
Wenn man selbst hungrige Kinder hat, muß man natürlich zuerst
die eigenen satt machen.

Der Bauer. Du meinst also, man braucht überhaupt keine Soldaten?

Der Fremde. Zu welchem Unfug denn? Millionen und Millionen Rubel zieht man aus euch heraus. Ist es denn ein Spaß, so einen
Haufen Menschen zu ernähren und zu kleiden? Fast eine Million
unnützer Brotesser! Und was kommt dabei heraus? Daß man
euch den Boden vorenthält und auf euch noch schießt.

Der Bauer (seufzt und schüttelt den Kopf). Das wird schon stimmen.
Ja, wenn alle auf einmal … Wenn aber nur einer oder zwei sich
weigern, erschießt man sie oder man verbannt sie nach Sibirien.

Das ist dann das Ende vom Lied.

Der Fremde. Und doch gibt es auch jetzt schon Leute, Jünglinge, Einzelne, die sich an Gottes Wort halten, und sie gehen nicht unter die Soldaten. Nach der Lehre Christi kann ich kein Mörder sein, sagt wohl so einer. Macht, was ihr wollt, aber das Gewehr nehme ich nicht in die Hand.

Der Bauer. Nu, und was geschieht dann?

Der Fremde. Man steckt sie in ein Strafbataillon. Dort sitzen sie ihre Strafe, drei, vier Jahre, ab, die Vielgetreuen. Es heißt sogar, daß es ihnen dort nicht schlecht geht, weil doch die Vorgesetzten auch Menschen sind und jene achten. Manche läßt man überhaupt laufen. Es heißt dann „Untauglich, gesundheitlich schwach." Dabei ist so einer oft ein Riese. Man erklärt sie als untauglich, weil man solche Leute nicht gern in den Reihen der Soldaten sieht. Könnten sie es doch andern erzählen, daß das Soldatentum wider Gottes Gebot ist! Und so läßt man sie halt laufen.

Der Bauer. Nu?

Der Fremde. Es kommt also vor, daß einer gar nicht genommen wird, es kommt aber auch vor, daß einer dabei auch sein Leben läßt. Aber auch als Soldat trägt man seine Haut zu Markt, oder man wird ein Krüppel ohne Arm, ohne Bein.

Der Bauer. Du bist ein Schelm, hast es dick hinter den Ohren! Ja, es wäre gut. Aber es wird eben doch nicht gehen.

Der Fremde. Warum wird es nicht gehen?

Der Bauer. Darum.

Der Fremde. Was für ein Darum?

Der Bauer. Nun, weil eben die Obrigkeit die Macht hat.

Der Fremde. Die Obrigkeit hat die Macht doch nur, weil ihr gehorcht. Gehorcht ihr der Obrigkeit nicht, so hat sie keine Macht.

Der Bauer. Komisch sprichst du. Wie kann man denn ohne Obrigkeit sein? Ohne Obrigkeit geht es durchaus nicht.

Der Fremde. Durchaus nicht, das ist wahr! Aber es fragt sich, wen du als Obrigkeit ansehen willst: den Polizeihauptmann oder Gott? Wem du gehorchen willst: dem Polizeihauptmann oder Gott?

Der Bauer. Was ist da zu reden. Über Gott steht niemand. Das Erste und Wichtigste ist, nach Gottes Wort zu leben.

Der Fremde. Um aber nach Gottes Wort zu leben, muß man auch Gott gehorchen, nicht den Menschen. Lebst du nach Gottes Wort, so wirst du kein Büttel, kein Schulze, kein Steuereinheber sein, wirst nicht als Hüter, nicht als Landjäger und am allerwenigsten als Soldat dienen, und du wirst nicht geloben, Menschen zu töten.

Der Bauer. Nun sieh aber diese langhaarigen Popen! Sie wissen doch, daß es nicht nach Gottes Gebot ist; warum lehren sie denn nicht, wie es sein soll?

Der Fremde. Das weiß ich nicht. Sie gehen ihren Weg, du gehe deinen.

Der Bauer. Diese langmähnigen Teufel!

Der Fremde. Das sprichst du nicht recht. Wozu andere verurteilen? Jeder prüfe sich selbst.

Der Bauer. Das ist wahr. (Langes Schweigen. Der Bauer schüttelt den Kopf und lächelt.)

Der Bauer. Du meinst also, wenn sich alle zusammentun, Gewalt anwenden, sozusagen, dann wird der Boden unser sein und es wird dann keine Steuern mehr geben?

Der Fremde. Nein, Bruder, nicht so ist es gemeint. Nicht so ist es gemeint, daß wir, wenn wir nach Gottes Wort leben, den Boden bekommen werden und keine Steuern mehr zu zahlen haben. Sondern so ist es gemeint, daß unser Leben schlecht ist, weil wir selbst schlecht leben. Wenn wir nach Gottes Wort leben würden, gäbe es kein schlechtes Leben. Wie unser Leben wäre, wenn wir nach Gottes Wort lebten, das weiß nur Gott allein; aber eines ist gewiß: daß es kein schlechtes Leben wäre. Wir selbst trinken, fluchen, prügeln uns herum, gehen vor Gericht, beneiden, hassen die Menschen, wir selbst nehmen Gottes Wort nicht an, schmähen die Leute. Der ist ein Dickbauch, jener ein Langmähniger. Aber locke uns einer mit ein bißchen Geld, so sind wir zu jedem Dienst bereit: wir machen den Hüter, geben den Büttel ab, werden Soldaten, und den eigenen Bruder zugrunde zu richten, zu töten, sind wir bereit. Wir selbst leben nach der Weise des Teufels, und über die Leute klagen wir.

Der Bauer. Das ist richtig. Aber es ist schwer, wie schwer! Manchmal nicht zu ertragen.

Der Fremde. Um der Seele willen muß man leiden.

Der Bauer. Du sprichst wahr. Wir leben schlecht, weil wir Gott vergessen haben.

Der Fremde. So ist es, und darum ist auch das Leben schlecht. Da sagen die Streiker: Laßt uns die Herren, diese Dickbäuche, einen nach dem andern totschlagen; an allem Unheil sind sie schuld. Dann wird unser Leben gut sein. Und man hat sie erschlagen, erschlägt sie noch, und Nutzen kommt dabei keiner heraus. So sagen auch die Regierungen: Gebt uns, sagen sie, Zeit, wir wollen alle, einige tausend Mann, einen nach dem andern, aufhängen, in den Gefängnissen umkommen lassen. Dann wird das Leben gut sein. Und siehe! Das Leben wird nur immer schlechter.

Der Bauer. Das ist wahr. Darf man denn andere richten? Man muß Gottes Gesetz im Herzen tragen.

Der Fremde. Das ist es. Eins von beiden: Entweder diene Gott, oder dem Teufel. Willst du dem Teufel dienen, so saufe, prügle dich herum, hasse, suche dich zu bereichern, gehorche nicht den göttlichen, sondern den menschlichen Gesetzen: und das Leben wird schlecht sein. Willst du Gott dienen, so gehorche ihm allein; dann wirst du nicht nur nicht plündern oder töten, sondern nicht einmal üble Nachrede führen, nicht hassen, dich nicht in fremde Sachen mischen, und dann wird es kein schlechtes Leben sein.

Der Bauer (seufzt). Du sprichst wahr, Alterchen, sehr wahr, aber wir gehorchen wenig. Ach, wenn man uns doch mehr in dieser Art belehren würde. Es wäre alles ganz anders. Aber da kommen die Leute aus der Stadt, schwatzen viel und gewandt, wie die Dinge zu bessern sind, doch das Rechte hört man nicht. Ich danke dir, Alterchen. Deine Reden sind gut.

Wo wirst du dich hinlegen? Auf den Ofen, was? Die Alte wird dir das Lager bereiten.

———

ANHANG

Bibliographische Angaben
zu den dargebotenen Dichtungen

A. Zugang zu den russischen Texten

GÖTTLICHES UND MENSCHLICHES (1903-1906)

Lew N. TOLSTOJ: Божеское и человеческое | Boscheskoje i tschelowetscheskoje (*Göttliches und Menschliches*, 1903/1906). In: PSS [Sowjetische Gesamtausgabe in 90 Bänden: Polnoe sobranie sočinenij]. Band 42, S. 194-227. Moskau 1957. [https://tolstoy.ru/online/90/42/].

Entstanden ab 1903; Erstveröffentlichung 1906 im Lesewerk ‚*Krug tschtenija*' (im Zarenreich verboten). – „In der Gestalt Swetlogubs hat Tolstoj eine wirkliche Person, den Revolutionär D. A. Lisogub, dargestellt, der 1879 wegen Vorbereitung des Attentats auf Alexander II. zum Tode verurteilt und hingerichtet wurde" (Gisela Drohla). – Tolstoi „versucht hier eine Art Typologie von Gestalten und Haltungen zu geben, indem er den aufklärerischen Volkstümler der revolutionären Anfangsphase in den siebziger Jahren und den revolutionären Terroristen und Narodowolzen dem religiösen Sektierer gegenüberstellt" (Eberhard Dieckmann).

DER JUNGE ZAR (1894)

Lew N. TOLSTOJ: Сон молодого царя | Son molodogo zarja (*Der Traum des jungen Zaren*, 1894). In: PSS [Sowjetische Gesamtausgabe in 90 Bänden: Polnoe sobranie sočinenij]. Band 31, S. 105-112. Moskau 1954. [https://tolstoy.ru/online/90/31/].

Entstanden im Dezember 1894 kurz nach dem Herrschaftsantritt des jungen Zaren Nikolaus II., mit dem Tolstoi zunächst Hoffnung auf Veränderungen verband (erst postum veröffentlicht).

CHODYNKA (1910)

Lew N. TOLSTOJ: Ходынка | Chodynka (*Chodynka /Auf dem Chodynkafeld*, 1910). In: PSS [Sowjetische Gesamtausgabe in 90 Bänden: Polnoe sobranie sočinenij]. Band 38, S. 205-211. Moskau 1936. [https://tolstoy.ru/online/90/38/].

Dieser Text aus dem letzten Lebensjahr bezieht sich auf eine Massenpanik auf dem Volksfest anlässlich der Krönung Nikolaus' II. im Mai 1896 (erst postum veröffentlicht).

NACHGELASSENE AUFZEICHNUNGEN DES STAREZ FJODOR KUSMITSCH (1905)

Lew N. TOLSTOJ: Посмертные записки старца Федора Кузьмича | Posmertnyje sapiski starza Fedora Kusmitscha (*Nachgelassene Aufzeichnungen des Starez Fjodor Kusmitsch*, 1905). In: PSS [Sowjetische Gesamtausgabe: Polnoe sobranie sočinenij]. Band 36, S. 55/59-74. Moskau 1936. [https://tolstoy.ru/online/ 90/36/].

Der im November/Dezember 1905 geschriebene Text „geht auf einen Mythos zurück, der sich an den plötzlichen Tod von Alexander I. knüpft. Eine schriftliche Fixierung der Legende von N. S. Golizyn ‚Eine Volkslegende von Alexander als Einsiedler‘, erschienen in der Zeitschrift ‚Russkaja starina‘“ (Gisela Drohla). – „Die erhaltenen Kapitel bilden eigentlich den Grundstock zu einem großen Roman über Alexander I., der jedoch in den Anfängen steckenblieb“ (Josef Hahn).

WOFÜR? (1906)

Lew N. TOLSTOJ: За что ? | Sa tschto? (*Wofür?* 1906). In: PSS [Sowjetische Gesamtausgabe in 90 Bänden: Polnoe sobranie sočinenij]. Band 42, S. 84-106. Moskau 1957. [https://tolstoy.ru/online/90/42/].

„Die Geschichte vom Fluchtversuch des polnischen Ehepaares Albina und Jozef Migurski hat Tolstoi aus dem 1891 erschienenen Buch ‚Sibirien und die Katorga‘ (russ. Сибирь и каторга) des russischen Ethnographen Sergei Maximow“ (https://de.wikipedia.org/wiki/Wof%C3%BCr%3F).

ES GIBT IN DER GANZEN WELT KEINE SCHULDIGEN ... (1908-1910)

Lew N. TOLSTOJ: Нет в мире виноватых | Net w mire winowatych (*Es gibt in der ganzen Welt keine Schuldigen*, 1908-1910). In: PSS [Sowjet. Gesamtausgabe: Polnoe sobranie sočinenij]. Bd. 38, S. 181-198. Moskau 1936. [https://tolstoy.ru/online/ 90/38/]

Die Erzählung „liegt in zwei inhaltlich voneinander völlig abweichenden Redaktionen vor. ... Die beiden einleitenden Kapitel ... [s. *Version* II] sind biographisch von Bedeutung. Sie erklären Tolstois Flucht kurz vor seinem Tod“ (Josef Hahn).

KORNEJ WASSILJEW (1905)

Lew N. TOLSTOJ: Корней Васильев | Kornei Wassiljew (*Kornej Wassiljew* 1905). In: PSS [Sowjetische Gesamtausgabe in 90 Bänden: Polnoe sobranie sočinenij]. Band 42, S. 474-487. Moskau 1957. [https://tolstoy.ru/online/90/42/].

Eine Erzählung, „deren Niederschrift der Autor im Februar 1905 begann und die 1906 nach dreizehn Überarbeitungen in seinem *Lesezirkel* erschien. Tolstoi hatte den Stoff von Wassili Schtschegoljonok“ (https://de.wikipedia.org/wiki/ Kornej_Wasiljew). Der Text *„beruht auf einer wahren Geschichte“* (Gisela Drohla).

EIN IDYLL (um 1862)

Lew N. TOLSTOJ: Идиллия | Idillija (*Eine Idylle*, um 1862/63). In: PSS [Sowjetische Gesamtausgabe in 90 Bänden: Polnoe sobranie sočinenij]. Band 7, S. 64-81. Moskau 1936. [https://tolstoy.ru/online/90/07/].

Diese „Skizze aus dem Nachlaß, 1862 oder 1863 entstanden, geht auf einen Vorfall zurück, von dem eine Bäuerin aus Jasnaja Poljana Tolstoj im Jahr 1860 erzählte. – Eine vollständige Neubearbeitung versuchte Tolstoj in der Erzählung →‚Tichon und Melanja‘, von der nur ein fragmentarisches Kapitel erhalten ist" (Gisela Drohla). Der Stoff wurde von Tolstoi auch in der Erzählung *Spiele nicht mit dem Feuer, du verbrennst dich'* verarbeitet.

Tichon und Malanjka (um 1862/63)

Lew N. Tolstoj: тихон и маланья | Tichon i Malanjka (*Tichon und Malanjka,* um 1863). In: PSS [Sowjetische Gesamtausgabe in 90 Bänden: Polnoe sobranie sočinenij]. Band 7, S. 87-98. Moskau 1936. [https://tolstoy.ru/online/90 /07/].

Wer sind die Mörder? (1908/09)

Lew N. Tolstoj: Кто убийцы ? | Kto ubizy ? (*Wer sind die Mörder?,* 1908/09). In: PSS [Sowjetische Gesamtausgabe in 90 Bänden: Polnoe sobranie sočinenij]. Band 37, S. 293-308. Moskau 1956. [https://tolstoy.ru/online/90/37/].

„Die Geschichte von dem Bauernsohn Kudrjasch, der zum Proletarier und schließlich zum Sozialrevolutionär wird, war nicht zuletzt ein … Warnzeichen [für Tolstoi], denn dieses Schicksal entsprach nicht dem Weg, auf dem er die Realisierung seiner eigenen Utopie erhoffen konnte" (Eberhard Dieckmann). Zu den drei Fassungen des Stoffes vgl. in: L. Tolstoi, Gesammelte Werke in zwanzig Bänden, Bd. 13. Zweite Auflage. Berlin: Rütten & Loening 1986, S. 602-603.

Notizen eines Wahnsinnigen (1882/1884 und 1903)

Lew N. Tolstoj: Записки сумасшедшего | Sapiski sumasschedschewo (*Aufzeichnungen eines Wahnsinnigen,* 1882/1884 und 1903). In: PSS [Sowjetische Gesamtausgabe in 90 Bänden: Polnoe sobranie sočinenij]. Band 26, S. 466-474. Moskau 1936. [https://tolstoy.ru/online/90/26/].

Der Text (begonnen 1884, weiter bearbeitet 1888, 1896 und 1903) hat einen autobiographischen Hintergrund (eigene, erschütternde Krise) und bezieht sich auf eine Reise Tolstois ins Gouvernement Pensa (Aufenthalt in Arsamas im September 1869).

Was ich im Traume sah (1906)

Lew N. Tolstoj: Что я видел во сне | Tschto ja widel wo sne / Čto ja videl vo sne (*Was ich im Traume sah,* 1906). In: PSS [Sowjetische Gesamtausgabe in 90 Bänden: Polnoe sobranie sočinenij]. Band 36, S. 75-85. Moskau 1936. [https://tolstoy.ru/online/90/36/].

Die Erzählung „bezieht sich auf ein Erlebnis von Vera Sergeevna, einer Tochter von Tolstojs Bruder Sergej" (Gisela Drohla). – „Der seltsame Titel kann verschieden gedeutet werden; am wahrscheinlichsten ist, daß Tolstoi der Erzählung aus familiären Rücksichten jeden Zusammenhang mit der Wirklichkeit nehmen wollte." (Josef Hahn)

ZWEI VERSCHIEDENE VERSIONEN DER GESCHICHTE DES
BIENENSTOCKES MIT DEM RINDENDECKEL (1889/90)

Lew N. TOLSTOJ: Две различные версии истории улья с лубочной крышкой |
Dwe raslitschnyje versii istorii ulja s lubotschnoi kryschkoi (*Zwei verschiedene
Versionen der Geschichte des Bienenstocks mit dem Bastdeckel*, 1889/90). In: PSS
[Sowjetische Gesamtausgabe in 90 Bänden: Polnoe sobranie sočinenij]. Band 34,
S. 321-324. Moskau 1952. [https://tolstoy.ru/online/90/34/].

SINNLOSE HIRNGESPINSTE (1895)

Lew N. TOLSTOJ: бессмысленные мечтания | Bessmyslennye mečtanija (*Sinnlose
Träumereien*, 1895). In: PSS [Sowjetische Gesamtausgabe in 90 Bänden: Polnoe
sobranie sočinenij]. Band 31, S. 185-192. Moskau 1954. [https://tolstoy.ru/on
line/90/31/]. – Den Aufsatz verfasste Tolstoi als Kritik am Auftreten des Zaren
Nikolai II. vor einer Semstwo-Delegation am 17. Januar 1895 in Petersburg; die
im Text „Сон молодого царя | Son molodogo zarja" (Der Traum des jungen Za-
ren, 1894) sich spiegelnden hoffnungsvollen Erwartungen waren spätestens zu
diesem Zeitpunkt erledigt.

AUFZEICHNUNGEN EINER MUTTER (UM 1891)

Lew N. TOLSTOJ: Мать | mat' (*Mutter – Aufzeichnungen einer Mutter*, 1891). In: PSS
[Sowjetische Gesamtausgabe in 90 Bänden: Polnoe sobranie sočinenij]. Band 29,
S. 251-259. Moskau 1954. [https://tolstoy.ru/online/90/29/].

VATER WASSILIJ (1906)

Lew N. TOLSTOJ: Отец Василий | Otez Wassili (*Vater Wassilij*, 1906). In: PSS
[Sowjetische Gesamtausgabe in 90 Bänden: Polnoe sobranie sočinenij]. Band 36,
S. 86-94. Moskau 1936. [https://tolstoy.ru/online/90/36/].

DER MÖNCHSPRIESTER ISIDOR (1909)

Lew N. TOLSTOJ: Иеромонах Илиодор | Ijeromonach Iliodor (*Der Mönchspriester
Isidor*, Fragment 1909). In: PSS [Sowjetische Gesamtausgabe in 90 Bänden: Polnoe
sobranie sočinenij]. Band 37, S. 288-290. Moskau 1956. [https://tolstoy.ru/online/
90/37/].

„Geplant war ein Roman ‚Der Starez', der noch einmal ausführlich und
gründlich das Thema des glaubenslosen Priesters behandeln sollte. Siehe dazu
→‚Vater Sergej' als eine Art Vorstudie. Tolstoi selber war mit dem Fragment sehr
unzufrieden" (Josef Hahn).

ZWEI WEGGEFÄHRTEN (1891)

Lew N. TOLSTOJ: Два путника | Dwa putnika (*Zwei Gefährten*, 1891). In: PSS
[Sowjetische Gesamtausgabe in 90 Bänden: Polnoe sobranie sočinenij]. Band 17,
S. 142-144. Moskau 1936. [https://tolstoy.ru/online/90/17/].

ÜBER DAS GERICHT (1891)

Lew N. TOLSTOJ: О суде | O sude (*Über das Gericht*, Fragment 1891). In: PSS [Sowjetische Gesamtausgabe in 90 Bänden: Polnoe sobranie sočinenij]. Band 29, S. 278-280. Moskau 1954. [https://tolstoy.ru/online/90/29/].

KINDERWEISHEIT (1909/10)

Lew N. TOLSTOJ: детская мудрость | Detskaja mudrost' (*Kinderweisheit*, 1909/10). In: PSS [Sowjetische Gesamtausgabe in 90 Bänden: Polnoe sobranie sočinenij]. Band 37, S. 384-390. Moskau 1956. [https://tolstoy.ru/online/90/37/].

DER FREMDE UND DER BAUER (1909)

Lew N. TOLSTOJ: Проезжий и крестьянин | Projesschi i krestjanin (*Ein Reisender und ein Bauer*, 1909). In: PSS [Sowjetische Gesamtausgabe in 90 Bänden: Polnoe sobranie sočinenij]. Band 37, S. 8-14. Moskau 1956. [https://tolstoy.ru/online/90/37/]. – Aufgezeichnet von Tolstoi am 11. September 1909 und im nachfolgenden Monat abschließend bearbeitet; erst postum veröffentlicht.

B. Ausgaben der späten Erzählungen und Nachlasstexte in deutscher Übertragung (Kleine Auswahl)

1911a | Leo TOLSTOI: Nachgelassene Werke, Band 1: Der Teufel / Der gefälschte Coupon / Der lebende Leichnam / Er ist an allem Schuld / Was ich im Traume sah / Nach dem Balle / Aljoscha „der Topf" / Variante des Schlusses von „Der Teufel". Berlin: J. Ladyschnikow Verlag 1911. [382 Seiten; Übersetzungen von August Scholz und Alexander Stein; Einleitung von C. Hagberg Wright]

1911b | Leo TOLSTOI: Nachgelassene Werke, Band 2: Vater Sergius / Das Licht, das im Dunkel leuchtet / Kinderweisheit / Der junge Zar / Es gibt keine Schuldigen / Die Geschichte des Bienenstocks mit dem Rindendeckel / Eine Erzählung für Kinder. Berlin: J. Ladyschnikow Verlag [1911]. [331 Seiten; Übersetzungen von August Scholz und Alexander Stein]

1911c | Leo TOLSTOI: Nachgelassene Werke, Band 3: Chadschi-Murat / Ein Idyll / Tichon und Malanja / Aus den Aufzeichnungen des Mönches Fjodor Kusmitsch / Chodynka / Aufzeichnungen eines Irrsinnigen / Bemerkungen zu „Chadschi-Murat". Berlin: J. Ladyschnikow Verlag [1911]. [350 Seiten; Übersetzungen von August Scholz und Alexander Stein]

1912a | Leo N. TOLSTOJ: Nachlaß Band I. Novellen: Hadschi-Murad / Der gefälschte Coupon / Nach dem Ball. Übertragen von Ludwig und Dora Berndl. Erstes bis drittes Tausend. Jena: Eugen Diederichs Verlag 1912. [317 Seiten]

1912b | Leo N. TOLSTOJ: Nachlaß Band II. Novellen und Dramen: Vater Sergius / Aljoscha / Erzählung für Kinder / Von ihm alle Tugenden / Der Teufel / Und das Licht scheinet in der Finsternis / Anhang. Übertragen von Ludwig und Dora Berndl. Erstes bis drittes Tausend. Jena: Eugen Diederichs Verlag 1912. [319 Seiten]

1924 | Leo N. TOLSTOI: Gesammelte Novellen. Fünfter Band. [Hadschi Murad / Der gefälschte Coupon / Nach dem Ball / Vater Sergius / Aljoscha der Topf / Erzählung für Kinder / Der Teufel. Übertragen von Ludwig und Dora Berndl]. Erstes bis viertes Tausend. Jena: Eugen Diederichs 1924, S. 197-479. [Gesamtumfang des Bandes: 480 Seiten]

1928 | Leo N. TOLSTOI: *Göttliches und Menschliches*. Gesammelte Novellen. Sechster Band. Übertragen von Ludwig und Dora Berndl. Erstes bis drittes Tausend. Jena: Eugen Diederichs 1928. [VI & 504 Seiten].

1970 | Leo N. TOLSTOJ: Sämtliche Erzählungen. Dritter Band. Herausgegeben von Gisela Drohla. Frankfurt a. M.: Insel-Verlag ²1970. [655 Seiten] [Zweite Auflage; die erste Auflage erschien 1961].

1977 | Leo N. TOLSTOI: Die Kreutzersonate und andere späte Erzählungen. Vollständige Ausgabe sämtlicher Erzählungen aus den Jahren 1888 bis 1910. Nach der seit 1929 erscheinenden russischen historisch-kritischen Gesamtausgabe übersetzt und herausgegeben von Josef Hahn. Lizenzausgabe mit Genehmigung des Winkler Verlages München. Gütersloh: Bertelsmann Club GmbH [1977 (?)]. [883 Seiten]

1986 | Lew TOLSTOI: Hadschi Murat – Späte Erzählungen. Aus dem Russischen von Hermann Asemissen. Mit einem Nachwort von Eberhard Dieckmann. (= Eberhard Dieckmann / Gerhard Dudek, Hg.: Gesammelte Werke in zwanzig Bänden, 13). Zweite Auflage. Berlin: Rütten & Loening 1986. [623 Seiten] [„Die Erzählungen ‚Dankbarer Boden‘ und die zweite Fassung der Erzählung ‚Es gibt keine Schuldigen in der Welt‘ wurden von Dieter Pommerenke übersetzt.]

2001 | Leo N. TOLSTOI: Die Erzählungen. Neu herausgegeben und mit einem Nachwort, Anmerkungen und Zeittafel von Barbara Conrad. Band II: Späte Erzählungen 1886-1910. Düsseldorf/Zürich: Artemis & Winkler 2001. [815 Seiten]

Übersicht zu den Bänden der
Tolstoi-Friedensbibliothek, Reihe A

TFb_A001 | Leo N. Tolstoi: *Meine Beichte*. Das Bekenntnisbuch in den Übersetzungen von H. von Samson-Himmelstjerna (1879) und Raphael Löwenfeld (1901). Mit einem Hintergrundtext von Pavel Birjukov. Norderstedt: BoD 2023.

TFb_A002 | Leo N. Tolstoi: *Vernunft und Dogma*. Eine Kritik der Glaubenslehre, übersetzt von L. Albert Hauff, 1891. Norderstedt: BoD 2023. [Werk wie A002]

TFb_A003 | Leo N. Tolstoi: *Kritik der dogmatischen Theologie*. Gesamtausgabe, übersetzt von Carl Ritter, 1904. Norderstedt: BoD 2023. [Werk wie A002]

TFb_A004 | Leo N. Tolstoi: *Kurze Darlegung des Evangelium*. Aus dem Russischen von Paul Lauterbach, 1892. Norderstedt: BoD 2023. [Werk wie A005]

TFb_A005 | Leo N. Tolstoi: *Das Evangelium*. Aus der Bibelarbeit, übersetzt von Nachman Syrkin u. a., nebst Begleittexten von Käte Gaede, Nikolay Milkov und Eugen Drewermann. Norderstedt: BoD 2023. [Werk wie A004]

TFb_A006 | Leo N. Tolstoi: *Worin besteht mein Glaube*? Übersetzungen von Sophie Behr (1885) und Raphael Löwenfeld (1902). Mit einer Einleitung von Eugen Drewermann. Norderstedt: BoD 2023.

TFb_A007 | Leo N. Tolstoi: *Was sollen wir denn tun*? Übersetzt von Carl Ritter (1902), mit einer Einführung von Raphael Löwenfeld. Norderstedt: BoD 2023.

TFb_A008 | Leo N. Tolstoi: *Über das Leben*. Übersetzungen von Raphael Löwenfeld und Willy Lüdtke, 1902/1929. Norderstedt: BoD 2023.

TFb_A009 | Leo N. Tolstoi: *Das Reich Gottes ist in Euch*, oder: Das Christentum als eine neue Lebensauffassung, nicht als mystische Lehre. (Christi Lehre und die Allgemeine Wehrpflicht). Übersetzung von Raphael Löwenfeld. Norderstedt: BoD 2023.

TFb_A010 | Leo N. Tolstoi: *Die Christliche Lehre*. Katechetische Schriften für Erwachsene und Kinder. Norderstedt: BoD 2023.

TFb_A011 | Leo N. Tolstoi: *Was ist Kunst*? Aus dem Russischen von Michail Feofanov (1902). Eingeleitet von Dr. Marco A. Sorace. Norderstedt: BoD 2023.

TFb_A012 | Leo N. Tolstoi: *An den Synod*. Texte zur Exkommunikation, Brief an den Klerus und Zeugnisse zum eigenen Glaubensweg. Norderstedt: BoD 2023.

TFb_A013 | Leo N. Tolstoi: *Was ist Religion*? Die Übersetzungen von Nachman Syrkin und Iwan Ostrow (1902), nebst weiteren Texten. Norderstedt: BoD 2023.

TFb_A014 | Leo N. Tolstoi: *Der Weg des Lebens*. Ein Buch für Wahrheitssucher. Neuedition der Übertragung von Adolf Heß, 1912. Mit einer Hinführung von Holger Kuße. Norderstedt: BoD 2023.

Tolstoi-Friedensbibliothek, Reihe B

TFb_B001 | Leo N. Tolstoi: *Texte gegen die Todesstrafe*. Über die Unmöglichkeit des Gerichtes und der Bestrafung der Menschen untereinander. Mit einem Geleitwort von Eugen Drewermann. (= Tolstoi-Friedensbibliothek Reihe B, Band 1). Norderstedt: BoD 2023.

TFb_B002 | Leo N. Tolstoi: *Staat – Kirche – Krieg*. Texte über den Pakt mit der Macht und das Herrschaftsinstrument Patriotismus. (= Tolstoi-Friedensbibliothek Reihe B, Band 2). Norderstedt: BoD 2023.

TFb_B003 | Leo N. Tolstoi: *Das Töten verweigern*. Texte über die Schönheit der Menschen des Friedens und den Ungehorsam. Neu ediert v. P. Bürger & K. Warnatzsch. (= Tolstoi-Friedensbibliothek: Reihe B, Band 3). Norderstedt: BoD 2023.

TFb_B004 | Leo N. Tolstoi: *Wider den Krieg*. Ausgewählte pazifistische Betrachtungen und Aufrufe 1899 – 1909. (= Tolstoi-Friedensbibliothek: Reihe B, Band 4). Norderstedt: BoD 2023.

TFb_B005 | Leo N. Tolstoi: *Das Gesetz der Gewalt und die Vernunft der Liebe*. Texte über die Weisung, dem Bösen nicht mit Bösem zu widerstehen. (= Tolstoi-Friedensbibliothek: Reihe B, Band 5). Norderstedt: BoD 2023.

TFb_B006 | Leo N. Tolstoi: *Bei den Armen*. Texte über die Lebenswirklichkeit der Beherrschten (= Tolstoi-Friedensbibliothek: Reihe B, Band 6). Norderstedt 2023.

TFb_B007* | Leo N. Tolstoi: *Soziale Sünde und Revolution*. Texte über die moderne Sklaverei, Wege der Befreiung und den Irrweg des Blutvergießens. (= Tolstoi-Friedensbibliothek: Reihe B, Band 7). – *In Vorbereitung für 2024.

TFb_B008 | Leo N. Tolstoi: *Über Nichtstun, Moral, Recht und Wissenschaft*. Vier kleine Schriften aus den Jahren 1893 und 1909. (= Tolstoi-Friedensbibliothek: Reihe B, Band 8). Norderstedt: BoD 2023.

TFb_B009 | Leo N. Tolstoi: *Vier Auswahlbände und Breviere 1901/1928*. Sinn des Lebens – Gott und Unsterblichkeit – Aufruf zur Bruderschaft. (= Tolstoi-Friedensbibliothek: Reihe B, Band 9). Norderstedt: BoD 2023.

TFb_B010 | Leo N. Tolstoi: *Briefe 1848-1910*. Gesammelt von P. A. Sergejenko – vollständige Ausgabe (1911), mit einem Vorwort des Übersetzers Dr. Adolf Heß (= Tolstoi-Friedensbibliothek: Reihe B, Band 10). Norderstedt: BoD 2023.

TFb_B011 | Leo N. Tolstoi: *Religiöse Briefe*. Übersetzt von Karl Nötzel – Neuedition der Ausgabe von 1922. (= Tolstoi-Friedensbibliothek: Reihe B, Band 11). Norderstedt: BoD 2023.

TFb_B012 | Leo N. Tolstoi: *Begegnung mit dem Orient*. Briefe und sonstige Zeugnisse über die Beziehungen des Dichters zu den Vertretern orientalischer Religionen – bearbeitet von Pavel Birjukov, 1925. (= Tolstoi-Friedensbibliothek: Reihe B, Band 12). Norderstedt: BoD 2023.

TFb_B013* | Leo N. Tolstoi: *Begegnung mit dem Judentum*. Briefe und andere Zeugnisse des Dichters, nebst Darstellungen von jüdischen Zeitgenossen. (= Tolstoi-Friedensbibliothek: Reihe B, Band 13). – *In Vorbereitung für 2024.

TFb_B014 | Leo N. Tolstoi: *Grausame Genüsse*. Texte über das Leiden der Tiere, die Ernährung ohne Töten und Betäubungsmittelgebrauch. (= Tolstoi-Friedensbibliothek: Reihe B, Band 14). Norderstedt: BoD 2023.

TFb_B015 | Leo N. Tolstoi: *Die sexuelle Frage*. Eine Anthologie des Jahres 1901 – Anhang: Die Kreutzersonate; Übersetzungen von Michail Feofanov, Nachman Syrkin und August Scholz. (= Tolstoi-Friedensbibliothek: Reihe B, Band 15). Norderstedt: BoD 2023.

TFb_B016 | Leo N. Tolstoi: *Pädagogische Schriften*. Gesamtausgabe von Raphael Löwenfeld (1907/1911), zwei Teile in einem Band. Übersetzungen von Otto Buek. (= Tolstoi-Friedensbibliothek: Reihe B, Band 16). Norderstedt: BoD 2023.

TFb_B017 | Leo N. Tolstoi (Bearb.): *Gedanken weiser Männer*. Übersetzt von Adolf Heß. (= Tolstoi-Friedensbibliothek: Reihe B, Band 17). Norderstedt: BoD 2024.

Tolstoi-Friedensbibliothek, Reihe C
(Gesammelte Dichterische Werke, im Aufbau)

TFb_C001 | Leo N. Tolstoi: *Aus meinem Leben*. Kindheit – Knabenalter – Jugendzeit. Übersetzt aus dem Russischen von Hermann Roskoschny, 1890. (= Tolstoi-Friedensbibliothek: Reihe C, Band 1). Norderstedt: BoD 2024.

TFb_C002 | Leo N. Tolstoi: *Kriegsbilder und andere Dichtungen aus der Zeit beim Militär*. Mit einem einleitenden Text von Raphael Löwenfeld. (= Tolstoi-Friedensbibliothek: Reihe C, Band 2). Norderstedt: BoD 2024.

TFb_C014 | Leo N. Tolstoi: *Hadschi Murad – Erzählungen aus dem Nachlass* (= Tolstoi-Friedensbibliothek: Reihe C, Band 14). Norderstedt: BoD 2024.

TFb_C015 | Leo N. Tolstoi: *Göttliches und Menschliches – Erzählungen aus dem Nachlass* (= Tolstoi-Friedensbibliothek: Reihe C, Band 15). Norderstedt: BoD 2024.

Tolstoi-Friedensbibliothek, Reihe D

TFb_D001 | Raphael Löwenfeld: *Zwei Schriften über Leo N. Tolstoi und sein Werk*. (= Tolstoi-Friedensbibliothek: Reihe D, Band 1). Norderstedt: BoD 2024.

TFb_D002 | *Antisemitismus, Pogrome und Judenfreunde im russischen Zarenreich*. Quellentexte und Forschungen aus den Jahren 1877-1927. Ausgewählt von Peter Bürger. (= Tolstoi-Friedensbibliothek: Reihe D, Band 2). Norderstedt: BoD 2024.

Dieser Band erscheint in der REIHE C des Editionsprojekts ‚Tolstoi-Friedensbibliothek' zur (Neu-)Erschließung gemeinfreier Übersetzungen der ‚Gesammelten Dichterwerke' Leo N. Tolstois.

Über weiterführende Literatur, zu unseren Angeboten in den einzelnen Editionsreihen A – D sowie zum Kreis der Beteiligten (Konzeption und Herausgeberschaft, Bearbeitung, Beratung, Kooperationspartner*innen) informiert die Projektseite: www.tolstoi-friedensbibliothek.de